二見文庫

時のかなたの恋人

ジュード・デヴロー／久賀美緒＝訳

A KNIGHT IN SHINING ARMOR

by

Jude Deveraux.

愛をこめて、この本をわたしの編集者と友人のリンダ・マロウに捧げます。

時のかなたの恋人

登　場　人　物　紹　介

ダグレス・モンゴメリー	小学校教師
ニコラス・スタフォード	ソーンウィック伯爵
ロバート・ホイットリー	ダグレスの恋人。整形外科医
グロリア・ホイットリー	ロバートの娘
マーガレット・スタフォード	ニコラスの母親
クリストファー（キット）・スタフォード	ニコラスの兄
レティス	ニコラスの妻
ルーシー	キットの許嫁
ディッキー・ヘアウッド	マーガレットの再婚相手
アラベラ	ニコラスの愛人。ディッキーの娘
ロバート・シドニー	アラベラの夫
ジェームズ	ニコラスの息子
ハミルトン（リー）・ノルマン	歴史学者
アダム・モンゴメリー	ダグレスの父親
エリザベス・モンゴメリー	ダグレスの姉

プロローグ

一五六四年、イングランド

ニコラスは母親宛に書いている手紙に集中しようとした。これまでの生涯で、もっとも重要な手紙に。彼のすべてがこの手紙にかかっている。名誉や財産や家族の将来――そして命さえも。

ところがその重要な手紙を書いている最中に、どこからともなく女の泣き声が聞こえてきた。気になって粗末な小さい机の前から立ちあがり、中庭に面して開いている小さい窓から外を見たが、男が四人歩いているのが見えるだけで女の姿はない。そもそも彼がいる四階まで、中庭の泣き声が届くとは思えなかった。それに鉄で補強されたオーク材の扉や部屋の壁は分厚く、まわりの音を通すはずがない。

「この世のものの声ではないのだろう」ニコラスはぶるりと震えながら十字を切ると、机に戻った。

だが椅子に座ったとたん、また泣き声が聞こえた。最初はかすかだった泣き声は、どんどん大きくなっている。

ニコラスは首をかしげて、耳を澄ました。たしかに女の泣き声だ。だが何かに怯《おび》えているようでもなければ、悲しみ嘆いている様子でもない。女の声からは胸が痛くなるようなもっと深いものが感じられた。

「ばかなことを」ニコラスはつぶやき、雑念を振り払った。この世のものであろうとなかろうと、今は女のことなど考えている暇はない。女には女の、彼には彼のやるべきことがあるのだから。だがそうは思っても、やはり手紙に集中できなかった。女の泣き声にいやおうなく気持ちが引き寄せられてしまう。女は何かを必要としている。慰めだろうか。それとも、寄りかかれる胸だろうか。いったい彼に何を求めているのだろう?

ニコラスは羽根ペンを置いて、目をごしごしとこすった。女の泣き声のことしか考えられない。そう、彼女に必要なのは希望だ。あれはすべての希望を失った人間の泣き声だ。

今度こそ気持ちを切り替えようとして、ニコラスは手紙に視線を落とした。女が抱えている問題は、彼には関係ない。さっさと手紙を書きあげて外で待っている使者に渡さなければ、彼が生き延びられる希望がなくなってしまう。

ニコラスは二行書き足したところで、ふたたび手を止めた。泣き声が無視できないほど大きくなり、今や部屋じゅうに響き、頭の隅々にまで入りこんでいる。

「どうかレディ、わたしを解放してくれ。できれば助けに行ってやりたいが、この命はすでにわたしの自由にはならないのだ」

彼は片手で耳をふさぎつつ、ペンを握った。

しかし、女の泣き声をさえぎることはできなかった。羽根ペンを落とし、インクが飛び散るのも無視して両手で耳をふさぎ、目をきつく閉じる。「わたしに何を求めているんだ。できることならなんでも差しだそう。だが、今のわたしには何も残されていない」

それでも女の泣き声は大きくなるばかりで、やがてニコラスの頭はぐるぐるとまわり始めた。ゆっくり目を開いても、広がっているのは暗闇だけで壁も扉も見えない。腰かけている椅子は感じるが、机もその上にあるはずの大事な手紙も闇に溶けてしまっている。

そのとき暗闇のはるか向こうにごく小さな光が現れ、ニコラスは強く心を惹《ひ》かれた。遠くの光の点を見つめていると、それ以上に大切なものはないという気がしてきた。

「わかった」ニコラスはささやいて目をつぶり、女の泣き声に逆らうのをやめた。ゆっくりと体から力を抜き、手紙の脇に頭を横たえる。「わかった」彼はもう一度ささやいて、泣き声に身をゆだねた。

1

一九八八年、イングランド

ダグレス・モンゴメリーはレンタカーの後部座席に座っていた。運転席のロバートの隣には彼の娘のグロリアがいて、太りすぎた十三歳の少女はいつもどおりもぐもぐと何か食べている。ダグレスはグロリアの荷物をよけ、少しでもおさまりのいい場所を探してほっそりとした脚を動かした。グロリアが革製の大きなそろいの旅行かばんを六つも持ってきたせいで、ダグレスは小さな車のトランクにおさまりきらなかった分と後部座席を分けあうことを余儀なくされた。足元にはメイクケースがあるし、座席のすぐ横には大きな衣装ケースが置かれている。少しでも体を動かすと留め金や取っ手やかばんの縁に当たってしまうので、左の膝がかゆい今も手を伸ばしてかくことすらできない。

「ねえ、パパ。あの人がパパの買ってくれたすてきな旅行かばんを、小突いたり蹴ったりしてるの」グロリアがいたいけな四歳児のように、父親に訴える。

ダグレスはきつく手を握って目をつぶり、心の中で十まで数えた。また〝あの人〟だ。グロリアは決してダグレスの名前を呼ばず、〝あの人〟と言う。

ロバートが肩越しに振り返った。「ダグレス、もう少し気をつけてくれ。その旅行かばんは高価なものなんだ」

「わかっているわ。でも座るスペースがあまりなくて、当たらないようにするのが難しいのよ」ダグレスは怒りを押し殺して、静かに返した。

ロバートが呆《あき》れたようにため息をつく。「ダグレス、きみは文句ばかりだな。せっかくの旅行なんだから、少しは我慢してくれてもいいだろう」

ダグレスは反論しようとして、口を閉じた。もう言いあいはしたくない。それに反論しても無駄だとわかっていた。怒りをのみこんで、しくしく痛みだした胃の上を撫《な》でる。しょっちゅう痛む胃を鎮めるための薬を処方されているので、それをのめるように水かジュースを買いたいから車を止めてほしいとロバートに頼みたい。この状態が続けば胃潰瘍になると、医者からは警告されている。でもダグレスへのいやがらせが成功し、ロバートとのあいだにうまく楔《くさび》を打ちこんだとグロリアに知られるのは、絶対にいやだった。

サンバイザーに取りつけられた小さな鏡に、ほくそ笑みながらこちらを見ているグロリアの顔が映っている。ダグレスは口を引き結んで顔を背け、窓の外を流れる美しい田園風景に集中しようとした。

緑の野原、古い石垣、草を食《は》む牛たち、絵のように美しい小さな家々、壮大な領主屋敷、そして……グロリア。今のダグレスは、何を見てもグロリアが頭に浮かんでしまう。「グロリアはまだ子どもで、しかも父親に出ていかれたという心の傷を抱えているんだ。きみにちょっとした敵意を向けるのは、しかたのないことじゃないか。あの子の気持ちを考えて、優しくしてやってほしい。よく知れば、本当にかわいい子なんだよ」

かわいい子が聞いて呆れると、ダグレスは窓の外に目を向けたまま考えた。十三歳のグロリアは二十六歳のダグレスよりメイクが濃く、毎日ホテルのバスルームの鏡の前で何時間も過ごす。そして常に助手席を占領している。「あの子はほんの子どもなんだし、イギリスに来るのは初めてだ。きみは前にも来たことがあるんだろう？　少しくらい譲ってくれてもいいはずだ」地図を見ながら道案内することを期待されているダグレスが、グロリアの頭に邪魔されてほとんど前が見えないという事実はどうでもいいらしい。

窓の外を流れる景色に、懸命に意識を向ける。ダグレスが彼の娘に嫉妬せず、恋人を独占したいという気持ちを抑えて肩の力を抜けば、三人でうまくやっていけるはずだとロバートは言う。「いろんなものを失った女の子のために、ぼくたちはふたつ目の家族になってやらなければならないんだ」と。

ダグレスだって、グロリアを好きになろうと努力はしたのだ。大人として、何をされても無視してグロリアの敵意を理解しようと努めた。でもそれは、ダグレスの力の及ぶ範囲を超えていた。この一年、ロバートと暮らしながらグロリアの中に彼の言う〝かわいい子〟を見つけようと、あらゆる努力をした。何度も買い物に連れていき、小学校の教師として得ている乏しい給料の中から、自分に費やす以上の金額を彼女のために費やしてきた。土曜の夜に仕事のつきあいでカクテルパーティーやディナーに出かけるロバートのために、グロリアと留守番をして面倒を見たことだって何度もある。一緒に行きたいと訴えても、ロバートはこう言うだけだった。「きみと娘はもっと多くの時間をぼく抜きで過ごす必要がある。よく知りあえば、もっと仲よくなれるはずだ。言っておくが、ぼくと娘はワンセットで切り離せない。ぼくを愛しているなら、娘も愛してくれなくてはだめだよ」

少しずついい方向に向かっていると、思いそうになったときもある。グロリアと親しくなれた、仲よしになれたと思うときが。ただしそれはふたりでいるときだけで、ロバートが姿を見せたとたん、グロリアは哀れっぽく嘘《うそ》の不満を並べ立てる甘やかされた子どもに戻ってしまう。百六十センチ近い身長とおそらく六十キロを優に超えている体をロバートの膝の上にのせ、〝あの人〟に意地悪をされたと訴えるのだ。

ダグレスは最初、そんな見え透いた訴えをロバートが信じるわけがないと思っていた。彼女が子どもに意地悪をするなんて、あまりにもばかげている。誰が見たって、少女が父親の気を引きたくて嘘を言っているのは明らかなのだから。

それなのにロバートが娘の言うことをすべて鵜呑《うの》みにしたので、ダグレスは唖然《あぜん》とした。とはいえ、彼はダグレスを非難したわけではない。ただ〝かわいそうな子〟に〝もうちょっと優しく〟してやってくれと言っただけだ。でもそれを聞いて、ダグレスの中で警報が鳴りだした。「それはつまり、今は優しくしていないと思っているってこと？　わたしが子どもをいじめるような人間だと思っているの？」

「ぼくはただ、大人としてあの子の気持ちを思いやって、我慢強く接してやってほしいと頼んでいるだけだ」

何が言いたいのだと詰め寄ったら、ロバートは両手をあげて彼女をさえぎり、今は話せないと言って部屋から出ていってしまった。そしてダグレスは胃薬を二錠のむことになった。

その言いあいのあと、ダグレスは罪悪感と怒りのあいだで揺れ動いた。職場では生徒たちに好かれているのに、なぜかグロリアには嫌われてしまう。本当は、グロリアに嫉妬しているのだろうか？　彼の娘を押しのけてでもロバートを独占したいという気持ちを、無意識に見せてしまっているのだろうか？　もしかしたらそうなのかもしれないと思うたびに、グロリアに好きになってもらえるようにもっと頑張ろうと誓い、多くの場合、グロリアに高価なプレゼントをすることになる。あるいは週末に泊まりに来たグロリアのベビーシッターをすることに。そのあいだ、グロリアの母親は人生を謳歌《おうか》しているのだと考えると、ダグレスは苦々しい気持ちになった。

罪悪感ではなく怒りにとらわれているときは、なぜロバートは一度もダグレスの肩を持ってくれないのかと思う。どうでもいい旅行かばんなんかより、ダグレスが居心地よく座れることのほうが大事だと、言ってくれたっていいはずだ。それにダグレスにはちゃんと名前があるのだから、いつも〝あの人〟と呼ぶのはよくないと娘をたしなめてほしい。でもその話題を持ちだしてみたところで、結局はダグレスがロバートに謝罪して終わることになる。彼はいつだってこう言うのだ。「頼むよ、ダグレス。きみはいい大人じゃないか。娘とは一週おきにしか会えないんだから、あの子を優先するのは当然だろう。きみとは毎日一緒に過ごせるんだから、たまには主役を譲ってやってほしい」

ロバートの言い分もわかるが、それでも〝ぼくの愛する女性にもう少し敬意を払いなさい〟と娘をさとしてほしいと、心の片隅で願わずにはいられなかった。

しかし当然ながらそんなことは起こらず、ダグレスは不満を心に押しこめながら、グロリアがいないときにロバートとの時間を楽しむしかなかった。グロリアがいないときの彼との関係は完璧で、プロポーズされる日は近いという予感はどんどん大きくなっていった。

正直に言うと、ダグレスが人生で一番求めているものは結婚だった。姉たちと違ってばりばり仕事をしたいという気持ちはなく、夫と子どもがふたりか三人、あとはすてきな家さえあれば、それ以上は望んでいなかった。子どもが学校へ行くようになって時間ができたら、子ども向けの本を書いてみてもいいかもしれない。人間の言葉をしゃべる動物の話を。でも、会社で働いて出世したいという野望はない。

ロバートにはすでに十八カ月も捧《ささ》げている。整形外科医として活躍している彼は、背が高くてハンサムでおしゃれで、夫にするには最高の男性だ。脱いだ服は自分でハンガーにかけるし、家事も手伝ってくれる。見境なく女性を追いまわすようなこともしないし、帰ると言った時間に帰ってきてくれる。信頼でき、頼りになり、誠実。そして何より心から彼女を必要としてくれている。

出会ってすぐに、ロバートは過去を打ち明けてくれた。子どもの頃はあまり愛情を与えられずに育った彼は、優しさと愛情に満ちたダグレスのような女性をずっと探していたのだそうだ。さらに、四年以上前に離婚した前妻は冷淡で、人を愛せるような女性ではなかったため、ダグレスと〝永続的な関係〟を結びたいのだと言った。出会ってたった三カ月でロバートが口にしたその〝永続的な関係〟という言葉はもちろん結婚を意味していると彼女は受け取ったが、最終的にそこへ踏みだす前にふたりの相性を確かめたいと彼が望んだのは、最初の結婚でいかにひどく傷ついたかという証拠のようなものだろう。要するに、まずは同棲《どうせい》したいというのがロバートの希望だった。

ダグレスは彼の考えに納得した。そして、これまで〝不運な〟関係ばかりを繰り返してきた彼女は大喜びでロバートの広々とした美しい高級住宅に移り住み、自分は冷淡な彼の母親や前妻と違ってあたたかい愛情をふんだんに与えることができるのだと証明する作業に取りかかった。

グロリアとのかかわりをのぞけば、精力的なロバートと暮らすのは楽しかった。ダンスやハイキングやサイクリングに行き、ホームパーティーを催したり、あちこちのパーティーに出かけていったりする生活。ダグレスは男性と暮らすのは初めてだったが、このために生まれてきたのかと思うほど、あっという間に馴染《なじ》んだ。

もちろん、グロリア以外にもあれこれ問題はあるが、ダグレスがこれまでにつきあってきた男たちと比べれば、ロバートのささやかな悪癖など取るに足りない。そのほとんどがお金に関係したものだ。たとえば一緒に食料を買いに出かけてもほぼ自分の小切手帳を持ってきていないとか、劇場で切符を買ったりレストランで支払いをしたりするときも半分くらいは財布を家に忘れてきているといったようなことで、もちろん腹は立つ。だけどいくら文句を言っても、今時の解放されている女性なら割り勘にしたがるものだと言われ、甘いキスのあと彼の支払いで高級レストランのディナーに連れていかれると、結局許してしまう。

とにかく誰にでもちょっとしたいやな部分はあるもので、こうした些細《ささい》な問題は我慢できないほどではない。どうしても我慢できないのは、グロリアがかかわってきたときだけだ。グロリアが来ると、いきなり日常が戦場と化す。ロバートにとっては娘がこの世でもっともすばらしい存在で、そうは思えないダグレスを敵とみなすようになってしまうのだ。三人でいるとロバートとグロリアがチームになり、ダグレスははじきだされる。

今も三人で旅行中のイギリスを走る車の中で、助手席に座ったグロリアが膝の上の箱からキャンディを出して父親に差しだしているが、ふたりともダグレスには勧めようともしない。

ダグレスは窓の外を見つめたまま、歯を食いしばった。こんなに腹が立つのは、お金とグロリアというふたつの問題が重なったためだろう。この旅ではロバートのけちな部分が〝ささやかな〟という言葉ではすまされないほど大きくなっている。

ロバートと出会った頃は、それぞれの夢について何時間も語りあい、イギリスへの旅行について繰り返し話しあったものだ。ダグレスは子どものときに家族で何度かイギリスへ行ったことがあるものの、もう何年もそんな機会はなかった。それで去年の九月に一緒に暮らし始めたとき、ロバートが言ったのだ。「一年後の今日、イギリスに行こう。その頃までにはきっとわかっているはずだ」と。何がわかるのか、彼ははっきりとは口にしなかったが、結婚相手としてうまくやっていけるかどうかだとダグレスにはすぐにわかった。

だから一年かけて細かく計画を練っていくうちに彼女はその旅行を結婚と結びつけ、ひそかに〝プレハネムーン〟と呼ぶようになった。ふたりの関係を決定づける記念の旅行になると思って、ほほえんだものだった。宿泊先には、このうえなくロマンティックな最高級のカントリーハウスホテルばかり予約した。どういうホテルがいいかロバートにきいたら、ウインクとともに「この旅行では金に糸目をつけないことにしよう」と言われたからだ。そこでダグレスはあちこちからパンフレットを取り寄せ、何冊ものガイドブックを買って、イギリスじゅうの村の名前を半分は覚えてしまうくらい読みこんだ。ロバートの唯一の注文が楽しむだけでなく学びにもなる旅にしたいということだったので、ホテルごとに近くでそういう観光ができる場所を探してリストを作成した。といっても、別に難しい作業ではなかった。歴史を愛する者たちにとって、イギリスはディズニーランドにも等しい場所だからだ。

出発の三カ月前、今回の旅行には彼女を喜ばせるサプライズ――それもとっておきのサプライズ――があるとロバートに告げられ、ダグレスは舞いあがった。そして楽しい秘密が待っていることにわくわくしながら、さらに張りきって計画を練った。彼はどこでプロポーズをしてくれるのだろう、あそこだったらすてきだなどと、妄想が止まらなかった。

三週間前にロバートの小切手帳の収支を合わせていたとき、宝石店宛に五千ドルの小切手が振りだされているのを見つけた。

ダグレスは小切手を握って、幸せの涙を浮かべた。「婚約指輪だわ」それは、普段はけちなロバートも大切なことには金を惜しまないという、明確な証拠だった。

そのあとの日々を、ダグレスは雲の上を歩いているような気分で過ごした。心をこめて料理を作り、ベッドの上ではことさら情熱的にふるまい、彼を喜ばせるためにありとあらゆる努力を惜しまなかった。

出発の二日前、ダグレスの風船のようにふくらんだ幸せな気分に小さな穴が開いた。破裂するほど大きな穴ではないが、風船は明らかにしぼんだ。ロバートがホテルの予約や航空券など、すでにかかった費用の領収書を見せるように言い、半分の金額を請求したのだ。

「きみが払う分だよ」

「わたしが払う分?」ダグレスは何を言われたのか理解できなかった。

「きみたち女性にとって自立していることがどんなに重要か、ちゃんとわかっているよ。ぼくは男性優位主義者だと責められたくない」そう言って、ロバートはほほえんだ。「きみだって重荷にはなりたくないだろう? 病院の仕事でストレスを抱えながら、別れた妻への責任を果たさなくてはならないぼくの重荷に」

「それはそうだけど、こんなお金は持っていないわ」ダグレスは混乱して、口ごもった。ロバートと言いあいになると、いつもこんなふうにわけがわからなくなってしまう。

「ダグレス、まさか給料を毎月使いきっているんじゃないだろうね。金の管理がきちんとできないなら、経理の講座でも取るべきなんじゃないか？」ロバートが声を落として続ける。「だがまあ、実家に頼めるんだろう？」

そう言われたとたんに胃がしくしくと痛み始め、ダグレスはこのままでは胃潰瘍になるという医者の警告を思いだした。ロバートにはこれまで何度も家族について説明していた。たしかに実家は裕福――それも、とてつもなく裕福だが、父親は娘たちが自分の力でやっていくことが大切だと信じているため、今は自分の力で生活しなければならないのだと。彼女が財産を相続できるのは、三十五歳になってからだ。もちろん緊急事態であれば父親が助けてくれるとわかっているが、純粋に楽しみのためのイギリス旅行が緊急事態に当てはまるとはとても思えなかった。

「おいおい、ダグレス。きみは愛情いっぱいの家族にどれだけ支えられているか、しょっちゅう語っているじゃないか。その家族が助けてくれないはずがない」黙っているダグレスに、ロバートが笑顔で言う。それでもダグレスが何も言えずにいると、彼は彼女の手を取って唇をつけた。「お願いだ、ベイビー。この旅行にはどうしても行きたいんだ。きみのために特別なサプライズを用意しているから」

そんなふうに追いつめるのはずるいと、ダグレスは叫びたかった。高級ホテルばかり予約してしまう前に、旅費は半分ずつ出しあうのだと教えてほしかった。でも頭の隅には、なぜ自分の分の旅費も出してもらえると思っていたのかとささやく声もあった。ロバートとは結婚しているわけではない。自分たちの関係は、彼がいつも言っているとおり単なる〝パートナー〟だ。「パートナーって、西部劇に出てくる相棒みたいなものかしら」最初にそう言われたときに思わずつぶやいたが、彼は笑っただけだった。

結局ダグレスは、どうしても父親に金を無心できなかった。そんな真似《まね》をすれば、期待に応えられなかったと自ら負けを認めることになる。そこで、コロラドに住むいとこに頼んで融通してもらったが、利子なしですんなり貸してもらえたものの、耳が痛い言葉からは免れられなかった。「彼は医者で、きみは大して給料の高くない教師だ。それなのに彼はもう一年も一緒に暮らしているきみに、豪勢な旅行代をきっちり半分払わせるつもりなのか?」ダグレスは金を与えないことで息子を罰していたロバートの母親のことや、彼が稼いだ金を浪費し尽くした心の冷たい前妻のことを、いとこにぶちまけたかった。ロバートとの生活において金にまつわる問題など些細なことだし、彼はこの旅行中にプロポーズしてくれるはずだと説明したかった。

でも結局そんな話はせず、ただこう言った。「いいからお金を送って」

本当は、ダグレスはいとこの言葉に激しく動揺し、自らの旅費を払うのは当然だと懸命に自分自身に言い聞かせながら、出発までの日々を過ごした。ロバートの言うとおり、今は女性と男性は同等だ。父親は巨額の財産を受け継ぐまで時間を与えることによって娘に自立をうながしているが、ロバートも彼女に解放された女性としての自覚をうながしてくれている。それに何より、自分の分は自分で払うものと期待されていると直前まで気づかなかった彼女が、間抜けなのだ。

ダグレスはお金を工面して自分の分を払ってしまうと、ぐっと気分がよくなった。そして荷造りをする頃にはふたたび旅行が楽しみになり、幸せな気分でトートバッグに化粧品やガイドブックや、そのほかのこまごましたものを詰めこんだ。

空港までのタクシーの中で、ロバートはこのうえなく優しかった。首筋に鼻をこすりつけてくるのを運転手に見られるのが恥ずかしくて、押しやらなければならなかったほどだ。

「サプライズが何か、まだわからないのかい？」

「宝くじが当たったんでしょう」ダグレスはロバートにつきあって、見当がつかないふりをした。

「もっといいことだよ」

「そうねえ……お城を買って、わたしたちは領主夫妻としてそこに住むことになったとか」

「もっともっといいことさ」ロバートが真剣な表情を浮かべる。「だいたいお城なんて、維持費がどれだけかかると思う？　ぼくが用意したサプライズほどすばらしいものは、きっと思いつかないよ」

ダグレスは愛情をこめて彼を見つめた。ウエディングドレスを着た自分を家族や親戚がうれしそうにほほえみながら見守ってくれているところが思い浮かぶ。生まれてくる子どもは、ロバートの青い目と彼女の緑色の目のどちらを受け継ぐだろう。髪は彼の茶色と彼女の赤褐色のどちらになるのだろう。「本当に、全然わからないわ」ふたたびしらを切る。

ロバートは座席の背にもたれてにやりとすると、謎めかして言った。「もうすぐわかる」

空港に着くと、搭乗手続きをして荷物を預けているダグレスの横で、ロバートはなぜかきょろきょろしていた。そしてダグレスがポーターにチップを渡しているとロバートが突然、誰かに向かって手を振り始めたが、彼女は最初、何が起きているのかまったく気づかなかった。

ところが〝パパ！〟という叫び声が聞こえて顔をあげると、グロリアが空港のフロアを横切って駆けてくるのが見えた。その後ろから、ぴかぴかの旅行かばんを六つのせたカートを押して、ポーターが追ってくる。

ダグレスは航空会社の職員から荷物のタグを受け取りながら、なんという偶然だろうと考えた。グロリアと空港で会うなんて思いもしなかった。グロリアが父親に飛びつくのを、ぼんやりと見つめる。しばらくしてふたりは離れたが、ロバートは愛娘《まなむすめ》の肉づきのいい肩に腕をまわしたままだ。

荷物を預け終わったのでダグレスはロバートの娘に目を向けたが、眉間に皺《しわ》が寄ってしまうのを抑えられなかった。フリンジのついたジャケットにカウボーイブーツ、それに短すぎる革のスカートという姿のグロリアは、太りすぎた六〇年代のストリッパーのようだ。

母親はどこにいるのだろう。娘にこんな格好をさせるなんて、どういうつもりなの？　ダグレスはロバートの前妻を探して、空港を見まわした。

「こんにちは、グロリア。あなたもお母さんとどこかへ行くの？」

グロリアとロバートがおかしくてたまらないとばかりに笑いだした。「わたしも一緒だって、教えてなかったのね？」グロリアが息も絶え絶えに言う。

しばらくして、ロバートもようやく笑いをおさめた。「これがサプライズだよ」そう言って巨大なトロフィーを渡すように、グロリアをダグレスに向かって押しだす。「こんなにすばらしいサプライズは予想できなかっただろう」

ダグレスはまったく理解できなかった。というより、恐ろしすぎるこの事態を理解したくなかったのかもしれない。ただ黙ってそこに立ち尽くし、ふたりを見つめることしかできなかった。

ロバートが空いているほうの腕でダグレスを引き寄せ、誇らしげに言う。「ぼくは大切なふたりの女性と旅に出るんだ」

「ふたりの女性と？」ダグレスは喉が締めつけられ、ささやくような声しか出なかった。

「そうさ」ロバートがうれしそうに言う。「何週間も前から言っていたサプライズは、グロリアのことだったんだ。この子も一緒にイギリスへ行く。全然わからなかっただろう。びっくりしたかい？」

びっくりしたどころか、ダグレスはこんなことなど考えもしなかった。思い描いてきたふたりきりのロマンティックな旅の幻想が、音をたてて崩れ落ちる。ダグレスはそんな旅には行きたくないと思いきりわめきたかったが、なんとか自分を抑えて反論した。「ホテルの予約は全部、二名でしているけど」

「簡易ベッドを入れてもらえばいい。なんとかなるさ。ぼくたちには愛がある。愛さえあればうまくいくものだよ」彼はダグレスの肩から腕を外した。「さて、ぼくはかわいい娘といろいろ話があるから、グロリアの搭乗手続きを頼めるかな？」

ダグレスは黙ってうなずくのが精一杯だった。呆然《ぼうぜん》としたまま、大量の旅行かばんを運ぶポーターを連れて航空会社のカウンターに向かう。そしてそこで超過の荷物四つ分の料金二百八十ドルを支払い、ポーターにチップを渡した。

幸い、飛行機の離陸まで時間がないうえロバートと娘が熱心に話しこんでいたので、ダグレスは何もしゃべらずにすんだ。話しかけられても、ちゃんと返せているかどうかわからなかった。思い描いていた夢が目の前で次々と消えていく。シャンパンを飲みながらのディナーは、車中でのファストフードに代わるだろう。木々のあいだをのんびり散歩する午後ではなく、〝グロリアも楽しめること〟を探して言い争う場面が目に浮かぶ。それまでも何度もくぐり抜けてきた言いあいだ。

それに当然、プライバシーの問題もある。三人でひと部屋ということは、いつロバートとふたりきりになれるのか。

飛行機に乗りこむと、ロバートがグロリアのために労力を費やし、あれこれしてあげていたことがわかった。グロリアの搭乗券には、ふたりと同じ並びの通路側の席の番号が記載されていたのだ。

しかしロバートはグロリアを真ん中に、ダグレスを通路側に座らせた。通路側はどう座っても腕や脚がはみだしてしまうため、カートを押している客室乗務員にしょっちゅうよけるように言われるというのに。

しかもその飛行機内で、ロバートはにっこり笑ってダグレスにグロリアのチケットを渡した。「これを旅費に加えてほしい。一ペニー単位までつけておいてくれ――いや、このあとはシリングか」彼はグロリアにウインクをして、つけ加えた。「細かく全部を記録する必要があるんだよ。旅行にかかった費用は経費で落とせるって、会計士が言っていたから」

「だけどこれはプライベートな旅行で、出張じゃないのに」

ロバートが顔をしかめた。「ダグレス、細かいことをあげつらわないでほしいな。きみはただ、帰国したあとに費用を計算できるよう、ちゃんと記録を取っておいてくれたらいい。きれいに半分に分けなくちゃならないから」

ダグレスは渡されたばかりのグロリアのチケットに目を落とした。「半分じゃなくて三で割るんでしょう？　あなたとグロリアで三分の二、わたしが三分の一ですもの」

それを聞いたロバートは、ダグレスが子どもを殴ろうとでもしたかのようにおののいた表情でグロリアを抱き寄せた。「いや、半分だよ。グロリアがいることで、きみも楽しめるんだから。その楽しみを考えたら、少しばかり負担が増えるくらい大したことじゃないだろう」

ダグレスはその場でやりあうつもりはなかったので、顔を背けた。そういうことはグロリアが興味をあらわに見つめていない場所で、ふたりきりで話しあうべきだと思ったのだ。

そのあとは、ダグレスを無視してトランプをしているグロリアとロバートの横でひたすら本を読み、胃の痛みを鎮めるために二回薬をのんだ。

そして今はイギリスの田舎を走る車の中で、ダグレスはまたしてもしくしく痛む胃を撫でている。イギリスに着いて四日間、なんとか楽しもうと努力してきた。最初の夜、予約した美しいホテルの部屋で、ロバートは簡易ベッドに不満たらたらのグロリアを天蓋付きのベッドに呼び寄せた。それでもダグレスは抗議の言葉を懸命にのみこんだ。簡易ベッドだって、三人で泊まるなんて聞いていないというホテルのオーナーにダグレスが謝り倒して、やっと入れてもらったものだというのに。しかもそのあとダグレスは二回もベッドから押しだされ、結局、簡易ベッドで眠るはめになったのだ。それから、高級レストランでグロリアが前菜を三皿も頼んだときも、文句を言わなかった。「この子にはいろんなものを食べさせてやりたいんだ。けちけちしないでほしい。いったいどうしたんだ、ダグレス。いつものきみはもっと心が広いのに」ロバートはそう言い、あとでダグレスに半分払わせるためにとんでもない金額の領収書を渡した。

それでもダグレスは、グロリアはまだ子どもなのだと思って不満を抑えてきた。ロバートの荷物のどこかに五千ドルの婚約指輪が入っているのだからと考え、気持ちをなだめた。指輪は彼の愛の証《あかし》。そして彼がグロリアのためにあれこれしてあげたいと思うのも、愛情ゆえなのだと。

そう思えたのは昨日の夜までで、今はもうそんなふうに自分を無理やり納得させて、表面を取り繕うことすらできなくなっていた。昨夜、百五十ドルもする高級レストランのディナーの席で、ロバートが青いベルベットの長方形のケースをグロリアに渡したのだ。彼女が開けた箱の中身を見て、ダグレスの心はずしりと重くなった。

グロリアは目を輝かせて、ささやいた。「でもパパ、誕生日でもないのに」

「わかっているよ、かわいいグロリア。これはおまえを愛している印だ」ロバートが甘い声で言った。

グロリアはゆっくりと幅広のブレスレットを取りだした。ゴールドとシルバーのワイヤーをねじって作った土台に、ダイヤモンドとエメラルドがちりばめられている。ダグレスは思わず息をのんだ。婚約指輪がグロリアのむちむちした手首を飾るブレスレットに化けたのだ。

グロリアが得意げに腕を突きだしてみせた。「見える？」

「ええ」ダグレスは短く返すのが精一杯だった。

夕食後、部屋の外の廊下でロバートがダグレスに食ってかかった。「ぼくが娘にあげたブレスレットに、きみはちっとも興味を示さなかった。グロリアはきみと仲よくなりたくて、見せようとしたんだ。それなのに冷たくあしらって、あの子を手ひどく傷つけた」

「あれに五千ドル払ったの？　子どもにあげるダイヤモンドのブレスレットに？」

「グロリアは若くて美しい女性で、美しいものがふさわしい。それに、ぼくの金をどう使おうと勝手だろう。結婚しているわけじゃないんだ。きみにはぼくの金の使い方に口を出す権利はない」

イギリスに来て初めてふたりきりになれたのだから、ダグレスは毅然《きぜん》としたところを見せたかった。ロバートが娘にはダイヤモンドのブレスレットを与えたのに、一緒に暮らしているダグレスには請求書を半分負担することしか求めていないという事実など大したことではないと、表面だけでも繕いたかった。だが、これまで心のうちを隠しとおせたためしがないダグレスは、涙をこぼしそうになりながら、思わず彼の腕に両手ですがりついてしまった。「わたしたちは結婚するの？　いつかそのうちにでも？」

ロバートは怒った顔で腕を引き抜き、冷たい目を向けた。「きみがぼくと娘の両方にあたたかい気持ちと愛情を見せてくれないうちは、結婚なんてありえないな。きみは違うと思っていたが、やっぱり別れた妻と同じくらい冷たい人間のようだ。ぼくは娘を慰めに行くよ。あんな仕打ちを受けて、今頃はつぶらな目を泣き腫らしているだろうからね」彼は最後にダグレスをもうひとにらみすると、背を向けて部屋に入ってしまった。

ダグレスはぐったりと壁にもたれ、悔しまぎれにつぶやくことしかできなかった。

「エメラルドのイヤリングでもあげれば、きっと泣きやむわ」

プロポーズも婚約指輪もないのだという思いに打ちのめされて、ダグレスはグロリアの旅行かばんに体が触れないよう後部座席で身を縮めた。これから一カ月も続く旅のあいだ、ロバートにとって彼女は秘書兼ナビゲーターでしかない。しかも彼の娘にあざけられながら過ごすのだ。これからどうすればいいのかわからないが、今すぐ飛行機に乗って帰国するという案に心をそそられてしまう。

イギリスをあとにして帰国することを考えながらロバートの後頭部を見つめていると、ダグレスの心は沈んだ。怒りにまかせてそうしてしまったら、ロバートと暮らしている家は出なければならなくなる。急いでアパートを探し、それから——どんな生活が待っているだろう。また誰かを探して一から関係を築くにしても、小学校の教師に出会いは少ない。家族のもとに戻ることもできるが、そうすればまたしても男性とうまくやっていけなかったと認めなければならなくなる。

「ダグレス」ロバートがふいに呼びかけてきた。「迷ったんじゃないのか？　教会はどこだ？　ちゃんと地図を見ていてくれないと困るよ。ぼくは地図を見るのと運転と、両方同時にはできないんだから」彼の声には棘《とげ》があり、まだ昨日のブレスレットの件で怒っているのだとわかる。

ダグレスはあわてて地図を見たあと、グロリアの頭をよけながら前方に目を凝らして標識を探した。「ここよ！　右に曲がって」

ロバートはイギリスの狭い田舎道に車を進め、両側から道にかぶさるごとく伸びている灌木《かんぼく》をかき分けるようにして、アシュバートンに向かった。辺鄙《へんぴ》なその村は、何百年も前から変わっていないように見えた。

「ここには十三世紀に建てられた教会があって、エリザベス朝の伯爵が埋葬されているのよ」ダグレスはメモを見た。「ニコラス・スタフォード卿《きょう》といって、一五六四年に死んでいるわ」

「また教会？」グロリアが文句を言った。「教会にはもう飽きたわ。あの人、もっとおもしろい場所を見つけられなかったのかしら？」

「歴史を学べる場所を探してくれって、お父さんに言われたのよ」ダグレスは我慢できずに、思わず言い返してしまった。

ロバートは教会の前で車を止めると、振り返った。「グロリアの意見はもっともだよ。機嫌が悪いのを、ぼくたちにぶつけないでほしい。ダグレス、ぼくたちの旅行に連れてきてあげたことを後悔させないでくれ」彼は車を降りると、さっさと歩きだした。

「連れてきて、あ、げ、た、ですって？　自分の旅費は自分で払っているのに」ダグレスが言ったときにはもう、ロバートは教会までの道のりをだいぶ進んでしまっていた。その隣には、もちろんグロリアが寄り添っている。

ダグレスはロバートとグロリアのあとを追って教会に入る気になれず、でこぼこした墓地を歩きまわりながら古い墓石をぼんやりと眺めた。真剣に考えて決断すべきときが来ていて、ひとりで考える時間がほしかった。みじめな思いをしながら旅を続けるのはやめ、帰国するべきではないだろうか。でも、そうすれば取り返しがつかないほどロバートを怒らせるだろうし、彼とのつきあいに捧げてきた時間や労力は無駄になる。

「ねえ」

びくりとして振り返ると、すぐ後ろにグロリアが立っていた。気のせいか、少女のしているダイヤモンドのブレスレットが日光を反射してきらきら輝いて見える。

「何しに来たの?」ダグレスは警戒して問いかけた。

グロリアが下唇を突きだした。「わたしのこと、嫌いなんでしょう?」

ダグレスはため息をついた。「いいえ、嫌いじゃないわ。ただ……大人にはいろいろ事情があるの」大きく息を吸って続ける。「教会の中を見に行ったら?」今はひとりで考える時間が必要だった。

「退屈なんだもの。そのブラウスいいわね。高そう。お金持ちの家族が買ってくれたの?」グロリアが目を細める。その狡猾《こうかつ》な目つきを、ダグレスは何度も見ていた。

ダグレスは少女の挑発に乗るつもりはなく、静かに見つめ返すと歩きだした。

「待ってよ!」呼びとめたあと、グロリアが急に叫んだ。「痛っ!」

ダグレスが振り返ると、ごつごつした墓石の横に少女が倒れていた。グロリアはいつも大げさなので、本当に怪我《けが》をしたのかは怪しいものだと思いつつ、ダグレスはため息をついて引き返すと、手を差しだした。立ちあがって泣きだしたグロリアを抱き寄せてやる気にはなれなかったが、しかたなく軽く肩を叩《たた》いて慰め、墓石にぶつけてすりむけたところに同情をにじませた視線を向ける。グロリアは自分の腕を見ると、さらに声をあげて泣き始めた。

「大丈夫よ、そんなにひどくないから。新しいブレスレットをそっちの腕につけたらどう? 痛みが止まるかもしれないわ」

「そんなんじゃないもの。あなたに嫌われてると思ったら、涙が出てきちゃったのよ。わたしのブレスレットを婚約指輪だと思ってたんでしょう? パパから聞いたわ」

ダグレスはグロリアの腕にかけていた手をさっと離して、身をこわばらせた。

「いやだ、彼ったらどうしてそんなばかなことを言ったのかしら?」本当に驚いているように聞こえることを祈りながら、言い返す。

グロリアがちらりとダグレスを見あげ、あざけるように言った。「あら、パパは全部わかってるのよ。あなたがサプライズをプロポーズだと思ってたことも、宝石店宛の小切手を見て婚約指輪を買ったんだと思ってたことも」少女は意地の悪い笑みを浮かべた。「結婚したくてしょうがないのが見え見えのあなたを、パパとわたしはずっと笑ってたの。そのうち結婚してもらえると思わせておけば、あなたは言われたことをなんでもやるってパパは言ってた」

ダグレスの体はショックに固まり、とうとう震えだした。

グロリアが薄ら笑いに悪意をにじませ、声をひそめる。「あなたがものすごいお金を相続する予定じゃなかったら、とっくに捨ててるって」

ダグレスはグロリアの肉づきのいい顔をひっぱたいた。

するとそこへ、ちょうどロバートが教会から出てきて、グロリアはわあわあ泣きながら父親の腕の中に飛びこんだ。

「何度もひっぱたかれたの」グロリアが叫ぶ。「腕もひっかかれた。見てよ、パパ。血が出てる。あの人がやったのよ！」

「なんてことだ。ダグレス」ロバートが汚いものでも見るように、ダグレスを凝視した。「信じられない。子どもを叩くなんて――」

「子どもだから何よ！　もううんざり！　あなたの甘やかし方にも、あなたたちふたりの態度にも！」

彼がダグレスに冷たい視線を向ける。「旅のあいだ、ぼくたちはきみに気を遣って優しくしてきたつもりだ。嫉妬深く意地の悪い態度をとられても、きみを喜ばせようとあれこれしてきた」

「わたしが喜ぶことなんて、何ひとつしてもらっていないわ。全部グロリアのためだったくせに」ダグレスは涙が込みあげた。喉が締めつけられて息が吸えなくなり、グロリアの言葉が頭の中をぐるぐるまわる。「あなたたちはこっそりわたしを笑っていたんでしょう」

「妄想もいい加減にしてくれ」ロバートは彼女をにらんだ。ダグレスにいつまた襲われるかわからないと言わんばかりに、グロリアをきつく引き寄せている。「ぼくとグロリアのことがそんなに気に食わないのなら、きみはもう一緒に行動しないほうがいいだろう」彼は向きを変えると、しがみついているグロリアとともに車に向かった。

「たしかにそうね。もう帰りたい」ダグレスはそう言って、墓石の横に置いておいたハンドバッグを拾おうとした。ところがそこにバッグはなく、ほかの墓石のまわりにも目を向けたが、どこにも見当たらなかった。そのとき車のエンジンがかかる音がして、彼女は顔をあげた。

ダグレスは目に飛びこんできた光景が信じられなかった。ロバートが彼女を置き去りにしようとしている！

門に向かって走ったものの、車はすでに道路に出ていた。車の窓から腕を出したグロリアの手の先でハンドバッグが揺れているのが見えて、血の気が引く。

間に合わないとわかりながらも追いかけたが、無情にも車はあっという間に見えなくなった。ダグレスは今起きたばかりの出来事に呆然とし、ふらふらと教会に戻った。現金もクレジットカードもパスポートもない状態で、異国に置き去りにされた。愛している男性に捨てられたのだ。

重いオーク材の扉が開け放されていたので、中に入った。教会の中は薄暗くじめじめしていて肌寒いが、石壁に囲まれた空間は静謐《せいひつ》で心が落ち着く。

今の状況を冷静に分析して、これからどうすべきか考えなくてはならない。といっても、普通に考えればロバートは戻ってきてくれるはずだ。すでにこちらへ引き返しているところかもしれない。今この瞬間にも教会に駆けこんできて、ダグレスを抱きしめて、悪かった、許してほしいとかき口説いても不思議ではない。

それでもなぜかダグレスは、そんなことは起こらないとわかっていた。ロバートは相当腹を立てていたし、グロリアはとんでもない嘘つきだ。今頃はダグレスに腕を怪我させられたという話をでっちあげ、ロバートの怒りに油を注いでいるだろう。

だから自力でこの状況を抜けだす方法を、さっさと考えたほうがいい。つまりコレクトコールで父親に電話をかけ、お金を送ってもらわなくてはならないということだ。それは末の娘がまたしても失敗したと打ち明けることを意味する。旅行に行って帰ってくることすらまともにできないと、恥を忍んで打ち明けなければならないのだ。

〝困ったちゃんの妹は、今度は何をしでかしたのかしら〟上の姉のエリザベスの言葉を想像して、涙が込みあげる。ロバートみたいな男性とつきあうことで、家族に誇りに思ってもらいたかった。ロバートはダグレスがこれまでにつきあってきた野良猫どきの男性たちとはまったく違っていた。それなのに誰もが認める理想的な結婚相手である彼を、ダグレスは失ってしまった。グロリアともっと冷静に向きあえていれば、結果は違ったのかもしれない。もしかしたら……。

ダグレスは涙でかすんだ目で、教会を見まわした。高い位置にある窓から差しこむ細くてくっきりした光が、左手のアーチ天井の下にある墓を照らしている。近づいてみると、墓の上には白い大理石で作られた男性の全身像が横たわっていた。上半身に鎧《よろい》をまとい、奇妙な形の短いズボンのようなものをはいた脚を足首のところで交差させた男性は、片腕に兜《かぶと》を抱えている。「ニコラス・スタフォード、ソーンウィック伯爵」名前を読みあげた。

それまでダグレスは比較的冷静さを保てている自分に感心していたが、突然気持ちが折れ、膝から崩れ落ちてしまった。墓に両手をかけ、冷たい大理石に額を当ててうずくまる。

ダグレスは身も世もなく泣きだした。自分ほどだめな人間はいない気がして、胸の奥から泣き声が込みあげる。本当にどうしようもない。今日のことだけでなく、彼女がかかわると何もかもうまくいかないように思えた。思春期になってからは数えきれないくらい何度も厄介な状況に陥り、そのたびに父親に助けてもらった。

十六歳のとき、燃えあがるような恋に落ちた〝少年〟がいた。でも家族は誰も彼を認めてくれず、ダグレスは反抗心を募らせた。やがて生まれてから一度として過ちを犯したことのない賢い姉のエリザベスが、ダグレスにある紙を見せた。彼女が恋した〝少年〟は二十五歳で、前科持ちだと記された紙を。それを見たダグレスはかえって反発し、そんなことは関係ない、彼を愛していると宣言したが、結局そのあと彼が重窃盗罪を犯し、別れることになった。

十九歳のときには牧師と恋に落ちた。彼なら大丈夫だと思った。ところがある日、彼の写真が新聞の一面を飾り、関係は破綻した。彼にはすでに妻が三人いたのだ。

それから……。次から次へと涙と悲しみがあふれてきて、あとの失敗は思いだせなかった。ただし、ひとつひとつは思いだせなくても、そのリストが長いことはわかっていた。でも、ロバートはこれまでの男性たちとは違うと思っていた。まっとうで、ちゃんとした男性だと。それなのに彼をつかまえておくことができなかった。

「わたしのどこがいけないの?」泣きながら問いかける。

ダグレスは涙に濡《ぬ》れた目で、墓の上の大理石の男性の顔を見つめた。この男性が生きていた時代には、結婚は親が決めるものだったはずだ。彼女も二十二歳のとき、つきあっていた株のブローカーがインサイダー取引で逮捕され、父親にいい男性を紹介してほしいと泣きついた。

しかしアダム・モンゴメリーは笑い飛ばした。「おまえの問題は、自分を必要としすぎる男を好きになってしまうことだよ。おまえを必要とするのではなく、ただ求めてくれる男性を見つけなさい」

ダグレスははなをすすった。「わたしだってそういう男性がいいわ。白馬に乗って颯爽《さっそう》と駆けつけ、愛を誓ってくれる輝く鎧の騎士が。そのあとは、彼のお城で幸せに暮らすの」

「まあ、方向としてはそんな感じだな」父は苦笑した。「とにかく鎧の騎士もいいが、もしその男に夜中に何度も電話がかかってきて、ハーレーに飛び乗って出かけたまま何日も戻らないなんてことがあったら、さっさと見切りをつけるんだぞ。いいな」

これまで何度も家族に助けを求めなければならなかったことを思いだして、ダグレスの嗚咽《おえつ》は激しくなった。性懲りもなくまた、家族に助けを乞わなければならない。今度も男性で失敗したと、恥を忍んで打ち明けなければならないのだ。そして前にも増してつらく感じるのは、今回は家族も賛成してくれていたからだ。そのロバートをダグレスはつなぎとめられなかった。

「お願い、助けて」ダグレスは彫像の手を握ってささやいた。「輝く鎧の騎士を見つけたいの。わたしを求めてくれる男性と出会いたい」

ダグレスはしゃがみこんだまま、両手で顔を覆って激しく泣いた。

長いあいだそうしていたが、やがてすぐそばに誰かが立っていることに彼女は気づいた。ゆっくり振り返ると高い窓から差しこんだ光が金属に反射して目に入り、驚いた拍子に石の床に尻もちをついた。

手をあげてまぶしい光をさえぎる。目の前にいる男性はどうやら……鎧をまとっているらしい。

彼が微動だにせずまじまじとこちらを見つめているので、ダグレスは最初、生きている人間ではないのかもしれないと思い、ぽかんと口を開けて男性を見つめ返した。ものすごくハンサムで、着ている衣装もすばらしい。小さなひだ襟の下の上半身だけの鎧に目を奪われる。きらめく金属は銀だろうか。前面にはエッチングで花のような模様が何列もほどこされ、花の部分には金色の金属が使われている。下半身にはウエストから腿の中ほどまでを覆うバルーン型の半ズボンのようなものをはいていて、その下から伸びる筋肉の浮きでた長い脚は長靴下に包まれていた。長靴下は、その光沢からして明らかにシルク製だ。左膝の上に巻かれたガーター騎士団員の印である青いシルクのガーターには、美しい刺繍《ししゅう》がほどこされている。足を包む見たことのない形のやわらかそうな靴は、足先に小さな穴がいくつも開いていた。

「そこの魔女よ、何を求めてわたしを呼び寄せた?」男が低く響くバリトンの声で言った。

「魔女ですって?」ダグレスははなをすすって、涙を拭いた。

男がバルーン型の半ズボンの中から白いハンカチを出して、彼女に差しだす。ダグレスは大きな音をたててはなをかんだ。

「わが敵に雇われたのか？　やつらはわたしの首を刎《は》ねるだけでは飽き足らず、さらに陥れようとしているのか？　さあ、立って、わたしの問いに答えろ」

これほどの美丈夫なのに頭がおかしいのが残念だと、ダグレスは考えた。「ええと、何を言っているのか、わたしにはわからないわ」ダグレスはゆっくりと立ちあがった。「じゃあ、わたしはもう行くから――」

ダグレスは言葉を切った。男が一メートル近くある薄刃の剣の先を、彼女の喉元に突きつけてきたのだ。「呪文を無効にしろ。わたしは戻らねばならない」

ダグレスはもう耐えられなかった。ロバートと嘘つきのグロリアだけでもうんざりなのに、今度は気が触れたハムレットだ。彼女はふたたびどっと涙に暮れると、冷たい石の壁によろめくようにもたれた。

「くそっ！」男が罵った次の瞬間、ダグレスは抱きあげられて信徒席まで運ばれていた。

固い座席におろした彼女を、男が険しい表情で見おろす。ダグレスは涙が止まらなかった。「人生最悪の日だわ」ベティ・デイヴィスの映画から抜けだしてきたような男が、彼女をにらみつけている。「ごめんなさい。いつもはこんなに泣かないのよ。でも今日は、恋人に捨てられたところに剣を突きつけられて、どうにも止まらなくなってしまったの」ダグレスはしゃくりあげながら言い、涙を拭いてハンカチを見おろした。大きな四角いリネンの生地の周囲に、四・五センチくらいの幅で刺繍がほどこされている。花とドラゴンをシルクの糸で刺したその刺繍は、とても精巧だった。

「なんてきれいなハンカチなの」

「そんなどうでもいいことを話している暇はない。わたしの魂は危機に瀕《ひん》している――きみの魂と同じようにな。もう一度言う。呪文を無効にし、もとに戻してくれ」

ダグレスはようやく落ち着いてきた。「なんの話かさっぱりわからないわ。わたしはここでひとりで泣いていただけよ。そうしたらいきなりあなたがばかげた格好で現れて、怒鳴り始めたんじゃない。警察を呼んでもいいのよ。イギリスではボビーというんだったかしら。そんな物騒な剣を持ち歩くことは、法律で許可されているの？」

「法律で許可されているかだと？」男は問い返したあと、ダグレスの腕に目をとめた。

「その腕にあるのは時計か？　それに、そんな形のドレスは初めて見る」

「もちろん時計に決まっているじゃない。そしてわたしが今着ているのは、イギリス旅行用にそろえた服よ。ジーンズやTシャツは避けて、きちんとしたブラウスとスカートにしたの。ミス・マープル風にね、わかるでしょう？」

彼は眉をひそめているが、さっきより怒りは薄れているようだ。「きみのしゃべり方は変わっている。いったいどういう魔女なんだ？」

ダグレスは何度言ってもわかってもらえないことにいらだち、立ちあがって彼をにらんだ。といっても、相手はかなり背が高いので見あげる格好になった。近くで見ると黒い巻き毛をかっちりした小さなひだ襟に届くくらいの長さに伸ばし、口ひげと小さく三角に刈りこんだ顎ひげを生やしている。「わたしは魔女じゃないわ。あなたが出演しているエリザベス朝のドラマとは関係ないの」ダグレスはきっぱりと言って、続けた。「じゃあ、もう行くわね。もしまたその剣で何かしたら、外まで聞こえるように思いっきり叫ぶから。ハンカチをありがとう。すっかり濡らしちゃって申し訳ないわね。でも、貸してくれて助かったわ。さようなら。何に出演するのか知らないけど、成功を祈っているから」

くるりと向きを変えて、外に出る。

「ひどい一日だったとはいえ、さすがにこれ以上はもう何も起こらないわよね」ダグレスは門に向かって歩きながら、つぶやいた。門を出て教会の入り口から見えていた電話ボックスに入り、アメリカの実家にコレクトコールをかける。メイン州はまだ早朝だったが、眠そうな声でエリザベスが出た。

よりによってエリザベスかと、ダグレスは天を仰いだ。今、誰よりも話したくないのが、すべてにおいて完璧な一番上の姉だった。

「ダグレス、あなたなの？　大丈夫？　また何かトラブルに巻きこまれているんじゃないでしょうね？」エリザベスが急に眠気が覚めたように詰問する。

ダグレスは歯を食いしばった。「そんなわけないでしょう？　お父さんかお母さんに代わってくれない？」通りすがりの誰かでもいい。エリザベス以外なら誰でも。

エリザベスはあくびをした。「無理よ、山に行っているから。わたしは留守番をしながら、論文を書いているの」

「ノーベル賞は取れそう？」ダグレスは気楽に聞こえるように軽い調子で言ったが、エリザベスはだまされなかった。

「どうしたの、ダグレス。何かあったんでしょう？　医者の彼に置き去りにでもされたの？」

ダグレスは引きつった笑い声をもらした。「エリザベス、なんてことを言うのよ。ロバートとグロリアとわたしは、最高の時間を過ごしているわ。こっちには見るものもすることも山ほどあるの。今朝も中世のお芝居を見たんだけど、俳優がすごくよかったわ。衣装も信じられないくらいすばらしかったし」

エリザベスは一瞬口をつぐんだあとで言った。「ダグレス、嘘をついているでしょう。声でわかるわ。どうしたの？　お金が必要なの？」

イエスと答えればいいだけなのに、ダグレスはどうしてもそのひと言を口に出せなかった。彼女の家族は〝ダグレス噺《ばなし》〟をするのが大好きなのだ。ダグレスが体にタオルを巻きつけただけの姿でホテルの廊下に閉めだされてしまった話や、小切手を預金しに銀行へ行ったら銀行強盗に入られているところだった話、そのあと警察が来たら強盗が持っていたのはおもちゃの銃だったと判明した話などは、とりわけみんなのお気に入りだった。

今回の件をエリザベスが知ったら、あとでダグレスがイギリス旅行中に財布もパスポートもなしに教会に置き去りにされたとモンゴメリー一族のいとこたちに語り聞かせて、大笑いすることだろう。姉はとくとくとつけ加えるはずだ。〝そうそう、おまけにダグレスったら、頭のおかしなシェイクスピア俳優に襲われたのよ〟と。

「お金なんかいらないわよ。元気に過ごしているって知らせたくて電話しただけ。論文が仕上がるよう祈っているわ。じゃあ、またね」引きとめようとするエリザベスの声を聞きながら、受話器を置いた。

ダグレスはしばらく電話ボックスの壁にもたれて、目を閉じていた。涙が込みあげ、まぶたの裏をちくちくと刺す。モンゴメリー一族のプライドだけは受け継いでいるくせに、何ひとつ誇れるものがない。三人の姉たちはみな、成功した人生を送っている。エリザベスは化学の研究者、キャサリンは物理学の教授、アンは刑事弁護士だ。そんな中で、小学校の教師というぱっとしない仕事をしながらどうしようもない男たちとの関係を繰り返しているダグレスは、道化師のような存在だった。彼女ひとりが一族のみんなに笑いの種を提供し続けている。

考えれば考えるほど、涙がわいてきた。涙でかすんだ目をふとあげると、鎧を着た男が見えた。男は教会から出てきて、古い墓石の並ぶ墓地をちらりと見たものの興味を引かれなかったらしく、そのまま門を抜けて近づいてくる。

ところが、その道をバスが走ってきた。狭い道を小さなバスが時速八十キロほどで男のほうに向かっている。

ダグレスははっとして体を起こした。男はバスには気づかず、一心に歩いている。このままではバスの前に出てしまうと悟って、ダグレスは走りだした。教会の裏側から出てきた牧師もほぼ同時に気づいて、鎧の男に向かって走りだす。

ダグレスが先にタックルで男に飛びついた。コロラドに住むいとこたちとフットボールをして、覚えた技だ。ダグレスは男を吹っ飛ばして、彼の上に着地した。鎧が小さなボートのようにふたりを乗せて砂利道の上を滑り、そのすぐ横をバスが通り過ぎた。飛びつくのがあと一秒でも遅かったら、男はバスに轢《ひ》かれていただろう。

「大丈夫ですか？」牧師がきいて、ダグレスに手を差しだした。

「ええ……たぶん」ダグレスは立ちあがって、服についた土を払った。「あなたは？大丈夫？」地面に横たわったままの男に声をかける。

「あの馬車はなんなのだ？　走ってくる音がせず、馬の姿もなかった」男は体を起こしたが、立ちあがろうとはせずにぼんやりとあたりを見まわした。

ダグレスは牧師と視線を交わした。

「彼に水を持ってきましょう」牧師はそう言うと、ダグレスに小さく笑みを向けた。まるで〝あなたが助けた人ですから、あなたが面倒を見てください〟とでも言っているようだ。

「待ってくれ！」男が呼びとめた。「今が何年か教えてもらいたい」

「一九八八年ですよ」牧師は答えたあと、男がふたたび地面に体を倒したのを見て、ダグレスに視線を向けた。「すぐに水を持ってきます」牧師はふたりを残して行ってしまった。

男はダグレスが差しだした手を無視して、立ちあがった。

「座っていたほうがいいと思うわ」ダグレスが気を遣って低い石塀の内側にある鉄製

のベンチを示すと、男は先に立って歩きだした彼女に従って、ふたたび教会の門をくぐった。彼女を先に座らせようとするのを制して、ダグレスは男を座らせた。男の顔は真っ白で、明らかに礼儀など気にしている場合ではない。

「あなたって、本当に危なっかしいわね。いいからここに座っていて。お医者さんを呼んでくるわ。あなた、体調がよくないのよ」

ダグレスは歩きだしたが、男が静かに言うのを聞いて、足を止めた。

「わたしはもう死んでいるのだと思う」

振り返って、彼女は考えこんだ。男に自殺願望があるのなら、ひとりにするわけにはいかない。「やっぱりあなたも来たほうがいいわ。一緒に行って、あなたを助けてくれる人を探しましょう」

彼は立ちあがろうとしなかった。「わたしを轢き殺すところだったあの乗り物は、どういうものなのか教えてほしい」

ダグレスは男の隣に腰をおろした。自殺したがっているのだとしたら、話を聞いてあげるのが一番だ。「あなたはどこから来たの？　しゃべり方を聞いているとイングランド人みたいだけど、なんとなくアクセントが違うみたい」

「わたしはイングランド人だ。あの馬車について話してくれないか」

「わかったわ」ダグレスはため息をついた。ここは彼に合わせるしかない。「たしかにこの国では〝長距離バス〟も〝馬車〟と同じくコーチと呼ばれているわ。アメリカではミニバスって言うけど。いずれにしても、スピードを出しすぎていたわよね。これはわたしの意見だけど、二十世紀のこの国では、車がどんなにスピードを出していても文句を言われないのよね。ほかにききたいことはある？　飛行機や列車については？」

人助けも大事だが、今のダグレスはそれどころではなかった。「ごめんなさい。でももう本当に行かなくちゃ。牧師館で、病院に電話をかけてもらいましょう」一瞬考えてから、続ける。「それとも、あなたのお母さまに電話するべきかしら」中世の鎧を着て歩きまわり、腕時計やバスを初めて目にするかのようにふるまっているこの男を、この村の住民が知らないはずがない。

「母か」男が小さく笑みを浮かべる。「きっともう、母は死んでいると思う」

男は母親を亡くした悲しみで記憶が混乱しているのかもしれない。ダグレスは気持ちをやわらげた。「お気の毒に。お母さまは最近亡くなったの？」

男は空を見あげて、答えた。「四百年ほど前だ」

それを聞いて、ダグレスはさっと立ちあがった。「とにかく助けを呼んでくるわ」

ところが男に手をつかまれて、それ以上動けなかった。「母に手紙を書いていたら、女の泣き声が聞こえてきた。それからあたりが暗くなり、めまいがして……気がつくと女を見おろして立っていた。その女がきみだ」男が懇願するように見あげる。

彼がこれほどハンサムでなかったら、見捨てるのはもっと簡単だっただろう。「もしかしたら、あなたはなんらかの理由で記憶を失っているのかもしれないわ。そのせいで自分が着替えて教会に出かけてきたことを、覚えていないのよ。送っていくから、家がどこか教えてちょうだい」

「手紙を書いていたとき、わたしは一五六四年にいた」

彼は妄想にとらわれているのだ。すばらしくハンサムだけれど、気が狂っている。こんな男に出くわすなんて、いかにもわたしらしい。

「さあ、行きましょう。あなたを助けてくれる人を探しに」ダグレスは崖から飛びおりようとしている子どもをなだめすかすように、優しい声を出した。

男が青い目に険しい表情を浮かべてさっと立ちあがる。その体の大きさと伝わってくる怒りに、ダグレスはあとずさりした。この男は鎧をまとい、剃刀《かみそり》のように鋭い剣を持っているのだ。

「わたしは精神病院《ベドラム》に入るつもりはない。ここに来た理由も、どうやって来たのかもわからないが、自分が何者でどこから来たのかはちゃんとわかっている」

それを聞いて、ダグレスは笑いが込みあげた。「つまり十六世紀から来たっていうのね。今のエリザベス女王ではなく、エリザベス一世の時代から。まったく、これはダグレス噺の中でも最高傑作になるわ。恋人に振られたかと思ったら、その一時間後には幽霊に剣を突きつけられるだなんて」ダグレスは立ちあがった。「どうもありがとう。あなたのおかげで元気が出たわ。姉に電話をかけて、きっちり十ポンド送ってほしいと頼む気になれたもの。それだけあればロバートと泊まっているホテルまで電車で戻って、飛行機のチケットを取り戻して帰国できる。この先の人生で、今日ほど波乱にとんだ一日は二度とないでしょうね」

ダグレスは男に背を向けたが、彼がすばやく彼女の前にまわりこんできた。バルーン型の半ズボンの中から革の小袋を出し、中をのぞいてコインを何枚か取りだす。彼はコインをダグレスの手にのせ、その手を握った。

「十ポンドあるから、持っていくといい。それでわたしを貶《おとし》める言葉を聞かなくてすむようになるなら安いものだ。わたしは神に、きみの邪悪な魔法を解いてくれるように祈ることにしよう」

ダグレスはコインを突き返したかったが、そうすれば姉に電話をするしかないとわかっていた。「つまりわたしは邪悪な魔女ダグレスってわけね。だったらなぜわたしは列車に乗る代わりに便利な箒《ほうき》に乗らないのかしら。まあ、いいわ。借りたお金はあとで牧師さま宛に送り返すわね。さようなら。二度と会わなくてすむことを祈っているわ」

ダグレスが教会の敷地から出ようとしたところで、牧師が水を持って戻ってきた。男の妄想につきあうのは、牧師にまかせればいい。あの男はああいう衣装を山ほど持っているのかもしれない。今日はエリザベス朝の騎士の格好をしているが、明日はリンカーンになるとか。あるいはイングランド人だから、ネルソン提督だろうか。

小さな村なので列車の駅はすぐに見つかった。切符を買うために窓口へ向かう。

「三ポンド六セントです」窓口の男性が告げた。

ダグレスはまだイギリスの貨幣が把握できていなかった。コインを見分けてぴったりの金額を出すのが面倒で、男からもらったコインを窓口の男性に全部押しやる。

「これで足りるかしら?」

駅員は三枚のコインを一枚ずつひっくり返しながら丁寧に眺めたあと、顔をあげてひと言断り、奥に引っこんだ。

ダグレスは偽造硬貨を使ったとして逮捕されるのかもしれないとびくびくしながら、

駅員を待った。この完璧な一日の締めくくりとして、逮捕されるなんていかにもふさわしい。

しばらくして、制帽をかぶった駅員が戻ってきた。「このお金は受け取れません。オリバー・サミュエルソンの店に持っていかれるといいと思いますよ。あなたの右に見える角を曲がってすぐのところにありますから」

「切符を買えるくらいの値段で、このコインを買い取ってもらえるのかしら？」

「そう思います」彼はおかしな冗談でも聞いたかのような顔をした。

「ありがとう」ダグレスは礼を言って、コインを回収した。もしかしたら、そんな店に行くより姉に電話をかけるべきかもしれない。コインを見つめたが異国のコインにしか見えず、ため息をついて店に向かう。窓に〈オリバー・サミュエルソン／貨幣商〉と書かれている店はすぐに見つかった。

中に入ると禿《は》げた小柄な男性が机の後ろに座っていて、てかてか光る額に宝石商が使うようなルーペをつけていた。「いらっしゃい」

「駅の窓口の男性に言われて来たの。ここなら列車の切符を買えるくらいの値段でこのコインを買い取ってくれるって」

店主はコインを受け取り、宝石鑑定用のルーペでのぞいた。しばらくして、低く笑う。「列車の切符ね。たしかに買えるよ」

それから顔をあげた。「こっちの二枚は一枚五百ポンドだ。こっちは五千ポンドだけど、今はそれだけの手持ちがないから、ロンドンに何本か電話をかけなくちゃならない。用意ができるまで、二、三日待てるかね？」

ダグレスはしばらく言葉が出なかった。「五千ポンドですって？」

「わかった、六千ポンド出そう。だが、これ以上は一シリングも出せないよ」

「でも……わたし……」

「売るのかい？　売らないのかい？　まさか、違法に手に入れたものじゃないだろうね？」

「いいえ、そんなことはないと思うけど」ダグレスはささやくような声しか出なかった。「でも、売る前にちょっと相談してきたいの。あの、これ本物なのかしら？」

「中世のコインは普通はそれほど価値がないんだが、これらは珍しい種類だし、ものすごく状態がいい。もっとあるなら、喜んで買い取らせてもらうよ」

「そうね。もう何枚かあったと思うわ」本当はまだ袋にいっぱいある。

店主は暗い人生に光が差しこんだかのように、うれしそうな顔でにっこりした。

「船に乗った女王の姿が刻印されている十五シリング硬貨があったら、見せてほしい。

わたしじゃ手が出せないが、買いたいという人間を見つけてあげられる」

ダグレスは出口に向かってじりじりと後退した。

「それかダブル金貨でもいい」店主が繰り返す。「エドワード六世のダブル金貨がほしい」

ダグレスはうなずいて店を出た。呆然としたまま教会に戻る。庭に男の姿がなかったので焦ったが、彼は教会の中にいた。伯爵の白い墓の前にひざまずいて、両手を組み頭を垂れて祈っている。

牧師が暗がりから出てきて、横に立った。「あなたが出ていってから、ずっとああしています。声をかけてみたんですが、立とうとしないのです。気の毒に、何かよっぽど悩んでいることがあるのでしょうね。ご友人ですか？」

「いいえ。実は、今日初めて会ったんです。この村の人だと思っていたんですけど」

牧師はほほえんだ。「教区の人たちが鎧を着ることはほとんどありませんよ」彼は腕時計に目をやった。「もう行かなければ。あの方のそばについていてくださいますか？　なぜか、ひとりにはしたくないんです」

彼女が承諾すると牧師は出ていき、ダグレスは一心に祈る男とともに残された。静かに男の後ろに歩み寄って、ささやく。「あなたは誰なの？」

男は目を閉じたまま、組んだ手をほどこうとも、顔をあげようともしなかった。

「わたしはニコラス・スタフォード。ソーンウィック伯爵だ」

一瞬間を置いてその名前をどこで見たのか思いだしたダグレスは、大理石の墓に目をやった。そこにはゴシック体で〝ニコラス・スタフォード、ソーンウィック伯爵〟と刻まれている。そして墓の上にのっている等身大の彫像は、目の前の男が着ているのとまったく同じ衣装を着ているうえ、大理石の顔が男の顔とうりふたつだった。

目の前の男が本当に過去から来た人間で血肉を備えた幽霊のようなものだという考えは、ダグレスの理解できる範囲をはるかに超えていた。大きく息を吸って、口を開く。「もちろん、身分証明書なんて持っていないわよね」重い雰囲気を軽くしようと、冗談めかして言う。

ニコラスは顔をあげて目を開けると、彼女をにらんで怒りに満ちた声を出した。

「わたしの言葉を疑うのか？　わたしをここへ呼んだ魔女が、なぜ信じない？　魔術を使ったと告発される危険にわたし自身がさらされる恐れがなければ、きみを告発し、火あぶりにされるのを見届けたいところだ」

何をどう考えたらいいのか混乱しているダグレスに背を向け、彼はふたたび神に祈りだした。

2

ニコラス・スタフォードはようやく立ちあがると、振り向いて若い女を見おろした。彼女の仕草も、着ているものも、しゃべり方も、すべてが奇妙奇天烈《きてれつ》で、どうにも気持ちがかき乱される。彼女は魔女に違いないし、まさにそういう外見だが、彼の時代の女と変わらず美しい。まとめていない髪は肩に流れ落ち、緑色の目はまさにエメラルドのようで、肌は白く染みひとつない。だが、そのスカートは男や神の軽蔑を誘っているかのごとく、はしたないまでに短い。

ニコラスはめまいがして体に力が入らなくても、彼女の前でよろけるつもりはなかった。足を踏ん張り、まっすぐに彼を見つめている女を見つめ返す。

自分の身に起こったことが、まだ信じられなかった。これまでの人生で最悪の状況に陥り、すべての希望が消えたかのように思えたとき、母親からの手紙を受け取った。完全に潰《つい》えたと思った希望をよみがえらせるものを見つけたと知らせる手紙を。そこでニコラスが持っている情報を伝え、もっと詳しい情報を教えてくれるように頼む返事をしたためていたとき、女の泣き声が聞こえてきた。監禁されている部屋でそんな声が聞こえるのは明らかに普通ではなかったが、なぜかその泣き声を無視できずに、ペンを置いた。

声がどんどん大きくなり、石の壁と天井で囲まれた小さな部屋に響き渡るようになると、ニコラスは両手で耳をふさいで閉めだそうとした。しかしそれでも声は消せず、あまりの大きさに彼はとうとう何も考えられなくなって、机に頭をのせ、彼を引き寄せる泣き声に身をゆだねたのだった。

そのあとは、夢を見ているようだった。椅子に座って頭を机につけているのがわかっているのに、同時に自分が立ちあがろうとしているのを感じた。ようやく立ったと思うと足の下から床が消え、宙に浮かんでいるかのように体がふわふわした。ふと手を見ると、透けて向こう側が見えることにおののいた。よろよろと扉まで行って人を呼ぼうとしたが声が出ず、そうしているうちに扉も消えて部屋そのものがなくなった。その一瞬、ニコラスは無の上に立っていた。彼は虚空に浮かんだ影のような存在で、見まわしてみても暗闇しかなかった。

どのくらいのあいだ、暑さも寒さも感じず、女の泣き声だけを聞きながら無の中を漂っていたのかわからない。一瞬前まで虚空に浮かんでいたのに、気がついたら日の光が差しこむ教会にいた。着ているものも変わっていて、めったにない特別な機会にだけ着る半甲冑をまとい、エメラルド色のサテンの半ズボンをはいていた。

目の前には墓にすがって泣きじゃくる女がいたが、まとめていない髪で顔が隠れていたため、若いのかそうでないのかもわからなかった。女は悲しみにとらわれて激しく泣いており、彼を振り返りもしない。

そこでニコラスは、女から女が取りすがっている墓に視線を移し——思わずあとずさりした。墓の上の白い大理石の彫像が……彼に生き写しだったのだ。しかもその下には、彼の名前と今日の日付が刻まれている。自分は死ぬ前に埋葬されたのだろうかと、ぞっとした。

気がつくと知らない場所にいたうえ、自分の墓を目にした衝撃で吐き気を覚えながら、ニコラスは教会の中を見まわした。壁面には誰が埋葬されているか記した銘板が埋めこまれ、一七三四年、一八一二年、一九〇二年といった年号が見える。

まさか、ありえないと思ったが、ここは彼の知っている教会の様子とはまるで違っていた。まず、非常に簡素だ。梁《はり》にも石材の持ち送り《コーベル》にも色が塗られておらず、祭壇にかけられた布の刺繍は、不器用な子どもがほどこしたのかと思うようなものだった。

ニコラスは泣いている女を見おろした。この女は魔女に違いない。彼を別の時代、別の場所へと呼び寄せたのだから。女がようやく泣きやんで彼に気づくと、ニコラスはすぐに自分をもとの時代、もとの場所へ戻すように要求した。彼自身の名誉と家族の将来を守るため、なんとしても戻らなければならないからだ。それなのに女は、ふたたび泣き崩れた。

邪悪な魔女は機嫌も口も悪いことが、すぐに判明した。しかも彼がどうやってこの場所に来たのかは自分も知らないと、臆面もなく言い放った。

ようやく女が教会から出ていくと、ニコラスはほっとした。気持ちが鎮まり、虚空を移動して知らない時代に来たと思ったのは夢だったと信じかけた。今、経験しているのはひどく現実感のある夢なのだと。

そして教会を出たときにはすっかり落ち着き、その庭が彼の知っている教会の庭とどこも変わらないのを見て取って、ほっとした。だがそのときは、墓石の日付に目をとめていなかった。あとで見ると、一九八二年と刻まれたものもあった。彼には想像もつかない年代だ。

ニコラスは教会の門を出て、静かな道を歩き始めた。そしてふと、人の姿がないのをいぶかしく思った。馬の姿がないのも、さまざまなものを運ぶ荷馬車が通らないのも妙だった。

次に起こったことはあまりにも突然で、ニコラスはあとになっても何があったのかはっきりと思いだせなかった。左側で音がした。今までに聞いたことのない大きなその音はあっという間に近づいてきて、右側からは女にあるまじき速度で魔女が走ってくるのが見えた。女がそのまま飛びかかってきたので、彼は虚を突かれた。か弱い女に押し倒されるなんて、思っていた以上に弱っていたのだろう。

数秒後、ふたりのすぐ横を馬のいない馬車がとんでもない速さで通り過ぎていった。ニコラスは女と牧師に不思議な馬車について質問したが——ちなみに牧師は、その職にふさわしい簡素な長いローブを着ていた——頭のおかしな男だと思われただけだった。そしてニコラスは、魔女にうながされるまま教会の庭に戻った。これが自分の運命なのかと、打ちのめされていたのだ。自分が属しているのとは違う時代の見知らぬ場所で、ひとりで死んでいくのかと。

ニコラスはなんとしてももとの時代へ戻らなくてはならないのだと、懸命に魔女に説明した。だがいくら訴えても、魔女はどうして彼がここに来たのかわからないというふりを続けた。理解しづらい変わったしゃべり方や、宝石や貴金属を身につけていないことから、女が農民であることはわかった。しかし奇妙なしゃべり方に気を取られて、金をせびられていると気づくまでしばらくかかった。なんとあの魔女は、彼に十ポンドも要求したのだ！　だが別の術をかけられても困るので、拒否するという選択肢はなかった。

金を手に入れると女は去っていき、ニコラスは教会の中に戻った。ゆっくりと自分の墓に歩み寄り、日付の上に指先を滑らせて考えをめぐらせた。自分は虚空を移動しているときに死んだのだろうか？　魔女に呼び寄せられて、この時代に来たときに。今は一九八八年だと牧師が言っていた。四百二十四年後の世界だ。だとすると、魔女は一五六四年にいた彼を殺したということになるのだろうか？

彼は戻らなければならないのだと、どうやったら女に理解させられるだろう？　一五六四年の九月六日に死んだのなら、身の証は立てられなかったということになる。いろいろなことを山ほどやり残したまま、この世を去ったのだ。そのあと、残された家族はどんな恐ろしい目にあったことか。

ニコラスは冷たい石の床に膝をついて、祈り始めた。魔女の術と同じくらい強い祈りを捧げれば、もとの時代に戻れるかもしれない。

だが必死に祈りながらも、頭の中には別の考えが浮かんでいた。あの女が一連の出来事の鍵で、あの女のことをもっと知るべきだという気がしてならない。その考えは押しのけても押しのけても、頭の中に戻ってきた。

しばらくしてニコラスは祈るのをやめ、その考えを受け入れた。魔女であろうとなかろうと、あの女が彼をここへ引き寄せた。だから、もとの時代に戻せるのも彼女だけだ。

だが女はわざわざ呼び寄せたにもかかわらず、いっこうに何かを求める様子がない。おそらく、意識的に呼んだのではないのだろう。大きな力を持っているのに、使い方を知らないのかもしれない。

やはり、女も彼も知らないなんらかの理由で、自分はこの時代に来たのだ。

では、その理由とはなんなのだろう？　自分にはここで知るべきことがあり、あの魔女がそれを教えてくれるというのか？　もしかしたらあの女が主張しているとおり、魔術は使われていないのかもしれない。あの女は自分勝手な恋人と喧嘩《けんか》をして泣いていたところ、彼女にも彼にもわからないなんらかの理由でニコラスを引き寄せてしまったのだ。恐ろしい速度で馬のついていない馬車が走りまわるこの危険な時代に。

それなら知るべきことを知れば、もとの時代に戻れるのでは？

魔女が鍵だという思いが、頭にこびりついて離れなかった。彼を呼び寄せたのがよこしまな意図からであれ不幸な偶然であれ、女には彼を戻す力があるとニコラスは確信していた。そしてそうだとすると、彼が必要なことを知るためには女の協力が不可欠だということになる。

あの女にはそばにいてもらわなくてはならない。たとえ心の平安を犠牲にすることになっても、嘘をついたり脅したりしなくてはならなかったとしても、絶対にそばにとどまってもらうのだ。必要な情報を引きだすまで、決して女を去らせはしない。

ニコラスはひざまずいたまま神に導きと助言を乞い、なすべきことをなし、知るべきことを知るあいだ、見守っていてほしいと祈った。

女が戻ってきたとき、ニコラスはまだ祈っていた。与えた金について女が文句を言うのを聞きながら、彼は女を戻してくれた神に感謝を捧げた。

3

「あなたは何者？　このコインをどこで手に入れたの？　まさか盗んだわけじゃないでしょうね」ダグレスはばかげた衣装に身を包んだ男に矢継ぎ早に質問した。ひざまずいていた男は立ちあがったが、重い鎧をつけているにもかかわらずその動きはなめらかで、この格好で動き慣れていることがわかる。

激しい怒りを浮かべる男にふたたび剣を突きつけられるのを恐れてダグレスはあとずさりしたものの、彼は怒りを抑えこんだ。

「いや、マダム。そのコインはわたしのものだ」

「これはもらえないわ。とても価値があるものみたいだから」ダグレスはきっぱりと言って、コインを差しだした。

「きみが必要としている分には足りなかったか？」ニコラスが静かに問いかけ、小さく笑みを浮かべる。

ダグレスの中で警戒心が募った。剣を突きつけてから大して時間が経《た》っていないのに、この男はそんなことなどなかったかのごとく優しい笑みを向けている。まるで誘惑しようとしているかのような笑みを。こんな頭のおかしな男からは、さっさと離れるに限る。

ダグレスは彼がコインを受け取ろうとしないので、墓の端にのせた。「こんなに高価なものをくれようとするなんて、本当に親切なのね。でも、受け取れないわ。お金は別の方法で手に入れます」向きを変え、出口に向かう。

「待ってくれ、マダム！」ニコラスが大きな声をあげた。

ダグレスは両脇にさげていた手を握った。あくまでも中世から来たふりを続ける男にいらだち、振り返る。「ねえ、あなたが問題を抱えているのはわかったわ。もしかしたら頭を打って、自分が誰だか思いだせないのかもしれないわね。でもそれはあなたの問題で、わたしには関係ない。わたしはわたしで問題を抱えているのよ。一ペニーもお金を持っていないし、おなかはぺこぺこ。それなのに、この国には知りあいがひとりもいない。たとえお金を持っていたとしても、どうやって今晩寝る場所を確保したらいいのかもわからない」

「わたしもだ」ニコラスが静かに言い、悲しげな目に期待をこめて彼女を見つめた。

ダグレスはため息をついた。ここにも彼女に助けてもらうことを期待している男がいる。自分の人生が最低なのはこういう男たちのせいで、今回は絶対にほだされたりするものか。怒らせたら剣を抜くような男を助けるつもりはない。「教会を出たら右に曲がって。車に気をつけるのを忘れないでね。二ブロック進んで、左に折れる。駅を過ぎて三ブロック進んだらコインショップがあるわ。そこであなたが持っている古いコインを出せば、かなり高額で買い取ってもらえるはずよ。そうしたら、そのお金でちゃんとした服を買って、ホテルに泊まるといいわ。すてきなホテルに一週間滞在して解決しない問題は人生にはほとんどないって、ミス・マープルも言っているもの。熱いお湯にゆっくり浸《つ》かれば、すぐに記憶が戻ってくるんじゃないかしら」

ニコラスは呆然と女を見つめた。女が今しゃべったのは、英語だろうか？〝ブロック〟というのはなんだ？〝ミス・マープル〟というのは何者なのだ？

まったく理解していない様子の彼を見て、ダグレスはため息をついた。彼をこのまま残していくのは、道路の真ん中に怪我をした子犬を置き去りにするようなものだ。彼女は観念した。「わかったわ。電話のところまで一緒に行ってあげる。そこでどっちへ行けばいいか教えるわ。でも、そこまでよ。それ以上はしませんからね！あとはひとりで行って」

ニコラスは黙って彼女に従い教会を出たが、門の外まで来ると、驚きに打たれて固まった。自分の目に映った恐ろしい光景が信じられなかった。

ダグレスは門から二、三歩進んだところで、男がついてきていないことに気づいた。振り返ると、彼は道の反対側にいる若い女を見つめて固まっていた。すべてを黒でまとめた、流行のイギリス風〝シック〟な装いの女だ。黒いハイヒールに黒いマイクロミニの革のスカート。オーバーサイズの黒のセーターは腿の付け根まで届いている。仕上げにショートヘアを紫と赤に染め、ハリネズミのようにつんつんと逆立てていた。

ダグレスはにやりとした。パンクロック風のファッションは誰にとっても衝撃的だが、自分は十六世紀から来たと思っている男にはなおさらだろう。「さあ、行きましょう」声をやわらげてうながす。「あれくらい、まだ普通よ。ロックコンサートに行ったらきっと驚くわ。あんなものじゃないから」

電話ボックスに着くと、ダグレスはもう一度道順を説明した。ところがいらだたしいことに、彼は歩きだそうともせずに電話ボックスの外でじっと立っている。

「早く行って」そう言っても動かないので無視して受話器を取りあげたが、結局また戻して彼に向き直った。「はっきり言っておくわ。これがイングランド流のナンパなら、興味ないから。つきあっている男性がいるのよ。いた、と言うべきかもしれないけれど」ダグレスは息を吸った。「とにかくわたしは、今からその彼に電話をかけるところなの。きっとすぐに来てくれるわ」

彼女の演説にもニコラスはまったく反応せず、じっとこちらを見つめている。ダグレスはため息をつくと、オペレーターを呼びだして滞在しているホテル名を伝え、コレクトコールでロバートにつなぐように頼んだ。ところが出たのはホテルの従業員で、一瞬ためらったあと、ロバートとその娘は一時間前にチェックアウトしたと告げた。ダグレスは受話器を置いて、電話ボックスの壁にもたれた。これからどうすればいいのだろう?

「これはなんだ? 今、話しかけていたようだが?」興味深げに電話を見つめながら、ニコラスが質問する。

「もう、いい加減にしてくれない?」ダグレスはほとんど怒鳴るようにして、怒りをニコラスにぶつけた。その勢いでもう一度受話器を持ちあげ、次に泊まる予定のホテルの番号を調べてもらう。そこにかけると、ロバート・ホイットリーはついさっき予約をキャンセルしたところだと告げられた。

ふたたび電話ボックスの壁にもたれたダグレスは、抑えきれずに涙が込みあげるのを感じた。「わたしだけの輝く鎧の騎士はどこにいるの?」そう言いながら、目の前に立っている男を新たな目で見直す。陰りゆく午後の日の光を受けて輝く鎧、そこだけ影が落ちたような黒髪、剣の柄できらめく宝石。輝く鎧の騎士を願ったら、彼が現れた。

「よくない知らせでも？」

ダグレスは体を起こした。「どうやらわたしは捨てられたみたい」ニコラスを見つめながら、静かに返す。いいえ、そんなことはありえないし、その可能性を考えるだけでもばかばかしい。演じている役に没頭するあまり中世の騎士になりきってしまった目の前の男が、彼女が願った輝く鎧の騎士だなんて。いつもと同じで、彼はどうしようもない男ばかり引き寄せてしまうダグレスの体質に呼ばれて現れたのだ。どうやら問題を抱えた男たちは、彼女を見つけるレーダーを備えているらしい。

「そうか。わたしもすべてを失ってしまったようだ」ニコラスがかろうじて聞き取れる静かな声で言う。

絶対にだめだと、ダグレスは男にほだされそうな気持ちに必死で抵抗した。「この村の誰かが、きっとあなたのことを知っているわ。そうね、郵便局に行ってきいてみたら、どこに住んでいるか教えてもらえるんじゃないかしら」

「郵便局というのは？」

ニコラスが本当に途方に暮れている様子なので、ダグレスは気の毒に思わずにはいられなかった。そしていけないと思いながらも、気がつくと口にしていた。「行きましょう。あなたがそのコインを今のお金に替えられるように、コインショップまで連れていってあげるわ」

ふたりは歩きだしたが、男のぴんと背中を立てた美しい姿勢を見て、ダグレスも胸を張り背筋を伸ばした。すれ違うイギリス人の人々は、誰もふたりを気にとめなかった。ダグレスの見たところ、イギリス人がじろじろ見るのはサングラスをかけた人間だけだ。しかし、そのあとすれ違ったアメリカ人観光客の夫婦と思春期の子どもふたりは、そうはいかなかった。

「あれを見ろよ、マート」首からカメラを二台さげた父親が言った。親たちは鎧を着た男をびっくりした目で見つめているし、子どもたちは笑いながら指さしている。

「礼儀知らずのばかどもめ。目上の者に対してどうふるまえばいいのか、誰かが教えてやるべきだ」ニコラスが小声で言った。

そのあとの出来事は、あっという間に起こった。ふたりのすぐそばでバスが止まり、五十人余りの日本人観光客がどっと降りてきた。中世の趣を残すイギリスの小さな村の風景を、パシャパシャと音をたててあらゆる角度からカメラにおさめ始める。彼らは鎧姿の男を目にしたとたん、カメラを顔の前に構えていっせいに近づいてきた。

押し寄せてくる観光客を見て、ニコラスは剣を抜いて前に出た。離れたところから見守っていたアメリカ人女性が恐怖の声をあげたが、日本人観光客はかまわずさらに距離を詰めてきた。降り注ぐシャッター音が夏の夜のセミしぐれのようだ。

このままでは大変なことになると悟ったダグレスは、それを防ぐためにできる唯一の行動をとった。「だめよ！」鎧を着た男に飛びついて、そう怒鳴ったのだ。ところが運の悪いことに、その勢いで剣の刃がブラウスの袖を切り裂き、二の腕を傷つけた。ダグレスは思わぬ痛みに驚いて転びそうになったが、ニコラスが彼女を受けとめて抱きあげ、歩道まで運んでいった。背後からは日本人観光客によるシャッター音がなおも響き、アメリカ人観光客の拍手まで聞こえる。

「すごいや、父さん。ウォリック城よりおもしろいね」アメリカ人の子どもの声だ。

「こんなのをやっているなんて、ガイドブックに載っていなかったわよね、ジョージ」母親が夫に言っている。「ちゃんと載せておいてくれなくちゃ困るわ。そうじゃないと、本物だって勘違いしちゃうもの」

ニコラスは女をおろした。どういうことなのかわからないが、自分はどうやらばかげたふるまいをしてしまったらしい。この時代では、高貴な身分の人間を貶めることが許されているのだろうか？　それにあの者たちが顔の前に構えていた小さな黒い機械は、どういう武器なのだろう？　さらに言えば、あの小さい人々は黒い機械でどのように戦うつもりだったのか？

あれこれ質問すると魔女がいつもいやそうな顔をするので、ニコラスは心の中の疑問を口に出さなかった。

「マダム、きみは怪我をしている」そう言いながら彼が体をこわばらせている様子から、彼女に怪我をさせてしまったことを恥じているのがダグレスにもわかった。

血は出ているし傷は痛むが、ダグレスは彼の気持ちを軽くしてあげることにした。「〝こんなものはちょっと皮が切れただけさ〟」テレビの西部劇の台詞《せりふ》を真似て、冗談めかして言う。しかし彼は動揺した様子のまま、笑みを返さなかった。ダグレスはスカートのポケットからティッシュを取りだし、傷口を押さえた。「どうってことないわ。コインショップはあっちよ。早く行きましょう」

小さな店に入ると、店主はダグレスに歓迎の笑みを向けた。「戻ってきてくれるよう祈っていたんだよ。なんといっても――」店主はニコラスを見て、口をつぐんだ。黙ったままゆっくりと立ちあがってニコラスに近づき、彼のまわりを一周する。それから額につけていた宝石鑑定用のルーペを目に装着し、ときどき〝ふむふむ〟とつぶやきながら鎧を細かく調べ始めた。ニコラスは不快そうな顔をしているが、また失敗してはいけないと思っているのか、されるがままになっている。店主は剣の柄に埋めこまれた宝石や、ベルトに差してある短剣の宝石——ダグレスはそれまで短剣には気づいていなかった——をひとつひとつ見ていったあと、ルーペを押しあげて膝をつき、膝の上に巻かれたガーターの刺繍、長靴下の編地、やわらかい靴を丁寧に品定めしていった。

ようやく衣装のチェックを終えると、店主は立ちあがってニコラスの顎ひげと髪をしげしげと見つめた。

そのあいだニコラスは、いやがっていることを隠しきれないながらもじっと耐えていた。

ようやく店主が彼から離れる。「すばらしい。こんなにすばらしいものは初めて見たよ。隣の宝石店の店主にも、ぜひ見てもらわなくては」

「その必要はない！」ニコラスがぴしゃりと言った。「品評会の豚みたいに、一日じゅうここでおとなしくじろじろ見られていると思うのか？　おまえが仕事をする気がないのなら、別の店に行く」

「もちろん仕事はするとも」店主はあわててカウンターの後ろに戻った。

ニコラスはコインが詰まった袋をカウンターの上に置いた。「これだけあったら、いくらになる？　言っておくが、買い叩こうなどと考えるな」

その厳しい口調に、ダグレスは思わず身を縮めた。鎧姿の男は人に命令し、思いどおりに動かすことに慣れているようだ。ニコラスはコインの袋を残して窓辺に行くと、外を見つめた。店主が震える手で袋を開く。

ダグレスはカウンターに近寄った。「ねえ、彼が身につけているものをどう思った？」

店主はニコラスの背中をちらちら見ながらダグレスに身を寄せ、ひそひそと言った。「あの鎧は銀製だ。しかも相当純度が高いうえ、エッチングの部分には金が使われている。剣についているエメラルドはあれだけでひと財産になるし、指輪のルビーやダイヤモンドもそうだ」店主はダグレスを見つめた。「あの衣装にはとんでもなく金がかかっているよ。ああ、あったあった。さっき話したコインだ」店主が一枚のコインを取りあげる。

「船に乗った女王のコイン？」

「そのとおり」店主はコインを愛《め》でるように見つめている。「買い手を見つけられると思うが、二、三日はかかるだろう」まるで恋人のことを語るような声だ。

ダグレスは店主の手からコインを取った。一枚を残して、すべてのコインを袋に戻す。これらを売る前に、適正な価格がどれくらいか調べたかった。「このコインに五百ポンド払うって言ったわよね」

「ああ。でも、ほかのコインは？」店主が懇願するようにきく。

「もう少し……彼と相談してからにするわ」

店主はため息をついて店の奥に引っこみ、しばらくして戻ってくると、五百ポンド分のイギリス紙幣を数えて置いた。

「気が変わったら、ぜひまた来てほしい」店を出ていくニコラスとダグレスに向かって、店主が声をかける。

通りに出ると、ダグレスは引き換えたばかりのイギリス紙幣とコインが詰まった袋をニコラスに渡した。「コインを一枚だけ五百ポンドで売ったわ。ここにあるものを全部合わせたら、相当な金額になるみたい。それを言うなら、あなたが身につけているものはみんな、王の身代金になるくらいの価値があるみたいだけど」

「わたしは王ではなく伯爵だ」ニコラスはそう返すと、紙幣を怪訝《けげん》そうに見た。

ダグレスは彼の鎧をじっと見た。「それ、本当に銀でできているの？　そして黄色い部分は金？」

「わたしは貧者ではないのだよ、マダム」

「そうみたいね」ダグレスは一歩さがった。「じゃあ、わたしはもう行くわ」そう言ったとたん、一日のほとんどをニコラスのために費やしたあげく、今の彼女には現金も夜を過ごす場所もないという現実がいっきによみがえった。しかも今すぐ助けを求められるような知りあいは、イギリスにはひとりもいない。ロバートと彼の娘はホテルをチェックアウトしているうえ、次に予約してあったホテルはキャンセルしている。ダグレスは顔をしかめた。歴史あるホテルに泊まり、城や史跡を見てまわるような行程をグロリアがいやがったのだろう。

「――選ぶのを手伝ってくれないか？」ニコラスが何やらしゃべったあと、問いかけてきた。

「ごめんなさい、聞いていなかったわ」

彼は頼みごとをしなくてはならないのが不本意らしく、苦々しい顔をしている。

「服を選び、夜を過ごす場所を探すのを手伝ってほしい。そうしてくれたら、金を払おう」

ダグレスは一瞬、何を言われたのかわからなかった。「わたしを雇いたいの？」

「そうだ」

「仕事は必要ないわ。必要なのは……」最後まで言えずに、顔を背けて激しくまばたきをする。涙腺がナイアガラの滝にでもつながっているかのようだ。

「金?」男が代わりに言う。

ダグレスははなをすすった。「違うわ。いいえ、やっぱりそうね。たしかにお金が必要よ。でもロバートを見つけて説明することも必要なの」ロバートはダグレスが娘を叩いたと思いこみ、かんかんになっている。でも〝あなたの娘は嘘つきだ〟などと、どうしたら彼の気を悪くさせることなく言えるだろう?

「手伝ってくれたら金を払う」男が重ねて言った。

ダグレスは男に向き直った。彼の目には途方に暮れたような表情が浮かんでいて、それを見ると心がぐらりと揺れた。流されてはいけないと、ダグレスは自分を叱った。頭がおかしいとわかっている男と行動をともにするわけにはいかない。彼は見たとおりの人間だ。明らかに裕福だけれど、明らかに正気ではない。もしかしたら金持ちの変人が中世の歴史家に衣装を作らせ、村から村へとまわりながらひとり旅の女を引っかけているのかもしれない。

でもそれならどうして、目にあんな表情を浮かべているのだろう。彼は記憶を失っているのだろうか?

考えてみれば、ほかに選択肢があるわけではない。実家に電話をかけてお金を送ってほしいと頼めば、エリザベスに笑われる。ばかにした笑い声が聞こえるようだ。エリザベスなら、鎧を着た男の仕事なんて絶対に引き受けないだろう。こんな状況に陥ったとしても、姉ならどうすべきか、どうやったら抜けだせるか、わかるはずだ。なぜならエリザベスは完璧だから。キャサリンとアンもそう。はっきり言って、ダグレス以外のモンゴメリー一族はみんな完璧に思える。生まれたときに病院で取り違えられたのではないかと、何度も考えたくらいだ。

「わかったわ」ダグレスは心を決めた。「ここまで来たら、乗りかかった船だもの。服選びも、泊まるところを探すのも手伝うわ。だけど、それで終わり。報酬は、そうね……五十ドル」それだけあれば、朝食付きの宿《B&B》にひと晩泊まれるだろう。明日になったら勇気を奮い起こして、エリザベスに電話をする。

ニコラスは込みあげる怒りを抑えながら、短くうなずいた。彼女の言葉はよくわからなくても、言いたいことは伝わった。とにかくあと何時間かは、一緒にいることに同意させた。そのあいだに、どうやったらもとの時代に戻る方法を見つけるまでそばにとどめておけるかを考えればいい。そして知るべきことを知ったあとは、喜んでこの女とはたもとを分かつ。

「まずは服ね。服を買わなくちゃ。そうしたらお茶の時間だわ」

「お茶？　お茶とはなんだ？」

ダグレスは歩きだした足を止めた。このイングランド人はお茶を知らないふりをするつもりなのだろうか？　わざとらしい〝ふり〟にはもう耐えられない。とにかくホテルにチェックインするところまで見届けよう。そうしてようやく離れられたら、せいせいするに違いない。

4

ダグレスとニコラスは黙って歩道を進んだ。ニコラスは店のショーウィンドウや行き交う人々、通り過ぎる車などにせわしなく目を向け、本当に現代の世界を初めて見ているのだと信じてしまいそうになるくらい、ハンサムな顔にいちいち驚きの表情を浮かべていた。質問はしてこなかったが、しょっちゅう立ちどまっては車や短いスカートをはいた若い娘たちを見つめている。

コインショップから紳士服店までは、わずか一ブロックほどだった。「ここで、あなたが今着ているものよりずっと人目につかない服を買えるわ」

「なるほど、仕立て屋か」彼はドア越しに中をのぞいたが、何かが足りないと言いたげに眉をひそめている。

「いいえ、仕立て屋じゃないわ。既製服を売っている店よ」

中に入ると、ニコラスはずらりと吊《つる》されたシャツやズボンを見て目を丸くした。

「すでにできあがっている服なのだな」

ダグレスは答えようとしたが、店員が近づいてきたことに気づいて向きを変えた。小柄で痩せた男は、少なくとも九十歳は超えているに違いない。「彼のために、下着から何から一式そろえたいの。サイズはわからないから、測ってもらえるかしら」ニコラスは服のサイズを覚えていたとしても、わからないふりをするに違いない。「かしこまりました」店員が言い、ニコラスに目を向けた。「では、採寸をしますのでこちらへどうぞ」

店員が彼を連れて奥の仕切られた部屋へ向かおうとしたので、ダグレスはその場で待つことにした。けれどもニコラスが、カーテンの向こうのスペースまでついてくるようにと言い張るので、しかたなく従った。

ダグレスは端に置かれた椅子に座って雑誌を取りあげ、店員がニコラスの服を脱がせるあいだ、読んでいるふりをしていた。彼が両腕を持ちあげて鎧の留め金を外してもらっている様子から、人の手伝いを受けることに慣れているのが伝わってくる。小柄な店員はうやうやしいとも言えるほど丁寧に、座面に詰め物をした長椅子の上に鎧を置いた。そしてニコラスに向き直る前に、鎧にそっと手を滑らせた。

ニコラスは鎧の下に袖の太いリネンのシャツを着ていた。シャツが汗で体に張りついている。

それにしても、なんという体だろう！　ダグレスは思わず雑誌を落としそうになった。これまでは博物館で鎧を見るたびに、筋肉に覆われたたくましい上半身の形に作られていることを笑っていた。太鼓腹を隠すためにそうなっていると思っていたのだ。でもニコラス・スタフォードは鎧を脱いでも、その形どおりに肩幅が広く、筋骨隆々としている。

ダグレスはサケを釣る喜びを長々と書き連ねた記事に必死で集中しようとしたが、ニコラスの裸の胸にどうしても目が吸い寄せられてしまった。店員が次々にシャツを持ってきて彼に試着させたが、伯爵はどれも気に入らないらしい。十五枚目が却下されたところで、店員がダグレスに懇願するような視線を向けた。

ダグレスは雑誌を置いてニコラスの前に行き、決然とした表情で彼をにらんだ。

「どこが気に入らないの？」

ニコラスは試着を終えたシャツをたたんでいる店員から離れた場所に行くと、眉をひそめて口を開いた。「あれらのシャツには美しさがない。鮮やかな色も宝石もついていなければ、繊細な刺繍もほどこされていないじゃないか。まあ、あんなシャツでも女に刺繍を入れさせれば――」

ダグレスは笑みを浮かべた。「今時の女性は針仕事なんてしないのよ。少なくともこんな緻密な刺繡は」服を吊すためのラックにかけてあったニコラスのリネンのシャツの袖を持ちあげ、折り返し部分に触れる。そこには黒い絹糸で鳥と花の柄が刺繡され、端にはやはり黒い糸で切り抜き刺繡《カットワーク》がほどこされている。

ダグレスははっと気づいた。もちろん、今でも女性は針仕事をする。このシャツに美しい細工をほどこした人間が今の時代に存在するはずなのだから。

ダグレスは彼が退けたシャツの山から、コットンの美しいシャツを一枚抜きだした。イギリス人はアメリカ人と違って五分ごとに新しいものをほしがったりしないため、イギリスの店では何年も使えるように質の高い商品を多くそろえている。だからそれを買えるだけの余裕があるのなら、品質のいいものを買ったほうがいい。

「ほら、これをもう一度着てみて。この生地を触ってちょうだい。やわらかくて手触りがいいでしょう」ダグレスはなだめすかすような声を出している自分に気づいた。女なら誰でも一度は、こんなふうに男をうまく乗せて何かを買わせようとしたことがあるものだ。

シャツを広げてうながすと、ニコラスは気が進まない様子ながらも袖に腕を入れた。そんな彼の筋肉の動きに見とれてしまわないよう、ダグレスは懸命に目をそらした。

シャツは彼によく似合っていた。「こっちに来て、鏡で見てごらんなさいよ」

ダグレスは試着室に入ってすぐ大きな三面鏡が目に入ったので、ニコラスが鏡に気づいていないとは思いもしなかった。だから驚愕《きょうがく》した目で鏡を見つめ、そろそろと手を伸ばして表面に触れるという彼の反応は、まったくの予想外だった。

「これはガラスか？」

「もちろんよ。鏡はみんなそうでしょう？」

ニコラスがバルーン型の半ズボンの内側から木でできた円盤状のものを取りだした。受け取ってひっくり返すと裏側は金属の鏡になっていたが、そこに映る像はゆがんでしまっている。

顔をあげると、ニコラスは鏡に映る自分に見入っていた。彼は本当に、生まれて初めてはっきりとした等身大の自分の姿を目にしているのだろうか？　これまでは、今渡されたような金属製の鏡に映るゆがんだ姿しか見ていなかったなんて、ありうるの？

当然そんなはずはないと、ダグレスは即座に打ち消した。彼はただ覚えていないだけだ。あるいは覚えているけれど、覚えていないふりをしているのだ。

鏡には彼女の姿も映っていた。なんてひどい格好だろう。かなり泣いたので、メイクはほとんど崩れてしまっている。ブラウスの裾はウエストから出ているし、袖は大きく裂けて血の染みがついていた。紺のタイツは足首のあたりがたるみ、もつれてだらりと垂れた髪は見るに堪えない。

「次はズボンね」ダグレスは自分の不快な姿から目をそらし、店員がニコラスのサイズを測るあいだカーテンの外に出た。店のドアが開いて新たな客が入ってくると、試着室にニコラスを残して出てきた店員は、カーテン越しに数着のズボンを渡した。しばらくすると試着室のカーテンがほんの少しだけ開き、ニコラスが助けを求めるように彼女を見た。

「よくわからないんだが、ここはどうやって閉じるのだろう?」彼が小声でききながらカーテンを開け、ダグレスを中に入れる。

ダグレスは今自分が置かれている状況を深く考えないようにした。ズボンのファスナーの閉め方がわからないという赤の他人も同然の男と一緒に、狭い空間に閉じこもっているという状況を。彼がはいているズボンに手を伸ばしかけて思い直し、フックにかけられた別のズボンを取ってファスナーとスナップの扱い方を実演してみせる。それから後ろにさがって、彼が子どものようにファスナーやスナップを何度も試すのを見守った。彼が理解したのを確認して、試着室の外に出ようとした。

「待ってくれ。このすばらしい素材はなんと言うんだ？」ニコラスがトランクスを持ちあげ、ウエストのゴムを何度も引っ張っている。

「それはゴムよ」

「ゴム」彼の発音は〝ギョム〟に聞こえたが、新たな知識を得た喜びに顔を輝かせているのを見て、ダグレスもうれしくなった。

「そんなのまだ序の口よ。マジックテープを見たら、もっと驚くわ。また何かわからないことがあったら呼んでね」

ダグレスは笑みを浮かべたまま試着室を出た。そのままカーテンを背に、店内を見まわす。銀の鎧を着ている男にとって、ここにある服がどれほどくすんでつまらないものに見えるか、容易に想像がつく。

ふたりが試着室にいるあいだに、店員が二重にした大きなショッピングバッグふたつに鎧と剣と短剣を分けて入れ、試着室の外に置いてくれていた。それを持ちあげてみたダグレスは、あまりの重さに落としてしまいそうになった。

しばらくして試着室から出てきたニコラスは、やわらかい白のコットンシャツと細身のグレイのコットンパンツを身につけていた。今流行《はや》りのたっぷりとしたシルエットのシャツに体に沿ったズボンをはいた彼は、すばらしく見栄えがよかった。

ニコラスは鏡の前に行き、渋い表情を浮かべた。

「これは……」脚の裏側の生地をつまむ。

「ズボンよ。パンツとも言うわ」ダグレスは言い、目をしばたたいた。突如として魅力的な姿に変身した彼に、気持ちが追いつかない。

「体に合っていないのではないかな。これでは脚の形が見えない。わたしの脚はすばらしい形をしているというのに」

ニコラスに見とれていたダグレスは、われに返って笑いだした。「今の男性は長靴下をはかないのよ。あなたは不満なのかもしれないけど、よく似合っているわ。とってもすてき」

「そうだろうか。チェーンを巻いたら、もっとよくなるかもしれない」ニコラスが不満そうに言う。

「チェーンはいらないわ。絶対に必要ない」

ダグレスはさらに革のベルトと靴下を選んだ。「靴は別の店に行かなくちゃ」

一年分の善行をほどこしたような気分に浸っていた彼女は、レジでのニコラスのふるまいにまったく心の準備ができていなかった。小柄な店員が商品から外した値札の金額をレジに打ちこんで合計額を告げると、ニコラスがいきなり怒鳴りだしたのだ。

「首を刎ねてやる、盗人《ぬすっと》め!」彼は剣を抜こうとしたが、幸いそれはダグレスの足元に置いてあるショッピングバッグに入っていた。

「わたしから金をむしり取ろうとするとは! この粗末な服にそやつが求めた額よりも少ない金で、使用人を十二人雇える」ニコラスがわめく。

ダグレスはあわてて飛びだし、ニコラスと店員のあいだに割って入った。哀れな店員は奥の壁にへばりついている。「お金をちょうだい。昔と比べて今は何もかも高くなっているのよ。きっとすぐに、今の相場を思いだせるわ。さあ、お金を渡して」

ニコラスは怒った顔のまま、コインが入った革の袋をダグレスに渡した。「これじゃないわ。さっき替えたお金のほう」ニコラスが何を言われたのか理解できていない様子だったので、ダグレスはショッピングバッグを探って現代のイギリス紙幣を取りだした。

「紙で服が買えるのか?」ダグレスが札を数えているのを見て伯爵はささやき、にっこりした。「ほしいなら、紙切れなどすべてやってしまえ。ばかだな、そやつは」

「ただの紙じゃなくてお金なの。この紙を金《きん》と交換することだってできるんだから」店を出ながら、ダグレスは説明した。

「紙切れの代わりに金をよこすやつがいるのか?」ニコラスが目を剝《む》く。

「そうよ。金を両替しているお店だってあるし、一部の銀行でも金が買えるわ」

「どうして金で買い物をしない？」

「重すぎるからじゃないかしら」ダグレスはため息をついた。「お金は銀行に預けるのよ。使わないお金はね。そして普段は金の代わりに紙のお金を持ち歩いて使うの。あなたは使わないお金をどこに置いているの？」

「屋敷だ」彼は眉根を寄せて考え、答えた。

「ふうん」ダグレスは笑みを浮かべた。「穴を掘って、そこに埋めているのかしら。でも今の時代は、お金を銀行に入れておけば利息がつくわ」

「利息とはなんだ？」

ダグレスはうめきたくなるのを抑えた。もう質問はたくさんだ。「あら、喫茶店よ。おなかはすいていない？」

「すいている」ニコラスがそう言いながら、彼女のためにドアを開けてくれた。

ダグレスはイギリスに来てすぐに、アフタヌーンティーという習慣を気に入った。午後四時になったらゆったりと座り、おいしい紅茶を飲みながらスコーンを食べる。まさに至福の時間だ。そういえば、グロリアはスコーンを五つも食べていた。

ダグレスはグロリアを思いだして顔をしかめ、こぶしを握った。ロバートは娘がダグレスのハンドバッグを持ち去ったことを知っているのだろうか？　身ひとつで放りだされた恋人が、頭のおかしな男とかかわるしかないような状況に追いこまれていることを？　それにしても、婚約指輪を期待していたことをグロリアが知っていたのには驚いた。でもロバートが娘にそんな話をするとは思えなかった。ダグレスが何気なく言ったことから、グロリアに気づかれてしまったのかもしれない。

グロリアの言葉を信じることはできなかった。ロバートがダグレスを利用し、娘と一緒に彼女を笑っていたなんて。ロバートはそんなひどい男性ではない。そうでなければ、あれほど娘を愛しはしないだろう。彼は子どもを捨てて振り返りもしない男とは違う。離婚した妻のもとに娘を置き去りにしなければならなかったことで、罪悪感を抱いているのだ。だから埋めあわせをしたくて、旅行に娘を連れてきた。グロリアの立場になってみると、父親の愛情を渡したくないと思うのは当然だ。父親が愛している女性に嫉妬しても、なんら不思議ではない。

今ロバートが喫茶店に入ってきたら、自分はきっとひざまずいて許しを乞うだろうとダグレスはわかっていた。

「いらっしゃいませ」カウンターの向こうの女性が言う。

「紅茶とスコーンをふたり分お願い」ダグレスは注文した。

「クロテッドクリームといちごは添えますか？」

ダグレスがうわの空でうなずくと、女性はすぐに濃い紅茶の入ったポットとカップとスコーンの皿をトレイに並べ、カウンター越しに渡してきた。支払いをすませてトレイを持ち、ニコラスを見あげる。「外で食べましょう」

ふたりは蔦《つた》が絡んだ古い石垣に囲まれた小さな庭へ出た。花びらがぎっしりと重なったオールドローズが庭の縁を彩り、大気をその香りで満たしている。ダグレスはトレイを置き、ふたりのカップに紅茶を注《つ》いだ。昔、家族でイギリスに来たときは、紅茶はまだ早いと言って母親に飲ませてもらえなかったが、今回の旅行では紅茶にミルクを加えるというイギリスならではの習慣を試し、すっかり気に入っていた。ミルクを加えるとほどよい熱さになり、タンニンの渋みがやわらぐのだ。

ダグレスは狭い庭を歩きまわって塀や植物を調べているニコラスをピクニックテーブルに呼び寄せ、紅茶とスコーンを渡した。

ニコラスはうさんくさそうに紅茶を見てから、恐る恐る口をつけた。けれど、ふた口飲んだところでものすごくうれしそうな顔になりいっきに飲み干したので、ダグレスは思わず笑ってしまった。彼女がおかわりを注いでいると、彼はスコーンを手に取って、じっと見つめた。スコーンはアメリカ南部で食べられているビスケットによく似ているが、生地に甘みがついているし、これはフルーツスコーンなのでレーズンが入っている。

ダグレスはニコラスからスコーンを取りあげると、ふたつに割り濃厚なクロテッドクリームを塗って返した。それを受け取ってかぶりついた彼は、うっとりした顔でじっくりと味わった。

何分も経たないうちにニコラスが紅茶を飲み干し、スコーンを食べ尽くしてしまったので、ダグレスはぶつぶつ文句を言いながらおかわりを頼みに行った。戻ってようやくスコーンを食べ始めた彼女を、ニコラスは椅子の背にもたれてゆったりと紅茶を飲みながら見つめていた。

「なぜ教会で泣いていた？」

「それは……あなたには関係ないわ」

「もとの時代に戻るためには――どうしても戻らなければならないが――何がわたしをここへ呼び寄せたのかを知る必要がある」

ダグレスは食べかけのスコーンをおろした。「またその話を始めるつもり？　わたしの考えを聞かせてあげましょうか。あなたはエリザベス朝の歴史を大学で学んでいる学生なの。たぶん博士課程ね。そして、研究にのめりこみすぎた。わたしの父もそういう経験があるって言っていたわ。中世の筆記体ばかり読んでいたら、現代の文字が読めなくなったんですって」

ニコラスが眉をひそめる。「馬なしで走る馬車、ガラスの鏡、品物でいっぱいの店。そういうすばらしいものに恵まれているにもかかわらず、きみはこの世界にあふれる魔法や神秘を信じていないのだな。だが、わたしは自分の身に起きたことを疑っていない。自分がどこから来たのか、ちゃんとわかっている」彼は淡々と続けた。「それなのに、魔女よ——」

それを聞いたダグレスはさっと立ちあがってテーブルを離れたが、店を出る前にニコラスに腕をつかまれた。

「最初に見たとき、どうして泣いていた？　あれほど激しく泣いていた理由はなんだ？」ニコラスが追及する。

ダグレスは腕を引き抜いた。「置き去りにされたからよ」怒って言うのと同時に涙があふれ、彼女の恥辱に拍車をかけた。

ニコラスは優しく腕を絡め、ダグレスをテーブルに連れ戻した。今度は横に座り、手ずから紅茶を入れてミルクを加え、美しい磁器のカップを彼女に渡す。

「さあマダム、何を気に病み、そんなふうに滝のごとく涙を流しているのか、話してほしい」

ダグレスは自分の身に起こったことを、誰にも話したくなかった。けれども誰かに聞いてほしいという気持ちがふくれあがってプライドを上まわり、とうとう打ち明けてしまった。

「その男はきみをただ置いていってしまったのか？ 付き添いも残さずに？ どんな悪党や追いはぎがいるかもわからないのに？」ニコラスが愕然とする。

ダグレスはうなずき、紙ナプキンではなをかんだ。「自分が十六世紀から来たと思っている男もね。あ、ごめんなさい」

しかしニコラスは、彼女の言ったことを聞いていなかったのか、立ちあがって庭を行ったり来たりし始めた。庭にはあと四つテーブルがあるが、誰も座っていない。

「きみはわたしの墓の前にひざまずいて、願ったのだな――」彼がダグレスを見る。

「輝く鎧の騎士を。これはアメリカ特有の言い回しなの。女性はみんな、すてきな男性が自分を助けに駆けつけてくれることを夢見ているのよ」

ひげに埋もれた彼の唇の両端がちらりと持ちあがる。「きみに呼びかけられたとき、わたしは鎧を着ていなかった」

「呼びかけたりしていないわ」ダグレスは否定した。「教会に置き去りにされたら、泣くのが普通の反応でしょう。しかも太った女の子にハンドバッグを持っていかれて、パスポートすらないんだもの。家族に帰りの旅費を送ってもらったって、すぐに帰ることもできないのよ。パスポートを再発行してもらわなくてはならないから」

「わたしも帰れない」ニコラスがふたたび歩き始めた。「そこは同じだな。だがわたしの場合は、呼び寄せたのがきみだとするときみが送り返せるはずだ」

「わたしは魔女じゃないわ」ダグレスは我慢できずに大声を出した。「まがまがしい魔法なんて使えないし、時を超えて誰かを呼び寄せたり送り返したりする方法なんて知らない。あなたは妄想にとらわれているのよ」

ニコラスは眉をあげた。「恋人に置き去りにされたのも不思議ではないな。そんなふうに怒りっぽい性格では、その男もきみといるのに耐えられなくなったんだろう」

「ロバートに〝怒りっぽい〟ところなんて見せたことないわ！　たまにはちょっとした不満をもらしたかもしれないけど、普通の範囲内よ。彼を愛していたんだもの。いいえ、今でも愛しているわ。グロリアのことであんなに文句を言うんじゃなかった。だけどあの子が嘘をつくから、我慢できなくなっちゃったのよ」

「きみは自分を見捨てるような男を愛しているのか？　娘がきみのものを盗んでも何も言わない男を？」

「グロリアがわたしのバッグを盗《と》ったことを、ロバートが知っているとは思えないわ。それに、あの子はまだ子どもなの。自分がしたことの深刻さを理解していないのよ。とにかくなんとかしてふたりを見つけないと。パスポートさえ取り戻せれば、家に帰れるもの」

「わたしたちは同じことを願っているようだな」ニコラスが射抜くような目で彼女を見つめている。

ダグレスは彼が何を言おうとしているのか、ひらめいた。この先も助けてもらいたいと思っているのだ。でも記憶喪失の男なんて面倒を見るつもりはない。

ダグレスは空になったカップを置いた。「わたしたちがそれぞれ求めていることは、あなたが考えているほど似ていないと思うわ。何カ月かつきあったあと、実はニュージャージーに妻と三人の子どもがいて、ちょっと遊びたかっただけだって知らされるなんてまっぴらよ。毎年夏はイングランドでぴかぴかの鎧をつけ、だまされやすい観光客の女を引っかけているんだって。さっきの取り決めは覚えているでしょう？　あとホテルの部屋を見つけてあげたら、わたしはお役ごめんよ」

きっぱりと言い終えたダグレスが見ると、ニコラスの唇が怒りに引きつっていた。

「この時代の女性は、みんなきみみたいなのか？」

「いいえ。何度も傷つけられた女だけよ。記憶を失っているなら、医者に行くべきだわ。教会で女を引っかけるのではなく。そして今日の行動がすべてお芝居なら、やっぱり医者に行くべきよ。どちらにしても、わたしは必要ない」ダグレスは食器を集めて店の中へ戻ろうとしたが、ニコラスが立ちふさがった。

「真実を言うことで、わたしになんの得がある？ きみの涙が別の時代に生きるわたしを呼び寄せたのだと、そんなに信じられないか？」

「当たり前じゃない。あなたが十六世紀から来たと思いこんでいる理由なんて、いくらだって思いつくもの。なぜわたしを魔女にしたがるのかは見当もつかないけど。もういいかしら？ ホテルを探しに行けるように、これを置いてきたいんだけど」

ニコラスは脇によけ、ダグレスの後ろについて通りへ出た。そのあいだずっと顔を伏せ、深刻な表情で考えこんでいる。

ふたりは、喫茶店の店主に教えてもらった最寄りのB&Bへ向かっていた。ふたりとも口をつぐんだまま歩いていたが、ダグレスはニコラスがずっと黙っているのがだんだん気になってきた。これまで見せてきたような旺盛な好奇心で、あちこちに目を向けることもない。

「服は気に入った？」彼に口を開かせたくて、ダグレスはきいた。

けれどもニコラスは額に皺を寄せ、最初に身につけていた鎧などを入れたショッピングバッグをさげて黙々と歩くだけだった。

B&Bにはひと部屋だけ空きがあり、ダグレスはさっそく宿泊の手続きを始めた。

「まだニコラス・スタフォードだと言い張るつもり？」

小さなデスクの後ろの女性がほほえんだ。「教会に埋葬されている男性と同じ名前ね」彼女は棚から教会の墓所の絵葉書《えはがき》を取って、写真を眺めた。「たしかにお顔がよく似ているわ。あなたのほうが生き生きしているけれど」自分で言った冗談に笑う。「右側の一番手前の部屋よ。バスルームは廊下の奥」彼女はもう一度にっこりすると、奥に引っこんだ。

ダグレスは振り向いてニコラスと向きあうと、子どもを捨てる母親のような気分になった。「すぐに何もかも思いだすわ。ディナーの場所はここのレディが教えてくれるから」

「レディだって？　それに、この時間にディナーだと？」

「わかったわ」ダグレスはいらいらしながら返した。「彼女はレディじゃなくて普通の女性だし、この時間にとる食事は夕食《サパー》よ。とにかくひと晩ゆっくり休めば、記憶が戻ってくると思うわ」

「わたしは何ひとつ忘れてはいないよ、マダム」彼はこわばった声で言ったあと、口調をやわらげた。「置いていかないでくれ。わたしをもとの時代に戻せるのは、きみだけなんだ」

「もういい加減にしてくれないかしら」ダグレスは噛《か》みつくように言った。彼女にも彼女の都合があることを、ニコラスは理解していないのだろうか？　他人を助けるために、自分のすべてを犠牲にするわけにはいかない。「取り決めたとおり五十ドル払ってくれたら、お別れするわ。五十ドルはポンドだと……」たった三十ポンドだと悟って、ダグレスは血の気が引いた。このB&Bの宿泊代は五十ポンドだった。だが、取引は取引だ。「三十ポンド受け取ったら、すぐに行くから」

ニコラスが立ったまま動かないので、ダグレスはショッピングバッグの中を探ってコインショップで受け取った紙幣を取りだした。そこから三十ポンド取り、残りを彼に渡す。

「明日になったら、またコインショップに行くといいわ。店主が使えるお金と交換してくれるはずよ」ダグレスは彼に背を向けた。「じゃあ、元気で」最後にもう一度悲しげな青い目をちらりと見て、今度こそ彼を置いて歩きだす。

けれど外に出ても、ようやく男を厄介払いできたことを喜ぶ気持ちはわいてこなかった。それどころか何かを失ってしまったようなうつろな思いが広がったが、ダグレスは懸命に胸を張って頭を掲げた。今晩泊まるところをさっさと見つけなくてはならない。どこか安い宿を。そしてそのあと、これからどうすべきかじっくり自分と向きあうのだ。

5

二階にあがり夜を過ごすことになる部屋を目にして、ニコラスは愕然とした。狭苦しい部屋は壁がむき出しで寒々しく、小さくて硬そうな二台のベッドには天蓋もかかっていない。しかし中に入ってよく見てみると、壁には小さな青い花が無数に描かれていた。ここにボーダーを何本か描き加えて秩序をもたらせば、それほど悪くはなさそうだと思い直す。

窓にはすばらしいガラスがはめられ、模様入りの布が脇に寄せられている。何枚か飾られた額装した絵も、あまりにも透明でわからなかったが、触れてみるとここにもガラスが使われていた。そのうちの一枚はみだらな絵で、ふたりの裸の女がきちんと服を着た男ふたりと敷物の上に座っている。その絵が嫌いなわけではないものの、こんな恥ずべきものが堂々と飾られていることに耐えられず、ニコラスは絵を裏返した。

壁面の扉を開けるとそこは戸棚のようだったが、棚板はまったくない。端から端に丸い棒が渡してあるだけで、それに服屋で棒にかけられていたのと同じ細い金属を曲げて作ったものがさがっている。部屋にはたんすもあったけれど、彼が知っているものとは違い、上から下まで引き出しで占められていた。たんすの上部を持ちあげてみたものの開かず、引き出しをひとつひとつ引いてみると、どれも驚くほどなめらかに動いた。

しばらくしてニコラスは室内用便器を探したが、どこにも見当たらなかった。ならばと階下におりて裏庭で屋外トイレを探したが、それらしきものもない。

「四百年で、物事はかようにも変わるものなのか？」

つぶやきながら、バラの茂みに向かって用を足した。ファスナーとスナップに少々手こずったものの、それでもだいぶ慣れてきたと彼は悦に入った。

「魔女などいなくても、どうということはないな」宿の中に戻りながら、ひとりごちた。明日の朝になって目覚めたら、これは長い悪夢だったとわかるだろう。

階下に誰もいなかったので、ニコラスは開いているドアの内側をのぞいてみた。するとそこに、目の詰まった生地で覆われた家具が見えた。木の部分がまったく見えないその椅子に座ってみると、ふんわりとした感触が彼を受けとめてくれた。ニコラスは目を閉じて、年を重ねて骨がきしむようになった母親を思い浮かべた。こんなふうに肌触りのいい布で覆われたやわらかい椅子があったら、母はどれほど喜ぶだろう。

壁際に背の高い木製の机が置かれていて、下にスツールがおさめられていた。どこか見覚えのある形のそれに歩み寄って目を走らせると、蝶番《ちょうつがい》が見える。それで気がついて蓋を持ちあげると、机ではなくハープシコードのようなものだとわかった。鍵盤を押してみたところ、やはりどこか音色が違う。正面に目を向けると楽譜が置いてあって、ニコラスは懐かしさに引かれて腰をおろした。

鍵盤に指を滑らせて音を確かめ、楽譜に記されている曲を弾き始める。初めての曲だったので、最初はぎこちなくなってしまった。

「すてきね」

振り返ると、宿の女主人が後ろに立っていた。

「『ムーン・リバー』はお気に入りの曲なの。ラグタイムも弾いてもらえないかしら?」女主人は見たことのない植物が置いてある小さなテーブルの引き出しから、別の楽譜を出した。「全部アメリカの曲なのよ。夫がアメリカ人だったから」

中でも一番の名曲だという『スティング』の楽譜を渡される。女主人を楽しませられるくらいなめらかに指を動かせるようになるまでしばらくかかったが、リズムを理解したあとは楽しんで弾けた。

「まあ、本当にお上手。どこのパブでも雇ってもらえるわよ」

「パブリック・ハウスか。考えてみよう。仕事が必要になることがあるかもしれない」ニコラスは女主人に笑みを向けて立ちあがったが、突然めまいがして椅子につかまった。

「あら、大丈夫？」

「疲れただけだ」ニコラスはつぶやいた。

「旅に出ると疲れるのよね。今日は遠くからいらしたの？」

「四百年のかなたから」

女主人はほほえんだ。「わたしも旅をしているとそんなふうに感じるわ。お部屋に戻って、夕食の前に少し横になるといいわ」

「そうしよう」ニコラスは静かに言い、階段へ向かった。おそらく明日になれば、どうしたら戻れるか、もう少しちゃんと考えられるようになるだろう。あるいは、目覚めたら自分のベッドにいて、すべて夢だったとわかるかもしれない。二十世紀に来てしまったことだけでなく、もとの時代で陥っていた悪夢のような状況も、すべてが幻だったと。

ニコラスは部屋に戻って服を脱ぎ、店で見たのと同じようにつりさげた。魔女は今、どこにいるのだろう？　恋人の腕の中に戻っただろうか？　四百年の時を超えて彼を呼び寄せる力を持っているのだから、仲違《なかたが》いをした恋人を少しばかりの距離を超えて呼ぶことなどたやすいに違いない。

ニコラスは裸になって、ベッドに入った。シーツは驚くほどなめらかで、洗いたての清潔な香りがする。彼の体を覆うのは何枚も重ねた重い上掛けではなく、ふんわりと軽くて分厚い毛布だ。

疲労感に襲われて目を閉じながら考えた。明日には家に戻るのだ。

ニコラスはすぐに、これまで経験したことのない深い眠りに落ちていった。突然の土砂降りの雨の音も、彼の耳には届かなかった。

何時間か眠ったあと、ニコラスは激しくもがきながら目を覚ました。ぼんやりしたまま体を起こすと部屋は真っ暗で、ここはどこだと考える。しかし屋根を打つ雨の音を聞いているうちに、記憶がよみがえってきた。明かりをつけようとベッド脇のテーブルに手を伸ばして火打石とろうそくを探したが、何も触れなかった。

「いったいここはどういう場所なんだ？　室内用便器もなければ屋外トイレもない。あげく、明かりすらないとは」思わず声をあげる。

ぶつぶつとこぼしていたものの、ふと耳を澄ました。誰かが呼んでいる。はっきりした言葉やニコラスの名前が聞こえたわけではないが、絶望し切羽詰まった声が彼を求めているのは伝わってくる。

あの魔女の声だと気づき、ニコラスは眉をひそめた。魔女は蛇の目玉でも放りこんだ大鍋をかき混ぜながら、邪悪な笑みをこぼし、彼の名前をささやいているのだろうか？

魔女の呼び声にいやおうなく引き寄せられるのを感じて、ニコラスは逆らっても無駄だと悟った。生きて息をするのと同じくらい、彼女のもとへ行くのは自然なことなのだ。

ニコラスはあたたかいベッドをしぶしぶ出て、未来の奇妙な服をひとりで着るという難しい作業に取りかかった。ズボンのファスナーをあげようとしたとき、体のもっとも敏感な部分を小さな金属の歯で嚙みそうになった。彼は悪態をつきながらぺらぺらのシャツをまとい、手探りで進んで真っ暗な部屋を出た。

廊下には明かりがついていたので、彼はほっとした。ガラスで囲われた松明《たいまつ》が壁に取りつけてある。ただし、明るく輝いている部分は炎ではなく、丸いガラス玉の中に閉じこめられている何かだ。摩訶《まか》不思議な松明をよく調べてみたかったが、窓の外で稲妻が光り雷鳴がとどろくと、彼を呼ぶ声の力が増した。

ニコラスは階段をおりてふかふかの絨毯《じゅうたん》を横切り、土砂降りの外へ出た。両手で顔に降りかかる雨をさえぎりながら視線を上に向け、地面に突き立てられた高い棒の先で燃えている炎を見つめる。なぜかこの雨の中でも、その炎が消える気配はなかった。あっという間にびしょ濡れになった彼は、震えながら襟の中に顎を埋《うず》めた。未来の服は薄っぺらでなんの役にも立たない。この時代の人々は彼よりも頑健なのだろう。ケープも革の上着《ジャーキン》もなしで、叩きつける雨をものともしないのだから。

ニコラスは土砂降りの雨に抗《あらが》いながら、慣れない道を進んだ。何度か奇妙な音が聞こえて剣に手を伸ばしたが、そのたびに持っていないことに気づいて悪態をついた。明日はもっとコインを売って、護衛を雇わなければ。それに、なんとしてもあの魔女に、彼をこの奇妙な時代へどうやって呼び寄せたのか白状させなければならない。

重い足を一歩一歩運び、道から道へと歩いていく。何度か間違った場所で曲がったものの、そのたびに足を止めて呼び声に耳を澄ました。頭の中の声に導かれるまま進み、先に松明のついた高い棒の並んだ通りを外れて暗い野原に入る。数分後、ふたたび足を止め、顔から雨をぬぐいながら耳を澄ます。それから右に曲がって野原を横切り、突き当たった塀を乗り越えてしばらく進むと、ようやく小さな小屋が現れた。それを目にしたとたん、彼女がそこにいるとわかった。

勢いよく扉を開けると、稲光に彼女の姿が浮かびあがった。濡れそぼって激しく震えながら汚れた藁《わら》の上で小さく体を丸め、なんとか体の熱を保とうとしている。そして、またしても泣いていた。

「マダム、きみはあたたかいベッドの中にいるわたしを呼びだした。今度は何を求めている？」

「出ていってちょうだい。放っておいて」彼女がすすり泣く。

ニコラスは彼女を見おろしながら、こんな状態で言い返せる不屈の精神と誇り高さに感嘆した。激しい雨に負けないほどの音で歯がかちかち鳴っていて、凍えきっているのは明らかだというのに。彼はため息をついて、怒りをおさめた。力のある魔女のはずなのに、どうして夜を過ごせるあたたかい場所を用意できなかったのだろう？ニコラスは雨漏りしている小屋に入って身をかがめ、彼女を抱きあげた。「きみとわたしのどちらがより助けを必要としているのか、わからないな」

「やめて」彼女は抗議したが、抗おうとはしなかった。代わりにニコラスの肩に頭をのせ、さらに激しく泣きだす。「泊まる場所を見つけられなかったの。イギリスは何もかも高いんですもの……ロバートの居場所はわからないし。明日、エリザベスに電話したら絶対に笑われるわ」彼女がひと息に言いきったので、ニコラスには内容を聞き取るのが難しかった。

ニコラスは彼女を抱え直して塀を越え、来た道を引き返した。彼の首にすがりついて泣き続ける彼女の腕が、濡れてつるつる滑る。「どこにも居場所がないの。ほかの家族はみんな完璧なのに、わたしだけ違う。姉さんたちはすばらしい男性と結婚しているのに、わたしはそんな男性に出会うことすらできない。ロバートならと思ったけど、つなぎとめられなかった。ああニック、わたしはどうしたらいいの？」

ふたりは野原を抜け、舗装された道に戻った。「言っておくがマダム、ニックと呼ぶのはやめてほしい。ニコラスなら文句はないし、コリンもまあ許せる。だが、ニックはだめだ。さて、どうやらわれわれは行動をともにする運命のようだから、名前を教えてくれないか？」

「ダグレスよ。ダグレス・モンゴメリー」

「ああ、まともないい名前だ」

ダグレスははなをすすった。涙はほとんど止まりつつある。「中世の歴史を教えている父が、ダグレス・シェフィールドにちなんで名付けたの。レスター伯爵の庶子を産んだ女性よ」

ニコラスが固まった。「彼女が何をしたって？」

ダグレスは驚いて体を起こし、彼を見あげた。雨が弱まり月が雲から顔をのぞかせたので、彼の表情が見える。「彼女はレスター伯爵の子どもを産んだの」

ニコラスはダグレスをおろして立たせると、険しい表情でにらんだ。ふたりの顔からぽたぽたと水が垂れる。「教えてくれ。レスター伯爵というのは誰のことだ?」

中世の貴族のふりをしていた彼がついにぼろを出したと思って、ダグレスはにやりとした。「あなたが自分の言っているとおりの人物なら、知っているんじゃない?」

ニコラスが挑発に乗らずに黙っているので、ダグレスは答えた。「ロバート・ダドリーよ。エリザベス女王をとても愛した人」

ニコラスは顔に憤怒《ふんぬ》を浮かべ、くるりと向きを変えて歩きだした。「ダドリーは裏切り者の一族だ。全員、処刑されている」振り返って言う。「女王陛下はスペイン王と結婚なさるんだ、ダドリーとではなく。そのことはわたしが保証する!」

「あなたの言うとおりよ。エリザベス女王はダドリーとは結婚しない。でも、スペイン王とも結婚しないわ」ダグレスは声を張りあげ、彼を追いかけた。ところが足首をひねって転び、アスファルトで両手と膝をすりむいてしまった。

ニコラスが怒った顔で戻ってきて、彼女を抱きあげる。「きみは本当に手がかかるな」

ダグレスは反論しかけたが、黙っているように言われて口をつぐみ、おとなしく彼の肩に頭を持たせかけた。

ニコラスはそのままB&Bまで彼女を運んでいった。入り口のドアを開けると、女主人が椅子に座って待っていた。

「やっと戻ってきたのね」女主人がほっとしたように言った。「出ていくのが聞こえて、何かあったんだと思ったの。それにしても、ふたりともずぶ濡れじゃない。そのまま二階にあがって、彼女をお風呂に入れてあげて。あたたまっているあいだにお茶とサンドイッチの用意をするから」女主人はニコラスと目を合わせた。「夕食をお部屋まで持っていったんだけど、ノックをしても返事がなくて。きっとぐっすり眠っていたのね」

ニコラスはうなずいて女主人のあとから階段をのぼったが、抱きかかえているダグレスにはまったく顔を向けなかった。女主人は客室とは別の部屋にふたりを連れていった。そこには見たことのない大きな陶製の容器がいくつかあり、そのうちのひとつは浴槽らしかった。だがバケツに入れた湯が用意されていないうえ、メイドの姿もない。いったい誰がこの大きな浴槽に湯を満たすのだろう？

そう思っていたら、女主人が浴槽のすぐ上についている取っ手のようなものをひねると同時に金属の管から水がほとばしったので、ニコラスはダグレスを落としそうになった。家の中に泉があるということが信じられず、かっと目を見開く。

「すぐにお湯になるから、彼女の濡れた服を脱がせて入れてあげて。わたしはタオルを取ってくるわ。彼女だけでなく、あなたも入ったほうがよさそうよ」そう言うと、女主人は出ていった。

ニコラスは女主人に言われたことを理解し、実行していいものか思案した。新たに生まれた好奇心とともに、ダグレスを見おろす。

「絶対にだめよ」ダグレスは警告した。「わたしが入っているあいだは、部屋から出ていて」

ニコラスはにやりとすると、部屋を見まわした。「この部屋はどういう場所なのかな？」

「バスルームよ」

「たしかに浴槽はわかる。だが、これはなんだ？　それからこれは？」

ダグレスはずぶ濡れで凍えたまま、ニコラスを見つめた。レスター伯がロバート・ダドリーだと知らなかったのでとうとう尻尾をつかんだと思ったが、そのあとの言葉を聞いて彼が正しいとわかった。正確な年代は父親に電話してきいてみなければわからないが、彼がいたと主張している一五六四年には、ロバート・ダドリーはまだレスター伯になっていなかったはずだ。

美しい肉体に濡れた服を張りつかせたニコラスは、トイレと洗面台を見てこれは何かと問いかけている。トイレがわからずに今までどこで用を足していたのか、彼女は疑問に思ったが、黙っていた。どう考えても、トイレを知らない人間などいるはずがない。こんな基本的なものまで忘れてしまうとは、すさまじいまでの集中力で勉強に没頭したのだろう。ダグレスは洗面台の使い方を教えたあと、恥ずかしさに顔を赤くしながらトイレの使い方を説明した。便座のあげさげを教え、使い終わったあとはあげた便座を必ずもとに戻すよう特に強調する。その単純な行動を彼に教えることが、女性としての義務であるような気がしたのだ。

女主人がタオルとコットンの花柄のローブを持って戻ってきた。「荷物をほとんど持っていないみたいだから、よかったらこれをどうぞ。アメリカの方々は普通、とても荷物が多いのだけど」声から好奇心が伝わってくる。

「空港で荷物が出てこなくて」ダグレスは急いで話をでっちあげた。ふと、女主人はニコラスのこともアメリカ人だと思っているのだろうかと考える。彼のアクセントはイギリス人の耳にはどう聞こえるのだろう？

「そんなことじゃないかと思っていたわ。お茶の用意ができたら、廊下のテーブルの上に置いておくわね。じゃあ、おやすみなさい」

「ええ、ありがとう」ダグレスが答えるとドアが閉まり、ニコラスとふたりだけになった。「あなたも出ていて。そんなにかからないようにするから」神経質になっているダグレスの様子を見て彼はにやりと笑い、出ていった。彼がいなくなると、ダグレスは熱い湯を張った浴槽に身を沈め、目を閉じた。すりむいた膝と肘に湯がしみたが、体はすぐにあたたまってきた。

ニコラスはどうやってあの小屋を見つけたのだろう？　B&Bを出てから三十ポンドで泊まれる宿を探して村じゅうをまわったものの、安い部屋はすべて埋まっていた。そこで六ポンド使ってパブで食事をしたあと、あてもなく歩きだした。暗くなる前に別の村まで行ければ、そこで保護施設か何かを見つけられるかもしれないと思ったのだ。でも雨が降り始めたうえ暗くなり、とうとう野原の真ん中で見つけた雨漏りのする小屋で夜を過ごすしかなくなった。汚れた藁の上で身を縮めて眠ったが、暗闇で目が覚めると泣いていた。この一日で彼女の涙腺は相当緩くなったようだ。

そうやって泣いていると、なぜかニコラスが現れた。そして正直に言うと、彼を見ても驚きはしなかった。彼女の居場所を突きとめて雨の中を迎えに来てくれたことが、とても自然に感じられたのだ。力強い腕で抱きあげられたときも、まったく抵抗を感じなかった。

湯が冷めてきたので、ダグレスは浴槽から出て体を拭き、花柄のローブを着た。鏡に目を向けると、ノーメイクで洗い髪のままの姿が目に入る。今は身なりについて考えても無駄だと、彼女は目をそらした。櫛《くし》さえないのだから、どうしようもない。ダグレスは少しだけ開いていた客室のドアを、おずおずとノックした。濡れたズボンだけをはいたニコラスが、大きく引き開ける。「バスルームが空いたわよ」何もかも普通だというふりをして、にっこり笑った。けれどもニコラスは笑みを返さなかった。「ベッドに入っておとなしくしていろ。暗い中をまた引っ張りだされるのはごめんだ」うなずいたダグレスの横を、彼はすり抜けて出ていった。部屋に入ると、テーブルの上に軽食と紅茶が入ったポットののったトレイが置いてあった。「きっとわたしの分は残っていないわよね」ニコラスにそこまでの親切を期待するのはずうずうしいと思いながら、つぶやく。彼にはずいぶん迷惑をかけてしまった。けれどもニコラスは、彼女の分の紅茶とチキンサンドイッチを取っておいてくれていた。ダグレスは感謝しながら空腹を満たし、薄いローブを着たままツインベッドの片方にもぐりこんだ。彼が戻ってきたら話をしなければならない。どうやって彼女を見つけたのか、きかなければ。暗闇に包まれ雨が降りしきる中で、どうやって小屋に行き着いたのか。

ニコラスを待つあいだ、少しだけと思って目を閉じる。ところが気がつくと、朝になっていた。あたたかい日の光を顔に感じて、ゆっくりと目を開ける。

窓の前に、男が背中を向けて立っていた。身につけているのは、腰のまわりに巻いた小さな白いタオルだけだ。ぼうっとしたまま、まだ夢を見ているような気分で男を見つめる。筋肉が浮きでた背中は細く引きしまった腰に向かって逆三角形になっていて、脚にもしっかり筋肉がついている。

ダグレスは目が覚めるにつれて、その男が誰かを思いだした。教会で出会い、剣を突きつけられたことから、前の晩に野原の真ん中にある小屋にいた彼女を見つけて雨の中をここまで連れてきてくれたことまで、すべての記憶がよみがえる。

ダグレスが体を起こすと、彼が振り返った。

「目が覚めたようだな」ニコラスが淡々と言う。「さあ、もう起きるんだ。やらなければならないことがたくさんある」

ダグレスはベッドから出たが、ニコラスがこのまま彼女の前で服を着るつもりなのだと悟り、あわてて皺になった服をつかんでバスルームへ向かった。着替えたあと鏡を見て、また涙が出そうになる。なんてひどい姿なのだろう。目は充血したままだし、髪はぼさぼさ。そしてそれを修正するすべが何もない。ダグレスは鏡を見つめながら、痛感した。もしすべての女性が生まれたままの顔で毎日生きていかなければならないとしたら、自殺率が劇的にあがるだろう。

それでも懸命に胸を張ってバスルームを出ると、廊下で待っていたニコラスにぶつかりそうになった。

「まず食事だ。それからマダム、話をしよう」彼が挑むように言う。

ダグレスは黙ってうなずき、先に立って階段をおりた。

小さなダイニングルームに入ると、彼女の顔はほころんだ。ガイドブックの記述を思いだしたのだ。イギリスで必ず味わうべきものとして〝朝食〟と〝紅茶〟が挙げられていた。ニコラスと一緒に小さなテーブルにつくと、女主人が料理ののった皿を次々に運んできた。ふわふわのスクランブルエッグ、三種類のパン、アメリカの最高級のハムを思わせるベーコン、焼いたトマト、フライドポテト、黄金色のニシン、クリーム、バター、マーマレード。テーブルの真ん中には大きな磁器製の美しいティーポットが置かれ、紅茶がなくなりそうになると女主人が継ぎ足してくれる。

ダグレスは旺盛な食欲でおなかがはちきれそうになるまで食べたが、それでもニコラスにはまったくかなわなかった。彼はテーブルの上に並んでいた食べ物を、ほぼすべて食べ尽くした。食事を終えたダグレスは、女主人が好奇心に満ちた目でニコラスを見ているのに気づいた。食べるときに彼が手とスプーンしか使わなかったからだ。ベーコンを切るときにだけナイフを使ったが、そのときも手で押さえていた。つまりフォークには一度も触れなかったのだ。

食事を終えるとニコラスは女主人に礼を言い、ダグレスと腕を組んで外に向かった。

「どこへ行くの?」ダグレスは舌で歯をなぞった。もう丸一日歯を磨いておらず、表面がざらざらしている。それに頭がかゆい気がした。

「教会だ。あそこで計画を練ろう」

ふたりは教会に向かって足早に歩きだした。途中ですれ違った小さなピックアップトラックを、ニコラスがぽかんと見つめる。ダグレスは十八輪の大型トラックや家畜運搬車について教えようとして、彼の芝居に乗ってはいけないと思い直した。

古い教会には誰もおらず、ニコラスはダグレスを墓の前の座席に座らせて大理石の彫像を見つめ、日付と名前を撫でた。

ダグレスが黙って見守っていると、彼はしばらくして振り返り、背中で両手を組んで行ったり来たりし始めた。「ミストレス・モンゴメリー、わたしたちはお互いを必要としているのではないだろうか。神は理由があって、わたしたちを引きあわされたに違いない」

「わたしが魔術であなたを呼びだしたんだったと思っていたけど」ダグレスは冗談を言ったが、本当はようやく魔女ではないとわかってもらえてほっとしていた。

「最初はそう思ったものの、きみに雨の中へ呼びだされたあと、眠れなくていろいろ考えた」

「わたしに呼びだされたですって？」ダグレスは彼の言葉が信じられなかった。「あなたのことなんか思いだしもしなかったわ。呼びだしたなんて、とんでもない。だいたいあの野原には電話ボックスなんてなかったし、あそこからどんなに大きな声で呼びかけたって、絶対に届かないはずよ」

「それでも、きみが呼んだんだ。きみはわたしを求め、眠っているわたしを起こした」

「へえ」ダグレスは腹が立ってきた。「なんだかんだ言って、やっぱりわたしがなんらかの術を使ってあなたをお墓から呼びだしたと思っているんじゃないの。もう我慢できないわ。さようなら」これ以上一緒にはいられないと、立ちあがろうとする。

でもその前にニコラスが来て片手を肘掛けに、もう片方の手を椅子の背に置き、大きな体で彼女を閉じこめた。「きみが信じようが信じまいが、わたしには関係ない」彼が眉根を寄せて顔を近づける。「昨日の朝、目覚めたとき、そこは一五六四年だった。だが今朝は……」

「一九八八年よ」ダグレスはささやいた。

「そうだ。四百年以上経っている。そしてこんなことになったのには、きみが大きくかかわっている。だからわたしがもとの時代に戻れる鍵も、きみであるはずだ」

「聞いて。もしわたしにそんなことができるなら、とっくにあなたを送り返しているわ。本当は、こんなふうにあなたの面倒を見ている暇なんてないんですもの——」

鼻と鼻が触れそうなくらいニコラスが顔を寄せてきて、怒りが熱となって伝わってくる。「まさかきみは、一方的にわたしの面倒を見ているなどと思っているわけではないだろうな。夜中に野原まで行ってきみを助けたのは、わたしだ」

「そんなの一回だけじゃない」ダグレスはひるんで、座席の背に寄りかかった。

「だったら、教えて。あなたはどうやって……わたしに必要とされているってわかったの?」

ニコラスは座席から手を離して彼女に背を向け、墓を見おろした。「わたしたちはつながっているんだ。そこに神はかかわっていないのかもしれないが、たしかにつながっている。寝ているときにきみが呼んでいるのが聞こえて、目が覚めた。声が聞こえたのではないが、呼ばれていると感じたんだ。それできみを探しに行った」

ダグレスはしばらく黙りこんで考えた。彼が本当のことを言っているのはわかっていた。それ以外に彼女のところまで来られた理由が考えつかない。「つまり、わたしたちはテレパシーか何かでつながっているってこと?」

ニコラスが振り向いて、何を言っているのかわからないと言いたげな顔で見た。

「テレパシーっていうのは、頭の中で考えるだけで相手にその内容を伝えられることよ。黙ったまま、意思の疎通ができるの」

「それならそうかもしれないな」彼はふたたび墓に目を戻した。「考えを伝えるというより、必要とする気持ちというほうが正しい気がするが……。きみがわたしを必要としているのが伝わってきた」

「わたしは誰のことも必要としていないわ」ダグレスは頑《かたく》なに言い張った。

ニコラスが向き直って、彼女をにらむ。「どうしてきみが父親の家で暮らしていないのか、わからないな。きみほど世話が必要な女性は見たことがない」

ダグレスはふたたび立ちあがろうとしたが、ニコラスににらまれて座らざるをえなかった。「いいわ。わたしが〝呼んだ〟のをあなたが聞いたんだとして、それはどういうことだと思っているの？」

ニコラスはまた背中で手を組み、行ったり来たりし始めた。「わたしがこの何もかもがせわしない奇妙な時代に来たことには、理由があるはずだ。そしてその理由を見つけるのを、きみに手伝ってもらえると思っている」

「無理よ」ダグレスはすばやく却下した。「ロバートを見つけてパスポートを取り戻さなくちゃならないんだから。そうでないと帰れないもの。もうイギリスにはいたくないの。昨日みたいな日がまたあったら、今度は耐えられないわ。あなたのお墓じゃなくてわたしのお墓を用意してもらったほうがいいくらい」

「わたしの人生も死も、きみにとっては冗談にしてしまえるほど取るに足りないものなのだろうな。だが、わたしにとってはそうではない」ニコラスが静かに言う。

ダグレスはいらだって、両手をあげた。「あなたが死んでいるから、気の毒に思えと言うの？　でも死んでいないじゃない。ここにいて、生きている」

「いや、マダム。わたしはあそこにいる」ニコラスは墓を指さした。

ダグレスは座席の背に頭を預けて、目をつぶった。今すぐここから立ち去り、ニコラスのために助けを呼ぶべきだ。でも、できない。何が真実なのかわからないし、過去から来たなどという話はとうてい信じられないものの、彼自身はそう信じている。そして昨日の夜、助けてもらったことを思えば、借りを返さなければならない。ダグレスは心を鎮めて、目を開けた。「それで、あなたの計画は？」

「わたしはきみが恋人を見つけるのを手伝おう。その代わり、わたしがここに来た理由を探すのを手伝ってほしい」

「ロバートを見つけるのを、どうやって手伝ってくれるの？」

「彼が見つかるまできみを食べさせ、服を買い、雨露をしのげる場所を与える」ニコラスが間髪をいれずに答える。

「ああ、そういうことね。ついでにアイシャドウも買ってくれる？　というのは冗談だけど。じゃあロバートを見つける話はそれでいいとして、あなたが〝戻る〟ためにわたしは何をすればいいのかしら？」

「昨日の夜、ロバート・ダドリーとエリザベス女王の関係について話していたね。どうやらきみは、若きわが女王陛下が誰と結婚されるのか知っているようだ」

「エリザベス女王は誰とも結婚しないのよ。だから〝ヴァージン・クイーン〟と呼ばれていたわ。アメリカには女王にちなんで名付けられた州がふたつあって、ヴァージニアとウェストヴァージニアというの」

「ありえない！　そんな話は嘘だ。女性がひとりで国を統治できるはずがない」

「エリザベス女王はそうしただけでなく、偉大な君主だったわ。イギリスをヨーロッパの中でも抜きんでた威光を誇る国へと押しあげたんだから」

「そうなのか？」

「信じないのは勝手だけど、これは史実よ」

ニコラスは考えこんだ。「史実か。わたしや家族の身に起こったことは、今やすべて歴史上の事実なのだな。だとしたら、それらはすべて、どこかに記録されているのではないだろうか？」

「たしかにそうね」ダグレスはほほえんだ。「あなたは自分が何かを知るためにこの時代へ来たのだと思っている。おもしろい考えだわ」そこで眉をひそめる。「でもそれは、未来に行くことが可能だとしたらの話よ。そんなことはありえない」

ニコラスがたびたび見せる困惑したような表情を浮かべた。彼女の言うことがちっとも理解できないのだ。「もしかしたら、わたしが知るべきことをきみが知っているのかもしれない」彼がダグレスの前に立って、見おろす。「きみの時代の人々は、わたしに下した女王の判決について何か知らないのか？　わたしが謀反を起こすために兵を集めているなどと、誰が陛下に知らせたんだ？　きっとどこかに記録が残っているはずだ」

「そうね。わたしの父は、エリザベス一世には庶子がいたと書いてあるものを見るたびに怒っていたわ。女王の生涯は一日一日が記録に残されているのに、どこかでひっそり子どもを産んでいたなんてありえないって」彼女の言葉を熱心に聞いているニコラスの様子に、ダグレスはほほえんだ。「ちょっと考えたんだけど、この時代にとどまってはどうかしら？　どうして戻らなくてはならないの？　仕事なら見つけられるわ。エリザベス朝のことを教えてもいいし、研究者になってもいいじゃない。コインを全部売ったお金を上手に投資すれば、それで生活していけるはずよ。父やおじのJ・Tから投資については助言してもらえると思う。ふたりとも資産運用には詳しいから」

「だめだ！」ニコラスは険しい声を発し、右手で作ったこぶしを左手に叩きつけた。「わたしは自分の時代に戻らなければならない。名誉がかかっている。スタフォード一族の未来が。戻らなければ、すべてを国に没収されてしまう」

「没収ですって？」ダグレスの背筋をかすかな震えが駆けあがった。ニコラスの言葉が何を意味するのかわかるくらいには、中世の歴史を知っていた。「貴族が王や女王に領地を没収されるのは、反逆罪を宣告されたときだけよ」低い声で言ったあと、顔をあげて彼を見る。「中世には何度かそういうことが起こったわ。そして、そういう人たちは……」

ダグレスは息を吸った。

「あなたはどうやって死んだの？」

「おそらく処刑されたのだろう」

6

彼が本当に十六世紀から来たのかという疑問は、ダグレスの頭から一瞬で吹き飛んだ。「何があったの？」

ニコラスは足を止めずに歩きながら考えていたが、もう一度ちらりと墓を見たあと、彼女の横に来て座った。「わたしはウェールズに領地を持っている。そこが襲撃されたと知って、兵を集めた。だが領地を守ることで頭がいっぱいで、軍隊を組織する許可を陛下に願いでるのを怠った。それを何者かが……」怒りに満ちた険しい表情で遠くを見つめる。「陛下に告げたんだ」彼は息を吸った。「わたしの集めた兵はスコットランド女王に加勢するためのものだと」

「メアリーね」ダグレスが言うと、彼はうなずいた。

「通り一遍な裁判が行われたのち、斬首刑を宣告された。ここに来たのは処刑される三日前だ」

「それなら、運がよかったじゃない！　斬首刑なんてぞっとするわ。今の時代はもう行われていないのよ」

「反逆罪が存在せず、必要がなくなったからか？」ニコラスがきいた。「それともきみたちは、違う形で貴族を罰するのかもしれないな」彼が手をあげ、口を開こうとしたダグレスを止める。「このことはあとで話そう。今は話を続ける。わたしの母は力を持った女性で、有力な友人が何人もいた。わたしが捕らえられたあと、母は無実を証明するためにあらゆる手を尽くしてくれた。そして、それが実を結びつつあったんだ。誰がわたしを裏切ったのか、もう少しでつかめると母は考えていた。だからわたしはもとの時代に戻って、自分の嫌疑を晴らさなくてはならない。そうしなければ、母はすべてを失う。貧困にまみれることになるんだ」

「あなたが所有しているものを、女王はすべて奪ってしまうの？」

「ああ、何もかも。わたしが反逆者であったことを思い知らせるために」

ダグレスは考えこんだ。もちろん、彼が言ったことが現実であるはずがない。でももし本当にそういうことがあったのだとしたら、すべてではないにしてもなんらかの事実が記録されている可能性がある。「あなたの集めた軍勢は王位を奪うためのものだと女王にささやいたのが誰か、心当たりはないの？」

「確信はないが、この時代に来る直前、わたしは母宛の手紙を書いていた。十年ほど前の出来事のせいで、わたしに恨みを持っているかもしれない男がいるのを思いだしたんだ。その男が宮廷にいるという情報を得て、もしかしたらと……」ニコラスは口をつぐみ、絶望した様子で両手に顔を埋めた。

ダグレスは彼の髪に触れ、首の後ろを撫でて慰めたかったが我慢した。これはニコラスの問題で、自分には関係ない。彼——あるいは彼の先祖——が反逆罪で不当に捕らえられることになった経緯を調べるのに、彼女が手を貸す理由はまったくないのだ。とはいえその出来事の理不尽さに、ダグレスはいやな気持ちにならずにはいられなかった。もしかしたら、そういうことを見逃がせない気質が彼女の血に流れているのかもしれない。ダグレスの祖父のハンク・モンゴメリーは、故郷であるメイン州に戻って家業の〈ウォーブルック・シッピング〉社を継ぐ前は組合運動に熱心にかかわっていた。そのあとも今日に至るまで、祖父はあらゆる形の不正を憎み、命がけでそれを正そうとしている。

「前にも言ったけど父は中世史の教授で、わたしは父の調査を手伝ったことがあるの。だから、あなたの調べものも手伝えるかもしれないわ。それに剣をさげてバルーン型の半ズボンをはいた男性を助けようという人は、ほかになかなかいないと思うから」

ニコラスが立ちあがった。「わたしが着ていたものを、ばかにしているのか？　今はいているこの、この……」

「ズボン」

「ああ、ズボンだ。こいつは男の脚を拘束し、動きにくいことこのうえない」ニコラスがポケットに両手を入れて、続ける。「そして、これは小さすぎて何も入らない。昨日の夜は雨の中で寒くてたまらなかったし――」

「でも今日は涼しいでしょう？」ダグレスはほほえんだ。

「それにこれ」彼が前立てをめくって、ファスナーを見せる。「これは大切な部分にとって大きな脅威だ」

ダグレスは噴きだした。「下着をベッドの上に放置しないでちゃんとはいていたら、脅威になんてならなかったはずよ」

「下着？　それはなんだ？」

「ゴムがついていたやつよ、覚えていない？」

「ああ、あれか」ニコラスの顔に笑みが広がった。

自分はどうするべきなのだろうと、ダグレスは自問した。もうしばらく自己憐憫《れんびん》の涙に暮れながら過ごす？　イギリス旅行の前に女友達六人が壮行会を開き、笑顔でロマンティックな旅行に送りだしてくれた。それなのに彼女はたった五日で、もうアメリカに戻りたくなっている。

ダグレスは目の前で笑っている男性を見あげながら、正直な気持ちを自分自身に問いかけてみた。あと四週間半をロバートとグロリアと過ごしたいのか、それともこの男性が抱えている過去を一緒に調べたいのか、どちらだろう？　ニコラスに笑みを返し、今置かれている状況はかつて読んだ幽霊が登場する物語に似ていると考えた。あのヒロインは、図書館に行って、夏のために借りた家にかけられている呪いについて調べていた。

「わかった。あなたを手伝うわ」気がつくと、ダグレスは言っていた。

ニコラスは隣に座ると、彼女の手を取ってうれしそうに甲に唇をつけた。「きみの心はレディのように気高い」

ダグレスは笑顔で彼の頭のてっぺんを見おろしていたが、その言葉を聞いて笑みを消した。「心だけ？　心以外はそうじゃないってこと？」

ニコラスは小さく肩をすくめた。「わたしが平民のもとに送られた理由は、神だけが知っておられる」

「なんでそう決めつけ――」ダグレスは言いかけてやめた。おじはランコニアの国王で、夏休みは王子や王女である六人のいとこたちとよく過ごしているのだが、なぜか言う気が失《う》せた。好きなように思わせておけばいい。「あなたのことは閣下とお呼びすべきかしら？」嫌味をこめてきく。

ニコラスは眉根を寄せて考えこんだ。「そのことはわたしも考えた。だが、ここにはわたしの爵位を知る者はいないから、敬称はなしでもかまわないだろう。ここの服は身分によって差がないようだしな。この時代の奢侈《しゃし》禁止令はわたしの時代のものとは違う。ここでも使用人を雇うべきなのだろうが、シャツ一枚の値段が使用人の一年分の給与と同じくらいとなると難しいだろう。努力はしているのだが、きみたちの時代はなかなか理解できない。そして……笑いものになるようなことをしてしまう」彼が視線をそらした。

「あら、わたしだってそんなことはよくあるわ。この時代に生まれ育ったけど」ダグレスは明るく言った。

「だが、きみは女性だ」ニコラスが彼女と目を合わせる。

「まず知っておいてもらいたいんだけど、今では女性は男性の奴隷ではないの。現代の女性たちは言いたいことを言い、したいことをする。自分たちが男性を楽しませるためだけに存在しているんじゃないって、ちゃんとわかっているのよ」

ニコラスがぽかんと口を開けた。「きみたちは、わたしの時代の女性たちがそんなふうに扱われていたと思っているのか？　男が楽しみ愛でるためだけに女性は存在していたと？」

「従順に服従することを求められ、お城に閉じこめられていたんでしょう？　学校に行くことは許されず、休む間もなく子どもを産まされていたのよね」

驚きや怒り、不信といった感情が次々とニコラスの顔をよぎったが、やがて彼は緊張を解くと、楽しそうに笑みを浮かべた。「戻ったら、母にこのことを話してやらなくては」抑えきれずにくくっと笑う。「母は夫を三人見送っているんだが、ヘンリー国王は母の夫たちは母の半分も男らしくないから死を願ったのだと言っていた。従順だって？　いいや、そんなことはない。学校に行けない？　母は四カ国語を話し、哲学の議論もできる」

「じゃあ、お母さまは例外なのね。ほとんどの女性は虐げられ非人道的な扱いを受けていたはずよ。そうに決まっているでしょう。男性の所有物だったんですもの。財産のひとつだったのよ」

ニコラスが刺すような視線を向けた。「きみの時代の男は高潔だとでもいうのか？　助けを得る手段も、守ってくれる人間も、ひと晩の宿を取るだけの金もない女性を、放置して行ってしまうような真似はしないと？」

ダグレスは頬が熱くなるのを感じて、顔を背けた。自分にはこういうことを語る資格なんてないのかもしれない。「そうね、あなたがそう言うのももっともだわ」視線を戻して続ける。「とにかく、これからの計画よ。まずはドラッグストアに行って洗面道具や入浴に必要なものを買いましょう。ああ、この国ではドラッグストアじゃなくて薬局《ケミスト》っていうのかしら」ダグレスはため息をついた。「わたしはアイシャドウと下地と頬紅もほしいわ。あと、口紅ね。それから歯ブラシに練り歯磨き、フロス」ふと思いついて、彼を見る。「ねえ、あなたの歯を見せて」

「マダム！」

「いいから見せて」ダグレスは真剣な表情で言った。ニコラスが研究に根を詰めすぎた大学院生なら虫歯の治療痕があるだろうが、十六世紀から来たのなら詰め物はないはずだ。

しばらくためらったあと、ニコラスが口を開けたので、ダグレスは向きを変えさせながら口じゅうを調べた。臼歯を三本抜いた形跡と虫歯が一本あるが、詰め物をしている歯はない。「歯医者に行って、虫歯の治療をしてもらわなくちゃ」

ニコラスがさっと顔を引き、こわばった口調で言う。「まだ抜かなくてはならないほど痛くはない」

「我慢できないくらい痛くなったから、抜いたの？　三本とも？」

彼が当たり前だろうと言いたげな顔をしているので、ダグレスは口を開けて歯の詰め物を見せ、どういう治療をしたのか説明しようとした。

「ああ、ここにいたんですか。おふたりはご友人になったんですね」教会の奥から出てきた牧師がうれしそうに顔を輝かせた。

「わたしたちは別に……」牧師が考えているように仲よくなったわけではないと言おうとして、ダグレスは思い直した。彼との関係をうまく説明できると思えない。そこで彼女は立ちあがった。「そろそろ行かないと。やることがたくさんあるんです。ニコラス、もういい？」

ニコラスはにっこりして、腕を差しだした。教会を出たところで塀の内側に広がる墓地が目に入り、ダグレスは足を止めた。ロバートに置き去りにされてから、まだ一日しか経っていない。

「あそこで光っているのはなんだ？」ニコラスが指さした。

そこはちょうど、グロリアがつまずいた墓石のあるあたりだった。グロリアがダグレスに怪我をさせられたと嘘をついた因縁の場所だ。興味を引かれて近づくと、草と土に埋もれるようにしてグロリアの五千ドルのブレスレットが落ちていた。拾いあげ、日の光にかざしてみる。

「ダイヤモンドは最高級ではなく、それなりの品質だな。エメラルドのほうはひどい安物だ」ニコラスが背後からのぞきこんで言う。

ダグレスはにやりとして、ブレスレットを握った。「これでロバートを見つけられるわ。絶対に取り戻しに来るはずだもの」教会の中へ引き返し、ロバート・ホイットリーがブレスレットをなくしたと言って電話をかけてきたら、ダグレスが持っていると伝えてほしいと牧師に頼んだ。ニコラスと泊まっているB&Bの名前も教える。

ダグレスは明るい気分で教会をあとにした。これできっとすべてうまくいく。ブレスレットを見つけたわたしにロバートは感謝するはずだ。何度も謝りながら、彼が永遠の愛を誓う場面が頭に浮かぶ。〝きみと別れて、信じられないほどさびしかった〟〝ぼくを許してくれるかい？〟〝ちょっと思い知らせるつもりが、思い知らされたのはぼくのほうだった。ああ、ダグレス――〟などなど、涙ながらに言うロバートを想像してダグレスはうっとりした。

「え、何か言った？」うわの空でニコラスを見あげる。

彼は顔をしかめていた。「さっき錬金術師《アルケミスト》のところに行くと言っていただろう？

魔術に必要なものを調達するのか？」

自分は魔女ではないと、ダグレスはわざわざ反論する気になれなかった。あまりにも幸せで、そんなことはどうでもよかったのだ。「アルケミストじゃないわ。ケミストよ。薬局。さあ、買い物に行きましょう」

歩きながら、ロバートとの再会に備えて最高の自分に仕上げるために必要なものを頭の中でリストアップする。化粧品、ヘアケア用品、それに袖の裂けていない新しいブラウス。

まずコインショップへ行き、千五百ポンドでコインをもう一枚売った。それからB&Bに電話をかけ、宿泊を三泊延長してもらう。ニコラスが持っている高額なコインを売るのに、それだけの日数が必要だと店主から言われたのだ。それに、三日あればロバートが戻ってこられるだろうという思いも、ダグレスにはあった。

次にふたりは薬局へ向かった。イギリスの魅惑的なドラッグストアチェーン〈ブーツ〉のドアが開くと、ダグレスでさえ目を奪われた。イギリスではけばけばしいパッケージの薬は棚に並べられておらず、たとえ咳止め《せきど》シロップでもカウンター越しに買わなければならない。代わりにずらりと棚に並んでいるのは、いい香りのする製品だ。何分も経たないうちにダグレスは足元にキャンバス地の買い物かごを置き、マンゴーの香りのシャンプーとジャスミンの香りのシャンプーを手に取って、どちらにするか検討を始めていた。フェイスパックはアロエとキュウリのどちらにするか考えながら、ラベンダーの香りのコンディショナーをかごに入れる。

「これはなんだ?」ニコラスが何列も並んでいる派手なパッケージの商品を見て、小声できいた。

「シャンプーに制汗剤に歯磨き粉、どれも日用品よ」ダグレスは片手にレモンバーベナの、反対の手にはイブニングプリムローズのボディーローションを持って、うわの空で答えた。どっちがいいだろう?

「それがなんなのか、わたしにはわからない」

夢中になって商品を選んでいたダグレスははっとして、エリザベス朝から来た男性の身になって店内を見まわした。彼が過去から来たというのはもちろんありえない話だが、けっこう最近まで人々は自家製の洗面道具や化粧品を使っていたと父親から聞いたことがある。

「これはシャンプー。髪を洗うためのものよ」ダグレスはパパイヤの香りがするシャンプーのボトルの蓋を開けた。「匂いを嗅いでみて」

ひと嗅ぎすると、ニコラスはうれしそうに笑った。そしてほかのボトルも開けてみろというように顎をしゃくったので、ダグレスは別の蓋も開けた。ひとつひとつ嗅ぐたびに、ニコラスが驚いたような表情を浮かべた。「これはすごくいい。こっちは天国みたいだ。どれでもいいから、女王陛下のために持ち帰りたいものだ」

ダグレスはヒヤシンスの香りのコンディショナーの蓋を閉めた。「あなたの首を切り落とした女王のために？」

「陛下は嘘を教えられたのだ」ニコラスがこわばった声で言ったので、ダグレスは首を横に振った。君主に対するこれほどの忠誠心は、アメリカ人には理解しがたい。

「女王はいい香りのするものを特に好まれると、聞いたことがある」ニコラスは言い、男性用のアフターシェーブローションを取りあげた。「手袋を洗ったような匂いがする」急にそう言って、あたりを見まわす。

「洗った？　洗濯したってこと？」

「いや、香りをつけるためだ」

「肌には香りをつけるけど、手袋にはつけないわ」ダグレスはほほえんだ。

「なるほど。それなら代わりに肌に香りをつけるので我慢するとしよう」ニコラスがゆっくりと言って彼女を見つめたので、ダグレスは赤面しそうになった。

ダグレスはシェービング用品にすばやく目を向けた。「あなたは顎ひげを剃《そ》るつもりはないんでしょう?」

ニコラスが考えこむように、顎ひげに手を滑らせる。「この時代には、顎ひげを生やしている男はいないようだな」

「まったくいないことはないけど、あまり流行ってはいないわね」

「それなら、床屋を見つけて剃ってもらおう」ニコラスは一瞬口をつぐみ、すぐに続けた。「床屋は今でもあるだろう?」

「ええ、あるわ」

「きみの歯の詰め物は、床屋でやってもらったのか?」

ダグレスは笑った。「いいえ。今は床屋と歯医者は別々の職業なの。ねえ、シェービングフォームと剃刀をわたしが選んであげるから、あなたはシェービングローションを選んだら?」ダグレスは買い物かごを持ちあげた。買い物かごの中は、今やシャンプー、コンディショナー、櫛、歯ブラシ、歯磨き粉、フロス、旅行用の電気式のヘアカーラーといったものでほぼいっぱいになっている。続いてメイク用品のコーナーに行って楽しく商品を選んでいると、棚の反対側から音がした。ニコラスが彼女の注意を引こうとしているらしい。

ダグレスが棚をまわって近づくと、ニコラスが歯磨き粉のチューブを持って立っていて、そこから飛びだした中身が棚の前面にべったりついていた。

「匂いを嗅ごうとしただけなんだ」彼のこわばった声で、ひどく動揺しているのがわかる。

ダグレスは棚からティッシュの箱を取って開けると、ひとつかみ取りだして棚板を拭いた。

するとニコラスは当惑していたことなど忘れて、初めて見るティッシュに目を奪われた。「これは紙じゃないか」やわらかいティッシュに触れて、感嘆している。「やめろ！ 無駄にするな。貴重品なんだぞ。しかも、これは一度も使っていないさらの紙だ」

ダグレスは彼が何を言っているのか理解できなかった。「ティッシュは一度使ったら捨てるものよ」

「現代はそれほど裕福な時代なのか？」ニコラスが落ち着きを取り戻そうと、さっと顔を撫でる。「どうもよくわからない。紙は金《きん》の代替品になるほど価値があるものなのではなかったのか？ それなのに、こんなふうに汚れを拭きとるのに使って捨ててしまうとは」

十六世紀には手作りするしかなかった紙がどれほど貴重だったかを考え、ダグレスはほほえんだ。「今は物があふれているのよ。わたしたちの身に余るほど」開けてしまったティッシュの箱をかごに入れ、買い物の続きに戻る。シェービングクリーム、剃刀、制汗剤、浴用タオル二枚（イギリスのホテルの部屋には用意されていない）、それにメイク用品一式を選ぶ。

レジに行くと、今度も彼女がニコラスのものである〝紙の金〟を取りだした。そして、またしても彼は合計金額を聞いて青い顔になり、値段を読みあげる彼女にぼそっとつぶやいた。「このボトル一本の値段で、馬が買える」支払いを終えると、ダグレスはぎっしり詰まったショッピングバッグをふたつ持って、よろよろと外に向かった。ニコラスは代わりに持とうという気遣いをまったく見せないので、鎧を入れた袋ほどの重さにならなければ、男らしさを発揮するには値しないと考えているのだろう。

「荷物を置きに、いったん宿へ戻りましょう。そのあと――」ニコラスがいきなりショーウィンドウの前で立ちどまったので、ダグレスは言葉を切った。昨日の彼は通りにばかり目を向けていた。車を見て驚き、道の舗装の感触を確かめ、すれ違う人々を見つめていた。でも今日は昨日とは違う場所に視線が行っていて、通りに沿って並んでいる店を熱心に見つめたりきれいな板ガラスがはまった窓に感心したり、あちこちで看板の文字に触れたりしている。

ニコラスが足を止めたのは、書店の前だった。ショーウィンドウに飾られた中世の鎧の美しい大型本や、そのまわりに並べられているヘンリー八世やエリザベス一世の本を、目を皿のようにして見つめている。彼は本を指さして振り返り、口を開いたが、言葉が出てこなかった。

「入ってみましょうか」ダグレスはほほえんで、ニコラスを店の中に引っ張りこんだ。うやうやしく本に触れている彼の顔に浮かぶ驚きや喜びを見ていると、心にのしかかっていたつらく苦しい思いを忘れることができた。カウンターに荷物を置いて、ニコラスと一緒に店内をまわる。入り口近くのテーブルに高価な大型本が何冊か広げてあり、ニコラスはそのつややかな写真にゆっくりと指先を滑らせた。

「すばらしいな。こんなものが作れるなんて、想像したこともなかった」

「見て、あなたの女王さまの本よ」ダグレスはカラー印刷された大型本を手に取った。ニコラスが触れるのを恐れるように、そろそろと受け取る。

彼を見ていると、写真を見るのも初めてだともう少しで信じそうになった。エリザベス朝には本は非常に高価なもので、とりわけ裕福な人々しか所有できなかった。本の挿絵は、版画か手書きの絵に彩色したものだったという。

ニコラスがうやうやしい手つきで本を開き、つややかな表面に手を滑らせる。「誰がこれを描いている？　この時代にはこんなにも多くの本を作れるくらい、画家が大勢いるのか？」

「本は全部、機械で印刷されているのよ」

ニコラスはエリザベス一世の絵を見つめた。「女王が着ているのはどういう様式のドレスだろう？　この袖の形は新しい流行か？　母ならわかると思うのだが」

ダグレスは本に〝一五八二年〟と書いてあるのを見て、ニコラスから取りあげた。「未来のものを見てしまうのは、よくないかも」わたしは何を言っているのだろう？一五八二年が未来だなんて。「こっちのほうがいいんじゃない？」代わりに『世界の鳥たち』という本を渡す。こんなふうに焦るなんて、ばかげている。彼は記憶を失っているだけで、すぐに何もかも思いだすはずなのだから。それでも念には念を入れて、中世の人間が未来を見たために歴史が変わるなどという事態は避けたかった。ただし、彼の命を救うという部分は別だ。でも――。

ダグレスははっとわれに返った。静かだった店内に急に音楽が流れだして、ニコラスが持っていた本を落としそうになったのだ。彼は体をひねりながら、きょろきょろと店の中を見まわしている。「どこにも楽師がいないぞ。それにこの音楽はなんだ？ラグタイムか？」

ダグレスは笑った。「どこでラグタイムなんて知ったの？　いいえ、そうじゃないわね。ラグタイムを覚えているなら、記憶が戻ってきているってことよ」

「ミセス・ビーズリーから聞いたんだ」ニコラスがB&Bの女主人の名前を口にした。

「女主人が持っていた楽譜を弾いたのだが、これとはちょっと違ったな」

「弾いたって、なんの楽器を？」

「大きめのハープシコードのようなものだが、音色はまったく違う」

「きっとピアノね」

「この音楽がどこから流れてくるのか、まだ教えてもらっていない」

「これはクラシック音楽よ。ベートーベンじゃないかしら。機械にカセットを入れて、音を出しているの」

「機械。また機械か」ニコラスがささやく。

そんな彼を見ているうちに、ダグレスの頭にある考えが浮かんだ。音楽を使って記憶を取り戻せるかもしれない。

ダグレスはカセットテープが並んでいる壁面の棚から、ベートーベンと『ラ・トラヴィアータ』の抜粋盤とアイルランドの民族音楽を抜きだした。ローリング・ストーンズにも手を伸ばし、前衛的すぎるかもしれないと考えた自分に苦笑する。「モーツァルトだって、彼にとっては前衛的なはずだわ」そうつぶやいてストーンズのテープを棚から取り、一番下の棚に並ぶカセットプレーヤーがセールになっていたので、イヤフォン付きのそれも取った。

ニコラスのところに戻ると、彼は文房具のコーナーに移動して、いろいろな種類の紙に恐る恐る触れていた。ダグレスは買うものにらせん綴《と》じのノートを加えたあと、彼にフェルトペンとボールペンとシャープペンの使い方を教えた。ニコラスが試し書き用の紙に何本か線を引いただけで文字を書こうとしないので、ダグレスは疑問を抱いた。ニコラスの母親はすばらしい教養を誇っているかもしれないが、彼自身はどうなのだろう。もしかしたら、読み書きができないのかもしれない。けれども、彼にきくことは控えた。

ふたりはひとつ増えたショッピングバッグとともに、書店を出た。中身はらせん綴じのノート、さまざまな色のフェルトペン、カセットプレーヤーとテープ、ガイドブックが六冊。ガイドブックは三冊がイギリス、一冊がアメリカ、二冊が世界旅行のものだ。それからニコラスは絵を描くのが好きなのではないかと思って購入した水彩絵の具セットと画用紙。あとはアガサ・クリスティが一冊入っている。

「荷物を置きにホテルへ戻らない？」ダグレスはもう腕が抜けそうだった。

それなのにニコラスは、婦人服を売っている店の前で足を止めた。「今度はきみが服を買ってくるといい」

ダグレスは有無を言わさぬ彼の口調が気に入らなかった。「服なら持っているわ。スーツケースを取り戻したら――」

「みっともない女と旅をするつもりはない」ニコラスがこわばった口調で言う。

〝ベルダム〟《ベルダム》という言葉は知らないダグレスにも、なんとなく意味は伝わった。ガラスに映った姿を見ると、昨日も衝撃的なくらいひどかったが今日はさらにひどい。プライドにこだわるべきときと良識に従うべきときがあると観念して、ダグレスは本が入った袋をニコラスに渡した。「あそこで待っていて」彼と同じく有無を言わさぬ口調で言い、木の下の木製のベンチを指す。

ダグレスは化粧品の入った袋だけを持ち、つんと顎をあげて店に入った。

買い物を終えるまでに一時間以上かかったが、彼女は別人に生まれ変わってニコラスのもとへ戻った。ここ数日ちゃんと手入れができずにぼさぼさになっていた赤褐色の髪は、きれいに梳かして緩やかなウェーブを出し、シルクのスカーフでうなじでまとめた。メイクは顔立ちの美しさが引き立つように、控えめにしてある。ダグレスは繊細で儚《はかな》いタイプの美人ではなく、ケンタッキーの牧場かメインのヨットの上で育ったかのような、健康的ではつらつとした魅力にあふれていた。ちなみに、彼女が実際に育ったのは後者だ。

服は青緑色とプラム色と紺色のペイズリー柄のスカートにプラム色のシルクのブラウスと緑色のオーストリアンジャケット、それに紺色のやわらかい革のブーツを合わせ、シンプルだが優雅なスタイルにまとめた。思いついて、さらに紺色の子山羊革《キッド》の手袋と紺色の革のハンドバッグ、それにランジェリー一式とネグリジェも購入した。

ショッピングバッグをさげて道を渡ってくる彼女を目にしたニコラスは信じられないという表情になり、ダグレスは溜飲《りゅういん》をさげた。「どうかしら？」

「美しいものに時代は関係ないのだな」彼は静かに言って立ちあがると、ダグレスの手を取って唇をつけた。

エリザベス朝の男性には彼らなりのすばらしさがあると、ダグレスはうっとりした。

「ところで、そろそろお茶の時間じゃないか？」ニコラスがきく。

ダグレスはうめいた。いつの時代でも男は同じ。甘い言葉をささやいた直後に、夕食は何かときくのだ。

「わたしたちはこれからこの国のもっとも残念な部分に直面することになるから、覚悟して。朝食と紅茶はすばらしいし、夕食もバターとクリームたっぷりの食事が好きなら最高だけど、ランチだけはだめ」

ニコラスは外国語を理解しようとするかのように、集中して彼女の言葉を聞いている。「その〝ランチ〟というのはなんだ?」

「見たらわかるわ」ダグレスは彼を連れて近くのパブに向かった。パブは彼女がイギリスに来てもっとも気に入っているもののひとつだった。家庭的な雰囲気なのに、酒も飲めるところがいい。ボックス席に座って、チーズサラダサンドイッチをふたつ注文する。飲み物はニコラスにはビールを、自分はレモネードを頼んだ。それから彼に、アメリカのバーとイギリスのパブの違いを説明する作業に取りかかった。

「エスコートなしで出歩く女性が、ほかにもいるのか?」ニコラスが驚いてきく。

「わたし以外にもってこと?」ダグレスはほほえんだ。「今は自立している女性が大勢いるわ。そういう女性は仕事と自分名義のクレジットカードを持っていて、男性に面倒を見てもらう必要がないの」

「だが無理をしなくても、まわりに面倒を見てくれる男がいるはずだ。いとことか、おじとか。その女性たちには息子がいないのか?」

「今はそんな生き方はしないのよ——」ウエイトレスがサンドイッチをふたりの前に置いたので、ダグレスは口をつぐんだ。サンドイッチといっても、アメリカのものとは違う。イギリスのチーズサンドイッチはバターを塗った食パンのあいだにチーズが一枚挟まれているだけだ。チーズサラダサンドイッチの場合は、それにレタスが一枚加わる。薄くてぱさぱさで、味もそっけもない。

ダグレスが奇妙な食べ物を手に取って口に運ぶのを、ニコラスは見守った。それから彼も同じようにする。

「おいしい？」

「風味がない」ニコラスはビールを飲んだ。「ビールも」

ダグレスはパブを見まわして、十六世紀にも同じようなものがあったかどうかきいてみた。過去から来たという話を信じたわけではないが、もうそんなことはどうでもいいような気になっていた。

「ないな」彼が答えた。「ここは薄暗くて静かだ。危険もない」

「平和で安全なのはいいことだわ」

ニコラスは肩をすくめ、残りのサンドイッチをふた口で食べ終えた。「食べ物には風味があったほうがいいし、パブも刺激的なほうがいい」

ダグレスはほほえんで、立ちあがろうとした。「もう行く？　やることがまだたくさんあるし」

「行く？　だが、ディナーは？」

「今、食べたでしょう？」

ニコラスは片眉をあげた。「店の主人はどこだ？」

「カウンターのところにいる男性が責任者のようね。それにカウンターの奥にいる女性が料理を作っているんじゃないかしら。ちょっとニコラス、騒ぎは起こさないで。イングランド人は問題を起こす人間が好きじゃないのよ。ちょっと待っていてくれたらわたしが行って――」

しかしニコラスはすでにカウンターへ向かっていた。「いつの時代でも、食べ物は食べ物だ。マダム、きみはここにいてくれ。わたしがちゃんとしたディナーを手に入れてくる」

ニコラスはダグレスを置いて店主らしき男性のところへ行き、話を始めた。すぐに女性も呼び寄せ、店員ふたりを相手に熱心に何か言っている。ふたりが言われたことをするために奥へ引っこんだのを見て、ニコラスが現代のやり方に慣れたら少々問題が出てくるかもしれないと、ダグレスはいやな予感に襲われた。

彼が席に戻ってしばらくすると、次々に料理が運ばれてきた。牛肉や鶏肉《とりにく》の料理、大きなポークパイ、ボウルに盛られた野菜、サラダ、それに癖の強そうな色の濃いビールがニコラスの前に並べられる。

テーブルの上が食べ物でいっぱいになると、ニコラスは言った。「さて、ミストレス・モンゴメリー、どうやってわたしをもとの時代に返すか、何か案はあるかな？」

ダグレスはさっきまでと立場が入れ替わったのを感じながら、楽しそうに目を輝かせているニコラスを呆然と見つめた。今度は彼がダグレスにはできないことをやってみせたのだ。

「ひとつあるわ」ダグレスは笑いながら、鶏の脚にフォークを刺した。「ここのコックに、いい呪文を知らないかきいてみたらどうかしら？」

「薬局で買ったボトルの中身を、全部混ぜあわせてみてもいいかもしれないな……痛っ！」イギリス産の牛肉を口いっぱいに押しこみながら言ったニコラスは、練習中のフォークで舌を突き刺しそうになった。

「もう魔術のことは忘れて」ダグレスはらせん綴じのノートとペンをバッグから出した。「調査を始める前に、あなたのことを何もかも教えてちょうだい」いろいろ話をさせれば、日付や場所に詰まることがあるかもしれない。

ところがニコラスは何をきかれても、次々に料理を平らげていく速度を鈍らせることなく、すらすらと答えた。生まれたのは一五三七年六月六日。

「フルネームは？　というより、あなたの場合は爵位かしら？」ダグレスはパースニップをマッシュしたものを左手で食べながら、右手でメモを取った。

「名前はニコラス・スタフォード。爵位はソーンウィック、バックシャー、およびサウシートン伯爵、ファーレーン卿だ」

ダグレスは目をしばたたいた。「ほかには？」

「準男爵位もいくつかあるが、大したものではない」

「じゃあ、男爵位はいいわ」ダグレスはニコラスにもう一度繰り返させて、ノートに書きとめた。次に彼が所有している地所のリスト作りに取りかかる。イーストヨークシャーからサウスウェールズにかけて領地があり、フランスとアイルランドにも地所を持っているらしい。

次から次へと挙がる名前を聞いているうちに頭がくらくらしてきたので、ダグレスはノートを閉じた。「これだけ材料があったら、あなたについて――彼について――何か見つけられるはずよ」控えめに言いつつも、声に自信がにじむ。

〝ランチ〟のあと、ふたりはニコラスのひげを剃り落とすために床屋に寄った。ひげがなくなった彼を見て、ダグレスは一瞬、息が止まった。ふっくらとした魅力的な唇から目が離せない。

「どうかな、マダム？」彼女の表情を見て、ニコラスが低く笑う。

「まあまあね」見とれてしまったことをごまかすためにダグレスは言ったが、先に立って歩きだすと後ろから彼の笑い声が聞こえてきた。自信満々なのが伝わってくる。なんというううぬぼれ屋なのだろう。

B&Bに戻るとバスルーム付きの部屋が空いたと知らされ、ニコラスとは別の部屋を取るべきだとダグレスの理性の声はささやいた。しかし女主人に問いかけるような目を向けられても、結局彼女は何も言わず、ロバートが戻ってきたときにハンサムな男性と一緒にいるところを見せつけられたほうがいいと自分に言い訳した。

ふたりはわずかな荷物を新しい部屋に移したあとふたたび教会へ行ったが、ロバートからはなんの連絡もないし、ブレスレットについての問い合わせもないと牧師から告げられた。そこで食料品店に行ってパンとスコーンとペストリーを買い、ワインショップでワインも二本購入した。

お茶の時間になる頃には、ダグレスは疲れ果てていた。

「わたしの財布番は、沈没寸前の船のようだな」ニコラスがそう言って、笑みを浮かべる。

ダグレスはまさにそんな気分だった。B&Bに戻ると、ふたりは買ったばかりの本が入ったバッグを持って庭に出た。ミセス・ビーズリーがそこに、紅茶とスコーンと草の上に敷くための毛布を運んできてくれた。ニコラスとダグレスは毛布の上で紅茶を飲み、スコーンを食べ、本を眺めた。暑すぎず寒すぎないちょうどいい気温のイギリスらしい気持ちのいい日で、まぶしすぎない日差しがあふれている庭には草木がみずみずしく生い茂り、バラの香りが満ちている。ダグレスは座っていたが、ニコラスは彼女の前でうつぶせに寝そべり、スコーンを食べながらもう片方の手で注意深く本のページをめくっていた。

ダグレスはガイドブックを広げながらも、筋肉に覆われた彼の背中を覆うコットンのシャツや、腿に張りついたズボン、首筋にかかっているカールした黒髪についつい目を引かれた。

「見てくれ！　わたしの一番新しい家だ」ニコラスがいきなりごろりと転がって体を起こしたので、ダグレスはびくっとして紅茶を少しこぼしてしまった。本を押しつけられて、カップを置く。

「〝ソーンウィック城はソーンウィック伯爵ニコラス・スタフォードによって一五六三年に建設を開始された……〟」ダグレスはフルページの写真に添えられた説明を読み、ニコラスを見た。彼は両手を頭の後ろで組んで仰向けに寝そべり、無邪気に笑っている。彼が中世に生きていた証拠をようやく見つけてうれしそうだ。「〝しかしエリザベス一世によって一五六四年に没収された……〟」

「続けて」ニコラスは静かにうながしたが、その顔から笑みは消えている。

「〝伯爵が有罪を宣告され斬首刑を言い渡されたためで、その有罪には疑問もあったが真相が明らかになることはなかった〟」ダグレスは声を落とした。「〝刑が執行される三日前、伯爵は独房で死んでいるところを発見された。母親への手紙を書いている途中で、心臓発作に襲われたと考えられている。伯爵は書きかけの手紙の上に突っ伏して、死んでいた〟」ダグレスは顔をあげた。

ニコラスは空に浮かぶ雲を黙って見あげていたが、やがて口を開いた。「母がどうなったか、書いていないか？」

「何も。あとはお城の説明と、完成することはなかったということだけ。〝すでに完成していた部分は内戦のあと荒れ果てるまま放置され――〟これはあなたの国の内戦のことね。アメリカのではなく。〝その後一八二四年に復元された。そして――〟」ダグレスは言葉を切った。「〝現在、城は二つ星のレストランを備えた高級ホテルとなっている〟ですって！」

「わたしの家が宿屋《パブリック・ハウス》に？」ニコラスが唖然とした。「あそこは学びの拠点になるはずだったんだ。それなのに――」

「ニコラス、それは何百年も前の話よ――ううん、たぶんそうだっただろうってこと。とにかく、もしかしたら予約が取れるかもしれないわ。そうしたら、あなたのお城に泊まれるわよ！」

「自分の家に泊まるのに金を払うのか？」彼がいやそうな顔をする。

ダグレスは話の通じないニコラスに向かって両手をあげた。「わかった、それならいいわ。ずっとここにいて、この先二十年でも買い物を楽しみなさいよ。おなかがすいたら、パブの店主に中世風の豪華な食事を出してもらえばいいんだし」

「きみの舌は鋭いな」

「真実が見えているからよ」

「きみを捨てた男のこと以外は」

ダグレスは立ちあがろうとしたが、彼に手をつかまれた。

「ホテル代は払うよ。一緒に行ってくれるかい？」ニコラスは彼女を見つめて言いながら、つかんだ手をなだめるように撫でた。

ダグレスは手を引き抜いた。「もちろんよ、取引したもの。真実を見つけるのを手伝うわ。あなたのご先祖さまの汚名をそそぐために」

ニコラスは笑みを浮かべた。「今度はわたしをわたしの先祖だと言いだすのか？」

ダグレスは嫌味を言う彼をにらんだあと、ホテルの中に入ってソーンウィック城に電話をかけてみた。最初は一年前に予約しないと無理だとにべもなく断られたが、電話の向こうから少しあわただしげな音が聞こえたかと思うと、一番いいスイートが偶然空いたと言われ、ダグレスは値段も確認せずに〝泊まります！〟と叫んでいた。

電話を切ったとき、ダグレスはこれほど都合よく部屋が空いたことにまったく驚いていなかった。最近の出来事を振り返ると、ロバートに捨てられたあとは何かに甘やかされるように望んだことがすべてかなっている。輝く鎧の騎士を願ったら、ニコラスが現れた。実際に銀の鎧をまとって十六世紀から来たと思いこんでいる男性ではなく颯爽と助けに駆けつけてくれる男性という意味だったのだが、それでも望みがかなったことに変わりはない。お金がほしいと願ったら貴重な古いコインでいっぱいの袋が現れたし、泊まる場所が必要になったらこのB＆Bに連れてこられた。今だって、高級ホテルの予約を取ろうとしたら、〝たまたま〟空きが出たというわけだ。

ダグレスはグロリアのブレスレットをポケットから出して見つめた。まるで金持ちの太った年寄りの男が、二十歳年下の愛人に与えるような品だ。わたしはいったいロバートに何を求めているのだろう？　自分の娘が嘘つきの泥棒だと悟ってほしいのだろうか？　でも、父親が娘を軽蔑するようなことを望んでいるわけではない。それなら何を求めているの？　ロバートはほしいけれど、娘と娘に対する愛情も彼の一部なのだ。それとどうつきあえばいいのかわからない。何をしても〝意地悪な継母《ままはは》〟という役割を割り当てられ、ひたすらそれに耐えるしかないのだろうか？

庭へ戻る前に牧師館に電話をかけたが、やはりまだブレスレットに関する問い合わせはないとのことで、代わりにおすすめの歯医者を教えてもらった。そこに電話をしたら、ちょうどキャンセルがあって明朝の予約が取れると言われ、ダグレスは思わず笑いそうになった。外に向かおうとしたところでテーブルの上に置いてある何冊かのアメリカの雑誌が目に入り、『ヴォーグ』『ハーパーズバザー』『ジェントルマンズクウォータリー』の三冊を持っていってニコラスに渡す。

これらの美しい〝本〟は読んだら捨てるものだと説明すると、ニコラスは驚きの声をあげた。そして驚きが鎮まるとすぐに雑誌を開き、軍事作戦を練る将軍のごとく真剣な表情で次々にページをめくっていき、広告やモデルの着ている服を調べ始めた。最初は現代の服が好きになれないようだったが、一冊目を見終わる頃には何かがつかめた様子でうなずいていた。

ダグレスがアガサ・クリスティの小説を開くと、ニコラスが声をかけてきた。「声に出して読んでくれないか?」

ニコラスは本や雑誌の絵や写真だけに興味を示し、文章を読んでいる様子はない。もしかしたら字が読めないのかもしれないと考え、ダグレスは『ジェントルマンズクウォータリー』のページをめくっている彼のために小説を音読した。

七時になると、ふたりはワインを開けてチーズとパンと果物を食べたが、ニコラスはそのあいだもミステリー小説を読み続けてほしいと主張した。

暗くなったので部屋に戻ると、ダグレスは同じ部屋で夜を過ごすことの親密さが気になり始めた。でもニコラスと一日過ごすうちに、一緒にいることが自然に思えるようになっていた。新しい世界のすべてに新鮮な驚きを感じているニコラスを見ていると自分までうれしくなり、ロバートの記憶が確実に薄れていっていた。

部屋に入ると、ニコラスは彼女にぎくしゃくする暇を与えなかった。さっそく専用のバスルームをのぞいて、浴槽がどこにあるのか知りたがった。アメリカ人であるダグレスはシャワー室を見つけて喜んだが、シャワーの使い方を教える前にニコラスが蛇口をひねってずぶ濡れになり、ふたりで大笑いしたあと、彼が差しだした頭をダグレスがタオルで拭いた。

それから彼女は、シャンプーとコンディショナーの使い方と歯磨きの仕方を教えた。

「ひげの剃り方は明日教えるわね」歯磨き粉の泡で口をいっぱいにしている彼に、笑いかける。

シャワーを浴びて髪を洗うと、ダグレスは買ったばかりの無地の白いネグリジェを着て、二台あるベッドの片方に座った。彼女とニコラスは毎日入浴することについて議論を戦わせた。彼はとんでもないという意見だった。体を冷やしてしまうかもしれないし、肌から分泌されている脂が奪われすぎてしまうと主張した。ダグレスが保湿クリームを見せて反論しても、ただで手に入る油分を落としてクリームを買うなんてばかばかしいとぶつぶつ言ったが、毎日入浴しなければすれ違う人々やレストランで会う人たちにくさいと言われると脅すと、ニコラスはバスルームに入ってドアを閉めた。しばらくすると水の音が聞こえてきた。

彼はシャワーが気に入ったらしく、ドアの下からはかなり長いあいだ湯気がもれだしていた。ようやくドアが開くと、ニコラスは腰にタオルを巻いただけの姿で、濡れた髪を別のタオルで拭きながら出てきた。

ベッドに座っていたダグレスは彼と目が合うと、濡れた髪を梳かしつけただけの素顔を見られるのが決まり悪くて、心臓がどきりと跳ねた。

しかしニコラスはすぐに彼女の横にあるランプに視線を移し、ダグレスはそのあと十五分間、電気について説明するはめになった。説明を聞いたあと彼は部屋じゅうのスイッチをつけたり消したりし始め、頭がおかしくなりそうになった彼女がもっと本を読んであげると約束するまで、それは続いた。ベッドに入る前に彼が腰のタオルを外したので、ダグレスは思わず目をそらしてつぶやいた。「明日、必ずパジャマを買わなくちゃ」

三十分読んだところで彼が眠ったので、明かりを消して上掛けを引きあげた。ところが彼女がうとうとしかけた頃、ニコラスが激しく寝返りを打ち始め、ダグレスは起きあがった。彼は悪夢を見ているのか、上掛けを跳ね飛ばし、ごろごろ転がってはうめいている。手を伸ばしてニコラスの肩に触れたが、小声で呼んでも返事がないどころか、ますます寝返りは激しくなった。肩を揺さぶってみても、目を覚ます気配はない。

ダグレスは上掛けをめくって立ちあがった。ベッドの端に座って、彼の上に身をかがめる。「ニコラス、起きて。悪い夢を見ているのよ」

彼が力強い腕を伸ばしてダグレスをとらえ、引き寄せた。

「放して！」身をよじっても彼は放さなかった。それどころか抱き枕でも抱えているような体勢に満足したのか、すっかり静かになっている。

ダグレスはニコラスの腕の中からなんとか逃れて自分のベッドに戻ったが、身を横たえる間もなく彼がまた暴れだした。しかたなくふたたびベッドを出て彼のそばに行き、呼びかける。「ニコラス、起きてちょうだい」しかし強く言っても彼は起きず、上掛けを蹴り飛ばし、腕を振りまわして暴れるだけだった。その表情から、恐ろしい悪夢であることがうかがえる。

ダグレスはため息をつくと、あきらめて彼のベッドに入った。するとニコラスは、怯えた子どもが人形にすがりつくように彼女を抱き寄せ、すぐにおとなしくなった。これは崇高な行為で、人助けのためにしているのだとダグレスは自分に言い聞かせた。でも心の底では、自分も彼と同じくらい孤独で怯えているのだとわかっていた。あたたかい肩のくぼみに頬をのせて、彼女は眠りに落ちた。

夜明け前、ダグレスはほほえみながら目を覚ました。意識がはっきりしてくるにつれて、この心地よさはニコラスの大きなあたたかい体が与えてくれているものだと悟る。振り向いて彼に抱きつき、あたたかい肌にキスをしたい。

けれども、完全に目覚めて自分がどこにいるのか思いだしたダグレスは、すぐに目を開けて自分のベッドに戻った。そこから見つめると、ニコラスは白い枕に漆黒の巻き毛をこぼし、身動きもせずに眠っている。この男は彼女の輝く鎧の騎士なのだろうか？　それとも、やがて記憶を取り戻したら、イギリスのどこかにある家に戻ってしまうのだろうか？

ダグレスはいたずらっぽい気分に駆られて、静かにベッドを出た。渡すタイミングを見計らって窓台に隠しておいたカセットプレーヤーを持ってきて、ローリング・ストーンズのテープをセットする。それをニコラスの頭の横に置くと、彼女はボリュームをあげてプレイボタンを押した。

大音量で『サティスファクション』が流れだしたとたん、ニコラスが飛び起きた。衝撃を受けている彼の顔がおかしくて笑いながら、ほかの宿泊客を起こしてしまう前にテープを止める。

ニコラスがぼうっとした表情で、あたりを見まわした。「いったい今のはなんだ？」

「音楽よ」ダグレスは笑いながら言ったが、彼がまだ呆然としているのを見て続けた。「あなたをからかっただけ。さあ、もう起きる時間だから――」

彼が笑おうとしないので、ダグレスは笑みを消した。エリザベス朝の男性は悪ふざけが好きではないのかもしれない。いや、違う。自分のことをエリザベス朝の人間だと思っている男性だ。

二十分後、ダグレスはかっかしながらバスルームを飛びだした。「わたしの歯ブラシにシャンプーをつけておいたでしょう！」舌を出して、タオルでごしごしぬぐう。

「わたしがか？」ニコラスがとぼけた顔で言った。

「まったくあなたは――」ダグレスは枕をつかんで、彼に投げつけた。「絶対に仕返ししてやるんだから」

「また朝に〝音楽〟を聞かせるつもりか？」彼が枕をよける。

ダグレスは笑った。「わかったわ。これでおあいこね。じゃあ、朝食を食べに行きましょう」

朝食の席で、ダグレスは彼のために歯医者を予約したことを伝えた。ニコラスが渋い顔をしても気にならなかった。誰だって歯医者は好きではない。食べている彼から、ソーンウィック以外の領地の名前を聞きだす。彼が歯の治療を受けているあいだ、その情報をもとに図書館で調べものをするつもりだった。

歯医者に向かう途中、ニコラスは奇妙なほど静かだった。待合室ではプラスチック製の椅子に興味を示すこともなく、人工の観葉植物を指さしても見向きもしない。どうやら彼は、ものすごく不安になっているらしい。診察室に呼ばれると、ダグレスは彼の手を握った。「大したことないから大丈夫よ。治療が終わったら、アイスクリームを食べに行きましょうね。すごくおいしいのよ」そう言ってから、ニコラスはアイスクリームを知らないはずだと気づく。実際は知らないのではなく、覚えていないだけだとしても。

全体をチェックして、少なくとも一本の虫歯を削り、歯の清掃をするとなると、それなりに時間がかかるはずだ。そこで彼の治療が終わる頃に図書館へ電話してほしいと、受付に頼んだ。

図書館に向かうダグレスは、子どもを残してきた母親のような気分だった。「ただの歯医者じゃない」小さくつぶやく。

アシュバートン図書館はこぢんまりとしていて、置いてある本は児童書と小説が中心だった。まずイギリスの紀行書を集めた棚に行ってニコラスから聞いた十一の領地に関する情報を探すと、四箇所は廃墟《はいきょ》になっていて、二箇所は一九五〇年代に取り壊されていた（長く残っていたのにこれほど最近取り壊されたと知って、残念でならなかった）。一箇所はソーンウィック城、一箇所は発見できず、二箇所は個人の邸宅になっていて、一箇所は一般に公開されている。公開されている場所の情報――公開日や時間など――をメモして腕時計を見ると、ニコラスを置いてきてから一時間半が経過していた。

カード目録でスタフォード家について調べてみたが、何も見つけられないまま、ささらに四十五分が過ぎる。

ようやくカウンターの上の電話が鳴ると、ダグレスはびくりとした。図書館員に呼ばれてニコラスの治療がもうすぐ終わるという伝言を聞き、急いで戻る。

歯科医師は彼女をオフィスに招き入れた。「ミスター・スタフォードには当惑させられました」そう言いながら、ニコラスのレントゲン写真をセットする。「いつもは同業者の仕事に対して意見を言わないようにしているんですが、これを見てわかるとおり、ミスター・スタフォードに対して過去にほどこされた治療は、乱暴としか言いようがありません。三本抜歯されているのですが、まるで力任せに引っこ抜いたようです。ここここを見てください。骨にひびが入って、ゆがんでしまっているでしょう? 抜歯後は、骨がつくまで相当痛かったでしょうね。それにとても考えられないことですが、ミスター・スタフォードはこれまでに注射器を見たことがないようです。おそらく、抜歯を受けたときは全身麻酔をしていたと考えられます」

歯科医師はレントゲン写真を照らしていた明かりを消した。「当然そのはずです。今の時代、このような激しい痛みを放置するなどありえません」

「今の時代はそうですね」ダグレスは静かに言った。「でも四百年前なら、そのまま歯を〝引っこ抜いた〟んじゃありません?」

医師はほほえんだ。「四百年前なら、誰もが彼のような抜歯を受けていたと思います。麻酔も術後の鎮痛剤もなしに。その結果、多くの人の顎の骨にひびが入っていたでしょう」

ダグレスは大きく息を吸った。「ほかの部分はどうでしたか？　患者としてのふるまいは？」

「どちらも良好でしたよ。診察台ではとてもリラックスされていましたし、衛生士が歯の清掃を行っているときに痛みがないかきいたら、楽しそうに笑っておられました。虫歯になっていた部分を削って詰め物をしたあと、ほかの歯のチェックも行いました」医師はいぶかしげな表情を浮かべた。「彼の歯にはかすかな溝があるんです。これまでは教科書でしか見たことがなかったのですが、幼少期に一年以上飢餓にさらされると起こる現象です。どうしてそんな筋があるんでしょうね？　食べるのに不自由するようなご家庭の出には見えないのに」

干ばつがあったのだと、ダグレスは口にしそうになった。あるいは洪水かもしれない。世界のあちこちから運んできた食料を冷凍、冷蔵する技術がない時代に、農作物の収穫が大幅に減るような災害が起こったのだろう。

「すみません、お時間を取らせてしまいましたね」ダグレスが黙っているので、医師が言った。「ただ、過去の治療がちょっと気になったもので。彼は……」含み笑いをして続ける。「とてもたくさんの質問をされました。将来、歯科医師になりたいのかと思うくらいに」

ダグレスはほほえんだ。「彼は好奇心が強いんです。丁寧に診てくださって、ありがとうございました」

「ちょうどキャンセルが出て、わたしにとっても幸運でしたよ。とても興味深い患者さんでしたから」

ダグレスはもう一度礼を言うと、待合室に戻った。ニコラスはそこで、受付のかわいい女性と親しげに話していた。

「さあ、行くわよ」会計をすませると、ダグレスはきつい口調で言った。つんけんするつもりはなかったが、医師の話を聞いたことで目の前の男性が本当に十六世紀から来たのかもしれないという思いが強まり、気持ちがざわついていた。

「床屋ではなかった。あの男をあそこにあった機械と一緒に連れて帰りたいものだ」ニコラスが笑顔で言い、まだしびれている唇を撫でる。

「機械は全部、電気で動かすのよ」ダグレスはむっつりと返した。「エリザベス朝の家に二百二十ボルトの電気が来ているとは思えないわ」

ニコラスは彼女の腕をつかんで、振り向かせた。「なぜそんなに不機嫌なんだ?」

「あなたは誰なの?」ダグレスは大声で問いかけ、彼を見あげた。「どうして歯に溝があるの? どうして歯を抜いたときに顎の骨が割れたの?」

彼女がようやく彼の正体を信じ始めたことを見て取って、ニコラスは笑みを浮かべた。「わたしはニコラス・スタフォード。ソーンウィック、バックシャー、およびサウシートン伯爵。二日前に独房で刑の執行を待っていたときの年号は一五六四年だった」

「そんな話、信じられないわ」ダグレスは彼の顔から目をそらした。「絶対に信じない。タイムトラベルなんてありえないもの」

「どうしたら信じてもらえる?」彼が静かに問いかけた。

7

ニコラスと一緒にアイスクリームショップへ向かいながら、ダグレスは彼の質問についてぼんやり考えていた。どうすれば信じられるだろう？　そう自分に問いかけてみても答えは何も思い浮かばない。なんとでも説明できるように思える。彼はとびきり演技がうまい名優で、この世のすべてが目新しく見える演技をしているのかもしれない。歯だって、学校でラグビーをやっていたときに折った可能性もある。彼から聞かされたことがほぼすべて正しいのは、前もってそういう情報を調べていて自分のお芝居に利用したせいかもしれない。

過去からやってきたことを証明するために、この男性にできることが何かないだろうか？

アイスクリームショップに着いても、ダグレスは考えこんだまま自分のモカ・アイスと、ニコラスのためにフレンチバニラとチョコファッジのダブルを注文した。質問の答えを考えるのに集中していたので、彼がアイスをひと口なめたときの表情など見ていなかった。それだけに、身を乗りだしたニコラスから突然、唇にキスをされてひどくびっくりした。軽い口づけだったが、彼は唇をしっかりと押し当ててきた。

ダグレスはまばたきをしてニコラスを見あげた。彼の顔になんとも言えない幸せそうな表情が浮かんでいるのを見て、声をあげて笑いださずにはいられなかった。

「埋められた宝物……」とっさにそんな言葉がこぼれ、彼女は自分でも驚いた。

「ん？」アイスクリームに完全に心を奪われた様子のまま、ニコラスはきき返した。

「過去から来たことをわたしに証明したいなら、ほかの誰も知らないことを知っていなくては。ガイドブックには書かれていないことをね」

「レディ・アラベラ・シドニーの一番下の子どもの父親は誰か、というようなことかい？」ニコラスはスプーンですくったチョコレートを食べながら、幸せのあまりとろけそうな顔をしている。ダグレスは彼の肘の下に手をかけ、せかすようにテーブルへと案内した。

彼女はニコラスの正面の席に座り、コーンをなめている彼を見つめた。瞳は抜けるように青く、まつげも濃くて長い。女性と愛しあうとき、この男性はこんな目で相手を見つめるのだろうか？

「ずいぶんと熱心にわたしを見つめているね」ニコラスがまつげの下からこちらを見た。

ダグレスはつと目をそらして咳払いをした。「レディ・アラベラの子どもの父親が誰かなんて知りたくないわ」そう聞いてニコラスは笑いだしたが、彼女はあえて見返さなかった。

「埋められた宝物か」コーンを嚙みながら彼がぽつりと言う。「四百二十四年経ってもなお、どこかに隠されている高価な宝物ということだな」

どうやら、この男は足し算と引き算はできるらしい。ダグレスは彼をふたたび見つめ、ノートを開いた。「気にしないで。ただの思いつきだから。今から図書館でわかったことを話すわね」それからニコラスの領地に関するメモを読みあげた。

顔をあげると、ニコラスは紙ナプキンで手を拭きながらしかめっ面をしていた。

「男たるもの、後世まで残るよう願って自分の屋敷を建てるものだ。それがもうどこにもないと聞かされるのは、愉快なことではない」

「てっきり、あなたのお子さんたちが家名を継いだのかと思っていたわ」

「わたしは子どもをひとりも残さなかった。息子がひとりいたが、兄が溺死した一週間後に転落死した」

ニコラスの顔に悲しみがよぎるのを目の当たりにして、ダグレスはふいに気づいた。二十世紀は、なんて安全で生きやすい時代なのだろう。たしかにアメリカには強姦犯《ごうかん》も大量殺人者も飲酒運転者もいるが、エリザベス朝にはペストやハンセン病、天然痘などがあったのだ。「それはお気の毒なことね。あなたにとっても、お兄さまや息子さんにとっても」彼女はしばらく口をつぐんでから優しい声で尋ねた。「あなたは天然痘《スモールポックス》にかかったことがあるの？」

「スモールにもラージにもかかったことはない」ニコラスがどこか誇らしげに答える。

「ラージポックスって何？」

彼はあたりを見まわし、小声で答えた。「フランス病だ」

「まあ」なんのことか、ダグレスにもすぐにわかった。性病だ。どういうわけか、彼が〝ラージポックス〟にかかったことがないと聞いてうれしくなった。それが特に重要なわけではない。とはいえ、ニコラスとはバスルームを共有しているのだ。

「先ほど言った〝一般公開されている〟というのはどういう意味だ？」ニコラスは尋ねた。

「金銭的な理由で建物を維持できなくなった場合、所有者がナショナルトラストに委託するのが一般的なの。だから今はお金さえ払えば、あなたも自分のお屋敷を見物できるわ。とても楽しいツアーよ。この城はギフトショップや喫茶店が併設されているし——」

ニコラスが突然、背筋を伸ばした。「公開されているのはベルウッドか？」

ダグレスはノートを確認した。「ええ、ベルウッドよ。バースのすぐ南の」

ニコラスが頭の中で何か計算する。「速い馬ならば、七時間でバースに到着できる」

「イングランドが誇る速い列車なら、二時間で着けるわ。自分のお屋敷をもう一度見たい？」

「よくわからない会社に売却された自分の屋敷を、青白い顔の平民どもがぞろぞろと通り抜けているところをか？」

ダグレスは思わず笑みを浮かべた。「そんな言い方をしなくても……」

「そこへ行けるのか？　その……」

「列車で」

「今すぐその列車とやらでベルウッドへ？」

彼女は腕時計をちらりと見た。「ええ。今すぐ出発すれば、あちらで紅茶を飲んでベルウッドも見学できるわ。でも、あなたは見たくないんじゃないの、その青白い顔の……」

「平民どもだ」ニコラスが笑みを浮かべる。

「平民どもがあなたの家をぞろぞろ通り抜けているのよ。それなのに、なぜ行きたいの？」

「可能性があるからだ。ごくわずかな可能性だが、きみの言う埋められた宝物を見つけられるかもしれない。わたしの領地がきみの言う〝ヴァージン・クイーン〟に没収されたとき……」彼はからかうようにダグレスを見た。エリザベス一世が処女だったすなんて愚かな考えだと言いたげな様子だ。「わたしの家族が屋敷の中のものを持ちだす許可を与えられたかどうかはわからない。だが、もしそのままだったら……」

今日の午後は、埋められた宝物探しだ。そう考えただけでダグレスはわくわくしてきた。「だったら何をぐずぐずしているの？」彼女は新しいハンドバッグを手に取りながら尋ねた。今回は旅行用の洗面道具一式をすべて詰めてある。このバッグなしではどこへも行けない。

ダグレスがイギリスでもうひとつ気に入っている点は、整備された列車システムだ。ほとんどの村に鉄道の駅があるうえ、アメリカとは違ってどの列車も清潔で、落書きなんてないし、手入れも行き届いている。彼女が切符をふたり分買ったのはちょうど、列車が出発しようとしているときだった。ただ列車はもともと本数が多いため、これは何も特別驚くようなことではない。

乗りこんだ列車が動きだすと、ニコラスはその速さに目を見張ったものの、しばらくするとすぐに落ち着きを取り戻した。その姿を目の当たりにしてダグレスは思った。これぞ本物の英国人だ。彼は車内を歩きまわり、天井近くに貼られた広告を眺め、〈コルゲート〉の広告を目ざとく見つめてうれしそうに笑っている。前に買った歯磨き粉と同じだと気づいたのだろう。もし単語の違いがわかるなら、この男性に読み書きを教えるのはさほど難しくないのかもしれない。

ブリストルで列車を乗り換えた。ニコラスは駅を行き交う人たちの多さに驚くと同時に、装飾に鉄を用いたヴィクトリア様式の駅そのものに心惹かれているようだ。ダグレスはその隙に、売店でイギリス南部の大邸宅にまつわる分厚いガイドブックを買い、乗り換えたバース行きの列車が出発すると、今は廃墟になっているニコラスの屋敷に関する説明を読んで聞かせた。けれど、しばらくすると読むのをやめた。彼が悲しげな顔をしているのに気づいたからだ。

ニコラスは大きな窓から外を眺め、ときおり田園地方に散らばる巨大な邸宅を見ては〝あれはウィリアムの家だ〟〝あそこにはロビンが住んでいる〟などと口にした。そういう類いの大邸宅は、牛や羊たちと同じくらい頻繁に現れた。

バースの街の美しさを目の当たりにしたとたん、ニコラスは言葉を失った。建物はすべて十八世紀に建てられたものばかりなのでダグレスには古く感じられたが、彼にとっては新しく見えるのだろう。ふと考えてしまう。鋼鉄とガラスの建物がずらりと並ぶニューヨークやダラスの街は、ニコラスの目にははるかかなたの宇宙のように見えるに違いない。いいえ、違う。そんなふうに見えるというお芝居をするはずだ。そのとき、ダグレスは気づいた。ニコラスと過ごす時間が長くなるにつれ、こうして心の中で訂正することが減ってきている。

昼食をとるために入ったのは、アメリカ式のサンドイッチショップだ。ダグレスはクラブサンドとポテトサラダ、アイスティーをそれぞれふたり分注文した。ニコラスは味には満足したものの、量が足りなかったらしい。このままだとイノシシの頭の丸焼きを持ってこいと、店員に命令しかねないので、そうなる前に彼をどうにか店の外へ連れだした。

ニコラスはバースの街に広がる三日月型に連なる家々に心惹かれていた。ダグレスは、タクシーを呼びとめて彼をこの街から引き離すのが気の毒に思えた。それでも自動車を目の前にすると、彼の興味はすぐに建物から離れた。イギリスのタクシーの運転手は、アメリカの運転手とはまったく違う人種らしい。〝恐ろしいほど時間をかけて〝車に乗りこもうとしている客に対しても怒鳴ったりしない。だから、ニコラスは時間をかけて自動車をじっくり観察した。まずはドアを、次にドアロックを念入りに調べ、三回も開け閉めを繰り返してからようやく乗りこんだが、今度は後部座席をつぶさに観察し、それから前かがみになって運転手がハンドルやギアを操作する様子をじっと見つめた。

ベルウッドに到着した時点で、ちょうど次の館内ツアーまで三十分ほど時間があったため、ふたりで庭園を散策することにした。とても美しい庭園だ。それなのにニコラスは唇をゆがめ、咲き誇る花々や古くからある大きくて立派な木々をほとんど見ようともしなかった。四方八方に延びる巨大な邸宅のまわりを歩きながら、ここは建て増しされているとか、あそこが改築されたとか言い続けている。そういった手を加えられた部分がどうにも気に入らないらしく、ひどく不満げだ。

「宝物はこの庭に埋まっているの？」興奮のせいか、子どものようにはしゃいだ声が出てしまい、ダグレスはそんな自分に困惑した。

「庭木の根元なんかに金を埋めたら庭園が台無しになる。そうだろう？」ニコラスが大げさに驚いたふりをして尋ねた。

「そういうことじゃなくて、あなたたちはどこにお金を保管していたの？　というか、当時の人たちは?」

ニコラスが彼女の質問の意味を理解できていないのは火を見るより明らかだ。あるいは理解したくないのかもしれない。だからダグレスは、それ以上その話題を続けるのはやめにした。庭園のせいでニコラスがいらだっているようなので、彼をギフトショップへ連れていくと、しばらくは楽しそうにしていた。ペンやプラスチック製の小銭入れを次々と手に取り、〝ベルウッド〟と印字された小さな懐中電灯を見たときなどは笑い声さえあげた。しかし絵葉書は気に入らなかったらしい。ただ、どこがだめなのか、ダグレスにはさっぱりわからなかった。

彼はベルウッドの写真がプリントされた手提げ袋が並んでいる棚の前へ移動すると、笑いながら前かがみになり、ダグレスにささやいた。「いずれこれが必要になる。埋められた宝物を入れるために」

その言葉に興奮したそぶりを見せないよう、彼女は必死にこらえた。なるべく平静を装いながら手提げ袋と懐中電灯をレジまで運んで代金を支払い、ついでに次のツアーの切符も買った。もう一度絵葉書を見ようとしたが、どうしてもニコラスが許してくれなかった。絵葉書の棚に近づこうとするたび腕に手をかけられて、別の場所へ連れていかれてしまうのだ。

次のツアーが始まったため、ダグレスはニコラスと十数人の観光客とともに建物の中へ入った。まるでエリザベス一世を主役にした舞台のセットのような内装だ。濃い色のオーク材の羽目板が張りめぐらされた室内には、ジャコビアン様式の椅子や彫刻がほどこされた蓋付きの整理だんすが置かれ、壁には鎧がかけられている。

「庭よりもこの部屋のほうが懐かしい？」彼女はニコラスに小声で尋ねてみた。

彼は整った顔に嫌悪の表情を浮かべ、上唇をゆがめた。「これはわたしの屋敷ではない」苦々しげな口調だ。「かつてはわたしのものだったのに、こんなふうになってしまったとは、不愉快きわまりない」

これほど美しい建物なのに。ダグレスはそう言おうとしたが、ちょうどガイドが解説を始めたため言葉をのみこんだ。これまでの経験から言えば、イギリスのガイドは優秀で、自分が担当するものについては完璧な知識を兼ね備えている。ガイドの女性がこの建物の歴史について話し始めた。初代スタフォード卿によって、この屋敷が建てられたのは一三〇二年のことだという。

ニコラスは静かにガイドの話を聞いていた。ただしそれも、彼女がエリザベス一世の父親ヘンリー八世の時代について話しだすまでのことだ。

「中世の女性は夫の財産とみなされていました」ガイドが言う。「夫の思いどおりに利用されていたのです。女性にはなんの力もありませんでした」

ニコラスはわざと鼻を鳴らした。「わたしの父も母に、おまえはわしの所有物だと言ったことがある。一度だけだがな」

「しいっ」ダグレスはすかさずニコラスを黙らせた。こんなところで騒動を起こされたくない。

ほかのツアー客たちと一緒に別の部屋へ移動する。ここもオーク材の羽目板が張られているが、小さくて薄暗く、重苦しい雰囲気の部屋だった。「当時、ろうそくはとても貴重でした」ガイドが説明を続ける。「つまり、中世の人たちは薄暗い中で暮らしていたのです」

ニコラスがまた口を開こうとしたので、ダグレスはしかめっ面で彼を黙らせた。

「いちいち文句を言うのはやめて。ところで例の宝物はどこにあるの？」

「今は宝探しなどする気になれない。この時代の人々が、わたしの時代についてどう考えているのか聞かなくては。教えてくれ。なぜきみたちは、われわれが陽気さとは無縁の生活を送っていたと考えているんだ？」

「だってペストや性病や天然痘が流行った時代よ。そのうえ、床屋に歯を抜いてもらわなければならなかった。そんな時代は楽しくないと思うわ」

「そんなことはない、われわれは時間をめいっぱい活用していた」また別の部屋へ移動しながらニコラスが言う。そして次の部屋へ入るなり、羽目板に隠れていた扉を開けた。たちまち、けたたましい警報が鳴り響いた。ダグレスはあわてて彼の代わりに扉を閉め、申し訳なさそうな笑みをガイドに向けた。すると有無を言わさぬ視線を投げかけられ、クッキーの缶に手を突っこんでいるのを見つかった子どもみたいな気分になった。

「お行儀よくして！」ダグレスはニコラスに注意した。「出ていきたいなら、いつだってそうするわ」彼のせいで二度も恥をかかされた。なんだか恐ろしい。このままだとニコラスはガイドに、この屋敷を建てたのは自分だし、かつてはここに住んでいたのだと言いだすのではないだろうか？

でもニコラスは出ていきたくないらしい。ガイドのあとから次から次へと部屋をまわり、ときどきあざけるように鼻を鳴らしたが、何も言おうとしなかった。

「さあ、次は一番有名な部屋です」ガイドはそう言うと、小さな笑みを浮かべた。何かおもしろい話があるに違いないという、客たちの期待をかき立てるような笑顔だ。

背の高いニコラスは、ダグレスよりも先にその部屋の中を見ると言った。「出よう」しかし彼のこわばった口調を聞き、彼女はどうしてもその部屋が見たくなった。

ガイドが説明を始める。「ここはニコラス・スタフォード卿の私室でした。ニコラス卿は放蕩者《ほうとう》として有名です。ご覧のとおり、とてもハンサムでした」

その説明を聞き、ダグレスはほかの客をかき分けて一番前に出た。炉棚の上にかけられていたのは、ニコラス・スタフォード卿――まさに今一緒にいる男の肖像画だ。初めて会ったときとまったく同じ装いで、顎ひげと口ひげを生やし、今の彼と同じくハンサムだった。

もちろん同一人物ではないけれど。ダグレスは自分に言い聞かせた。とはいえ、喜んで認めよう。一緒にいるニコラスは、この肖像画に描かれたニコラス卿の子孫であることは間違いない。

ガイドは悦に入ったような笑みを浮かべながら、ニコラス卿がさまざまなレディたちと浮き名を流した話を語りだした。「ニコラス卿に一度目をつけられると、どんなレディも彼の魅力には抗えなかったと言われています。ニコラス卿の敵たちは、彼が宮廷に出入りするようになれば、若くて美しいエリザベス女王を誘惑するのではないかと危ぶんでいたそうです」

彼女の肩にかけられたニコラスの指に力がこめられたのがわかった。「さあ、宝物の隠し場所へ案内する」ダグレスの耳元で彼がささやいた。

彼女はとっさに自分の唇に指を押し当て、ニコラスに黙るよう身ぶりで伝えた。

「一五六〇年のことです」ガイドが言う。「レディ・アラベラ・シドニーとのあいだに一大スキャンダルが巻き起こりました」そのあと、少し間を置いた。

「ここから出たいんだ。今すぐに」ニコラスが強調するように耳元でささやいている。

ダグレスはひらひらと手を振って彼を追い払った。

ガイドがふたたび口を開いた。「当時、レディ・シドニーの四番目の子どもの父親はニコラス卿だと噂《うわさ》されていました。彼はレディ・シドニーよりも何歳か年下でした。それからこれも噂ですが――」秘密を共有するかのように声をひそめる。「その子どもができたのが、まさにあのテーブルの上だと言われているのです」

その場にいる誰もがはっと息をのみ、壁際にあるオーク材の架台式テーブルを見つめた。

「そのうえニコラス卿は――」

そのとき、部屋の後ろのほうで警報が鳴りだした。鳴っては止まり、止まっては鳴りだし、ガイドは話を続けられなくなった。

「やめてください！」ガイドが注意したものの、ブザーはまだ断続的に鳴り続けている。

警報装置がついた扉を開け閉めしているのが誰なのか、ダグレスはわざわざ見て確かめる必要すらなかった。なぜニコラスがそんなことをしているのかもだ。彼女はとにかく人々をかき分けて、早足で部屋の後ろのほうへ行こうとした。

「あなたたちには出ていっていただかないといけません」ガイドはほかのツアー客の頭越しにダグレスたちを見ながら、厳しい口調で言った。「今来た道を戻れば、外へ出られますので」

ダグレスはニコラスの腕をつかんで警報装置付きの扉から引き離し、部屋をふたつ後戻りした。

「何百年ものあいだ、あんなつまらないことが語り継がれているとは」ニコラスが怒ったように言う。

ダグレスは興味を引かれて彼を見あげた。「あれは本当なの？　レディ・アラベラのことは？　それにあのテーブルのことも？」

ニコラスがしかめっ面でこちらを見た。「いいや、あのテーブルではそんなことはしていない」

そう聞いて彼女は安堵《あんど》の笑みを浮かべた。別に気にしているわけではない。だけどやっぱり……。

「アラベラとそうなったのは本物のテ、ー、ブ、ル、の上だ」ニコラスが肩越しに言った。

ダグレスは大きくあえぎ、しばらくは歩み去るニコラスを見つめることしかできなかったが、あわてて追いかけ始めた。「あなたが彼女を妊娠させ――」そう言いかけたが、急に立ちどまったニコラスに軽蔑するような目で見おろされ、それ以上続けられなくなった。彼は正真正銘の貴族なのだと確信させるような目つきだった。

「愚か者どもがわたしの大切な戸棚を荒らしていないか、見に行く」彼はふたたび大股で歩きだした。

長い脚でどんどん歩いていく彼に追いつくためには、ダグレスは走らなければならなかった。「そこには入れないわ」ニコラスが〝立ち入り禁止〟と記された扉に手をかけたのを見て注意をしたが、彼はあっさり無視して掛け金に手をかけた。また警報が鳴りだすだろう。ダグレスは一瞬、目を閉じて息をのんだものの、なんの音もしなかった。恐る恐る目を開けると、ニコラスが扉の中へ入っていくのが見えた。すばやくあたりを見まわし、誰にも見られていないか確認してからニコラスのあとに続いた。きっと部屋の中では、大勢の事務員たちが働いているに違いない。

しかしそこには、事務員どころか人っ子ひとり見当たらず、たくさんの箱の山が天井まで積みあげられているだけだった。箱の側面に印刷された文字から察するに、中身は紙ナプキンをはじめとする喫茶店用の備品らしい。箱の山の後ろには美しい羽目板があり、隠しておくのはもったいない気がした。

ニコラスが別の扉を開けているのが見えたため、ダグレスは急ぎ足であとを追い、三つの部屋を通り抜けた。おかげで、修復されている部屋とそうでない部屋の違いがわかった。一般公開されていない部屋は暖炉が壊れたり、羽目板が欠けたり、雨漏りのせいで天井の塗装がはがれたりしていた。ある部屋では、彫刻がほどこされたオーク材の羽目板の上からヴィクトリア様式の壁紙が貼ってあり、職人たちがそれをはがそうと苦労したと思われる箇所まであった。

ニコラスは大きな部屋から小さな部屋へ入ると、ようやく立ちどまった。雨漏りのせいで天井がぼろぼろになり、漆喰《しっくい》が茶色く変色している。床板も危険なほど腐っているようだ。ダグレスは戸口に立ち、悲しげに部屋を見まわしているニコラスを見ていた。

「ここはわたしの兄の部屋だったんだ。つい二週間前、わたしはここにいた」彼は力なくそう言うと、悲しみを振り払うように肩をすくめた。腐った床板を横切り、羽目板の前まで進むと手で押した。だが何も起こらなかった。

「錠が錆《さ》びついている。あるいは何者かがここをふさいでしまったのかもしれない」

ニコラスが突然怒りに駆られたように、両のこぶしで羽目板を思いきり叩きだした。

今にも崩れそうな部屋であることも気にせず、ダグレスはニコラスに駆け寄った。どうしていいのかわからないまま、彼の体に両腕を巻きつけ、肩に彼の頭を休めさせる。髪を撫でながら、子どもにするようにささやいた。「しいっ」

ニコラスは彼女にしがみつくと、息苦しくなるほど強く抱きしめてきた。「学問に熱心な男として後世に伝えられたかった」ダグレスの首元でささやいた声は、涙声のようだ。「修道士たちに数えきれないほどの書物を筆写させたし、ソーンウィック城の建築にも取りかかった。それに……いや、もう過ぎたことだ」

「しいっ」ダグレスは彼の広い肩を抱きながらなだめるように言った。

ニコラスは体を引き離すと背中を向けたが、隠れて涙を振り払ったのがわかった。

「それがどうだ。人々が覚えていたのは、アラベラとテーブルの上で男女の関係になったことだけとはな」

ダグレスのほうを振り向いたニコラスは憤懣《ふんまん》やるかたない表情を浮かべていた。

「もしわたしが生きていたら……生きてさえいたなら何もかもを変えただろう。母が知った事実を、なんとしても見つけださなければ。母はその事実を明らかにすれば、息子の汚名をすすぎ、処刑を免れることができると固く信じていた。それにその事実が何かわかったら、もう一度わたしの時代に戻らなければならない。この時代でわたしや家族について言われていることをすべて変える必要がある」

その瞬間、ダグレスにはわかった。ニコラスは本当のことを言っている。自分も家族に対して同じ気持ちを感じていた。これまでのどんな愚かしい行動も家族には覚えていてほしくない。自分のいい行動だけを覚えていてほしい。たとえば昨年の夏、読み書きができない子どもたちのためにしたボランティア活動とか。それから四年続けて、週三日は家庭環境に恵まれない子どもたちのためのシェルターに出向き、彼らの世話をしていることも。

「きっと見つけだせるわ」ダグレスは優しい声で彼に話しかけた。「もし今でもその事実を示す手がかりが残っているなら、ふたりで探しだしましょう。それがわかったら、あなたはきっともとの時代に戻れるはずよ」

「見つけだす方法に心当たりがあるのか？」

「いいえ、ないわ。でも、あなたが何を見つけるためにこの時代へ送られたのかがわかれば、もとの時代に戻れそうな気がするの」

ニコラスはしばらく眉をひそめていたが、ゆっくりと笑みを浮かべた。「きみはずいぶん変わったな。特に、わたしに対する見方が変わったようだ。もはや、わたしが嘘をついていると非難する気はないのだな？」

「ええ。これほどの名演技ができる人なんているはずがないわ」ダグレスはゆっくりと答えながら心の中でひとりごちた。十六世紀に存在した男性が時空を超えて現代にやってくるなんて、どう考えてもありえない。でも、実際に目の前で起きているんだもの。

「ねえ、これを見て」ニコラスがこぶしで叩いていた羽目板の一部に手を触れながら、ダグレスは彼に話しかけた。小さな扉になっていて、三センチほど開いている。

ニコラスがその扉を引っ張って開けた。「父がこの隠し戸棚について話したのは、わたしの兄キットだけだ。そして、わたしがキットからこの場所を見せられたのは、兄が亡くなる一週間前だった。その後、わたしはこの隠し戸棚については誰にも話していない。つまり、この戸棚がここに隠されているという秘密は、わたしの死とともに永遠に葬り去られたことになる」

ダグレスがじっと見つめる中、ニコラスは穴へ手を突っこみ、黄色く変色したぼろぼろの紙を取りだした。紙は何枚か重ねられ、巻かれている。

ニコラスは信じられないと言いたげな顔で、その紙束を見つめた。「ここにこれをしまったのはつい数日前のことだ。そのときは新品だったのだが」

彼から紙束を受け取り、開いてみる。上から下、左端から右端まで余白もなく字がびっしりと書き綴《つづ》られているが、意味はさっぱりわからなかった。

「ほら、これがきみの言う宝物だ」ニコラスは彼女に黄ばんだ小箱を手渡した。箱には見事な手彫りで、人々や動物たちの姿が刻まれている。

「これって象牙?」ダグレスは紙束をニコラスに手渡し、驚いて尋ねたあと、今度はその小箱を手に取った。「なんて美しいの。まさに宝物ね」

ニコラスが笑い声をあげる。「宝物は箱じゃなくて、その中身だ。だが待ってくれ」上蓋を開けようとしたダグレスを、彼は制した。「今になって気づいたが、わたしはひどく空腹なんだ」そう言うと、紙束をひらひらと振って穴の中へ戻した。まるで二度と目にしたくないかのように。それからダグレスの手から小箱を取りあげ、先ほど買った手提げ袋を開けると、その中へ滑りこませた。

「あなたのおなかがいっぱいになるまで、中身を見るのを待てというの?」だとしたら、信じられない。

ニコラスが笑う。「四百年経っても女性という生きものの性質は少しも変わっていないとわかって、うれしいよ」

ダグレスは取り澄ました顔で彼の顔をちらりと見た。「あまり利口ぶらないで。まさか、帰りの切符を持っているのがわたしだってことを、忘れたわけじゃないでしょうね？」

ニコラスを言い負かしてやったわ。ダグレスはそう考えたものの、彼が優しい表情を浮かべ、濃いまつげの下からこちらをじっと見つめているのに気づくと、たちまち鼓動が速くなった。彼が前へ一歩踏みだすと同時に、一歩あとずさりしてしまった。

「さっき聞いただろう」ニコラスが低い声で言う。「どんなレディもわたしの魅力には抗えなかったと」

ダグレスはじりじりとあとずさりし続け、とうとう背中が壁に突き当たった。ニコラスに熱心に見つめられ、耳の中でどくどくと脈打つ音が聞こえている。彼の指先が顎に添えられてそっと上向かされた。ニコラスはキスをするつもりなのだろうか？　憤りを覚えつつも、なかば期待もしている自分がいた。ついに期待が勝ち、ダグレスはそのまま目を閉じた。

「ホテルへ戻るには、女性を誘惑しないといけないのだな」突然、ニコラスが口調を変えた。それでダグレスは気づいた。彼はからかっているだけだった。自分が優しい表情を浮かべたら、女性がどんな気持ちになるかお見通しなのだ。

目を見開いて背筋を伸ばしたとき、ニコラスに顎の下を撫でられた。父親のような仕草だ。あるいは、ハンサムな私立探偵が彼にべた惚《ぼ》れの女性秘書に対してするような仕草とも言えるかもしれない。

「だが、さすがのわたしにもこの時代の女性は誘惑できないだろう。きみの話によれば、わたしの時代の女性とはずいぶん違っているようだからな」ニコラスは小さな秘密の扉を閉めた。「悲しいかな、この時代はウーマンなんとかだから……」

「ウーマン・リブの時代よ。リブは解放《リベレーション》の略語ね」ダグレスはそう答えつつ、テーブルの上のレディ・アラベラのことをぼんやり思いだした。

ニコラスは彼女の顔を見た。「わたしにはきみのような女性を魅了することはできないのだろうな。前に聞いたが、きみにはたしか愛する男が……」

「ええ、ロバートのことを愛しているわ」ダグレスはきっぱりと答えた。「アメリカへ帰ったら、彼との仲もうまくいくはずよ。あるいは、あのブレスレットをわたしが持っているという伝言を聞いて、わたしに会いに来るかもしれないし」ダグレスはロバートのことを思いだしたかった。目の前にいるこの男性に比べたら、ロバートのほうが安全に思える。

「ほう」ニコラスは扉のほうへ歩きだした。ダグレスはそのあとを追いながら、彼に尋ねずにはいられなかった。

「ほう、ってどういう意味？」

「特別な意味はない」

彼女は部屋から出ていこうとするニコラスの前に立った。「言いたいことがあるなら、はっきり言って」

「そのロバートとやらは、宝石を取りにやってきても、愛する女性に会うためにはやってこないのか？」

「もちろん、彼はわたしのために来るのよ！」ダグレスはぴしゃりと言った。「あのブレスレットは……ただグロリアっていう彼の娘がどうしようもない嘘つきで、ロバートは娘の話を信じているだけなの。ねえ、そんな目で見るのはやめて。ロバートはすばらしい男性よ。少なくとも、手術台の上で立派な仕事をこなした人物として記憶されるはずよ。テーブルの上とは違って……」彼女はニコラスの表情に気づいて、ふいに口をつぐんだ。

彼がダグレスの脇をさっと通り過ぎ、大股で歩きだした。

「ニコラス、ごめんなさい」彼女は追いかけながら謝った。「本気じゃなかったの。つい、かっとなってしまっただけ。アラベラとの関係しか覚えられていないのは、あなたのせいじゃないわ。むしろわたしたちのせいよ。今はテレビやゴシップ誌なんかで、センセーショナルな噂話があふれている時代だもの。ねえ、お願い」彼女は足を止め、ふと考えた。ニコラスにも置き去りにされてしまうのだろうか？

うつむいていたので、ニコラスが戻ってきたことにすぐには気づかなかった。彼は友達にするようにダグレスの両肩に腕をまわして尋ねてきた。「ここでもアイスクリームは売っているだろうか？」

ダグレスが笑みを浮かべると、ニコラスに顎を持ちあげられ、指先で涙をひとしずくぬぐわれた。「また泣き腫らすつもりか？」

彼女は無言のまま首を横に振った。涙声になりそうだったのだ。

「ならば行こう。わたしの記憶が正しければ、この箱の中には、わたしの親指ほどの大きな真珠が入っているはずだ」

「本当に？」ダグレスは今の今まで小箱のことなどすっかり忘れていた。「それで、ほかには？」

「まずは紅茶だ。紅茶とスコーンとアイスクリーム。それを味わったら、箱の中身を見せよう」

修復されていない部屋をいくつも通り抜け、次のツアー客たちとすれ違い、入り口専用の扉を通って外へ出た。そんなふたりを、ガイドたちは迷惑そうな顔で見ていた。

喫茶店に入ると、今回はニコラスが注文してくれた。彼がカウンターの背後にいる女性に話しかけているあいだ、ダグレスはテーブルに座り、彼が戻るのを待っていた。ニコラスが何かを尋ね、女性は首を横に振っている。もうすでに、ダグレスにはわかっていた。なんであれ、彼は望みのものを絶対に手に入れる男なのだ。

数分後、ニコラスから手招きされ、ダグレスは彼のあとについて店の外へ出た。石段をおりて広い庭園を横切り、鮮やかな赤い実をつけたイチイの木陰でようやく足を止めて振り返ると、案の定、男性と女性の店員がそれぞれ大きなトレイを運んでやってくるのが見えた。トレイの上には紅茶とペストリー、耳のない小さなサンドイッチ、そしてニコラスの大好物になったスコーンがのっている。

店員のふたりが地面に布を広げ、紅茶の用意をするあいだも、ニコラスは彼らを完全に無視していた。やがてある方向を指さしながら、悲しげな声でぽつりと言った。

「かつて、あそこにわたしの装飾庭園があったんだ。あちらには人工の小山も」

ふたりが立ち去ると、ニコラスが手を伸ばして、ダグレスが布の上に座るのを手伝ってくれた。彼女はニコラスのために紅茶を注いでミルクを足し、皿いっぱいの食べ物を取ってあげてから尋ねた。「ねえ、もうそろそろいい？」

彼が笑みを浮かべた。「そうだな」

ダグレスは手提げ袋に手を突っこみ、壊れそうな古い象牙の箱を取りだした。それから息を詰めて、ゆっくりと蓋を開けてみた。

中にはふたつの指輪が入っていた。この世のものとは思えないほど美しい。ひとつにはエメラルドが、もうひとつにはルビーがついていて、どちらも金の台座で竜と蛇が絡みあう複雑な細工がほどこされている。ニコラスはふたつの指輪を手に取り、彼女に笑みを向けると、指にはめた。サイズがぴったりなのを見ても、ダグレスはもはや驚きもしなかった。

箱の底にもうひとつ、ぼろぼろのベルベットに包まれた何かが入っていた。彼女は慎重な手つきでベルベットの包みを取りだし、そっと開けてみた。

現れたのは楕円形《だえんけい》のブローチだ。金で小さな人の姿がかたどられているが……ダグレスはとっさにニコラスを見あげた。「この人たちは何をしているの?」

「聖バルバラの殉教だ」何も知らない人に教えさとすような口調で彼が答えた。

きっと殉教の場面だろうとは思っていた。金の男性の像が、同じく金の小柄な女性の首をまさに切り落とそうとしている。像のまわりは抽象的なデザインのエナメルで囲まれ、その縁には小粒の真珠とダイヤモンドがちりばめられていた。ブローチの下から垂れる輪の部分には、先ほどニコラスが言ったとおり、人の親指くらいの大きさの真珠がぶらさがっていた。ゆがんでごつごつしているが、長い歳月を経ても曇ることのない輝きを放っている。

「すごくすてき」ダグレスは低くつぶやいた。

「きみのものだ」ニコラスが言う。

どうしてもほしいという強い衝動が、彼女の体を駆け抜ける。「もらうわけにはいかないわ」そう答えたものの、言葉とは裏腹にブローチをしっかりと握りしめていた。

ニコラスは笑い声をあげた。「それは女性用の安物の宝石だ。取っておくといい」

「だめよ、もらうには高すぎるもの。このブローチは相当な値打ちのものだし、歴史的価値も高いわ。博物館で展示したほうが――」

彼女の手からブローチを取ると、ニコラスがブラウスの襟元につけてくれた。ダグレスはバッグから手鏡を取りだし、ブローチを映してみた。ついでに自分の顔も。「お手洗いに行かないと」そわそわと腰を浮かせて立ちあがると、ニコラスがまたしても笑った。

化粧室に入るなり、時間をかけてブローチをためつすがめつしたが、人が入ってきたのでようやく目を離した。ニコラスのところへ戻る途中、ダグレスはどうしてもギフトショップに立ち寄り、絵葉書を見ずにはいられなかった。ニコラスは何を見せたくなかったのだろう？　その答えはすぐにはわからなかったが、陳列棚の一番下にレディ・アラベラの肖像画の絵葉書があるのに気づき、一枚手に取った。

代金を支払う際に、レジ係の女性にニコラス・スタフォードに関する本はないか尋ねてみた。

レジ係はダグレスを見下すような笑みを浮かべた。「若い女性は決まって彼のことを尋ねてきます。いつもだったら彼の肖像画の絵葉書なら置いてあるんですが、あいにく今は在庫を切らしているんです」

「彼のことを書いた本は一冊もないのかしら？　たとえば彼が残した業績についてとか、その……女性遍歴以外を書いた本は？」ダグレスは粘り強く尋ねてみた。

レジ係がまたしても冷笑を浮かべる。「ニコラス卿が特別な業績を残したとは思えません。彼に関して重要なことはただひとつ。女王に背くために軍隊を組織し、そのせいで死刑判決を下されたということだけです。正真正銘の悪党ですよ」

ダグレスは絵葉書を受け取って立ち去ろうとしたが、すぐに引き返した。「ニコラス卿が亡くなったあと、彼の母親はどうなったの？」

レジ係の女性は顔を輝かせた。「レディ・マーガレットですね？　まさに淑女の鑑《かがみ》のようなレディだったんですよ。たしか再婚したはずです。相手の名前はなんだったかしら？　ああ、そうそう、ヘアウッドです。リチャード・ヘアウッド卿」

「彼女は手紙とか書類とかを残していなかったのかしら？」

「さあ。そこまではわかりかねます」

「スタフォード家の文書はすべて、ゴスホーク・ホールに保管されています」ギフトショップの出入り口から女性の声が聞こえてきた。ニコラスと一緒に参加して迷惑をかけてしまった、先ほどのツアーガイドだ。

「そのゴスホーク・ホールというのはどこに？」ダグレスは決まり悪さを感じながらも尋ねてみた。

「ソーンウィックという村の近くです」ツアーガイドが答えた。

「ソーンウィックね」ダグレスは喜びの声をあげそうになったがどうにかこらえ、女性たちに礼を言ってから足早に立ち去った。走ってニコラスのところへ戻ると、彼は布の上に寝そべって、紅茶を飲みながらスコーンを食べ終えたところだった。

「あなたのお母さまは、リチャード……ええと、ヘアウッドという人と再婚したそうよ」彼女は息も絶え絶えに言葉を継いだ。「それと一族に関する文書はすべて……」

先ほど教えてもらった建物の名前がどうしても思いだせない。

「ゴスホーク・ホールか？」

「そう、それよ！　ソーンウィックの近くにあるらしいわ」

ニコラスはくるりと背を向けた。「母がヘアウッドと再婚したと？」

ダグレスはニコラスの背中を見つめ、あれこれと考えた。もし息子であるニコラスが反逆罪に問われて処刑されたなら、彼の母親はその後、貧しい暮らしを余儀なくされ、暴君のようなひどい男と再婚せざるをえなかったのだろうか？　彼の年老いたか弱い母親は、自分を所有物みたいに扱う男との再婚生活に我慢するしかなかったの？

ニコラスの両肩が震えだしたのを見て、ダグレスは彼の腕に手をかけた。「ニコラス、あなたのせいじゃないわ。あなたは死んでしまったんだもの。お母さまを助けることなんてできなかったはずよ」われながら不思議だった。いったい自分は何を言っているのだろう？

ところが、振り向いたニコラスは……笑っていた。「心配して損したな。母ならばうまく窮地を脱するはずだと考えるべきだった。それにしてもヘアウッドか！　母があのディッキー・ヘアウッドと再婚したとは！」込みあげる笑いのせいで、うまく話せないらしい。

「どういうことか詳しく教えて」ダグレスは目を輝かせながらニコラスをうながした。

「ディッキー・ヘアウッドは禿げ頭のうすのろなんだ」

彼女は眉をひそめた。彼が何を言いたいのか、さっぱりわからない。

「つまり、のろまということだ。ただ、ヘアウッドは金持ちだった。そう、大した金持ちだったんだ」ニコラスは笑みを浮かべたまま仰向けになった。「母は相続するのがトランクひとつしかなかったわけじゃない。それがわかって本当によかった」

ニコラスが上機嫌で紅茶を注いでくれたので彼女はカップを受け取ったが、その隙に脇に置いていた小さな紙袋を取られ、開けられてしまった。

「だめよ」ダグレスは止めようとしたが遅かった。ニコラスにレディ・アラベラの絵葉書を見られてしまった。

ニコラスがわけ知り顔でこちらを一瞥《いちべつ》する。まったくもう。頭から紅茶をかけてやりたい。「あのテーブルの絵葉書は売っていなかったのか？」彼がからかうような口調で尋ねてきた。

「なんのことを言っているのか、さっぱりわからないわ」彼の顔をあえて見ようとせず、ダグレスはつんと顎をあげて答えた。「その絵葉書を買ったのは今後の調査のためよ。何か役に立つかもしれないし……」正直に言えば、ニコラスの庶子を産んだ女性の肖像画が何かの役に立つとは思えない。「スコーンを全部食べてしまったの？あなたってときどき、本当に食いしんぼうになるのね」

ニコラスがふんと鼻を鳴らす。

そのあとすぐに、彼が言った。「今夜はこの街に泊まるのはどうだろう？　わたしは明日、アーマントとレイフを買おうと思う」

一瞬何を言っているのかわからなかったが、彼がアメリカの雑誌を見ていたのを思いだした。「もしかしてジョルジオ・アルマーニとラルフ・ローレンのこと？」

「そう、この時代の衣服を買うんだ。ソーンウィックへ戻るとき、着たきり雀《すずめ》ではいたくないからな」

ダグレスは小さなサンドイッチを食べながら考えた。もし、もうしばらくロバートと自分のスーツケースを見つけられないままなら、自分にもあと何着か服を買っておかなければならないだろう。

ニコラスを何気なく見ると、彼は頭の後ろで両手を組んでいた。明日は買い物に出かけ、その次の日はソーンウィックへ行き、彼を裏切った人物が誰なのか、手がかりを探すことにしよう。

でも今夜は――今夜はまたしても彼と同じ部屋で過ごすことになる。ふたりきりで。

8

ダグレスは黒塗りの大型タクシーの後部座席で、いっぱいの荷物に囲まれて座っていた。きっと自分はこうなる運命なのだろう。頭の中によみがえったのは、ロバートが運転する車の中で、グロリアの荷物に囲まれながら、どうにか体が楽になるようにしていたときのことだ。だけど今、彼女のかたわらで長い脚を伸ばして座っているのはニコラスだ。彼は今朝買った電池式テレビゲームに夢中になっている。

ダグレスは頭を後ろに倒して目を閉じ、この数時間のことを振り返った。昨日、ベルウッドで紅茶を飲んだあとにタクシーを呼び、バースでおすすめのホテルまで案内するよう頼んだ。着いたのは、十八世紀に建てられた美しいホテルだった。ちょうどツインルームがひと部屋空いていた。ニコラスもダグレスも、別々の部屋にしようとはひと言も言いださなかった。黄色いインド更紗《さらさ》のカーテンと花模様の壁紙でまとめられたきれいな部屋で、ふたつ並んだベッドには黄色の縁取りをした純白のベッドカバーがかけられていた。ニコラスは壁紙に手を滑らせ、いずれ自分の屋敷に戻ったら壁にユリとバラの花模様を描かせることにしようと言っていた。

宿泊手続きをしたあとは、ふたりでバースの店を見てまわった。ずらりと並んだショーウィンドウは魅力たっぷりだった。〈アメリカン・シネマ〉という名前の映画館を見つけたのは、すでに夕食時に近くなった頃だった。

「ねえ、映画を見ながらホットドッグとポップコーンをディナーにするのもいいわね」ダグレスは冗談のつもりでニコラスに言った。

ところがニコラスは興味を引かれたのか、矢継ぎ早に質問を始めたので、彼女は映画のチケットを買うことにした。上映していたのは『眺めのいい部屋』というイギリス映画で、〈アメリカン・シネマ〉でイギリスの映画を見るなんて皮肉なものだとダグレスは考えた。とはいえ、買いこんだのは正真正銘のアメリカの食べ物ばかりだった。ホットドッグにポップコーン、コーラ、それにリーズのピーナッツバターカップ。ニコラスが食欲旺盛なのを知っていたため、ほかにもいろいろと買いこんだ。おかげで、ダグレスは大量の食べ物を抱えながら通路をよたよたと歩くはめになった。

ニコラスはポップコーンを気に入り、コーラにむせ、ホットドッグについて〝食べられないこともない〟とのたまい、ピーナッツバターとチョコレートを口にした瞬間は歓喜の叫びをあげそうになった。映画が始まる前に、映画とはどういうものか、いかに人間が大きく映るかを説明しようとしたが、彼は食べ物に夢中で聞く耳を持とうとしなかった。

やがて館内の照明が落ちると、ニコラスはうっとりした顔になったが、音楽が始まるやいなや、座席から飛びあがりそうになった。スクリーンに巨大な人間たちが現れた瞬間、すさまじい恐怖の表情を浮かべたのは言うまでもない。見ていたダグレスもポップコーンを喉に詰まらせそうになったほどだ。

始めから終わりまで、映画よりもニコラスを見ているほうがずっとおもしろかった。どのみち、彼女はその映画をもう二回も見ていたのだ。

映画を見終えたあと、歩いてホテルまで戻る道中、ニコラスの質問攻めにあった。映画の技術面にいたく興味を引かれた彼は、内容をほとんど覚えていなかった。さらに衣装についても理解できなかったという。そのため、二十世紀のエドワード七世の時代の服装がなぜ〝古い〟のかも説明する必要があった。

ホテルに戻ると、洗面道具はダグレスがバッグに入れていたものと、備えつけの小さなバスケットの中にあったものをふたりで使った。彼女は下着のまま寝るつもりだったが、パジャマが用意されていたため、シャワーを浴びたあとはそれを身につけた。ベッドへ向かおうとしていると、ニコラスから本を読んでくれと頼まれたので、バッグからアガサ・クリスティの小説を取りだし、彼のベッド脇の椅子に座って彼が眠りに落ちるまで読み聞かせた。

明かりを消す前にダグレスはベッドのそばに立ち、糊《のり》のきいた真っ白なシーツと、ニコラスの漆黒の髪を見おろした。なんて対照的なのだろう。ふと気づくと、衝動的に彼の額に軽く口づけていた。「おやすみなさい、わたしの王子さま」

ニコラスが目を閉じたまま、彼女の指を握った。「わたしは単なる伯爵だ。だが、今の褒め言葉には心から礼を言う」

ダグレスは一瞬とまどったが、笑みを浮かべてニコラスのそばから離れ、自分のベッドへ向かった。けれど、くたびれ果てていたにもかかわらず、それからしばらくは眠れなかった。ニコラスが昨夜のように悪夢にうなされるのではないかと心配で、聞き耳を立てていたからだ。でも彼が静かに眠っている様子だったので、じきにまどろみ始めた。ふと目覚めるともう朝で、ニコラスはすでに起きてバスルームにいた。彼の腕に抱かれながら眠ることはなかったのだ――ダグレスはがっかりしたが、次の瞬間にはそんな自分を心の中で叱りつけていた。わたしが愛しているのはロバートのはず。そうでしょう？　知りあって数日しか経っていない男性に心惹かれるほど、自分は軽薄な人間ではないはずだ。そんなことは絶対にありえない。

それに、今だって自分のものではないし、今後も自分のものになるはずがない男性と恋に落ちる姿を想像するなんておかしい。姿を現したときと同じく、いつなんどき煙のように姿を消してしまうかもしれない男性を愛することなんてできない。

そのとき、ニコラスがバスルームから出てきた。裸足《はだし》で上半身も裸だ。身につけているのはズボンと、頭を拭いているタオルだけ。美しい男性の広いむき出しの胸は、朝目にするのに悪くない眺めだ。ダグレスは枕の山にもたれかかり、小さくため息をついた。

ため息に気づいたニコラスが、彼女を見て眉をひそめる。「何をぐずぐずしている？　床屋を探してこれを剃らせなければ」そう言いながら、伸びた頬ひげに片手を滑らせた。

「今はそういう無精ひげが流行っているの。映画スターたちだって正式なセレモニーに、わざと無精ひげで出席するくらいなんだから」ダグレスはそう答えたが、ニコラスは無精ひげが気に入らない様子で、ひげは生やすかきれいに剃るかしかなく〝その中間はありえない〟の一点張りだ。結局、彼女はホテルに備えつけられていた剃刀と、小さな缶入りのシェービングクリームを使って、剃り方を教えてあげた。ただその際に、彼女が止める前に剃刀に手を伸ばしたニコラスが指先を切ってしまった。けれど、大騒ぎをしているダグレスを見て、こんなのは傷のうちに入らないと彼は笑い飛ばした。

それから服を着て、イギリス風の朝食でたっぷり腹ごしらえをすると、ふたりで買い物に出かけた。ニコラスの場合、ごく普通のことをするにも手助けする必要があることに、ダグレスも次第に慣れてきている。でも今回一緒に服を買いに行ってみて、彼がどんな装いをしたいかちゃんとわかっていることに初めて気づかされた。たったひと晩ファッション雑誌を眺めていただけなのに、驚くほど多くのことを彼は学んでいたのだ。

今回の買い物は伯爵然としたニコラスの独壇場で、ダグレスの出る幕はまるでなく、後ろにさがって彼の様子を眺めるだけでよかった。イギリス人の店員たちも、どうやら彼が本物の貴族であることに気づいたらしい。店内のあちこちから〝はい、閣下〟〝恐れながら、閣下〟という声が聞こえてきた。

そうこうしてタクシーに乗りこんだ今、彼女の足元にはショッピングバッグがうずたかく積まれている。シャツやズボン、靴下、ベルト、防水加工されたイタリア製シルクのジャケット二着、セクシーな革のジャケットが一着、それに黒のイブニング服一式まである。五軒目の店を出たあとは、さすがにダグレスもくたびれきって思わずうめき声をもらしていた。重たいショッピングバッグを両腕に抱えているのだからなおさらだ。彼女のうめき声を聞きつけたニコラスは、本物の弱虫を見るかのような嫌悪の一瞥をくれると、いきなり甲高い口笛を吹いてタクシーを止めた。彼の物覚えの早さにダグレスがひとしきり感心しているあいだに、ニコラスは彼女の助けなど借りずにタクシー運転手と交渉し、買い物をするふたりのあとについてくるよう話をまとめた。ダグレスが彼の選んだ衣服の支払いをして、ショッピングバッグをタクシーまで引きずっていくという算段だ。

午後一時になる頃には、ダグレスはもう限界だった。疲労困憊《こんぱい》し、そろそろ昼食にしようと提案しかけたそのとき、ニコラスが婦人服店の美しいショーウィンドウの前で立ちどまり、飾られた服を眺め、それから彼女を見ると、せきたてるように店内へ連れていった。店に入ると、ダグレスの疲れはどこかへ吹き飛んだ。ニコラスは服選びがうまいうえに気前もよく、最高の品々を持ってくるよう命じて若い女性店員三人を走りまわらせた。ダグレスは下着姿のまま試着室で一時間半も過ごし、店員が持ってきた服を取っ替え引っ替え試した結果、ショッピングバッグ三つを手にその店をあとにした。中身の大半は女性物の新品の服だが、ニコラスが彼自身のために買った品々も入っている。

ようやく、あとは靴屋を残すだけとなった。ニコラスは着心地のいい現代の洋服を好むようになっていたが、靴だけは例外だ。どうも硬い革靴が気に入らないらしく、革のやわらかい室内履きが一番だと言い続けている。靴屋を三軒まわったあと、ダグレスがどうにか説き伏せて、目玉が飛びでるほどの高値がついていたが、イタリア製の靴を二足買わせた。ダグレスも新しい靴を買うべきだと勧められたものの、ニコラスが店の陳列棚から四足――礼装用の靴、パンプス、ウォーキングシューズ、ローファー――を選びだすのを目の当たりにすると、もうすでに自分のためにお金をたくさん使わせてしまったからと断った。ところがニコラスから〝四足すべて買わないと、ホテルにあるタオル地の寝室用スリッパを履くぞ〟と脅され、苦笑しながら彼に同意するはめになった。

最後にもう一軒立ち寄り、トランクを買った。今日買ったものをすべて詰めこむためだ。ニコラスは革張りのトランクを買いたがったが、お金が尽きかけていたのでダグレスがなんとかあきらめさせ、革で縁取りされた青いキャンバス地のバッグを買うことにした。

買い物をすべてすませたときには、午後三時をまわっていた。もはや昼食を食べられる店はすべて閉まっていたため、パンとチーズ、ミートパイ、赤ワインのボトルを買い、アシュバートンのB&Bへ戻るタクシーの後部座席で食べた。貴族であるニコラスは、乗り物の中で食事をとるのはマナー違反だと反対したが、ダグレスがやっとのことで説き伏せたのだ。けれど、彼を列車に乗せることはできなかった。タクシーよりも列車のほうがはるかに安くすむからと説明したものの、〝ただし、あなたにも荷物を持ってもらわなければいけないわ〟というひと言を聞くなり、ふんと鼻を鳴らして一蹴した。そのため、はるばるアシュバートンまでタクシーを使うことになったのだ。

B&Bへ戻る途中で、ニコラスは初めてイギリスの六車線の高速道路を目にした。彼が両脇をびゅんびゅん走る車のスピードをどう感じたのかはわからない。ただダグレスは恐ろしさに縮みあがっていた。低速車線でさえ、みんな時速百十二キロで飛ばしているのだ。高速車線だとどれほどのスピードなのか、想像もつかない。

ニコラスはトラックをはじめとして目に入るあらゆるものに関してあれこれ質問してきたが、しばらくするとおとなしくなり、前に〈ブーツ〉で買った小さなテレビゲームで遊び始めた。そんな彼の様子を見つめながらダグレスはふと思った。この先、彼にとって初めて見るものや、することがまだたくさん出てくるだろう。ビデオ、テレビ、大観覧車、飛行機、宇宙ロケット。それから、アメリカという国のすべても。数々のヨットが浮かぶメイン州、実際に体験してみないと信じられないことだらけの南部、カウボーイやネイティブアメリカンの歴史が深く根づいた南西部、あとはカリフォルニアの……ハリウッドやベニスビーチを思い浮かべただけで、つい頬が緩む。太平洋北西部のサーモン釣りや、コロラドのスキー、テキサスの家畜集めに連れていってあげてもいい。それと——。

ニコラスに見せてあげたいことをすべて考えつく前に、タクシーがB&Bに着いてしまったことに気づき、ダグレスは自分に強く言い聞かせた。ニコラスとは一時的に一緒にいるだけだ。だけど、もし彼こそがわたしの輝く鎧の騎士だとしたら？ もしかしたら、彼がもとの時代へ戻ることはないかもしれない。

ニコラスが運転手に指示をして積んであったたくさんのショッピングバッグを玄関まで運ばせているあいだに、ダグレスはコインを売ったお金の残りから運転手へ支払う料金を準備した。チップの計算をしているところへ、B&Bの女主人ミセス・ビーズリーが早足で階段をおりてきた。

「彼が一日じゅうお待ちよ」ミセス・ビーズリーは興奮したように言った。「今朝やってきて、ずっとここから動こうとしないの。ご機嫌斜めで、なんだかひどいことを言っていたわ。てっきり、あなたとミスター・スタフォードは結婚しているものと思っていたのだけど」どこかとがめるような口調だ。

もちろん〝彼〟が誰なのか尋ねるまでもない。このイギリスにいる知りあいで、ダグレスの居場所――あるいは置き去りにされた場所――を知っている男性はニコラス以外にはひとりしかいない。今こそロバートとの関係を整理するいい機会だろう。これが自分の求めていたものだ。それなのにどうして胃がきりきりし始めるのだろう？　突然、ダグレスは医者から処方された薬のことを思いだした。ここ数日はまったくのむ必要がなかったのに。「誰がわたしを待っているのかしら？」彼女は小声でゆっくりと尋ねた。

「ミスター・ロバート・ホイットリーよ」女主人が答える。

「ひとりで？」

「いいえ、若いレディと一緒に」

うなずいたものの、階段をのぼって玄関へ一歩近づくごとにダグレスの胃の痛みはひどくなっていった。ニコラスはタクシーの運転手にあれこれ指示をしていたが、彼女の顔を見たとたん、口をつぐんだ。ダグレスは無言のまま運転手に代金を支払い、ロバートとグロリアが待つ応接室へ向かった。

　グロリアが怒ったような顔で椅子に座っていたものの、ダグレスは彼女を無視してロバートを見つめた。彼は窓辺に突っ立ったままで、その顔のどこにも反省の色は見られなかった。

「やっと帰ってきたな」ダグレスを見るなり、ロバートが言った。「丸一日待ったんだぞ。あれはどこだ？」

　彼がなんのことを言っているのかはわかっていたが、ダグレスはすぐに答える気にはなれなかった。ロバートは恋人に会いたいとこれっぽっちも思わなかったのだろうか？「あれって何かしら？」

「あなたが盗んだブレスレットよ！」グロリアが叫んだ。「墓地でわたしを押したのはそのせいなんでしょう。あのとき、わたしのブレスレットを盗んだのね」

「そんなことはしていないわ。あなたが勝手につまずいて――」

　ロバートはダグレスの横へやってくると、彼女の体に腕をまわした。「なあ」ダグレスに笑みを向けながら言う。「ぼくたちはここへ言い争いをしに来たわけじゃない。グロリアもぼくもきみに会いたかったんだ」彼は小さな笑い声をあげた。「あのあとのぼくらをきみにも見せてあげたかったよ。迷子になってばかりでね。ふたりとも地図を見るのが得意じゃないし、ホテルの違いもよくわからない。その点、きみは予定を立てるのがうまいし、どのホテルがルームサービス付きかもよく知っている」

ダグレスは喜んでいいのか、悲しんでいいのかわからなかった。ロバートから必要とされている。ただしそれは、彼とグロリアのために地図を読んだり、ルームサービスがあるか調べたりするためだけなのだ。

ロバートはダグレスの頬にすばやくキスをした。「きみがブレスレットを盗んでいないことはわかっている。あのときはつい感情的になってしまったんだ。だが、きみが見つけてくれて本当に運がよかった」

グロリアが何か言おうとしたが、ロバートは目でそれを制した。ダグレスは少しだけ気分がよくなったような気がした。もしかしてロバートは娘に、もう少し父親の恋人に敬意を払うよう仕向けているのかもしれない。もしかして――。

「お願いだ、ダグレス」ロバートが彼女の耳元に鼻をすりつけた。「頼むからぼくらと一緒に戻ってほしい。助手席にはグロリアと交代で座ってもいいから。そうすれば公平だろう?」

ダグレスはどうしていいのかよくわからなかった。ロバートはとても感じがいいし、彼の謝罪の言葉を聞くのも、彼が自分を必要としてくれていると考えるのも気分がいい。

「マダム」そのとき、ニコラスが大股で部屋へ入ってきた。「わたしとの約束を取り消すつもりか？」

ロバートは飛びあがってダグレスから体を離した。彼の体から感じられるのはまぎれもない敵意だ。その敵意はまっすぐニコラスへ向けられている。ロバートは嫉妬しているのだろうか？　これまでは嫉妬のかけらすら見せたことがないのに。ニコラスはといえば、目を見開いてロバートをじっと見つめている。まるで幽霊を見たかのようなまなざしだ。ふたりとも自分を取り戻すのにかなり時間がかかった。

「この男はいったい誰だ？」先にそう尋ねたのはロバートだった。

「どういうことだ、マダム？」続いてニコラスが尋ねる。

ふたりを見比べながら、ダグレスは心の中でひとりごちた。できれば今すぐこの部屋から逃げだし、どちらとも二度と顔を合わせたくない。

「こいつは誰なんだ？」ロバートがさらに尋ねる。「ぼくのもとを離れてから二、三日しか経っていないのに、きみはもう……恋人を作ったのか？」

「あなたのもとを離れた、ですって？　あなたがわたしを置き去りにしたのよ。しかも、わたしのハンドバッグまで持っていってしまった！　そのせいでわたしは、お金もクレジットカードもないまま放りだされて——」

ロバートが否定するように手をひらひらさせた。「すべてきみの思い違いだ。グロリアはきみを手助けしようとしてバッグを拾ったんだよ。きみがぼくらと一緒に旅行を続けるのではなく、ここに残ると決めていたなんて、ぼくもグロリアも知らなかったんだ。なあ、そうだろう、グロリア？」

「わたしを手助けしようとして？」ダグレスは思わずあえいだ。ロバートが真実をひどくねじ曲げていることに衝撃を覚えた。「わたしがここに残ると決めた？」

「ダグレス」ロバートが言葉を継いだ。「きみはこんな赤の他人の前で、ぼくたちのごく個人的な問題を話しあうつもりかい？　きみの荷物は車の中にある。だから、ここからすぐ出よう」彼はいきなり彼女の腕をつかんで連れだそうとした。

だがニコラスが戸口に立ち、ロバートの行く手をさえぎった。「きみはわたしを置き去りにするつもりなのか？」ダグレスをじっと見おろし、怒ったような声で言う。「この男はきみに奉仕させたいだけだ。そんな男と一緒に行くのか？」

「わ……わたしは……」彼女は混乱して口をつぐんだ。ロバートは無神経な男だ。だけど、少なくとも彼は実在している。一方、ニコラスとはいい雰囲気だけれど、もし目当ての情報を見つけだせば、彼はその瞬間にこの世から消え失せてしまうだろう。どちらの男性も、自分に奉仕させるために、ダグレスが一緒にいることを望んでいる。

ロバートは地図を読ませるために、そしてニコラスは彼の調査を手伝わせるために。いったいどうすべきなのかわからない。

代わりに決断してくれたのはニコラスだった。「この女性はわたしに雇われている。その仕事が終わるまでは、彼女はわたしと一緒にいることになる」そう言うと、彼は両手でロバートの肩をつかみ、戸口のほうへぐいぐい押し始めた。

「手を離せ！」ロバートは大声で叫んだ。「ぼくをこんなふうに扱うなんて許さないぞ！　警察を呼べ、グロリア、電話をするんだ！　ダグレス、すぐにぼくと一緒に来い。さもないと、きみにプロポーズなんてしないぞ。二度と――」最後の言葉は聞こえなかった。ニコラスが部屋の外へロバートを押しだし、後ろ手で思いきり扉を閉めたせいだ。

ダグレスは手近な椅子にへなへなと座りこみ、がっくりとこうべを垂れた。

ニコラスは部屋へ戻ってくるなり、グロリアを一瞥して怒鳴った。「出ていけ！」

グロリアはあわてて戸口から出て、足音をたてて正面階段を駆けおりていった。

ニコラスが窓辺に立ち、外の様子をうかがう。「やつらはもういない。きみの荷物を地面に放りだしたままだ。追い払えてよかった」

ダグレスは顔をあげる気にさえならなかった。この騒動の中で、どうして落ち着きなど取り戻せるだろう？　休暇でどこかへ出かけると、決まってひどいことが起きてしまう。どうして男性とごく普通の、平凡な関係が結べないのだろう？　学校の教室か何かで男性と知りあい、デートに誘われ、映画を見に行ったりミニゴルフをしたりして、何回かデートを重ねたあとにワインを飲みながらプロポーズされたらどんなにいいだろう。そしてその男性とすてきな結婚式を挙げて、居心地のいい家に住んで、かわいい子どもをふたり作る。そんなごく普通の人生が送れたら。

それなのに、実際はどうだろう。彼女が出会ったのは刑務所に入っていた男か、これから入れられそうな男か、かわいくない娘がいる男か、十六世紀からやってきた男だけ。知りあいの中でも、自分ほど男運の悪い女性は見たことがない。

「いったいわたしのどこがいけないの？」ダグレスは低くつぶやいて両手で顔を覆った。

ニコラスがかたわらにひざまずくと、彼女の両手を取って顔から引き離した。「わたしはひどく疲れている。階上《うえ》へ行って本を読んでくれないか？　ゆっくり休めるように」

歩みののろい動物のように、ニコラスに連れていかれるまま、ダグレスはのろのろと階段をあがった。でも、ようやく二階にたどり着いても彼は本を読めとは命じることなく、ダグレスにベッドで横になるよう言った。そして彼女が言われたとおりにすると、ベッドの端に座って歌を歌い始めた。優しくて耳に心地いい子守唄だ。今の時代、この子守唄を聞いたことがある人は誰もいないのではないだろうか？　そんなことを考えながら聞いているうちに、ダグレスはすとんと眠りに落ちた。

9

ダグレスが眠りに落ちると、ニコラスはベッドの頭板にもたれ、彼女の髪を撫でた。ああ、どれほど彼女に触れたかっただろう！　できることなら、彼女のつややかな赤褐色の髪に両手を差し入れたい。そして自分の腰のまわりに彼女の両脚が巻きつけられるのを感じてみたい。そしてダグレスの涙を唇でぬぐい、口づけたい。彼女が笑みを浮かべて、笑い声をあげて、幸せな気分になるまで、体じゅうに唇を這《は》わせたい。

ダグレスは子どものようにすっかり眠りこんでいた。だがときどき、泣きじゃくるように呼吸が途切れた。これほどよく泣く女に出会ったのは初めてだ。そもそもダグレスのような女にはついぞ出会ったことがない。これほど真剣に愛を求めている女には。

ダグレスに、この時代における結婚とはどのようなものか尋ねてみたところ、あまり好ましい返事は返ってこなかった。結婚とは契約であるべきだ。それがニコラスの持論だった。同盟を結んだり、ふさわしい世継ぎを作ったりするためのものなのだ。だが二十世紀では、愛のために互いに結婚相手を選ぶという。

愛のため！　ニコラスは心の中でひとりごちた。そんな感情は男の活力の無駄遣いにすぎない。意中の女へ抱く〝愛〟のせいですべてを失った男たちを何人も見てきた。

彼はダグレスのこめかみに触れ、やわらかな髪を撫でながら、彼女を見おろした。なんと美しい体だろう。胸が豊かだし、脚はほっそりとしている。愛のために結婚するという考えを聞いたら、母上ならばなんと言うだろう？　そう考え、ニコラスは笑みを浮かべた。母レディ・マーガレット・スタフォードは四人の男と結婚したが、そのうちの誰ひとりとして〝愛して〟などいなかったはずだ。

だが現代に生きるこの女性を見おろしていると、かつて感じたことのない優しい気持ちが広がっていく。ダグレスの心は、体の外側にむき出しになっているかのようだ。誰であっても、自分に優しくしてくれる相手には、いつでもその心を与える準備ができている。こうして見ている限り、他人を助けようとしたり、親切にしようとしたりするダグレスに下心はいっさいない。しかも、この新しい時代にいつまでもとまどっている彼につけこもうとするそぶりすら感じられなかった。そう、ダグレスが人助けをするのは、相手が彼女の助けを必要としているからなのだ。

ニコラスが彼女の頬に手をそっと押し当てると、ダグレスは顔をすりつけてきた。何がふたりを結びつけたのだろう？　ふたりの関係をつないでいるのは、どのような絆《きずな》なのだろうか？　ダグレスにはわかるまいと思って話していないが、彼女が心の痛みを感じると、ニコラスもその痛みを感じてしまうのだ。最初に出会った日からそうだった。彼女の痛みを、わがことのように感じている。初めて会った日、ダグレスは教会の外であの〝電話〟なるものを使って自分の姉と話していた。どんな用件だったのかは知らないが、彼女が傷ついたことは感じ取れた。

そして今日、ホテルの前でタクシーの運転手に指示を出していたとき、突然深い絶望を感じた。その絶望感がダグレスのものであることはすぐにわかった。さらに彼女を捨てた男を初めて見た瞬間、強い衝撃を感じた。あまりの強烈さに動揺して、しばらくは彼らの言葉の意味さえ理解できなかったほどだ。

最初は、ダグレスがこの自分を置き去りにしようとしているのだと考えた。そんなことになれば、もとの時代へ戻るための手がかりをどうやって見つければいい？　だがそれより何より、彼女なしで自分はこれからどうすればいいのか？　あの笑顔やジョーク、それに天真爛漫《らんまん》さを楽しめなくなったら、どうすればいいのだろう？

この時代の言葉を理解するのは、まだ難しい。とはいえ、ダグレスの元愛人が彼女を一緒に連れていきたがっていることも、ダグレスがどうしたらいいか決めかねていることもわかった。だから男としての本能に突き動かされ、あの忌むべき男をホテルから放りだしたのだ。ダグレスには一瞬でも、彼女よりも自分の娘を優先するような男と一緒に行くことなど考えさせたくなかった。たとえほかに理由がなかったとしても、年上だというだけでダグレスは尊敬されるに値する。子どもを王族であるかのようにちやほやするアメリカという国のマナーは、いったいどうなっているのか？

ニコラスはすぐそばに横たわるダグレスの肩に手を触れ、そろそろと腕のほうへおろした。思えば、三日前までは彼女のことなど知りもしなかった。それなのに今は、ダグレスをほほえませるためならばどんなことでもしたいと考えている。彼女を喜ばせるのは実に簡単だった。優しい言葉、贈り物、笑み。それだけで充分だ。

彼は体をかがめ、ダグレスの髪にそっと唇を押し当てた。この女は自分のことを気にかけ、じっと見守ってくれる誰かを必要としているのだろう。さながらバラのつぼみのごとく、花開くにはほんの少し太陽の手助けが必要なのだ。それに、彼女に必要なのは……。

ニコラスはふいにダグレスから手を離し、彼女が眠るベッドから離れ、窓辺に立った。彼女のことをあまり気にかけてはならない、と自分に言い聞かせる。たとえ、どうにかしてダグレスを自分の時代へ連れ帰れたとしても、せいぜい愛人にすることしかできない。そう考え、彼は顔の片側だけに笑みを浮かべた。優しいダグレスが愛人としてうまくやっていけるとは思えない。主人に何ひとつねだることもできないだろう。というか、裸足でいる子どもを見たら、自分の靴を与えてしまいそうだ。

ニコラスは今後をしっかり見据えるかのように、片手を目の上にかざした。この二十世紀という時代には、光や絵を生みだす機械よりもさらに理解しがたいものがある。この時代の人々の哲学だ。昨日は映画と呼ばれるとてつもないものを見た。画面に目が慣れるまで、しばし時間が必要だった。何しろ、人の姿が途方もなく大きかったのだ。しかも、あの平たい巨人たちの体がなぜ丸みを帯びて見えるのかもさっぱりわからなかった。ダグレスの説明によれば、彼らは普通の大きさの人間なのだが、絵に描けば人の姿を小さくできるのと同じように、写真に撮れば大きく引き伸ばせるのだという。あの映画というものに対する恐怖心をようやく克服できたあとも、物語の内容はさっぱり理解できなかった。日々の暮らしに困っていない、結婚相手としては理想的な男と結婚するはずだった若い女がその相手を捨て去り、長い脚以外何も持っていない一文なしの若い男のもとへ走ってしまうというあらすじだった。

映画を見終わったダグレスは、あの物語が〝すばらしい〟し〝ロマンティック〟だと言っていた。だがニコラスには、そう考える彼女の哲学が理解できなかった。もし彼の母であるレディ・マーガレットにひとり娘がいて、その娘がまたとない結婚契約を破ろうものなら、レディ・マーガレットは腕がくたびれるまでその娘を叩き、そのあとは一番力が強い馬手《めて》に叩かせ続けただろう。だがこの時代では、子どもが反抗的な態度をとることが奨励されているらしい。

振り返って、ベッドにいるダグレスのほうを見た。彼女は膝を折り曲げ、片手を顔の下に当てて眠りこけている。

もしこの時代に残ったら、ダグレスと一緒にいられるのだ。こんな優しい女と一緒に生きられたら、どんなにいいだろう。ダグレスは自分自身よりもニコラスの望みを優先してくれる。しかも伯爵だからとか、金持ちだからという理由で彼を求めているのではない。そう、彼女と一緒に過ごす人生は心地いいに違いない。

いや、だめだ！　ニコラスはダグレスから目を背けると窓の外をぼんやりと見て、ベルウッドにいたあのいけすかないガイドのことを思いだした。ニコラス・スタフォードを笑いものにしたあの忌々しい女め。もしこの時代に残ってダグレスと一緒に生きれば、自分にまつわる悪《あ》しき記録を変えることができなくなる。ベルウッドのガイドの話によれば、彼の死後、スタフォード家の領地はすべてエリザベス女王に没収され、その多くは内戦で破壊されたという。現存する領地は四つだけ。しかも、その中にスタフォード家のものはひとつもないのだ。

大事なのは名誉だ。この時代の人々は名誉というものを軽んじているように思える。ダグレスだって本当の意味では、彼が何より名誉を重んじていることを理解していない。彼女がレディ・アラベラの話をおもしろがっているのがいい証拠だ。ひとりの男が反逆罪で処刑されたことが、その家族にとってどんな意味を持つのかも、ダグレスは気にかけていない。〝もうずっと昔の話だもの〟彼女はそう言った。〝そんな遠い昔の話、誰も気にかけてなんかいないわ〟

だがニコラスにとっては遠い昔の話ではない。家族の名誉を守るため、そして彼自身が処刑を免れるためにホワイト・タワーへ向かったのは、わずか三日前のことなのだ。

こうして時空を超えてこの時代にやってきたことには、なんらかの理由があるはずだ。神が二度目の機会を与えてくださったに違いない。ニコラスの死を望むほど憎んでいた人物は誰なのか。その答えがこの時代のどこかに絶対あるはずだ。彼の死によって得をするやつは誰か？ その人物の言うことなら信じるほど、女王が全幅の信頼を寄せていた人物とは誰なのか？

裁判では何も明らかにならなかった。ニコラスが軍を召集し、女王にその許可を求めなかったのは事実だ。ウェールズから駆けつけた男たちがニコラスに軍勢を送るよう要請したと証言してくれたが、裁判官たちは耳を貸そうともしなかった。それどころか、裁判官たちはニコラスが若きエリザベス女王に謀反を起こし、イングランドをふたたびカトリック国に戻そうとした秘密の証拠があると告げたのだ。

死刑を宣告されたとき、これが自分の運命なのだと覚悟した。だがそんなときに母から、〝新たな証拠を発見したから、すぐに真相が明らかになるだろう。そうすれば、あなたは晴れて自由の身になれる〟という伝言が届いたのだ。

でもその証拠がなんなのか知る前に、自分は死んでしまった。少なくとも歴史上はそういうことになっている。それも、なんとも不名誉な死に方だ。書きかけの手紙の上に突っ伏して死ぬとは。

なぜその後、母は見つけた証拠を持ちだして息子の汚名を晴らしてくれなかったのだろう？　それどころか、母はスタフォード家の財産にまつわる権利をすべて放棄し、あろうことかあの愚か者のディッキー・ヘアウッドと再婚した。いったいなぜだ？　金のためか？　だったら、どうして母は自分の母親から受け継いだ領地まで手放してしまったのだろう？

解決すべき疑問が多すぎる。正さなければならない不正行為もだ。あまりに多くの点で、スタフォード家の名誉が危機に瀕している。

今はっきりわかっているのは、自分がこの時代に送りこまれたのは、知るべき情報を見つけだすためであることだ。そして偶然にも、この愛らしい若い女を助手として与えられた。ニコラスはダグレスのほうを振り返り、頰を緩めた。なんと心の広い女だろう。もしダグレスが突然目の前に現れ、未来から来たと言ったら、自分はこれほど寛大に受け入れられただろうか？　いや、そうは思えない。きっと彼女は魔女だと決めこみ、火あぶりにしろと命じたかもしれない。

一方、最初こそしぶしぶだったものの、ダグレスは常に献身的に尽くしてくれている。しかも一緒にいるうちに、彼女はもともと度量の広い女なのだとわかってきた。

ニコラスはため息をつきながら心の中でつぶやいた。ダグレスは彼を愛し始めている。彼女の目を見れば一目瞭然だ。これまでは、相手が少しでも愛情を示し始めると、その女とは別れていた。愛に目がくらんだ女など厄介だ。それよりも宝石や上等なシルクを好むアラベラみたいな女のほうがずっといい。アラベラとは互いに理解しあっていた。性行為だけの割りきった関係だったのだ。

だがダグレスの場合は、それが当てはまらない。彼女は愛を与えようとする。しかも全身全霊をかけて相手を愛する女だ。あのロバートとかいう男は彼女の愛情を部分的には受け取ったものの、それをどうしたらいいかわからない愚か者にほかならなかった。あの男はダグレスを利用していた。彼女の気持ちをもてあそび、思いどおりに支配するのを楽しんでいたのだ。

ニコラスはダグレスのほうへぐっと身を乗りだした。もしわたしが彼女の愛を得られたなら、どうすればいいか知っている。わたしならば――。

だめだ！　自分を叱咤《しった》し、顔を背けた。ダグレスにわたしを愛させるわけにはいかない。自分がこの時代から去ったときに、彼女をひどく悲しませることになる。一度戻れば、もう二度とこの時代へやってくることはないだろう。ここにダグレスをひとり置き去りにすることなど考えたくない。ましてや、彼女が四百年以上も前に死んだ男を愛していることなどもってのほかだ。

だからこそ、彼に対するダグレスの愛情を断ち切る方法を見つけなければならない。とはいえ、彼女をわざと怒らせて遠ざけるわけにはいかない。この異国みたいな世界ではダグレスの知識が必要だ。だが同時に、彼女を置き去りにしてみじめな思いをさせるのも我慢ならない。やはり彼に対するダグレスの想《おも》いを断ち切るための方法を見つけだす必要がある。ただし、それはダグレスにも理解できるような方法で、彼女のいるこの世界のやり方でなければならない。

なんと不合理な考え方だろう。ニコラスは苦笑した。別の女性を愛しているのだとダグレスに告げるのはどうだろう？ いかなる世紀であれ、女をあきらめさせるための常套《じょうとう》手段だ。だが、いったい誰を愛していると言えばいい？ アラベラか？ ダグレスが買っていたアラベラの絵葉書を思いだし、彼は声をあげて笑いそうになった。たぶん、ダグレスが聞いたこともない女のほうがいいだろう。アリス？ エリザベス？ ジェーン？ ああ、愛らしいジェーン。

彼はふと笑みを消した。レティスはどうだ？

自分の妻を愛していることにするのは？

思えば、もう何週間もあの冷たい目つきのいやな女のことなど考えたことがなかった。夫が反逆罪で捕らえられたときから、あろうことか、レティスはさっさと新たな夫探しを始めていた。

妻を愛していると、ダグレスに信じこませることができるだろうか？ 自分の妻を心から愛しているからもとの時代に戻りたいのだ、と彼女に告げるのはどうだ？ ダグレスが名誉よりも愛が大切だと考えるとは、どうにも信じがたい。とはいえ、この時代は非常に変わった時代のように思える。

よし。あとはダグレスにその話をする場所と時期を選ぶだけだ。

心は決まったものの、気持ちは楽にならないまま、ニコラスは戸口へ向かった。今からコインショップへ行き、さらに硬貨を売るつもりだ。明日はいよいよソーンウィック城へ向かい、疑問の答え探しを始める。

最後にもう一度ダグレスを一瞥し、彼は部屋をあとにした。

ダグレスははっと目覚めた。ひとりきりだと気づくと、恐怖がどっと押し寄せてきたが、どうにか冷静になろうとした。頭にまず浮かんだのは、ロバートと再会したときの光景だ。はたして自分のしたことは正しかったのだろうか？ ロバートと一緒に行くべきだったのでは？ 結局ロバートは謝ってくれたのだから——あれが謝ったうちに入るかどうかはわからないけれど。ロバートは置き去りにした理由もちゃんと説明してくれた。彼やグロリアと一緒に旅行するのをダグレスがいやがっていると思ったのだと言っていた。それに、グロリアだって本当に何気なくハンドバッグを拾ったのかもしれない。

ダグレスは両手で頭を抱えた。何もかもが混乱している。ロバートにとって、わたしはどんな存在なのだろう？ ニコラスにとっては？ そして自分にとって、あのふたりの男性はどんな存在なの？　そもそもニコラスは、どうしてわたしのところへやってきたのだろう？　なぜほかの誰かのところではなかったの？　人生のすべてに混乱しているこんな自分とは違う、まったく違う誰かのところではなく？

部屋の扉が開き、ニコラスが笑みを浮かべて入ってきた。「硬貨を数枚売ってきただけだが、われわれはもう大金持ちだぞ！」

ダグレスは笑みを返しながら、ニコラスがロバートを追いだしたときの様子を思いだした。やっぱりこの男性が輝く鎧の騎士なのだろうか？　心から必要としていたから、わたしのもとへ遣わされたの？

彼女の表情にとまどったらしく、ニコラスは眉をひそめてつと目をそらし、尋ねた。

「そろそろ夕食にするか？」

歩いて向かったのは、Ｂ＆Ｂの女主人に勧められたインド料理店だ。歩いているあいだもほとんど言葉を交わさず、それぞれ物思いにふけっていた。店の中に入ると、ニコラスはすぐさま料理に夢中になった。クミンやコリアンダー、ガラムマサラ、シナモンといった香辛料がことのほか気に入ったらしい。食事中、ダグレスは周囲のテーブルに座った女性たちから羨望のまなざしで見られているのに気づいた。そんな彼女たちの視線にニコラスが気づかないよう気をそらすために、それと多少なりとも興味を持ったせいもあり、一五六四年には何を食べていたのか、二十世紀の食生活との大きな違いは何かを質問してみた。

ニコラスは答えてくれたが、ダグレスはほとんどうわの空で彼の瞳や髪、両手の動きをじっと見つめていた。もしかするとニコラスがもとの時代に戻ることはないのかもしれない。だって心に強く願ったら、こうしてやってきてくれたんだもの。今では痛いほどよくわかっている。ニコラスこそ、常に心の中で思い描いてきた理想の男性にほかならない。優しくて思慮深く、ユーモアもあるうえに、強くて男らしい。そして自分の望みをはっきりと知っている。

食事を終える頃、ニコラスは目に見えておとなしくなった。何かを心配しているように見える。ホテルへ戻るときも押し黙ったまま歩き、部屋へ入ってからも話をしたくないようだった。本を読んでくれとも言わずベッドに入り、おやすみも告げないまま彼女に背を向けてしまった。

それからダグレスは長いこと眠れないまま、ここ数日のあいだに自分の身に起きたことの謎を解こうとした。輝く鎧の騎士が現れてほしいと泣きながら懇願したら、ニコラスが現れた。ということは、彼は自分のものだ。ずっと彼を自分のもとに引きとめておきたい。

真夜中近くなってようやくうとうとしかけたとき、ニコラスがたてる物音に驚かされた。また悪い夢にうなされているのだろう。ダグレスは笑みを浮かべて彼のベッドへ近づき、隣にもぐりこんだ。ニコラスはすぐに両腕を彼女に巻きつけて、すやすやと眠り始めた。そんな彼に体を寄せ、毛の生えた胸に頬を押し当て、ダグレスは満ち足りた気分で眠りに落ちた。なるようになればいい。そんな気分だった。

ニコラスが目覚めたとき、すでに夜が明けていた。腕の中にダグレスがいるのに気づいて、とっさに思った。ついに夢が現実になったのだ。彼女は体をぴったりと寄り添わせている。まるでひとつの岩から削りだしたかのように、ふたりのあいだには隙間がない。ダグレスはこういう状態をなんと言っていただろう？　そう、テレパシーだ。自分とダグレスのあいだには、そういう特別なものを感じてしまう。ほかの女には感じたことのない強い絆みたいなものだ。

彼はダグレスの髪に顔を埋め、息を深く吸いこんで両手で彼女の体を愛撫《あいぶ》し始めた。これほどの欲望は、かつて感じたことがない。この世にこんな強烈な欲望があることすら知らなかった。

「どうかわたしに力を与えたまえ」ニコラスは心からそう祈った。「なさねばならぬことをやり通す力を。そして、わたしに許しを与えたまえ」

自分にはしなければならないことがある。躊躇《ちゅうちょ》なくそれができるよう祈らずにはいられない。ただその前に、ほんの少しでいいからダグレスを味わっておきたかった。この一度きりでいい。そうすれば、もう二度と彼女には指一本触れないつもりだ。

ニコラスはダグレスの髪から首筋にかけてキスをし、やわらかな肌を舌先で味わうと、片手を彼女の腕に這わせ、手のひらで豊かな胸をすっぽり包みこんだ。自分の高鳴る胸の鼓動が耳元でどくどくと聞こえた。

ゆっくりと目覚めたダグレスは、ニコラスの腕の中で寝返りを打ち、彼にキスをした。こんなキスは初めて。ニコラスこそが今まで欠けていた、自分の残り半分のように感じられた。まさにこの人は、これまでずっと探し求めていた男性だ。ニコラスこそ、彼女のもう半分なのだ。

「レティス」そのとき、ニコラスが耳元でささやいた。

ダグレスは彼と脚を絡めつつ、しっかりと抱きあった。笑みを浮かべて頭をのけぞらせ、首筋や喉元にキスの雨を受けながら、息も絶え絶えに言う。「わたし……よくキャロットって呼ばれるの。髪がこんなに赤いから。でもレタスって呼ばれたのは初めてだわ」

「レティスというのは……」彼女の喉からさらに下へとキスの雨を降らせながらニコ

ラスが言う。「わたしの妻の名前だ」

「ん……」彼の手で胸を愛撫され、唇をさらに下へ這わされ、ダグレスは低い声をもらした。

そのとき突然、彼の言葉の意味を理解し、ダグレスはニコラスを押しのけてまじまじと見つめた。「妻ですって？」

ニコラスがふたたび彼女を引き寄せた。「今は妻のことなどどうでもいい」

ダグレスは負けじと彼の体を押し戻した。「奥さんのことをずいぶんと気にかけているのね。わたしにキスしながら奥さんの名前を呼ばずにいられないなんて」

「口が滑っただけだ」ニコラスはまたしても彼女を引き寄せた。

ダグレスは彼の腕を振り払ってベッドから出ると、ボタンの外れたネグリジェを直した。「そのあなたの奥さんについて、話を聞かせてくれる？」怒ったような声が出てしまう。「それに、どうして奥さんのことを今まで話してくれなかったのかも。子どもがいたことは前に聞いたけれど、たしか子どもの母親は死んだと言っていたはずよ」

ニコラスはベッドの上に起きあがると、腰のあたりまでシーツを引っ張った。「妻の話をする理由がなかったからだ。レティスが才能豊かな美人であることも、わたしが妻に特別な愛情を抱いていることもな」彼はテーブルに置いてあったダグレスの腕時計を手に取った。「今日は、こういうものを買いたい」

「それをおろして！」彼女はぴしゃりと言った。「真面目な話をしているの。あなたにはわたしに説明する義務があると思うわ」

「きみに説明する義務だって？」ニコラスはベッドから出た。身につけているのは小さな下着だけだ。彼はズボンをはいてファスナーをあげながら、振り向いてダグレスを見た。「マダム、いったい何様のつもりだ？　きみは公爵の娘か？　それとも伯爵のか？　いや、男爵の娘でさえもない。そうだろう？　一方のわたしはソーンウィック伯爵だ。きみはわたしの使用人にすぎない。きみはわたしのために働く代わりに、わたしがきみを養って、服を買い与えている。それなりの働きをしてくれれば、ささやかな手当を出してやってもいい。だが、わたしには自分の私生活について、きみに説明する義務などこれっぽっちもない」

　ダグレスはベッドにどさりと腰をおろして言い返した。「でも、あなたは一度も奥さんの話をしなかった」聞こえるか聞こえないかの声で言う。「ただの一度も口にしなかったわ」

「立派な夫たるもの、愛する妻の名前を使用人の前でみだりに口にしないものだ」

「使用人」ダグレスは低くつぶやいた。「奥さんを心から愛しているの？」

ニコラスは鼻を鳴らした。「妻こそ、わたしが戻らなければならない真の理由にほかならない。真相を見つけだしたら、愛する妻の腕の中へ戻るつもりだ」

ダグレスは今耳にしているニコラスの言葉の意味が理解できなかった。昨日はロバートとの一件があり、今日はニコラスに妻がいることがわかるなんて――しかも彼はその妻を心から愛しているなんて――もうたくさんだ。彼女は両手に顔を埋めた。

「わたしにはわからない。あなたにここへ来てほしいと心から祈ったのよ。ほかに愛する女性がいるなら、どうしてわたしのところへやってきたの？」

「おそらくきみがわたしの墓の前で祈っていたからだ。男であれ女であれ、誰が祈ってもわたしはこの世にやってきたのだろう。神は、わたしが使用人を必要とし、きみが仕事を必要としていることをご存じだったのかもしれない。とにかくその答えは、わたしにはわからない。ただわかっているのは、戻らなければならないということだけだ」

「奥さんのもとへ？」

「ああ、妻のもとへ」

ダグレスは振り返ってニコラスを見ると、身ぶりでベッドを指し示した。「だった

だ。そういう状況には逆らえない」


らこれはなんなの？」

「マダム、わたしのベッドに入ってきたのはきみのほうじゃないか。わたしだって男だ。そういう状況には逆らえない」

事情を理解するにつれ、彼女はひどく気恥ずかしくなってきた。この世に自分ほど愚かな女がいるだろうか？　この世に、自分が恋に落ちない男がいるのだろうか？　たった三日過ごしたくらいで、その相手とともに生きる人生を想像し始めるなんて。たとえ目の前に現れたのが残忍きわまりないフン族のアッティラ王でも切り裂きジャックでも、きっと恋に落ちたに違いない。もし運がよければ、二日だけでも史上最強の君主チンギス・ハンを愛するようになるだろう。

ダグレスは立ちあがり、口を開いた。「誤解してしまってごめんなさい。あなたに奥さんがいるのは当然よね。美人の奥さんとかわいい子どもが三人。わたしったら何を考えていたのかしら？　あなたは死刑囚であるうえ、結婚までしていたのね。つまり、すでにツーストライク取られている状態よ。今までわたしが相手にしてきたのは、ワンストライクしか取られていない男性ばかりだった。だから攻め方によっては、自分にツキがまわってくるような気がしたものよ。じゃあ、荷物をまとめてここから出ていくわね。あなたはミセス・スタフォードのもとへ戻って、すばらしい人生を楽しんでちょうだい」

ニコラスがバスルームの戸口に立ちはだかった。「きみはあの約束を取り消す《アン・キス》つもりか？」

「アン・キス？」ダグレスは甲高い声を出した。「また取り消すという話？　ええ、キス《アン・キス》もなしだし抱擁《アン・ハグ》もなし、何もかもなしよ。あなたはわたしを必要としていないもの。あなたには愛《いと》しいレティスや、テーブルの上のアラベラがいるんだから」

ニコラスは近づいてくると、声を低くして誘惑するように言った。「もし先ほどの愛のたわむれが途中で終わったせいで気を悪くしたのなら、一緒にベッドへ戻ってもいい」

「冗談じゃないわ、この女たらし」ダグレスは目をぎらつかせた。「わたしに指一本でも触れたら、その喉を切り裂いてやるから」

ニコラスは片手を顎に当てながら、笑みを隠した。「きみが怒っている理由がわからない。わたしは自分自身について何もかも包み隠さず話してきた。わたしを裏切った人間を探すためには手助けが必要だ。その情報を見つけだして、早くもとの時代へ戻りたい。きみに嘘などひとつもついていないだろう」

ダグレスはニコラスから顔を背けた。彼の言うとおりだ。ニコラスは何ひとつ隠していない。勝手に妄想をふくらませ、おとぎ話みたいな幸せな結末を思い描いていたのは自分だ。なんてばかだったんだろう。

彼女はニコラスに向き直った。「本当にごめんなさい。あなたは手助けしてくれる人をほかに探したほうがいいのかもしれない。わたしはもうパスポートも飛行機のチケットも取り戻したから、アメリカへ帰ったほうがいいと思うの」

「そうか、なるほど。きみは卑怯者《ひきようもの》なんだな」

「そんなんじゃないわ。ただ……」

「きみはわたしを愛し始めている」ニコラスは観念したようにため息をついた。「どんな女もそうなる。わたしにかけられた呪いのようなものだ。同じ女と三日間一緒に過ごせば、必ずその女はわたしのベッドにやってくる。どうしようもないことだ。きみを責めることはできない」

「わたしを責めることはできないですって？」今やダグレスの中で、自分を哀れむ気持ちが、激しい怒りに取って代わろうとしている。「よく聞きなさい！　あなたは男としての自分を買いかぶりすぎているわ。この時代の女性のことなど知りもしないくせに。自由を謳歌している女性なら、あなたみたいな男性とは絶対に一緒に暮らさない。そもそもあなたに恋するはずがないのよ。あなたみたいにうぬぼれの強い男性は好きじゃないもの」

「ほう？」ニコラスは片眉をつりあげた。「だったら、きみだけは彼女たちと違っているのかな？　きみはたった三日でわたしのベッドにやってきた」

「言っておくけど、あなたが悪夢にうなされていたから慰めてあげようとしたのよ。ただそれだけ。母親がわが子をなだめるようなものね」

ニコラスはにやりとした。「慰める？　だったらいつでも大歓迎だ」

「奥さんに慰めてもらって。さあ、そこをどいてくれない？　着替えて、ここから出ていきたいの」

ニコラスは彼女の腕に手をかけた。「わたしが口づけたから怒っているのか？」

「わたしが怒っているのは……」ダグレスはそのまま目をそらした。自分はニコラスに対してなぜ怒っているのだろう？　彼は目を覚ましたときに、ベッドに彼女がいることに気づいてキスを始めたのだ。今日この時点まで、彼に口説かれたことは一度もない。思えば、ニコラスはいつだって紳士的な態度を貫いていた。しかも、ふたりが雇い主と雇われ人以上の関係であるかのようにほのめかしたことさえない。

すべて妄想たくましく作りあげたのは、どう考えても自分のほうだ。ニコラスにからかわれたり、ふたりで声をあげて笑いあったり、特にロバートのことでいたく傷ついたりしていたせいで、彼との関係を実際よりも重大なことのように考えてしまっていたらしい。

「あなたに対しては怒りなんて少しも感じていないわ。わたしが怒っているのは、自分自身に対してよ。きっと失恋の反動だったのね」

「失恋の反動？」

「恋人に振られたり、わたしみたいに捨てられたりすると、人って振り落とされた列車にもう一度飛び乗りたいと考えてしまうものなの」ニコラスは困惑顔のままだ。

「きっとわたしは、あなたがロバートの代わりになってくれると思ったのね。それか、指輪をはめてアメリカに帰りたかっただけなのかもしれない。もし婚約して帰国すれば、アメリカを出発したときに一緒にいた男性とはどうなったのか、あれこれきかれずにすむと思って」

ダグレスはニコラスをまっすぐに見あげた。「そんなことを考えてしまってごめんなさい。やっぱりあなたは手助けしてくれる人をほかに見つけたほうがいいわ」

「なるほど。きみはわたしの魅力に抗えなかったのか。あのガイドが言っていたとおり、どんな女もわたしの魅力には逆らえないのだな」

彼女は思わずうめいた。「わたしは抗えるわ。あなたってどこまでうぬぼれが強いの。それがわかった今なら、あなたのことなんて好きにならないまま一緒に暮らすことだってできるわ」

「まさか」

「いいえ、絶対にできる。なんなら証明してみせてもいいわよ。わたしはこれから、あなたの助けになる秘密の情報を探りだしてみせる。ただし、そのためにたとえ何年かかったとしても、絶対にあなたによろめいたりしない」ダグレスはすっと目を細めた。「今度悪夢を見ているあなたに起こされたら、枕を投げつけてやるから。さあ、もういいかしら？　バスルームへ行かせてほしいんだけど」

ニコラスは一歩脇にどいた。ダグレスはバスルームに入ると、怒ったように大きな音をたてて扉を閉めてしまった。だが彼は、その扉に向かってにやりとせずにはいられなかった。ああ、ダグレス、愛しのダグレスよ。きみはわたしに抵抗できるかもしれない。だが、わたしはどうやってきみの魅力に抵抗すればいい？　一年も一緒にいたらどうなる？　一度もきみに指一本触れることなく一年間も過ごせば、わたしの頭はどうにかなってしまうだろう。

ニコラスは心の中でそうつぶやき、着替えをすませるために扉に背を向けた。

10

美しいイギリス郊外をひた走る黒塗りの車の中、後部座席に座っていたニコラスはダグレスをちらりと見た。背筋を伸ばしたまま、体をこわばらせて座り、豊かな赤褐色の髪を首の後ろできっちりとひとつにまとめている。ダグレスいわく〝お団子〟という髪型らしい。今朝から彼女はにこりともせず、笑い声をあげることもなく、何を話しかけても〝はい、閣下〟か〝いいえ、閣下〟としか答えない。

「なあ、ダグレス」彼女に話しかけた。「わたしは――」

即座にダグレスはさえぎった。「スタフォード卿、そのことについてはすでに話しあったはずです。わたしはあなたの秘書のミス・モンゴメリーで、それ以上でも以下でもありません。断じて愛人《ミストレス》・モンゴメリーではありません。それをどうかお忘れなく。周囲の人たちにも、わたしがあなたにとってそれ以上の存在であるかのような印象を与えないようにしてください」

ニコラスはダグレスから顔を背け、ため息をついた。彼女にどう答えたらいいのか、何も思い浮かばない。実際のところ、ダグレスにはこういう態度をとったほうがいいことはわかっているのだが、すでに前の彼女が恋しくてたまらなくなっている。

そのとき、ソーンウィック城の塔が見えてきた。ニコラスの鼓動がわずかに速くなる。何しろ、彼自身の手で設計した城だ。それまでに見たありとあらゆる城のいい点を取り入れ、持てる知識を総動員し、改良に改良を重ねてこの美しい城を完成させた。四年もかけて石材を切らせ、イタリアから大理石を運ばせたのだ。多くの工夫を凝らした中でも一番の自慢は、中庭にある表面が丸みを帯びたガラス窓の塔だった。

運転手が私道へ車を進めるにつれ、ニコラスは眉をひそめずにはいられなかった。城がひどく古ぼけて見える。わずか一カ月前にここにいたときは、建物は真新しく傷ひとつなかった。それが今はどうだ。煙突が崩れかけているうえ、屋根もあちこち壊れている。れんがでふさがれている窓もあった。

「なんてすばらしいの」ダグレスはとっさにささやいたが、すぐに言い直した。「すばらしいですね、閣下」

「ぼろぼろじゃないか」彼は怒ったような声で答えた。「それに、西側の塔は完成しなかったのか？　あんなに念入りに設計したのに。誰もあの設計図を見なかったのか？」

車が止まると、ニコラスは急いで降りてあたりを見まわした。どうしようもなく悲しい場所にしか見えなかった。未完成のまま半分は朽ちかけ、もう半分は何百年も前の建物のように古ぼけて見える。いや、実際そうなのだ——彼はがっかりしながら心の中でつぶやいた。

振り返ると、ダグレスはすでに玄関広間へ向かっていた。今はホテルとなっているため、ふたりの荷物を運ぶ少年ふたりを従えている。「スタフォード卿は午前八時に紅茶をご希望よ」さらにホテルのフロント係に告げた。「それから、昼食はきっかり正午に用意して。ただし、前もってわたしにメニューを見せてちょうだい」ダグレスは振り向いてニコラスを見た。「宿帳には自分で署名されますか？　それともわたしが代わりにしましょうか？」

彼は、いい加減にしろと目つきで伝えようとした。ダグレスのもったいぶった言動をどうにかしてやめさせたい。現代社会では、今の彼女のふるまいが奇妙に見えるのは百も承知だ。ところがダグレスはそっぽを向き、こちらを見ようともしない。しかたなくニコラスが判読不可能な走り書きですばやく宿帳に署名をすませると、フロント係によって部屋へ案内された。

部屋は美しかった。濃いバラ色の壁紙が貼られ、四柱式ベッドの天蓋にはバラ色と黄色のインド更紗の布がふわりとかけられている。バラ色の絨毯が敷かれたベッドの足元には、黄色と薄緑色の小ぶりなソファが置かれていた。アーチ型の戸口の奥は、バラ色と薄緑色の壁紙が貼られた小さな居間になっていた。

「ここに簡易ベッドが必要だわ」ダグレスは身ぶりで居間を指し示した。

「簡易ベッドですか？」フロント係が尋ねた。

「当然でしょう。わたしが眠るためのベッドよ。わたしがスタフォード卿のお部屋で寝るとでも思っていたの？」

ニコラスは思わず目をぐるりとさせた。たとえ今が十六世紀だったとしても、このダグレスの態度は奇妙に見えただろう。

「かしこまりました、ミス。ここへ簡易ベッドを運ばせます」そう言ってフロント係はさがった。

「ダグレス」

「ミス・モンゴメリーです」彼女が冷たい声で答える。

「ミス・モンゴメリー」ニコラスは負けじと冷たい声で応じた。「わたしの荷物をここへ運ばせておいてくれ。自分の城を見てまわりたい」

「おともしましょうか?」

「いや、とげとげしい態度をとる相手とは一緒にいたくない」彼は怒ったように言うと、部屋から出ていった。

ダグレスは部屋にスーツケースが運びこまれるのを見届けたあと、フロント係に地元の図書館はどこにあるのか尋ねた。とびきり有能な秘書のような気分でノートとペンを手に、小さな街を歩いていく。だが図書館が近づくにつれ、歩みが遅くなった。

人生についてあれこれ考えてはだめよ。彼女は必死に自分に言い聞かせた。恋人だった男性に捨てられたけれど、すぐに別の男性——しかもとびきりすてきな男性が見つかったと考えていた。でも、何もかもが夢だったのだ。実現するはずもない、手の届かない夢物語。とにかく冷静にならなければ。冷静な態度を貫く必要がある。南極かシベリアのことを思いだせばいい。自分の仕事をこなし、ニコラスには一貫して冷たい態度をとり続けるのだ。だって彼は別の女性のものだし、別の時代の人なのだから。

図書館に着くと、探していたものはすぐに見つかった。応対してくれた女性の司書が言うには、それは〝スタフォード・コレクション〟と呼ばれているらしい。「来館者の多くがスタフォード家について知りたがります。中でもソーンウィック城に宿泊しているお客さんが特に多いですね」司書は説明した。

「わたしは最後の伯爵となったニコラス・スタフォードに関心があるの」

「ああ、あの気の毒な人ですね。死刑を宣告され、執行前に死んでしまったんです。毒を盛られたと言われています」

「毒を盛られたって、誰に?」司書のあとについて積み重ねられた本のあいだを通り抜けながら、ダグレスは熱心に尋ねた。

「もちろん、反逆罪で彼を訴えた人物です」司書はダグレスをちらりと一瞥した。「そんなことも理解できないのかと言いたげなまなざしだ。「ソーンウィック城を建てたのはニコラス卿だと言われています。地元の歴史家は、設計もニコラス卿が手がけたと考えていますが、誰にもそれを証明することができないんです。彼の署名が入った設計図がどこにもないからです。さあ、ここですよ。スタフォード家にまつわる本はすべて、この棚に保管されています」

司書が立ち去ると、ダグレスは本を次々と手に取り、索引を参考にニコラスか彼の母親について言及している箇所がないかどうか調べた。

最初に探したのは、ニコラスに恨みを持つ人物の名前だ。母親宛の手紙でまさにその人物の名前を記しているとき、ニコラスはダグレスが泣き叫んでいる声を聞いたという。「領土をめぐるいざこざだ」その人物に恨まれる理由をニコラスはそう説明した。十分ほど探して、ようやくその人物の名前を見つけたが、彼はニコラスが逮捕される半年前に死んでいた。ということは、女王に対する反逆罪でニコラスを告訴したのはその人物ではない。

ニコラスに関する記述はほとんどなく、あったとしても軽蔑的なものばかりだった。ニコラスの兄クリストファーが伯爵になったのは二十二歳のときで、どの本にもクリストファーが傾きかけていたスタフォード家を財政面でも名誉の面でも見事に立て直したと記されている。一方で一歳しか年が違わない弟ニコラスは、馬と女にしか興味のない軽薄な人物として記されていた。ニコラスが爵位を継いだのは、反逆罪に問われるわずか四年前のことだったという。

「全然変わっていないわ」別の本を開きながら、ダグレスは声に出して言ってみた。こちらの本はさらにニコラスをこきおろしていて、レディ・アラベラとのテーブルの上の情事について詳しく書かれていた。それによれば、ニコラスとアラベラが例の部屋に入ってきたとき、そこには使用人がふたりいたという。伯爵とアラベラの足音を聞きつけた使用人たちはあわてて戸棚に身を隠し、自分たちが見たことを誰彼かまわず、洗いざらい話した。それを聞いたジョン・ウィルフレッドという事務員が、自分の日記に一部始終を書き残した。その日記が今でも残っているというわけだ。

三冊目の本はもう少し真面目な内容だった。ニコラスの兄クリストファーの功績について記し、おまけのように、その愚か者の弟がスコットランドのメアリー女王にイングランドのエリザベス女王の王位を奪わせようとする無謀な企てをしたため、一家の財産を没収されることになったと書かれていた。

ダグレスはその本をばたんと閉じ、腕時計を確認した。もうそろそろ紅茶の時間だ。図書館を出て小ぎれいな喫茶店に入り、紅茶とスコーンを注文するとノートを読み始めた。

「きみをずっと探していた」

顔をあげると、ニコラスが立っていた。「閣下が座られるまでわたしは起立しているべきでしょうか？」

「いや、ミス・モンゴメリー。わたしの靴の爪先に口づけるだけで充分だ」

彼女はうっかり笑いそうになったが、どうにか我慢した。ニコラスは自分で紅茶のトレイを持ってきたが、その代金もダグレスが払わなければならなかった。ニコラスがいまだにお金を持ち歩いていないからだ。

「何を読んでいる？」

ダグレスは冷静な口調を保ちながら、図書館で発見したことを話した。ただ、彼が歴史的に高く評価されていないことを詳しく話すのはやめておいた。ニコラスは首元をやや赤くしただけで、それ以外に目立った反応は示さなかった。

「その本には、わたしが兄の侍従だったことはひと言も書かれていないのか？」

「ええ。あなたは馬と女にしか興味がないと書かれていただけです」ダグレスに言わせれば、そんな男性ほど愛らしいものはない！　でも、そう考える女は掃いて捨てるほどいたのだろう。

ニコラスはスコーンを食べ、紅茶を飲んだ。「もとの時代に戻ったら、歴史書の内容を変えてみせる」

「歴史を変えることはできません。歴史とは事実です。すでに起きたことを歴史というんです。それに、歴史の本に書かれている内容を変えることなんてできません。すでに印刷されているんですから」

ニコラスはそれには答えなかった。「わたしの死後、家族はどうなったと書かれていた？」

「まだそこまで読んでいません。あなたのお兄さまとあなたのことを読んだだけですから」

ニコラスは皮肉っぽい一瞥をくれた。「わたしのことを悪く書いてあるものしか読んでいないのか？」

「全部がそういう内容だったんです」

「わたしがソーンウィック城を設計したことについては何か書かれていたか？　わたしの設計図を見た女王が、すばらしいと褒めてくださったんだ」

「あなたが設計したという記録はいっさい残っていません。司書が言うには、そう信じている人たちもいるけれど証拠がないそうです」

ニコラスは食べかけのスコーンを置いた。「来てくれ」怒ったような声で言う。「わたしが設計者だという証拠を見せてやる。後世に遺《のこ》したわたしの偉大な功績を」

彼は喫茶店から大股で出ていった。彼はひどく腹を立てているようだ。大好物のスコーンを食べかけたまま残したのが、そのいい証拠だ。ニコラスが腹立ちまぎれの早足でどんどん先を歩いていく。ダグレスは必死に追いつきながら、どうにかホテルまで戻った。

彼女には、このホテルは美しい建物に思える。でもニコラスにとっては、ほとんどが廃墟に見えるらしい。入り口の左手にある石造りの壁は、てっきり土地の囲いだと思っていたが、ニコラスによれば建物のほぼ半分近くまで及ぶ城壁の一部らしい。けれど今では周辺の雑草が伸び放題で、壁一面に蔦がびっしりと絡まっている。もし設計どおりに完成していたらそこにどんな美しい部屋ができていたかを、ニコラスはとうとうと語った。羽目板、ステンドグラス、手彫りされた大理石の暖炉……。さらに彼は、一方の壁の高い場所にある、風雨と歳月のせいですり減った石の顔を指さして言った。「あれがわたしの兄だ。わたしがあれを刻ませた」

ずらりと続く屋根のない部屋をそぞろ歩きながら、ニコラスは語り続けた。その話を聞いているうちに、彼がどんな城を設計していたかダグレスにも手に取るようにわかってきた。音楽室で奏でられるリュートの音色さえ聞こえるような気がした。

「それが今は、こんなありさまだ」ニコラスは最後に言った。「牛や山羊《やぎ》や……平民どもがうろつく場所に成りさがってしまった」

「そしてその平民の娘も」彼の軽蔑的な言葉には、ダグレスのことも含まれているのだろう。

ニコラスは振り返ると、見下すような冷たい目で彼女を見た。「きみは、愚か者どもがわたしについて書いたことを信じているのだな。わたしが馬と女にしか興味のない人生を送っていたと」

「とんでもありません。ただ本にはそう書いてありました、閣下」ダグレスは負けじと冷たい口調で答えた。

「明日になったらすぐに、そういった本には書かれていないことを探し始めるとしよう」

11

翌朝、ダグレスはニコラスとともに図書館へ行き、開館と同時に中へ入った。無料で閲覧できる図書館のシステムを二十分かけて彼に説明したあと、本棚からスタフォード家に関する本を五冊取ってきて読み始めた。ニコラスは向かい側の席に座り、一冊の本を開いたが、しかめっ面のまま微動だにしない。彼が文字を読み解こうと悪戦苦闘している姿を三十分ほど見ているうちに、ダグレスはなんだかかわいそうになってきた。

「閣下」彼女は小声で話しかけた。「夜寝る前に、読み方をお教えします」

「わたしに読み方を教えると？」

「わたしは、アメリカでは小学校の教師をしています。子どもに読み書きを教えるのはお手のものです。あなたならすぐに覚えられるはずです」ダグレスは優しい口調で答えた。

「わたしにできるだろうか？」

ニコラスは片眉をつりあげたものの、それ以上何も言わずに立ちあがり、司書のところへ行っていくつか質問を始めた。何を尋ねているのかは聞こえなかった。司書は笑みを浮かべてうなずくと席を離れたが、すぐに戻ってきてニコラスに本を数冊手渡した。

ニコラスは戻ってくると、それらの本を机に置いて一番上の本を開いた。「ミス・モンゴメリー、これを読んでみてくれ」

その本のページには奇妙な形をした、おかしなスペルの言葉が並んでいた。読もうとしても意味がさっぱりわからない。ダグレスはいぶかしげにニコラスを見あげた。

「これこそわたしの時代の印刷物だ」ニコラスはその本を手に取り、題名が記されたページを見た。「ウィリアム・シェイクスピアという男が書いた芝居のようだな」

「閣下は彼の名前を知らないんですか？　シェイクスピアはエリザベス朝で一番の有名人だと思っていましたが」

ニコラスは向かい側の席に腰をおろし、その本を読み始めた。「いいや、シェイクスピアなんていう男のことは知らない」だが彼はすぐさま本に夢中になった。おかげでダグレスは歴史書を熟読することができた。

ニコラスの死後については、わずかな情報しか見つけられなかった。領地は女王に没収され、クリストファーにもニコラスにも子どもがいなかったため、スタフォード家の爵位も血筋も彼らの死によって途絶えた。どの本にもこれでもかとばかりに、ニコラスがいかにどうしようもない男で、一族の期待を裏切ったかが記されていた。

正午になると、昼食を食べにパブへ出かけた。初めてパブを訪れた日以来、ニコラスは昼食をたらふく食べたいとは言わなくなった。軽いランチに慣れてきたのだろう。だが、相変わらず不平不満はやめようとしなかった。

「まったく愚かな子どもたちだ」自分の皿に盛られた食べ物をつつきながら、彼がぼやいた。「もし親の言うことを聞いていれば、生きていられたはずなのに。もっとも今の時代も子どもたちのそういう反抗的な態度を助長しているようだが」

「子どもたちって、なんのことです？」

「あの芝居に出てくる子どもたちだ。ジュリエットと、それから……」ニコラスは口をつぐみ、思いだそうとしている。

「『ロミオとジュリエット』？ 閣下はあの本を読んでいたんですか？」

「ああ、あんな反抗的な子どもたちは見たことがない。あの芝居は、子どもにとって実にいい教訓となるだろう。この時代の子どもたちも、あの本を読んでもっと学ぶといい」

ニコラスに向かって甲高い声で叫びそうになったが、ダグレスはどうにかこらえた。

「『ロミオとジュリエット』は恋愛小説です。もしふたりの両親があれほど心の狭い、神経質な人たちでなければ、あのふたりは――」

「心の狭い？　いや、彼らは立派な親たちだ。ああいう密会は悲劇にしか終わらないことをちゃんとわかっていた。実際、そうなったじゃないか！」ニコラスは猛然と反論してきた。

冷静な態度を貫こうと心に決めていたのに、そんなダグレスの考えはどこかに吹き飛んでしまった。「あの悲劇が生まれたのは、彼らの両親のせいで――」それから食事のあいだじゅう、ニコラスと議論を続けた。

そのあと図書館へ戻る道すがら、ダグレスはニコラスに兄のクリストファーが死んだ理由を尋ねてみた。

ニコラスは歩みを止め、顔を背けた。

「あの日、わたしは兄上と一緒に狩りへ出かける予定だった。だが剣の稽古中、腕に怪我をしてしまったんだ」左の前腕をさすりながら言う。「そのときの傷跡がまだある」しばらくして、彼がダグレスを見た。瞳に浮かんでいるのはまぎれもない苦悩の色だ。彼女がニコラス・スタフォードをどう考えていようと、確実にこれだけはわかる。ニコラスは兄を心から愛していたに違いない。「兄上は溺れ死んだ。兄弟のうちで女好きだったのは、弟のわたしだけではない。湖でかわいい女が泳いでいるのを見かけた兄のキットは、しばらくその女とふたりきりにするよう従者たちに命じた。従者たちが数時間後に戻ってみると、湖に兄の死体が浮かんでいたそうだ」

「何が起きたか、誰も見ていないんですか？」

「ああ。一緒にいた女は見たはずだが、その女が見つからなかった」

ダグレスはしばし考えたあと、ふたたび口を開いた。「奇妙な話ですね。目撃者がひとりもいないまま、あなたのお兄さまが溺死して、その数年後にあなたが反逆罪で裁判にかけられることになるなんて。まるで誰かがスタフォード家の領地を奪う計画を立てていたみたい」

ニコラスの表情がさっと変わる。女性が思いもよらないことを言いだしたときに男性がよく見せる表情を浮かべ、ダグレスを凝視する。ありえないことが実際に起きたかのような表情だ。

「遺産は誰が相続することになっていたんですか？　あなたの愛しいレティスですか？」ダグレスは唇を引き結んだ。どうか声に嫉妬が混じっていませんように。

しかしニコラスは、そんなことになど気づいてもいなかった。「レティスには結婚によって得たスタフォード家の財産があったものの、わたしの死と同時にすべて失ったはずだ。わたしは全財産をキットから受け継いだが、これだけは誓って言える。わたしは財産ほしさに兄の死を望んだことなどない」

「爵位を継いだら重すぎる責任がのしかかってくるからですか？　一族の長《おさ》になればその分の重荷を背負うわけですからね」

ニコラスが怒りに満ちた目をこちらに向けた。「きみはやはりあの歴史書を信じているのだな。さあ、もっとほかの本もどんどん読んでくれ。わたしを裏切った人間が誰か、探しだしてもらわないと」

それから午後じゅうずっと、ダグレスは歴史書を読み続けた。一方のニコラスが『ヴェニスの商人』を読んで笑っているあいだ、ずっとだ。それでも目ぼしい情報は何も見つけることができなかった。

その日の夜、ニコラスはふたりで夕食をとりたがったが、ダグレスは断った。彼と一緒に過ごす時間をなるべく減らさなければ。心の痛手を負ったばかりだし、ニコラスの近くにいると、つい自分よりも彼のことが気になってしまう。ニコラスは子どもみたいに悲しそうな顔をすると、ポケットに両手を突っこみ、夕食を食べに階下へおりていった。彼女は部屋までスープとパンを届けてもらった。食べながらノートを広げてあれこれ考えてみたが、新たな考えは何も思い浮かばなかった。クリストファーとニコラスの死によって得をする者は誰ひとりいないように思える。

午後十時近くなっても、夕飯を食べに行ったニコラスが戻らないので、どうしたのかと興味を覚えたダグレスは、彼を探すために階下へおりた。ニコラスは堂々たる石造りの壁が張りめぐらされた部屋で、五、六人の宿泊客と談笑していた。薄暗い戸口に立って彼を見守っているうちに、わけのわからない不当な怒りがふつふつと込みあげてきた。ニコラスを現代に呼びだしたのは、このわたしだ。それなのに今、ニコラスと同じ部屋にいるふたりの女性客が彼をうっとりと見つめているなんて。

ダグレスは踵《きびす》を返し、廊下をまっすぐ歩いてその部屋から離れた。ニコラスは今までに読んだ本に書いてあったとおりの人物なのだ。誰かが彼を裏切ったのも不思議ではない。きっと、ニコラスは本来なら仕事をすべきときに、どこかの女性とベッドで過ごしたりしていたのだろう。

ダグレスは部屋へ戻ってネグリジェに着替えると、彼女のために運びこませた小さな簡易ベッドに入った。けれど、ちっとも眠れなかった。眠るどころか、愚かしい自分に対する怒りが込みあげてくる。きっとロバートについていくべきだったのだろう。

ロバートはなんでも割り勘にしたり、娘を溺愛しすぎていたりするなど、多少問題のある男性ではあったが、いつだってダグレスに対して誠実だった。

午後十一時頃、ニコラスが寝室の扉を開ける音が聞こえた。居間とのあいだにある扉の下から明かりがもれてくる。彼がその扉を開ける音が聞こえた瞬間、ダグレスはきつく目を閉じた。

「ダグレス」ニコラスがささやいたが、彼女は無視した。「眠っていないのはわかっている。だから返事をするんだ」

彼女はぱっちりと目を開けて言った。「紙を用意しますか？　あいにく速記はできませんが」

ニコラスはため息をついて一歩近づいた。「今夜、きみから何かを感じた。怒りだろうか？　ダグレス、わたしはきみと敵同士にはなりたくない」

「わたしたちは敵同士ではありません」彼女は頑なな口調で答えた。「雇い主と雇われ人です。そしてあなたは伯爵で、わたしは平民です」

「ダグレス」ニコラスの声は懇願するかのようでもあり、あまりに誘惑的でもあった。「きみは平民ではない。わたしが言いたかったのは……」

「なんですか？」

ニコラスはあとずさりした。「いや、いい。今夜は飲みすぎた。あれは言ったとおりの意味だ。明日はわたしの家族についてもっと多くの情報を見つけだすように。ではおやすみ、ミス・モンゴメリー」

「はいはい、承知しました、艦長殿」ダグレスは小ばかにしたような口調で応じた。

次の日の朝、ニコラスから朝食を一緒に食べるよう誘われたが彼女は断った。このほうがいい。そう自分に言い聞かせる。たとえ一瞬でも気を抜いてはだめだ。ニコラスは昔と同じで今も悪党であることを決して忘れてはならない。ひとりで歩いて図書館へ向かい、館内に落ち着いてから窓の外をふと見ると、ニコラスの姿が見えた。かわいらしい若い女性と笑いあっている。ダグレスはあわてて下を向き、手元の本に集中しようとした。

図書館へ入ってきて向かい側の席に座っても、ニコラスはまだ笑みを浮かべたままだった。

「さっき一緒にいた女性は新しいお友達ですか?」そう尋ねた瞬間、ダグレスは後悔した。こんなことを尋ねるべきではなかった。

ニコラスはにっこりした。「彼女はわたしが学者だと信じきっている。研究ひと筋で時間がなかったせいで、何も知らないのだと」

「学者とは、まあ！」彼女は低い声でつぶやいた。

ニコラスは笑みを浮かべたままだ。

「嫉妬しているのか？」

「嫉妬ですって？　とんでもない。わたしはあなたの雇われ人です。嫉妬する権利なんてありません。ところで、さっきの女性に奥さんのことは話したんですか？」

ニコラスは、司書が彼のために出してくれたシェイクスピアの戯曲集を一冊手に取った。「今朝のきみはずいぶんと短慮だな」そう言いながらも、どこかおもしろがるようにほほえんでいる。

ニコラスが何を言いたかったのか全然わからなかったため、ダグレスはその言葉を書きとめ、あとで意味を調べてみた。〝気が短い〟——つまり、彼はわたしを短気な人間だと思っているのね？　そう心の中でひとりごちながら仕事に戻った。

午後三時、ダグレスは椅子から飛びあがるように立ちあがった。「見て！　ここよ」興奮のあまり、机をまわりこんでニコラスの隣に座った。「ほら、この部分、わかる？」

もちろん、ニコラスは部分的にしか読めなかった。彼に見せたのは、二カ月前に刊行されたイギリス史の専門誌だ。

「ベルウッドで聞いたゴスホーク・ホールに関する記事がここに載っているの。記事によれば、最近ゴスホーク・ホールでスタフォード一族にまつわる文書――それも十六世紀に記された文書が発見されたんですって。今その文書をハミルトン・J・ノルマン博士が研究しているとあるわ。若いけれど立派な経歴の博士で……博士は〝エリザベス一世の統治が始まった頃、反逆罪で告訴されたニコラス・スタフォードが本当は無実だったと証明できるかもしれない〟と語っているそうよ」

ニコラスの顔を見ると、真剣そのもののまなざしをしていた。見ている彼女のほうが気恥ずかしくなるほど真剣だ。

「それこそ、わたしがここに送りこまれた理由にほかならない」ニコラスが低い声で言う。「その文書が見つかるまでは、何ひとつ証明できなかったからだ。今すぐゴスホークへ行かなくては」

「ただ行くだけではだめよ。まずは文書の所有者に閲覧の許可を取らないと」ダグレスは雑誌を閉じながら言葉を継いだ。「それにしても、どれほど大きな邸宅なのかしら？　四百年ものあいだ、トランク一個分もの文書が放ったらかしにされていたなんて」

「ゴスホークはわたしが所有する四つの城館ほど大きくない」ニコラスはむっとした

ように言った。

　ダグレスは椅子の背にゆったりともたれながら、ようやく手がかりらしいものを見つけた高揚感に浸った。新たに見つかった文書とは、ニコラスの母親が記したものに違いない。そこには、ニコラスの無実を証明する情報が含まれているはずだ。

「まあ、こんにちは」

　ふたりが顔をあげると、先ほどニコラスに野球について教えた若くてきれいな女性が立っていた。「あなたじゃないかと思ったの」彼女がダグレスをちらりと見る。「この人はお友達？」

「わたしは彼の秘書です」ダグレスは立ちあがりながら言った。「ほかにご用はありませんか、閣下？」

「閣下？」若い女性はあえいだ。「あなたは貴族なの？」

　ニコラスはダグレスと一緒にその場を立ち去ろうとしたが、本物の貴族を前に興奮しきっているアメリカ人女性が、それを許さなかった。

　ダグレスはニコラスを残し、ひとりでホテルへ戻った。ゴスホーク・ホールに送る手紙について考えようと精一杯頑張ったものの、どうしてもニコラスがあのかわいらしいアメリカ人女性といちゃついていることばかり考えてしまった。もちろん、どうってことはない。これはただの仕事にすぎないのだから。すぐにアメリカへ帰国して小学五年生たちを教え、ときどきデートをして、家族にイギリスでの出来事を全部話すことになる。ひとりの男性に置き去りにされて、別の男性に恋しそうになったけれど、その人は四百五十一歳の既婚者だったのだと。

こんな最高な〝ダグレス噺〟があるだろうか。

ホテルの部屋へ戻るなり、そこらへんにあるものを手当たり次第に投げつけた。男なんてみんなくそくらえだ。悪い男だけでなく、いい男も地獄に堕《お》ちればいい。彼女の心を傷つけてばかりいるのだから。

「きみのかんしゃくはまだおさまっていないようだな」背後からニコラスの声が聞こえてきた。

「わたしの気分がどうかなんて、あなたには関係ないことです」ダグレスはそっけなく答えた。「わたしは仕事をするために雇われ、するべき仕事をしています。これから文書を閲覧できるかどうか、ゴスホーク・ホールへ確認の手紙を書くつもりです」

ニコラスも腹を立て始めているようだ。「きみはなんの根拠もなく、わたしに敵意を抱いている」

「わたしはあなたに敵意なんて抱いていません」ダグレスは怒りにまかせて反論した。

「わたしはあなたが愛しい妻のもとへ、そしてもとの時代へ戻れるよう、最善を尽くしてあなたの手助けをしているんですよ」ぐっと頭をあげながら言う。「今、気がつきましたが、あなたがここにいる必要はまったくありませんね。だって、わたしひとりでも調査はできますから。どのみち、あなたは今の時代の本がほとんど読めないし、どこか……フランスのリヴィエラかどこかに行ってきたらどうです？　この仕事はわたしひとりでやっておきますから」

「わたしがいないほうがいいのか？」ニコラスは静かに尋ねた。

「ええ、だってそうでしょう？　どうぞロンドンへ行ってパーティーにでも参加してきてください。この時代のありとあらゆるタイプの美人に会えます。現代はテーブルもどこにだってたくさんありますから」

ニコラスが体をこわばらせた。「きみはそんなにわたしから離れたいのか？」

「ええ、そうですとも。あなたがいないほうが、わたしの調査はずっとうまくいきます。わたしにとってあなたは……邪魔なんです。この世界のことは何も知らないから、わたしの手助けにもなりません。自分で服も着られないし、食事だって半分はまだ手づかみだし、この時代の言葉の読み書きもできません。おまけに、ごく簡単なことでもわたしがいちいち説明しなければならない。わたしひとりにしてくれたほうがずっといいに決まっています」

ダグレスはそう言いきると、指関節が白くなりそうなほど椅子の背もたれを強くつかんだ。

ニコラスを見あげると、彼はありありと苦しみの表情を浮かべていた。とても正視できなかった。お願い、ニコラス、ここから立ち去って。ダグレスは心の中でひとりごちた。この心にも体にも安らぎを与えて……。またしても泣きだして屈辱を味わう前に、背を向けて部屋を出た。自分の寝室へ戻ると、扉にもたれかかってはらはらと涙を流した。

この試練を乗り越えるためには、ニコラスを遠ざけなければならない。そしてアメリカへ帰国し、男性には二度と目もくれないようにしなければ。それが今の自分に必要なことだ。

ベッドにどさりと倒れこみ、枕の山に顔を埋め、声を押し殺して泣き続けた。長いこと涙を流し、最悪な瞬間をやり過ごすと、次第に気分がよくなってきた。やがて涙も涸れ、物事を理性的に考えられるようになってきた。

なんて愚かなことを言ってしまったんだろう！　ニコラスがどんな悪いことをしたというの？　彼が無実の罪で閉じこめられ、処刑されるのを待っている姿がありありと思い浮かんだ。次の瞬間、彼は時空を漂い、この二十世紀へとやってきたのだ。

ダグレスはベッドで起きあがり、はなをかみながら考え続けた。それなのに、ニコラスはあらゆることにどれほどうまく順応したことか！　自動車にも、紙のお金にも、聞き慣れない言葉にも、見たことのない食べ物にも、それに……ああ、それに男に振られてめそめそしている女にも。何よりニコラスは気前がよかったし、笑顔も見せてくれたし、彼の知っていることをすべて聞かせてくれた。

それに比べて、自分は何をしてしまったのか？　四百年も前にほかの女性と結婚していたからといって、ニコラスに激しい怒りをぶつけてしまった。

これまでニコラスと過ごした時間を振り返ると、おもしろくさえ思えるというのに。ふと扉を見ると、下の隙間から光が差しこんでいる。ニコラスになんてことを言ってしまったのだろう！　取り返しのつかないひどい言葉を投げつけたのだ。

ダグレスは扉に駆け寄り、勢いよく開いた。「ニコラス、わたし——」部屋には誰もいなかった。廊下に面した扉を開けて外を見たが、廊下にも人影はない。部屋へ戻ると、床に紙切れが落ちているのが見えた。ニコラスが扉の下から差しこんでおいたのだろう。あわてて拾いあげて目を通した。

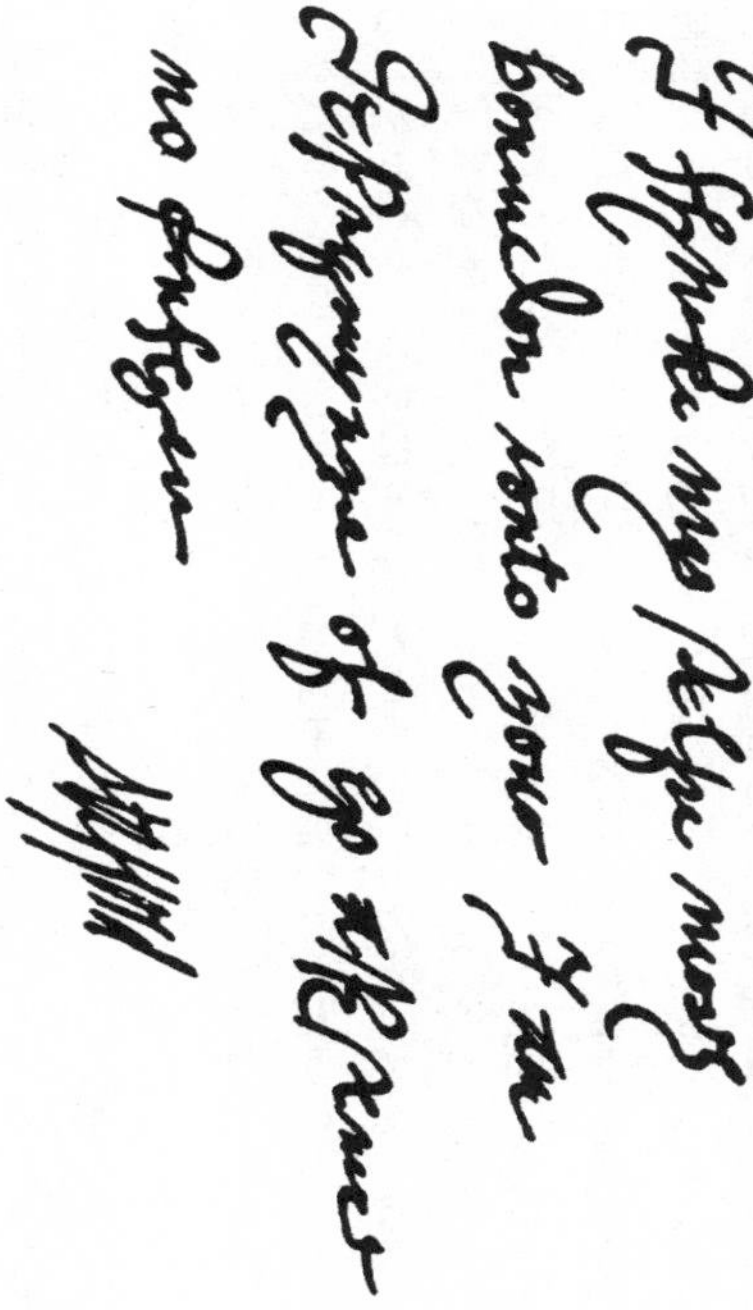

なんて書いてあるのか、さっぱりわからなかったが、エリザベス朝の筆記体で走り書きされているように見える。ニコラスの服は戸棚に残されたままだし、キャップケースも置いてある——いいえ、スーツケースね。ダグレスは心の中で言い直した。
ニコラスを探しだして謝らなければならない。〝ひとりにしないで。わたしだって

あなたの手助けを必要としているの〟と伝えなければ。ここ二日間でニコラスに対して口にした、ひどく不愉快な言葉がぐるぐると脳裏を駆けめぐる。ニコラスは字が読めたのだ。それにテーブルマナーもきちんとしていた。わたしはなんてばかだったのだろう。自分に何度も悪態をつきながら階段を駆けおり、ホテルの外へ飛びだすと、雨が降っていた。

ダグレスは顔の前に両手をかざして頭を低くさげ、雨の中を走りだした。なんとしてもニコラスを見つけなければ。きっと彼はレインコートも傘も知らないだろう。雨に濡れて風邪をこじらせて死んでしまうかもしれない。あるいは雨に気を取られて、バスの前にうっかり飛びだすかも。それか列車の前に。ニコラスは線路と歩道の違いを知っているだろうか？　もしひとりで列車に乗ったらどうなるだろう？　どの駅で降りたらいいかもわからないはずだ。どこかで降りたとしても、ここまで戻る方法がわからないに違いない。

走り続けて駅にたどり着いたが、すでに閉まっていた。ああ、よかった。ダグレスは雨に濡れて冷たくなった髪を押しやり、あたりをもっとよく見ようとした。腕時計で時間を確認しようとしたものの、顔に雨が降りつけるせいでよく見えない。午後十一時は過ぎているようだ。どうやら、何時間もベッドで泣きじゃくっていたらしい。

そのあいだに、ニコラスの身に何かあったらどうしよう？　そう考えて、体をぶるりと震わせた。

そのとき、溝の中に物影が見えたような気がして、あわてて走り寄った。ニコラスの死体が横たわっているのではないかと考えたのだ。でも、ただの物影だったようだ。まばたきをして、雨の中でもしっかりと目を開こうとした。二度くしゃみをし、村の家々の暗い窓をぼんやりと眺める。

もしかしたら、ニコラスはただどこかを歩いているだけかもしれない。彼の足ならどれくらい遠くへ行けるだろう？　ただ、ニコラスがホテルを出ていってからどれくらいの時間が経っているのかもわからなかった。どちらの方向に向かったかさえも。

通りの端まで走ると、水たまりの冷たい雨水が足の後ろにはね、スカートを濡らした。どこにも明かりがついていないように思えたが、通りの角を曲がると、一軒だけ明かりのついた窓が見えた。パブだ。あの店で、ニコラスを見かけた人がいないか尋ねてみよう。

パブの中へ入ると、あたたかさと光にいっきに包まれ、ダグレスはしばし何も見えなくなった。

彼女は寒さに震え、全身から雨のしずくを垂らしながら、突っ立ったまま光に目が慣れるのを待った。耳慣れた笑い声が聞こえたのはそのときだ。ニコラス！　たばこの煙が充満する店内を、声が聞こえたほうへと走る。

目に飛びこんできたのは、七つの大罪を描いた広告のような光景だった。シャツのボタンを外し、葉巻をくわえたニコラスが、ずらりと並んだ料理の重みでつぶれそうなテーブルの背後に座っている。両脇に女性をひとりずつはべらせ、両頰とシャツに口紅をつけていた。

「ダグレス」ニコラスがうれしそうに声をあげた。「さあ、こっちへおいで」

彼女はずぶ濡れになった猫のような気分で立ち尽くした。髪の毛も服も体にべったりと張りついている。どちらの靴も雨水をたっぷり含んで、足元には三本マストのスクーナー船が浮かびそうなほどの水たまりができていた。

「ここを出て、わたしと一緒に来て」ダグレスは、言うことを聞かない生徒をさとすような調子で話しかけた。

「はい、はい、承知しました、艦長殿」ニコラスは笑みを浮かべるとからかうような調子で答えた。

酔っ払っているらしい。

ニコラスは女性たちの唇にキスをし、椅子の上で跳ねあがると、テーブルを軽々と飛び越えた。あっと思ったときには、ダグレスは彼の両腕に抱きかかえられていた。

「おろして」怒ったように言ったのに、ニコラスはそのままパブから出た。

「雨が降っているのよ」彼女は唇を引き結び、胸の前で両手を組んだ。

「いや、マダム、きれいな夜空だ」まだダグレスの体を抱えたまま、ニコラスは彼女の首筋に鼻をすりつけてきた。

「ちょっと、やめて。またあんなことを始めないように、すぐにおろして」

ニコラスはようやくおろしてくれたが、わざと体をぴたりと密着させるようなおろし方をした。

「あなた、酔っ払っているのね」ダグレスはニコラスの体を押しやりながら言った。

「そうだ、酔っ払っている」彼は上機嫌そのものだ。「ビールはうまかったし、あの女たちも楽しませてくれた」そう言いながら彼女の腰に手をまわす。

ダグレスはまたしても彼の体を押しのけた。「あなたのことをすごく心配していたのに、あなたときたら、ふしだらな女性たちとお酒を飲んでいたなんて――」

「早口すぎる」ニコラスは大声で叫んだ。「それに言葉も多すぎる。なあ、愛しのダグレス、空にまたたく星を見あげてみよう」

「気づいていないみたいだから言うけど、わたしはびしょ濡れで凍えそうなの」その事実を強調するかのようにくしゃみが出た。

ふたたびニコラスに体を抱えあげられた。「おろして！」

「きみの体は冷たい。わたしの体はあたたかいぞ」それで問題解決だと言いたげに、ニコラスは言った。「きみはわたしが怖いのか？」

この男性に腹を立て続けることなんて可能なのだろうか？　ダグレスはあっさり負けを認め、ニコラスにぴたりと寄り添った。「あなたにひどいことを言って本当にごめんなさい。あなたはお荷物なんかじゃないわ」

彼は笑みを浮かべて、こちらを見おろした。「わたしを恐れていた原因はそれなのか？　怒っていると思っていたのか？」

「いいえ。あなたがひとりでホテルから出ていったとわかって、バスか列車の前に飛びだすかもしれないと気が気でなかったの。あなたが怪我をしたらと思うと心配でたまらなかった」

「わたしには軟膜《ピア・マーテル》がないように見えるのか？」

「え？」

「頭脳だ。きみには、わたしが脳なしに見えるようだな？」

「いいえ、もちろんそんなことはないわ。ただ、あなたは現代の仕組みを知らないだけよ」

「ほう？　だが今、体がずぶ濡れになっているのはどっちで、乾いているのはどっちかな？」

「あら、わたしたち、ふたりともずぶ濡れよ。あなたがわたしの体を放そうとしないから」ダグレスはしたり顔で答えた。

「言っておくが、わたしは知らなければならない情報を見つけだしたぞ。だから明日は、馬でゴスホークへ行く」

「どうやって、誰からその情報を聞きだしたの？　あの店にいた女性たちから？　キスをして聞きだしたの？」

「妬《や》いているのか、モンゴメリー？」

「いいえ、スタフォード、妬いてなんかいないわ」ダグレスはこの言葉で、かのピノキオの物語が誤りだと証明できた。嘘をついても、彼女の鼻は少しも伸びなかった（しっかり確かめたから間違いない）。「それでどんな情報を見つけだしたの？」

「ゴスホークの所有者はディッキー・ヘアウッドだ」

「でも、その人はあなたのお母さまと結婚したんでしょう？　彼もあなたと同じくらい年寄りなの？」

「口のきき方に注意するんだ。さもないと、わたしがよぼよぼの年寄りで力もないところを見せてやるぞ」ニコラスは腕の中で彼女の体を抱え直した。「きみに食べ物を与えすぎてしまったかな？」

「いいえ、それよりも、女性といちゃいちゃしすぎたせいであなたの体が弱っている可能性のほうが高いと思うわ。そういうことをすると、男性は体力を奪われるものなんでしょう？」

「わたしの体は弱ってなどいない。そんなことより、いったいなんの話をしていたのだったかな？」

「ディッキー・ヘアウッドがいまだにゴスホークを所有しているという話よ」

「ああ、そうだった。明日の朝、彼に会いに行くつもりだ。ところで〝週末《ウイークエンド》〟とはなんのことだ？」

「みんなが仕事を休む、一週間の終わりのことよ。とにかく、貴族の屋敷へいきなり馬を乗りつけたりはできないわ。あなたが週末に押しかけるつもりでなければいいけれど」

「みんなが仕事を休む？　だが誰も仕事などしていないように見えるぞ。畑には農夫がひとりもいないし、誰も耕していない。この時代の者たちは自動車に乗ったり買い物したりしているだけだ」

「わたしたちには〝仕事は週四十時間〟という労働基準があるし、畑を耕すトラクターという機械もある。ねえ、ニコラス、あなたはまだ答えていないわ。いったい何を計画しているの？　そのヘアウッドという人に、自分は十六世紀から来たなんて話すことは許されないわ。彼以外の人にもね。たとえパブの女性たちであってもよ」彼女はニコラスのシャツの襟を引っ張った。「シャツを台無しにしてしまったわね。口紅は絶対に落ちないんだから」

ニコラスはにやりとして、またダグレスの体を抱え直した。「きみはその口紅とやらをつけていないんだな」

彼女は顔を背けた。「またそんな話でごまかそうとするのはやめて。さあ、ゴスホーク・ホールの話を聞かせてちょうだい」

「あそこはいまだにヘアウッド家が所有している。彼らはその、しゅう……」

「週末？」

「そう、週末にゴスホークへやってくるそうだ。それに——」ニコラスは横目でちらりと彼女を見た。「そこにはアラベラがいる」

「アラベラが？　二十世紀のアラベラがこのこととなんの関係があるの？」

「わたしのアラベラはディッキー・ヘアウッドの娘だった。そしてどうやらこの時代のゴスホーク・ホールにもディッキー・ヘアウッドがいて、彼にもアラベラという娘がいるらしい。ほぼ同い年のアラベラだ。つまり、わたしたちがテーブルで――」

「それ以上言わないで」ダグレスは口をつぐみ、ニコラスをしばし見つめた。最近発見された文書。もうひとりのアラベラに、もうひとりのディッキー。なんて奇妙なのだろう。〝歴史は繰り返す〟という名言どおりだ。

12

ニコラスが種馬にまたがるのを見て、ダグレスは息をのんだ。こういう類いの馬に乗る人がいるという話は聞いたことがあるが、実際に見たのは初めてだ。馬を貸しだしてくれるこの厩舎《きゅうしゃ》で働いている者たちも、居合わせた訪問者たちも、ひとり残らず立ちどまり、ニコラスが神経質で怒りっぽくて扱いづらい馬を巧みに乗りこなすのを眺めている。

昨夜はふたりとも、午前一時過ぎまで起きていた。ニコラスとヘアウッド家との関係について、彼にすべてを話させたのだ。それによると、両家の領地は近い場所にあり、ディッキーはニコラスの父親と言ってもおかしくないほどの年長者で、アラベラというひとり娘がいた。アラベラはロバート・シドニー卿と結婚したが、ふたりは互いに憎みあっていて、アラベラが世継ぎを産むとすぐに別居したという。ただし、アラベラはその後も子どもを三人産んでいる。

言った。

「そのうちのひとりがあなたの子どもなのね」ダグレスはメモを取りながらぽつりと

ニコラスが表情をやわらげた。「子どもが亡くなったことにアラベラはなんの責任もない。彼女も子どもも、出産のときに死んでしまったんだ」

「お気の毒に」ダグレスは顔をしかめた。女性というのは、たとえば助産婦が手を洗わなかったなどというごく単純な理由で、簡単に命を落としてしまうことがあると知っているからだ。

なるべく早いうちにヘアウッドの領地へ招待されるにはどうすればいいだろう？ダグレスはなんとかその方法をひねりだそうとしたが、彼女には学者としての資格もないし、ニコラスは伯爵ではあるものの、反逆罪で有罪判決を受けたときに爵位を剝《はく》奪《だつ》されているため、伯爵の直系の子孫だと名乗ることも不可能だ。もうこれ以上起きていられなくなるまで考えに考えてから、彼女はニコラスにおやすみの挨拶をして、自分のベッドに入った。

「このほうがずっといい」まどろみながら、ダグレスはそう考えた。自分の感情をどうにか抑えられるようになっている。ロバートとの一件は克服しつつあるし、もはや既婚男性を愛してしまうことがあるとも思えない。ニコラスが妻のもとへ戻って汚名を晴らす手助けをしたら、そのあとはよくやったと自分自身を褒めてあげられるだろう。そうして帰国すればいい。もう金輪際、結婚相手としてふさわしくない男性を愛したりするものか。絶対に。

翌朝早く、居間に通じる扉を開けたニコラスに起こされた。「きみは乗馬ができるか？　この時代にも馬に乗れる者は誰かいるだろうか？」

ええ、乗れますとも。ダグレスは彼に請けあった。コロラドにいるいとこたちのおかげだ。朝食後、ホテルの近くに馬を貸しだしている厩舎があることがわかった。その厩舎までは六キロもあったが、ニコラスは歩いていくと言って聞かなかった。「自動車とやらに乗ってばかりいるから、きみたちは怠け者になってしまうんだ」彼はそう言うなりダグレスの背中をばしっと叩き、きびきびした足取りで歩きだした。厩舎に着くと、彼女は長椅子にへたりこんで手で自分をあおがずにはいられなかった。一方のニコラスはどの貸し馬を見てもそっぽを向いていたが、牧場にいた巨大な馬をひと目見たとたんに目を輝かせた。その馬は、近づいてくる者はすべて蹴飛ばしてやるぞと言わんばかりに跳ねまわったり、首をせわしなく動かしたりしている。それでもニコラスは催眠術にかかったみたいに、その馬のほうへと引き寄せられるように歩いていった。馬がニコラスめがけて走りだした瞬間、ダグレスは思わず体を起こし、恐ろしさのあまり口に手を当てた。

「この馬にする」ニコラスは厩舎の男性に告げた。

ダグレスはあわててニコラスのそばへ駆け寄った。「あんな馬に乗るなんて考えられないわ。ほかにもたくさんいるんだから、その中から選んだらどう?」

だが彼女が何を言っても、ニコラスの気持ちは変わらなかった。中庭にやってきた厩舎のオーナーは、ニコラスが首の骨を折るのもいい見世物になると考えたらしい。アメリカであればすぐに保険の話になるところだが、ここイギリスは違っていた。飼育係がその種馬の首にロープをかけ、厩舎まで連れてくると、別の飼育係が鞍《くら》をつけた。こうしてとうとうその馬が丸石の敷かれた中庭へと連れてこられ、手綱がすんなりとニコラスに手渡されたのだ。

「あんなふうに乗る人は見たことがありません」またがるなり馬を簡単に手なずけたニコラスを見て、厩舎の係員がダグレスに言った。「あの人はかなりの経験者なんですか?」

「いつも乗っているの。車に乗る前から馬には乗っていたわ。実際これまで生きてきた中で、車よりも馬に乗って過ごす時間のほうがずっと多いはずよ」

「そうでしょうね」係員は低く答えると、畏怖のまなざしでニコラスを見あげた。

「さて、準備はできたかな?」ニコラスがこちらにやってきて尋ねた。

ダグレスはおとなしい牝馬《ひんば》にまたがり、ニコラスのあとについて出発した。これほど幸せそうな彼は見たことがない。ニコラスが知っている世界とこの現代社会がどれほど違っているのか、改めて思い知らされたような気がした。ニコラスと馬は息がぴったりで半身半馬の怪物《ケンタウロス》になったかのようだ。

イギリス郊外にはあちこちに歩行者用の小道や馬が通った跡があった。ニコラスがそのうちのひとつを全速力で駆けおりていく。もう数えきれないほどやってきたかのような、手慣れた行動だ。きっとそのとおりなのだろう。方角を尋ねたほうがいいと声をかけようとしたとき、彼女ははたと気づいた。この数百年のあいだにゴスホーク・ホールがどこかに移築された可能性はかなり低いだろう。

ニコラスのペースについていくのは大変で、たびたび姿を見失った。一度など彼が後戻りして様子を見に来てくれたほどだ。ちょうどダグレスが十字路で馬を止め、あたりの地面を見まわしてニコラスの馬の足跡を探しているところだった。見つけたとき、ニコラスは彼女が何をしていたのか興味津々の様子だった。彼が乗っている種馬が近づいてくるとダグレスの牝馬が突然激しく反応したため、なだめるのに苦労した。今度ルイ・ラムールの乗馬術の本を買い、馬の足跡のたどり方の部分を読んであげると言うと、ニコラスは笑いながら行く手の道を指し示し、泥と枯れ葉を蹴散らしてふたたび駆けていった。

とうとう開かれた門にたどり着いた。〈ゴスホーク・ホール〉と記された小さな真《しん》鍮《ちゅう》の板が掲げられている。車寄せを進んでいくと、何エーカーにも及ぶ美しい庭園が起伏する中に、巨大な砦《とりで》のような長方形の建物が見えた。

招待もされていないのに馬で館に乗りつけて本当によかったのだろうか？　ダグレスはそんなためらいを感じた。しかしニコラスはさっさと先に進み、すでに馬をおりて、背の高い薄汚い身なりの男性に向かって歩きだしていた。男性はペチュニアの花壇の前でひざまずいていた。

彼女はニコラスにならって馬からおりると、手綱を取ってあわてて彼のあとを追った。「最初に玄関をノックするべきじゃないかしら？」ニコラスに追いついて尋ねる。

「ミスター・ヘアウッドに面会を求めて、文書を見せてほしいと頼んだほうがいいと思うのだけど」

「もはやここは、わたしの勝手知ったる場所だ」ニコラスが肩越しに答え、庭師らしき男性にどんどん近づいていく。

「ニコラス！」ダグレスは叫んだ。

「ヘアウッドか？」ニコラスは花壇の前でひざまずいている男性に話しかけた。

背の高い男性は振り向いて、ニコラスを見あげた。青い目と金色の髪の持ち主だが、髪は灰色になりかけている。顔は赤ちゃんのようにピンク色でつややかな肌をしていた。「ああ、そうだ。前に会ったことがあったかな？」

「わたしはソーンウィックのニコラス・スタフォードだ」

「ふうん」男は立ちあがって答えたが、ズボンについた汚れを落とそうともしない。「まさか女王に反逆しようとした悪党の息子がいた、あのスタフォード家の人間じゃないよな？」

まるでつい昨年の出来事を話しているみたいな口ぶりだ。

「そのとおりだ」ニコラスは背筋を伸ばして答えた。

ヘアウッドはニコラスから彼の馬に目を向けた。ニコラスが今日身につけているのは、最高級の乗馬服とぴかぴかの黒い乗馬ブーツだ。ダグレスは突然、リーバイスのジーンズに綿ブラウス、ナイキのスニーカーという自分の身なりがみすぼらしく思えてきた。そのとき、ヘアウッドが尋ねた。「あれに乗ってきたのか？」

「ああ。わたしの家族に関する文書が見つかったと聞いた」

「ああ、そうだ。壁が崩れたときに見つけたんだ」ヘアウッドはにっこりとした。

「誰かが隠しておいたらしい。さあ、中に入って紅茶でも飲もう。その文書を見せてやろう。アラベラが持っているはずだ」

ふたりのあとをついていこうとしたダグレスに、ニコラスはろくに見もしないまま自分の種馬の手綱を預け、ヘアウッドとともに歩きだした。

「ちょっと待って」ダグレスは二頭の馬を引いてあとを追いかけようとしたが、ニコラスの種馬が暴れだしたので振り返った。種馬が何か悪さを企《たくら》んでいそうな、凶暴な目つきでこちらを見ている。まったくもう。男にはうんざりだ——どんな種の男であっても！「やれるものならやってみなさいよ」彼女が警告すると、種馬は暴れるのをぴたりとやめた。

今から何をすればいい？ダグレスは頭をめぐらせた。もしニコラスの秘書で、例の文書に彼にまつわる秘密が書かれているかどうか見つけださなければいけないとしたら、どうしてこんなところで突っ立って、馬の面倒なんか見ていなければいけないの？

「わたくしめは馬たちの手入れをすべきでしょうか、閣下？」彼女は低くつぶやき、建物の背後に向かって歩きだした。もしかすると厩舎があるかもしれない。そうすれば、この馬たちから解放される。

裏側には建物が六棟あったので、一番厩舎らしく見える建物を目指した。手前まで近づいたとき、突然人が乗った馬がすぐそばを走り過ぎていった。その馬はニコラスの種馬と同じくらい体が大きくて気性が荒そうに見えた（きっと同じ種馬に違いないが、何にせよあまりじろじろ見るのは無作法だし、いつだって気が引けるものだ）。しかも馬に乗っているのは、驚くほど魅力的な女性だった。女ならば誰もがあんなふうになりたいと願うタイプと言っていい。背が高くて、ほっそりとした腰にとびきり長い脚を持ち、貴族的な顔立ちで胸も豊かだ。それに鋼鉄の板も妬《ねた》むほど、背筋がぴんと伸びている。その女性がはいている乗馬ズボンは、絵が描けそうなほど幅の広い英国式のデザインだ。濃い色の髪をきっちりと結いあげているが、飾り気のない髪型のせいで、かえって顔立ちの美しさが引き立てられていた。

女性は馬を止めると手綱を強く引き、方向転換させた。「それは誰の馬？」威圧的な口調で尋ねる。喉の奥から絞りだすような、低くかすれた、いかにも男性が好みそうな声を聞き、ダグレスは心の中でつぶやいた。どう考えても、この女性はテーブルのアラベラの子孫に違いない。ひ孫のひ孫の、そのまたひ孫だかなんだか知らないけれど。まったくついていない。

「ニコラス・スタフォードの馬よ」

女性は真っ青になった。そのせいで唇の赤みと瞳の濃さがいっそう増したように見える。「わたしをからかっているの?」彼女はダグレスをにらみつけてきた。

「いいえ、彼はあのニコラス・スタフォードの子孫なの」そう答えながら、ふと想像してみた。もしアメリカ人の一族なら、誰かにエリザベス朝の先祖の名前を聞かされた場合、どんな反応を示すだろう? きっと誰のことかもわからないに違いない。でもここにいるイギリス人たちときたら、ニコラスが死んだのは二、三年前にすぎないかのような反応を示す。

女性は華麗な身のこなしで馬からおりると、ダグレスに向かって手綱を投げた。「この馬をきれいにしておいて」そう命じて家のほうへ戻り始める。

「こんな扱いを受けても、絶対に息をのんだりするものですか」ダグレスは低くつぶやいた。今や三頭もの馬を預けられ、そのうちの二頭は〝小柄な女を殺すくらい朝飯前だ〟と言いたげな顔をしているのだ。馬たちのほうはあえて見ないようにしつつ、彼女は厩舎へ向かって歩いていった。

ひだまりの中、紅茶を飲みながら新聞を読んでいた年上の男性がダグレスに気づいたとたん、すぐに目をそらしたかと思うと、もう一度びっくりしたように見直した。彼はゆっくりと注意するように立ちあがった。「そのまま静かに止まるんだ。絶対に動かないで。わしがその馬たちを連れていく」

もちろん、ダグレスもあえて動こうとはしなかった。そのあいだに、男性は手負いの虎に近づくように慎重な足取りですり寄ってきた。やがてそれ以上近くに行くのはごめんだとばかりに片手を伸ばし、二頭の種馬のうち、アラベラの馬の手綱を受け取った。慎重にその馬をダグレスから引き離し、厩舎の中へ連れていく。すぐに戻ってきて同じ動作を繰り返し、ニコラスの種馬も厩舎へ連れていった。

戻ってきた男性は帽子を取り、額に浮かぶ汗をぬぐった。「どうやってレディ・アラベラの馬とシュガーを一緒に連れてきたんだい？」

「シュガーって？」

「デニソン厩舎の種馬だよ」

「へえ、シュガーっていうの。冗談みたいにかわいい名前ね。あの馬は〝人間の敵〟と名付けられるべきなのに。ということは、彼女がレディ・アラベラなのね？」ダグレスは屋敷のほうを振り返りながら尋ね、先の女性が誰かわからないふりをした。

「中にはどうやって入ったらいいのかしら？　わたし、今から……仕事を手伝うことになっているの」

男性に頭のてっぺんから爪先までじっと見つめられ、ダグレスはつくづく思い知らされた。彼女のアメリカ風の装いは、ストライク三つどころか四つ取られたくらい、自分に不利に働いたようだ。

「あそこにある扉がキッチンに通じている」

おとなしい牝馬の手綱を手渡して彼に礼を言うと、ダグレスはぶつぶつつぶやきながらその場を離れた。「キッチンから入れだなんて。わたしは料理人に頭をさげて、食器洗いのメイドとして雇ってくださいと頼まなければいけないの？　ニコラスを見つけたら、ふたりでさっさと仕事を片づけて、わたしは彼の馬番なんかじゃないって教えてやるんだから！」

裏口をノックして出てきた男性に、ニコラスに会いたいと告げると、キッチンへと連れていかれた。とても広くて、最新式の設備がずらりと並んでいる。だがキッチンの真ん中に置かれたテーブルだけは、ひどく古ぼけていた。きっと征服王ウィリアムが上陸してきた十一世紀からずっとそこに置かれているに違いない。キッチンでは五人の使用人が仕事をしていたが、全員が手を止めてダグレスをじっと見つめている。「ただ通り抜けさせてもらっているだけなの」彼女は弱々しい笑みを浮かべ、彼らに説明した。「わたしの……雇い主が、わたしを必要としているから」まったく最悪だ。ニコラスを殺してやりたい。なんて説教すればいいだろう？　今受けているのが、現代においてどれほどひどい仕打ちか彼にわからせるためには?

　扉を開けた男性は無言のまま、ずんずん進んでいく。ダグレスは彼のあとについていくつかの食料貯蔵室を通り抜けた。貯蔵室にいる誰もが仕事の手を止め、彼女をじろじろと見ている。絶対にニコラスに説教してやる。説教が終わる頃には、処刑されたほうがましだと彼に思わせるくらい手厳しい説教を。

　男性がようやく止まったのは玄関広間だった。広々とした円形の広間の左右にどっしりした階段があり、至るところに肖像画が飾られている。そこでヘアウッド卿とニコラス、レディ・アラベラが立ち話をしていた。古い友達同士のようだ。信じられないことに、レディ・アラベラは先ほどよりもさらにきれいに見えた。その美しい目で、文字どおりむさぼるようにニコラスを見つめている。

「ああ、来たね」ニコラスがダグレスを見て言った。まるで、ちょっと空気を吸いに外へ出て戻ってきた相手に話しかけるような口調だ。「秘書には近くにいてもらわなければならない」

「あなたの近くに?」アラベラが見下すような目つきでダグレスを見た。強いまなざしにさらされ、ひと粒のブドウが強い日差しにさらされてレーズンにされるときの気持ちがなんとなくわかったような気がした。

「秘書にも部屋を用意してもらえるかな」ニコラスは笑みを浮かべた。自分と同じ部屋ではないと明らかにしたのだ。

「なんとか用意できると思うわ」アラベラが答える。

「いったいどこに？　ゴミ圧縮機の中？」ダグレスは小声でつぶやいた。

ニコラスは彼女の肩に手をかけ、指先に力をこめた。かなりの力で痛いほどだ。

「彼女はアメリカ人なんだ」それで何もかも説明がつくような言い方だった。「では、また紅茶の時間に」ダグレスが何か言いだす前にニコラスはそう言うと、小突くようにして彼女を扉から押しだした。どうやら厩舎の場所をちゃんと知っているらしく、そちらへ向かってすたすたと歩きだす。

彼の大股に追いつくには急ぎ足で歩かなければならなかった。こういうとき、百六十センチの身長は不利に思える。「今度は何をしたの？　ここで週末を過ごすつもり？　まさか十六世紀から来たなんてあの人たちに話さなかったでしょうね？　それに、あんな口調でわたしをアメリカ人だと言うなんて、いったいどこで覚えたの？」

ニコラスが砂利敷きの道で立ちどまった。「きみはディナーのとき、どんな格好をするんだ？　ここでは正装をすることになっている」

「この格好の何がいけないの？」ダグレスは皮肉っぽく笑いながら答えた。

彼がくるりと背を向け、ふたたび歩き始めた。

「アラベラは正装するのね？　きっと背中から足元まで露出しているようなドレスを着るんでしょうね」

ニコラスは肩越しに彼女を一瞥し、笑みを浮かべた。「さっきのゴミなんとかというのは……？」

「ゴミ圧縮機よ」ダグレスがどんなものか説明すると、彼は笑みを隠すために背中を向けた。

厩舎に着いてニコラスがシュガーにまたがると、ふたりいた馬手たちはどちらも馬からなるべく離れようとした。それを見て、彼はぼやいた。「わたしの厩舎にこんな臆病者どもがいたら、そいつらを鞭《むち》打ちにしてやるところだ」

馬を借りたデニソン厩舎へ戻るまで、ダグレスが何を尋ねても、ニコラスは詳しい話をしようとしなかった。ありがたいことに厩舎の係員がソーンウィック城まで送ろうと申しでてくれたが、ニコラスはその男性と馬の話をするのに夢中で、結局ゴスホーク・ホールで何を発見したのか話を聞くことはできずじまいだった。

戻ったのはちょうど昼食時だった。ニコラスは汗をかいたままダイニングルームへ向かい、メインディッシュ三皿と赤ワインのボトルを一本注文した。

ワインが注がれたあと、ニコラスがようやく口を開き、目を輝かせながら尋ねた。

「わたしについて何がききたい？」ダグレスがいろいろ尋ねたくてうずうずしているのに気づいていたのだ。

最初は、何も尋ねてやるものかと思った。そんなことをして彼を満足させるのはしゃくだ。それよりも、あんなひどい扱いをしたことを責め立てなければ。しかし結局は、好奇心が勝った。「誰が？　どうやって？　何を？　いつ？」

ニコラスは声をあげて笑った。「きみは本当に正直な女だな」

食事が運ばれる中、ニコラスは今のディッキー・ヘアウッドは昔と変わらないことを話し始めた。あまり頭がよくなくて、狩りと庭園作りにしか興味がないという。

「彼の庭はわたしのところに負けないくらいよくできているがね」

「自慢話はやめて、早く先を聞かせてよ」ダグレスはローストビーフにかぶりつきながら先をうながした。イギリスのローストビーフは絶品だ。この世の驚くべき食べ物のひとつと言っていい。やわらかくて、肉汁たっぷりで、調理の仕方も完璧だ。

二カ月前、職人たちがゴスホーク・ホールの屋根を修理していたとき、金槌《かなづち》で壁の一部を壊してしまったらしい。「まったくこの時代の職人ときたら、仕事のやり方も知らないのだな。わたしの屋敷では――」

ニコラスは彼女の表情をちらりと見るなり口をつぐみ、話を続けた。壊れた壁の内部から文書がいっぱい詰まったトランクが見つかり、中を調べてみたところ、レディ・マーガレット・スタフォードの手紙であることが判明したという。

ダグレスは椅子の背にもたれて叫んだ。「やったわ！　それにわたしたちは今、その文書を読むために彼らの家へ招待されているんだもの。ああ、コリン、あなたって本当にすばらしいわね」

コリンと呼ばれてニコラスは目を大きく見開いたが、特に何も言わなかった。「ただ問題がいくつかある」

「問題ってどんな？　待って、わたしに当てさせて。文書を見せる代わりに、毎朝オレンジジュースと一緒にあなたを皿にのせて運んできてほしいとレディ・アラベラが言っているとか？」

ニコラスはワインにむせそうになった。「言葉には気をつけてくれ、マダム」厳格な口調でたしなめる。

「当たりでしょう？　それとも、はずれ？」

「はずれだ。レディ・アラベラは本を書こうとしている。その本というのが……」ニコラスはつと目をそらした。定かではないが、赤面したように見える。

「あなたに関する本なのね？」ダグレスはあえいだ。

ニコラスは自分の料理を見おろしていて、彼女のほうを見ようとしない。「アラベラがわたしの先祖だと信じている人物についての本だ。彼女は噂話で、その……」

「あなたたちふたりがテーブルの上で過ごしたときの話ね」ダグレスは顔をしかめて皮肉っぽく言った。「まあ、なんてすてきなの。彼女は歴史を繰り返したがっているというわけね。それで例の文書は見せてもらえるの、もらえないの？」

「見せられないそうだ。医者との契約に署名したせいだと言っていた」

ダグレスには意味がわからなかった。医者との契約？　レディ・アラベラは病気なのだろうか？　違う、きっと博士《ドクター》のことだ。「あの雑誌に出ていた博士のことじゃないの？　あの人の名前はなんといったかしら？　なんとかハミルトン……いいえ、ハミルトンなんとかだわ。とにかく、あの人のこと？」

ニコラスはうなずいた。「その人物は昨日到着したばかりだそうだ。彼はわたしの汚名を晴らすことで、何かを期待しているらしい。彼が何を期待しているのか、わたしにはわかりかねるがね。アラベラの話によれば、本を書くには数年かかるという。だが、そんなに長くは待てない。とにかく、この時代は何をするにも金がかかりすぎる」

父の仕事柄、ダグレスは、本を出版するのがどれほど重要なことかわかっていた。エリザベス朝の謎を解明することは、一般社会ではそう重要なことには思えないかもしれないが、学者、それも駆けだしの若い学者にとっては人生を左右する一大事に違いない。それまでの常識をくつがえす新たな情報を記した本を出版できたら、その後のキャリアが決まる。給料のいい大学の教授になれるか、小さな地域短期大学の講師で終わるかの大勝負だ。

ニコラスはワイングラス越しに笑みを浮かべた。「アラベラを説得して、わたしに関する知識を教えてもらおうと思っている。知っていることをすべて話すよう、彼女をうまく説得できるといいのだが。それからきみは――」彼は魅力的な一瞥をくれた。「きみはその医者となんとか話をつけて――」

「彼は博士よ。医者じゃないわ……ねえ、ちょっと待って！　何を言っているの？　どんな状況であっても、わたしはあなたの手助けをするために歴史おたくにすり寄る気なんてないわよ。わたしが約束したのは秘書としてであって……ねえ、何をしているの？」

ニコラスがダグレスの手を取り、一本ずつ指に唇を押し当てている。

「やめて！　人が見ているじゃない」彼女は爪先がむずがゆくなってきた。ニコラスはキスをやめようとせず、腕から肘の内側の感じやすい部分に唇を押し当て続けている。椅子に沈みこまずにはいられない。

「わかったわ！」ダグレスはとうとう降参した。「あなたの勝ちよ！　だから、もうやめて！」

ニコラスは濃いまつげの下から彼女を見あげた。「だったら手助けしてくれるか？」

「ええ」そう答えると、ダグレスはまたしても腕にキスをされた。

「よかった」彼はそう言うなり、突然ダグレスの腕を放した。そのせいで、彼女の腕は汚れた皿の上に落ちた。「ならば、荷造りをしないと」

ダグレスはしかめっ面で腕の汚れを拭き、彼のあとを追いかけた。「アラベラも今みたいなやり方で説得するつもりなの？」彼女は背後から大声で叫んだものの、ほかの客たちに見つめられているのに気づき、彼らに申し訳なさそうな笑みを向けて小走りで店を出た。

ホテルの部屋に戻ると、今までとは違うニコラスの一面を目にした。彼は自分の服が適切ではないことにいらだっている。高価なリネンのシャツを手に取って、ぽつりと言った。「これをもう少しふんわりさせなければ」

ダグレスは自分のみすぼらしい衣類を見て、泣きたくなった。イギリスの貴族の邸宅で過ごす週末。全員、正装でディナーにのぞむのだろう。それなのに、実用的なウールの服以外持っていないなんて。母の白いドレスがあったらどんなによかったか。真珠のついた白いドレスか、あるいは赤いドレスでも——。

そのとき彼女はあることを思いつき、足を止めてにんまりした。次の瞬間、メイン州にいる姉のエリザベスに電話をかけていた。

「お母さんの一番上等なドレスを送ってほしいですって?」受話器の向こうでエリザベスが言った。「そんなことをしたら、ふたりとも殺されちゃうわ」

「ねえ、エリザベス」ダグレスはきっぱりとした口調で応じた。「すべての責任はわたしが取るから。今すぐに送ってほしいの。翌日配送便で。書くものはある?」彼女はエリザベスにゴスホーク・ホールの住所を伝えた。

「ねえダグレス、いったいどうなっているの? この前は取り乱した様子で電話をかけてきたくせに、居場所は教えてくれなかったわ。そして今度はお母さんの衣装だんすを漁らせるなんて」

「大したことじゃないの。論文は順調に進んでいる?」

「もう頭がおかしくなりそう。悪いことは重なるもので、あれから排水溝が詰まっちゃったの。今日は配管工が来ることになっているわ。ダグレス、あなた、本当に大

「それじゃあね」

「ええ、大丈夫よ。論文と排水溝、どちらもうまくいくよう祈っているわ。それじゃあね」

丈夫？」


ダグレスは自分のスーツケースを荷造りしたあと、ニコラスの荷造りもしてあげた。スーツケースに自分で服を詰めるなんて、彼の頭にはこれっぽっちも思い浮かばないだろう。それから、タクシーを呼んだ。ニコラスの鎧が入るほど大きなスーツケースはなかったため、一番大きなショッピングバッグに入れることにした。

ゴスホーク・ホールに到着すると、アラベラが文字どおり両腕を広げてニコラスを出迎えた。「さあ、入ってちょうだい、ダーリン」猫撫で声で言い、ニコラスの体に両手をまわす。「わたしたち、すでにお互いのことをよく知っている間柄のように感じられるわ。結局のところ、わたしたちのご先祖さまたちもとっても親密な間柄だったんですものね。わたしたちだって同じはずよ。そうでしょう？」そう言ってせかすようにニコラスを建物の中へ連れていった。足元に六つものスーツケースが置かれたダグレスのことなど振り向きもせずに。

「わたしたちだって同じはずよ。そうでしょう？」タクシーの運転手に代金を支払いながら、ダグレスは裏声でアラベラの真似をした。

五分も経たないうちに、自分が招待客ではなく使用人として考えられていることに気づいた。それも、あまり歓迎されていない使用人だ。ひとりの男性にあわただしく部屋へ案内されたが、そのあいだも自分のスーツケースは自分で運ばなければならなかった。しかも案内されたのは、キッチンからさほど遠くない小さくて殺風景な、うすら寒い部屋だった。まるでゴシック小説に登場する家庭教師になった気分だ。使用人でもなければ、家族の一員でもない。ダグレスはスーツケースを開け、うす汚れた小さな衣装戸棚に衣類を吊した。狭くてみすぼらしい部屋を見まわしていると、自分が殉教者になったように思えてくる。こういうことをしているのは、自分とその家族の名誉を救おうとしているニコラスのためではあるが、その事実を誰にも話すことができないのだ。この先もずっと。

彼女は部屋を出てキッチンへ向かったものの、広々とした部屋はがらんとしていた。しかし調理台の端に、ふたり分の紅茶が用意されていた。

「さあ、どうぞ」そう話しかけてきたのは大柄で白髪の女性だ。

気づくと、ダグレスはその女性と調理台に座って一緒に紅茶をすすっていた。彼女の名前はミセス・アンダーソン。ここの料理人である彼女は、ダグレスがこれまでに出会った中でも群を抜いて噂好きな女性だった。ミセス・アンダーソンには知らないことも、話したがらないこともいっさいない。ダグレスたちがやってきた理由やニコラス卿が何者かを知りたがり、その答えを聞くお返しに、彼女が知っていることを何もかも話したがった。もちろん、ダグレスは料理人にたくさん嘘をついた。嘘に嘘を重ねたため、どうかすべて覚えられていますようにと祈らずにはいられなかった。

一時間後、ほかの使用人たちが次々とキッチンへ戻り始めた。ミセス・アンダーソンが仕入れたばかりの情報を聞けるよう、彼らがダグレスに出ていってほしいと考えているのは火を見るよりも明らかだった。

だから彼女はキッチンを離れ、ニコラスを探しに出かけた。彼はアラベラと一緒にブドウが生い茂るあずまやにいた。巣の中にいる二羽の小鳥のように肩を寄せあっている。

「閣下」ダグレスは大声で話しかけた。「手紙の口述筆記をしてほしいとのことでしたが」

「閣下は今、忙しいの」アラベラがにらみながら言う。「仕事は月曜になってからよ。図書室にわたしの覚え書きがあるから、そのタイプでもしておいてちょうだい」

「わたしが仕えているのは――」〝閣下であって、あなたではありません〟と答えようとしたダグレスだが、ニコラスにさえぎられた。

「そうだな、ミス・モンゴメリー。レディ・アラベラの手伝いをするといい」

ダグレスはかっとなり、その場で彼に本音をぶちまけそうになった。だが、ニコラスの〝おとなしくしていてくれ〟と懇願するようなまなざしに気づいた。ここで自分が何をすべきかはよくわかっている。彼女が高慢なふたりをどう思っているか、彼らの面前で言ってやるべきだ。でも、そうする代わりに背を向けて、屋敷の中へ戻った。わたしの知ったことじゃない。ニコラスがほかの女性と何をしようと、自分には関係ない。もちろん、過去にアラベラと愚かしい行為に至り、それがのちの世にまで伝わってニコラスが笑いものにされていたことをずばり指摘するのはいいかもしれない。今の彼が、まさにそれと同じ愚行を繰り返そうとしていることも。それに、心から妻を愛しているのに、どうしてアラベラに言い寄ろうとしているかがわからないということもだ。

図書室を探すのにしばらく時間がかかったが、ようやく見つけだすと、ダグレスはにわかにうれしくなった。予想どおりそこは、こんな壮麗な邸宅ならさもありなんと思える、実に立派な図書室だったのだ。革表紙の本、革張りの椅子。濃い緑色の壁、どっしりとしたオーク材の扉。彼女は室内を観察するのに夢中で、最初は本棚の前に立っている男性に気づかなかった。彼は手にした一冊の本を夢中で読んでいた。うつむいてはいても、ハンサムなのはすぐにわかった。ニコラスのように神々しいほどハンサムというわけではない。けれど何人かの女性をときめかせるには充分だろう。ダグレスがもうひとつ気づいたことがある。彼は身長が百六十センチ程度しかない。今までの経験から言えば、背が低くてハンサムな男性は雄のチャボみたいに虚栄心が強く、彼女のように小柄でかわいいタイプを好むはずだ。

「こんにちは」ダグレスは話しかけた。

男性は本からちらりと目をあげてもとに戻し、またあげると、好奇心むき出しのまなざしで彼女を眺めまわした。それから本を書棚に戻し、片手を伸ばしながら歩み寄ってきた。「こんにちは、ぼくはハミルトン・ノルマンだ」

ダグレスは彼の手を取った。青い目をしていて、完璧な歯並びだ。とても興味が持てるタイプ。「わたしはダグレス・モンゴメリー。あなたはアメリカ人ね」

「ああ、きみと同じだ」ノルマンが答えると、ふたりのあいだにすぐさま絆が結ばれた。彼は一歩進みでると、図書室を見渡しながら尋ねた。「こんな場所があるなんて信じられるかい？」

「いいえ、ちっとも。ここの人たちのことも信じられない。レディ・アラベラに覚え書きをタイプするよう命じられてここへ来たんだけど、別にあの人に雇われているわけじゃないのよ」

ノルマンは声をあげて笑った。「次はトイレ掃除でもやらされそうだね。彼女は近くに美人がいるのが許せないんだ。その証拠に、ここで働いているメイドたちの中には美人がひとりもいない」

「気づかなかったわ」ダグレスは彼をじっと見つめた。「スタフォード家の文書の研究をしている博士というのは、あなたのこと？　壁の中から見つかったんでしょう？」

「ああ、ぼくだ」

「きっとわくわくする仕事なんでしょうね」彼女は目を見開いて言った。できるだけ若くて無邪気で頭が空っぽな女に見えますように。「聞いた話だと、その文書には秘密の情報が含まれているのよね。それって本当なの、ノルマン博士？」

彼は、父親が娘に見せるような含み笑いを浮かべた。「頼むからリーと呼んでほしい。たしかに、とてもわくわくする仕事だ。まだ読み始めたばかりだけれどね」

「処刑される直前に亡くなった男性に関する文書なんでしょう？　よかったら……」

ダグレスは目を伏せて声を落とした。「わたしに内容を教えてもらえないかしら？」

リーが誇らしげに胸を張った。ふたりで腰をおろすと、リーは自分がどうしてこの仕事を得たのか、ここへやってきて以来どんな出来事が起きたのかを語り始めた。少々自信過剰なきらいはあるものの、嫌いなタイプではない。中世史に興味を抱く義理の息子ができたら、父も大喜びするのではないだろうか？

ちょっと待って。ダグレスは自分を戒めた。もう男性は近づけないと固く誓ったはずよ。忘れたの？　リーの話を熱心に聞いていたせいで、ニコラスが入ってきたのに気づかなかった。

「ミス・モンゴメリー！」ニコラスの大声に驚いたせいで、頬杖《ほおづえ》をついていた手が外れ、ダグレスは椅子から転げ落ちそうになった。「わたしの手紙のタイプはすんだか？」

「手紙のタイプ？　ああ、ニコラ……閣下。紹介します。こちらはハミルトン・ノルマン博士。あの文書の……」

傲慢にも、ニコラスはリーが差しだした手を無視したままそばを通り過ぎ、窓辺に行って肩越しに命じた。「席を外してくれ」

リーはほらねと言いたげに眉を上下にくねくねと動かし、本を手に取ると部屋から出ていき、重い扉を後ろ手で閉めた。

「ねえ、いったい自分を誰だと思っているの？」ダグレスはニコラスに詰め寄った。

「今のあなたはもう十六世紀の貴族でも領主でもないのよ。あんなふうに人を追い払ったりすることは許されない。それに、あなたがタイピングについて何を知っているというの？」

ニコラスが振り向いてこちらを見た瞬間にはっきりとわかった。彼はタイピングがどういうものかさっぱりわからないに違いない。「きみはあの小男とやけに親しそうだったな」

「わたしが……？」ダグレスの言葉が尻つぼみになる。ニコラスの声から感じられるのは嫉妬だろうか？　大きなオーク材の机の前に行き、口を開いた。「彼ってとてもハンサムでしょう？　そのうえ、あの若さで学者なのよ。ところで、アラベラはどうしているの？　あなたはもう奥さんのことを彼女に話したの？」

「あいつとなんの話をしていた？」

「ごく普通の話よ」ダグレスは机の縁に指を走らせながら答えた。「彼から、きみは美人だと言われたわ。まあ、そういう類いの話をしていたの」

振り返ると、ニコラスは無理やり怒りをこらえているような表情をしていた。彼女はたちまち幸せな気分で胸がいっぱいになった。仕返しとは本当に気分のいいものだ。

「でも、それ以外の話もしたわ。リーは――あ、ノルマン博士のことよ、彼はまだ一部の文書しか読んでいないんですって。あなたのアラベラは、文書を見せてほしいと申してできた数多くの学者たちの中から、たっぷり時間をかけて彼を選んだようね。わたしの推測では、写真を見て一番ハンサムな男性を選んだってところかしら。いわゆる美男子コンテストみたいなものね。リーの話では、アラベラは女性の学者たちの写真は全部捨ててしまったそうよ。あなたのアラベラは正真正銘の男好きなのね。リーが言うには、実際に会ってみて彼の身長が低いとわかると、アラベラはひどくがっかりしたみたい。リーをひと目見るなり、〝アメリカ人はみんな背が高いと思っていたのに〟と言ったんですって。ただ笑い飛ばしていたところを見ると、幸いにもリーは自尊心を傷つけられたわけじゃないみたい。だけど、アラベラのことは不愉快な女性だと考えているわ。あら、ごめんなさい。あなたが彼女をどれだけ崇拝していたか忘れていたわ」

ニコラスはまだ怒ったような表情のままだ。ダグレスは彼にとびきりの笑顔を向けてかわいらしく尋ねた。

「アラベラはどんな感じ？」

ニコラスは一瞬彼女をにらみつけたが、突然にらむのをやめると体の向きを変えて、壁際にある古ぼけたオーク材のテーブルを指さした。「マダム、あれが例のテーブルだ」にやりとすると、そのまま部屋から出ていった。

ダグレスは両のこぶしを握りしめながら、そのテーブルにつかつかと歩み寄り、思いきり蹴飛ばしてやった。そのあと痛む爪先を抱え、もう片方の足で室内を跳ねまわりながら、すべての男性を心の底から呪った。

13

ディナーは午後八時から始まることになっていた。ダグレスは姉がなるべく早く母のドレスを送ってくれるように祈りつつ、手持ちの中でも一番上等な服を身につけた。だが八時近くなっても、誰も呼びに来ない。いったいどうなっているのだろう？　使用人たちが早い時間に食事をすませたのは知っているし、そのとき一緒に食べるようにとも言われなかった。だから、ここの家族と一緒にディナーを食べるのだと考え、自分の部屋に座ったままひたすら待っていたのだ。

午後八時十五分、ひとりの男性がやってきてあとについてくるよう言った。迷路のような廊下を通ってようやく案内されたのは、細長いダイニングルームだ。大きな暖炉と、スケートでもできそうなほど長いテーブルが配されている。テーブルにはすでにアラベラ、彼女の父親、ニコラス、リーが着席していた。予想どおり、アラベラはウエストから上の背中が全部むき出しになるほど襟ぐりの深いドレスを身につけていた。ダグレスの背中そのものよりも、アラベラのむき出しになった背中のほうが広く思えた。

ダグレスのために使用人が椅子を引いたのは、リーの隣の席だった。彼女はその席になるべく控えめな態度で腰かけた。

「きみのボスは、きみが来るまで食べないと言い張ったんだ」一品目が給仕されるあいだに、リーが小声で話しかけてきた。「きみたちふたりはいったいどういう関係なんだ？　それに彼は、絞首刑になりかけたあのニコラス・スタフォードの子孫なのか？」

リーには料理人に聞かせたのと同じ話をした。実際、ニコラスがその子孫であり、なんとしても先祖の汚名を晴らしたがっているという話は、今ではこの館の使用人全員が知っているに違いない。

「アラベラと契約を結んでおいてよかったよ」リーは言った。「だって、もしぼくより先に彼から頼まれていたら、彼女は優先的にあの文書を見せたはずだから。ほら、ふたりを見てごらん。アラベラが彼を見るあの目つき。まるでテーブルの上でまたしても何か始めそうな感じだよ」

サーモンを喉に詰まらせてむせたダグレスは、喉を潤すためにグラス半分の水をいっきに飲みこまなければならなかった。

「あのボスはきみのなんなんだい？　きみたちふたりは、もしかして……？」

「いいえ、もちろん違うわ」ダグレスはそう答えながら、アラベラのほうへ体を傾けているニコラスを見た。彼はアラベラのドレスを見おろしている。何を見おろしているのだろう？　わざわざ見なくても、この屋敷にいる者はひとり残らず、アラベラのむき出しの背中を目にしているというのに。

ニコラスが顔をあげてこちらをちらりと見たとき、ダグレスはわざとリーのほうへわずかに体を寄せた。「ねえ、リー、わたしのボスはなんだか忙しそうだし、もしかしてあなたにはこの週末に秘書が必要じゃないかしら？　わたしの父は中世史の教授で、少しだけどわたしも調査を手伝った経験があるの」

「モンゴメリーって……」リーは噛みしめるようにゆっくりと言った。「まさかアダム・モンゴメリーじゃないよね？」

「ええ、それがわたしの父よ」

「十三世紀の経済に関する彼のすばらしい論文を読んだことがある。そうか、彼がきみの父親なんだね。もしかすると、きみに少し手伝ってもらうかもしれない」

ダグレスには、リーが何を考えているか手に取るようにわかった。アダム・モンゴメリーならば、野心的な若き学者を引き立ててくれるはずだと計算しているのだろう。でも、そんなことは気にならない。むしろ野心的なのはいいことではないだろうか？それにニコラスの母親が知っていた秘密を探りだす手助けになるなら、リーには勝手にそう思わせておけばいい。

「例のトランクはぼくの部屋にある」リーが言葉を継いだ。ダグレスが父親の話を持ちだしてからというもの、リーは明らかに熱心な目で彼女を見るようになった。「ディナーのあと、もしよければ来ないか？」

「ええ、いいわ」ダグレスはそう答えながらも、この男性に言い寄られてテーブルのまわりを逃げまわっている自分の姿を脳裏に思い浮かべてしまった。テーブルと考えただけで、ついニコラスのほうを見ずにはいられなかった。彼はこちらをにらみつけている。ダグレスは彼にワイングラスを掲げてみせて、ひと口ごくりと飲んだ。ニコラスは顔をしかめると、そっぽを向いてしまった。

ディナーが終わると、ダグレスはハンドバッグやノートなど必要なものを取りに自室へ戻った。長い夜になるだろう。何しろ四百年前の文書を調べるのだ。それなりに準備をしておいたほうがいい。

リーの部屋へ向かったが、途中で二度も迷子になった。廊下の角を間違って曲がってしまったらしい。開けっ放しの扉の前を通りかかったとき、中からアラベラの甘ったるい声が聞こえてきて思わず足を止めた。「でもダーリン、わたし、夜ひとりきりでいるのが怖いの」

「正直に言えば」ニコラスが答えるのが聞こえた。「きみがそんな子どもっぽい恐怖を感じているとは意外だよ」

ダグレスは目を大きくぐるりとまわした。

「さあ、もう一杯注がせてちょうだい。そのあと、あなたにいいものを見せてあげるわ」アラベラは声を低くした。「わたしの部屋でね」

ダグレスは思いきり眉をひそめた。なんて愚かな男！　料理人の話によれば、アラベラはゴスホーク・ホールを訪ねてきた男性全員を自分の部屋に招き入れ、文字どおりすべてを見せるのだという。ダグレスはやや意地の悪い笑みを浮かべてハンドバッグの中をかきまわしたあと、満面の笑みとともに談話室へ入っていった。薄暗い明かりがぽつんとひとつついているだけだ。アラベラは水飲み用のグラスにバーボンをなみなみと注いでいるところだった。ニコラスはといえば、シャツの胸を半分はだけてソファに座っていた。

「閣下」ダグレスはきびきびした足取りで談話室の中を歩きまわり、明かりという明かりをつけ始めた。「計算機が必要だと言っておられたので、お持ちしました。ただ、あいにくわたしのは太陽電池タイプで、明るくないと見られないんです」

彼女が小型の計算機を手渡すと、ニコラスはそれを興味津々の様子で眺めた。そして実際に計算してみせると、目を皿のように丸くした。「これで足し算ができるのか？」

「ええ。引き算も、掛け算も、割り算もです。ほら、ここに答えが出るんです。たとえば今年一九八八年から、あなたのご先祖さまが反逆罪で訴えられて全財産を没収された一五六四年を引くと、答えは四百二十四年になります。あなたが……あの方が笑いものにされたときから、あなた……あの方のご子孫を救うのに四百二十四年もかかったことになるんですね」

「ちょっと」アラベラが言う。怒りのあまり、声がかすれている。「この部屋から今すぐ出ていって」

「あら、まあ」ダグレスは無邪気そうに答えた。「ふたりのお邪魔をしてしまったかしら？　本当に申し訳ありません。そんなつもりはなかったんですが。ただ自分の仕事をしようとしただけなんです」扉のほうへ戻り始めた。「どうかお続けになってください」

ダグレスは談話室を出てしばし廊下を歩いたが、途中で回れ右をし、忍び足で引き返した。談話室はふたたび暗くなっていた。

「光が必要だ」ニコラスの声がする。「光がないと、この機械が動かない」

「ニコラス、お願いだからやめて。ただの計算機じゃない。放っておいてよ」

「いや、これは驚くべき機械だ。このマークはなんだろう？」

「パーセントのマークよ。でも今、それが重要なことには思えないわ」

「これをやってみせてくれ」

壁越しにアラベラがため息をつくのが聞こえた。ダグレスはすっかり気をよくして笑みを浮かべながら、リーの部屋探しを再開した。ようやくたどり着くと、こともあろうにリーはシルク製の室内着《スモーキングジャケット》姿で出迎えてくれ、笑いを押し隠すのが大変だった。表情と手にしたマティーニグラスを見ただけで、彼がダグレスをベッドに誘う気満々だとわかった。それ以外のことは露ほども考えていないに違いない。差しだされたグラスを受け取ってひと口すすり、彼女は顔をしかめた。ドライだろうとなんだろうと、マティーニは嫌いだ。

リーはまずダグレスになんて美しい髪だと言い、このかび臭くて古い屋敷できみのような美人に出会って驚いたと告げ、彼女の服のセンスや足の小ささを褒めそやした。

ダグレスはあくびを我慢しながらどうにか聞き流し、リーがマティーニのおかわりを作っている隙に、バッグからこっそり胃薬を二錠取りだし、カプセルを開けて中身をリーのグラスに入れた。「乾杯」彼に向かって陽気に言う。

薬の効果が現れるのを待つあいだ、昨夜ニコラスが残した置き手紙をリーに見せた。

「これ、なんて書いてあるかわかる?」

彼はちらりと見た。「訳文を書いてあげよう」そう言うとペンと紙を手に取った。

〝わたしはきみの大きな重荷になっていると思う。これ以上きみの手助けを受けるしゅかくがない〟

「しゅかくがない?」

「資格がない、だ」

これで昨日の晩、部屋から出ていく前に、ニコラスがこの手紙で何を伝えたかったのかがわかった。その後、酒場で彼を発見することになるのだが。

リーはあくびをしながら目をこすった。「ちょっと――」またしてもあくびをする。謝罪の言葉を何度も繰り返しながらリーは立ちあがり、ベッドへ向かうと〝ほんのちょっとだけ〟と言って横になり、すぐにぐっすりと眠りこんでしまった。ダグレスはそれを確認すると、すばやく暖炉脇のテーブルの上に置いてある小さな木製たんすに近づいた。

中に入っていたのは古くて黄ばんだ、今にも破けてしまいそうな文書だ。それでも字は鮮明に記されている。今の時代とは違い、二、三年で色褪《いろあ》せたりすることのないインクで書かれているのだろう。胸をはずませて書類を手に取ったが、ひと目見てがっかりした。ニコラスが扉の下から差し入れてきたのと同じ手書き文字が書かれていて、ひと言も読めなかったのだ。

文書の上にかがみこみ、解読できる言葉がないか探していると、突然扉が大きく開かれた。

「見つけたぞ!」飛びこんできたのはニコラスだ。剣を手にしている。

心臓が口から飛びだしそうになったが、ようやく落ち着きを取り戻すと、ダグレスはにっこりと笑みを浮かべた。「アラベラとの用事は終わったの?」

ニコラスはベッドで眠るリーを一瞥し、文書の上にかがみこんでいる彼女を見つめると、決まり悪そうな顔になった。「アラベラはもう寝た」

「ひとりで?」

ニコラスはテーブルに近づき、手紙を手に取った。「母上の字だ」

彼の情感あふれる声を聞き、ダグレスは嫉妬など忘れてしまった。「わたしには読めなくて」

「ほう？」ニコラスが片眉をつりあげる。「夜寝る前に、読み方を教えてあげてもいい。きみならすぐに覚えられるはずだ」

いつか彼に言った言葉を真似されて、ダグレスは思わず噴きだした。「わかったわ。あなたの勝ち。さあ、座って読んで聞かせて」

「この男は？」ニコラスは剣の先で眠っているリーを指し示した。

「ひと晩じゅうぐっすり眠っているはずよ」

ニコラスはテーブルに剣を置いて手紙を読み始めた。手助けできることがないため、ダグレスはおとなしく座り、彼をじっと見つめていた。ニコラスが妻を心から愛しているなら、どうしてほかの男性がダグレスに目をつけたからといってやきもちを焼くのだろう？　それに、なぜアラベラとこれ見よがしにいちゃいちゃするの？

「ニコラス？」ダグレスはそっと話しかけた。「もし自分の時代へ戻れなかったらどうなるか、考えたことはある？」

「いいや」ニコラスは手紙に目を走らせながら答えた。「わたしは絶対に戻らなければいけないんだ」

「でも、もし戻れなかったら？　ここにずっととどまっているとしたら？」

「わたしがここへ送られてきたのは、本当の答えを探すためだ。わたしだけでなく、わたしの家族も不当な扱いを受けた。その間違いを正すために、わたしはここへ送りこまれたのだ」

ダグレスが彼の剣の柄を手に取ってくるくるとまわすと、テーブルの明かりを受けて柄に飾られた宝石がまたたいた。「でも、もし別の理由でここに送られてきたのだとしたらどう？　反逆罪に問われたこととはまったく関係ない理由で送られたのだとしたら？」

「その理由とはなんだ？」

「さあ、それはわからないけれど」そう答えたものの、ダグレスは心の中でぽつりとつぶやいた。愛よ。

ニコラスは彼女を見た。「きみがよく言う愛のためか？」心を読んだかのように言う。「神は女のような考え方をされるのかもな。名誉よりも愛が大事だと思われているのかもしれない」からかうような口調だ。

「言っておきますけど、神さまは女性だと信じている人はたくさんいるのよ」

ニコラスが彼女を一瞥する。何をばかなことを、と言いたげなまなざしだ。

「でも実際の話、もとの時代に戻れなかったらどうするの？　知る必要のある答えがわかっても、まだこの時代に残っているとしたら？　たとえば一年か二年くらい？」

「そんなことはありえない」ニコラスは目をあげてダグレスと視線を合わせた。四百年経ったというのに、アラベラはちっとも変わっていなかった。昔のまま、今でも次から次へと男をベッドに引き入れたがっている。だが、目の前にいるこの女は違う。いつも笑わせて、手助けまでしてくれるうえ、思っていることをすべて映してしまう大きな瞳を持っているダグレス。彼女のためなら、この時代にとどまってもいいとされ思える。それでもニコラスはきっぱりと答え、手紙に目を戻した。「絶対に戻らなければならないのだ」

「あなたの家族の身に起きたことがとても重要なことなのはわかっているわ。でももうずっと昔のことだし、何もかもうまくおさまったように思えるの。あなたのお母さまはお金持ちの男性と再婚して贅沢《ぜいたく》な暮らしをしていたんでしょう？　少なくとも雪の中に放りだされたりはしなかったみたいだもの。それにスタフォード家の領地が没収されたことも知っているけれど、結局その領地を相続する人はいなかったんでしょう？　あなたには子どもがいなかったと聞いているし、あなたのお兄さまも子どもがいないまま亡くなったわ。だったら、あなたのせいで誰が領地を奪われたことになるの？　あなたの領地はエリザベス女王の手に渡って、その女王はこの国を偉大な国家に成長させたわ。だからあなたの財産も祖国のために役立ったのかもしれない。きっと——」

「もういい！」ニコラスは怒ったようにさえぎった。「きみは名誉というのがどういうものか理解していない。後世において、わたしの名はおもしろおかしく語られている。アラベラはわたしに関する記録を読んだらしいが、この時代に遺されているのは、あの事務員が書き残したことだけだ。わたしはあの男を知っている。どんな女からも相手にされない醜男だった」

「それで彼はあなたのことを悪く書いたのね。ねえニコラス、残念だけど、もうすべて終わったことなのよ。今さら歴史を変えることはできないわ。わたしはただ、もしあなたがもとの時代に呼び戻されることなく、ここに残らなければいけないなら、あなたはどうするだろうと考えただけなの」

ニコラスはそんなことなど考えたくもなかった。もしここに残るのならば、ダグレスに結婚を申しこんでベッドをともにするのだろうか？　ダグレスには言いたくない。かつてあれほど魅力的に思えたアラベラが、今では退屈な女にしか思えないことを。

「モンゴメリー、きみはまたわたしに惚れ直したのか？」ニコラスはにやりとしながら彼女に尋ねた。「だったら、この手紙をわたしの寝室へ持っていこう。きみにわたしとベッドをともにさせてやる」

「あなたなんか、くたばればいい！」ダグレスは立ちあがった。「ここでおとなしく手紙を読んでいてちょうだい。あなたがどうなろうと、わたしの知ったことじゃないわ。二十世紀に残ろうと、十六世紀に戻ろうと、八世紀へ移動しようと知らないから」彼女は部屋から出ていった。扉を閉める音があまりに大きくて、リーがベッドで身じろぎをしたほどだ。

恐ろしく狭い自分の部屋へ向かいながら、ダグレスは考えていた。ニコラスを愛するなんて、幽霊を愛するようなもの。それに彼がこのまま二十世紀に残ったとしたら、ひどく厄介に違いない。ことあるごとにすべてを説明しなければならないだろう。ニコラスに車の運転を教えるところを想像してみなさい！　考えるだけでもぞっとするわ。それにもしこの時代に残るとすれば、ニコラスはどうするだろう？　彼に何ができるというの？　できることといえば、気性の荒い馬に乗ることと、剣を振りかざすこと、それに……。

女性たちをその気にさせること。その点に関しては、恐ろしく腕がいいようだ。

ダグレスは階下にある狭苦しい部屋へ戻りながら自分に言い聞かせた。ニコラスとの関係を断ち切れたら、せいせいするに違いない。彼の奥さんがつくづく気の毒だ。

我慢しなければならないことがたくさんあったはずだもの。ニコラスと関係を持った女性たちの中で、自分が知っているのはアラベラだけだ。でも哀れな醜男の事務員が知らなかっただけで、ニコラスの相手は数えきれないほどいたに違いない。

そうよ。パジャマに着替えながら心の中でひとりごちる。そのときが来たら、きっぱりとニコラスとの関係を断とう。でも、ベッドに入りながらふと思った。ニコラスと顔を合わせない毎日なんて想像できない。あの笑みを見られず、あのからかう声を聞けなくなるなんて。

そのあとは、なかなか寝つけなかった。ようやく眠りについても、うとうとしただけだった。

翌朝、ひどく重たい気分でキッチンへ入っていくと、料理人のミセス・アンダーソンともうひとりの女性が調理台を見つめていた。台の上には、蓋を開けた缶詰がずらりと置かれている。全部で二十個か三十個はありそうだ。

「いったいどうしたの？」ダグレスは尋ねた。

「それが、よくわからなくて」ミセス・アンダーソンが答える。「パイナップルの缶詰をひとつ開けて、少しのあいだほかの部屋へ行って戻ってみると、誰かがここにある缶詰を全部開けていたの」

ダグレスは一瞬、眉をひそめて立ち尽くしたが、ふとあることを思いつき、ミセス・アンダーソンを見た。「パイナップル缶を開けているところを誰かに見られなかった?」

「そういえば、ニコラス卿がちょうど厩舎に行かれるところで、途中で立ちどまって、わたしに声をかけてくださったの。とても感じのいい方よね」

ダグレスは必死で笑みを隠そうとした。ニコラスのしわざに違いない。缶切りの驚くべき仕事ぶりを目の当たりにして、どうしても自分で試したくなったのだろう。そのとき、掃除機のホースを手にしたメイドがキッチンへ駆けこんできた。

「箒の柄にまたがって逃げてしまいたいわ」メイドは泣きそうな声だ。「ニコラス卿に掃除機を見せてほしいと言われたので、そのとおりにしたら、レディ・アラベラの宝石をひとつ残らず掃除機に吸いこませてしまったの。もしばれたら、わたしはクビだわ」

ダグレスはそのままキッチンを離れた。起きたときよりもずっといい気分だ。

自分がどこで朝食をとればいいのかわからなかったが、がらんとしたダイニングルームへ足を踏み入れると、サイドボードに銀色の保温器具が並べられているのを見つけた。なるようになれ。そんな気分で皿に料理を盛り、テーブルに腰をおろした。

「おはよう」入ってきたのはリーだ。彼も皿に料理をよそうと向かいの席に座った。

「ええと……昨夜は本当にすまない。どうやら気を失ってしまったらしい。あの手紙は見たかな？」

「ええ。でも、全然読めなかったわ」ダグレスは正直に認め、前かがみになった。「あなたはもう手紙をすべて読んだの？　ニコラス・スタフォードを裏切った人物が誰か知っているの？」

「ああ、もちろんだ。見つかったトランクを開けて最初にわかったのがそのことだった。念のため、その手紙は隠してあるんだ」

「いったい誰なの？」ダグレスは息をひそめて尋ねた。

リーが答えようとしたそのとき、部屋に入ってきたニコラスを見て彼は口をつぐんだ。

「モンゴメリー」ニコラスが厳しい口調で言う。「図書室に来てくれ」それだけ告げると、くるりと背を向けて部屋から出ていった。

リーは低くうなった。「いったいどうしたんだろう？　昨日の夜、アラベラのベッドで何かあってご機嫌斜めなのかな？」

ダグレスはナプキンを放り投げ、リーをにらみつけると、その足で図書室へ向かった。後ろ手に扉を閉めながら言う。「自分が今、何をしたかわかっている？　リーがあなたを裏切った人物の名前を言いかけていたときに、ちょうどあなたが部屋に入ってきたせいで聞きだせなかったのよ」

ニコラスの目の下にはくまができていたが、それでも完璧な男ぶりは損なわれていなかった。むしろ影のある魅力が引き立ち、小説『嵐が丘』の主人公ヒースクリフみたいにロマンティックにさえ見える。「手紙は読んだ」彼は革張りの椅子に座り、窓の外を見つめた。「わたしを裏切った者の名前はどこにも書かれていなかった」

ニコラスは何かを悲しんでいる様子だ。ダグレスはそばへ行き、彼の肩にそっと手を置いた。「どうしたの？　手紙を読んで心が乱れた？」

「手紙に書いてあったんだ」ニコラスは低い声で言葉を継いだ。「わたしの死後、母上がどのような苦しみに耐えてきたか。母上の手紙には……」そこで口をつぐみ、ダグレスの手を取って指を絡めた。「スタフォードの家名が笑いものにされたと書かれていた」

その声には、聞くのが耐えがたいほどの苦しみがにじんでいた。ダグレスはニコラスが座る椅子の前でひざまずき、彼の両膝に手を置いた。「あなたを裏切った人間を、絶対に見つけましょう。もしリーが知っているなら、わたしが聞きだすわ。その人物が誰なのかわかれば、あなたはもとの時代に戻って事態を変えられる。あなたがここに送りこまれたのは、やり直す機会を与えられたからよ」

ニコラスはしばらく目を合わせていたが、やがて大きな手で彼女の頰を挟みこんだ。

「きみはこれからもわたしに希望を与え続けてくれるか？　希望はどこにもないなどと思わないのか？」

ダグレスはにっこりと笑みを浮かべた。「わたしはいつだって楽観的なの。とんでもない男性を愛しても、そのたびに希望を持ち続けるのはそのせいよ。この人こそ、わたしの輝く鎧の騎士だって――ああ、コリン」そう言うと、とっさに彼から体を離そうとした。

だがニコラスはダグレスの体を引きあげ、腕の中に抱きしめると、キスをした。彼女とは前にもキスしたことがある。そのときは、ただ欲望に突き動かされていただけだった。しかし今は違う。それ以上の何かを求めている。ダグレスの優しさを、人を愛する心を、こちらを見る澄んだまなざしや、なんとか喜ばせようとしてくれるあたたかな気持ちを。

「ダグレス」彼女を抱きしめ、首元へ口づけながらささやく。

この時代から去りたくない。ふいにそんな思いが心をよぎり、ニコラスはダグレスの体を突き放した。

「もう行け」どうしていいかわからず、振り絞るような声で命じる。

ダグレスは激しい怒りを感じていた。「あなたのことがさっぱりわからないわ。近づいてくる女性なら誰彼かまわずキスして、絶対に押しのけたりしないのに、わたしのときだけは違う。まるでわたしが伝染病でも持っているみたいにふるまうのね。いったいどうして？　わたしの息はそんなにひどく臭う？　それとも、背が低すぎる？　髪の色が気に入らない？」

ニコラスが無言のままこちらを見つめている。ありったけの欲望と熱望に目をらんらんと輝かせながら。

熱すぎる炎からわが身を守るかのように、ダグレスはとっさにあとずさりし、喉元に片手を当てた。しばし無言のまま、互いに見つめあう。

そのとき扉が勢いよく開き、アラベラが駆けこんできた。屋外へ出かけるための、イギリス式の装いに身を包んでいる。明らかにブランドものだろう。「ニコラス、どこへ行っていたの？」彼女はニコラスからダグレスへ、そしてふたたびニコラスに視線を戻した。目の前の光景が気に入らないようだ。

ダグレスはニコラスから顔を背けた。これ以上彼の目を見つめるのは耐えられない。

「ねえ、ニコラス」アラベラがたたみかけるように言う。「わたしたち、あなたを待っているのよ。銃に弾をこめてね」

「銃？」ダグレスはアラベラのほうを向いて尋ねた。どうにか落ち着きを取り戻したい。

アラベラはダグレスの頭のてっぺんから爪先までじろじろと眺めた。そして〝あなたに足りないものがわかった〟と言いたげな表情を浮かべた。どうやら背の高い女性は、背が低い女性を見るとそういう気持ちになることがよくあるらしい。背の高い男性がそうじゃなくて本当によかった。

「カモ猟に行く」ダグレスのほうを見ようとしないまま、ニコラスが答えた。

「ディッキーが散弾銃とやらを見せてくれることになっている」

「すばらしいですね。小さくてかわいらしいカモたちを撃ちに行くなんて。例の仕事はわたしがなんとかしますから」ダグレスはアラベラのそばを通り過ぎて扉の外へ出た。階上へあがり、窓から庭を見おろすと、ニコラスがレンジローバーに乗りこむところだった。アラベラが運転して、彼を連れ去っていった。

窓に背を向けたとき、ダグレスは何もすることがないのに気づいた。なんとなく気が引けてアラベラの自宅や庭園を探検する気にはなれない。通りかかった使用人にリーの居場所を尋ねると、彼は手紙とともに自室に閉じこもっていて、誰にも邪魔させないようにと命じたという。

「ですが、図書室にあなたのために本を一冊置かれていきました」使用人が言った。

図書室へ戻ると机の上に薄い本が置いてあり、手紙が添えられていた。〈きみなら楽しんでくれるだろう。リー〉ダグレスはその本を手に取った。

ぱっと見て、なんの本かすぐにわかった。ニコラスとアラベラのテーブルでの一件を記した醜男の事務員、ジョン・ウィルフレッドの日記だ。前書きには、一九五〇年代にニコラスの館のひとつが壊されたとき、壁の背後の隠し穴からこの日記が見つかったと書かれていた。

ダグレスは大ぶりなソファに腰かけ、読み始めて二十分もしないうちに気づいた。これはままならない恋に懊悩《おうのう》する若い男性の日記だ。彼が愛しているのはニコラスの妻レティスだった。ウィルフレッドによれば、彼の女主人レティスは悪いことなど何ひとつできない性分だという。反対に彼の主人ニコラスは正しいことは何ひとつできない性分であり、何ページにもわたってニコラスの欠点がずらりと並べ立てられていて、そのあとにはレティスのまばゆいばかりの長所がこれまた何ページにも及んで綴られている。女主人にぞっこんの事務員によれば、レティスは真珠よりも美しく、聡《そう》明《めい》で、美徳があり、親切で、才能にあふれ……こんな礼讃《らいさん》の言葉がずっと続くため、ダグレスは本を放りだしたくなった。

事務員ウィルフレッドはこれでもかとばかりにニコラスをこきおろしていた。本には、ニコラスは暇さえあれば不義密通を犯し、神を冒瀆《ぼうとく》するような言葉を口にし、周囲のあらゆる人間に地獄のような思いを味わわせていると記されている。ただしアラベラとのテーブル上でのエピソードを侮蔑的に表現している箇所以外に、ニコラスが(ウィルフレッドのこの言葉が正しいならば)〝屋敷じゅうの人々の敵意を受けるに値する〟人間だったことを示す、実話に基づいたエピソードはひとつも書かれていなかった。

読み終わったダグレスは、その本をぴしゃりと閉じた。女王への謀反を企てたという偽りの告発をされたせいで、ニコラスは領地を没収されただけでなく、彼が本当は何者でどんな人生を送ったかという物語さえねじ曲げられてしまったのだ。実際のニコラスは兄から受け継いだ領地を管理し、美しい城を自らの手で設計までしていたのに。それがどうだろう。今、ニコラスに関して残っているものといえば、この事務員が記した偏見に満ちた日記だけだ。それなのに今の時代の人たちは、この日記が真実だと信じきっている。

ダグレスは怒りのあまり両のこぶしを握りしめ、立ちあがった。ニコラスの言うとおりだ。彼はもとの時代に戻って、汚名を返上しなければならない。この本のことをニコラスに話そう。そうすれば十六世紀に戻ったとき、彼は自分の城から事務員ジョン・ウィルフレッドを叩きだせるだろう。そう考え、ダグレスは思わず笑みを浮かべた。ニコラスのことだ。醜男の事務員と一緒に、完璧な妻レティスも追いだしてしまうかも。

本を持って図書室から出ると、使用人にニコラス卿の部屋はどこかと尋ねた。この本を彼の部屋に置きに行くつもりだった。そうすればニコラスにこの本を見てもらえる。今では彼も現代の活字体を読めるようになりつつあるし、この本ならば絶対に興味を持つはずだ。

ニコラスの部屋は、前にメイドからレディ・アラベラの部屋だと教えられた部屋のすぐ隣だった。さもありなん。ダグレスは腹立たしい気分になった。

でもニコラスの部屋へ入ると、怒りはすぐに消えた。さまざまな色合いの青でまとめられた部屋で、四柱付きベッドには鮮やかな青のシルクの天蓋がかけられている。バスルームにはニコラスの洗面道具が置かれていた。どれもダグレスが彼のために選んだものばかりだ。手を伸ばしてひげ剃りクリームや歯磨き粉、剃刀に触れてみる。

ふいにニコラスが恋しくてたまらなくなった。彼が目の前に現れて以来、ほとんどずっと一緒にいた。寝室も、バスルームも、食事も、冗談までも共有しあった仲なのだ。振り返って浴槽を見たとき、シャワーがついていないことに気づいた。シャワーなしで、彼はどうやって入浴しているのだろう？　ほかにもこの部屋には、ニコラスにとって使い方がわからないものがあるのではないだろうか？　それなのに、誰にも尋ねられずにいるのでは？

寝室へ戻ると、ニコラスがタオル一枚の姿でバスルームから出てきたときのことを思いだし、笑みがこぼれた。ゴスホーク・ホールへやってくるまで、ふたりはそれほど親しい間柄だったのだ。食事をともにし、夜は彼の額におやすみのキスをして、洗面台で彼の下着を洗ってあげたことさえある。いつもふたりで笑いあい、話しあい、なんでも分かちあってきた。

ベッド脇のナイトテーブルに『タイム』誌が置かれているのを見て、衝動的にその机の引き出しを開けてみた。中に入っていたのは小さな鉛筆削りと鉛筆三本、そのうちの二本は削りすぎてもう三センチくらいしかない。それにホチキスと二枚の紙。その紙を張りあわせるためにホチキスの針が五十個ほどもとめられている。さらにアストン・マーティンの色鮮やかなカタログの上にのせられたおもちゃの車。そのカタログの下には、最新号の『プレイボーイ』誌が隠されている。ダグレスは笑みを浮かべて引き出しを閉めた。

窓辺まで歩き、うねるように広がる芝生の向こう側にある木立を眺めた。なんだか不思議な気分だ。ロバートとは一年以上も一緒に暮らし、彼のことを心から愛していると信じていたのに、今ニコラスに対して感じているような親密な気持ちを抱いたことが一度もないなんて。思えば、ずっとロバートに気に入られようと必死に努力していた。でも、ニコラスとは一緒にいても気が楽だ。彼女が歯磨き粉を真ん中から押しだしても文句を言われないし、何もかも完璧にこなすことができないからといって小言を言われたりもしない。

実際、ニコラスはありのままのダグレスを気に入ってくれているようだ。相手が人であれ物であれ、あるがままに受け入れ、そのすべてを楽しむのがニコラスの流儀のように思える。今までを振り返ると、彼女がつきあってきた男性たちは例外なく、すべてにおいて不平不満をこぼしていた。ワインがまずい、料理を運んでくるのが遅い、この映画はまるで深みが感じられない……。でもニコラスは解決不可能な問題に直面していながらも、缶切りみたいな些細なものを楽しむ心の余裕がある。

もしロバートが突然十六世紀に送りこまれたら、どんな反応を示すだろう？　あれもこれもと要求し、その要求が満たされないと不満たらたらになるに違いない。エリザベス朝の男性たちは昔のカウボーイみたいに、小言ばかり言う面倒な男性を吊し首にしていたのではないだろうか？

ひんやりとした窓ガラスに額を押し当ててみる。ニコラスはいつ現代から立ち去るのだろう？　裏切り者が誰かわかったときだろうか？　もしリーがディナーのときにその人物の名前を口にしたら、ニコラスはたちまち煙のように消えてしまうの？　いずれにせよ、もう終わりは近い。そう考えたとたん、ニコラスへの思慕で心がうずいた。二度と彼に会えなくなったら、どうすればいいのだろう？　一日姿を見ないだけでも耐えがたいのに、残りの一生、ニコラスなしでどうやって生きていけばいいの？

どうか戻ってきて。ダグレスは心の中でつぶやいた。わたしたちに残された時間はあとわずかしかないのよ。あなたは明日にでもいなくなってしまうかもしれない。わたしはあなたといられるこの時間を一瞬たりとも逃したくない。この貴重な時間をアラベラと一緒に過ごさないで。

ダグレスは目を閉じ、全身に力をこめて、ニコラスが早く戻ってきてくれることを願った。

「もし戻ってきてくれたら、あなたにアメリカ式のランチを作ってあげるわ」彼女は低い声でささやいた。「フライドチキンにポテトサラダ、デビルドエッグ（固ゆで卵を半分にし、黄身とマヨネーズを合わせて白味に入れた卵料理）にチョコレートケーキよ。わたしが料理をしているあいだ、あなたは……」そこで少し考えた。「あなたはラップやアルミホイル、タッパーを眺めているといいわ。イギリスにもそういうものがあればの話だけど。だからお願い、戻ってきて、ニコラス」

14

ニコラスは頭を持ちあげた。首にはアラベラの腕が巻きつき、裸の胸には彼女の豊かな胸が押しつけられている。ふたりは今、人目につかない林の空き地にいた。ニコラスが四百年前のアラベラとともに、情熱的な午後を過ごしたことのある場所だ。ところが今日のニコラスは、アラベラにほとんど興味を持てずにいた。アラベラからは、彼の先祖について新たにわかったことを話しあいたいと言われた。これまで世間に知られることのなかった、新たな情報を手に入れたからと。

その言葉に釣られてここまでやってきた。アラベラから新たな情報を聞きだすためなら、どんな犠牲も払う覚悟だった。それゆえ、こんなひと気のない場所までついてきたのだ。

アラベラがニコラスの頭を強く引き戻した。

「今のが聞こえたか?」ニコラスは尋ねた。

「何も聞こえないわ、ダーリン」アラベラはささやき声で答えた。「聞こえるのはあなたの声だけよ」

ニコラスは彼女から体を引き離した。「行かなければ」

アラベラが高慢そうな顔を怒りで真っ赤にするのを見て、彼はとっさに考えた。この女を怒らせたくない。「誰かが来る。きみの美しい体を、盗み見する卑しい者の目にさらしたくない。わたしはきみの美しさを独り占めしたいんだ」

この言葉を聞いてアラベラは怒りを鎮めたらしく、服のボタンをとめ始めた。「あなたほどの紳士に出会ったのは初めてよ。それなら、今夜ね？」

「ああ、今夜だ」ニコラスはそう言って、その場から去った。

狩りをする者たちの多くはレンジローバーに乗ってやってきていたが、止められた数台の車の脇に五、六頭の馬たちがつながれていた。ニコラスはその中でも一番いい馬に乗り、ヘアウッド邸へ戻ると、階段を一段抜かしに駆けあがって寝室の扉を勢いよく開いた。

彼が戸口に現れたのを見ても、ダグレスはちっとも驚いた様子ではなかった。

ニコラスはしばしそこに突っ立ったまま、彼女をじっと見つめていた。ダグレスの顔からも体からも、彼を求める想いがひしひしと伝わってくる。だが、ニコラスは目をそらした。これほど難しいと思ったことはいまだかつてないが、それでもダグレスに触れることはできない。触れてはいけないのだ。もし触れたら……一度でも触れたら、自分の時代に本当に戻りたいのかどうかわからなくなってしまうだろう。

「きみはわたしに何を求めているのだ？」彼は荒々しく尋ねた。

「わたしがあなたを求めている？」ダグレスは怒りを覚えて尋ねた。先ほどニコラスから突き放されたことを、まだありありと覚えている。「あなたを求めているのは誰かほかの人でしょう？　わたしじゃないわ」

ニコラスは衣装だんすについている鏡を見あげ、シャツのボタンをかけ違えているのに気づいた。「この時代の銃はすばらしいものばかりだ」ボタンをとめ直しながら言う。「ああいう銃があれば、スペイン軍などひとたまりもないだろう」

「この時代の銃がなくたってイギリスはどこの国でも倒せるわ。次は、この時代の爆弾を持ち帰りたいとでも言いだすつもり？　あなたのボタンを外したのは誰なの？」

ニコラスは鏡に映った彼女を見た。「きみは嫉妬すると目がきらきら輝くんだな」

たちまちダグレスの怒りは消え去った。「まったく懲りない人ね！　自分が何をしているのか、考えたことはないの？　またしても歴史上の笑いものになろうとしているのよ。あなたとアラベラの話がこれほどおもしろおかしく書き立てられているのに、また同じことを繰り返そうとしているなんて」

「彼女はわたしの知らないことを何か知っているんだ」

「そうでしょうとも」ダグレスはつぶやいた。「きっとあなたよりも経験豊富なはずよ」

ニコラスは彼女の顎の下を撫でた。「それはどうかな。ところで、これはなんの匂いだ？　腹が減った」

ダグレスはにっこりとした。「あなたにアメリカ式のランチを食べさせてあげようと思ったの。さあ、こっちへ来て。ミセス・アンダーソンのところに行きましょう」

ふたりは腕を組んでキッチンへ向かった。狩りに出かけた客たちは昼食をバスケットに詰めて持っていったため、キッチンは使われていない。英国製オーブン《AGA》の奥のバーナーで焼かれたプディングが湯気を立てているだけだ。

ミセス・アンダーソンの許しを得てから、ダグレスは仕事に取りかかった。じゃがいもと卵を茹《ゆ》でながら、ケーキの下準備を始める。普通のチョコレートケーキではなく、歯ごたえのあるペカンナッツ入りのブラウニーを作ることにした。ニコラスはといえば大きなテーブルに座り、ラップやアルミホイルをいじくったり、タッパーを開けたり閉めたりしている。彼がことあるごとにひゅうっと息をもらすため、ダグレスは我慢できなくなり、急遽《きゆうきよ》、彼に卵の殻とじゃがいもの皮を剝くよう頼んだ。さすがに玉ねぎを刻むのは彼には無理だろう。

「レティスが料理を作るのを手伝ったことはある？」ダグレスはできるだけ無邪気な口調を心がけて尋ねた。

ニコラスはわざわざ答える必要などないと言いたげに笑い飛ばした。

料理ができあがり、ダグレスがキッチンを片づけていても、ニコラスは頑として手伝おうとはしなかった。そのあと彼女は作ったものをすべて大きなバスケットに詰め、魔法瓶にレモネードを入れた。彼女に代わってニコラスがその荷物を持ち、ふたりで壁に囲まれた小さな庭園まで行くと、ニレの木の下に座って食べ始めた。

ダグレスは今朝読んだ日記のことを話し、ニコラスが五切れ目のフライドチキンを食べているときに、彼の妻について尋ねた。「あなたは彼女のことをちっとも話そうとしないのね。自分のお母さまや亡くなったお兄さまのことは話すのに。お気に入りの馬の話さえしたことがあるのに、自分の妻のことだけは何も話さない」

「わたしに妻の話をさせたいのか？」ニコラスが警告でもするような口調で言う。

「彼女もアラベラみたいに美人なの？」

ニコラスはレティスのことを考えた。四百年どころか、もっと遠いところにいるように感じられる。アラベラは頭が悪く、ろくに会話らしい会話をすることもできないが、情熱がある。一方、レティスには情熱がないものの、頭はいい。おかげで自分にとって何が一番か、どんなときも見極めることができる。「いや、妻はアラベラには似ていない」

「それなら、わたしに似ている?」ダグレスが尋ねた。

ニコラスは彼女を見つめ、レティスが料理をしている姿を思い浮かべようとしたが無理だった。「いや、きみにも似ていない。ところで、これはなんだ?」

「トマトのスライスよ」ダグレスは心ここにあらずの様子で答え、さらに質問を続けようとしたものの、ニコラスにさえぎられた。

「きみを捨てた男のことだが、きみはその男を愛していると言っていたな。それはなぜだ?」

ダグレスは自分を弁護したい気持ちになった。〝ロバートはとてもいい夫になれる人だもの〟そう言いかけたが、気づくと肩をがっくり落としていた。「うぬぼれていたせいね」ぽつりと答えた。「自分にはものすごい力があるはずだとうぬぼれていたの。ロバートはわたしに、今まで誰からも愛されたことがないし、母親も最初の奥さんもひどく冷たかったと言ったわ。それを聞いてどうしてそんなことを考えたのか自分でもよくわからないんだけど、わたしなら彼が必要としている愛情をたっぷり与えてあげられると思ったの。実際そうしようと努めた。何度も彼に愛情を与えたの。それでも足りないと、さらにたくさん愛情を与えようとした。正直言って、彼がわたしにこうしてほしいと思うことはなんでもやってみたわ。だけど……」

「だけど？」ニコラスはそっと尋ねた。

ダグレスは無理に笑みを浮かべようとした。「だけど結局、ロバートは自分の娘にダイヤモンドのブレスレットをプレゼントして、わたしにはその請求書の半分をよこしたわ」

ダグレスはニコラスから目をそらしたが、しばらくして彼が指輪を差しだしているのに気づいた。そんな大きな指輪をしている男性がほかにいないと気づいて以来、ニコラスは指輪をふたつとも外していたのだ。今、彼が差しだしているのは、砂浜にある小石くらい大きなエメラルドの指輪だった。

「これが何か？」

「もとの時代にあるわたしの財産を自由にできたら、きみに宝石のシャワーを浴びせてやることができるんだが」

ダグレスは笑みを浮かべた。「すでにブローチをもらったわ」そう言いながら、片手を胸元に当てた。あのブローチはブラジャーの内側につけている。服につけて人目に触れ、あれが年代物の貴重品であると気づかれたら、根掘り葉掘りきかれるに違いないからだ。「ほかにも、あなたからはいろいろなものをもらっているわ。服も買ってもらったし、それに……優しくしてもらった。ねえニコラス、あなたと出会ってから、わたしは毎日が最高に幸せなの。あなたにもとの時代へ戻ってほしくないわ」

ダグレスははっとしたように片手で口を押さえた。「今のは本気で言ったわけじゃないのよ。もちろん、あなたはもとの時代に戻る必要がある。美しい奥さんが待っているし……世継ぎをもうけないといけないもの。女王に没収されないように大切な領地を相続させる男の子を何人かね。でも、気づいている？　リーから裏切り者の名前を聞きだせたら、あなたはすぐにもとの時代へ戻るかもしれないのよ。リーがその人物の名前を口にした瞬間、煙のようにぱっと消えてしまうかも」

ニコラスはバスケットの中をひっかきまわしていた手を止めた。「その答えは、明日わかる。彼がわたしに裏切り者の名前を告げたいかどうかにかかわらず、絶対に聞きだしてやる」

「明日」ダグレスはその姿を脳裏に刻みつけようとするかのように、ニコラスをじっと見つめた。シャツがきつそうなくらい幅広い肩、引きしまった腹部、筋肉のついた男らしい脚。〝わたしの自慢の脚だ〟――ニコラスならそう言いかねない。ふと、タオルしか巻いていない彼の姿を思いだした。

「これはなんだ?」突然ニコラスが語気鋭く尋ねてきた。大きく切ったケーキのひと切れをつまみ、ふたりの顔のあいだに掲げている。

「ブラウニーよ」ダグレスは答えた。なんだか自分がばかみたいに思えてきた。いったいなぜ感傷に浸っているのだろう? ニコラスは二、三回キスしてくれたけれど、いずれも彼女のほうから身を投げだしたときだけだ。それなのに今朝アラベラと一緒に過ごして戻ってきた彼は、シャツのボタンをかけ違えていた。「食べ物ね」低い声でつぶやく。彼女がニコラスを喜ばせることができるのは食べ物かラップくらいしかないらしい。彼に触れたくて指先がうずいているのに、ニコラスはダグレスに対してそんな気持ちは露ほども感じていないようだ。

「もうそろそろ帰ったほうがいいわ」ダグレスはそっけなく言った。「じきにアラベラが戻ってくるはずだし、戻ったらすぐにあなたと会いたがるはずだもの」立ちあがろうとしたところで、ニコラスに腕をつかまれた。

「アラベラと一生過ごすより、きみと一時間過ごすほうがいい」

ダグレスは息をのんだ。ニコラスのほうを見る勇気はなかったが、それでもふたたび腰をおろした。彼は本当の気持ちを打ち明けているのだろうか？　それともただ、わたしの機嫌を取ろうとしているだけ？

「わたしがこれを食べているあいだ、歌を歌ってほしい」ニコラスが言った。

「わたしは歌えないし、そもそも歌をよく知らないの。お話を聞かせるのはどう？」

「うーむ」ニコラスはそれしか答えなかった。ブラウニーを口いっぱいに頬張っていたせいだ。

そのとき、ダグレスは気づいた。この時代では広く知られている有名な物語でも、ニコラスにとっては初めて聞くものが山ほどあるはずだ。そこでジキル博士とハイド氏の物語を聞かせることにした。

「わたしのいとこに、似たようなのがいる」ニコラスはブラウニーを全部平らげると、横になってダグレスの膝に頭をのせ、彼女をひどく驚かせた。

「いつもそんなふうに食べていたら太ってしまうわよ」

「きみはわたしが太っていると思うか？」ニコラスが彼女を見あげた。そのまなざしの強さに、たちまちダグレスの鼓動が速くなる。ニコラスは自分が彼女に与える影響の大きさを完全に知り尽くし、期待どおりの反応を見せる彼女を笑っているようだ。とはいえ、ニコラス自身がダグレスの影響を受けている様子はまるでない。彼がダグレスに興味を示すのは、彼女がほかの男性のそばにいるときだけだ。

「目を閉じて、お行儀よくしていてね」ダグレスはそう言うと、ニコラスの髪を撫でつけた。豊かでやわらかい巻き毛だった。次から次へと物語を聞かせているうちに、彼はとうとう眠りに落ちた。

ニコラスがふたたび目を開いたときには、もう日没近くなっていた。じっと横たわったまま、しばらくダグレスを見つめる。「もう行かなくては」

「そうね」彼女はそっと答えた。「今夜、リーから裏切り者の名前を聞きだそうと思うの」

ニコラスは体を起こし、ダグレスの前に膝をつくと、彼女の頰に片手を当てた。

「もとの時代に戻ってもきみのことを考えるだろう」

「わたしも、あなたのことを考えるわ」ダグレスは答え、彼の手に手を重ねた。

ニコラスはバスケットの蓋の上に置いていたエメラルドの指輪を取り、ダグレスの手のひらにのせてしっかりと握らせた。

「ニコラス、これは受け取れないわ。すでにたくさんのものをもらっているもの」

ニコラスはダグレスとしっかり視線を絡ませ、悲しげな瞳で言った。「これ以上のものを与えても惜しくない。もしも……」

「もしも？」彼女は先をうながした。

「きみを一緒に連れて戻れるのならば」

ダグレスがはっと息をのんだ。

ニコラスは自分自身を呪った。言ってはいけなかった。ダグレスに希望を抱かせてはならない。彼女を傷つけたくないのに。だが、ダグレスを残してここから去ると思うと、耐えがたいほどの苦痛に襲われる。もはや時間の問題だ。知る必要のある答えはじきにわかるだろう。その答えがわかれば、もとの時代に戻ることもわかっている。あとひと晩だ。ダグレスと一緒にいられるのは今宵《こよい》だけなのだ。

今夜ダグレスをベッドに引き入れよう。最後の夜を愛と恍惚《こうこつ》で締めくくるのだ。

いや、だめだ！　ダグレスの目を見つめ、その瞳に溺れそうになりながらも必死で自分に言い聞かせる。彼女に対してそんなことはできない。最初に会ったとき以上にダグレスを泣かせたまま、置き去りにするわけにはいかない。くそっ。わたしだってもとの時代になど戻りたくない。冷たい妻のもとへ、アラベラみたいな一緒にいてもむなしい女たちのもとへなど戻りたいものか。だが、だめだ。ダグレスには指一本触れないほうがいい。

「そうとも」ニコラスはにやりとした。「料理を作ってもらうためにはな」

「料理？」ダグレスはぼんやりと尋ねた。「あなたは料理を作ってもらうためにわたしを必要としているの？ なんて鼻持ちならない男なの。我慢ならないわ、このうぬぼれの強い——」

「ピリコック？」

「そう、たぶんそれがぴったりなんだわ。このピリコックめ！ 水道もなければ医者もいない、床屋に歯を抜いてもらって顎の骨を折るような時代へ、ただあなたに料理を作るためだけにわたしが行くと考えているなら——」

ニコラスは前かがみになり、彼女の髪に顔をすりつけて耳たぶをなめた。「わたしのベッドに招いてやる」

ダグレスはニコラスを押しのけ、彼がいかにうぬぼれているかを説明し始めたが、突然、表情を一変させた。譲歩してもいいと思えたのだ。「わかった。あなたと行くわ。一緒にあなたの時代へ戻って、料理してあげる。日曜の午後にはベッドで過ごしましょう。それかテーブルの上でも、どちらでもいいわ」

ニコラスは愕然とした。顔からいっきに血の気が引いていくのがわかった。食べ終えた残骸をバスケットの中に放りこみながら、心の中でひとりごちる。ダグレスを自分の時代に連れていくなんて、考えるだけで恐ろしい。もし彼の愛人だと知れば、妻のレティスはダグレスの全身を細かく切り刻んでしまうに違いない。

「ニコラス」ダグレスが言う。「今のはからかっただけよ」だがニコラスは、彼女のほうを見もしなかった。「ねえ、わたし、この指輪を受け取るわ。それであなたの気分がよくなるなら」

ニコラスは手を止めてダグレスを見た。「きみは自分が何を言っているのか、全然わかっていない。願うべきではないことを、無理に願おうとしてはいけない。わたしはもとの時代で、もう少しで死刑を執行されるところだったのだ。もしきみを連れてあの時代へ戻れたとしても、すぐにきみはひとりぼっちになってしまうだろう。わたしの時代はきみの時代とは違う。孤独な女がひとりで生きていくのは並大抵のことではない。わたしがそばにいて守ってやらなければ、きみは――」

ダグレスは彼の腕にそっと手を置いた。「ただからかっただけよ。一緒に戻る気なんてないわ。わたしには探らなければいけない秘密もないもの。ねえ、覚えている？あなたはここに何かを見つけるためにやってきたのよ」

「きみの言うとおりだ」ニコラスはそう答えると、ダグレスの手を持ちあげて唇を押し当てた。そして立ちあがり、彼女が見守る中、バスケットを置きっぱなしにしたまま歩きだした。先ほどニコラスが片づけをしたのは、きっと気が動転していたからだろう。でも、いったい何が彼を動揺させたのだろう？　いくら考えても彼女にはわからなかった。

ダグレスはバスケットを持ち、彼のあとについて屋敷の中へ戻った。そのあいだ、どちらもひと言も話そうとはしなかった。

15

屋敷へ戻ると、ニコラスはかすかにうなずいただけで、キッチンを通り抜けて自分の部屋へさっさと戻ってしまった。さっぱりわけがわからず釈然としない気分のまま、ダグレスも部屋へ戻った。ベッドの上に、宅配会社の名前が記された大きな箱が置かれていた。さっそく包み紙を破り、梱包《こんぽう》テープや包装紙をあちこちに投げ散らかしながら箱を開けてみる。

中には、母の美しいデザイナーズブランドのドレスが二着入っていた。

「ありがとう、本当にありがとう、エリザベス」彼女は小声で言うと、ドレスを一着、体に合わせてみた。これで今夜、ニコラスはお高くとまったアラベラのほかにも女性がいることに気づくかもしれない。そう考え、満面の笑みを浮かべた。

ヘアウッド親子と客人たちがカクテルを飲んでいる居間に足を踏み入れた瞬間、ダグレスは気づいた。ドレスを着るのに二時間半もかかったけれど、どうやらそれだけの価値はあったらしい。リーはグラスを口元へ運ぶ手を途中で止め、レディ・アラベラも今回だけはニコラスから目を離した。へアウッド卿でさえ、銃と猟犬と丹精こめて育てているバラの話を中断したほどだ。ニコラスはといえば……彼が示した反応を見て、ダグレスはこれだけ長い時間をかけて着飾った努力が報われたと思えた。彼女をひと目見たとたん、ニコラスは目を輝かせ、熱く燃えるようなまなざしを向けたまま彼女のほうへ近づいてきたものの、いきなり立ちどまり、今度は彼女をにらみつけてきた。

母の純白のドレスは体にまつわりつくような生地でできていて、片方は長袖だが、もう片方は腕がむき出しになるようなデザインだった。ドレス全体に小さなビーズがちりばめられ、ダグレスが動くたびにあらゆる曲線を引き立ててくれる。袖がないほうの手首にはグロリアのブレスレットをつけていた。

「こんばんは」ダグレスは言った。

「うわあ」リーは彼女を頭の先から爪先まで眺めた。「うわあ」

ダグレスは王女のような笑みを彼に向けた。「それはアルコールかしら？　ジントニックをわたしに取ってきてもらえる？」

リーは十代の少年のような素直さでカクテルを取りに席を立った。

装い次第で女性の扱いは驚くほど変わるものだ。ダグレスはつくづく思い知らされた。昨夜、アラベラの前に出たときはテーブルの下に隠れたくなったのに、今夜はアラベラの襟ぐりの大きくカットされたドレスが取るに足りない安っぽいものに思える。

「いったいどうした?」ニコラスは彼女の前に立ちはだかって尋ねた。

「どうしたって何が?」ダグレスは無邪気そうにまばたきをしながらきき返した。

「体がむき出しじゃないか」ショックを受けているように聞こえる。

「あなたのアラベラほどむき出しじゃないわ」ダグレスはぴしゃりと反論し、笑みを浮かべた。「このドレスは気に入ってくれた? 姉に送ってもらったの」

ニコラスの背中がいつもよりこわばっている。「ディナーのあとで、あの医者に会うつもりか?」

「もちろんよ」ダグレスは甘い声で答えた。「思いだして。彼が知っていることを聞きだせと言ったのはあなたでしょう」

「ニコラス」アラベラが叫んだ。「食事にしましょう」

「そんなドレスを着てはだめだ」

「わたしは自分が着たいと思うものを着るわ。もう行ったほうがいいわよ。アラベラがテーブルの脚をがたがたいわせているから」

「きみは――」

「お待たせ、どうぞ」戻ってきたリーがダグレスに飲み物を手渡し、ニコラスに言った。「いい夜ですね、閣下」

ダグレスにとって、その夜のディナーはすばらしい体験となった。ニコラスは片時もダグレスから目を離すことができず、それがアラベラの逆鱗《げきりん》に触れたのは言うまでもない。リーはダグレスに近づきすぎるあまり、一度など上着の袖が彼女のスープ皿に浸かりそうになったほどだ。

ディナーのあと、一行は応接室へ移った。イギリスの女流作家ジェイン・オースティンが書いた小説の一場面のように、ニコラスはピアノを弾きながら歌を披露した。彼の豊かで太い声に、ダグレスは聞き惚れた。彼はダグレスにも一緒に歌うよう誘いかけたが、彼女は自分が音痴であることを知っていたので断った。だが、小さな硬い椅子に座り、ニコラスとアラベラが頭を寄せあって歌う姿を見ているうちに、ふたりが妬ましくなった。

夜十時になると、ダグレスは一同に断ってから自分の部屋へ戻った。リーの部屋で、彼とふたりきりで過ごす気にはどうしてもなれなかった。ニコラスを裏切った人物の名前を聞きだすのは、あと一日延ばさなければならないだろう。

ところが真夜中になっても、ダグレスはまったく眠れなかった。ニコラスがアラベラと一緒に歌っている姿が頭から離れず、彼がシャツのボタンをかけ違えて外から戻ってきたことを思いださずにはいられなかったのだ。ベッドから出てローブを身につけると、髪を整え、広い館の中を歩いてニコラスの部屋へ向かう。彼の部屋の扉の下からは明かりがもれていなかった。けれど、アラベラの部屋の扉の下からは明かりがもれていて、グラスが触れあう音と彼女の蠱惑的《こわくてき》な笑い声が聞こえてきた。

ダグレスは自分が何をしているのか考えもせずに、一度だけノックすると同時に取っ手をつかみ、扉を開けてアラベラの部屋へ足を踏み入れた。「こんばんは。安全ピンを借りられないかしら？　紐《ひも》が切れてしまったの。大事な紐だからどうしてもつなぎたくて」

ニコラスはアラベラのベッドに横たわっていた。シャツの胸をはだけ、裾がズボンからはみだしている。アラベラはネグリジェを着ていたが、肌はほとんど露出し、覆っている部分もごく薄い生地のためすけすけだった。

「あなた……あなたって人は……」アラベラがつっかえながら言う。

「あら、閣下。お邪魔でしたでしょうか？」

ニコラスは大いにおもしろがるような表情でダグレスを見ている。

「あら、なんて珍しいの」ダグレスは言った。「バング&オルフセンのテレビね。初めて見たわ。もしよければ、ぜひニュースが見たいのだけれど。あ、ここにリモコンがあるわ」彼女はベッドの端に腰をおろし、大型テレビのスイッチを入れ、次々とチャンネルを変え始めた。背後でニコラスが起きあがるのが気配でわかった。

「これは映画か?」彼がささやく。

「いいえ、ただのテレビよ」ダグレスは彼にリモコンを手渡した。「ここにオンとオフがあるでしょう? これが音量ボタンで、ここに並んでいるのがチャンネルボタンよ。ほら、見て! エリザベス女王に関する昔の映画を放送しているわ」彼女はテレビを消してニコラスの近くにある机の上にリモコンを置くと、あくびをしながら立ちあがった。「たった今、安全ピンを持っていたことを思いだしたわ。とにかくありがとう、レディ・アラベラ。お邪魔じゃなければよかったんだけど」

ダグレスは扉まで走らなければならなかった。両手を伸ばしたアラベラにつかみかかられる寸前だったからだ。どうにか部屋の外へ出てからその場で聞き耳を立て、室内の様子を確認していると、すぐにテレビの音声が聞こえてきた。聞き違えるはずもない、西部劇だ。続いてアラベラの金切り声が聞こえた。「そんなもの、とっとと消して!」けれど次に聞こえてきたのは、エリザベス一世を演じる名女優ベティ・デイヴィスの声だ。ニコラスはなんて頭がいいのだろう。ダグレスはほくそ笑みながら思った。あの映画のチャンネルを探しだせるなんて。彼女は笑みを浮かべたまま、自分の部屋へ戻った。今度はなんの苦もなく眠りに落ちた。

翌朝、リーが食事の時間に迎えに来た。「昨夜はぼくの部屋へ来てくれるのかと思っていたよ。例の手紙を読んであげようと思っていたのに」

「ニコラス・スタフォードを裏切った人物の名前を教えてくれるつもりだったの?」

「さあ、どうかな」リーはそれしか答えなかった。そこで朝食のあと、ダグレスは彼について階上へあがった。もしリーから裏切り者の名前を伝えられたら、ニコラスはその瞬間に十六世紀へ戻ってしまうのだろうか?

だが、すぐに思い知らされた。リーから何かを聞きだすのは至難の業であることに。

「あれからいろいろと思いだしたんだけど、たしか、きみのお父さんはイェール大学の理事を務めているんじゃなかったかな? もしかして彼ならぼくの新発見に興味を持ってくれるかもしれない」

「あなたの論文のことは父に伝えるわ。特にニコラス卿を裏切った人物については、ぜひ伝えたいと思っているの」

リーがじりっと一歩近づいてくる。「お父さんに電話をしてもらえたら、ぼくの口から直接伝えられるんだが」

「父は今頃メイン州の荒野にいるから、連絡がつかないわ」

「なんだ」リーはくるりと背を向けた。「だったら、きみには教えられないな」

「この小心者のたかり屋！」ダグレスは無意識のうちに口走っていた。「あなたって出世のことしか考えていないのね。その裏切り者の名前には、ある人物の命がかかわっているのよ！」

リーが驚いたような顔で振り返る。「十六世紀の文書が人の命にかかわる？　いったいどうして？」

ダグレスは彼にどこまで説明していいかわからなかった。「必ず父に連絡するわ。今日、このあと手紙を書くから。もちろん手紙の内容をあなたに見せてもいい。そうすれば父は家に戻り次第、その手紙を読むはずよ」

リーは眉をひそめながらダグレスを見た。「なぜそんなに裏切り者の名前が知りたいんだ？　なんだか怪しいな。あのスタフォード卿っていうのは、いったい何者なんだ？　きみたちふたりは、ボスと秘書には見えないし。どちらかというと――」

そのとき扉が大きく開かれ、ニコラスが入ってきた。エリザベス朝の装いに身を包み、たくましい脚の形がはっきりとわかるぴっちりした長靴下をはいている。朝の光の中、銀と金で作られた鎧を輝かせながら、ニコラスは手にした剣の切っ先をリーの喉元に突きつけた。

「これはどういうことだ？」リーは怒ったように尋ねて、剣を払いのけた瞬間、大きくあえいだ。鋭い切っ先で手を切ったのだ。

　リーの喉元に剣を突きつけたまま、ニコラスはぐっと一歩迫った。

「ダグレス、助けてくれ」あとずさりしながらリーが言う。「この男は頭がおかしい」

　リーを壁際まで追いつめると、ニコラスは口を開いた。「わたしの名前を女王に密告した裏切り者は誰だ？」

「きみの名前を？　やっぱりきみは頭がどうかしているようだな。ダグレス、誰か呼んでくれ。このいかれた男が後悔するようなことをしでかす前に」

「裏切り者の名前を言え」ニコラスは剣の切っ先を、さらに強くリーの喉元に押し当てた。

「わかったよ」リーが憤懣やるかたない様子で答える。「その人物の名前は――」

「待って！」ダグレスはニコラスを見つめながら叫んだ。「もし名前を聞いたら、あなたは去ってしまうかもしれない。ああ、ニコラス、わたしは二度とあなたに会えないかもしれないのよ」

リーの喉に剣を押し当てたまま、ニコラスが片手をダグレスのほうへ伸ばした。ダグレスは彼に駆け寄った。ふたりの体が触れあう前に、唇が重なりあっていた。ダグレスは彼に対するありったけの思慕の情と募る一方の欲望をこめてキスをした。彼女がニコラスの髪に両手を差し入れ、彼の頭を引き寄せる。ニコラスは彼女を求めてなどいないだろうと考えていたのに、今はまぎれもない情熱が彼の全身から感じられる。彼に片手で体を持ちあげられ、ダグレスは爪先が床から浮くのを感じた。

先に体を離したのはニコラスだった。「行け」彼が命じた。

涙がダグレスの目を刺した。だが、誓ってもいい。ニコラスの目にも涙がにじんでいるのが見えた。

「行くんだ」ふたたびニコラスが言う。「わたしから離れていろ」

逆らう気力もないままダグレスは素直に従い、ニコラスから少し離れたところに立って彼を見つめながら、心の中でひとりごちた。もう二度と彼の姿を見ることができない。彼を抱きしめることも、彼の笑い声を聞くことも、そして――。

「名前を言え!」ニコラスは強い口調で叫んだが、ダグレスから片時も目を離さないままだった。この世界から去るとき、最後に目にするのがダグレスの姿であってほしかった。

リーは困惑しきっていた。何が起きているのか、さっぱりわからない様子だ。「名前は――」

すべてが一度に起きた。ニコラスと別れるのが耐えられず、ダグレスは彼に飛びついた。彼がもとの時代へ行くなら、自分も一緒に行きたい。

「ロバート・シドニーだ」リーが答えた瞬間、その足元にダグレスとニコラスが絡みあうようにして倒れこんだ。リーがふたりを見おろしながら言う。「きみたちはふたりとも頭がおかしい」そして、ふたりの体をまたいで部屋から出ていった。

ダグレスはニコラスの銀色の鎧に顔を押し当てたまま、きつく目を閉じていた。

われに返ったニコラスが、おもしろそうに彼女を見おろした。「着いたぞ」

「どこに？　外を走っているのは車？　それとも、ロバが引く荷馬車？」

ニコラスは含み笑いをもらしながら、ダグレスの顔を両手で挟んで上向かせた。

「きみの時代のままだ。わたしから離れていろと言ったのに」

「ええ、でもわたし……わたし……」ダグレスは彼から体を離して起きあがった。

「ただエリザベス朝のイギリスを見るのもすばらしい体験かもしれないと考えただけよ。そうしたら本も書けるし、みんなが本当に知りたがっている質問にも答えられるでしょう。エリザベス一世は禿げていたのかとか、あの時代の男性たちは女性をどんなふうに扱っていたのかとか。それに――」

ニコラスは起きあがり、彼女に甘いキスをした。「きみを連れて戻るわけにはいかない」それから自分の背中に片手を当てて言葉を継いだ。「きみはわたしの鎧にひどいことをした。きみに突き倒されたときから、この鎧は傷だらけだ」

「あれは、あなたが走っているバスの前に出ようとしたからよ」

ニコラスは立ちあがると、ダグレスの両手を取って彼女を立たせた。だが立ちあがってからも、ダグレスは彼の手を放そうとしなかった。「あなたはまだここにいるのね」彼女はようやく深呼吸をした。「裏切り者の名前がわかっても、あなたはまだここにいるんだわ。ロバート・シドニー。シドニー？　たしか、アラベラはシドニーという名前じゃなかった？　つまり……あなたが……まさかあなたが彼女と……」

ニコラスは彼女の肩に腕をまわして窓辺へ連れていった。「シドニーはアラベラの夫だ」ひっそりとつけ加える。「だが、信じがたい。まさかあの男がわたしのことで女王に嘘をつくとはな」

「あなたも、あのテーブルもくそくらえだわ！」ダグレスは猛然と言い放った。「もしあなたがそんな……そんなに熱をあげてアラベラをテーブルに押し倒したりしなければ、彼女の夫があなたを憎むこともなかったかもしれないのに。それに、あなたの奥さんはどうなるの？　彼女だってひどく動揺したはずよ」

「アラベラとああなったとき、わたしはまだ結婚していなかった」

「ああなったとき、ね……」ダグレスはつぶやいた。「だったら、シドニーはその前からあなたに腹を立てていたのかも」彼女は振り向いてニコラスを見た。「もしわたしが一緒にもとの時代へ戻ったら、あなたが厄介事に巻きこまれないようにできるかもしれない」

ニコラスは彼女の頭を鎧の胸の部分に押し当てた。「きみを連れて戻るわけにはいかない」

「あなたはもとの時代に戻らないかもしれない。永遠にこの時代にいるのかも」

「わたしの墓があるアシュバートンへ行かなければ。あの場所に行って、祈る必要がある」

ダグレスはもっと何か言いたかった。ニコラスにもとの時代へ戻るのをあきらめさせるようなことを。でも、彼の決意を変える言葉なんてないのは百も承知だ。ニコラスにとっては一族も、家名も、彼自身の名誉も、このうえなく重要なことなのだ。

「今日、出発しましょう」ダグレスは優しい声で言った。「もうアラベラに会う必要もないでしょう?」

「わたしの気をそらすための計算機やテレビのようなものはもう尽きたのか?」ニコラスが笑いながら尋ねた。

「今夜のためにステレオを取ってあるわ」

ニコラスは彼女を自分のほうに向かせると、両肩に手を置いた。「わたしはひとりで祈ろうと思う。それにもとの時代へ戻るなら、ひとりで戻る。わかってくれるか?」

ダグレスはうなずきながら、心の中でつぶやいた。これは天から与えられた時間だ。わたしたちは今、そういう奇跡的な時間を生きている。

16

アシュバートンのB&Bで、ダグレスはツインベッドのひとつに腰かけ、隣のベッドで眠るニコラスを見つめていた。早朝の光の中では彼の顔はぼんやりとしか見えないが、それでもどうにか確認できる。裏切り者の名前を知ってから、すでに三日が過ぎていた。いつなんどきニコラスが消えてしまうかとはらはらし続けた三日間だった。ニコラスは毎朝、教会へ行って自分の墓の前でひざまずき、二時間かけて祈りを捧げた。午後もまたさらに二時間、祈り続けた。

ニコラスが教会へ入っていくたびに、ダグレスは外で息を凝らしながら彼を見送った。彼が教会の中へ姿を消すたびに、これで見おさめかもしれないと思うのだ。だから午前十時と午後四時に足音を忍ばせて教会の中へ入り、彼の姿を見つけたときは、安堵と喜びのあまり目頭が熱くなり、そばに駆け寄らずにはいられなかった。顔も体も汗びっしょりのニコラスの姿を目の当たりにすると、胸がいっぱいになった。毎日熱心に祈るあまり、ニコラスはそのあと疲労困憊してぐったりしてしまう。冷たい石の床に二時間もひざまずいているせいで膝がこわばり、ひとりで立つこともできない彼を、ダグレスは手助けした。ニコラスを気の毒に思った牧師が彼のためにクッションを持ってきてくれたが、ニコラスは頑としてそれを使おうとはしなかった。自分がしなければならないことを忘れないためには、肉体的な痛みを感じる必要があるのだという。

なぜ義務を思いださせるものが必要なのか、ダグレスはあえてニコラスに尋ねようとはしなかった。心の中で芽生え始めている希望の種を摘み取りたくない。もしかすると、ニコラスはもとの時代へ戻らないかもしれない。ダグレスは真剣にそう思い始めていた。ニコラスが戻れるよう祈るべきだとわかってはいる。彼にとって名誉や家名、それに多くの人たちの未来のほうが、彼女の身勝手な望みよりもはるかに大切だということも、もちろんわかっている。それでも太陽の光を大柄な体に浴びながら、自分の墓の前でひざまずいているニコラスの姿を見るたびに、彼女はつぶやかずにはいられなかった。「神さま、ありがとうございます」

この三日間は天国のようだった。ニコラスが教会で祈っていない時間は、ふたりでいつも一緒に過ごした。ダグレスは貸し自転車を借りて、彼に乗り方を教えた。なんて楽しい時間だっただろう。ニコラスは転ぶたびに彼女をそばに引っ張り、牛の落とし物でいっぱいの濃い匂いが立ちこめるイギリスの草地を一緒に転げまわった。ひどい匂いがする自分たちを笑いながら、ふたりでホテルへ戻り、シャワーを浴びて髪を洗った。ダグレスがビデオデッキとテープを借りてきて、午後はふたりで映画を楽しんだ。

ニコラスは旺盛な知識欲の持ち主だったため、ふたりは地元の小さな図書館の閲覧カードを取得し、数えきれないほどの本が並ぶ本棚を見てまわった。ニコラスは一五六四年以降に起きたことをなんでもかんでも知りたがり、どんな音楽も聞きたがった。そのうえ、いかなるものでも匂いを嗅ぎ、味わい、触れてみようとした。

「この時代に残るとしたら――」ある日の午後、ニコラスが言った。「わたしは館を作る」

彼は家を設計すると言いたいのだとダグレスが理解するのに、少し時間がかかった。ソーンウィック城の美しさを見れば、彼にそういう才能があるのは明らかだ。何を言おうとしているのかよく考えないうちに、気づくと彼女の口から言葉があふれでていた。「あなたなら大学の建築学科に行くこともできるわ。現代建築について勉強しなければいけないことがたくさんあるはずだけど、わたしも手伝えると思うの。現代の活字体をもっとすらすらと読めるように教えられるし、おじのJ・Tに頼めばパスポートもなんとかしてくれるはずよ。おじはランコニアの国王だから、あなたもランコニア人ということにすればいい。そうしたら、わたしがあなたをアメリカに連れていってあげる。アメリカに行けば、父はあなたが大学で建築を学べるよう手助けをしてくれるだろうし、夏になったらわたしの故郷で過ごせるわ。メイン州の海辺にあるワーブルックというとても美しい町なの。そこでヨットに乗ってもいいし――」

ニコラスは顔を背けた。「わたしは戻らなければならない」

そうよね、戻るのよね。ダグレスは心の中でひとりごちた。心から愛する妻のもとへ。つくづく不思議だ。ダグレスがこれほど彼のことを気にかけているのに、ニコラスが彼女に対して何も感じていないなんて。どうしてそんなことがありうるの？　これまでに知りあったほかの男性たちは、彼女に何かしら望んでいた。ロバートは彼女を服従させたがった。〝ぼくの思いどおりにしろ。それができないなら何もするな〟というのがロバートなりの哲学だった。ロバート以外にデートをした男性たちのうち、ダグレスの実家の財産目当てだった者も何人かいる。あるいは、ダグレスが相手の言うことをすぐに信じてだまされやすいからという理由で、彼女を求めた男性も何人かいた。だけど、ニコラスは違う。彼はダグレスから何も奪おうとしない。

ニコラスを見ているうちに、欲望が募って彼に飛びつきたくなることが何度かあった。図書館でも、パブでも、通りを歩いているときでも。彼の服をびりびりに破いて、体をむさぼるように愛する――そんな空想をいつだって抱き続けていた。

それなのに彼女が近寄りすぎると、ニコラスはいつも体を引いた。この時代にあるありとあらゆるものを味わい、匂いを嗅ぎ、触れようとするのに、ダグレスだけは別のようだ。

この三日間、ダグレスはなんとか彼の気を引こうとしてきた。自分でも信じられないが、一応努力してみたのだ。二百ポンドもする赤いシルクのネグリジェを――クレジットカードで――買ったりもした。どんな男性の欲望も駆り立てること請けあい、という触れこみに釣られたのだ。けれど、そのネグリジェを身につけてバスルームから出ても、ニコラスは彼女のほうを見ようともしなかった。〈あばずれ女《タイグレス》〉という商品名の香水を買ったこともある。小さな瓶なのに七十五ポンドもした。それをつけて、ニコラスの目の前でシャツから胸がこぼれるほど体をかがめて、この香りをどう思うか尋ねたのに、彼はもごもごと意味不明な答えを返しただけだった。

浴槽に火傷《やけど》しそうなほど熱い湯をため、ジーンズを浸けて縮ませたこともある。乾かしてみたところ縮みすぎたため、大きな安全ピンでファスナーを固定してから、床に仰向けに寝転んでファスナーを引きあげなければならなかった。そのぴちぴちのジーンズに、ノーブラのまま薄物のシルクのブラウスを合わせても、ニコラスは見向きもしなかった。

ほかの女性が通り過ぎるたびに、ニコラスが振り返るのを見ていなければ、彼は男性が好きなのだと勘違いしていただろう。

黒のストッキングに黒のハイヒール、黒のタイトスカートを合わせ、赤いシルクのブラウスを着たりもした。ハイヒールを履いて自転車に乗るなんて滑稽だとわかってはいたが、とにかく試してみた。その格好でニコラスの前を七キロ近く自転車で走ったのに、彼はなんの注意も払わなかった。

レンタルビデオ店でエロチックスリラー『ボディヒート』を借りたりもした。

そうして今日、四日目を迎えた。もはや自暴自棄になっていたダグレスはその日の午前中、B&Bの女主人の助けを借りて、ニコラスとベッドをともにするための入念な計画を練りあげた。ミセス・ビーズリーから部屋を空けてほしいとニコラスに伝えてもらったうえで、ダグレスが近くにあるすてきなカントリーハウス・ホテルに予約を入れ、ニコラスには〝大きな四柱式ベッドがある部屋をひと部屋しか取れなかったから、そこで我慢するしかない〟と告げた。それでも彼は奇妙な目でダグレスを見ただけで、無言のままその場から離れていった。

そんなわけで今、ダグレスはそのホテルのバスルームにいる。三十分前にチェックインをすませたばかりだ。まるで新婚初夜の花嫁のように神経質になっているのがわかる。震える手で香水をつけ、シルクのネグリジェの前で紐をごく緩く結んだ。

身支度を整え、髪をふんわりとさせてから、ようやくバスルームを出た。部屋は薄暗かったものの、ベッドの――今夜ニコラスとともにすることになるベッドの輪郭は見えた。

ダグレスはゆっくりとベッドに近づいていった。上掛けの下に、ニコラスの長身の体が横たわっている。彼女は手を伸ばしてその体に触れ、ささやいた。「ニコラス」

だが、手が触れたのはニコラスではなかった。なんと……枕だった！

ベッド脇の明かりをつけると、ニコラスが枕をひとつ残らず使って、ふたりのあいだに作ったバリケードが目に入った。ベッドの頭板から足板まで、枕がずらりと並べられている。その向こうでニコラスがこちらに背を向けて横たわっていた。彼の広い背中が、もうひとつのバリケードのように見えた。

唇を嚙み必死で涙をこらえながら、ダグレスはベッドの隅に体を横たえた。憎たらしい枕のバリケードには、絶対に触れたくない。突然、全身から力が抜けてしまい、つけた明かりを消すこともできなかった。熱い涙がぽろぽろと頬を流れ落ちる。「どうして?」彼女はささやいた。「どうしてこんなことをするの?」

「ダグレス……」ニコラスが寝返りを打ち、彼女のほうを向いたが、枕のバリケードを越えて彼女に触れようとはしなかった。

「あなたにとって、わたしは女としてそれほど魅力がない?」そんなことを尋ねた自分がいやでたまらない。だけど、もはやプライドのかけらすら残っていなかった。「あなたはほかの女性たちに目を向けるけれど、彼女たちがわたしよりグラマーなわけでも、とびきりきれいなわけでもない。それなのに、あなたはわたしを見ようともしない。ときどきキスすることはあっても、そこから先へ進むこともない。あなたはアラベラに両手で触れていたし、ほかにも多くの女性と関係を持ったはずなのに、どうして? わたしは背が低すぎるの? 太りすぎている? 赤毛が嫌いなの?」

ニコラスが口を開くと同時に、ダグレスにはわかった。今から話すのは、彼の心の奥深くから生みだされた言葉に違いないと。「わたしはきみに対して感じているほど激しい欲望を、ほかの女に感じたことがない。きみを求める強い気持ちのせいで体がうずいている。だが、わたしは去らなければならない。しかも、ここに戻ってくることはできないだろう。きみを置き去りにして、悲しませることになる。初めて出会ったとき、きみは四百年もの歳月を隔ててもなお声が聞こえるほど、激しく泣いていた。もう二度と、きみにあのような悲しみを味わわせるわけにはいかない」

「あなたがわたしに触れようとしないのは、悲しませたくないからなの？」

「ああ」ニコラスは低く答えた。

ダグレスの涙が次第に冷淡な笑い声に変わる。彼女はベッドから出るとその場に立ち、ニコラスを見おろした。「ばかね。わからないの？　どのみちあなたが去ってしまったら、わたしは涙に暮れながら残りの一生を過ごすことになるのよ。四百年前どころか、時間の始まりにまでさかのぼって声が聞こえるほど、大声で泣きわめき続けるわ。ああ、ニコラス、本当にばかなんだから。わたしがどれだけあなたを愛しているかわからない？　あなたがわたしに触れようが触れまいが、わたしの涙を止めることはできないの」

ダグレスは口をつぐみ、いたずらっぽい笑みを浮かべた。「アラベラもテーブルから転げ落ちるほど強烈な思い出を、わたしのために残してくれない？」

ダグレスが立ち尽くして見守る前で、ニコラスは微動だにせず横たわったまま、枕のバリケード越しに彼女をひたすら見つめていた。次の瞬間、一瞬前まではベッドの中にいたはずの彼が、いつの間にか彼女の上にのしかかっていた。ニコラスがいつ動いたのか、ダグレスにはまったくわからなかった。ただ突然彼の体の重みを感じ、肌に唇が押し当てられ、両肩をつかまれ、彼がすばやく動きだしたのを感じただけだ。

「ニコラス」ダグレスはささやいた。「ああ、ニコラス」

彼は唇と両手で、文字どおりダグレスの全身を愛撫し始めた。ニコラスの体の一部が自分の口の近くへ来ると、ダグレスはどこにでもかまわずキスをした。ニコラスの手でネグリジェをはぎ取られたとき、生地が引き裂かれる音が聞こえた。彼の熱く濡れた口に胸の頂を含まれ、たまらず恍惚のうめきをあげる。

これこそニコラスだ。彼女がこれまで何百時間も求め続け、欲望を募らせ、恋い焦がれてきた人。彼の大きな両手がダグレスの体の脇を滑りおり、親指で彼女のへそをもてあそび始める。そのあいだも、ニコラスの口は胸の頂を愛撫し続けていた。

ダグレスは彼の髪に指を差し入れ、そっとささやいた。「わたしに愛させて」これまで選んできた男性たちは、彼女を必要とし、こちらがいくら与えてもまだ足りないと言うような男性ばかりだった。いつだってそうだった。ダグレスは今まで、彼女から与えられることを期待する男性とのセックスしか経験がなかったのだ。

「ニコラス？」彼の唇が下腹部へとおりていくのを感じ、ダグレスはつぶやいた。

「ニコラス、わたし――」彼が太腿に両手を這わせ、親指で白肌を荒々しく揉《も》みしだく。ニコラスの愛撫はさらに下へ、下へとおりていった。

絨毯の上でダグレスはたまらず体を弓なりにした。こんなふうに愛撫してくれた男性は、今までひとりもいなかった。ニコラスの巧みな舌の動きにどうしようもなく情熱が高められていく。なんて気持ちいいの。

「ニコラス」ダグレスはうめいて彼の髪を引っ張り、自分の体を下へずらそうとした。太腿の内側に軽く歯を立てられ、膝の裏側を優しく愛撫される。もうこれ以上耐えられそうにない。

ニコラスはダグレスの左脚をつかんで持ちあげ、彼女にのしかかると、いっきに中へ入ってきた。あまりの硬さと大きさに驚き、ダグレスは一瞬、押しのけようとしたが、そのままニコラスにしがみついて自由なほうの脚を彼の脚に絡めた。ニコラスの欲望の証が激しく、深く差し入れられるたび、ダグレスの体が絨毯の上を滑り、少しずつずりあがっていく。壁にぶつからないよう、彼女は両手を上に伸ばして体を固定した。

ニコラスがつかんでいた脚を放すと、ダグレスは両脚を彼の腰にきつく巻きつけた。ヒップを浮かせ、彼の刻むリズムに合わせる。ニコラスは彼女のヒップを抱えて持ちあげると、挿入のリズムを速めた。さらなる高みを目指して……。

とうとう体を弓なりにしたニコラスが最後に思いきりひと突きした瞬間、それに応えるかのように彼女も全身を震わせた。

ダグレスはしばらく自分がどこにいるのかも、何者かさえも思いだせなかった。彼女の頭はほとんど壁にくっつきそうになり、ベッド脇のテーブルとそこに置かれた電気スタンドがちょうど頭の上にあった。

「ニコラス」ダグレスは彼の汗ばんだ髪に触れながら低くつぶやいた。「アラベラが危険を冒してまであなたに抱かれたがったのも、無理ないわ」

ニコラスは片肘をついて体を起こし、彼女を見おろした。「もう眠いのか?」そう尋ねて含み笑いをする。

「ニコラス、すばらしかったわ」ダグレスがささやく。「今まで誰も――」

ニコラスはそれ以上続けさせず、彼女の手を取ってかたわらに立ちあがらせると、口づけた。最高に甘い、このうえなく深いキスだった。そしてまた彼女の片手を取り、バスルームへ連れていった。水栓をひねって熱いシャワーを出してから、その下にダグレスを引っ張りこみ、大きな手で壁に押しつけてふたたび口づける。

「こうすることを夢見ていた」ニコラスが低い声で言う。「この熱い噴水は愛しあう行為にぴったりだ」

胸の頂にそろそろと這わされる彼の手の動きに気を取られるあまり、ダグレスは返事もできなかった。熱いシャワーに打たれながら、ニコラスが彼女の体に唇を押し当てていく。胸の頂から腹部、そして首筋へと。ダグレスはなすすべもなく頭をのけぞらせ、彼の肩に両手をのせた。幅が広くて男らしい肩だ。シャワー室が狭く感じられるほどに。

ニコラスの視線を感じてダグレスがそっと目を開けると、彼は彼女に笑みを向けていた。「この現代にも変わらないものがあるようだ。どうやらわたしは今、きみに教える立場になったらしい」

「あら、そうかしら？」ダグレスは彼の首筋にキスをし始めた。それから肩や、筋肉で覆われた硬い胸にも唇を押し当てながら、両手を彼の分厚い背中に這わせる。前に〝そんなに食べたら太る〟と注意したことがあるけれど、ニコラスの全身はまさに筋肉そのものだ。分厚くて硬くて、彫像のごとき筋肉しかついていない。

熱いシャワーが降り注ぐ中、ダグレスは体を低くし、両手をニコラスのヒップに当て、唇を欲望の証に近づけていく。今度あえぎ声をあげるのは、ニコラスの番だった。彼はダグレスの濡れた髪に両手を差し入れ、低くやわらかなうめき声をあげている。

ニコラスはダグレスの髪を引っ張って立たせ、つるつるした壁に体を押しつけて両脚を大きく開かせると、容赦なくいっきに突きあげた。ダグレスがニコラスの体にしがみついて情熱に身をまかせると、彼は荒々しく唇を重ねてきた。欲望の証と同じリズムで、彼女の口の中に何度も舌を差し入れてくる。

やがて、最後の瞬間が訪れた。ニコラスに唇をふさがれていたおかげで、ダグレスは叫び声をあげずにすんだ。

彼女は体を震わせ、ぐったりとしながらニコラスに取りすがった。もし彼がつかまえていてくれなかったら、へなへなとくずおれ、排水口の中までずり落ちてしまっていただろう。

ニコラスが彼女の首元にキスをした。「さあ、きみの体を洗ってあげよう」そう言うなり、ダグレスを自分の足で立たせようとしたが、彼女が倒れそうになるとあわててつかまえた。

体の中にスイッチでもあるかのように、ニコラスはそれまでのたぎるような情熱を完全に断ち切った様子だ。ダグレスをシャワーのほうへ向き直らせ、彼女の髪をシャンプーで洗い始める。彼のたくましい両手と大きな体に包まれていると、ダグレスは自分が小さくてか弱い存在に思えてしかたなかった。彼に守られているのをひしひしと感じた。髪を洗い終えると、ニコラスは両手に石鹼《せっけん》をつけて彼女の体を洗い始めた。

ダグレスは壁に寄りかかったまま、ニコラスの手が上から下へ、前から後ろへと動きまわるのに身をまかせていた。危うくわれを忘れてしまう前に、彼女は石鹼を手につけて両手でニコラスの体を洗い始めた。美しすぎる体だ。同じ人間の体とは思えない。まさに神のようだわ！　脚一本取っても、その美しさに惚れ惚れしてしまう。

ダグレスはシャワーを止めて、ニコラスの体に石鹼をこすりつけた。こうして彼のことを見ながら、体に触れるのが好きだ。ニコラスは左のヒップに八の字に似た形のあざが、右のふくらはぎには傷跡もあった。「落馬したときの傷だ」彼が目を閉じたままつぶやく。左の前腕にある長い傷にも触れてみた。「剣の稽古をしていた日のもので……」そう言いかけて、彼は口をつぐんだ。ダグレスにしてみれば、もうその先は聞かなくてもわかった。「その日、兄のキットが死んだ」ニコラスは肩にも奇妙な楕円形の傷があった。「キットと喧嘩したときにできた傷だ。

ダグレスは両手をふたたびニコラスの頭へ戻した。「よかったわ。わたしが勝った」

「きみだけだ、ダグレス。わたしの体に跡を残したのは」ニコラスがささやく。

奥さんは？　ダグレスはそう尋ねたかった。彼は美しい妻を愛するのと同じくらい、わたしのことを愛してくれているのだろうか？　だけど、あえて尋ねなかった。答えを聞くのが怖かったからだ。

ニコラスは彼女の体の向きを変え、またシャワーをひねると、ふたりの体についた石鹸の泡を洗い流した。それからダグレスの手を取ってシャワー室から出ると、今度は彼女の髪を櫛で優しく梳き始めた。ダグレスはバスローブを羽織りたかったが、ニコラスがどうしても許してくれなかった。

「わたしはきみのそういう姿をずっと夢見ていたのだ」鏡に映るダグレスを熱っぽく見つめながら言う。「きみを見ていると頭がどうにかなりそうだった。きみの匂いも……」ニコラスは手を止めて、両手をダグレスの腕に滑らせた。「きみが着ているものも……」

ダグレスはにっこりとほほえみ、頭をのけぞらせて彼に寄りかかった。ニコラスはちゃんと気づいてくれていたのだ。彼の気を引こうとしたダグレスの努力に。

髪を梳かし終えると、ニコラスはタオルで乾かし、備えつけられた白いバスローブを差しだした。「さあ」そう言うと、自分ももう一枚のバスローブを身につけた。

ニコラスは彼女をいざなって階下へおり、暗いロビーを通り抜けて調理場に入った。

「ニコラス」ダグレスが注意する。「ここは立ち入り禁止よ」

ニコラスはキスで彼女を黙らせた。「腹が減ったんだ」その理由だけで充分だろうと言いたげな口ぶりだ。

　本来なら立ち入り禁止のホテルの調理場にいることで、このすばらしい一夜の興奮がいっそうかき立てられていく。ダグレスは冷蔵庫のドアを開けているニコラスの背中を眺めた(そしてふいに、自分ではない誰かから冷蔵庫について教えられていたのだと思い、軽い嫉妬を覚えた)。今や、彼は本当の意味でわたしのものなのだ。触れたいときにいつでも触れられる。ダグレスはニコラスの手を取り、体を彼の体にぴったりと押しつけると、頭を彼の肩にもたせかけた。

「ニコラス」彼女はささやいた。「あなたを心から愛しているわ。どうか、わたしを置いていかないで」

　ニコラスが振り向いてダグレスの目をのぞきこんだ。その顔には深い思慕の情があふれていた。彼はふたたび冷蔵庫のほうを向いて尋ねた。「アイスクリームはどこにある?」

　ダグレスは声をあげて笑い、指さしながら答えた。「冷凍庫よ。そのドアを開けてみて」

　ニコラスは彼女を目の届かない場所へも、手の届かない場所へも行かせたくないのか、冷凍庫の前まで引っ張っていった。冷凍庫の中に大きなボール紙の容器に入ったアイスクリームがあった。ふたりはシャム双生児のように体をくっつけあったまま調理場を歩きまわり、ボウルとスプーンとステンレス製のおたまを探しだした。ニコラスはおたまで驚くほど大量のアイスクリームをそれぞれのボウルに盛り、ボール紙の容器を冷凍庫へ戻した。それからバニラアイスをダグレスの唇にしたたらせ、舌先でなめ取ろうとした。だがアイスはさらに下まで垂れ、彼女の赤褐色の巻き毛につく寸前でどうにか最後のひとしずくをなめ終えた。

「いちごみたいな味がする」彼はそう言ってダグレスを笑わせた。

ふたりは長さが二メートル半もある肉切り台の上に脚を絡めあって座りこんだ。最初は〝不衛生だ〟と言っていたダグレスも、結局は座った。しばらくはおとなしく食べていたが、ニコラスがダグレスの脚にアイスを垂らし、舌でなめ取った。すると今度は、ダグレスが前かがみになり彼にキスをしながらうっかり彼の太腿の内側にアイスをこぼした。

「すごく冷たいでしょうね」彼女が唇を重ねたまま言う。

「ああ、我慢できないくらいだ」ニコラスはささやき声で答えた。

ダグレスは胸をニコラスのむき出しの体にこすりつけるようにしながら、ゆっくりと体をおろしていき、彼の内腿についたアイスを舌先でなめ取った。アイスがなくなってからもなめ続けていると、食べかけのアイスのことなど完全に忘れてニコラスが台の上で仰向けになり、彼女の体を引き寄せた。ダグレスには体重などないかのように軽々と彼女を持ちあげ、自分の上にまたがらせた。彼の両手で胸を揉みしだかれながら、ダグレスはゆっくりと腰を上下に動かし始めた。

それから長い時間をかけて愛撫を続け、やがてふたりは歓《よろこ》びに体をのけぞらせた。

ニコラスが彼女を引き寄せて荒々しく口づける。

「きみのせいだ」彼がダグレスの耳元でささやく。「きみのせいで、わたしのアイスクリームが完全に溶けてしまった」

ダグレスは笑いながら彼の体に鼻をすり寄せた。「こんなふうにあなたに触れたかったの。ずっと前から」彼女はニコラスの胸や両肩、バスローブの袖の中にまで手を差し入れて愛撫した。「あなたみたいな男性に会ったのは初めて」

彼女は片肘をついて体を起こし、ニコラスを見おろした。「十六世紀でも、あなたのような人は珍しいの？　それとも、みんながあなたみたいなの？」

ニコラスは彼女に向かってにやりとした。「わたしは特別だ。だからこそ女たちはわたしを――」

ダグレスはキスで彼を黙らせた。「それ以上言わないで。あなたがつきあった女性たちのことなんて聞きたくない——奥さんのことも」彼女はうつむいて言葉を継いだ。「あなたにとって自分は特別な存在なんだと思いたいの。何百人もいる女性たちのうちのひとりにすぎないなんて思いたくない」

ニコラスは彼女の顎に指をかけて顔を上向かせた。「きみは何世紀もの時を隔ててわたしを呼びだした。そして、わたしはそれに応えた。それこそ、きみが〝特別〟であることの何よりの証拠じゃないか？」

「だったら、あなたはわたしが好き？　少しくらいは？」

「言葉では言い表せないほどだ」ニコラスはそう答えて軽く口づけると、ダグレスの顔から手を離し、彼女の髪を撫で始めた。そのうちに彼女の全身から力が抜けていき、眠ったことに気づいた。はだけたバスローブの前を閉じてダグレスを両腕に抱きかかえ、ふたりの部屋へ運ぶ。部屋の中へ入ると、彼女と自分の体からバスローブを取り去り、彼女をベッドへ横たえてその横にもぐりこんだ。ぐっすり眠っているダグレスに、ぴたりと体を押しつける。

だが、まだ少しも眠くなかった。ダグレスの体をさらに引き寄せ、むき出しのヒップになかばふくらんでいる欲望の証を押し当て、彼女の脚の上に脚をのせた。それでも彼女は、これ以上ないほどぐっすり寝こんだままだ。

〝あなたはわたしが好き？〟ダグレスはそう尋ねた。〝好き〟などという言葉ではとうてい足りない。ニコラスにとって彼女はすべてであり、彼がこの世に生きている理由そのものになりつつあった。ダグレスが何を考えているか、何を感じているか、何を必要としているかが気になってしかたがないし、片時でも彼女と離れているのが耐えられなかった。

毎朝毎夕、もとの時代へ戻してほしいと神に祈りを捧げている。だが、心のどこかでは常にダグレスのことを考えていた。彼女と二度と会えなくなったら、彼女の笑い声を二度と聞けなくなったら、彼女が泣いている姿を二度と見られなくなったら、そして彼女をこの腕で二度と抱きしめられなくなったら、いったい自分はどうなってしまうのだろう？

ニコラスはダグレスの肩に手を滑らせ、上掛けをかけてやった。彼女みたいな女には会ったことがない。ダグレスはずるさとは無縁の人間だ。自分が望むものを手に入れようとも、わが身を守ろうともしない。彼女と初めて会った日のことを思いだし、ニコラスは笑みを浮かべた。助ける気はないと言いながらも、ダグレスが彼を見知らぬ世界にひとりぼっちで放りだすなんて耐えられないと考えていることが、その瞳を見ればすぐにわかった。自分の知っている女たちの中で、頭がいかれているとしか思えない哀れな男を助けようとする者がいるだろうか？　いや、ひとりも思い当たらない。

だが、ダグレスは助けてくれた。彼に手を貸し、いろいろ教えてくれたうえに……彼を愛してくれた。惜しみなく、完全に愛を与えてくれたのだ。

まさに完全に、だ。ニコラスは今夜の睦《むつ》みあいを思いだし、笑みを浮かべながら考えた。今夜のダグレスのように完全に自分を捨てて彼に応えてくれた女は誰ひとりとしていなかった。アラベラは〝ああ、そこ！　今よ！〟という具合に、いつも要求してばかりだった。ほかの女たちは、ああいう行為をまるで彼に恩恵を与えているかのように考えていた。妻のレティスに至っては……あの冷たい妻のことなど考えたくもなかった。レティスは体を硬くしたままベッドに横たわり、早く夫としての務めを果たしなさいとばかりにかっと目を開けたまま、挑むようなまなざしで彼を見つめていた。四年間も結婚生活を送りながら、ニコラスはレティスに子どもを授けることができなかった。

ニコラスが彼女のむき出しの腕を撫でると、眠っているにもかかわらず、ダグレスは彼の体に体をすり寄せようとしてきた。ダグレスのこめかみにそっと口づける。どうしてこの女を置き去りになどできるだろう？　ニコラスは自分の心に問いかけた。

どうしてダグレスをひとりぼっちの無防備な状態のまま、彼だけもとの人生へ、ほかの女たちのところへ戻れるだろう？　ダグレスはあまりに優しすぎるのだ。以前に彼が扉の外へ押しだした男のような、いけすかないやつらに翻弄されるのも不思議はない。

ニコラスは自分の母や妻のことを考えてみた。ふたりとも、いかなる苦境に陥ろうとも自分で自分の面倒をちゃんと見られるだろう。だが、ダグレスは違う。もし彼がもとの時代に戻ったら、その一週間後には、ダグレスが愛していると信じこんでいるあの下劣な男のところへ戻ってしまうのではないだろうか。

ニコラスは彼女の髪を撫でた。誰も守ってくれる者がいないのに、どうしてダグレスをひとり残して行けるだろう？　この時代のことが自分にはよくわからない。もし慣習が変わっていなければ、ダグレスのために夫を選ぶのは父親の務めのはずだが、その父親は娘にしたいようにさせているように思える。ニコラスは笑みを浮かべながら考えた。もしもダグレスが彼の時代にやってきて、父親が選んだ男と結婚させられそうになったらどうするだろう？　ダグレスは愛がどうのこうのと子どもっぽいことばかり話しているが、結婚とは本来、領地を拡大するためのものだ。愛などというものにはなんの意味もない。

だがこうしてダグレスを見おろしているうちに、なんとなく彼女の言う意味がわかってきたような気がする。愛。もしかすると、彼がこの時代に送りこまれたのは名誉のためではなく、愛のためかもしれないとダグレスは話していた。そのときニコラスは、彼女の考えを一笑に付した。この驚くべき出来事が愛のためであって、名誉のためではない？　そんなばかなことがあるものか！　それなのに、裏切り者の名前がわかった今も、自分はまだダグレスの時代にとどまったままだ。

ニコラスは彼女に言われたことを思いだした。〝もうずっと昔の話だもの。そんな遠い昔の話、誰も気にかけてなんかいないわ〟ダグレスにしてみれば、そんな昔の話はどうでもいいのだろう。彼が愚か者として後世に記憶されてもだ。だがきっと、自分は本当に愚か者だったのだ。よりによってレティスみたいな女を妻にめとり、そのせいでアラベラをはじめとする多くの女たちを求めることになったのだから。結果的に、妻を寝取られたロバート・シドニーが愚かな行為に走り、自分は死刑を宣告された。

もし戻ったら……。

もしもとの時代に戻れたら、絶対にその間違いを正してみせる。

戻ったらどうなる？　まだレティスと結婚したままで、アラベラみたいに彼を誘惑する女たちもいるだろう。たとえ謀反の疑いを晴らすことができたところで、自分の人生はそれで何か変わるのだろうか？

ニコラスは寝返りを打ち、ダグレスの体をしっかりと抱きしめた。もしこの二十世紀に残ったらどうなる？　もし自分が神のご意志を誤解しているのだとしたら？　この時代に送りこまれたのは、もとの時代へ戻ってそれまでに起きたことを変えるためではなく、この時代で何かするためだったとしたら？

彼はダグレスと一緒に見たさまざまな本のことを思いだした。世界じゅうの邸宅について記された本を見たとたん、興味をそそられた。ダグレスは建築について教える〝学校〟なるものについて話していた。職人になるために、わざわざ学ぶのか？　あのときは不思議に思ったものだ。だが、ダグレスはそれを〝手に職をつける〟と言っていた。二十世紀では、職人になるのはさほど悪いことではないらしい。ヘアウッドみたいに単なる地主でしかない男のほうが見下されているという。とにかくそれがアメリカ流なのよ、と彼女は説明していた。

アメリカか。ダグレスが何かというと口にする国の名前だ。彼女はこう言っていた。ふたりでアメリカへ行って〝所帯〟を持てば、ニコラスも学校へ行けると。この年齢で学校？　あのときは一笑に付したものの、それは内心興味を覚えているのを彼女に悟られたくなかったからだ。この現代という世界でダグレスと一緒に暮らし、建物の設計を学ぶ？　それこそ自分がこの時代に送りこまれた理由なのだろうか？　もしかすると、ソーンウィック城をご覧になった神があれを気に入って、ニコラスに別の機会を与えてやろうとお決めになられたのかも。そう考え、彼は苦笑した。いや、そんなどうでもいいことと神のご意志を結びつけて考えるのはばかげている。

とはいえ、神のご意志について、彼に何がわかるというのだろう？　この時代に送りこまれたのは、裏切り者が誰か知るためでないのは明らかだ。その名前がわかってから数日経つのに、まだここに残っているのがいい証拠だ。だったら、なぜ自分はこの時代へ送りこまれたのか？

「ニコラス！」ダグレスが突然叫んで、ベッドの上で起きあがった。

ニコラスが彼女を腕の中へ引き戻すと、ダグレスは彼にしがみついてきた。「あなたが行ってしまう夢を見たの。わたしをひとり残して、あなたがここからいなくなってしまう夢よ」ダグレスはまばたきをして涙を振り払い、ニコラスをきつく抱きしめた。一瞬、彼の肋骨《ろっこつ》が砕けるかと心配になったほど強い力だった。

ニコラスは彼女の髪を撫でた。「きみを置き去りにしたりしない」優しい声で言う。

「きみのためにずっとここにとどまるつもりだ」

その言葉の意味をダグレスが理解するまで少し時間がかかった。彼女は顔をあげてニコラスを見ると、ゆっくりとものといたげに言った。「ニコラス、それって……」「わたしは……」彼はひと呼吸置いた。次の言葉がなかなか口から出てこない。「わたしは戻りたくない。ここに残ろうと思う」ニコラスはダグレスを見つめた。「きみとともに」

ダグレスが彼の肩に顔を埋めて、さめざめと泣きだした。

彼女の体を撫でながら、ニコラスは笑わずにはいられなかった。「きみは悲しいのか？　わたしがきみから離れないせいで、子どもにダイヤモンドを与えるあのロバートとかいう男のところへ戻れないから？」

「いいえ、泣いているのは幸せすぎるからよ。ただそれだけ」

ニコラスはベッド脇の箱からティッシュを取った。「ほら、泣くのはやめてもっとアメリカの話を聞かせてくれ」横目でダグレスを見ながら言う。「それに、国王だというおじ上の話も」

ダグレスははなをかんで、彼に笑みを向けた。「あなたはわたしの話なんて聞いていないと思っていたのに」

「カウボーイとはなんだ？　パスポートとは？　それからグランド・キャノンとは？　だめだ、そんなにわたしから離れるんじゃない」

「グランド・キャニオンよ」彼女はティッシュを捨てると、ふたたびニコラスの腕の中へ戻り、アメリカの話を始めた。それから彼女の家族のことや、ランコニア王女と結婚して今は国王となったおじのことも話した。

夜明けの光が部屋に差しこむ頃、ふたりは今後の計画を立て始めた。まずはダグレスがおじのJ・Tに電話して、ニコラスが彼女と一緒にアメリカへ行けるようパスポートが必要だという話を、できるだけうまく説明する。「J・Tおじさんのことだから、まずあなたをランコニアに来させて、人となりを見たいと言いだすはず。でも、おじさんは絶対にあなたを気に入るわ」

「女王はどうだろう？」

「アーリアおばさん？　彼女はちょっと怖いときもあるけど、以前はよくわたしたちと野球をやってくれたわ。自分の子どもだけで六人もいるの」ダグレスはほほえんだ。「それに、おばさんにはドリーという名前の変わった友達がいるんだけど、その人はジーンズ姿なのに王冠をかぶって宮殿の中をうろうろしているのよ」ダグレスはニコラスの黒髪や青い瞳に目をやり、彼の歩き方や、ときどき人を萎縮させるようなまなざしを思い浮かべた。「あなたならランコニアの雰囲気にすぐ溶けこめるわ」

ふたりは朝食を部屋へ運ばせた。ニコラスがテーブル越しに言う。「これよりもストロベリー・アイスクリームのほうがいい」

次の瞬間、ふたりは床を転げまわって互いに服を脱がしあい、情熱的に愛しあった。そのあとバスルームで向かいあわせで浴槽に浸かり、これからの生活についてさらに計画を練った。

「スコットランドへ行きましょう」ダグレスが言う。「パスポートができるのを待っているあいだ、スコットランドに滞在するの。とても美しい国よ」

ニコラスはダグレスの腹部に片脚をのせ、彼女のなめらかな肌の感触を楽しんでいた。「きみはその国でもハイヒールを履いて自転車に乗るつもりか?」

ダグレスは笑いだした。「からかわないで。あのハイヒールのおかげで、わたしは望みのものを手に入れたんだから」

「わたしもだ」ニコラスはそう言うと、長いまつげの下から愛おしげにダグレスを見つめた。

バスルームから出て着替えると、ダグレスはすぐにJ・Tおじさんに電話すると言いだした。

ニコラスは彼女から目をそらした。「最後にもう一度、教会へ行かなければならない」

ダグレスは全身がこわばるのを感じた。「やめて」低くささやき、ニコラスのもとへ駆け寄ると、彼の両腕をつかんだ。

「行かなければならないんだ」ニコラスは彼女を見おろし、笑みを浮かべた。「何度も祈ったが何も起きなかった。ダグレス、わたしを見るんだ」

彼女が顔をあげると、ニコラスはにっこりとした。「また泣き腫らすつもりか？」

「ただ怖いだけよ」

「わたしは神に許しを乞わなければならない。自分の名前と名誉を救うためにもとの時代へ戻るのを望まないことを許してもらう必要があるんだ。わかってくれるな？」

ダグレスはうなずいた。「でも、わたしも一緒に行くわ。あなたがもとの時代へ戻らないように。いい？ 今回だけは外で待っているなんていや」

ニコラスは彼女に口づけた。「わたしは本気だ。きみを二度と手放すものか。だから一緒に教会へ行って、わたしが祈るのを見守ってくれ。そのあと、きみのおじ上に電話すればいい。ところでスコットランドにも列車はあるのか？」

「もちろんあるわ」

「そうか。スコットランドもずいぶん変わったのだな。わたしの時代は野原しかなかったが」ニコラスは彼女の肩に腕をまわし、ふたりは並んでホテルを出た。

17

教会でダグレスはニコラスから片時も離れようとしなかった。彼が祈るためにひざまずくとすぐそばにひざまずき、彼の両肩にしっかりと腕を巻きつけた。ニコラスに押しのけられるのではないかと心配だったが、そんなことはなく、むしろ彼はどこかおもしろがるような顔をしていた。でも、ダグレスにはわかっていた。ニコラスもまた彼女と同じくらい怯えているのだ。

ふたりは冷たい石の床に一時間以上もひざまずいていた。ダグレスは膝が痛くなり、ニコラスに抱きついているせいで腕も痛かったが、それでもほんの少しだって腕の力を緩めようとは思わなかった。牧師が二度もやってきてふたりをしばし見守っていたけれど、無言のまま立ち去っていった。

ニコラスは熱心に神に許しを求めた。ダグレスは彼以上に熱心に、神に祈りを捧げた。どうかこの人をもとの時代へ戻さないでください。永遠にわたしのそばにいさせてください、と。

長く祈り続けたあと、ニコラスはとうとう目を開けてダグレスのほうを見た。「わたしはここに残る」彼はほほえみながらそう言うと立ちあがった。ダグレスも立ちあがろうとしたが、脚がまるで言うことを聞かなかった。それでも腕だけは巻きつけているのを見て、ニコラスは笑った。

「きみがずっと放さないから、わたしの腕はしびれきってしまったよ」ニコラスは彼女を穏やかにたしなめた。

「ここから出るまで絶対に放さないわよ」

ニコラスは笑った。「もう祈りは終わった。きみにもちゃんと見えているだろう？わたしはまだここにとどまっているし、大理石の石像に変わったりもしていない」

「ニコラス、からかうのはやめて。早くここから出ましょう。あなたのお墓なんてもう二度と見たくない」

笑みを浮かべたまま、ニコラスは歩きだそうとしたが、どういうわけか体が動かなかった。とまどって足元を見おろすと、膝から下がなくなっていた。ただ空間があるだけだ。彼の脚があるべきところには石の床しかない。

彼はすばやくダグレスを腕に抱きかかえ、これ以上ないほど強く抱きしめた。「きみを愛している」彼女に向かってささやく。「全身全霊をこめてきみを愛している。これからも時間など超越して、ずっときみを愛する」

「ニコラス」ダグレスは今の言葉でかき立てられた恐怖を必死に隠そうとしたが、どうしても声が震えてしまう。「ここから出ましょう」

ニコラスは彼女の顔を両手で挟みこんだ。「愛したのはきみだけだ、わたしのダグレス。ほかの女はどうでもいい。きみだけだ」

そのとき、ダグレスも異変を感じた。彼女の腕の中で、もはやニコラスの体の感触がなくなっていた。「ニコラス！」恐怖のあまり、彼女は叫んだ。

彼はダグレスにそっと口づけた。彼女に対して抱いているありったけの愛情と願望、欲望、欲求をこめて。

「わたしも一緒に行くわ。神さま、お願い、一緒に連れていって！」ダグレスは声を限りに叫んだ。「わたしを彼と一緒に行かせて！」

「ダグレス」ニコラスの声が遠ざかっていく。「ダグレス、わたしの愛しい人」

彼はもはやダグレスの腕の中にはおらず、鎧を着て墓の前に立っていた。その姿は、明るい部屋で映写した映画のワンシーンのように、ぼんやりと色褪せて見えた。

「こっちへ来てくれ」手を差しだしながら言う。「わたしのそばへ」

ダグレスはひた走った。けれど、どうしても彼のそばに行けなかった。

ひと筋の陽光が窓から差しこみ、ニコラスの鎧に反射した。

次の瞬間、そこには何もなくなっていた。

ダグレスはその場に立ち尽くし、目の前にある墓を見つめた。やがて両手で耳をふさいで絶叫した。それは、いまだかつて人間の口から発せられたことがないような絶叫だった。古ぼけた石の壁や窓が振動するほどの絶叫だ。だが墓は……墓はただそこにあるだけだった。振動することもなく、冷ややかに。

ダグレスは石の床にくずおれた。

18

「これを飲みなさい」誰かが言っている。

ダグレスは口元にコップを当てている誰かの手をつかんだ。「ニコラス」唇にかすかな笑みを浮かべる。ぱっと目を開けて上体を起こした。墓石からほんの数メートルのところにある教会の会衆席に横たえられていたらしい。脚を横にずらして立ちあがったものの、めまいがひどくて一歩も進めなかった。

「気分はよくなりましたか?」

振り向くと牧師がいた。優しそうな顔を不安で曇らせ、手に水の入ったカップを持っている。

「ニコラスはどこ?」ダグレスは小声できいた。

「ほかの人は見かけませんでしたよ。誰かに連絡しましょうか? わたしはあなたの……叫び声を聞いたんです」牧師はそう言ったものの、あれは叫び声ではないとわかっていた。あの声を思いだすだけで総毛立つ。「わたしがここに来たとき、あなたは床に倒れていました。誰かに連絡しますか？」牧師がもう一度尋ねた。

ダグレスは弱々しい足取りで墓石に歩み寄った。記憶が徐々によみがえってきたが、それでも信じられなかった。ダグレスは牧師に目を向けた。「彼が立ち去るのを見ていないんですね？」かすれた声できいた。喉がひりひりする。

「去った人はひとりも見ていません。あなたが祈っているのを見ただけで。最近はあれほど……熱心に祈りを捧げる人はめったにいません」

ダグレスは墓石に視線を戻した。触れたかったが、大理石はひんやりしているだろう。ニコラスとは違って。「わたしたちが祈る姿を見たんですよね」ダグレスは正した。

「あなただけです」牧師が答えた。

ダグレスはゆっくりと牧師に向き直った。「ニコラスとわたしは一緒に祈りを捧げていました。あなたは何度も入ってきてわたしたちを見守っていたじゃないですか。何日も彼を見てきたじゃないですか」

牧師が悲しそうな表情を浮かべた。「病院にお連れしたほうがよさそうですね」

ダグレスは差し伸べられた手を避けてあとずさりした。「ニコラスよ。この四日間、男性が毎日ここへ来て午前も午後も祈っていたでしょう。エリザベス朝様式の鎧を身につけていた男性よ。覚えているでしょう？　バスの前に飛びだしそうになって」

「一週間以上前に、あなたがバスの前に飛びだしそうになるのは見ました。そのあとで今が何年かと尋ねましたね」

「わたしが……？」ダグレスはきき返した。「それはわたしじゃなくてニコラスよ。今週、あなたは彼の信心深さに驚いたと話していたじゃないですか。彼が祈っているあいだ、外で待つわたしに。覚えているでしょう？」ダグレスは切羽詰まった声で牧師に迫った。「覚えていないんですか？　ニコラスよ！　わたしたちが自転車でそばを通ったときに手を振ってくれたじゃない」

牧師が身を引いた。「あなたが自転車に乗っているのは見ましたが、男性はいませんでした」

「そんな……」ダグレスはつぶやき、恐怖に目を見開いてあとずさりした。

ダグレスは踵を返し、教会から飛びだして墓地を抜け、三本先の通りを左折して、それから右に折れ、B&Bに飛びこんだ。フロントにいた女性の挨拶を無視して階段を駆けあがる。

「ニコラス」ダグレスは叫びながら空っぽの部屋を見まわした。閉じたバスルームのドアに駆け寄り、勢いよく開ける。誰もいない。部屋に戻りかけて戸口で足を止め、振り返ってバスルームに目をやった。鏡の下の棚を見つめる。自分の洗面道具はそこにあるが、彼のものはなくなっていた。ダグレスは棚の半分の何も置かれていない場所に触れた。剃刀も、シェービングクリームも、アフターシェーブローションもない。シャワー室からは彼のシャンプーが消えていた。

部屋に戻り、クローゼットのドアを開けた。ニコラスの服がなくなっていた。吊されているのはダグレスの服だけで、その下の床に彼女のスーツケースと機内持ちこみ用のバッグが置いてある。ドレッサーからは彼の靴下とハンカチが消えていた。

「いやよ」ダグレスは小さな声をもらし、ベッドの端に腰をおろした。ニコラスが行ってしまったことはなんとか理解できたとしても、彼の服や彼がくれたものがなくなってしまうなんて。ふと、ダグレスは胸に手を当て、ブラウスの前をすばやく開いた。あのブローチが、真珠がぶらさがる美しい金のブローチがなくなっていた。

そのあとは何も考えられなかった。部屋じゅうをひっかきまわし、何かしら、なんでもいいから、彼のものが残されていないか探した。彼がくれたエメラルドの指輪も、ドアの下から入れてくれたメモもなかった。ダグレスは手帳を開いた。ニコラスがそこに風変わりな文字を書きこんでいたはずだが、そのページは白紙になっていた。

「考えるのよ、ダグレス。考えて」ダグレスは自分に言い聞かせた。彼の痕跡が何か残っているはずだ。クローゼットにはふたりで買った本が入っていた。ニコラスは本の内側に自分の名前を書いていたが、そこも真っ白なままだった。

何もない。彼に関するものは何ひとつ。ダグレスは自分の服にも目を凝らして、黒っぽい髪がついていないか探してみた。一本もなかった。

ニコラスが引き裂いて彼女の体からはぎ取ったはずの赤いシルクのネグリジェが無傷であるのを見たとき、ダグレスは怒りを覚えた。「やめて!」彼女は歯を食いしばった。「こんなふうに完全にわたしからニコラスを奪い去るなんて。そんなことはできないはずよ!」

ほかの人がいる。ダグレスは思った。彼がいた物的証拠がないとしても、彼を覚えている人はたくさんいるだろう。頭の弱い高齢の牧師が彼のことを思いだせないからといって、ほかの人も同じとは限らない。

ダグレスはハンドバッグをつかみ、B&Bをあとにした。

19

ダグレスはゆっくりとB&Bの客室のドアを開けた。誰もいない部屋が怖かった。体はくたくたなのに、頭はまだ冴《さ》えている。

ベッドの端に腰をおろし、力なく向きを変えて横になった。時間も遅く、胃は空っぽだったが、食べることは思いつかなかった。ざらついて乾いた目を見開いたまま、ベッドの天蓋の内側を見つめる。

ニコラスを覚えている人は誰ひとりいなかった。

コインショップの店主は中世の硬貨を持っておらず、ニコラスに会ったことは思いだせなかったが、ダグレスが来て店内を見ていたのはぼんやりと覚えていた。ニコラスの鎧に目を凝らした記憶はなく、美術館以外で金と銀の鎧なんて一度も見たことはないと言った。紳士服店の店員は、ニコラスに剣を突きつけられたことを覚えていなかった。図書館司書は、ダグレスが本を借りていったのは覚えているが、いつもひとりだったと答えた。歯科医は、歯に溝があり顎の骨にひびの入っている人など見たことがないと言い、ニコラス・スタフォードという患者のレントゲン写真はなかった。パブでも彼を覚えている人はおらず、喫茶店も同じだった。みんなダグレスがひとりで来たと記憶していた。貸し自転車の店ではダグレスが一台だけ自転車を借りたことを示すレシートを見せてくれた。B&Bの親切な女主人もニコラスを覚えておらず、夫が亡くなって以来、自分のピアノを弾いた人はいないと言った。

ダグレスは取り憑《つ》かれたようにニコラスと出かけた場所を訪れては、彼を見かけた可能性のある人たちにきいてまわった。喫茶店にいた観光客、通りを行き交う住民、店の売り子にも尋ねた。

ない、ない、彼がいた証拠は何もない。

疲れ果て、何が起きたのかわかりかけてきたことに呆然としながらB&Bへ戻り、今はこうしてベッドに横たわっている。眠りにつく勇気がなかった。ゆうべは、ニコラスが自分の前から姿を消す夢を見て目を覚ました。そんなダグレスをニコラスが抱きしめ、夢を見ていたのだとそっと笑い、〝きみを置き去りにしたりしない、きみのためにずっとここにとどまる〟と言ってくれた。

ゆうべは、ほんの一日前にはわたしに触れて愛してくれたニコラスが、今日はいない。しかもいなくなっただけでなく、彼の肉体も、服も、ほかの人たちの記憶も消えてしまった。

そして、それはわたしのせいだ。ベッドをともにしないようにニコラスはぎりぎりまで自制していた。それなのにひとたびわたしに触れたとたん、彼は連れ去られてしまった。わたしの考えが正しかったとわかったところで、なんの助けにもならなかった。ニコラスがわたしのもとに来てくれたのは愛のためであって、誤りを正すためではなかった。裏切り者の名前がわかっても彼はここにいた。ところがわたしを愛していると認めたとたん、わたしの腕をすり抜けて行ってしまった。

ダグレスは胸の前で両腕を握りしめた。ニコラスは完全に消えた。死んでしまったのと同じくらい、手の届かないところに行ってしまった。そのふたつの違いといえば、彼のことを記憶にとどめ、彼を愛した人々と慰めあえないことだ。

ベッド脇のテーブルの電話が鳴ったが、最初は耳に入らなかった。五度目の呼び出し音で、のろのろと受話器をあげた。「もしもし?」

「ダグレス」ロバートの声が聞こえた。怒りを含んだ厳しい口調だ。「ヒステリーはおさまったか?」

ダグレスは何も考えられず、うつろな気分で口論をする気力もなかった。「何が望ないみなの？」

「ブレスレットさ、当然だろう。まさか色男にうつつを抜かしすぎて、探していないなんて言わないだろうな」

「なんですって？」ダグレスはゆっくりききき返したあとに、たたみかけた。「なんてこと！　彼と会ったの？　ニコラスと会ったのね？　当然だわ、彼にドアから押しだされたんだから」

「ダグレス、気でも違ったのか？　誰もぼくをドアから押しだしたりしていない。そんなことをしようなんて考えないほうが身のためだぞ」ロバートがため息をついた。「きみのせいで今度はこっちがおかしなふるまいをしてしまった。とにかく、あのブレスレットを返してくれ」

「ええ、もちろんよ」ダグレスはあわてて言った。「でも、色男ってどういう意味？」

「いちいち繰り返している暇は――」

「ロバート」ダグレスは穏やかにさえぎった。「話してくれないなら、ブレスレットはトイレに流すわ。保険はまだかけていないんじゃないかしら」

受話器の向こうに沈黙が広がった。「きみを見限って正解だったな。頭がどうかしている。どうりで、きみが三十五歳になるまで家族が金を渡そうとしないわけだ。ぼくはそこまできみにつきあっていられない」

「今、トイレに向かっているわ」

「わかったよ！　だが、あの日きみがなんと言ったのか、思いだすのは難しい。きみはヒステリックになっていたからね。男に雇われて、歴史を書き換える手伝いをしているとか言っていたな。覚えているのはそれだけだ」

「歴史を書き換える」ダグレスはつぶやいた。そうだ、ニコラスが今世紀でしたかったのは、まさに歴史を変えることだった。

「ダグレス！　ダグレス！」叫ぶロバートをよそにダグレスは電話を切った。

ニコラスが自分のもとに来たとき、彼は処刑を目前に控えていた。けれどもふたりで見つけた真実が、彼をその運命から救ったはずだ。ダグレスはクローゼットから大きめの旅行かばんを取りだし、着替えと洗面道具をいくつか入れた。引き出しを閉め、鏡をちらりと見て喉に手を当てる。現代では、首を刎ねる——誰かが断頭台にのぼって別の人が斧《おの》で首を叩き切るという話を、文章として読み、知っているつもりでいた。けれども、それが本当に意味するところをわたしたちは考えたことがない。

「ふたりでそんな運命からあなたを救ったのよ」ダグレスはささやいた。

荷造りがすむと、椅子に座って朝が来るのを待った。明日、ニコラスの屋敷に行こう。

う。そして、ふたりがどんなふうに歴史を変えたか聞いてこよう。ニコラスが長生きをして数々の偉業を成し遂げたと聞けば、気持ちが楽になるだろう。ダグレスは椅子にもたれてベッドを見つめた。夢を見るのが怖くて、目を閉じる気にはなれなかった。

ダグレスは始発列車でアシュバートンを発《た》ち、ベルウッドには開門前に到着した。外の芝生に座って開くのを待つあいだ、何も考えまいとした。門が開くと、最初のツアーのチケットを買った。ニコラスにとって自分の評判がどれほどの意味を持っていたかを思うと、みじめな気持ちもいくらかやわらぎ始めた。ニコラスは笑いものにされるのをひどくいやがっていたので、これから彼がどんなふうに歴史を変えたかを聞けば慰められるだろう。

ガイドは、ニコラスと初めて訪れたときに案内してくれたのと同じ女性だった。ダグレスは彼が警報装置のついたドアを開けたり閉めたりしたのを思いだして口元を緩めた。

ダグレスは最初のうちはあまりツアーに注意を払わず、ガイドの話も聞いていなかった。ただ壁や家具に目を向け、ニコラスがデザインを手がけたのはどの部分かと思いをめぐらせていた。

「さあ、次は一番有名な部屋です」ガイドの声には前回と同様に、薄笑いが含まれていた。

今やダグレスはガイドに全神経を注いでいたが、その口調にはどこかとまどいを覚えた。今ならガイドももっと敬意を払っていいのではないだろうか？

「ここはニコラス・スタフォード卿の私室でした。ニコラス卿は放蕩者として有名です」

参加者は名うての伯爵の話が聞きたくて前に詰めかけたが、ダグレスはその場で立ちすくんだ。状況は変わったはずだ。ニコラスは過去に戻ったら、歴史を変えるつもりだと言っていた。ダグレスが歴史は変えられないと口にしたこともあったけれど、こともあろうに自分のほうが正しかったのか？

断固とした口調で〝失礼〟と言いながら、ダグレスは最前列へと進みでた。ガイドの説明は最初に聞いたときと一言一句同じだった。ニコラスの女性を骨抜きにする圧倒的な魅力について語り、今回もアラベラとの情事に使われたテーブルに関する不愉快な話を披露した。

ダグレスは両手で耳をふさぎたかった。アシュバートンではニコラスを覚えている人が見つからず、歴史も変わっていないとなると、自分の記憶にあることが実際に起こったのかと彼女は疑いかけた。ロバートに言われたように、わたしがおかしいのかしら？　ニコラスを見かけたことがあるかどうか、アシュバートンの人々に必死で尋ねてまわったときには、常軌を逸しているかのような目で見られた。

「ああ」ガイドの話は続いていた。「哀れなことに、魅力的なニコラス卿は一五六四年九月九日、反逆罪によって処刑されたのです。では、こちらをお通りいただいて、南の客間をご覧ください」

ダグレスははじかれたように顔をあげた。処刑された？　違う、ニコラスは母親宛の手紙に伏せって息絶えているところを発見されたはずだ。

ダグレスが苦労してガイドのそばに行くと、ガイドは見下すような視線を向けた。

「あら、扉を開けていた方ね」

「わたしは開けていません。ニコラスが……」ダグレスは言葉を切った。警報装置のついた扉を開け閉めしたのがニコラスではなくわたしだとこの女性が記憶しているのなら、説明するだけ無駄だ。「ニコラス・スタフォード卿は処刑されたと言いましたよね。わたしは刑が執行される三日前に、母親宛の書きかけの手紙に覆いかぶさるように死んでいるのが発見されたと聞いたんですが」

「違いますよ」ガイドはきっぱり否定した。「伯爵は死刑を宣告されて、刑は予定どおり執行されました。さあ、もういいですか、わたしはツアー客のみなさんをご案内しなければならないので」

ダグレスはしばらくその場にたたずんだまま、暖炉の上にかけられたニコラスの肖像画を見つめた。処刑された？　首を刎ねられて？　何かがとんでもなくおかしい。

ダグレスは踵を返し、立ち去ろうと出口に向かったものの、途中の〝立ち入り禁止〟と表示された扉の前で足を止めた。この扉の向こうの廊下をいくつか進んだ先に隠し戸棚を備えた部屋があり、そこにあの象牙の箱が入っている。あの部屋と戸棚の扉を見つけられるだろうか？　ダグレスはドアノブに手を伸ばした。

「わたしならやめておきますね」背後で誰かの声がした。

ダグレスが振り向くと、不愛想な顔をしたガイドが立っていた。

「数日前にそこに入った観光客がいて、それ以来、扉に鍵と警報装置をつけなきゃならなくなったんです」

「あら、てっきり化粧室だと思ったの」ダグレスは小声で言い訳をして向きを変え、屋敷の外に出た。今日も入り口から出たので、外にいたガイドたちが眉をひそめた。

ダグレスはギフトショップに寄って、なんでもいいのでニコラス・スタフォードについて載っているものがほしいと言ってみた。

「このガイドブックでは彼について少しだけ触れていますが、それ以外はありません。大した業績を残すほど長生きはしませんでしたから」レジ係が答えた。

彼の肖像画の絵葉書はもう補充できたかきいてみたが、まだだった。ダグレスはそのガイドブックを買い、店を出て庭園に足を向けた。ニコラスからあのブローチをもらった至福に満ちた日に、ふたりで座ってお茶を楽しんだ場所を見つけ、そこでガイドブックを読み始めた。

厚みのある美しい挿絵付きの本の中で、ニコラスに割り当てられていたのはほんの短いひと段落で、その記述は女性に関することと、彼がどんなふうに女王に対して兵をあげ、その罪で処刑されたかということだけだった。

ダグレスは木に寄りかかった。ニコラスを裏切った男の名前がわかったのに、なんの助けにもならなかった。それでもニコラスは、自分は潔白だと女王を説得できなかった。おまけに、彼の名を永遠に汚したあの卑劣な事務員が書いた日記を破棄することすらできなかった。今やニコラスの罪を疑う人が誰もいないところも同じだ。ガイドブックの記述は短いものながら、ニコラスを権力に狂った女たらしと表現している。ツアーの参加者はニコラスが処刑されたと聞いてくすくす笑っていた。

ダグレスは目を閉じて、ハンサムで気高くて優しいニコラスが断頭台の広い階段をのぼっていく姿を思った。映画にあるように、黒革に身を包み、おどろおどろしい斧を手にした筋骨隆々の男も一緒なのだろうか。

ダグレスははっと目を開けた。そんなことは考えられない。ニコラスの美しい頭が木の床に転がるさまなど考えたくもない。

ダグレスは立ちあがって重いトートバッグを手に取り、その場をあとにして三キロ先の駅を目指した。そして、そこでソーンウィックまでの切符を買った。あそこなら図書館にあるスタフォード家に関する蔵書の中から、何かしらの答えを見つけられるかもしれない。

ソーンウィックの図書館司書はダグレスの再訪を歓迎し、こちらの問いかけに対して、ダグレスが男性と一緒にいるところは一度も見たことがないと答えた。落胆したダグレスはスタフォード家にまつわる書物が並ぶ棚まで足を運び、目を通し始めた。ありとあらゆる本にニコラスの処刑に関する記述がある。刑の執行前に亡くなって毒殺が疑われるという記述はもはやどこにも見られなかった。そしてどの書物でも、以前と同じくニコラスは批判されていた。悪名高き伯爵。浪費家。すべてを手にし、すべてを捨てた男。

司書が来て閉館を告げたので、ダグレスは読んでいた本を閉じて席を立った。めまいがして体がふらつき、机をつかんで寄りかかった。

「大丈夫ですか？」司書が声をかけてきた。

ダグレスは司書に目を向けた。愛した男性が頭を切り落とされたのだ。もちろん、大丈夫とはほど遠い。「ええ、平気です」ダグレスは小声で答えた。「疲れて、少しおなかがすいているだけです」弱々しく笑みを返し、それから外に出た。

つかの間、図書館の前で足を止めた。どこかに部屋を取らなければならないのはわかっていた。それに何か食べたほうがいい。けれども、そんなことはどうでもいいように思えた。ニコラスが死刑執行人のもとへと階段をのぼる姿を何度も想像してしまう。後ろ手に縛られるのだろうか？　司祭が一緒だろうか？　いや、一五六四年といえば、ヘンリー八世がカトリック教義を無効にしたあとだ。それなら、誰が彼に付き添うのだろう？

ダグレスは鉄製のベンチに腰をおろし、両手で頭を抱えた。ニコラスはわたしのもとに来て、わたしを愛し、わたしを置き去りにした。なんのために？　彼は処刑台と血まみれの斧が待つ場所に戻ってしまった。

「ダグレス？　きみかい？」

顔をあげると、リー・ノルマンが見おろしていた。

「そうだと思ったよ。ほかにそんな色の髪の人はいないからね。てっきり町を離れたんだと思っていたが」

ダグレスは立ちあがったものの、ふらついてベンチにもたれた。

「大丈夫かい？　ひどい顔をしているぞ」

「ちょっと疲れているだけよ」

リーがダグレスの目の下のくまと、くすんだ肌をまじまじと見つめた。「それに腹も減っているみたいだ」リーがダグレスの腕をしっかりとつかみ、彼女のバッグを肩にかけた。「角を曲がったところにパブがある。何か食べよう」

ダグレスはリーに連れられるまま通りを進んだ。何が起ころうと、どうでもいい気分だった。

パブに入るとリーがダグレスをボックス席へといざない、ビールと料理をいくつか注文した。ダグレスはビールをひと口飲んだだけで酔いがまわるのを感じ、昨日から何も食べていないことに気づいた。ニコラスと朝食をとり——そのあと床で愛しあったときから。

「ところで、先週ソーンウィックを離れてから何をしていたんだい？」リーが尋ねた。

「ニコラスとアシュバートンに行ったわ」ダグレスはリーの様子をさりげなく観察し

ながら答えた。

「それはきみが出会った人のこと?」

「ええ」ダグレスはささやいた。「あなたはどうしていたの?」

リーがチェシャ猫を思わせる笑みを見せた。とても重要なことを知っているかのような笑みだ。「きみが帰った翌日、ヘアウッド卿がレディ・マーガレット・スタフォードの部屋の壁を修復させたんだ。で、何を見つけたと思う?」

「ねずみかしら」ダグレスは何に対しても興味がわかなかった。

リーがいわくありげにテーブル越しに顔を寄せてきた。「鉄製の小箱だよ。その中にニコラス卿の処刑の真相についてレディ・マーガレットがしたためた手紙が入っていたんだ。ダグレス、これだけは言える。あの箱の中身はぼくの名声を永遠に語り継いでいくことになる。四百年前の殺人事件の謎を解くようなものだ」

リーの言葉が悲嘆に暮れるダグレスの頭に浸透するまでしばらくかかった。「聞かせて」ダグレスはささやいた。

リーが身を引いて間仕切りにもたれた。「まさか、だめだよ。きみはぼくから巧みにロバート・シドニーの名前を聞きだしたが、この話は別だ。全部知りたいのなら、本になるのを待ってもらわないとね」

ダグレスが口を開きかけたところに、料理ののったトレイを手にしたウエイトレスがやってきた。ダグレスはシェパードパイには目もくれず、ふたたびふたりきりになるや、テーブルに身を乗りだした。そして、リーがこれまで見たこともないほど真剣なまなざしで、ダグレスは静かに切りだした。「あなたがわたしの家族のことを知っているのかどうかはわからないけれど、モンゴメリー家は世界屈指の裕福な一族なの。わたしは三十五歳の誕生日に財産を相続することになっている。もしレディ・マーガレットが書いた内容を教えてくれるなら、今すぐ百万ドルを渡すことに合意してサインをするわ」

リーはあまりに驚いて言葉を失った。ダグレスの家族が裕福だとは知らなかったが、彼女の言葉は信じられた。こんな表情で嘘をつく人間はいない。ダグレスがこの情報を求めているのはわかった。前にもロバート・シドニーの名前を聞きだそうと、どれほどしつこく迫られたことか。だが、理由を尋ねようとは思わなかった。彼女がこの情報のために百万ドルを出す気なら、彼女の一族がそれほどの富と権力を持っているのなら、魔神にひとつ願いごとをかなえてもらうようなものだ。

「アイビーリーグの史学科で教授職に就きたい」リーが静かに言った。

「決まりね」ダグレスは競売人を思わせる口調で答えた。必要とあれば、寄付金でひと棟、あるいはひとつ建物を増築したっていい。

「いいだろう」リーが言った。「くつろいで座って食べてくれ。これは、すごい話なんだ。映画にだってできるかもしれない。話は、哀れな親愛なるニックが処刑される数年前から始まる。彼は——」

「ニコラスよ」ダグレスが正した。「彼はニックと呼ばれるのが好きじゃないの」

「ああ、わかった。それならニコラスでいこう。ぼくがどの本でも読んだことがなかったのは——どの歴史家も重要だと思わなかったからだろうけど——スタフォード家はヘンリー六世を通じてひそかに王位継承権を主張していたということだ。彼らの父方の血族をたどると直系ということになるらしい。その一方で、エリザベス女王は悪党で、女性だから統治には適さないと考える人もいた。長きにわたり、女王の座が必ずしも安定していたわけではないのは知っているだろう？」

ダグレスはうなずいた。

「スタフォード家が国王家と血縁関係にあったことを歴史家が忘れていたとしても、忘れていない人物もいた。レティス・カルピンという女性だ」

「ニコラスの妻ね？」

「歴史を本当によく知っているんだな」リーが言った。「そう、あの美しいレティスだ。どうやら彼女の一族もイングランドの王位継承権を主張していたらしい。スタフォード家よりもあいまいな申し立てだったようだが。レディ・マーガレットは、レティスのことを非常に野心的な女性だと思っていた。レティスの狙いはスタフォード家の人間と結婚して後継者を産み、その子を王位に就けることだった」

ダグレスは今の話をじっくり考えた。「でも、どうしてニコラスと？　なぜ彼の兄ではないの？　伯爵と結婚したがりそうな女性に思えるけど」

リーがほほえんだ。「きみには気をつけないといけないな。スタフォード家のことをどうしてそんなに詳しく知っているのか聞かせてもらう必要がありそうだ。その兄の……ええっと……」

「クリストファー」

「そう、クリストファーはとても裕福なフランス人の女相続人と婚約していたんだ。まだほんの十二歳のね。どんなにレティスが美しかろうが、彼女よりも女相続人の持参金を手に入れることを選んだのだろう」

「ところがキットは亡くなり、弟のニコラスが伯爵になった」ダグレスは静かに口にした。

「レディ・マーガレットは長男の死は事故ではない可能性を示唆していた。溺死だったんだが、長男は泳ぎが得意だったと書いている。とはいえ、たしかなことは彼女にもわからなかった。ただの推測だ」

「それで、レティスはのちに伯爵になる男性と結婚した」

「そうだ」リーが答えた。「だが、ことはレティスが計画したようには進まなかった。ニコラスは勢力を増して王家の仲間入りをしようとか、共謀を持ちかけて、王座を狙ったときに後押ししてくれる人を見つけようとか、そういったことに関心はなかったようだ。ニコラスの関心の大半は女性に向けられていた」

「学ぶことにも」ダグレスはすばやく口を挟んだ。「彼は修道士に書物の筆写をさせていたわ。ソーンウィック城の設計だって彼がしたのよ。ニコラスは……」ダグレスは言葉を切った。

リーが目を見開いた。「そのとおりだ。レディ・マーガレットがそうしたことを全部記している。だけど、どうしてきみが知っているんだい？」

「それは大した問題じゃないわ。何があったの、ニコラスが……レティスと結婚してから？」

「まるで嫉妬しているみたいな口ぶりだな。わかったよ、別にいいんだ。ふたりが結婚してから、レティスはニコラスが自分の望みどおりには動きそうにないと早々に気づいたようで、彼を始末する方法を探り始めた」

「クリストファーのときのように」

「その件は証明されていない。幸運な事故だったのかもしれない——レティスにしてみれば、という意味だが。レディ・マーガレットはほとんどのことは憶測にすぎないと認めているが、それにしてもニコラスはレティスと結婚してから何度も命を落としかけている。あぶみが壊れて——」

「ふくらはぎを切ったのね」ダグレスはささやいた。「馬から落ちたときに」

「怪我した箇所まではわからない。レディ・マーガレットが触れていなかったから。ダグレス、真っ青な顔をしているが本当に体調は大丈夫なのかい？」

ダグレスは鋭い目でリーを見た。

「とにかく、ニコラスを殺すのはクリストファーのときよりもずっと難しいということがわかって、レティスは手を貸してくれる人を探すようになった」

「そして見つけたのが、ロバート・シドニー」

リーが頬を緩めた。「きみはきっと推理小説を読んでいても勘が働くんだろうな。結末はいつもお見通しってやつだ。そう、レティスはロバート・シドニーに目をつけた。シドニーはアラベラ・ヘアウッドの夫で、スタフォードと自分の妻の卓上の行為がイングランドじゅうの笑い種《ぐさ》になって、かなり頭にきていたに違いない。さらに悪いことに、九カ月後、アラベラが黒髪の息子を産んだ」

「だけど、その子とアラベラは死んだ」

「そうだ。レディ・マーガレットはふたりの死にシドニーが関与していると考えている」

ダグレスは息をのんだ。「そしてレティスとロバート・シドニーは、ニコラスが非難され、反逆罪で処刑されるよう企んだ」

「そのとおり。レティスはニコラスを陥れる機会を待っていたのだろうとレディ・マーガレットは考えている。だから、ニコラスがウェールズの領地を守ろうと兵を集めだしたとき、レティスはそれをシドニーに伝え、彼が女王のもとに急行したというわけだ。ある意味、エリザベス女王がシドニーの言葉を信じたのもうなずける。何しろほんの数カ月前にスコットランドのメアリー女王が、自分はスコットランドだけでなくイングランドの女王でもあると宣言していたからだ。そしてここにきて、ソーンウィック伯爵が兵を集めている。エリザベス女王はニコラスを投獄し、〝内密な〟証拠をもとに形ばかりの裁判を行って、彼の首を切り落とした」

ダグレスは顔をしかめた。「そしてレティスとロバート・シドニーは大手を振って歩いていた」

リーが口元をほころばせた。「ある意味では。実はニコラス・スタフォードの処刑後に起きたことこそ、彼女の人生最大の皮肉だったんだ。何事も非常に入念に計画してきたレティスだったが、ロバート・シドニーの野心については考えが及ばなかった。レディ・マーガレットによれば、レティスはエリザベス女王のいとこに当たるイングランド人の公爵と結婚して、もう一度最初からやり直すつもりだったようだが、シドニーには別の計画があった。自分と結婚しなければ女王に全部ぶちまけるとレティスに迫ったんだ。彼も、わが子を王位に就かせたかったんだよ」

「脅迫したのね」ダグレスはつぶやいた。

「ああ。脅迫だ。言っただろう、映画にできそうだって。もしくは、ベストセラーか。これを小説にするべきかもしれないな。とにかく、レティスは無理やりシドニーと再婚させられた」リーが鼻で笑った。「この話で何が一番皮肉かって、レティスが不妊症だったことさ。一度も子を身ごもることなく、流産したことさえなかった。つまり、最初の夫を断頭台に送ったのは将来生まれる子どものためだったのに、そもそも彼女は子どもを産めなかったんだ。驚きだろう？」

「そうね」ダグレスは狭まった喉から声を絞りだした。「驚きだわ」一瞬、ためらってからリーにきいた。「レディ・マーガレットはどうなったの？」

「レティスもシドニーも、自分たちのしたことをレディ・マーガレットが知っているとは思いもしなかったらしい。もしわかっていれば、間違いなく彼女を殺していただろう。だがレディ・マーガレットは賢い女性だから、口をつぐんでいた。たぶん何も証明できないとわかっていたのだろう。女王はレディ・マーガレットの財産をすべて没収した。そこでシドニーが介入してきて、そのまま貧しい農場にとどまるか、自分の義理の父だったヘアウッド卿と結婚するかの選択肢を与えた。もちろんシドニーには魂胆があった。アラベラとのあいだにできた子どもがまだ三人とも生きていて、レディ・マーガレットがヘアウッド卿と結婚すれば、子どもたちとレディ・マーガレットが遠縁とはいえ、つながることになる。現代の基準からすれば、大したつながりではないが、当時はそれだけでエリザベス女王がもともとスタフォード家のものだった領地をふたつシドニーに分け与えるのに充分な理由になった」

リーがビールを口に運んだ。「レディ・マーガレットがヘアウッドと結婚したあと、彼女はすべてを書き記して鉄製の収納箱に入れ、信頼のおける古参の使用人に命じて壁の一部を壊し、そこに箱を隠した。あとから思いついて、自分の手紙も収納箱に入れて、一緒に忍ばせた。それから壁をふさいだ」

リーがひと呼吸置いた。「いいタイミングで隠したよ。彼女の友人が書いた現存する手紙によると、レディ・マーガレットはその二週間後に階段の下で息絶えているのが発見されたそうだ。首が折れていた。思うに、シドニー夫妻はスタフォードの領地を手に入れてしまえば、彼女から取れるものはすべて手に入れたってことだったんだろう」

ダグレスはボックス席にもたれ、しばらく黙っていた。「ふたりはどうなったの？ その……レティスとロバート・シドニーは？」名前を口にすることさえ耐えがたい。

「地獄で火あぶりになったんじゃないかな。でも、実際のところはわからない。子どもを授かることはなく、領地はシドニーの甥《おい》の手に渡ったのはわかっている。この甥が自堕落なろくでなしで、一代でシドニーの財産をすべて失ったそうだ。レティスと夫がどうなったのか詳細に知るには、もっと調査が必要だろう。歴史家たちはふたりにそれほど関心を持ってこなかったから」リーが笑みを浮かべた。「差し当たってはこんなところだ。ぼくが本にまとめれば歴史が変わる」

「歴史を変える」ダグレスはささやいた。それこそニコラスが望んでいたことだ。にもかかわらず、自分たちが成し遂げたことといえば、彼の刑の執行だけだ。「もう行かなきゃ」ダグレスは唐突に切りだした。

「どこに泊まっているんだい？　送っていくよ」

「予約はしていないの」ダグレスは顔をあげた。「でも、ソーンウィック城に泊まるつもりよ」

「ああ、みんなそうさ。だけどあそこは一年前から予約が必要なんだ。待てよ、そんなに悲しそうな顔をしないでくれ。電話してみるから」リーが席を外し、数分後にはにやにや笑いながら戻ってきた。「きみは本当についているな。予約のキャンセルがあったそうだ。もうチェックインできるよ。そこまで一緒に行こう」

「いいえ」ダグレスは断った。「ひとりになりたいの。夕食をありがとう。それに話してくれて感謝しているわ。あなたがアイビーリーグの教授職に就けるよう取り計らうから」手を差し伸べて握手を交わし、ダグレスはパブをあとにした。

20

ソーンウィック城でもニコラスを覚えている人はいなかった。宿泊者名簿を見返してみたが、ニコラスが署名した箇所には見慣れない字で〝ミス・ダグレス・モンゴメリー〟と書かれていた。肩を落として部屋にトートバッグを置き、外へ出て城の未完成部分に目をやった。ここが完成することはない。ニコラスは処刑されてしまったのだから。

屋根のない壁。そこから垂れる蔓。この場所をどんなふうにしようと計画しているか話してくれたニコラスの言葉を一言一句覚えている。学びの拠点、彼はそう呼んだ。それなのに、彼の計画は水の泡となってしまった。

昨日ダグレスのもとを去ったあと、ニコラスは監獄に戻ったのだろうか？　母親宛の手紙を書いていたときに戻って、誰が自分を裏切ったのか見つけだそうとしていたのだろうか？　刑が執行されるまでの三日間はどんなふうに過ごしたのだろう？　ロバート・シドニーが嘘をついていると言っても、誰も耳を貸さなかったのだろうか？

ダグレスは壁にぐったりともたれかかった。ニコラスはロバート・シドニーのことを誰に話したのだろう。レティスに？　彼の愛する妻は夫を訪ねたのか。彼は妻に知っていることを打ち明けて、助けを求めたの？

皮肉。リーはすべてが皮肉だと言った。本当に皮肉なのは、ニコラスが死んだのはいい人だったから、ということだ。妻と謀反を企てることを拒み、そんなことを考えることさえ拒んだ。そして、そのせいで命を落とした。あっという間の名誉の死ではなく、公にされ、あざけりを受ける死だ。彼は命を、体面を、名声を、領地を、そして後世の人々からの敬意を失い、それはすべて権力に狂った女との結託を拒絶したせいだった。

「そんなの間違っている！」ダグレスは声に出した。「そんなことが起きたなんて間違っている」

ダグレスはとぼとぼと中に戻り、放心状態でシャワーを浴びてネグリジェを身につけ、ベッドに入った。長いあいだ横になっていたが、怒りのせいで眠りは訪れなかった。皮肉。反逆。裏切り。脅迫。そんな言葉が頭をめぐっていた。

明け方頃に断続的な眠りは訪れたものの、目覚めたときには寝る前よりも気分がすぐれなかった。体がずっしりと重く、老けこんだ気分のまま着替えをすませ、朝食のために階下へ向かった。

ニコラスはやり直す機会を与えられ、このわたしに助けを求めた。にもかかわらず、なんの役にも立てなかった。アラベラに嫉妬するあまり、ヘアウッド城を訪れた本当の目的を見失っていた。情報を探しているべきときに、ニコラスとアラベラが触れあっているのではないかと気を揉んでいた。しかし、ニコラスに触れようとする人はもういない——二十世紀にも、十六世紀にも。

ダグレスは朝食をとり、チェックアウトをして、駅まで歩いてアシュバートンに戻る列車に乗った。列車に揺られているうちに、いつの間にかくよくよするのをやめ、今何ができるのかを自問し始めた。リーの本が出版されれば、ニコラスの汚名をそそぐ助けになるだろうか？　リーの秘書として奉仕を申しでて調査を手伝えば、ニコラスが二十世紀にいたときに助けられなかった埋めあわせができるかもしれない。

ダグレスは列車の窓に頭を預けた。もう一度やり直せるのなら、嫉妬をしたり、ふたりの大切な時間を無駄にしたりはしない。ゴスホーク・ホールにいたとき、ほかにも壁の裏に隠された秘密の品がないか、どうしてリーに尋ねなかったのだろう？　どうして自分で確認しなかったの？　どうしてこの手で壁を壊さなかったの？　どうして──。

窓からアシュバートンの駅名が見えて列車を降りた。歩きながら、自分にできることは何もないとダグレスは気づいた。

手助けできる時間は終わった。リーはひとりで執筆できるだろうし、すばらしい本にまとまるだろう。ロバートには娘がいるのでわたしは必要ない。ニコラスだけが必要としてくれたのに、期待に応えることができなかった。

家に帰るよりほかに、これ以上できることはない。

駅を出てB&Bを目指した。航空会社に電話をして、すぐに帰国できる便に乗れるかきいてみよう。馴染みのある環境に戻れば、自分を許せるようになるかもしれない。

途中でニコラスの墓がある教会を通り過ぎたとき、足がひとりでに門へと向かった。教会の中にひと気はなく、ステンドグラスの窓から差しこむ陽光がニコラスの墓石に優しく降り注いでいる。青白い大理石は冷ややかに見えた。

ダグレスはゆっくりと墓石に歩み寄った。祈ればニコラスが戻ってくるかもしれない。神さまに懇願すれば、ニコラスをわたしのもとに返してくれるかもしれない。五分だけでも彼に会えたら。五分あれば、ニコラスに妻の裏切り行為を伝えられる。

けれども冷たい大理石に頬を寄せたとき、そんな奇跡は起きないと悟った。あれは世紀に一度の出来事だった。人の命を救えるチャンスを与えられたのに、それを生かせなかった。

「ニコラス」ダグレスはささやいた。彼が去ってから初めて涙があふれてきた。熱い涙で視界がにじむ。

「また泣き腫らしてしまったわ」ダグレスは泣き笑いしそうになった。「救えなくて本当にごめんなさい、愛しいニコラス。わたしって、何をしてもだめみたい。でも今まではわたしの力不足のせいで誰かが死んでしまったことはなかったのに」

ダグレスは体の向きを変えて墓石の縁に腰かけた。「ああ、神さま。ニコラスの死の責任を感じながら、どうやって生きていけばいいの?」

肩からさげていたトートバッグのファスナーを開け、ティッシュを探った。やわらかい素材の旅行用ポーチを出してティッシュを引き抜く。はなをかんだとき、ティッシュケースから紙片が床に落ちた。腰をかがめて拾い、目を向ける。

それはニコラスが書いてダグレスの部屋のドアの下から滑りこませたメモだった。

「このメモ――」ダグレスは背筋を伸ばして立ちあがった。ニコラス自身の手書きのメモだ! 彼が触れたもの。これは……証拠だ。

「ああ、ニコラス」口にするとどっと涙があふれ、真の涙が、深い嘆きの涙が流れだした。脚の力が抜けてゆっくりと石の床に座りこみ、メモを頬に押し当てた。「ごめんなさい、ニコラス」ダグレスは嘆いた。「何もできなくて本当に、本当にごめんなさい」

冷たい大理石の墓石に額を当ててうずくまる。「どうか神さま、自分を許せるよう、力をお貸しください」

悲しみに暮れるダグレスは、ステンドグラスから差しこむ光が自分の髪に注いでいることに気づかなかった。その窓にはひざまずいて祈りを捧げる天使が描かれ、天使の輪を通過した光がダグレスの髪に届き、雲が動くように陽光が大理石でできたニコラスの手を照らした。

「どうか、お願いします」ダグレスはささやいた。

その瞬間、笑い声が聞こえた。ただの笑い声ではない。ニコラスの笑い声だ。

「ニコラス？」ダグレスはつぶやき、顔をあげてはっきり見えるように目をしばたたいた。教会の中には誰もいない。

ダグレスはおずおずと立ちあがった。「ニコラス？」先ほどよりも声を張りあげ、ふたたび声がしたほうにはっと顔を向ける。今度は背後から聞こえた。手を伸ばしたが、そこには誰もおらず、何もなかった。

「そうよ」ダグレスはまっすぐ立ったままつぶやいた。「そうよ」今度ははっきりと口にした。光に向かって、窓の天使に向かって顔をあげる。まぶたを閉じ、頭をのけぞらせる。「そうよ」彼女はささやいた。

ふいに、腹部を殴られたような衝撃を受けた。痛みに体を折り、膝から前のめりに石の床にくずおれた。立ちあがろうとしたものの、めまいがして吐き気を覚えた。化粧室に行かなければ。教会を汚すわけにはいかない。

けれど動こうとしても動けなかった。体が脳の指令を聞かなくなったかのようだ。「ニコラス」ダグレスはつぶやいて彼の墓石に手を伸ばしたが、次の瞬間、目の前が真っ暗になって床に倒れた。

21

目覚めたとき、ダグレスは頭がくらくらして体に力が入らず、自分がどこにいるのかわからなかった。まぶたを開けると、頭上の青い空とそばで生い茂る木が目に入った。

「今度はなんなの?」ダグレスはつぶやいた。教会からふらりと外に出たのだろうか。何はともあれ、空と樹木を見たことで心が落ち着いた。焦りを感じないのはここ数日で初めてだ。

ダグレスはもう一度目を閉じた。とても疲れていて、ここでこのまま昼寝をしたい気分だった。自分がどこにいるのかはあとで考えよう。

まどろみ始めたとき、女性のかすかな忍び笑いが近くで聞こえた。きっと子どもね。ダグレスはぼんやりと思った。子どもが遊んでいるんだわ。

けれどもそれに応えて笑う男性の声を耳にしたとき、ダグレスは目を開いた。「ニコラスなの?」ぼんやりしたままゆっくりと体を起こしてあたりを見まわす。ダグレスはイングランドの美しい郊外で、木陰になった芝生に座っていた。自分の居場所を確認しようと体をひねる。いつの間に教会を出たのだろう?

ダグレスは平原に男性の姿を認めて動きを止めた。遠くてはっきりとはわからないが、丈の短い茶色いローブらしきものを着て、雄牛を使って畑を耕しているようだ。ダグレスは目をしばたたいたものの、その光景は変わらなかった。イングランドの田舎はまぎれもなく田舎だった。

背後からまた女性の含み笑いが聞こえてきた。「ニコラスさま」夢見心地な声だ。ダグレスは頭で考える前に、行動していた。にわかに立ちあがり、後ろの茂みに分け入る。

そこには地面に横たわって体を反転させるニコラスの姿があった。まぎれもなくニコラスだ。シャツは半分脱げて、たくましい腕がぽっちゃりとした女性の体の上をせわしなく動いている。女性の上半身は奇妙なドレスからはだけそうになっていた。「ニコラス」ダグレスは声をあげた。「どうして? どうしてわたしにこんな仕打ちができるの?」涙がふたたびあふれだす。「死ぬほど心配していたのに、あなたときたらこんなところで……この人と……。ああ、ニコラス、ひどいわ」ダグレスはポケットからティッシュを出し、大きな音をたててはなをかんだ。

足元ではニコラスと女性が動きを止めていた。女性は怯えた様子であわててドレスの前面の紐を結び、あたふたとニコラスの下から抜けだすと、茂みの中を駆けていった。

ニコラスは整った顔をしかめて寝返りを打ち、片肘をついてダグレスを見あげた。「どういうつもりだ?」ニコラスが問いただした。

ダグレスが最初に感じた怒りは消えた。しばらく立ち尽くしたまま彼を見おろしていた。ニコラスがわたしと一緒にここにいる。ここに!

ダグレスはニコラスに飛びついて首に両腕をまわし、顔にキスの雨を降らせた。ニコラスが彼女を抱きしめ、ふたりは地面に倒れこんだ。

「ニコラス、あなたなのね。そうよ。ああ、ダーリン。あなたがいなくなってからは最悪だった。誰もあなたのことを覚えていなくて。誰もわたしたちが一緒だったのを覚えていなかったの」ダグレスはニコラスの首に唇を押しつけた。「また顎ひげを生やしたのね。いいの、それもなかなかすてきよ」

ニコラスも首筋にキスを返していた。彼の手がダグレスのブラウスに伸びて難なく前を開き、唇は喉元からさがっていった。

「ニコラス、伝えたいことがたくさんあるの。あなたが消えたあとでリーに会って、レティスとロバート・シドニーについて全部聞かせてくれたわ。それで……ああ、いいわ……すごくいい」

ダグレスは唐突に腕を伸ばしてニコラスを押しやった。「待って！　こんなことをしてはだめよ。この前、何が起きたか覚えているでしょう？　わたしたち、話しあわないと。伝えたいことがたくさんあるの。あなたは結局は処刑されてしまったのよ、知っていた？」

ダグレスを腕の中に引き戻そうとしていたニコラスが動きを止めた。「わたしが？　処刑された？　いったいどうして？」

「反逆罪よ、もちろん。兵を集めたから。それに――ニコラス、あなたまで記憶をなくしたんじゃないでしょうね。このところ記憶喪失の人ばかりで、許容範囲を超えているの。ねえ、聞いて。あなたが自分の時代に戻るまで、あとどれくらいここにいられるのか知らないけど、すべてを計画したのはあなたの奥さんなの。彼女を愛しているのはわかっている。でも彼女があなたと結婚したのは、あなたがエリザベス女王と血のつながりがあるから――女王のお父さまとだったかしら？　とにかく、レティスはあなたに消えてほしいと思っているの。自分の子どもを王位に就けたい彼女にあなたが協力してくれないから。いずれにしても彼女には子どもができないんだけど、本人はそのことを知らないし」

ダグレスは言葉を切った。「どうしてそんな目でわたしを見ているの？　どこに行くつもり？」

「家に帰るんだ。外套《がいとう》の斜めがけ（十六世紀後期に流行った男性の外套の羽織り方。九十度まわして袖を体の前後に垂らす）みたいな噛みあわない話が聞こえないところにね」ニコラスは立ちあがり、バルーン型の半ズボンにシャツをたくしこんだ。

ダグレスも立ちあがった。「〝外套の斜めがけ〟ね。そんなふうに言われたのは初めてよ。ニコラス、待って。このままじゃ立ち去れないはずよ」

ニコラスがダグレスに向き直り、顎で地面を示す。「おまえが始めたことを最後まで続けたいなら、ここに残ってたっぷり金を払おう。だが、そのふしだらな話し方には我慢がならない」

ダグレスはその場に突っ立って目をしばたたき、彼の言葉を理解しようとした。

「お金を払う？」小声で言った。「ニコラス、どうしちゃったの？　まるで一度もわたしに会ったことがないみたいじゃない」

「そうだ、一度もない」ニコラスが背を向けて、空き地を出ていく。

ダグレスは愕然としすぎて動けなかった。一度も会ったことがない？　何を言っているの？　ダグレスは茂みをかき分けた。ニコラスは驚くような服を着ていた。黒いサテンのジャケットについているのは……。

「これって全部、ダイヤモンド？」ダグレスは息をのんだ。

ニコラスが細めた目をダグレスに向けた。「盗人に容赦はしないぞ」

「奪おうとしているわけじゃないの。ただ、ダイヤモンドがこれほどついた服を着た人を見たことがないから」ダグレスは後ろにさがってニコラスを見た。本当の意味で見つめた。すると彼の違いに気づいた。服装が違うとか、また顎ひげや口ひげを生やしているだけではない。彼の顔から真剣さが消えている。ここにいるのはニコラスだが、なぜか若く見える。

どうやってこんなに早く顎ひげを伸ばせたのだろう？

「ニコラス？」ダグレスは尋ねた。「最後に自宅にいたとき、初めてわたしのもとに来たときじゃなくて今ということだけど、年代はいつだった？」

ニコラスが肩の部分にアーミン毛皮をあしらった黒いサテンの短い外套を羽織り、茂みの裏から馬を引きだした。厩舎で借りたシュガーに負けず劣らず気性が荒そうだ。そのアメリカのカウボーイのものと同じくらい大きい鞍にニコラスが軽々とまたがった。ただし、この鞍の座席の前後には垂直の板がついている。「最後に自宅にいたのは今朝で、一五六〇年だった。さあ、魔女よ、わたしの前から消えてくれ」

ダグレスは馬に踏みつけられそうになり、茂みまで後退した。「ニコラス、待って！」叫んだが、彼は行ってしまった。

ダグレスは信じられない思いで、ニコラスが地平線の小さな点ほどの大きさになるまで見送った。それから大きな岩に腰をおろし、両手で頭を抱えた。どうすればいいのだろう？　振りだしに戻って、もう一度初めから二十世紀のことを説明しないといけないの？　最初にニコラスと会ったとき、彼は一五六四年から来ていた。けれども今回はその四年前だ。以前はすでに起こったあとだったことが、今回はまだ起きていない。

ダグレスは顔をあげた。当然だ！　そういうことか。前にロバート・シドニーが首謀者だとわかったとき、ニコラスは牢獄にいた。だから処刑を逃れるためにできることはほとんどなかった。けれども今回、彼はその四年前から来た。彼が処刑される原因を阻止する時間がある。

気持ちがぐっと明るくなって、ダグレスは立ちあがった。彼を探しに行かなければ。バスの正面に飛びだすような、ばかな真似をする前に。地面から重いトートバッグを持ちあげて肩にかけ、ニコラスが見えなくなった方向へと歩きだした。

道はこれまで見たことがないほどひどかった。轍《わだち》が深く残り、岩が突きだし、幅は狭くて雑草が茂っている。アメリカの田舎道でもこれほど悪くはない。それに、イングランドでこんな道は初めて見た。

乗り物が角を曲がってやってくる音がしたので、ダグレスは道の脇によけた。疲れた様子のロバが、木でできた大きな二輪の荷車を引いている。荷車に付き添う男性は、麻袋で作ったような丈の短い服を着ており、ふくらはぎの半分から下はむき出しで、ところどころ醜く腫れている。ダグレスはあっけにとられ、ぽかんと口を開けて男性を見つめた。振り向いた相手も、同じように息をのんだ。男性の顔はなめし革のようで、開いた口からは虫歯がのぞいている。ダグレスを頭のてっぺんから爪先まで眺め、ストッキングをはいた脚に視線を据えると、にやりとしておぞましい歯を見せた。

ダグレスはすぐさま顔を背けて早足で歩きだした。道はさらにひどく、轍は深くなり、至るところに肥やしがあった。「イングランドでは今、轍を埋めるために肥やしを使っているの？」ダグレスはぼやいた。

ダグレスは小高い丘の頂上で足を止めて下を見おろした。眼下に三軒の小さな民家がある。藁葺《わらぶ》き屋根のちっぽけな家で、家の前の地面がむき出しの庭ではニワトリとカモと子どもが駆けまわっている。一軒のあばら屋の玄関から長いスカートをはいた女性が出てきて、戸口の横に円い容器の中身を捨てた。

ダグレスは丘を下り始めた。あの女性に道を教えてもらえるかもしれない。けれども民家に近づくにつれて足を緩めた。悪臭が漂ってくる。動物、人間、腐った食べ物、堆肥の山といったあらゆるものが発する匂いだ。ダグレスは鼻に手を当てて口で息をした。まったく！　イギリス政府はこの場所をなんとかすべきだ。こんな場所で人が暮らすべきではない。

ダグレスはまず一件目に向かった。靴を汚さないように気をつけたが、あまりうまくいかなかった。三歳くらいの汚れたパジャマを着た子どもが彼女を見あげた。かわいそうに一年はお風呂に入っていないようだ。おまけに明らかにおむつをしていない。ニコラスの件に片がついたら、この場所のことでイギリス政府に文句を言おうと誓った。これは衛生上、危険だ。

「すみません」ダグレスは暗い家の中に呼びかけた。外よりも室内のほうが臭わないということもなさそうだ。「こんにちは、どなたかいますか？」

返事はないが、ダグレスは視線を感じた。振り返ると、後ろに三人の女性と子どもたちがいた。女性も先ほど見かけた子どもと変わらないくらい汚れていて、丈の長い服のあちこちに食べ物とか何やらわからないものがこびりついている。

ダグレスはなんとか笑みを浮かべた。「すみません、アシュバートン教会を探しているのですが。どうやら道に迷ってしまったようなんです」

女性たちは答えなかったが、ひとりがダグレスのほうに歩みでてきた。笑みを絶やさないのは難しかった。女性の体臭が漂ってくるからだ。

「アシュバートンへの行き方をご存じですか？」ダグレスは繰り返した。

女性はダグレスの服や髪や顔に目をやり、じろじろと見つめながら彼女のまわりを歩くだけだった。

「変わった人の集まりね」ダグレスは小声で言った。こんなに汚い場所で暮らしているということは、それほど頭の回転が速くはないのだろう。ダグレスは悪臭のする女性から離れてトートバッグのファスナーを開けた。その音に女性が飛びすさった。ダグレスはイングランド南部の地図を出して眺めたが、まったく役に立たなかった。現在地がわからないので、どうすれば目的地に着けるのか知りようがない。

地図をおろしたとき、女性のひとりがすぐそばまで接近して、バッグに頭を突っこもうとしていた。「ちょっと、やめてください」ダグレスは鋭く言った。女性が頭を覆っている布には、泥と脂がたっぷりついている。

女性はバッグからダグレスのサングラスをつかんで後ろに飛びのいた。走ってほかの女性の背後にまわり、三人でサングラスを観察している。

「いい加減にして」ダグレスは大股で女性たちに詰め寄った。何かを踏んで足が滑ったものの、下は見なかった。「返してもらえますか?」

女性たちは険しい表情でダグレスを見返した。ひとりの首には深くえぐれた傷跡があり、その女性がサングラスを持った手を背中にまわした。

ダグレスは手のひらを上に向けて両腕を広げた。「わたしの持ち物を返してください」

「消え失せろ」女性のひとりが言った。女性の上の歯は三本欠けていて、ほかの二本は虫歯になっている。

そのとき、ダグレスはだんだんわかってきた。目の前の家に視線を向ける。外に薪《まき》が積まれ、軒下に玉ねぎがぶらさがっている。泥、荷車、歯医者の存在を聞いたこともない人々。

「あなたたちの女王は誰?」ダグレスは小声で尋ねた。

「エリザベス」ひとりが奇妙なアクセントで答えた。

「そうよね」ダグレスはささやいた。「じゃあ、そのお母さまは?」

「魔女アン・ブーリン」

女性たちが取り囲む輪をじりじりと狭めてきたが、あまりに驚いていたダグレスはそのことに気づかなかった。今朝は一五六〇年だったとニコラスは言っていた。それからおかしな鞍のついた馬に乗って走り去った。方角がわからないとか、どこに向かっているか定かではないという様子でもなかった。彼が二十世紀に来た当初のような反応は見られなかった。それどころか、勝手知ったる場所にいるようにふるまっていた。

「痛っ！」女性のひとりがダグレスの髪を引っ張った。

「おまえは魔女か？」すぐそばに立つ女性がダグレスに問いただす。

ふいにダグレスは怖くなった。二十世紀に誰かのことを魔女と呼ぶ人がいても笑いごとですむが、十六世紀では人は魔女だという理由で焼かれたのだ。

「もちろん魔女じゃないわ」ダグレスはあとずさりしたが、後ろにも女性がいた。

今度は袖を引っ張られた。「魔女の服だ」

「違うに決まっているじゃない。わたしは……別の村に住んでいるの。それだけよ。来年にはあなたたちもみんなこんな服を着ているわ」ダグレスはまわりを囲む女性たちにさえぎられて、前にも後ろにも進めなかった。急いで考えるのよ、ダグレス。心の中でつぶやいた。でなければ、今晩のバーベキューにされてしまうわ。ダグレスは女性たちを見据えたまま、トートバッグに手を入れ、何を探しているのかもわからずに中を探った。その手が、どこかのホテルで手に入れた二つ折りの紙マッチに触れた。

ダグレスはそれを取りだして一本はぎ取り、マッチを擦った。女性たちが息をのんで後ろにさがった。「中に入って」ダグレスは火のついたマッチを持つ腕を伸ばした。「さあ、家の中に入るのよ」

女性たちがあとずさりして家に入ったときには、ちょうどマッチの火がダグレスの指先まで迫っていた。ダグレスはマッチを落として走りだした。

悪臭のする家と轍のついた道をあとにし、森に駆けこんだ。息が切れたところで地べたに座りこみ、木にもたれかかった。

どうやら教会で意識を失い、目を覚ましたら十六世紀にいるらしい。つまり、ここではわたしはひとりぼっちだ――ニコラスもまだわたしのことを知らない。石鹸が考案される前の時代、もしくは少なくとも頻繁に使われるようになる前の時代で、ここではわたしは邪悪な存在と見られているらしい。

「ニコラスに会うことさえできないのに、どうやって彼が知るべきことをもれなく伝えればいいの？」ダグレスはささやいた。

最初の冷たい雨粒がダグレスの頰を打った。ダグレスは旅行かばんから傘を出して開いた。そのときにふと、くたびれたバッグをじっくり見た。何年も使っているバッグだ。旅をするときはどこにでも持っていったので徐々に中身がいっぱいになり、旅行に必要だと思われるものはなんでもそろっている。化粧品、薬、洗面道具、裁縫セット、文房具、雑誌、パジャマ、機内で配られるナッツの小袋、サインペン、一番底に何が入っているのかは知る由もない。

ダグレスはバッグを傘の下に引き寄せた。バッグが唯一の友人のように思えた。考えるのよ、ダグレス、考えて。自分に言い聞かせた。ニコラスには彼が知らなければならないことを伝える必要がある。それから自分はもとの時代に戻らなければならない。この未開の地で汚れた無知な人たちと一緒にいたくないのはすでにわかっている。たった数分で、もう熱いシャワーと電気毛布が恋しくなっていた。

雨脚は激しくなり、ダグレスは傘の下で身を縮めた。お尻の下の地面が濡れてきたので、雑誌を敷こうかと思ったが、考え直した。ひょっとすると生きるためにこの雑誌を売ることになるかもしれない。

ダグレスは頭をさげて膝にのせた。「ああ、ニコラス。どこにいるの?」ダグレスはささやいた。

そのとき、ニコラスと初めて会った日の夜のことを、あの小屋で泣いていたときのことを思いだした。あのときはニコラスが迎えに来てくれて、あとから彼女が〝呼んでいた〟のが聞こえたと言われた。あのときに通じたのなら、今回だってうまくいくかもしれない。

ダグレスは首を垂れて、ニコラスが迎えに来ますようにと一心に願った。彼が馬に乗ってくる場面を頭に描き、一緒にいたすべての時間を思った。選んであげた夕食のことを、B&Bの女主人が作ってくれた料理を思いだして顔がほころぶ。軸付きのとうもろこし、アボカド、バーベキューソースで焼いたスペアリブ、デザートのマンゴー。ニコラスは少年のように声をあげて笑っていた。彼が演奏した音楽のこと、本に感激したこと、近代の洋服をどんなふうに批判したかということを心に浮かべた。

「ここに来て、ニコラス」ダグレスはささやいた。「わたしのところに来て」

夕暮れどきで、冷たい雨が降りしきる中、ニコラスが大きな黒い馬に乗って現れた。

ダグレスはにっこりしてニコラスを見あげた。「来てくれると思っていたわ」

ニコラスは笑みを返す代わりに怒った顔でダグレスを見おろした。「レディ・マーガレットがおまえに会うと言っている」彼が言った。

「あなたのお母さまが？　お母さまがわ、た、し、に会いたがっているの？」雨のせいではっきりとはわからなかったが、ニコラスがダグレスの言葉に一瞬ショックを受けたように見えた。「わかったわ」ダグレスは立ちあがり、ニコラスに傘を渡して馬に乗るのを助けてもらおうと手を差しだした。

信じられないことに、傘を受け取ったニコラスはそれを興味深そうに観察したかと思うと、自分の頭上にかざし、土砂降りの雨に打たれるダグレスを残したまま走り去った。「ちょっとどういう……」ダグレスの言葉は途中で途切れた。自分は馬に乗って、わたしには歩けというの？

ダグレスは比較的濡れない木の下に戻った。しばらくすると、傘を差したニコラスが戻ってきた。

「一緒に来るんだ」ニコラスが言った。

「歩いていけと言うの？」ダグレスは声を張りあげた。「あなたは馬に乗っているのに、わたしはぬかるみと肥やしの中をとぼとぼついていくの？　それに、あなたが使っているのはわたしの傘よね？　いったいどういうつもりなの？」

ニコラスは困惑しているようだ。「おまえのしゃべり方は非常に変わっている」

「あなたの時代遅れな考えのほうが変わっているわ。ニコラス、わたしは寒いし、おなかもすいたし、どんどん濡れていっているの。手を貸して馬に乗せて。それからお母さまに会いに行きましょう」

ダグレスの無作法な態度にニコラスが口元を緩め、手を差し伸べた。ダグレスはその手を取って、片足を彼の足にのせて馬の背に飛び乗った——座ったのは彼と同じ鞍の上ではなく、硬くて不安定な馬の尻だ。ニコラスの腰に腕をまわしたが、彼はその腕を振りほどき、ダグレスの手を鞍の高い背もたれに押し当てて傘を渡した。

「わたしの頭上に掲げているように」そう告げて、ニコラスが馬を蹴って走らせた。

ダグレスは言い返したかったが、馬につかまっているだけで精一杯だった。両手でつかまらなくてはならなかったので、加速するにつれて傘は横を向き、差している意味がなくなった。雨の向こうにさらなるあばら屋や濡れながら働く人々が見えた。雨などおかまいなしのようだ。「雨のおかげで体がきれいになるかもしれないわね」ダグレスはできるだけしっかりつかまったまままつぶやいた。

背の高いニコラスの後ろにいて先が見通せなかったので、屋敷が目に入ったのは正面に到着したときだった。ふたりの前には高い石壁がそびえ、その奥に三階建ての建物がある。

ニコラスと似たような服——麻袋ではないが、ダイヤモンドがついていない服——を着た男性が駆け寄ってきて、馬の手綱を受け取った。馬からおりたニコラスが手のひらに手袋を打ちつけていらだたしげに待つかたわらで、ダグレスは重いバッグと傘を引っ張って自力でおりようともがいた。

ダグレスがおりたところで使用人が門を開け、ニコラスは入っていった。どうやらついてこいということらしい。ダグレスは小走りで追いかけ、れんがの小道を進み、階段をのぼり、れんが敷きのテラスを横切って屋敷に入った。

中にはいかめしい顔をした使用人が控えていて、ニコラスの外套と濡れた帽子を預かった。ダグレスが傘を閉じると、ニコラスが彼女の手からそれを取って、内側をのぞいた。どういう仕組みになっているのか理解しようとしているらしい。こんな扱いを受けたあとで説明してやるつもりはなく、ダグレスは彼の手から傘を奪い返して、目を丸くしている使用人に差しだした。「これはわたしのですから」ダグレスは念を押した。「覚えておいて。それから、ほかの誰にも渡さないで」

ニコラスがダグレスを見て鼻を鳴らす。ダグレスはバッグを肩にかけ、ニコラスをにらみ返した。この人は自分が恋に落ちた相手とは別人だと確信し始めていた。わたしのニコラスは女性を馬の後ろに乗せたりしない。

ニコラスが顔を背けて階段をのぼりだした。ダグレスは水をしたたらせ、冷えた体で追いかけた。屋敷はちらりとしか見ていないものの、ガイド付きのツアーで見たエリザベス朝様式の屋敷とは違って見える。理由のひとつに、木材が四百年の年月で黒ずんでいないことが挙げられる。壁には金色のオーク材が張られ、至るところに色彩があふれている。羽目板の上の漆喰には牧草地に集う人々が描かれ、壁には鮮やかで美しく真新しいタペストリーがかかり、卓上では銀食器がきらめいている。足元には奇妙なことに藁らしきものが敷かれている。上階の廊下には彫刻をほどこした家具が並び、先週作られたかのように新品同様に見えた。テーブルのひとつにきれいな深い溝彫りがほどこされた背の高い水差しが置かれている。黄色い金属でできているが、金《きん》としか思えない。

水差しについて尋ねる前に、ニコラスが扉を開けて大股で入っていった。

「魔女を連れてきました」ニコラスがそう告げるのが聞こえた。

「ねえ、ちょっと待ってよ」ダグレスはニコラスに続いて急いで部屋に入ったが、そこで立ちどまった。足を踏み入れたのはすばらしい部屋だった。広々として天井が高く、壁にはさらに多くの美しいオーク材が張られ、上部の漆喰には色鮮やかな鳥や蝶や動物が描かれている。調度品や窓辺の椅子や、巨大なベッドは上から吊されたきらめくシルクで覆われ、金や銀のほか明るい色に染めた糸で刺繍がされたクッションが点在している。部屋にあるものは、カップや水差し、鏡から櫛にいたるまですべてが高価な品で、金か銀で作られ、宝石がちりばめられていた。部屋全体が美しく輝いている。

「すごいわ」ダグレスは畏敬の念を覚えた。

「その娘をここに連れてきなさい」威厳に満ちた声がした。

ダグレスは部屋から引きはがした視線をベッドに向けた。優雅な彫刻がほどこされた柱の奥、金の糸で花模様を縫いこんだきらめく真紅のシルクの裏に、いかめしい顔の女性が横たわっている。袖口とフリル付きの襟に黒い刺繍があしらわれた白いネグリジェを身につけているその女性は、目元がニコラスにそっくりだった。

「こちらへ」ダグレスは命じられるまま、女性に歩み寄った。

女性の声は命令口調のわりにはけだるげで、鼻が詰まっているらしく、風邪を引いているかのようだった。

ダグレスがベッドの足元のほうに近づいたとき、女性が左腕を枕の上に伸ばし、丈の長いゆったりとした黒いベルベットのローブを着た男性が覆いかぶさるように腰をかがめて……。

「それはヒル？」ダグレスは息をのんだ。ぬるぬるした小さな黒い蠕虫《ぜんちゅう》が女性の腕に吸いついているように見えた。

ダグレスはレディ・マーガレットが息子と視線を交わしたのに気づかなかった。

「そなたは魔女だと聞きました。指先から火をおこせると」

ダグレスはヒルから目が離せなかった。「痛くないんですか？」

「痛んで当然です」女性はぴしゃりと答えた。「わたしに火の魔法を見せなさい」

ダグレスは魔女と呼ばれる恐怖感よりも、女性の腕にヒルがついていることに対する嫌悪感が勝った。ベッドの脇にまわってトートバッグをテーブルにのせ、蓋にエメラルドがついた箱を押しやった。「その男性にこんなことをさせるべきじゃないわ。あなたはひどい風邪を引いただけに見えるもの。頭が痛む？　くしゃみは？　体はだるい？」

女性が目を見開いてダグレスを見つめ、それからうなずいた。

「やっぱりね」ダグレスはバッグを探った。「その気持ち悪いものを取ってもらったら、わたしがあなたの風邪を治します。ああ、ほらあった。風邪薬よ」手にした箱を見せる。

「母上」ニコラスが前に進みでた。「こんな女の――」

「お黙り、ニコラス」レディ・マーガレットがさえぎった。「これを腕から取りなさい」今度は医者に命じる。

医者がレディ・マーガレットの腕からヒルをはがして革張りの小箱にしまい、ベッドからさがった。

「グラス一杯の水が必要です」

「ワインを！」レディ・マーガレットが声をあげ、ニコラスが宝石の原石がちりばめられた背の高い銀のゴブレットを手渡した。

ダグレスは部屋に広がる不自然な静けさを感じ、ふいにレディ・マーガレットがいかに勇敢かを悟った。それとも、見知らぬ人からもらった薬をのむなどとんでもなく愚かなのか。ダグレスは風邪薬をひとつ渡した。「これをのめば、二十分ほどで効いてくるはずですから」

「母上」ニコラスがもう一度止めようとしたが、レディ・マーガレットは追い払うように手を振って、カプセルをのみこんだ。

「母上に危害が及ぶようなことがあったら、ただではすまないぞ」ニコラスに耳元で告げられ、ダグレスはごくりと唾をのんだ。エリザベス朝の人々の体がまだ風邪薬を受け入れなかったら？　もしレディ・マーガレットがアレルギー体質だったら？

ダグレスは水をしたたらせたまま、その場に立っていた。寒さで体が震えだし、髪は頭皮に張りついていたが、誰もタオルを差しださなかった。部屋じゅうの人が息を詰めて、刺繍で飾られた枕に頭を預けて横たわるレディ・マーガレットを見守っている。ダグレスは落ち着きなく足を踏みかえているうちに、部屋にもうひとり誰かいることに気づいた。ベッドのカーテンのそばに別の女性がいる。ぴったりした胴着《ボディス》にゆったりとしたスカートというドレスをまとったシルエットしか見えないが。

ダグレスが咳をすると、ベッドの足元のほうにいるニコラスから鋭い視線を投げられた。

人生でもっとも長い二十分だった。ダグレスはそこに突っ立って、寒さと緊張を感じながら薬が効くのを待った。薬は作用し、効きは早かった。レディ・マーガレットの鼻づまりは解消され、風邪特有のひどい息苦しさも消えた。

レディ・マーガレットが体を起こして目を見開いた。「治りました」

「そうとは言えません」ダグレスは言った。「薬で症状が抑えられているだけです。ベッドで安静にして、たくさんオレンジジュースを飲んでください……ほかのものでもいいですけど」

ダグレスの背後にいた女性が陰から飛びだし、レディ・マーガレットの上に身を乗りだして、体をシーツできっちりくるんだ。

「治りました。間違いなく」レディ・マーガレットが言った。「おまえはさがりなさい！」医者はあとずさりし、部屋から出ていった。「ニコラス、彼女を連れていきなさい。何か食べさせて、体を乾かし、服を与えるのです。そして明日の朝、早いうちにここへまた連れてくるように」

「わたしがですか？」ニコラスが横柄な態度できいた。「なぜわたしが？」

「おまえがその娘を見つけたからです。おまえが責任を持ちなさい。ほら、さっさと行って」

ニコラスがダグレスを見おろして、上唇をゆがめた。「来るんだ」その声には嫌悪とともに怒りが含まれていた。

ダグレスはニコラスに続いて部屋をあとにし、廊下に出ると彼に声をかけた。「ニコラス、話をしないと」

ニコラスが振り向いたが、その顔にはまだ嫌悪がにじんでいた。「いいや、マダム。話はしない」片方の眉をあげる。「それから、わたしはサー・ニコラス、この王国の勲爵士《ナイト》だ」ニコラスが踵を返して歩いていく。

「サー・ニコラス？」ダグレスはきいた。「ロード・ニコラスではなくて？」

「わたしはナイトにすぎない。領主《ロード》は兄上だ」

ダグレスは足を止めた。「兄上？　それはキットのこと？　キットはまだ生きているの？」

振り返ったニコラスの顔は怒りでゆがんでいた。「おまえが何者なのか、どうしてわたしの家族のことを知るようになったのかは知らない。だが魔女よ、これだけは言っておく。もしひとりでも傷つけたら、母上の髪の色が一本でも変わろうものなら、おまえの命はない。それから兄上に魔力を用いようなどとは考えるな」

ニコラスがふたたび背を向けて歩きだした。ダグレスはあとを追ったものの、口は利かなかった。ああそう、そういうつもりなのね。ダグレスは心の中でぼやいた。ニコラスの首を守るために四百年の時をさかのぼってやってきたというのに、彼がしたのはわたしを殺すと脅すことだけ。どうすればわたしの話を聞いてもらえるだろう？

最上階まで階段をのぼったところで、ニコラスが扉を押し開けた。「おまえが寝るのはここだ」

ダグレスは部屋の中に入った。貴重な品々があふれる美しい部屋ではない。壁の高い位置にちっぽけな窓がひとつついた小部屋で、隅にでこぼこのマットレスと、その上に汚れたウールの毛布があるだけだ。

「こんなところでは過ごせないわ」ダグレスは恐れをなした。けれど振り向いたときには、ニコラスは部屋を出て扉を閉めるところだった。そして、鍵をかける音が聞こえた。

ダグレスは大声をあげて重い扉を叩いたが、ニコラスは開けてくれなかった。

「ろくでなし！」叫んでから、床に座りこんだ。「あなたなんて、とんでもないろくでなしよ」暗い部屋に向かってひとりつぶやいた。

22

その晩も翌朝も、誰ひとり扉を開けに来なかった。水も食べ物も与えられず、光はごくわずかしか入ってこない。隅に古ぼけた木の手桶《ておけ》が置いてあり、用を足すためのものだろうと思われた。試しにマットレスに横になってみたが、ほんの数分で小さな生きものが皮膚を這うのを感じた。ダグレスはマットレスから飛びだして、冷たい石壁に張りついた。

暗かった部屋が少しだけ明るくなったので、朝が来たのだとわかった。長い夜のあいだ、ずっと皮膚の上に何かがいた箇所をかきむしっていたので、そこから血が出ていた。解放してくれる人が来るのを待ちかねていた。レディ・マーガレットが朝早く会いたいと言っていたからだ。それなのに、誰も来ない。

窓から差しこむ細い光に腕をかざすと、腕時計が確認できた。エリザベス朝の時間に調整されたとすれば、今は正午だ。にもかかわらず、誰も扉を開けに来ていないことになる。

ダグレスは頭をフル回転させることで、絶望に押しつぶされないようにした。そこで、リーが話してくれたニコラスの処刑につながる出来事を、何度も思い返してみた。どうにかしてニコラスに警告しなければならない。ニコラスがレティスとロバート・シドニーに利用されるのを阻止するには、どうしたらいいだろう。

とはいえ、暗いノミだらけの部屋に閉じこめられた状態で、いったい何ができるというの？　おまけにニコラスはこちらの話を聞こうとしないばかりか、わたしを嫌っているようだ。昨日、初めて会ったときに自分が何を言ったのか思いだそうとした。ここまで気分を害したのは、彼の愛するレティスを悪く言ったからだろうか？

部屋の中は寒く、ダグレスは震えながらむずがゆい頭皮をかいた。二十世紀では頼れるモンゴメリーの名前とお金が常にあった。相続するのはまだ何年も先だったが、お金はそこにあって、どうしても必要な情報のためには百万ドルを差しだせることがわかっていた。

それに引き換え、この十六世紀では自分は何も持たず、何者でもない。持っているものといえば、二十世紀の驚異が詰まった旅行かばんがひとつだけ。そして、このあと何が起こるかという知識だ。それでもどうにかしてここの人たちに、わたしを牢屋に放りこんでそのまま見捨ててはいけないと説得しなければならない。最初にニコラスがわたしのところへ来たとき、わたしは彼の処刑を止めるために必要な情報を見つけることができなかった。けれども、今回は失敗するものか。今回はどんなことをしてでも成功させてみせる。

こうしたことを考えているうちに、どんよりしていた気持ちが活力に代わってきた。父は娘たちにスコットランドやイングランドや初期のアメリカにいたモンゴメリーの先祖の話を聞かせるのが大好きなので、英雄譚や危機一髪だった話をいろいろと話してくれた。

「彼らにできたなら、わたしにだってできる」ダグレスは声に出した。「ニコラス」きっぱりと口にする。「ここに来て、この忌まわしい場所から連れだして」目を閉じて気持ちを集中させ、ニコラスが来てくれる場面を心に描いた。

ニコラスにわたしの〝声〟が届くまで、そう長くはかからなかった。扉を勢いよく開けた彼は、怒りに満ちた険しい顔をしていた。

「ニコラス、話がしたいの」ダグレスは言った。

ニコラスが顔を背けた。「母上が呼んでいる」

ダグレスはふらつきながら、あとを追った。ずっと座りっぱなしだったので脚に力が入らず、廊下に降り注ぐ光にも目が慣れなかった。「あなたはわたしが呼んだから来たのね」ダグレスは声をかけた。「わたしたちはつながっているの。もし説明させてくれたら――」

ニコラスが立ちどまってダグレスをにらんだ。「おまえの話など何ひとつ聞きたくない」

「どうしてわたしにそこまで腹を立てるの？　わたしが何をしたというの？」

ニコラスがダグレスの頭のてっぺんから爪先までぶしつけに視線を走らせた。「おまえはわたしを反逆者と非難した。村人を怖がらせた。結婚相手の名に泥を塗った。母上を魔術で惑わせた。おまえは……」声を落とした。「わたしの頭に入ってくる」

ダグレスは手を伸ばし、ニコラスの腕に触れた。「ニコラス、わたしが見知らぬ人間に思えるのはわかっている。でも、わたしの話に耳を傾けて、わたしに説明させてくれたら――」

「断る」ニコラスがダグレスの手から逃れた。「おまえを放りだすよう兄上に申し立てておいた。村人たちが面倒を見てくれるだろう」

「面倒を見る？」ダグレスはつぶやいたあと、密集する小さな家にいた汚れた女性たちを思いだして身震いした。虫歯だらけの意地悪な女性たちは、機会があれば間違いなく石を投げつけてくるだろう。「わたしを見捨てるつもり？　あなたがわたしのところに来たときは、あんなに助けてあげたのに？」ダグレスの声が次第に大きくなる。「あなたが未来に来たとき、あれほどのことをしてもらいながら、わたしを放りだすの？　あなたを救うために四百年の時をさかのぼってきたというのに、ただ通りに投げだそうというの？」

ニコラスがダグレスをにらんだ。「兄上が決めることだ」それから背を向けて階段をおり始めた。

ダグレスはニコラスのすぐ後ろに続き、怒りを抑えて考えようとした。まずは、比較的安全なこの屋敷から通りの堆肥の中へ放りだされないようにする方法を見つけなければならない。この問題の鍵は、レディ・マーガレットが握っているようだ。

レディ・マーガレットはまたもやベッドに横たわっていた。ダグレスは風邪薬の効果が十二時間で切れたのだとわかった。

「あの魔法の粒をもうひとつ渡しなさい」レディ・マーガレットが枕にもたれたまま言った。

ダグレスは空腹でくたくたで汚れて怯えていたが、今こそ機転の利かせどきだと思った。「レディ・マーガレット、わたしは魔女ではありません。盗賊に襲われた、哀れでつつましい王女にすぎません。王であるおじが迎えに来るまで、あなたの助けが必要なんです」

「王女？」レディ・マーガレットがきき返した。

「王だと？」ニコラスがなかば叫んだ。「母上、どうか――」

レディ・マーガレットが手をあげてニコラスの言葉を制した。「おじとは、どなたのことです？」

ダグレスは大きく息を吸いこんだ。「ランコニアの王です」

「その国の名は聞き覚えがあります」レディ・マーガレットが考えこむように言った。

「この女は王女なんかではありません」ニコラスが反論した。「彼女の格好を見てください」

「わたしの国ではこういう格好をするのよ」ダグレスが嚙みつくように言った。「わたしを通りに放りだして、王の怒りを買う危険を冒すつもり？」彼女はレディ・マーガレットに向き直った。「おじはわたしを保護してくれた人には惜しみなくお礼をするでしょう」

ダグレスにはレディ・マーガレットがこの件を検討しているのがわかった。「わたしはとてもお役に立てますよ」急いでつけ加える。「風邪薬はまだまだ持っていますし、かばんの中にはありとあらゆる興味深いものが入っています。それに……」何ができるだろう？　「お話をいろいろお聞かせします。たくさん知っていますから」

「母上、この女をここに置くことなど考慮すべきではありません」ニコラスが口を挟んだ。「そのへんの尻軽女《フラート・ジル》と変わらないのですから」

評判の悪い女性のことを〝フラート・ジル〟と言うのだろうとダグレスは察し、ニコラスに怒りの目を向けた。「よくそんなことが言えるわね。あなたとアラベラ・シドニーはお互いにちょっかいを出さずにはいられないくせに」

ニコラスが顔を紫色にして、ダグレスのほうに一歩踏みだした。

レディ・マーガレットが咳《せ》きこんで笑いを隠した。「ニコラス、ホノリアを呼びなさい。さあ、今すぐ！」

もう一度ダグレスに怒りの視線を浴びせてから、ニコラスは素直に部屋を出ていった。

レディ・マーガレットがダグレスを見た。「そなたはおもしろいですね。使者をランコニアに送っておじとやらのことを確認するまで、わたしの保護下にいなさい」

ダグレスは唾をのみこんだ。「それにはどれくらい時間がかかるんですか？」

「ひと月、あるいはそれ以上かかるでしょう」レディ・マーガレットの目つきが鋭くなる。「先ほどの話を撤回しますか？」

「いいえ、もちろんそんなことはしません。おじはランコニアの王です」というか、王になるんです。ダグレスは心の中で修正した。

「さあ、あの粒を」レディ・マーガレットが枕にもたれた。「そのあとはさがってよろしい」

ダグレスはバッグから風邪薬を出したものの、そこで躊躇した。「わたしはどこで寝ることになるのでしょうか？」

「息子が面倒を見ます」

「息子さんはわたしを忌まわしい小部屋に閉じこめたんですよ。ベッドに虫がいる部屋に！」

レディ・マーガレットの表情から判断するに、息子の行為になんら問題はないと思っているようだ。

「きちんとした部屋と、人からじろじろ見られない服が必要です。そして敬意を持って……わたしの身分にふさわしい扱いを望みます。それからお風呂にも入りたいわ」

ダグレスはレディ・マーガレットから冷ややかで不機嫌そうな目で見られ、ニコラスの横柄な態度がどこから来ているかを理解した。「楽しませるにもほどがあるということを覚えておきなさい」

ダグレスは膝が震えるのをこらえようとした。子どもの頃、中世の拷問部屋を模した蠟《ろう》人形館を見たことがある。その拷問器具が今まざまざとよみがえった。拷問台。鉄の処女《アイアン・メイデン》（女性の形をした中が空洞の人形で、扉を閉じると全身に棘が刺さる仕組みになっている）。「奥さま、無礼なことを言うつもりはないんです」ダグレスは静かに口にした。「ご厚意に見あう仕事をするつもりです。これからも楽しんでいただけるよう、精一杯務めます」千夜一夜物語のシェヘラザード姫のように。ダグレスは思った。この女性を楽しませなければ、明日にも首を刎ねられてしまうだろう。

レディ・マーガレットに観察されながら、ダグレスは自分の運命が、命そのものが、この瞬間に決まるのだと感じていた。「わたしに仕えることを許可します。ホノリアが――」

「それは、ここにいてもいいという意味ですか？　ああ、レディ・マーガレット、絶対に後悔させないとお約束します。ポーカーのやり方もお教えしますし、お話も聞かせます。ありとあらゆるシェイクスピアの戯曲を。いえ、それはやめておいたほうがいいですね。混乱を招くかもしれませんから。あなたには……ああ、『オズの魔法使い』と『マイ・フェア・レディ』のお話をしましょう。台詞と音楽をいくつか思いだせるかもしれません」これまでは大声で歌うのを拒否してきたダグレスが、『マイ・フェア・レディ』の《踊りあかそう》を歌いだした。生きたまま火あぶりにされるという恐怖が人に与える影響はおかしなものだ。

「ホノリア！」レディ・マーガレットが鋭く叫んだ。「この娘を連れていって、服を着替えさせてやりなさい」

「食べ物とお風呂も」ダグレスは言い添えた。

「あの粒を」

「ええ、もちろんです」ダグレスはレディ・マーガレットに風邪薬を渡した。

「もう、休みます。あとはホノリアが世話をしてくれるでしょう。彼女についていきなさい」

音がしなかったので、誰かが入ってきていたのに気づかなかった。昨夜、この部屋にいた女性と同じに見えたが、顔を背けているので確認はできない。ダグレスはホノリアに続いて部屋を出た。

自分が王女ではないとレディ・マーガレットに知られるまで、いくらか時間を稼げたとわかって安堵した。貴婦人に嘘をついたら死刑になるのだろうか？　それとも拷問を受けるだけ？　あるいは拷問されてから死刑になる？　けれど、レディ・マーガレットを存分に楽しませることができれば、わたしが王女であろうとなかろうとかまわないのではないか。それに、するべきことをすませるには、ひと月あれば充分だろう。

ダグレスは旅行かばんをかき抱き、レディ・マーガレットの部屋の隣にあるホノリアの部屋についていった。大きさはレディ・マーガレットの部屋の半分ほどだが、それでも広く、とてもきれいだった。一方の壁には白い大理石の暖炉があり、大きな四柱式のベッドと何脚かのスツール、彫刻をほどこした椅子が二脚、ベッドの足元のほうには整理だんすがある。小さな菱形《ひしがた》に縁取られたガラスが並ぶ窓から、日の光が差しこんでいた。

美しい部屋を見まわしているうちに、ダグレスはいくぶん緊張がほぐれてきた。通りに投げだされるのはなんとか免れた。

「ここに化粧室はあるかしら？」ダグレスはホノリアの背中に向かって尋ねた。

振り返ったかわいい女性はぽかんとしている。

「トイレのことだけど」ダグレスは説明した。

ホノリアがわかったというようにうなずいて、羽目板についた小さな扉を指さした。

ダグレスが扉を開けると、穴が開いた石の椅子が目に入った。野外トイレが室内にあるようなものだ。おまけにひどい悪臭を放っている。便器の横には紙の束が置かれ、その厚くて硬い紙には全面にびっしりと文字が並んでいた。ダグレスは一枚つまみあげた。「中世の資料は全部、こういう運命をたどったのね」ダグレスはつぶやき、すばやく用をすませて小部屋を出た。

部屋に戻ると、ホノリアが整理だんすを開けて服を取りだし、ベッドに並べて部屋から出ていくのを見守った。ダグレスはひとりになると、部屋の中を見てまわった。ここにはレディ・マーガレットの部屋にあるような金や銀の装飾品はないが、刺繡をほどこした布が至るところに置いてある。博物館でエリザベス朝の刺繡をいくつか見たことがあったものの、それは古くて色褪せたものだった。ここにあるクッションは輝いて、時の経過や使用されたことによってくすんでいたりせず、色は驚くほど美しい。

ダグレスは室内を歩いてあらゆるものに触れ、そのすべての鮮やかさに目を見張った。新しいアンティークね。そう思いながら、ダグレスは背中の虫刺されをかきむしった。

しばらくしてドアが開き、ふたりの男性が大きくて深い木製の浴槽を運んできた。男性はぴったりした赤いウールの上着に、ニコラスがはいていたようなバルーン型の短いズボンと編んだ黒い長靴下を身につけていた。ふたりとも頑丈そうな筋骨隆々とした脚をしている。

エリザベス朝にもいいことがあるのね。ダグレスは彼らの脚に見とれた。

男性たちの後ろから、四人の女性が湯気の立つ湯を入れたバケツを手に入ってきた。女性たちはぴったりしたボディスにシンプルなウールの長いスカートというドレスに、頭には小さな帽子というういでたちだ。そのうちふたりの顔には天然痘のあとが残っている。

浴槽が熱い湯で半分満たされたところで、ダグレスは服を脱ぎ始めた。ホノリアが手伝おうと手を伸ばしてきたが、助けを借りずに脱ぐダグレスを見て後ろにさがり、目を丸くした。状況が違えばダグレスももっと慎み深くふるまっただろうが、これほど汚れていてはかまっていられなかった。ブラジャーとショーツ姿になったダグレスをホノリアが言葉もなく見つめているので、ダグレスは手を差しだした。「よろしく、ダグレス・モンゴメリーよ」

ホノリアがどうすればいいのかわからない様子だったので、ダグレスは彼女の手を取って握った。「わたしたち、ルームメイトね」

ホノリアがとまどった顔をした。「レディ・マーガレットからあなたと一緒にいるように言われたのはたしかだけど」やわらかくて感じのよい声音から、ホノリアはまだかなり若くて二十一、二歳ではないかと思われた。

ダグレスは下着を脱いで浴槽に足を入れた。ホノリアは現代の服を拾いあげて、臆面もなく興味深げにひとつひとつ観察している。

ダグレスは使用人が浴槽のそばに置いていった石鹸を手にしたものの、軽石入りの石鹸をさらにざらざらにしたような手触りで、石と同じくらい泡立たない。「わたしのバッグを取ってくれない？」ダグレスはホノリアに頼んだ。ホノリアがナイロンのバッグをじろじろ見ながらダグレスのそばの床に置き、ダグレスがファスナーを開けるのを凝視している。ダグレスは固形石鹸を取りだして――ホテルのかわいくて香りのいい石鹸はいつも取っておくのだ――体を洗い始めた。

ホノリアが好奇心を隠そうともせず、体を洗うダグレスを見つめている。

「この家のことを教えてくれる？」ダグレスは声をかけた。「ここには誰が住んでいるの？　あと、キットとニコラスについて聞かせて。それからニコラスはレティスと婚約しているのか、ジョン・ウィルフレッドはここにいるのか、アラベラ・シドニーはどうなのか」

ホノリアは椅子に座って質問に答えようとしながら、ダグレスがすばらしい石鹸を使い、それからシャンプーをする様子を畏敬の念を抱くような顔で見つめていた。

ホノリアの言葉からわかった限りでは、ダグレスはニコラスの婚約が成立したばかりの頃にタイムスリップしてきたらしい。ニコラスはまだアラベラとテーブルでばかな真似はしておらず、ジョン・ウィルフレッドはホノリアが知らないくらい取るに足りない存在のようだ。ホノリアはダグレスの質問には答えてくれたが、意見を言おうとはしなかった。それに、当然ながら噂話は控えた。

ダグレスが風呂に浸かって髪を洗い終えると、ホノリアがごわごわしたリネンのタオルを渡してくれた。生乾きの髪を梳かしたところで、ホノリアに手伝ってもらいながらドレスに着替え始めた。

最初に着たのはネグリジェに似た長い下着で、まったく飾り気のない目の詰まった布地で作られていた。「ショーツは？」ダグレスは尋ねた。

ホノリアがきょとんとした。

「パンティよ。わかるでしょう」ダグレスはホノリアがたんすの上に置いてくれたレースがついたピンクのショーツを手に取ったが、それでも彼女は怪訝な顔をしている。

「下には何も身につけないわ」ホノリアが言った。

「そうなの？」ダグレスは目を丸くした。ショーツが最近考案されたものだなんて、誰が思っただろう？「郷に入っては郷に従えと言うしね……」ダグレスはつぶやいて、ショーツを脇に放った。

ダグレスは次の服には心構えができていなかった。ホノリアが持ちあげたのはコルセットだった。コルセットといえば、『風と共に去りぬ』で黒人の乳母がスカーレットの紐を引っ張っているのを見たことくらいしかないが、このコルセットは……。

「スチール？」ダグレスはささやいてそれを持ちあげ、しげしげと見つめた。

コルセットは薄くてしなやかな細長いスチール製で、上質なシルクで覆われており、片側にやはりスチールのホックがついている。新品ではないらしく、シルク越しに錆《さび》が見えていた。ホノリアに絞めてもらいながら、ダグレスは気絶するかもしれないと思った。胸郭が広がらず、ウエストは普段より八センチほど細くなり、胸は平らにつぶれている。

ダグレスはベッドの支柱につかまった。「ストッキングのはき心地が悪いくらいで文句を言っていたなんて」ダグレスはつぶやいた。

コルセットの上にはゆったりとした長袖のリネンのブラウスを着た。フリルのついた襟と袖に黒いシルクの糸でかわいい刺繡がほどこされている。

中にワイヤーが縫いこまれた細長いリネンがウエストまわりに巻かれると、きれいな鐘の形になった。「これは張り骨《ファージンゲール》よ」きかれて答えたホノリアは、こんな単純なことも知らないダグレスを不審そうに見ている。

「重くなってきたわ。まだあるの？」ダグレスは尋ねた。

ホノリアが続いてスチール製のファージンゲールの上に軽いウールのペティコートをかぶせた。

その上にもう一枚、今度はエメラルドグリーンのタフタのペティコートを重ねた。ダグレスは気分が高揚した。動くと衣《きぬ》ずれの音がする美しい生地だ。

ホノリアが大きな黒い抽象的な花柄が織りこまれた赤褐色のブロケードのドレスを手に取った。ドレスを着るのも簡単ではなかった。ダグレスの両肩には網状に交差したシルクの紐がかけられ、紐の結合部分のひとつひとつに真珠がついている。ボディスの前は鉤《かぎ》ホックでとめるようになっており、戦車でもつなぎとめておけるほど強度がありそうだ。刺繍入りのベルトが合わせ目を隠している。

ドレスそのものに袖はついておらず、下に着ているリネンのシャツの長い袖にかぶせてホノリアが片方ずつつけてくれた。袖は肩の部分が大きくふくらんでいて、袖口に向かって狭まっている。丈夫な生地ではなく、幅の狭いエメラルドのタフタで縁取りされていて、数センチごとに真珠のついた金色の布地で絞られていた。

ダグレスが真珠に触れているあいだにホノリアがせわしなくてきぱきとダグレスのまわりをまわり、帽子にとめる長いピンのようなもので袖のつなぎ目からその下の白いブラウスの端を引きだしている。

ホノリアがダグレスにドレスを着せるのにすでに一時間半かかっているが、それでもまだ終わりではなかった。

次は宝石だ。ラフカットの四角いエメラルドがついた金の輪を連ねたベルトが、コルセットのおかげですっかり細くなったウエストに巻かれた。周囲に真珠をあしらったエナメル加工のブローチをボディスの中央にとめ、金の輪の鎖を体の両脇に垂らして脇の下でとめた。ホノリアが張りのないリネンのフリルの襟をダグレスの首に巻いて後ろで結んだ(あとでわかったのだが、一五六四年にはニコラスのひだ襟は黄色い糊で固められていたものの、今はその四年ばかり前なので、糊について聞いたことのある人はいなかった)。襟とドレスのつなぎ目を隠すため、ホノリアが四角い金の輪が連なる三本目のベルトを首に巻いてくれた。

「もう座っていいわよ」ホノリアが優しく言った。

ダグレスは歩こうとしたものの、二十キロ近くある服とスチール製のコルセットのせいでうまく息ができなかった。

ダグレスはちくちくするひだ襟に触れないように顔をあげ、ぎこちなくスツールに向かい、くずおれるように座った。けれども、どすんとは座らなかった。スチール製のコルセットをしていると勢いよく座れないのだ。

身をこわばらせて座るダグレスの豊かな赤褐色の髪をホノリアが梳かし、後ろで編みこんだ。それから骨でできたピンを使ってしっかりとめて、後頭部の編みこみの上にヘアネットに似た小さな帽子をかぶせた。この合わせ目にもひとつひとつ真珠がついている。

ホノリアが立ちあがるのに手を貸してくれた。「いいわ」彼女はにっこりした。「とってもきれい」

「レティスと同じくらい？」ダグレスは考える前に尋ねていた。

「レディ・レティスもとてもきれいよ」ホノリアが目を伏せた。

ダグレスはほほえんだ。ホノリアはそつがなく、本当に機転が利く。

ホノリアがダグレスをベッドの縁に座らせて、脚を投げださせた。上質な手編みのウールの長靴下をダグレスの膝まで引きあげ、それからマルハナバチの刺繍がされたかわいいリボンのガーターでとめた。ダグレスの足にコルクの靴底のやわらかい革靴を履かせ、ふたたびダグレスが立ちあがるのを手伝った。

ダグレスはゆっくりと窓に向かい、それから戻った。この服はもちろんばかげている。重いし、扱いにくいし、肺によくない。それでも……。ダグレスは腰に両手を置いた。実際に両手でつかめてしまうほど細い腰に。真珠、金、エメラルド、サテン、ブロケードを身につけていると息をするのもやっとで、重みで両肩がすでに痛くなっていたが、それでも人生でこれほど自分が美しいと感じたことはない。

くるりとまわるとスカートがきれいなベルの形にふくらんだ。ダグレスはホノリアに目を向けた。「このドレスは誰のものなの？」

「わたしのよ」ホノリアが優しく答えた。「わたしたちのサイズが同じくらいだったから」

ダグレスは彼女に歩み寄って両肩に手をのせた。「貸してくれて本当にありがとう。あなたってとても心が広いのね」ホノリアの頬にキスをした。

ホノリアがとまどって頬を染め、目をそらした。「レディ・マーガレットは今夜あなたの演奏を聞きたいそうよ」

「演奏？」ダグレスはドレスの袖を見つめたまま言った。本物の金だ。まがいものではない。姿見があればいいのに！「演奏って、なんの？」ダグレスは顔をあげた。

「楽器を弾くってこと？　楽器なんて弾けないわ」

ホノリアは明らかにショックを受けた様子だ。「あなたの国では音楽は教えないの？」

「教えるけれど、わたしはどの授業も取らなかったから」

「裁縫と音楽を教わらないなら、あなたの国の女性は何を習うの？」

「代数、文学、歴史とかそういうものよ。あなたは楽器を演奏できるの？　歌も歌える？」

「もちろん」

「それならあなたにいくつか歌を教えるから、あなたが演奏して歌うというのはどう？」

「でもレディ・マーガレットは——」

「気になさらないわ。わたしは指揮者を務めるから」

ホノリアがにっこりしたところを見ると、新しい歌を屋敷の人たちに紹介したいのだろう。「果樹園に行きましょう」ホノリアが提案した。

ホノリアが部屋を離れた隙に、ダグレスはごく薄くメイクをした。厚化粧のあばずれのように見えるのはいやだけれど、できるだけ魅力的に映るようにしたとしても悪いことはない。

少しして、ホノリアがリュートを手に戻ってきた。一緒に来た男性がダグレスにバスケットを手渡した。パンとチーズとワインが入っている。それを持って、ホノリアと外に出た。

今にも地下牢に投げこまれるのではないかという不安がなくなったので、ダグレスはあたりを見まわすことができた。至るところに人がいる。物を運ぶ子どもたちが階段を行き来している。男性や女性はあちこち動きまわっている。目の粗いリネンやウールを着ている人、シルクの服を着ている人。宝石をつけている人、つけていない人。毛皮を着ている人、ニコラスのような丈の短いズボンをはいている人、長いガウンを着ている人。ほぼ全員が若く見える。ダグレスが一番驚いたのは、人々が二十世紀の人たちと同じくらいの背丈があることだ。エリザベス朝の人は現代人よりもかなり背が低いと聞かされていた。ダグレスは百六十センチだが、二十世紀でもエリザベス朝でも低いほうだとわかった。とはいえ、この人たちの体型はずっとスリムだ。これだけ動きまわり、洋服が重ければ、太ることはできないのだろう。

「ニコラスの部屋はどこ?」ダグレスが尋ねると、少し間を置いてからホノリアが閉ざされた扉を指さした。

ドレスの丈が長いので階段をおりるのに足元を見なければならないが、片手でブロケードを持ちあげていると優雅な気分になれた。

屋敷の裏手にまわりながら、ダグレスは刺繍台に身をかがめる華やかな装いの女性たちがいる美しい部屋を順々に見ていった。屋外に出ると、ふたりはれんが造りの張りだし玄関で足を止めた。まわりを囲む低い壁には石の手すりがついている。そこでダグレスは初めてエリザベス朝様式の庭園を目の当たりにした。正面の段を数段おりたところには、背の低い深い緑の生け垣の迷路がある。右手にはもうひとつ、壁に囲まれた庭があり、野菜と薬草が完璧な正方形に配されている。中央にはかわいい小さな八角形の建物が立っている。左手には別の果樹園があり、真ん中に奇妙な丘のようなものがある。丘のてっぺんにあるのは木製の枕木だ。

「あれは何？」ダグレスは尋ねた。

「堤よ」ホノリアが答えた。「さあ、果樹園に行きましょう」

ふたりは軽快な足取りでれんがの階段をおり、バラに覆われた壁のそばの盛りあがった小道を越え、ホノリアが開けてくれたオーク材の扉から果樹園に入った。ドレスによって上半身はきつく締めつけられているが、腰から下は自由だ。ファージンゲールがドレスの重みを支えてくれるし、下着をつけていないので裸でいるような奇妙な感じがした。

果樹園は美しかった。非の打ちどころがない整然とした景色にダグレスは感銘を受けた。すべてが対称的に植えられ、何より隅々まで清掃が行き届いている。目に入るだけで少なくとも四人の男性とふたりの子どもが木の熊手を使って落ち葉を集め、広範囲にわたって庭園をきれいに保っていた。ニコラスがベルウッドの庭園にあれほど動揺した理由がようやくわかった。けれども庭園をこのように保つには、とても多くの尽力が必要だ。

ホノリアが果樹園の縁の砂利道を進み、ブドウ棚のあずまやに向かった。目の届く範囲に、枯れた葉や小枝はひとつもない。そして熟していないブドウがあちこちから垂れさがっている。

「すごくすてき」ダグレスはささやいた。「実際、これほどすてきな庭園は見たことがないわ」

ホノリアがほほえんで、壁際の完璧な垣根仕立ての梨の木の前にあるベンチに座り、リュートを出して膝にのせた。「さあ、歌を教えてもらえる？」

ダグレスはホノリアの隣に座り、持参したバスケットにかかっていた布を端に寄せた。中には大きなパンがひとつ入っていた。白パンだが現代の精白パンとは違い、もっとずっしりとしていて、まさに焼きたてで、パンの皮に奇妙な穴が開いている。味はおいしかった。チーズは、風味の強い、熟成させないタイプのものだった。硬い革袋には酸味のあるワインが入っていた。小さな銀のゴブレットもある。

「誰も水は飲まないの？」

「水はよくないから」ホノリアが丸みのあるリュートの調律をしながら答えた。

「よくない？　飲めないってこと？」ダグレスは昨日見た小さな家屋を思いだした。もしあそこに住む人たちが水を使うとしたら、間違いなく汚れているだろう。おかしなことだが、水質汚染は二十世紀の問題だとずっと思いこんでいた。

ダグレスは果樹園でホノリアと楽しく二時間ほど過ごした。チーズやパンを食べ、銀のゴブレットで冷えたワインを飲み、自分のドレスやホノリアのドレスの宝石が日の光を受けてきらめくさまを眺め、庭師が仕事をするさまを見ていた。それほどたくさんの歌を知っているわけではないけれど、昔からブロードウェイ・ミュージカルが大好きで、ほとんどの作品をビデオで見ていたので思っていたよりも多くの歌を知っていた。『マイ・フェア・レディ』からは《踊りあかそう》のほかに《時間通りに教会へ》を覚えていた。『ヘアー』の始めの曲を聞いたホノリアは笑った。『ペンチャー・ワゴン』の《風はマライアと呼ばれている》も覚えていた。『ギリガンズ・

アイランド』の主題歌も知っているが、これは歌わなかった。

五曲目のあと、ホノリアが片手をあげて制止した。「書きとめないと」彼女はそう言って紙とペンを取りに家の中へ戻った。

ダグレスは満ち足りた気持ちで、のんびりとひなたぼっこをする猫のようにそのまま座っていた。普段の生活と違い、ほかにも行くところがあったり、やることがあったりする焦りはない。

果樹園の反対側にある小さな扉が開いて、ニコラスが入ってくるのが見えた。ダグレスはとたんに緊張し、心臓が早鐘を打ち始めた。このドレスを気に入ってくれるかしら？　この時代の女性たちと同じように見えるわたしに少しは好意を持ってくれるだろうか？

立ちあがりかけたところで、ニコラスのあとから見たことのない、かわいらしくて若い女性が入ってくるのが見えた。ニコラスに手を取られ、庭園の反対側の隅にあるブドウ棚のあずまやへと小道を駆けていく。ふたりが恋人同士で、どこか人目につかない場所へこっそり向かっていることは簡単に察せられた。

ダグレスは立ちあがり、体の脇でこぶしを握った。まったく。これこそまさに二十世紀で酷評されているとおりの行動ではないか。歴史書にニコラスに関する好意的な記述がひとつもないのも当然だ。

始めはふたりのあとを追いかけて、あの女性の髪を引き抜きたい衝動に駆られた。ニコラスはわたしのことを覚えていないかもしれないけれど、彼がわたしを愛したという事実は変わらない。だけど、そんなことはこの際どうでもいい。ダグレスは自分に言い聞かせた。わたしはニコラスの未来の評判のために、この浮ついた行為をやめさせなければならない。

神聖な気持ちで、これはニコラスのためにするのだと自分を納得させながら、ダグレスは足早にあずまやへ向かった。果樹園にいる庭師たちがひとり残らず作業の手を止めてこちらを見ているのを感じる。

あずまやの奥まった薄暗がりで、ニコラスはすでに女性のスカートをたくしあげて腿をあらわにし、片手を腿の下に滑りこませていた。彼の上着とシャツははだけ、女性が手を差し入れている。ふたりはかなり熱烈な口づけの最中だった。

「ちょっと!」ダグレスはふたりに飛びかかりたい気持ちをどうにか抑え、大声で呼びかけた。「ニコラス、これが紳士のふるまいだとは思えないけど」

女性のほうが最初に身を引き、驚いてダグレスを見た。女性はニコラスを押し戻そうとしたものの、彼はキスを止められないようだ。

「ニコラス！」ダグレスは教師然とした厳しい声を出した。

振り返ったニコラスのまぶたは重そうで、ダグレスが彼のそんな眠たげな顔を見たのは愛を交わしたときだけだった。

ダグレスは息を吸いこんだ。

こちらを見たニコラスはむっとした顔をして、女性のスカートをおろした。

「出ていってちょうだい」ダグレスは怒りに震えながら女性に告げた。

女性はにらみあうニコラスとダグレスを見比べてから、急いであずまやをあとにした。

ニコラスがダグレスを頭のてっぺんから爪先までじろじろと眺めた。その憤った表情にダグレスはあとずさりしそうになったものの、足を踏ん張った。

「ニコラス、話しあう必要があるの。わたしが誰で、なぜここにいるのか説明しないといけないから」

ニコラスが一歩踏みだしたのを見て、ダグレスも今度は後退した。「おまえは母上に魔法をかけて魅了した」低い声で言う。「だが、わたしを魅了することはできない。今度わたしの邪魔をしたら、打ち棒で叩きのめしてやる」

すれ違いざまに強く体をぶつけられ、ダグレスは壁に倒れこみそうになった。ダグレスは重苦しい気持ちで、荒々しく小道を進んで壁に作られた扉を抜けて出ていくニコラスを見つめた。話を聞こうとしない相手に、何ができるというのだろう？　ほんの十分ですら一緒に過ごそうとしてくれないというのに。どうすればいいの？　投げ縄でつかまえる？　そうよ、ニコラスを縛りあげ、わたしは未来の人間で、時をさかのぼって彼の命《セイヴ・ネック》を助けるために——文字どおり首《セイヴ・ネック》を守るために——来たのだと言えばいいのよ。「絶対に信じてくれるわ」ダグレスはつぶやいた。

ホノリアが木の膝枕と巧みに形を整えてペンに仕立てた大きな羽根、インク、それから紙を三枚持って戻ってきた。彼女は歌の旋律をつま弾き、ダグレスに曲を書きとめるよう頼んだ。ダグレスが楽譜を読むことも書くこともできないと知り、ダグレスの教育水準に対するホノリアの評価はかなりさがった。

「打ち棒って何？」ダグレスは尋ねた。

「服を叩いて埃《ほこり》を落とすものよ」ホノリアが楽譜を書きながら答えた。

「ニコラスは……女の人みんなとふざけたりしているの？」

ホノリアがリュートを弾く手を止めてダグレスを見た。「ニコラス卿に心を奪われてはだめよ。女性が心を捧げるのは神さまだけ。人は死ぬけれど、神は死なないわ」

ダグレスはため息をついた。「そうね。でも生きているあいだは、人は暮らしを価値のあるものにもないものにもできる」さらに言葉を継ごうと目をあげたとき、屋敷の張りだし玄関に立つ誰かの頭が見えた。それはまるで……。

「あの子は誰？」ダグレスは指をさしてきいた。

「彼女は大人になったらクリストファー卿と結婚することになっているお相手よ。生きていればの話だけれど。病気がちで、なかなか外にも出られないから」

この距離からだと少女はグロリアそっくりに見えた。同じくらい太っていて、同じくらい不機嫌そうだ。ダグレスはニコラスの兄がフランス人の女相続人と結婚することになっていて、そのためにレティスの求婚を断ったとリーが話していたのを思いだした。

「それでニコラスがレティスと結婚することになって、クリストファーは子どもと婚約しているのね」ダグレスは言った。「教えて、もしあの少女が亡くなったら、キットはレティスとの結婚を考えると思う？」

ダグレスがクリストファーのクリスチャンネームを気軽に使ったので、ホノリアは面食らったようだった。「クリストファー卿は伯爵の跡取りで、女王と縁続きでもあるわ。レディ・レティスの身分では釣りあわない」

「でも、ニコラスとなら釣りあう」

「ニコラス卿は二番目の子だから、地所や称号は継承しないし。レディ・レティスはニコラス卿にふさわしいお相手よ。彼女も女王と血のつながりがあるの。遠縁だけど。でも彼女の持参金は多くないわ」

「もしレティスがニコラスと結婚してから、たとえばだけど、クリストファーが亡くなったら、ニコラスが伯爵になる。そうよね？」

「ええ」ホノリアが答えて、楽譜を書く手を止めた。テラスを見あげ、太めでそばかすのある、病弱なフランス人の女相続人が屋敷の中に戻るのを見送った。「ニコラス卿は伯爵になるでしょうね」ホノリアが思いをめぐらすように言った。

23

その夜、ベッドにもぐりこんでホノリアと並んで横になるまでに、ダグレスは疲れきっていた。どうりで太った人をほとんど見かけず、女性があれほど細いウエストを維持しているわけだ。スチール製のコルセットで締めつけたり、絶えず動きまわっていたりするので、脂肪が体につく間がないのだ。

ダグレスとホノリアは果樹園を離れたあと、屋敷の一階にある小さなかわいい礼拝室で行われた礼拝に出席した。豪華な服を着た牧師の説教を聞き、ずいぶん長いあいだひざまずいていた。ダグレスはまわりの男女の見事な服装に見とれ、牧師の話に集中できなかった。シルク、サテン、ブロケード、毛皮、そして宝石。

初めてクリストファーを見かけたのは、その礼拝室の中だった。見た目はニコラスに似ているが、さほど若くもなく、ハンサムでもない。けれども内に秘めた強さがにじみでていて、ダグレスはつい見つめてしまった。クリストファーがこちらに視線を投げたとき、彼の目が好奇心でいっぱいなのに気づき、ダグレスは真っ赤になって顔を背けた。そんなふたりを見て、ニコラスが眉をひそめていたことには気づかなかった。

礼拝のあとは晩餐《ばんさん》で、ダグレスはレディ・マーガレットとホノリアとほかの四人の女性とともに謁見室に入った。そこで野菜と牛肉のスープ、まずくて苦いビール、油で揚げたうさぎ肉が配られた。ホノリアによると、使用人頭がパンについた灰を削り取ってから配っているらしい。ダグレスは昼間に食べたパンの塊に穴がいくつか開いていた理由がようやくわかった。

ほかの女性たちはレディ・マーガレットの侍女とメイドだった。ダグレスが知る限り、屋敷にいる誰もが何かしらの地位に就いていて、使用人には使用人がいて、その使用人にもまた使用人がいる。さらに驚いたことに、使用人の労働時間は決まっていた。使用人に関しては、ヴィクトリア朝の王室について記した書物に書いてあったことしか知らないが、そこには使用人は朝の非常に早い時間から夜のかなり遅い時間まで働くと記されていた。ところがホノリアに質問すると、スタフォード家には使用人がたくさんいるので、一度に働くのは六時間程度で、誰もそれ以上は仕事をしないと教えてくれた。

夕食の席でダグレスが紹介されると、彼女の国ランコニアや王であるおじについて女性たちはしきりに聞きたがった。ダグレスは嘘をついているせいで落ち着かない気持ちに駆られながら小声で答え、それから彼女たちのドレスについて尋ねた。そしてスペインのドレスのスタイルや、フランス、イングランド、イタリアのファッションについてわくわくするような話を聞いた。話にのめりこみすぎて、気がつくと自分ならイタリアで流行りのドレスがいいなどと考えていた。スカートの下のファージンゲールの代わりに、バムロールと呼ばれる詰め物を入れるらしい。

食事がすんで使用人がテーブルの上を片づけて壁に寄せたところで、レディ・マーガレットがダグレスの歌を聞きたがった。そのあとは活気と笑いにあふれる夜となった。テレビもなく、誰もプロのパフォーマンスを見たことがないので、歌ったり踊ったりするのを恥ずかしがる人はいなかった。ダグレスはラジオやレコードの歌声と比べるとひどい歌唱力なのはわかっていたが、その夕べが終わる頃にはみなの前でひとりで歌っていた。

クリストファーが来て、仲間に加わった。彼はホノリアから《風はマライアと呼ばれている》を教わると、それをリュートで奏でた。誰もが楽器を弾けるようで、ほどなくレディ・マーガレットと五人の侍女の全員が見慣れない形の奇妙な音がする楽器でそのメロディーを演奏していた。ギターの類いだが形はバイオリンに似た楽器や、三弦のバイオリン、非常に小型のピアノ、巨大なリュート、何種類かのフルート、管楽器もふたつある。

ダグレスはいつの間にかクリストファーに惹かれていた。クリストファーはニコラスにとてもよく似ていた。二十世紀に知りあったニコラスに、という意味で、女性に次々と手を出す十六世紀のニコラスではない。ダグレスが《時間通りに教会へ》を歌うと、クリストファーはすぐにメロディーを覚えた。たちまちみんなでおかしな歌を歌っていた。

途中で、ニコラスが戸口に立ってにらんでいるのに気づいた。彼はレディ・マーガレットに手招きされても部屋へ入ろうとはしなかった。

レディ・マーガレットがそろそろお開きの時間だと言ったときは、まだ九時になったばかりだった。クリストファーから手にキスをされたダグレスは、彼に笑みを返し、ホノリアに続いて寝室に向かった。

ホノリアのメイドが来て、ふたりの着替えを手伝ってくれた。スチール製のコルセットが外されると、ダグレスはほっとして深呼吸を繰り返した。それから一日じゅうドレスの下に着ていた長いリネンの肌着のまま、髪を保護する小さなキャップをかぶり、ベッドに横たわるホノリアの隣に滑りこんだ。シーツはリネンでちくちくして、あまり清潔ではなかったが、マットレスにはガチョウの下羽が詰まっていて、ささやき声のように心地よかった。ダグレスは上掛けを引きあげる間もなく眠りに落ちていた。

目が覚めたとき、どれくらい眠っていたのかわからなかった。誰かが呼んでいる気はするものの、頭をあげて耳を澄ましても誰の声も聞こえないので、ダグレスはふたたび横になった。けれど、誰かに求められているという感覚は消えなかった。部屋は静まり返っているが、必要とされているという感覚をぬぐうことができない。

「ニコラス！」ダグレスはベッドから飛び起きた。

眠っているホノリアの背中に視線を投げてから、ダグレスはそっとベッドを抜けだした。ベッドの足元にあった分厚いブロケードのローブを羽織り、やわらかくて幅の広い靴に足を入れた。エリザベス朝様式のコルセットは殺人的かもしれないが、靴はまるで天国だ。

ダグレスは静かに部屋を出てドアを閉め、廊下に立ったまま耳を澄ました。物音ひとつしない。床には藁が敷いてあるので、誰か歩いていれば聞こえるはずだ。ダグレスは右手に歩きだした。そちらのほうが自分を呼ぶ声を強く感じるからだ。閉ざした扉に手を当ててみたが、何も感じなかった。ふたつ目の扉も同じだ。呼ぶ声を強く感じたのは三つ目の扉だった。

その扉を開けたとき、ニコラスの姿が目に入っても驚かなかった。彼はぴったりした長靴下と短いズボンに、腰まではだけた大きなリネンのシャツを身につけ、椅子に座っている。暖炉には火が入り、手には大きな銀のジョッキを持っている。しばらく飲んでいたようだ。

「わたしになんの用?」ダグレスは声をかけた。この時代のニコラスはかなり怖い。ダグレスの時代にやってきた男性とは似ても似つかない。

ニコラスはダグレスに目も向けず、ただ炎を見つめている。

「ニコラス、わたしは話がしたいの。でもあなたがだんまりを決めこむのなら、ベッドに戻るわ」

「おまえは何者なんだ?」ニコラスが静かに尋ねた。「わたしはどうしておまえを知っている?」

ダグレスはニコラスの隣の椅子に腰をおろし、炎に顔を向けた。「どういうわけか、わたしたちは結ばれているの。説明するのは難しいんだけど。わたしが助けを求めて泣いていると、あなたはわたしのもとに来てくれた。わたしがあなたを必要としたときも、あなたはわたしの声を聞いた。あなたはわたしに……」〝愛をくれた〟ともう少しで言いそうになった。だがそれはずいぶん前のことのようで、この男性はダグレスにとっては知らない人だ。「今度はわたしの番みたい。わたしはあなたに警告しに来たの」

ニコラスがダグレスを見た。「警告？　ああ、そうだ。反逆罪を犯してはならないんだったな」

「そんなに皮肉っぽく言う必要はないでしょう。わたしがこれほど遠くまでやってきたのだから、聞く耳くらい持ったらどう？　もちろん、あなたが女性のスカートの下に手を入れずにいられるならって話だけど」

ニコラスの顔が怒りで赤くなるのが見て取れた。「〝カレット〟め」ニコラスがダグレスの知らない言葉をつぶやいた。「魔法を使って母上を惑わせ、兄上に気があるふりをして、わたしのことは悪く言うつもりか？」

「わたしは魔女じゃない。何度もそう言っているでしょう。わたしがしたことは全部、この家に入りこむためにしなければならなかったことよ。あなたの注意をうながすために」ダグレスは立ちあがって気持ちを鎮めようとした。「ニコラス、口論をしている場合じゃないの。あなたに注意するよう伝えるためにこの時代に送りこまれたけど、わたしの話を聞かないのなら、以前と同じことが起きてしまう。キットは――」

ニコラスが立ちあがって言葉をさえぎり、ダグレスを脅すように身を乗りだした。

「今夜は兄上のベッドからここに来たのか?」

頭で考える前にダグレスの体が動き、ニコラスをひっぱたいていた。

ニコラスがダグレスをつかみ、体を押しつけて後ろにのけぞらせ、怒りをこめて激しく唇を奪った。

ダグレスは力任せのキスを許すつもりはなかった。全力でニコラスを押し戻そうとしたが、ニコラスは手を離そうとはしなかった。片手をダグレスの頭に添えて顔を横に向かせ、もう片方の手を腰のくびれに滑らせて体を密着させる。

唇が重なったとき、ダグレスは抗うのをやめた。これはニコラスだ。わたしが愛するようになった、あのニコラスだ。時間さえもわたしからこの人を引き離すことはできなかった。ダグレスは彼の首に腕をまわし、唇を開いた。キスに応えると体がとろけてしまいそうになる。脚から力が抜けて震えだした。

ニコラスの唇が首へと這っていく。

「コリン」ダグレスはささやいた。「愛しいコリン」

ニコラスが顔を離し、困惑したようにダグレスを見つめた。ダグレスは彼のこめかみの髪に触れ、指先を頬に滑らせた。

「あなたを失ったと思ったわ」ダグレスはささやいた。「もう二度と会うことはないんだって」

「お望みなら、わたしのすべてを見せよう」ニコラスがほほえんだ。ダグレスを抱きあげ、ベッドまで運ぶ。彼が隣に横たわるとダグレスは目を閉じた。彼の手がローブの下に伸び、ネグリジェの襟元をほどいた。ダグレスの耳にキスをして耳たぶを甘噛みし、首筋の敏感な部分に舌を這わせながら、片手をネグリジェの中に滑りこませて胸に触れた。

先端を親指で刺激しながら、耳に息がかかるほど唇を寄せてニコラスがささやく。

「誰に送りこまれたんだ?」

「うーん」ダグレスは甘い声をもらした。「神さま、かしら」

「おまえが敬う神の名は?」

片脚で脚を押さえこまれたダグレスは、彼の言葉を聞き取るのがやっとだった。

「神さまよ。エホバ、アッラー。誰でもいい」

「その神を崇《あが》める男は?」

ダグレスはようやく何を言われているのか理解し、目を開いた。「男? 神? なんの話をしているの?」

ニコラスが胸をつかんだ。「誰がおまえをこの屋敷に送りこんだ?」

ダグレスはニコラスが自分をベッドに連れこんだ理由がだんだんわかってきた。彼を押しのけて上体を起こし、ネグリジェとローブの紐を結ぶ。「なるほどね」怒りを抑えて言った。「こうやっていつも女性からほしいものを手に入れてきたんでしょう。ソーンウィック城ではわたしの腕にキスするだけでよかった。そうすればわたしはあなたのどんな望みにも同意するから。それで今は、わたしがよからぬことを企んでいると決めこんで、白状させようと誘惑しているのね」

ダグレスはベッドをおりてにらみつけたが、ニコラスは横になったままで、狡猾な手口がばれてもまったく動じる様子はなかった。「これだけは言っておくわ、ニコラス・スタフォード。あなたはわたしが思っていたような人じゃなかった。わたしが知っているニコラスは、名誉と正義を大事にしていた。ここにいるあなたにとって大事なのは、ベッドに連れこめる女性の数だけなのね」

ダグレスは背筋を伸ばした。「いいわ、わたしが誰に送りこまれて、どうしてここにいるのか教えてあげる」大きく息を吸いこむ。「わたしは未来から来たの。厳密には二十世紀から。あなたはその時代のわたしに会いに来た。一緒に数日間、すばらしい時間を過ごしたわ」

ニコラスがあんぐりと口を開け、それから何かを言いかけたが、ダグレスは片手をあげて制した。「最後まで聞いて。あなたがわたしのもとに来たとき、あなたがいたのは一五六四年の九月、つまり今から四年後だった。あなたは反逆罪に問われて、牢獄で処刑される日を待っていたのよ」

ニコラスが愉快そうに目を輝かせてベッドをおり、ジョッキを手に取った。「母上が娯楽のためにおまえをここに置いた理由がわかった。続きを聞かせてくれ。わたしはどんな謀反を起こしたんだ？」

ダグレスは体の脇でこぶしを握った。冷笑を浮かべる男性を気遣うのは難しい。「起こしていないわ。無実だったの」

「ああ、そうとも」ニコラスが見下すように言った。「わたしがそんなことをするはずがない」

「ウェールズの領地を守ろうと兵を集めていたんだけど、急いでいたせいで女王に兵を組織する許可を得なかった。それで誰かが、あなたがその兵を使って女王を攻撃するつもりだと告げ口したのよ」

ニコラスが腰をおろし、おもしろそうにこちらを見た。「聞かせてもらおうじゃないか、わたしが持ってもいない土地と兵のことで女王に嘘をついたのは誰なのか」

その態度に腹が立ちすぎて、ダグレスは部屋を出ていきたくなった。どうしてこうまでしてこの人を救わなければならないの？　ろくでなしだったと歴史書に記録させておけばいいのだ。実際、ろくでなしなのだから。「あなたの土地で、あなたの兵だったの。キットが亡くなったから。それから女王に嘘をついたのは、ロバート・シドニーとあなたの愛するレティスよ」

ニコラスの表情が冷ややかな怒りに取って代わり、ダグレスに迫った。「兄上の命を脅かすためにこの屋敷へ来たのか？　わたしに魔術をかけて、おまえを妻に、伯爵夫人にしたいとでも思わせるつもりか？　おまえは手段を選ばないのか？　わたしの婚約者と〝ケイター・カズン〟の名まで汚して、そうやってほしいものを手に入れるのか？」

ダグレスは怖くなってあとずさりした。「あなたと結婚はできないわ。わたしはこの時代にいるべきじゃないから。あなたとは絶対に体を重ねることはできない。そんなことをしたら、たぶんわたしは消えてしまう。今消えてしまったら、きっと何も変えることができない。それに、あなたと結婚なんてしたくないわ。そう、この時代にさかのぼってきたのはメッセージを伝えるため、それだけよ。だからもう、運がよければわたしは消えるかも。そう願うわ。正直に言って、二度とあなたに会わなくてすむことを願っているの」

ダグレスはドアノブをつかんだが、ニコラスが扉を閉めて彼女が出ていくのを阻んだ。

「おまえから目を離さない。もし兄上が少しでも痛みを被ることがあれば、それはおまえのせいだ。報いは受けてもらう」

「呪いをかけるブードゥー人形は飛行機の中に忘れてきちゃったわ。さあ、わたしを解放して。それとも叫びましょうか？」

「わたしの警告を心にとめておくことだ」

「言いたいことはよくわかったわ。でもわたしは魔女じゃないし、怖がることはないでしょう？　さっさとドアを開けて、ここから出して」

ニコラスが後ろにさがったので、ダグレスは顔をあげて部屋を出た。ホノリアと使っている部屋に向かって廊下を歩きだす前に、涙がこぼれ始めた。ニコラスが十六世紀に戻ったときに彼を失ったと思ったが、これほど完全に失ったとは感じなかった。もう彼はダグレスが知る、ほんの少し前に愛していた男性とは別人だ。

ホノリアの寝室には戻らず謁見室に行って、窓際の席で体を丸めた。小さな菱形のガラスを組みあわせた窓は厚く、波状の筋が入っていて外は見えないが、それでもかまわなかった。愛する人を何度失えばいいのだろう？　二十世紀までわたしに会いに来てくれたニコラスは、たった今キスをした人と同じなの？　外見以外にこのふたりに共通点は何もない気がする。

またただわ、ダグレス。彼女は自分に言った。また間違った人を好きになってしまった。今回の相手は刑務所に片足を突っこんでいるわけではないけれど、まわりの女性をひとり残らず追いかけている。おまえは魔女だと悪態をついたかと思えば、次の瞬間にはその相手にキスをするような男だ。

以前、ニコラスが過去に戻ったときに彼が処刑されたのは、充分な情報がなかったからだ。あのあと、自分があれほどアラベラに嫉妬をして時間を無駄にしなければ、情報を得られたかもしれないと感じていた。もっと調査に時間をかけて、もっと質問をしていたら、ニコラスの命を救えたかもしれないと。

そして今、二度目のチャンスを与えられたにもかかわらず、わたしはまた同じ過ちを繰り返している。感情にのまれ、するべきことを忘れている。人間が時を超えて行き来するというこの特別な信じがたい出来事が自分とニコラスの身に起きたのは、命を救い、運命を変えるためだ。にもかかわらず、頭の中にあるのはニコラスがまだ愛してくれているかどうかということだけ。ブドウ棚のあずまやでいい大人が女性とたわむれているというだけで、女子中学生のようにやきもちを焼いてかっとなってしまった。

ダグレスは立ちあがった。自分にはするべきことがある。つまらない感情に邪魔されずに、やり遂げなければならない。

ダグレスはホノリアの寝室に戻り、ベッドに体を滑りこませた。レティス・カルピンの裏切りを阻止するために何ができるか、今日から探し始めるのだ。

ダグレスが目を閉じていると、寝室のドアが開いてホノリアのメイドが入ってきた。四柱式のベッドにかけられた布をあげ、鎧戸を開け、たんすからホノリアとダグレスのドレスと肌着を出してベッドの足元に置いたあと、ふたりを揺り起こした。数分後にはダグレスは一日のあわただしさにのみこまれていた。ホノリアの二番目に上等なドレスを着せてもらい、牛肉とビールとパンの朝食を食べると、ホノリアが麻布と石鹸で歯の汚れを落とし始めたが、ダグレスはその味を試す気にはなれず、バッグに入っていたホテルの備品の歯ブラシを一本あげた。使い方を示し、歯磨き粉に驚きの声があがったあとは、ふたりで仲よく歯を磨き、口をすすいで打ち伸ばした銅の美しいボウルに吐きだした。部屋で朝食をとったあと、ダグレスはホノリアについて日常の喧噪《けんそう》にまぎれ、大邸宅を切り盛りするレディ・マーガレットに付き添った。レディ・マーガレットには出席すべき朝の礼拝があり、目を配るべき使用人がいる。レディ・マーガレットがひとつひとつの問題を調べ、ひとりひとりの訴えに耳を傾けて言葉をかける様子を、ダグレスはそばで圧倒されながら見守った。

レディ・マーガレットが食堂長、謁見室の担当者、給仕係といった数百人もいる使用人に適切に効率よく指示を出すかたわらで、ダグレスはホノリアにいくつもの質問を投げかけた。レディ・マーガレットが声をかけているのは各担当の責任者で、その各責任者にもたくさんの部下がいるとホノリアが説明してくれた。自ら使用人の指揮を執るレディ・マーガレットの手腕は並外れたものがあるらしい。

「ほかにももっと使用人がいるの？」ダグレスは尋ねた。

「まだまだたくさんいるわ。ニコラス卿がすべて管理しているの」

自分が兄の侍従だったことは歴史書に書かれていないのかとニコラスにきかれたことを、ダグレスは思いだした。

十一時頃になると大変だった朝が終わり、使用人たちはさがるように言われ、ダグレスはレディ・マーガレットとホノリアとほかの侍女たちに続いて階下へ向かった。ホノリアによれば、冬の応接間と呼ばれる部屋に向かっているらしい。そこには雪のように白いリネンがかかった長いテーブルが美しく配され、各席に大皿とスプーンと大きなナプキンが置かれていた。テーブルの真ん中にあるのは……ダグレスは自分の目が信じられなかった。金の皿が重ねられている。テーブルの奥には銀の皿があり、次に白目製の皿、端には一対の木の皿。金の皿の後ろには背もたれのある椅子が置かれ、ほかの席には背もたれがついていない。ほかの人より身分が高いのは誰なのか、隠そうともしていない。この人たちが平等という概念を追求していないのは一目瞭然だ。

ホノリアが銀の皿のほうに案内してくれたので、ダグレスは喜んだ。それがクリストファーの正面の席だとわかると、さらにうれしくなった。

「今夜はどんな余興で楽しませてくれるつもりかな？」クリストファーが尋ねた。

ダグレスはその濃いブルーの目を見つめて考えた。スピン・ザ・ボトル（数名が輪になって順番に瓶を回転させ、回転が止まったときに瓶の口の方向にいる人とキスをするゲーム）はどうかしら。「そうね……」ニコラスとの問題に気を取られすぎて、自分の仕事のことをほとんど考えていなかった。「ワルツよ」ダグレスは言った。「わたしの国の国民的な踊りなの」

クリストファーにほほえまれると、ダグレスもあたたかい笑みを返した。

気持ちが乱されたのは、手をすすぐための水差しとボウルとタオルを使用人が運んできたときだった。クリストファーの席から三つ奥にニコラスが座っていて、長身で黒髪の、美しいというよりはりりしい女性と深刻そうに話をしていた。ダグレスはしばらくその女性を見つめた。前に会ったことがある気がするが、誰だったか思いだせない。

顔の向きを変えて、ほかの人たちを見やった。メイクをしていない女性を見るのは不思議な気がしたものの、彼女たちは間違いなく肌の手入れをしている。ただ起きてから顔を洗い、出かけるわけではないのだ。

ニコラスの反対側にいるのは、クリストファーの婚約者であるフランス人の女相続人だ。少女は黙って座り、下唇を突きだして不器量な顔をしかめている。誰も彼女に話しかけないが、本人が気にしている様子はなかった。その後ろで険しい顔をした高齢の女性があたふたと動きまわり、少女の斜めになったナプキンをまっすぐに直している。

少女と目が合ったのでほほえみかけたけれど、少女はダグレスをにらみつけ、お付きの女性はこちらが彼女の預かりものを脅したかのような視線を投げてきた。ダグレスは顔を背けた。

食事が運ばれてくると、これが非常に格式張った席だとわかった。それに格式張るに値するほど豪華な料理だ。コースの最初の肉は巨大な銀の皿に盛られてきた。ローストビーフ、子牛、羊肉《マトン》、牛肉の塩漬けだ。冷水を張った銅製のたらいで冷やされたワインが、宝石のように色とりどりのベネチアンガラスを用いた半透明のゴブレットに注がれた。

次の料理は鳥肉で、七面鳥、茹でた雄鶏《おんどり》、セイヨウネギと一緒にとろ火で煮込んだ鶏肉、ヤマウズラ、キジ、ウズラ、ヤマシギが出てきた。その次は魚。シタビラメ、ターボット、タラ、ロブスター、ザリガニ、ウナギだ。

どれもソースで煮込んであるらしく、スパイスが利いていておいしかった。

続いて野菜が配られた。カブ、グリーンピース、キュウリ、ニンジン、ホウレン草もある。野菜はほかの料理ほどおいしいとは思えなかった。どろどろになるまで調理されているからだ。尋ねると、毒素を抜くためにしっかり火を通さなければならないのだという。

一皿ごとに異なるワインが提供され、次のワインを注ぐ前に給仕がゴブレットをすすいだ。

サラダは野菜のあとに出された。ダグレスの知っているサラダとは違い、レタスやスミレの芽でさえ火が通されていた。

満腹すぎて、午後はずっと横になって寝て過ごしたいと思っているところに、デザートが運ばれてきた。アーモンドタルトと、思いつく限りのフルーツが入ったパイ、それにやわらかいものから硬いものまでさまざまな種類のチーズもある。丸々として日光であたたまったいちごは、ダグレスがこれまで食べたどんなものよりも豊かな味がした。

このときだけはスチール製のコルセットがありがたかった。おかげで手当たり次第に食べずにすむ。

食事のあとにはまた水差しが運ばれてきた。すべてスプーンと手で食べたからだ。ようやく三時間後にお開きとなり、ダグレスはよたよたと階段をのぼってホノリアの部屋に向かい、ベッドに倒れこんだ。「死にそう」悲痛な声を出した。「もう二度と歩けないわ。これじゃ、ニコラスがランチにクラブサンドイッチで満足するわけがないわね」

ホノリアが笑った。「さあ、レディ・マーガレットのお供をしないと」

ダグレスはエリザベス朝の人々は食べるのと同じくらい一生懸命働くのだと悟った。ぱんぱんにふくれたおなかに片手を当てながら、ダグレスはホノリアに続いて階段をおり、美しい装飾庭園を抜けて、厩舎に着いた。手を借りて横鞍のついた馬に乗ったものの、つかまっているのが大変だった。レディ・マーガレット、五人の侍女、それに剣や短刀を備えた衛兵が猛スピードで駆けだした。ダグレスはついていくのがやっとだった。片脚は背の高い鞍頭にかけ、もう片方の脚は短いあぶみにのせているので、とても不安定だ。両手で手綱をつかむダグレスを見たら、コロラドのいとこは誇りに思ってくれないだろう。

「ランコニアではみんな馬に乗らないのですか？」男性のひとりが尋ねた。

「馬には乗るわ。でも横鞍には乗らないの」ダグレスは怯えてつかまりながら答えた。

一時間ほどすると、今にも落馬するのではないかという恐れが薄れてきて、まわりに目を向ける余裕ができた。美しいスタフォードの屋敷からイングランドの田舎に行くのは、妖精のお城からスラム街に、もしくはビバリー・ヒルズからカルカッタに行くようなものだ。

村人の生活に清潔という文字はない。動物と人間が同じ建物で暮らし、衛生状態は同程度だ。台所とトイレの汚水は暗い小さな家のドアから外に捨てられている。人々は何年も蓄積された泥と汗にまみれているとしか思えないほど不潔だ。服は粗末で、脂を吸い、着古しているせいでごわついている。

それに病人の多いこと！　ダグレスは通り過ぎる人たちを見つめた。天然痘の跡が残り、甲状腺は腫れ、白癬《しらくも》にかかり、顔からはうみが出ている。手足が不自由な人や、体の一部を失った人を何度も見かけた。おまけに十歳以上で歯が全部そろっている人はひとりもいなかった。そろっている子どもでも、たいてい黒い歯をしていた。

ダグレスはたらふく食べた昼食が込みあげてきそうになった。そうした光景や悪臭よりも気分を悪くしたのは、ほとんどが現代の薬で治せる病気だという事実だった。馬に乗って鞍につかまりながら、三十歳過ぎの人がほとんどいないことに気づいた。もし自分が十六世紀に生まれていたら、十歳までしか生きられなかっただろう。十歳のときに盲腸が破裂して、緊急手術を受けたからだ。十六世紀には手術は行われない。けれども、そもそも自分は無事に生まれてさえこなかっただろう。ダグレスは逆子で、母親は大量に出血していた。そう思うと、ここにいる人たちを新たな目で見るようになった。この人たちは生存者だ。もっとも健康な人たちなのだ。

レディ・マーガレットの集団が通り過ぎると、村人たちは小屋から出てきたり、畑仕事の手を止めたりして、つややかな馬の上の美しく着飾った人々の行列を見守った。レディ・マーガレットと従者は村人たちに手を振り、村人も満面の笑みを返した。わたしたちはロックスターと映画スターと王族をひとまとめにしたような存在なのだとダグレスは思った。そして自分も人々に手を振った。

ダグレスのお尻が痛みだし、脚は痙攣《けいれん》を起こして、何時間も馬に揺られているような気がし始めた頃、一行はちょっとしたきれいな牧草地で停止した。草を食む羊で埋め尽くされた野原を見渡せる場所だ。馬丁の手を借りて馬からおりたダグレスは、湿った地面に広げた布の上に座るホノリアのもとにのろのろと歩み寄った。

「乗馬は楽しめた?」ホノリアが尋ねた。

「はしかと百日咳と同じくらいにね」ダグレスは小声で答えた。「レディ・マーガレットの風邪は治ったみたいね」

「とても精力的な方だから」

「わかるわ」

ふたりはしばらく心地よい沈黙に包まれて座っていた。ダグレスはのどかな風景を見ながら、昨夜ニコラスと会ったことは考えまいとした。ニコラスに言われた〝カレット〟の意味をホノリアにきくと、みだらな女性のことだとわかった。新たな怒りが込みあげ、ダグレスは舌を噛んだ。

「〝ケイター・カズン〟は?」ダグレスはニコラスが昨晩使った別の言葉の意味も尋ねた。

「親友、という意味よ」

　ダグレスはため息をついた。ということは、ニコラスとロバート・シドニーは〝親友〟なのだ。どうりでその男の悪口を言われたとたん、ニコラスがいっさい信じようとしなくなったわけだ。友情ね。ダグレスは思った。ニコラスはロバートの妻とテーブルの上で転げまわり、ロバートは友人が処刑されるよう企んだ。

「ロバート・シドニーは〝ピリコック〟よ」ダグレスは小声で言った。

　ホノリアが驚いた顔をした。「彼を知っているの？　彼のことが好きなの？」

「知らないわ。それにもちろん好きなんかじゃない」

　ホノリアの困惑した表情を見て、ダグレスは〝ピリコック〟とは何かきいた。「親しみをこめた呼びかけよ。かわいい悪党を意味するの」

「親しみ？　でも――」ダグレスは言葉を切った。ニコラスから一緒に十六世紀に来て自分のために料理をしてほしいと言われたとき、あまりに頭にきて彼にひどい言葉を並べ立てた。ニコラスは〝ピリコック〟もそのリストに加えた。怒った女性に親しみをこめて罵られるのは愉快だったに違いない。

　ダグレスは思いだしてにっこりした。彼は本当にかわいい悪党だ。

　レディ・マーガレットのメイドの、そのまたメイドが、砕いたアーモンドの入った小さなクッキーをまわしてくれた。

ダグレスは頬張りながら尋ねた。「今日の食事の席でニコラスの隣に座っていた黒髪のりりしい女性は誰だったの？」

「レディ・アラベラ・シドニーよ」

ダグレスは喉を詰まらせて咳きこみ、クッキーのかけらが飛び散った。「レディ・アラベラ？　ここには長くいるの？　いつ来たの？　いつ帰るの？」絵葉書だ。ダグレスは思いだした。絵葉書で彼女のことを見ていたので、見覚えがあると思ったのだ。ベルウッドで彼女の肖像画の絵葉書を買った。

ホノリアがほほえんだ。「彼女は昨日の夜に来て、明日の朝早く帰るわ。ご主人とフランスに向かうの。しばらく戻ってこないから、レディ・マーガレットにお別れの挨拶に来たのよ」

ダグレスは猛スピードで頭を回転させた。もしニコラスがアラベラをまだテーブルにのせておらず、彼女が明日出発するのなら、今日がその日だ。ふたりを止めなければ！

ダグレスはいきなり体を折り、両手でおなかを押さえてうめきだした。

「どうしたの？」ホノリアが心配そうにきいた。

「食べたものが当たったんだわ。屋敷に戻らないと」

「でも――」ホノリアが口を開いた。

「どうしても戻らないと」ダグレスはさらに数回うなった。

ホノリアがすぐさまレディ・マーガレットのもとに行き、数分で戻ってきた。「許可をもらったわ。わたしと馬丁がひとり付き添うから」

「よかった。さっそく行きましょう」

馬へと急ぐダグレスを、ホノリアがあっけにとられて見ていた。馬丁の助けを借りて鞍に乗るダグレスは、どう見ても具合が悪そうには見えない。

ばかげた横鞍をまたいで乗りたいところだが、片側にはあぶみがない。そこでダグレスは前部の出っ張りをまたいで脚で締めつけ、馬の横腹に小さな鞭を当てた。前傾姿勢をとり、轍だらけの汚れた道を猛スピードで駆けおりる馬にしがみついた。

後ろから馬丁とホノリアが必死でついてくる。

ダグレスは二度、馬をジャンプさせなければならなかった。一度は牛車の前に突きだす二本の棒を越えたとき、二度目は小さな木製の手押し車を越えたときだ。子どもが道を渡ってきたときは、すばやく手綱を操ってどうにか避けた。ガチョウの群れのあいだを駆け抜けたときは、ガチョウに騒々しい声をたてられた。

屋敷に着いて鞍から飛びおりたときには、重いスカートにつまずいて顔から転んだ。

けれども一秒たりとも無駄にせず、起きあがって走りだし、勢いよく門を開け、れんが道を駆けおりて階段をのぼり、庭園を横切って正面玄関から飛びこんだ。

屋敷に入ったところで足を止め、階段を見あげる。どこ？　ニコラスはどこにいるの？　アラベラは？　あのテーブルは？

左手から数名の声が聞こえてきた。クリストファーの声を聞き取ったダグレスは、彼のもとに駆け寄った。「テーブルの場所を知っている？　長さが二メートル、幅が一メートルくらいで、脚がらせん状になっているの」

ダグレスの切羽詰まった声にクリストファーがほほえんだ——そのあわてふためいた様子にも。ダグレスの顔からは汗が流れ、帽子はややずれ落ち、赤褐色の髪が肩のあたりまで垂れている。「そんなテーブルならたくさんあるよ」

「そのテーブルは特別なの」ダグレスは平常心を保とうとしたが、うまくいかなかった。おまけに息を吸おうとすると、コルセットが肺を締めつける。「ニコラスの使う部屋にあって、その部屋にはクローゼットがあるわ。人がふたり、充分隠れられるくらい大きなクローゼットが」

「クローゼット？」クリストファーが当惑顔になったので、エリザベス朝のイングランドのクローゼットは、服を吊す場所ではないのだと気づいた。

クリストファーの後ろにいた年配の男性が彼に何やらささやき、クリストファーがにっこりした。「ニコラスの寝室の隣の応接室にそのようなテーブルがある。弟がしばしば――」

ダグレスは最後まで聞かずに、スカートとペティコートを持ちあげて片方の腕にかけ、階段を駆けあがった。ニコラスの寝室は右手のふたつ目の部屋で、その隣にドアがあった。ドアノブをまわしてみたが、鍵がかかっていた。寝室に飛びこんで部屋を横切り、応接室に通じるドアを試したものの、こちらも鍵がかかっている。

ダグレスは手のひらでドアを叩いた。「ニコラス！　そこにいるならわたしを中に入れて。ニコラス！　聞こえる？」

中で物音がした。「ニコラス！」ダグレスは叫びながら、ドアを叩いたり蹴ったりした。「ニコラス！」

ニコラスがドアを開けたとき、手には人を殺せそうな短剣を握っていた。「母上は大丈夫なのか？」彼がきいた。

ダグレスはニコラスを押しのけて応接室に入った。あった。壁際のテーブルはヘアウッド家の図書室で目にしたものだった。四百年分新しいが、同じテーブルだ。そして椅子に座り、何食わぬ顔をしようとしているのはレディ・アラベラだった。

「おまえの――」ニコラスが口を開いた。

けれどもダグレスはその言葉をさえぎり、左手にある窓側の小さな扉を勢いよく開けた。そこで、ふたりの使用人が棚に張りつくようにして身を寄せていた。「これがあなたにドアを開けてほしかった理由よ」ダグレスはニコラスに言った。「このふたりのスパイは、あなたたちがまさにしようとしていたことを全部見ることになっていたはずよ」

ニコラスとアラベラが口も利けずに息をのんでダグレスを見つめている。

ダグレスはふたりの使用人に目をやった。「もしこの件がひと言でも外にもれたら、誰が話したかわたしたちにはお見通しよ。わかるわね?」

耳慣れないダグレスの言葉遣いにもかかわらず、ふたりともしっかり理解した。

「さあ、ここから出ていきなさい」ダグレスは言った。

使用人はねずみのようにすばやく小走りで部屋を去った。

「おまえは――」ニコラスが何か言いかけた。

しかしダグレスは取りあわずにアラベラに向き直った。「わたしはあなたの命を救ったのよ。ご主人がこの件を耳にするはずだったの。それから最終的には――」ダグレスは大きく息を吸いこんだ。「もう行ったほうがいいわ」

このような口の利き方をされるのに慣れていないアラベラは反論しかけたが、夫がどれほど怒りっぽいかを思いだし、急いで部屋から出ていった。

ニコラスを見ると、顔に怒りをにじませていた。今に始まったことではない。ダグレスがこの時代に来てからというもの、それ以外の感情は見せていないのだから。ダグレスは険しい目で彼をにらみつけてからドアに向かった。

だが、出ていく前にニコラスにドアを閉められた。

「わたしを見張っているのか？」ニコラスがきいた。「ほかの女性とするところを見て楽しんでいるのか？」

十まで数えるのよ。ダグレスは自分に言い聞かせた。いいえ、二十のほうがいい。ダグレスは深く息を吸った。「あなたが女性とばかな真似をするのを見て楽しむ趣味はないわ」静かに言った。「なぜわたしがここにいるかは話したでしょう。わたしにはわかっているの。あなたが……アラベラとテーブルの上でことに及ぼうとしていたと。だって、すでに起こったことだったから。あの使用人たちがみんなに話して、ジョン・ウィルフレッドがその話を書きとめて、アラベラはあなたの子どもを身ごもって、ロバート・シドニーは彼女を殺したの。さあ、もう行っていいかしら？」

ダグレスはニコラスの顔にさまざまな感情が、怒りや困惑がよぎるのを見て、かわいそうになった。「わたしの言葉を信じるのは無理だってわかっている。あなたがわたしの前に現れたときも、あなたの言うことが信じられなかったから。でもニコラス、わたしは未来から来たの。過去に送られてきたのは、あなたの家族がめちゃくちゃになるのを止めるためよ。レティスは——」

ニコラスがさえぎった。「罪のない女性に言いがかりをつけるつもりか？　それともわたしが触れる女性全員に嫉妬しているのか？」

ダグレスの自制の誓いは窓から吹き飛んでいった。「あなたってクジャクみたいに見栄っ張りなのね！　あなたがどれだけの女性をベッドに連れこもうが、わたしはなんとも思っていないわ。わたしにとってはどうでもいいことだもの。あなたはわたしがかつて知っていた人じゃない。実際、お兄さまの半分も立派じゃないわ。わたしは間違いが起こる前にそれを正せるように過去へ送りこまれたの。だから、できる限りのことをするわ。あなたにどれほど邪魔されようとも。わたしがキットの死を防ぐことができれば、それでスタフォードの領地は守れるかもしれない。そうすれば誰も女好きのあなたを変えようとする必要はなくなるもの。さあ、ここから出して」

ニコラスはドアの前から動こうとしなかった。「おまえは兄上の死を口にするが、それは兄上に魔術を——」

ダグレスは両手をあげて顔を背けた。「わたしは魔女なんかじゃない。わからないの？　わたしはなんの変哲もない普通の人間で、すごく奇妙な状況に置かれているだけ」ニコラスに向き直る。「キットが死んだときに何があったのか、全部を知っているわけじゃない。でも、あなたは言ったわ。あなたが剣の練習中に腕を切ってしまったから、お兄さまと一緒に行けなかったって。お兄さまは湖で女性を見かけて彼女を追いかけた。そして、溺れたの。わたしが知っているのはそれだけよ」レティスが関係しているかもしれないということをのぞいては。そう思ったが、ダグレスは口にはしなかった。

ニコラスが目に敵意を浮かべてにらんでくる。

ダグレスは声をやわらげた。「あなたがわたしのところに来たときは、わたしもあなたを信じなかった」ダグレスはもう一度言った。「あなたは歴史書に載っていないことをいくつか話してくれたけど、それでもまだ信じられなかった。結局、あなたがわたしをベルウッドに連れていって、象牙の小箱が隠された隠し扉を見せてくれたの。何百年ものあいだ、誰もその扉を見つけていなかった。キットがその扉を見せてくれたのは、彼が死ぬ前の週だったとあなたは言っていたわ」ダグレスはクリストファーが死ぬことなど考えたくはなかった。

ニコラスが呆然としてダグレスを見つめた。この女は確実に魔女だ。なぜなら兄がベルウッドの隠し扉の話をしてくれたのはつい先日で、まだ見せてもらってはいないからだ。この女はどうやって兄を説得してこの扉のことを打ち明けさせたんだ？　家族だけが知るべき、この扉の存在を。

実際、この女は家族に、そしてこの屋敷の人間に何をしているんだ？　昨日は馬丁が《ジッパ・ディー・ドゥー・ダー》というばかばかしい歌を口ずさんでいるのを耳にした。母上の付き人の女性のうち三人は今やまぶたに色を塗り、レディ・ダグレスを真似たと言った。母上は——良識があり冷静で賢明な母は、子どものようにこの女を信用し、その手から薬を受け取った。そして兄はこの赤毛のふしだらな女を猛禽《もうきん》のように一心に見つめている。

この女はスタフォード家に来て数日ですべてを狂わせた。女の歌が、ふらちな踊りが、聞かせる物語が（このところ屋敷じゅうの人間が、スカーレットとレットとかいう人物のことをずっと話している）、おまけに女がいかに顔に色を塗るかということまでが、みなに影響を与えている。こいつは魔女だ。そして、徐々にみなにまじないをかけている。

この女に抵抗しようとしているのは自分だけだ。この女の影響力が増していることをクリストファーに伝えようとしたが、笑い飛ばされた。「いくつかの話と歌がどんな重大な影響を及ぼすというのだ?」兄はそう言った。

女の望みは不明だが、ほかの人たちのようにやすやすと魅了されるつもりはなかった。どれほど困難であろうともこの女に抗ってみせる。

今、こうして彼女をにらみながら、この女に抵抗するのは決して簡単ではないと感じていた。肩まで届く赤褐色の髪、手に握る小さな真珠のついた帽子。これほど美しい女は見たことがない。レティスはもっと整った顔をしているのだろうが、この女は、このダグレスは、彼の中の怒りを、そしてどう形容すればいいのかわからないそれ以上の感情をかき立てる。

彼女をひと目見たときから、まるでこちらの秘密をつかんでいるようだった。ニコラスは女性に対して主導権を握るのが好きだった。キスをして、女性たちがとろけるように身を寄せてくるのを感じるのが好きなのだ。簡単にはなびかない女性に挑むのも好きだ。その女性に背を向けたときに感じる力が好きだった。

しかし、最初からこの女は違っていた。見つめられるよりもこちらが彼女を見つめるほうがずっと多かった。彼女がクリストファーに注目するたびに、端整な顔立ちの使用人をちらりと見るたびに、ほほえんだり笑ったりするたびに、気がついていた。

昨晩、部屋に来たときには、ダグレスの存在を痛いほどに感じ、それを自覚するからこそ腹立たしく、論理的に話したり、考えたりすることがほとんどできなかった。彼女に影響を受けている自分に激怒していた。彼女が去ったあとは眠れなかった。彼女が泣いているのがわかったからだ。それまでは女性の涙を気にかけたことはなかった。女性とはしょっちゅう泣くものだ。見捨てたり、向こうの望むとおりにしなかったり、愛していないと言ったりするとめそめそする。アラベラやレティスのようにどんなことがあろうとも涙を見せない女が好ましい。

しかし昨晩、あの女は夜通し泣き続けた。泣き声は聞こえず、姿が見えるわけでもないのに、彼女の涙を感じた。三度ほど彼女のもとに足を向けそうになったが、どうにか自制した。自分に対して影響力を持っていると知らせるつもりはなかった。

ダグレスが語った過去と未来の話については考えてみようともしなかった。とはいえ、彼女はどこか変わっている。ランコニアの王女だという話は一瞬たりとも信じていない――母上も信じているとは思えなかった。だが、レディ・マーガレットはあの奇妙な歌や女のおかしなしゃべり方を楽しんでいる。ダグレスが食事からドレスから使用人に至るまで、何もかも初めて見たかのようにふるまう様子も気に入っている。

「……話してくれるでしょう？」

ニコラスは女を見つめた。彼女がこれまで何を話していたのか、まるで見当がつかなかった。だが、彼女を求める衝動がいきなり血管を駆けめぐり、あとずさりすると背中がドアにぶつかった。「家族と違って、わたしに魔力は効かない」自分を納得させるように言った。

ダグレスはニコラスの目に欲望を認め、まぶたがさがる様子を見つめた。心臓が早鐘を打ち始める。彼に触れれば現代に戻ってしまう。ダグレスは自分に言い聞かせた。クリストファーを救ってレティスの裏切りを暴露するまで、ここを去るわけにはいかない。

「ニコラス、あなたを惑わすつもりはないわ。それにあなたの家族にしたのは、生き延びるために必要なことだけ」ダグレスは手を伸ばしてニコラスに触れた。「あなたがわたしの話さえ聞いてくれたら……」

「おまえの過去と未来の話をか?」ニコラスはあざけり、腰を折って顔を近づけた。「行動に気をつけろ。わたしが目を光らせているからな。王のおじなどいないとわかったら、この手で屋敷から放りだしてやる。さあ、わたしにかまわないでくれ。人の行動を監視するような真似は二度とするな」ニコラスは踵を返し、無気力にとらわれたダグレスをひとり残して足早に部屋を出ていった。

ダグレスは寝室の向こうに消えていく背中を見つめた。「どうか、神さま」ダグレスは祈った。「ニコラスを助ける方法をお示しください。一度目にできなかったことをさせてください。どうかわたしに道をお示しください」

入ったときよりも年を取った気分で、ダグレスは部屋を出ていった。

24

翌朝、ダグレスはアラベラが美しい黒い馬に乗ろうと、ちょうど角材に足をかけているところを目にした。そばにいる男性が、おそらく夫のロバート・シドニーだろう。彼の顔が見たかった。ニコラスが友人とみなした男を、自分の〝友人〟を断頭台へと追いやった男の顔を。

シドニーが振り向き、ダグレスは息をのんだ。ロバート・シドニーはロバート・ホイットリーと、かつて彼女が結婚を願っていた男と瓜《うり》ふたつだった。

ダグレスは顔を背けた。手が震えている。偶然よ。ただの偶然にすぎない。けれどもあとになって、二十世紀でニコラスが初めてロバートに会ったとき、幽霊を見たような顔をしていたのを思いだした。そしてロバートは、目に嫌悪を浮かべてニコラスを見ていた。

偶然よ。ダグレスはもう一度自分に言い聞かせた。それ以上ではありえない。

それから二日間は、ほとんどニコラスを見かけなかった。見かけたときには、戸口からこちらをにらんでいるか、テーブル越しに眉をひそめているかのどちらかだった。ダグレスは屋敷の人に呼びとめられて常に大忙しだった。というのも、みんなが自分のことをテレビと映画とカーニバルとコンサートが一緒になったものとしてみなすようになっていたからだ。みんなゲームや歌や物語を求めた。彼らの楽しませてほしいという欲求はとどまるところを知らなかった。庭園や屋敷の中を歩けば、必ず誰かに呼びとめられて、あと少しだけとお楽しみを求められた。ダグレスはこれまで読んだり聞いたりしたあらゆることを思いだそうと何時間も忙しく過ごした。ホノリアの手を借りてモノポリーの簡易版を考案し、粘板岩のテーブルの上でピクショナリー（カードで示されたお題を絵で描いて当てるゲーム）をした。これまでに読んだフィクションを語り尽くしたあとは、アメリカの歴史に関する話を始めた。レディ・マーガレットはこうした話をとりわけ好んだ。ネイサン・ヘイルは屋敷のみんなのお気に入りの英雄となり、ある晩など、レディ・マーガレットからエイブラハム・リンカーンについて質問攻めにあい、それは深夜にまで及んだ。

ダグレスはできるだけ娯楽の範疇《はんちゅう》にとどめ、宗教や政治の話は避けた。なんといっても数年前にメアリー女王が異端者とみなした人々を焚刑《ふんけい》にしたばかりだったからだ。クリストファーは二度、彼女の国の農業について質問した。農業についてはほとんど知らなかったものの、培養土について、またそれをどのようにして作物に使うかという提案をいくつかすることができた。

レディ・マーガレットのお付きの女性たちが、ひとつの言語しか話せず、楽器も演奏できないダグレスの教養の低さに愕然としているのは知っていた。おまけに彼女たちはダグレスの手書きの文字を読めなかった。それでもほとんどは大目に見てくれた。

ダグレスは教える一方で学んでもいた。この時代の女性たちは、万人に対してあらゆる役割を果たすといった二十世紀のアメリカ人女性に期待されているプレッシャーにはさらされていない。十六世紀の女性は、企業の幹部、愛情たっぷりの母親、料理の名人、客をもてなす女主人、はたまたアスリートの体を備えた創造的な恋人といったすべての役割をひとりでこなすことは期待されていない。もし女性が裕福なら、針仕事をしたり、家族の面倒を見たり、楽しい時間を過ごしたりする。当然、四十歳を超えるまで生きられるとは思っていないが、少なくとも地球上にいる限られた年月のあいだは、もっと多くを、さらに上を目指して社会の圧力を受けることはない。

十六世紀のイングランドで日々を過ごしながら、ダグレスはロバートと暮らしていたときのことを思った。午前六時に目覚ましが鳴ると、ダグレスは床におり立って走りだす。その日のうちに一日分の仕事をこなすためには走らなければならないのだ。食事を用意し、食料品を買い、部屋を片づけ（ロバートが清掃員を頼んでいるのは週に一度だ）、キッチンを何度も何度もきれいにする。そして〝空き時間〟にフルタイムの仕事をこなす。ときどき、三日間ベッドから出ずに推理小説を読んで過ごしてみたいと思ったりもするけれど、やることが多すぎてだらだらと過ごすことなど考えられなくなっていた。

それに加えて、罪悪感というものが存在する。ひと息ついていると、腿が太くならないようにジムに行かなければと思ってしまう。もしくはロバートの同僚のために、すてきなディナーパーティーを計画しなければと感じてしまう。くたくたなときに冷凍庫にあったピザを夕食に出すと、後ろめたい気持ちになった。

けれども、こうして十六世紀にいると、現代のプレッシャーなんてはるか遠くに感じられた。ここにはひとりで孤立して生きている人などいない。ここでは、ひとりの女性が家の中の二十もの仕事をこなすなんてことはない。百四十名ほどで、おそらく七十くらいの仕事を分担している。疲れて孤独なひとりの女性が料理と掃除と洗濯をこなし、なおかつ外でも仕事をすることはないのだ。

現代の女性は自分で作りだした罪悪感のせいでみじめな思いをしているけれど、十六世紀の人々には病気があり、未知なるものへの恐れがあり、薬に関する知識がなく、絶えずつきまとう死に脅かされている。十六世紀の人々は高い頻度で死に至り、エリザベス朝の人々は常に死と隣りあわせで生きている。ダグレスが来てから、この屋敷でも四人が亡くなった。そのすべてが救急治療室で適切な処置を受けていれば防げた死だった。ひとりの男性は、倒れてきた荷馬車の下敷きになって死んだ。内出血だった。その男性を見たとき、医師になって出血を止められたらと思った。人々は肺炎やインフルエンザや、水ぶくれからの感染症で死んだ。ダグレスはアスピリンを配り、傷口に軟膏《なんこう》を塗り、スプーン何杯分かの胃薬を与えた。一時的には助けることができても、虫歯や、一生手足が不自由になる靭帯《じんたい》断裂や、盲腸が破裂して子どもを死に至らしめるような症状に対しては何もできない。

何もできないといえば、貧困に対してもそうだ。一度ホノリアにスタフォード家の暮らしと村人の生活との大きな違いについて話そうとしたことがある。そのときに奢侈禁止令について学んだ。アメリカではみんな平等のふりをして、何百万ドルもの資産を持つ人も生活のために汗水垂らして働く人と変わらないと口では言う。けれど誰もそんなことは信じていない。金のある犯罪者は軽い刑ですみ、貧しい人は最高刑に処せられる。

十六世紀では平等という概念は一笑に付されるとわかった。人々は平等ではなく、法律によって同じような服を着ることすら許されていない。ダグレスは信じられない思いで、この奢侈禁止令を説明してほしいとホノリアに頼んだ。伯爵はクロテンの毛皮を着てもよいが、男爵は北極ギツネの毛皮しか着てはいけない。一年以内に百ポンド稼げば上着《ダブレット》にベルベットを着ることができるが、正装の長上着《ガウン》として着てはならない。年間二十ポンドの稼ぎの者は、サテンかダマスク織のダブレットとシルクのガウンのみ着用が認められる。年間十ポンド以下の収入の者は、一メートル当たり二シリング以上する服を着てはいけない。使用人はふくらはぎよりも長いガウンを着てはならず、見習いは常に青を着ることになっている（そのため上流階級ではめったに青い服は着ない）。

決まりはまだまだあり、収入、毛皮、色、布、型にまで至った。ダグレスは伯爵夫人が着るものならなんでも許された。なぜならレディ・マーガレットの侍女だからだ。ホノリアは笑いながら、みんな経済的に手に入る服を着ているし、見つかったときは町に罰金を払わなければならないが、払ってしまえばそのまま着ていても問題ないと言った。

二十世紀では、ダグレスは服のことなど気にかけたことがなかった。着心地がよくて耐久性のあるものを好んだが、それ以外のことにはほとんど注意を払ったことがなかった。しかし美しいエリザベス朝のガウンとなれば話は別だ！　十六世紀に来て数日で、服のことで頭がいっぱいの人もいることを知った。レディ・マーガレットのお付きの女性たちはガウンのデザインに何時間も費やしている。

ある日、イタリアから商人が来たときには、彼がまるでノミに食われた際の治療薬でも発見したかのように、荷車二台分の織物とともに謁見室に招じ入れられた。ダグレスは気がつくと、さまざま布地を引っ張りだしては自分やほかの女性の体に当てる狂乱に交じっていた。

ニコラスとクリストファーも加わった。多くの男性と同じく、ふたりも笑ったりはしゃいだりしているかわいい女性たちに囲まれるのが好きなのだ。恥ずかしいけれどうれしかったのは、クリストファーがそろそろ自分の服を着たほうがいいと言って、ダグレスのためにドレス二着分の布地を選んでくれたことだ。

その夜、ベッドに横になったまま、ダグレスはしばらく考えていた。エリザベス朝の人たちと自分の時代の人たちはどれほど違い、またどれほど似ていることか。設定がエリザベス朝の小説を読んで、この時代の人々は政治の話しかしないのだと思っていた。テレビやラジオやニュースの週刊誌があっても、アメリカ人は中世の小説の登場人物が知っていると思われることの半分も知らない。けれどもこの人たちは、一般的なアメリカ人と同じく、女王が何をしているかより、服や噂話、そしてとんでもなく大きくて複雑な世帯を円滑に機能させることのほうにずっと関心があるとわかった。結局、ダグレスは力になれることには力を貸すけれど、自分の仕事は十六世紀の生活を変えることではないと思い至った。時代を超えて過去に送られてきたのはニコラスを救うためなのだから、それに集中するのだ。自分は傍観者であって、布教者ではない。

とはいえ中世の生活で我慢できないことがひとつあった。それはなかなか風呂に入れないことだ。人々は顔や手や足は洗うが、全身を洗うことはまれだった。ホノリアからは〝頻繁に〟入浴しすぎだと注意されるし（といっても週に三回だ）、ダグレスも浴槽を寝室に運び、苦労してバケツで何杯もの湯を持ってきてもらうのは気が引けた。風呂の準備はとても大変なので、ダグレスが入ったあとでさらにふたりがその湯を使う。一度、入浴の順番が三番目になったとき、水面にシラミが浮いているのを見つけた。

風呂のことばかり考えるようになりかけていたが、それもホノリアに装飾庭園の噴水を見せてもらうまでだった。その花壇は入り組んだ形に植えられた生け垣で囲まれ、輪を描く垣根には色鮮やかな花が咲いていた。四つの花壇の真ん中に小さな貯水池があり、そこに背の高い石の噴水があった。ホノリアが庭の草むしりをしていた子どもに合図を送ると、少年は走って壁の裏に姿を消し、それからダグレスにとってはうれしいことに、噴水の先から水が噴きだして、池に落ちてきた。少年は栓を開きに行ったのだ。

「すてきだわ」ダグレスは言った。「まるで滝か、あるいは……」ダグレスの目が輝いた。「シャワーみたい」そのときからある計画が心の中で形づくられていった。ダグレスは栓を開いた少年にひそかに声をかけ、翌朝四時に会いに来てくれたら一ペニー払うという約束を取りつけた。

そうして翌朝四時にダグレスはホノリアの部屋からこっそり抜けだし、階段をおりて装飾庭園に向かった。シャンプーとリンス、タオル、浴用タオルを持っていった。少年は眠気まなこだったがにこにこして一ペニーを受け取り（ホノリアがダグレスにくれた一ペニーだ）、栓を開けに行った。ダグレスは服を全部脱ごうかどうしようか一瞬ためらったものの、外はまだかなり暗く、ほかの人たちが起きだすまではしばらくある。そこで、借りもののローブと丈の長いリネンのシャツを脱ぎ、裸で噴水の下に進んだ。

歴史上でこれほどシャワーを満喫した人はいないだろう！　ダグレスは何年分もの汚れと脂と汗が流れ落ちていくかのように感じた。浴槽の中で洗うだけではきれいになった気がせず、何週間もシャワーを浴びていなかったので垢《あか》まみれの気分だった。ダグレスは髪をシャンプーで三度洗い、リンスをつけ、脚と脇の下のムダ毛処理をして、それから洗い流した。天国だ。まさに、完璧な天国だ。

ようやく噴水の外に出て口笛を吹き、少年に栓を閉めるように合図をしてから体を拭いてローブを着た。

ダグレスは満面の笑みを浮かべ、屋敷に向かって小道を歩きだした。にやにやしすぎてきちんと前を見ていなかったせいか、はたまたあたりがまだ暗くてよく見えなかったのか、ダグレスは誰かにぶつかった。

「グロリア！」相手がフランス人の女相続人だと気づく前に叫んでいた。「いえ、その……」ダグレスは口ごもった。「グロリアではないわよね？　雌ライオンはどこ？」自分の言葉に息をのむ。この少女を見かけることはほとんどなかったものの、見かけたときはいつも背の高い横柄な乳母役の後見人が一緒だった。「別に失礼なことを言うつもりは――」ダグレスはお詫《わ》びの言葉を口にしかけた。「もう自

女相続人はそれには答えず、つんと澄ましてダグレスの脇をすり抜けた。

分の面倒くらい自分で見られる年よ。乳母は必要ないわ」

ダグレスは少女のぽっちゃりとした背中に向かってほほえんだ。五年生の教え子そっくりの言い方だ。彼らも自分のことは自分でできる年だと思っている。「抜けだしてきたんでしょう?」ダグレスは声に笑みをにじませた。

少女がすばやく振り向いてダグレスをにらみつけ、それから表情をやわらげた。「あの人、いびきをかくんだもの」少しだけ口元をほころばせた。それから後ろの噴水を見る。「ここで何をしていたの?」

噴水に目をやったダグレスは、恐ろしいことに、貯水池が石鹸の泡だらけになっていることに気づいた。ダグレスにとって泡は汚染だが、女相続人はきれいだと思っているようだ。少女は石鹸水の泡を軽くすくった。

「お風呂に入ったの」ダグレスは言った。「あなたも入る?」

少女はかすかに身震いした。「いいえ、わたしは繊細だから」

「お風呂に入っても体に——」ダグレスは言いかけて、途中で止めた。布教はしない、そうでしょう? 自分に言い聞かせる。それから少女のそばに立ち、夜明けの光の中で少女を間近で見つめた。「繊細だって誰が言ったの?」

「レディ・アレが」少女がダグレスに目を向けた。「わたしの雌ライオンが」少女の頬に小さなえくぼができている。

ダグレスは言おうとしていることを口にすべきか考えた。これは賭けだとわかっていたが、少女には友達が必要に見えたので思いきって口にした。「レディ・アレはあなたが繊細だと言って、食べるものを指示し、行っていい場所と行ってはいけない場所を教え、友達になってもいい相手とそうでない相手を決める。実際、あなたに厳しく言いつけを守らせているせいで、あなたはただ庭園を見るためだけに日の出前にこっそり部屋を抜けださなければならない。そんなところかしら？」

つかの間、少女は口をあんぐり開けていたものの、そのうち体をこわばらせ、ダグレスに見下すような視線を向けた。「レディ・アレは下層階級の人たちからわたしを守っているの」そう言ってダグレスを上から下までじろじろ見た。

「わたしみたいな？」ダグレスは笑いをこらえた。

「あなたは王女じゃないんでしょう。レディ・アレが言っていたわ、本物の王女はあなたのように物笑いの種になるようなことはしないって。あなたは教養がないとも言っていた。フランス語さえ話せないって」

「それはレディ・アレが言ったことよね。でも、あ、な、た、はわたしのことをどう思っているの？」

「あなたは王女じゃない。だって――」

「そうじゃなくて」ダグレスは少女の言葉をさえぎった。「レディ・アレがどう言ったかではなく、あなたはどう思う?」

少女は息をのんでダグレスを見た。なんと返せばいいのかわからないのは明らかだ。

ダグレスはほほえみかけた。「キットのことが好きなの?」

少女が自分の手元に視線を落とした。顔が赤くなっているようだ。「そんなに?」

「彼はわたしの存在になんか気づいていない」ささやく声に涙がにじむ。少女が顔をあげて憎しみもあらわににらみつけてきたとき、その表情があまりにグロリアに似ていて気味が悪いほどだった。「あなたを見ているから」

「わたしを?」ダグレスの声がうわずった。「キットはわたしに興味なんてないわ」

「男の人はみんなあなたが好きなの。レディ・アレが言っていたわ、あなたはどう見ても、ま……ま……」

ダグレスは顔をしかめた。「言わなくていいわ。もうすでにそんなふうに呼ばれているから。ねえ……名前を教えてくれない?」

「レディ・アレグラ・ルシンダ・ニコレッタ・ド・クーレよ」少女は誇らしげに答えた。

「お友達にはなんと呼ばれるの？」

少女はしばし困惑した顔をして、それから頬を緩めた。「最初の乳母はルーシーと呼んだわ」

「ルーシー」ダグレスはその愛称を口にしてにっこりした。そして白みだした空を見あげた。「そろそろ戻ったほうがいいみたい。みんなが探し始めるわ……わたしたちのことを」

ルーシーがぎょっとした顔をして、重くて高価なスカートの裾を引き寄せて駆けだした。部屋にいないことがばれるのを恐れているのは間違いない。

「明日の朝」ダグレスはルーシーの背中に呼びかけた。「同じ時間に」ルーシーに聞こえたかどうかは定かではなかった。

ダグレスは屋敷に戻り、濡れた髪やローブに向けられる使用人たちの視線を無視した。ホノリアの寝室のドアを開け、ため息をもらす。これからドレスを着るという長くてつらい一連の作業が始まる。今は楽で快適なジーンズとスウェットシャツを着ていたいのに。

朝食がすむと、ダグレスはこっそりほかの女性たちから離れてニコラスを探しに行った。女性たちからほかの歌を教えてほしいとせがまれたが、ダグレスのわずかな在庫は品切れ状態で、結局、鼻歌を歌ってやるのが精一杯で、自分たちで歌詞をつけるように言い聞かせてきた。とにかく今日はニコラスと話をしなければならない。話をしないことには、彼が処刑される事実は変わらない。

ニコラスは事務所としか思えない部屋にいた。机に座って書類に囲まれている。どうやら縦に並んだ数字の合計を出しているようだ。

ニコラスが顔をあげ、ダグレスを目にすると片方の眉をあげた。しかしすぐに書類に視線を戻した。

「ニコラス、わたしを無視しようなんて無理よ。わたしたちは話をしないといけないの。そのうちわたしの言うことを聞かなければいけなくなるわ」

「わたしは忙しいんだ。おまえのくだらないおしゃべりでわずらわせないでくれ」

「おしゃべり？　くだらないですって？」ダグレスは怒りをにじませた。「わたしの言わなければいけない話はそんなものじゃないわ」

ニコラスが静かにしろという目でもう一度こちらを見てから、縦の数字に視線を戻した。

ダグレスは書類をちらりと見てみたが、その数字が意味するところはまったくわからなかった。いくつかはローマ数字で、iの代わりにjが使われている箇所もあり、レスはアラビア数字も含まれている。計算が大変なはずだとダグレスは思った。ダグレスは腰からさげていた刺繍入りの小さなポーチを開け、ソーラー電卓を取りだした。ダグそれを持ち歩いているのは、ホノリアやほかの女性たちがいつも刺繍の縫い目を数えているので、模様がきちんと描けるように、しばしば彼らのために数を足したり引いたりしてあげるからだ。けれどもニコラスの足し算を助けてあげること以上に大事なことがある。そう思いながら計算機をニコラスの手元に置いた。

「あなたはキットと二、三日出かけていたわね。ベルウッドに行っていたの？　キットに隠し扉を見せてもらった？」ダグレスは尋ねた。

「ロード・キットのことは」ニコラスがロードの部分を強調する。「おまえには関係ない。わたしもおまえとは関係ない。加えて言うと、母上の家のこともおまえには関係ない。マダム、おまえはここでは望まれていないのだ」

ダグレスはニコラスのそばに立って見おろしながら、なんと言えば聞く耳を持ってくれるのだろうと考えた。そのときダグレスが見ている前で憤慨しているニコラスが計算機を奪い取り、ボタンを押し始めた。数字を打ちこみ、数字と数字のあいだにプラスのキーを押し、最後にイコールを押した。話を続けながら、明らかに自分のしていることに気づいていない様子で、紙に合計を書きこんだ。

「それに――」ニコラスが次の列の足し算を始めた。

「ニコラス」ダグレスはささやいた。「覚えているのね」息を吸い、大きめの声で続けた。「覚えているのね」

「何も覚えてなどいない」怒ったように答えながらも、手元の計算機をじっと見おろした。自分がそれを使っていたことに気づき、それが何で、どうやって使うか知っていることをたった今、理解したのだ。ニコラスは邪悪なものであるかのように計算機から手を離した。

計算機を使うニコラスの姿を見たのは、ダグレスにとってすばらしい発見だった。どういうわけか、二十世紀で経験したことが彼の記憶に埋もれているらしい。今は彼が実際に計算機を使った四年前に当たるわけだが、ダグレスが生まれる四百年前でもある。奇妙なことがあまりに起こりすぎていて、どうして計算機の使い方を知っているのか質問できなかった。けれどもその小さな機械を覚えているなら、わたしのことも覚えているはずだ。

ダグレスはニコラスのそばに寄ってひざまずき、彼の腕に両手をのせた。「ニコラス、あなたは覚えているのよ」

ニコラスは腕を引っこめたかったが、できなかった。この女はなんなのだ？　彼は自問した。美しいことはたしかだが、もっと美しい女性も見てきた。間違いなく彼女よりも感じのいい女性たちと過ごしてきた。けれどもこの女は……この女はわたしの心から離れない。

「お願いよ」女がささやいた。「わたしに心を閉ざさないで。わたしに抗おうとしないで。心を許してくれたら、もっといろいろなことを思いだすかもしれない」

「何も思いだしたりしない」ニコラスは女の目を見ながらきっぱり言った。その小さな帽子を取って髪をおろし、まとめ髪をほどきたい。

「あなたは覚えているの。そうでなければどうして計算機の使い方がわかったの？」

「わたしは――」反論しかけたニコラスは、紙の上に置かれたものに目をやった。どういうわけかそれを知っていた。どのように使うかを。それでどのように数を足すかを知っていたのだ。ニコラスは女の手の下からすばやく腕を抜いた。「わたしのことは放っておいてくれ」

「ニコラス、お願いだからわたしの話を聞いて」ダグレスは懇願した。「キットがベルウッドの隠し扉を見せてくれたかどうか教えて。それがわかれば、あとどれくらい時間があるのか見当がつくの。彼が……溺れるまでに」レティスがクリストファーを殺す指示を出すまでに。ダグレスは心の中でつけ加えた。「まだ何週間か、もしくは何カ月も先のことかもしれない。でも、もしすでにあなたに隠し扉を見せているのなら、キットの……事故は数日以内に起こる。どうかニコラス、このことでわたしと言い争ったりしないで」

ニコラスはこの女の言いなりになるつもりはなかった。屋敷のほかの者たちのように、この女につきまとって何かをせがむつもりはない。近いうちにダグレスは歌を教える代わりに巾着入りの金を要求するようになるだろう。そしてこの女に取り憑かれている母上は、間違いなく金を与えることになる。実際、レディ・マーガレットはダグレスにドレスや扇を見せ、スタフォード家の宝石箱からありとあらゆる高価なものを貸している。

「扉など知らない」ニコラスは嘘をついた。実際には、クリストファーにベルウッドの隠し扉を見せられてから数日経っていた。この魔女が扉の存在を知っているという事実が、彼女が見かけとは違って油断ならないという証拠だ。

ダグレスが座りこむと、緑色のサテンのスカートがふくらんだ。安堵の吐息をつく。「よかった」小さな声がもれた。「よかった」クリストファーが死の瀬戸際にいるなど考えたくもない。もしクリストファーが死ななければ、おそらくレティスはニコラスを陥れようとせず、大きな不正が防げる。それにクリストファーの命が助かれば、わたしは二十世紀に送り返されるだろう。

「兄上に好意を持っているのか？」ニコラスがダグレスを見おろした。

ダグレスは頬を緩めた。「すてきな人だけど、お兄さまがわたしの……」声が小さくなる。最愛の人になることは決してない。そう言いそうになった。ニコラスの青い目をのぞきこんでいると、愛を交わした夜のことが思いだされた。彼の笑い声と現代の世界で示した好奇心を。ダグレスは無意識にニコラスに向かって手を伸ばした。彼も自然にその手を取り、指先を口元に寄せたように見えた。

「コリン」ダグレスはささやいた。

「閣下」戸口から声がかけられた。「失礼します」

ニコラスが彼女の手を放した。せっかくの瞬間が過ぎ去ったことを悟ったダグレスはスカートを整えた。「扉のことを知ったら教えてね。キットから目を離さないようにしないと」彼女は静かに口にした。

ニコラスはダグレスのほうを見なかった。どの女も話すのは兄のことばかりだ。彼女はわたしの心につきまとうが、向こうがわたしに引き寄せられている様子はない。思いはクリストファーだけに注がれているようだ。「出ていってくれ」ニコラスはつぶやき、それからはっきり告げた。「行って、みなに歌を聞かせるがいい。わたしは一曲くらいでは惑わされないが。それから、これを持って帰れ」悪魔の差し金だとでもいうように計算機に目をやる。

「もしよかったら、あなたが持っていて使えばいいわ」

ニコラスは彼女に厳しい視線を向けた。「使い方など知らない」

ダグレスはため息をついて計算機を取り、部屋を出た。これまで何度もニコラスと話をしようと試みてきたが、ことごとく失敗に終わった。だけど少なくとも今は、ニコラスは彼女から家族を守ろうとしているのだとわかってきた。心から愛したニコラスも、家族を第一に考えていた。二十世紀にいたとき、処刑されるかもしれないと知りつつも自分の時代に戻りたがったのは、家族の名誉を守りたかったからだ。

この男性はわたしが愛した人だ。ダグレスはそう思ってほほえんだ。テーブルやあずまやでの出来事があったため、表面上は歴史書が記すような放蕩者に見えていただけだ。もちろん自分に向けられる彼の怒りや敵意はつらかった。彼の家族のみんなからこれ以上ないほどよくしてもらっても、ニコラスだけが自分のことを敵視している事実は変わらない。とはいえ、それを踏まえても、彼がわたしの愛した人であることはわかっていた。自分よりもまわりの人々を優先してしまうのだ。

そう思うとニコラスの敵対心も許せた。もし自分によからぬ魂胆があって彼の家族に近づきたいと思っていたら？　ほかの人たちのようにわたしを信用するべきではない。ニコラスが正しいのだ。彼はわたしを信用してはいけない。彼がかつてわたしとのあいだに起きたことを覚えていないので、こちらを信用する理由もない。おまけにふたりのあいだの絆や、ときおり聞こえるというわたしの〝声〟を思うと、わたしが魔女だと信じるのももっともだ。

だが、ニコラスは覚えていた。何も覚えていないと口では言ったものの、計算機を正しく使える程度には覚えていた。もしかすると、ほかにも覚えているものがあるかもしれない。ダグレスはトートバッグの中身を思い描いた。ほかにも見せたら彼の記憶が揺さぶれるものがあるだろうか？

謁見室ではみんながあわただしくしていた。商人から買った品物が届いたようだ。イングランドじゅうを旅してスタフォード家のために特別なものを買いつける人がいて、手に入れたものを月に一度送ってくるという。今月送られてきたのはパイナップルとココアパウダーで、メキシコからスペインへと輸入され、それからイングランドに入ってきたものだった。ブラジルの砂糖もある。

こうした珍しい品々に歓喜の声をあげる女性たちを眺めながら、ダグレスは二十世紀では食べ物があることがいかに当たり前だと受けとめられているか、考えずにはいられなかった。アメリカではどんな食べ物も一年じゅう手に入る。

布で慎重に覆われたココアパウダーを見て、ニコラスのために用意したアメリカのピクニックランチを思った。フライドチキン、ポテトサラダ、デビルドエッグ、チョコレートブラウニー。

ふいに、ある考えが浮かんだ。匂いと味は記憶に強く働きかけると聞いたことがある。ダグレスも特定の食べ物を口にすると祖母のアマンダを思いだしたものだ。祖母の家には常に驚くほどさまざまな食べ物があったからだ。それに、ジャスミンの香りを嗅ぐといつも母親を思いだす。ニコラスが二十世紀に食べたものと同じ料理を出せば、一緒に過ごした時間をもっと思いだすきっかけになるかもしれない。

ダグレスはレディ・マーガレットのところへ行って夕食の用意をする許可を求めた。レディ・マーガレットはその提案を喜んだが、ダグレス自ら厨房に立つつもりだと聞いておののいた。そしてダグレスには、食料庫長に必要なものを伝え、厨房長（〝味見担当〟）に指示をして、自分で厨房に入らないよう指示をした。

ダグレスはどうにかレディ・マーガレットを説き伏せた。レディ・マーガレット自身も厨房には好奇心をそそられていたようだ。それにしても〝味見担当〟の厨房長とはいったいなんなのだろう？

長くて豪華で贅沢な食事のあと、ダグレスは厨房へ行き、そこで目にしたものに畏敬の念を抱いた。部屋という部屋に巨大な炉と広いテーブルがあり、たくさんの人があちこち動きまわっている。けれどもすぐに、それぞれがひとつの仕事を担当しているのがわかった。肉を解体する人がふたり、パンを焼く人がふたり、ビールを醸造する人がふたり、麦芽担当者がひとり、ホップ担当者がふたりほど、洗濯する女性が数名、奇妙な仕事をしている子どもたち、掃きつけ職人と呼ばれる人もいて、漆喰がはがれてきたときに壁に付着させる仕事を担当している。そのほかに、かかった費用を逐一記録する事務員もいた。

大きな牛肉と豚肉が台車で運びこまれ、食肉処理室へと移された。家よりも大きい貯蔵室には樽《たる》がずらりと並び、腕よりも太く一メートル以上あるソーセージが高い天井からぶらさがっている。ふたつの部屋の奥には表と裏から薪がくべられる暖炉があり、そのはるか上の壁に厨房で働く大勢の人が眠る藁のマットレスが敷かれた何段かのベッドがあった。

責任者にいくつか部屋を見せてもらい、その大きさと蓄えられている食料の量に圧倒されてダグレスは口をあんぐり開けたが、それを閉じてからようやく自分の希望を伝えた。

木箱入りのニワトリを見て唾をのむと、大柄な女性がニワトリの首を絞め始めた。水を入れた大釜がいくつか火にくべられた。ニワトリを湯通しして羽をむしるためで、特にやわらかい羽毛は使用人の枕に使うために取っておくらしい。

十六世紀の家庭にじゃがいもがあるのを見て、さほど食べられてはいないことに驚いた。けれどもダグレスの指示で女性たちはすぐさまじゃがいもの皮を剝き、二十世紀のものよりはずっと小さい卵を茹で始めた。

チキンの衣とブラウニー用の小麦粉が必要になると、ダグレスは粉をふるう部屋へと案内された。そこで小麦は繰り返し布製のふるいにかけられる。徐々に目の細かいふるいになっていく。ダグレスはマンシェと呼ばれる最高品質の小麦粉で作った白パンがどうしてあれほど高いのかわかってきた。屋敷の中で位が低い人ほど小麦粉をあまりふるっていないパンを食べた。一度しかふるっていない小麦にはまだたくさんのふすまが――それに砂と土が――残っている。スタフォード家の人間と側近だけが、完全にきれいになるまでふるった粉で焼いたパンにありつけた。

チキンと卵とじゃがいもは全員に充分行き渡るくらいあるが、ブラウニーは貴重で高価なチョコレートを使うので家族の分しか作れないとわかっていた。ダグレスは料理人のひとりの助けを借りて、ざっくりとふるった小麦粉で衣をつけるのはどれくらいの量のチキンで、もう少しふるった小麦粉を使うのはどれくらいで、さらにふるった小麦粉はどれくらいかなどを決めていった。平等について講義するつもりはなかった。とりわけもっとも良質な小麦粉にはふすまが入っておらず、多くのビタミンが失われているので、ふるいの回数が少ない小麦粉ほど栄養価が高いのを知っていたからだ。ダグレスは軍隊に食べさせるくらいの料理を用意することだけに集中した。

現代のイギリスのキッチンで少しの量を作るのであれば簡単な料理でも、十六世紀に作るとなると簡単ではなかった。何から何まで大樽でゼロから作らなければならない。卵とじゃがいも用のマスタードやマヨネーズも食料品店で手に入るわけではない。すべてのコショウはしっかり鍵をかけて丸ごと保管されており、誰かが小石を取りのぞいたあとにコショウの実を浴槽ほどの大きさのすり鉢の中で砕かなければならない。ブラウニーに使うナッツはプラスチックの袋入りではなく、殻を剝く必要がある。

ダグレスは監督しながら、目を見張って学んだ。パニックに襲われたのはケーキの焼き型と一緒に文字が書かれた紙が並んでいるのを見たときだけだ。まぎれもなくヘンリー七世の署名入りの証書の上にチョコレートの生地が注がれていくのを、ダグレスはぞっとしながら見守った。

料理の用意ができる頃には、ピクニックにしなければならないと思い至った。これまでも常に軍隊を指揮してきたかのように、ダグレスは男性を何名か果樹園にやって地面に布を広げさせ、上階からクッションを運ばせた。

その夜の夕食は遅く、六時までありつけなかったが、すべての味見を始めた人たちの表情を見ていると、待つ甲斐《かい》はあったと思っているようだ。彼らはポテトサラダをスプーンで食べ、皿いっぱいのデビルドエッグを頬張った。チキンの味付けもたいそう気に入ってくれた。

ダグレスはニコラスの向かいに座り、彼の様子をじっと見つめていたので、自分はほとんど食べられなかった。けれども見た限りでは、何も記憶を刺激するものはなかったようだ。

食事の最後に、ナッツのぎっしり詰まった噛み応えのあるブラウニーを積みあげた銀皿を使用人が誇らしげに運んできた。最初のひと口で喜びの涙を浮かべた人もいた。けれどもダグレスは、ニコラスだけを見つめていた。口に運び、噛んでいる。ニコラスがゆっくりとこちらを見たとき、ダグレスの心臓は喉元までせりあがった。思いだしている。彼は何かを思いだしている。

ニコラスがブラウニーをおろし、自分でも無意識のまま左手の指輪を外してダグレスに差しだした。

ダグレスは震える手を伸ばし、指輪を受け取った。エメラルドの指輪だ。ヘアウッド邸で彼のために初めてブラウニーを作ったときに渡してくれたのと同じ指輪だ。ニコラスの表情から、彼が自分の行動に困惑しているのがわかる。

「あなたは、前にもこの指輪をくれたわ」ダグレスは優しく言った。「初めてあなたにこの料理を作ったとき、これと同じ指輪をくれたの」

ニコラスはダグレスを見つめることしかできなかった。彼が説明を求めかけたとき、クリストファーの笑い声がその魔法の瞬間を破った。

「無理もない」クリストファーが笑った。「このケーキには金《きん》の価値がある。ほら」彼がシンプルな金の指輪を外してダグレスに差しだした。

ダグレスはほほえむと同時に眉をひそめ、クリストファーから指輪を受け取った。その指輪はニコラスのエメラルドの指輪と比べたらダグレスにとってはなんの意味もないが、値打ちで言えばその逆だ。とはいえ、ダグレスからすればニコラスの指輪のほうがずっと価値がある。「ありがとう」ダグレスは小声で言ってからニコラスに視線を戻したものの、すでに彼はよそを向いていて、その記憶は消えてしまったことがわかった。

25

「やけにおとなしいじゃないか」クリストファーがニコラスに笑いかけた。「おまえも来て、楽しもう。今夜はダグレスが、ポーカーとかいうカードゲームを教えてくれるらしい」

ニコラスは兄から顔を背けた。今夜、何かが起きた。何か自分でも理解のできないことが。夕食の席であの女が用意したチョコレートケーキを口に入れたとたん、まったく唐突に、言葉ではなく、あの女が敵ではないとわかったのだ。

指輪を渡してしまったが、ばかなことをした。あの女のこととなると、この家で正気なのは自分だけだとたびたび確信しているというのに。彼女が神からの贈り物だと信じていない唯一の人間で、彼女の善行が不実だとわかったときに、彼女の本当の姿を見抜けるのは自分だけだと。

それなのに今夜、あのすばらしいケーキを食べたとたん、いくつかの映像が頭をよぎった。髪をおろした素足のダグレスが、車輪のふたつついた奇妙な金属製のフレームのようなものに腰かける姿。一糸まとわぬ美しい体に水を浴びる姿。彼のエメラルドの指輪を握って胸に当て、愛情のこもった目でこちらを見つめる姿を。頭で考えることなく、指から指輪を引き抜いて渡していた。どういうわけか、あの指輪は彼女のものに思えたのだ。

「ニコラス?」クリストファーが呼びかけていた。「大丈夫か?」

「ああ」ニコラスはぼんやりと答えた。「大丈夫だ」

「一緒にその新しいゲームに加わるか?」

「いいや」ニコラスは小声で言った。あの女の近くにはいたくない。かつて起きたとわかっている映像を見せられたくはない。彼女から離れているほうが無難だ。ダグレスと過ごせば、彼女の話に耳を傾けるようになり、過去と未来のばかげた話を信じるようになるだろう。

「やめておく」ニコラスは兄に伝えた。「今夜は仕事をする」

「仕事?」クリストファーがからかうように尋ねる。「女性もなしで? そういえば、レディ・ダグレスが来てから女性とベッドで過ごしたか?」

「あの女は――」ニコラスが言いかけたとき、ふいに彼女がほほえみかける別の映像が、やわらかくて豊かな髪を肩までおろした映像が浮かんだ。

クリストファーが心得顔で笑った。「そうだよな。無理もない。彼女は美しい。結婚したら彼女を愛人にするつもりか？」

「まさか！」ニコラスは強い口調で言った。「あの女はわたしにとってなんでもない。兄上が連れていけばいい。彼女の顔など二度と見たくない。声も聞きたくない。わたしの人生に入りこんでこなければよかったのに」

クリストファーが笑みを浮かべたまま後退した。「なるほど、雷に打たれたわけか」

ニコラスの激情を明らかに楽しんでいる。

ニコラスは兄の笑いを含んだ、わかっていると言わんばかりの口調に対抗しようと、椅子から立ちあがった。しかしクリストファーは戸口に向かい、ニコラスが詰め寄ると大声で笑いながら弟の鼻先でドアを閉めて出ていった。

ニコラスはふたたび机に向かって座り、目の前の勘定書に意識を向けようとしたが、頭に浮かぶのは赤毛の女性のことだけだった。彼女が今笑っているのがわかる。しているいることを楽しんでいる。どういうわけか、彼女が楽しいときはわかるのだ。

ニコラスは窓辺に足を運び、掛け金をまわして窓を開き、庭園を見おろした。望まないのに映像が浮かぶ。心の中では別の庭が見えていた。夜で雨が降っていて、あの女が自分を呼んでいる。明かりが、奇妙な紫がかった青い明かりが柱に並び、雨の中、ひげを剃り落として奇妙な服を着た自分の姿が見える。

ニコラスは身を引いて勢いよく窓を閉めた。はっきり見ようとするかのように両手で目をこする。ダグレスに心を操られてはだめだ！

事務室を出て寝室に向かい、背の高いゴブレットに白ワインを注いで飲み干した。できるだけすばやく二杯目、三杯目を流しこみ、ようやくワインのあたたかみが血管をめぐるのが感じられるようになった。彼女のイメージを飲み干すのだ。彼女の声が聞こえなくなるまで、姿が浮かばなくなるまで、匂いを感じなくなるまで……あるいは思いださなくなるまで。

しばらくのあいだワインが効いて、頭の中の映像を鎮めておくことができた。満足して気持ちが落ち着き、ニコラスはベッドに横になったとたん、眠りについた。

けれども映像が、今度は夢の形でよみがえった。

「キットが隠し扉を見せてくれたかどうか教えて」彼女が言っているのが聞こえる。「あなたが腕を切ったか教えて」「キットが死んだのはあなたのせいよ」「もしあなたが間違っていたら？」彼女の声がどんどん大きくなり、切迫してくる。「もしあなたが間違っていて、あなたがわたしの話を聞こうとしなかったせいでキットが死んだら？」

ニコラスは汗びっしょりになって目を覚ました。それからは目を開けたまま横になり、眠るのを恐れて夜を明かした。寝かせてくれないなら、あの女をなんとかしなければならない。なんとかしなければ。

26

朝四時にダグレスは屋敷を抜けだし、シャワーを浴びに噴水へと向かった。昨日、数人の女性が噴水に浮かぶ石鹸の泡について話していたとき、レディ・マーガレットがわけ知り顔でダグレスを見た。ダグレスは赤面して視線をそらしながら、スタフォード家で起きたことでレディ・マーガレットが知らないことはないのではないかと考えた。

今、そのことを思いだしてダグレスは口元を緩めた。噴水をシャワーとして使うのがだめなら、レディ・マーガレットはわたしにそう言ったはずだ。

薄明かりの中でも、ルーシーが待っているのが見えた。かわいそうに、孤独なんだわ。ダグレスはそう思った。昨日からいくつか質問をして、ルーシーとその後見人は、ルーシーが三歳のときにイングランドのスタフォード家に連れてこられたのだと知った。彼女がイングランドの生活様式を知り、結婚前に夫となる男性の家族を知るようになれば、クリストファーのよりよい妻になれるという考えだったらしい。

けれどもルーシーが到着した瞬間から、レディ・アレはほかの人が彼女に近づくのを拒絶した。イギリス海峡を越え、悪路を使ってイングランドを横断してきた長旅のせいで、ルーシーはずっと具合が悪かった。体調が戻ったときには、彼女が一緒に暮らしていることすら誰も覚えていないありさまだった。

ダグレスが十六世紀に来て気づいたことは、この時代の大人は二十世紀のアメリカ人のように子どもを溺愛しないということだ。レディ・マーガレットの侍女たちのほとんどは既婚者で、そのうちのふたりは家に幼い子どもがいて、しかも家というのが百五十キロ以上離れているのも珍しくないと知ったときには驚いた。彼女たちは子どもと〝充実した時間〟を過ごせるか過ごせないかで苦悩しているようには見えなかった。一度、刺繍をしながら——彼女たちの腕はすばらしく、ダグレスは救いようがないほど不器用なのだが——わたしの国では女性は一日じゅう子どもと過ごし、子どもを楽しませ、教育し、退屈させないようにすると話したことがあった。彼女たちはその考えにぞっとしていた。子どもは結婚できる年齢になるまで放っておくほうがいいと信じている。彼女たちが言うには、いずれにしても子どもというのは簡単に死ぬもので、子どもの精神は成人するまで形成されないということらしい。

ダグレスは刺繍に戻った。それまで親というのは常に、いつの時代も、わが子を崇めてきたものと思っていた。母親は、わが子に充分なものを与えられるかどうか、ずっと頭を悩ませてきたのだと思っていた。けれども二十世紀と十六世紀とでは、単に着るものや政治にとどまらない違いがあるようだ。

今こうしてルーシーを見ていると、この少女の孤独が感じられた。この子は幼児の頃から暮らす屋敷にいるにもかかわらずよそ者で、ダグレスよりも知りあいが少ない。

「おはよう」ダグレスは声をかけた。

ルーシーが満面に笑みを浮かべたが、すぐにそんな自分に気がついていつもの堅苦しい態度に戻った。「ごきげんよう」礼儀正しく挨拶した。「こんなことをまたするつもり?」ローブを脱ぎ始めたダグレスに問いかけ、彼女が裸で噴水に入ると背を向けた。

「毎日ね」ダグレスはそう言って、少年に栓を開くよう口笛で合図を送った。冷たい水に息をのんだけれど、体を清潔にするためならちょっとした不快くらい耐える価値はある。

水浴びをして髪を洗うあいだ、ルーシーは後ろを向いたままだったが立ち去ろうとはしなかったので、何かを求めているのだと感じた。とはいえ、おそらく求めているのは友達だけだろう。

ダグレスは噴水のシャワーから出て体を拭き、ルーシーのほうを向いた。「今朝はみんなでジェスチャーゲームをする予定なの。あなたも一緒にやらない？」

「クリストファー卿は参加するの？」ルーシーが即座に尋ねた。

「ええっと」ダグレスは理解した。「参加しないいんじゃないかしら」

ルーシーは急に空気が抜けたビーチボールのようにベンチにどすんと腰をおろした。

「いいえ、やめておく」

ダグレスはタオルで濡れた髪を拭きながらルーシーを見つめて考えこんだ。ずんぐりしてさほど器量がいいとは言えない未熟な女の子が、どうすればクリストファーのように魅力的な男性の関心をつなぎとめておけるだろう？

「クリストファー卿はあなたの話をしていたわ」ルーシーがふくれっ面で言った。

ダグレスは彼女と並んでベンチに腰かけた。「キットがわたしのことを？　彼とはいつ会うの？」

「ほとんど毎日、来てくれるから」

クリストファーならそうするだろうとダグレスは思った。とても思いやりがあって親切に見える。それに、おそらく未来の妻のもとを訪ねるのは自分の務めだと思っているのだろう。「キットがあなたにわたしのことを話すのなら、あなたは彼に何を話すの？」

ルーシーが膝の上で両手を揉みあわせた。「何も言わないわ」

「何も？　ひと言も話さないの？　彼は毎日あなたに会いに来るのに、あなたはただじっと座っているだけ？」

「レディ・アレが、わたしが話すのは無作法——」

ダグレスは怒りを抑えられなかった。「レディ・アレ！　あの不細工な人？　あの人は不美人すぎて、後頭部が映っただけで鏡が割れるわ」

ルーシーが忍び笑いをもらした。「一度なんか、鷹《たか》が鷹師ではなく彼女のところに戻ったのよ。仲間だと勘違いしたんじゃないかしら」

ダグレスは笑った。「あの鷲鼻《わしばな》だもの、間違えるのも無理はないわ」

ルーシーが声をあげて笑ってから、口を押さえた。「わたしもあなたみたいだったらよかったのに」物憂げに言った。「あなたみたいに、わたしのキットを笑わせることができたら……」

それ以上言わなくてもダグレスには理解できた。〝わたしのキット〟には〝わたしのニコラス〟と同じ想いがこめられている。

「もしかしたらキットを笑わせる方法を一緒に見つけられるかもしれない。ホノリアと軽喜劇《ボードビル》をやろうかと思っていたんだけど、あなたとふたりで演じたらどうかしら」

「ボードビル？　演じる？　きっとレディ・アレが――」

「ルーシー」ダグレスは少女の両手を握った。「時が流れても変わっていないとわかったことがあるの。もし男性を振り向かせたいのなら、その人のために闘わなきゃ。今、あなたが望むのは、キットに自分の存在に気づいてもらうこと。そして、あなたに必要なのは少しの自信よ。それに他人の判断力ではなくて、自分の判断力を信じるの。劇を演じることで、このうちのいくつかは達成できるかもしれない。キットはあなたがもう小さな女の子じゃないとわかるわ――その点はレディ・アレも同じね。そして、わたしたちはふたりとも楽しい時間を過ごすの。これでどう？」

「わ……わからないわ。わたしは……」

「ある公爵が別の公爵になんと言ったか？」

ルーシーがぽかんとした。

「あれはレディじゃない、わたしの妻だ」

ルーシーが驚いてあんぐりと口を開け、それからくすくす笑った。

「三百ポンドのカナリアはどこにとまる？」ダグレスは間を空けた。「とまりたいところに」

ルーシーがもっと笑った。

「あなたならできる」ダグレスは言った。「とてもうまくできるわ。さあ、計画を立てましょう。リハーサルはいつにする？　言い訳はだめよ。あなたが相続人なの、わかっている？　レディ・アレはあなたに仕えているのよ」

ダグレスが屋敷に戻る頃にはすっかり明るくなっていた。彼女が毎朝何をしているのか、知っている人も大勢いるのはわかっている。この屋敷に秘密は存在しない。それでもみんなは礼儀をわきまえて、単刀直入にきいてきたりしなかった。

午前中はレディ・マーガレットが忙しくて新しいゲームを求められなかったので、ダグレスは庭園を散策していたが、すぐに自分が厨房で働く三人の子どもたちのために地面にABCを書いているのに気づいた。そして、知らないうちに夕食の時間になっていた。

ニコラスもクリストファーも夕食の席には姿を見せなかった。ダグレスは食事が終わったらニコラスを探しに行って、もう一度話してみようと心に決めた。少なくとも今はまだクリストファーがニコラスにベルウッドの隠し扉を見せていないと知っているので、クリストファーの〝事故〟が差し迫っているわけではない。

ダグレスは笑みを浮かべて席を立ち、リネンの端切れからレースを作る方法をもう一度教えようとするホノリアに従った。ホノリアはダグレスという言葉を入れて、そのまわりを奇妙な小鳥と動物が取り囲む美しいカフスを作っていた。

ダグレスは刺繍台に身をかがめながら、気持ちが安らぐのを感じた。ルーシーの手助けができそうだし、昨日はニコラスが二十世紀で一緒に過ごしたときの何かを思いだした。親指にはめた大きなエメラルドの指輪にちらりと目を向ける。彼の記憶が呼び起こされた今、きっとさらに多くのことを思いだすだろう。ダグレスは最初にできなかったことを成し遂げつつあった。

27

ニコラスは頭痛がするうえに、足元もふらついていた。昨夜、眠るのをやめてからは、もう幻影は現れなかったものの、朝になってもまだ夢が心につきまとっている。〝もしあなたが間違っていたら?〟あの女の声が耳について離れない。何が間違っているというのだ? 彼女が魔女だということがか? だが、こうして幻影を見せられていることこそが、彼が間違っていない何よりの証拠ではないのか。

おぼつかない足取りで階下へ行き、剣の稽古を始めた。相手に向かって剣を突きだしたが、騎士が驚きの表情を浮かべたのは目に入らなかった。いつもは稽古のときに激しく攻めこんだりしない。しかし今日は頭がずきずきするのと、怒りが込みあげているせいで、攻撃的な気分になっていた。ニコラスが何度も突きを繰りだすと、騎士は剣をおろし、後ろにさがった。

「だんなさま?」

「戦う気はあるのか？　それとも、もうおしまいか？」ニコラスは挑むように言い、ふたたび剣を突きだした。疲れ果ててしまえば、彼女の声は聞こえなくなり、幻影も見えなくなるだろう。

ニコラスは立て続けに三人を打ち負かしたが、まだ体力を消耗していない四人目で不覚を取った。左に身をかわすべきところを右に動いて、左の肘から手首にかけてざっくり切られてしまった。ニコラスはその場に立ち尽くし、骨にまで届きそうなほど深く裂けた傷口から血が流れでるさまを見つめた。その瞬間、またしても幻影が浮かんだ。しかし、今回は様子が違った。ただ幻影が見えただけでなく、彼自身がその中に入りこんでいたのだ。

ニコラスはあの赤毛の女性と並んで、見知らぬ場所を歩いていた。ふたりはガラス窓のある建物の前で立ちどまったが、その窓が今まで想像したこともないような代物で、まるでそこに存在しないかのようにガラスが透き通っていた。そのとき、車輪のついた奇妙奇天烈な大きな機械のようなものがそばを通り過ぎた。ところがニコラスはまったく気にもとめず、腕の傷跡について女性に熱心に話している。剣の稽古中にその傷を負った日、兄が溺れ死んだという話を。

幻影の中に入るのが突然なら、覚めるのも突然だった。はっとわれに返ると、彼は地面に倒れていて、家臣たちが心配そうにこちらをのぞきこみ、ひとりが腕からの出血を止めようとしていた。

痛みにかまっている時間はなかった。「馬を二頭用意しろ」ニコラスは静かな声で告げた。「一頭には女性用の横鞍を」

「馬ですか？」ひとりが尋ねた。「ご婦人と馬でお出かけになるのですか？　しかし、その腕では――」

ニコラスは家臣に冷ややかな目を向けた。「あのモンゴメリーという女と――」

「彼女はいつ落馬してもおかしくありません」別の男が小ばかにした口調で言った。

家臣の手を借りながら、ニコラスはぎこちなく立ちあがった。「出血が止まるように腕を縛ってくれ。それから馬を二頭――どちらにも男用の鞍をつけろ。さっさとやれ。一刻を争う事態だ」低い声だが、有無を言わさぬ口調で命じた。

「彼女を呼んでまいりましょうか？」別の男が尋ねた。

ニコラスは腕を伸ばし、布できつく縛らせながら屋敷の窓を見あげた。「いや、向こうからやってくるはずだ」自信たっぷりに答えた。「われわれは待つしかない」

ダグレスは刺繍台の前で身をかがめながら、女性たちのきわどい噂話に耳を傾けていた。ある女性がほかの女性の夫を寝取ろうとしたという話を興味津々で聞いていたとき、突然、左腕に焼けるような鋭い痛みが走った。

苦痛の叫びをあげ、腰掛けから仰向けに倒れ、床に尻もちをついた。「腕が。何かで腕を怪我したみたい」──自分の腕を胸に抱えた瞬間、痛みに襲われ、目に涙が込みあげた。

ホノリアがさっと立ちあがって駆け寄り、ダグレスのそばに膝をついた。「両手をさすってあげて。気を失わないように」ホノリアはほかの女性に指示し、ダグレスのドレスの肩口の紐を手早くほどき、袖を引きおろしにかかった。ダグレスが苦しげにうめいたので、ホノリアはたじろいだが、彼女が抱えこんでいる腕を胸元から引き離し、どうにか袖を取り外すと、下着の袖をまくりあげて腕をまじまじと見た。

見たところ、何も異常はなかった。肌が赤らんでいるわけでもない。

「なんともなっていないわ」ホノリアは急に不安を覚えた。今ではダグレスのことが好きだけれど、彼女はとても変わっている。ニコラスさまは魔女だと言っていた。この痛みも魔術のせいなの？

ダグレスは激痛に耐えながら自分の腕を見おろし、何も異常がないことを確認した。

「切られたような感じがするの」やっとの思いで言った。「誰かにナイフで深く切りつけられたみたいに」

右手で左腕をさすってみたが、手が触れているのをほとんど感じない。「切られた感覚はあるのに」泣き声にならないようにこらえながら、弱々しい声で言った。まわりにいる女性たちは、怪訝な顔でダグレスを見つめている。正気を失ったと思われているのかもしれない。

そのとき、頭の中でニコラスの声が聞こえた。そういえば、腕の傷跡は、クリストファーが溺れ死んだ日に負ったとニコラスは言っていた。

ダグレスは急いで立ちあがった。「男性たちはどこで剣の稽古を?」取り乱さないよう懸命に努めながら尋ねた。ああ、神さま、どうか間に合いますように。

その言葉を聞き、ほかの女性たちはダグレスが完全に正気を失っていると確信したようだった。だが、ホノリアはその質問に答えてくれた。やはり何があっても動じない女性だ。「裏口から出て、迷路園を抜けて、北東の門を出たところよ」

ダグレスは黙ってうなずくと、すぐさまスカートをつかんで駆けだした。ファージンゲールのおかげでスカートが脚にまとわりつかなくて助かった。廊下で男性とぶつかり、彼が転んだので跳び越えた。厨房では、女性が高い棚から何かを取りだそうとしていたので、ダグレスは身をかがめて女性の腕の下をくぐり抜けながら走った。荷車からおろされた樽が床に並んでいた。ダグレスは仮装をしたオリンピックのハードル走者さながらに、五つの樽を次々と跳び越えた。外の迷路園まで来たところで、レディ・マーガレットと遭遇して声をかけられたが、返事もせずに走り抜けた。迷路の出口の門が動かなかったので、足をあげて蹴破った。

庭園を出るなり、全速力で走った。

ニコラスが馬にまたがり、こちらを見おろしていた。彼の腕に巻かれた包帯が血に染まっている。

「キットが!」ダグレスは走りながら叫んだ。「キットを助けないと」

ダグレスはそこで口をつぐんだ。男性にさっと抱きあげられ、馬に乗せられたからだ。ああ、よかった。男性用の鞍だ。ダグレスは両足をあぶみにかけると、手綱を握ってニコラスを見た。

「行くぞ!」彼は大声で言うと、馬の腹を蹴って走らせた。

風が目にしみるし、腕もまだ痛むが、ダグレスは彼に遅れずについていくことに神経を集中した。背後からは、三人の家臣を乗せた馬の蹄《ひづめ》の音が聞こえる。

彼らは畑を横切り、キャベツとカブの菜園を通り抜けた。粗末な農家の殺風景な庭を駆け抜け、一度などは馬の蹄が作物を踏みつけ、小屋を蹴倒しさえしたけれど、ダグレスは平等の精神のことはすっかり忘れていた。彼らは木立の中に入った。枝が低いところまで伸びていたので、ダグレスは頭をさげて馬の首にしがみついたまま走り続けた。やがて野道を外れ、ニコラスは森の奥深くに分け入った。小道がなくなったというのに、地面には倒木どころか、枯れ枝一本落ちていない。どうやら薪にするために拾い集められたようだ。おかげで頭上から垂れさがっている枝以外に、行く手を阻むものは何もなかった。

ニコラスがなぜクリストファーの居場所を知っているのか尋ねてみようとも思わなかった。きっと彼は知っている。腕に怪我を負ったとき、ダグレスが来ることを察知したように、兄の居場所もわかるのだ。

森を抜けると、開けた場所に出た。前方に、鬱蒼《うっそう》とした木々に囲まれた湧水湖があり、水面《みなも》が美しくきらめいていた。ニコラスがまだ走っている馬から飛びおりたので、ダグレスも同じようにしたが、重くて長いスカートが鞍に引っかかって破れた。

湖に近づいたダグレスが目にしたのは、背筋がぞっとするような光景だった。三人の男性が、ぐったりとした裸のクリストファーを湖から引きあげていた。うつぶせの頭から長い黒髪が垂れさがり、首がぐったりと下を向いている。

ニコラスは兄を見つめた。「だめだ」さらに彼は叫んだ。「だめだ!」

ダグレスは彼を押しのけ、クリストファーを抱えている男たちに近づいた。「ここにおろして。仰向けに」

クリストファーの家臣たちはためらった。

「彼女の指示に従え！」ニコラスがすぐ後ろから叫んだ。

「祈って」ダグレスは一番近くにいる男性に言うと、クリストファーの体にまたがった。「どんな助けでも必要なの。奇跡を祈って」

次の瞬間、男たちがひざまずき、両手を組みあわせて頭を垂れた。

ニコラスもぐったりした兄のそばにひざまずき、濡れた頭に両手を置いて、ダグレスを見た。その目は、最愛の兄の体に何をするつもりにせよ、ダグレスを信じると告げていた。

ダグレスはクリストファーの頭を後ろにそらせて気道を確保すると、口対口《マウス・トウー・マウス》式の人工呼吸を始めた。それを見たニコラスは目を大きく見開いたが、止めようとはしなかった。「キット、お願いよ」ダグレスはささやきかけた。「お願いだから、生きて」

もう一度、肺に空気を送りこむ。

希望を失いかけたとき、クリストファーがごほごほと咳きこみ、また静かになった。

ニコラスはさっと頭をあげ、ダグレスを見た。「そうよ、その調子」ダグレスは声をかけた。「さあ、息をして！」ニコラスの手を借り、クリストファーの体を押して横向きにさせる。

クリストファーがまた咳きこんだ。さらにもう一度。そして、肺に入った水を吐き始めた。

ダグレスはクリストファーの体から転がりおりると、両手で顔を覆い、わっと泣きだした。

ニコラスに肩を支えられながら、クリストファーは水を吐き続けた。騎士のひとりがむき出しになったクリストファーの下半身を自分のケープで覆った。ほかの騎士たちはダグレスを呆然と見おろしている。髪はほどけ、ドレスは破れ、片方の袖はニコラスの血で汚れ、もう片方の袖はなくなっていた。靴も片方しか履いていない。

ようやく咳がおさまると、クリストファーは弟の体にもたれかかった。ぐったりした様子で胸にまわされたニコラスの腕に目をやると、濡れた素肌に弟の血がしたたり落ちていた。家臣たちを見あげると、六人全員がモンゴメリーという女性を見おろし、彼女は両手に顔を埋めて静かに泣いていた。

「死の淵《ふち》から生還したというのに、ずいぶんなご挨拶だな」クリストファーはしわがれた声を絞りだした。「弟はわたしの体に血をしたたらせ、美しいご婦人は涙を流している。わたしがまだ生きていることを、誰ひとり喜んでくれないのか？」

クリストファーを支えていたニコラスの手に力がこもり、ダグレスが顔をあげて、手の甲で涙をぬぐってはなをすすった以外、誰からも反応がなかった。すると、ひとりの騎士が彼女にハンカチを差しだした。「ありがとう」彼女は小声で礼を言い、渡されたハンカチではなをかんだ。

「このご婦人がお命を救ったのです」騎士のひとりが畏怖の念のこもった声で言った。「奇跡です」

「魔術だ」別の男がつぶやいた。

ニコラスがものすごい形相でその男をにらみつけた。「また彼女を魔女呼ばわりしたら、命はないと思え」

ニコラスは本気で言っているのだと、家臣たちは理解した。

ダグレスはニコラスに目をやった。彼女に対する敵意が消えたようだ。これでようやく話を聞いてくれるだろう。ダグレスはもう一度はなをかみ、立ちあがろうとしてよろめいた。騎士のひとりが手を貸して立たせてくれたが、家臣たちはみな、聖者か悪魔でも見るような目つきでダグレスを見つめていた。

「いやだわ」彼女は言った。「そんな目で見ないでちょうだい。わたしの国では、これは一般的な方法なの。海や川が多いから、しょっちゅう人が溺れるのよ。だから、わたしがしたことは奇跡でもなんでもないわ」

男たちが彼女の言葉を信じたのを見て取り、ダグレスは安堵した。もっとも、彼らはそう信じたかっただけかもしれないが。

「さあ、ぼんやり突っ立っていないで、仕事に取りかかりましょう。かわいそうに、キットが凍えてしまうわ。それにニコラス、腕が大変なことになっているじゃない。あなたたちふたりはキットの世話をして。そこのふたりはニコラスの腕に巻く清潔な布を探してきて。そっちのふたりは、馬が疲れていないか様子を見てちょうだい。さあ、始めて！　急いで！」

時代を超えても、女性には有利な点がある。それは、男性たちの中の少年が、母親が全権力を掌握していた頃のことをきちんと覚えていることだ。騎士たちは互いにぶつかりながら、あちこち駆けまわり、言いつけに従った。

「どうやらじゃじゃ馬をつかまえたようだな」クリストファーがうれしそうに言う。ニコラスはまだ兄の体をしっかりと抱いていた。手を離したら、兄が死んでしまうのではないかと不安でたまらなかった。「わたしの服を取ってきてくれ」クリストファーは穏やかな声でニコラスに言った。ダグレスが湖のほとりに脱ぎ捨てられた服の山を取りに行こうとしたので、クリストファーは首を横に振った。

ニコラスはゆっくりと兄から手を離し、立ちあがろうとしてよろめいた。出血と、全速力で馬を走らせてきたのと、兄を失うかもしれないという恐怖で、体から力が抜けてしまったようだ。ダグレスは脇へ寄り、ニコラスの様子をうかがった。彼はゆっくりとした足取りで湖のほとりまで歩いていき、クリストファーの服を拾いあげて、兄のもとに戻ってきた。

国王が戴冠式で王冠を受けるときのように、クリストファーはうやうやしく衣類を受け取り、笑顔を見せた。「座れ、弟よ」

ニコラスは一歩前に進みでたが、またしてもよろめいた。ダグレスは彼を抱きとめて座らせてから、自分も隣に腰をおろした。ニコラスは体の向きを変え、横になって彼女の膝に頭をのせた。

「そのほうがよほどおまえらしい」クリストファーは笑いながら、戻ってきた家臣たちを見あげた。

ダグレスはニコラスに視線を落とし、汗で濡れた黒い巻き毛をそっと撫でた。これはわたしの知っているニコラスだ。わたしが愛し、そして失った男性がついに戻ってきたのだ。

「また目を泣き腫らすつもりか?」

聞き覚えのある言葉を耳にして、ダグレスははっと息をのんだ。またしても涙があふれてくる。「風が目にしみるのよ」彼女はつぶやいた。「それだけ」ニコラスにほほえみかける。「腕を見せて。どんな具合か確かめたいから」

ニコラスはおとなしく腕を持ちあげた。その腕を見た瞬間、ダグレスは胃がむかつくのを感じた。包帯は赤く染まっていて、手や袖にも血がこびりついている。

「傷の深さはどの程度なの?」ダグレスはかすれた声で尋ねた。

「腕を失うような事態にはならないだろう。ヒルに——」

「ヒルですって!」ダグレスは声をあげた。「これ以上、血を失ったら危険よ」クリストファーに目をやると、すでに身支度をすませ、弱った体を家臣たちに支えられて馬のほうへ向かっていた。

「ニコラス、さあ、立って。屋敷に戻って腕の傷の手当てをしないと」ダグレスは言った。

「いや」ニコラスは反対した。「ここでふたりきりでいたい」

彼がまぶたを半分閉じ、見覚えのある表情を浮かべた。ここに残ってよかったと思わせてくれそうな、優しくセクシーなまなざしだ。

「だめよ」そう言いながらも、ダグレスは彼にキスしようと身をかがめた。

「女性に〝だめ〟と言われると、ぞくぞくする」ニコラスはやわらかな声で言い、怪我をしていないほうの腕を伸ばして彼女の髪に触れた。

ふたりの唇は触れあわなかった。

「だけど、だめなものはだめ」ダグレスは厳しい口調になって言った。「さあ、起きて！　わたしは本気で言っているの。ニコラス、立って。その腕が壊疽《えそ》を引き起こす危険があるうちは、甘い言葉でわたしを誘惑しないで。屋敷に帰って傷口をきれいにしたら、ホノリアに傷口を縫ってもらいましょう」

「ホノリアに？」

「彼女は誰よりも裁縫が上手なの」

ニコラスは顔をしかめた。「たしかにちょっと腕が痛むな」彼は未練たっぷりにダグレスの膝からゆっくり頭をあげると、唇にすばやく甘いキスをした。

帰り道はゆっくりと馬を進めた。スタフォード家の屋敷が近づいてくると、ダグレスは背筋をぴんと伸ばし、ドレスの皺をどうにか伸ばそうとした。しかし、血まみれで破れたドレスは取り繕いようがなかったし、荒々しく馬を走らせているあいだに、真珠がちりばめられたつばのない帽子もなくしてしまっていた。屋敷にさらに近づいたとき、レディ・マーガレットの呼びかけを無視してそばを走り過ぎ、ほとんど目の前で門を蹴破ったことを思いだした。そのうえ今は浮浪者のような格好をして、男性のように馬にまたがっているせいでスカートの裾がふくらはぎまでまくれあがっている。

「あなたのお母さまに合わせる顔がないわ」ニコラスに向かって言った。

彼は怪訝そうな表情をしたが、屋敷のほうから大きな声が聞こえ、そちらへ顔を向けた。家臣のひとりがひと足先に屋敷へ戻り、クリストファーが九死に一生を得たと知らせておいたらしく、レディ・マーガレットと侍女たちがそろって出迎えていた。その光景を見て、ダグレスは不安になり、ごくりと唾をのんだ。また魔女呼ばわりされるのだろうか？

クリストファーが馬からおりるなり、レディ・マーガレットは長男を抱き寄せた。そしてダグレスのほうを見た。

「どうかお許しください、奥さま」ダグレスは言った。「こんな格好で申し訳ありません。わたしは――」

レディ・マーガレットはダグレスの顔を両手で包み、両頰にキスをした。「わたしには美しく見えますよ」感謝のこもった声で言った。

恥ずかしさとうれしさで頬が上気するのをダグレスは感じた。

レディ・マーガレットはニコラスのほうを向くと、血だらけの腕にちらりと目をくれ、大声で命じた。「ヒルを！」

その言葉を聞き、ダグレスは母と息子のあいだに割って入った。「奥さま、わたしに彼の腕の手当てをさせていただけないでしょうか？　どうかお願いします」彼女は小さな声で言った。「ホノリアにも手伝ってもらいますので」

レディ・マーガレットはどうするべきか決めかねているようだった。「傷に効くのみ薬を持っているのですか？」

「いいえ、石鹸で洗って消毒するだけです。お願いします、わたしに手当てをさせてください」

レディ・マーガレットはダグレスの肩越しにニコラスを見てから、うなずいた。

二階へあがってニコラスの寝室へ行くと、ダグレスは必要なものをホノリアに伝えた。「一番強力な固形石鹸。灰汁《あく》が入っているものがいいわ。それから湯わかし一杯分の熱湯。縫い針――銀の縫い針よ。絹糸、蜜蠟、わたしのかばん。あと、この屋敷で一番白くて清潔なリネンも」ホノリアと三人のメイドたちが言われたものを用意するために小走りで出ていった。

ニコラスとふたりきりになると、ダグレスは柄の長い銅製の鍋に湯冷ましを注ぎ、包帯をしたままの彼の腕を浸した。ニコラスは上半身裸だった。できるだけてきぱき仕事を進めようと思いつつも、彼が熱いまなざしを向けてくるのを感じた。

「かつて、われわれがどんな関係だったのか話してくれ」

ダグレスは湯わかしに水を入れ、暖炉にかけた。「あなたはわたしの時代にやってきたの」ニコラスがようやく話を聞く気になったというのに、なぜか話すのがためらわれた。魔女呼ばわりされていたときは彼をまったく意識しなかったけれど、きらきら光る目で見つめられると、体がうずきだした。

ニコラスのそばに戻ると、乾いた血が水に溶けだしていた。彼の腕を鍋の縁にのせ、裁縫用の小さなはさみで包帯を少しずつ切り外していく。

「われわれは恋人同士だったのか？」ニコラスが静かな声で尋ねた。

ダグレスははっと息をのんだ。「じっとしていて。うまく切れないわ」

「動いたのはきみのほうだぞ」彼はダグレスをじっと見つめた。「長くつきあっていたのか？　何度も愛しあったのか？」

「ああ、ニコラス」恥ずかしいことに、またしても涙が込みあげた。「そうじゃないのよ。あなたはある理由のために、わたしのところへやってきた。あなたは反逆罪に問われて、レディ・マーガレットが書き残した手紙が発見されたわたしの時代に来たの。わたしたちはふたりで、あなたを裏切った人物を突きとめようとした」

ダグレスはリネンの包帯をそっとはがしていった。

「それで、われわれは真相を突きとめたのか？」

「いいえ」ダグレスは静かに言った。「わたしたちは突きとめられなかった。でも、あなたが自分の時代に戻ったあと、わたしが真実を探りだしたの。あなたが……」ダグレスは目をあげて彼を見た。「あなたが処刑されてしまったあとで」

ニコラスの表情がさっと変わり、官能的な色が影をひそめた。今ではもう、この女性の話を信じないわけにはいかなかった。アラベラとテーブルの上でいちゃつこうとしたとき、戸棚に使用人が隠れていたことを彼女は知っていた。兄の件もしかり。ニコラスの心臓が早鐘を打った。ダグレスがあの場にいなかったら、兄は死んでいただろう。

そんな事態が起きていたら、わたしのせいだった。ほかの誰でもなく、わたしの落ち度だ。なぜなら、ベルウッドの屋敷の隠し扉について尋ねられたとき、ダグレスに嘘をついたからだ。クリストファーは死の一週間前に、あの隠し扉をわたしに見せたと彼女は言っていた。しかし、わたしは聞く耳を持たなかった。彼女が兄をハンサムだと言ったことしか耳に入っていなかった。わたしの嫉妬心のせいで、兄は危うく命を落とすところだったのだ。

ニコラスは枕にもたれた。「ほかには何を知っている？」

ダグレスはレティスのことを話そうと口を開きかけたが、今はまだ話せないと思い直した。ニコラスから完全に信用されていないうちに話すのは時期尚早だ。彼はレティスを心から愛している。だからこそ、二十世紀の時代から――ダグレスのもとから――あんなにも去りたがっていたのだ。愛する妻のもとへ帰るため。もう少し時間をかけて完全に信用されるようになってから、レティスのことは話したほうがいい。どう考えても、今はそのときではない。

「いずれすべてを打ち明けるわ」ダグレスは言った。「でも今は、傷の手当てをしなくちゃ」

包帯をさらにはがしていくと、深い切り傷が現れた。傷の手当てが得意なわけではないけれど、何年も小学校の教師をしているので、欠けた歯だとか、血がしたたる傷だとか、骨折した手足だとかは見慣れているし、子どもたちが不安にならないように明るい顔をしていることもできる。ニコラスの腕の傷は、医師に診てもらう必要があるのは一目瞭然だが、この時代では、自分以外に適任者がいないことも自覚していた。

ホノリアとメイドたちが指示したものを持って戻ってきたので、ダグレスは彼女たちに仕事に取りかからせた。質問はいっさいせずに指示に従うよう、ホノリアがメイドたちに命じた。四人はドレスの袖を外し、リネンの下着の袖も肘までまくりあげた。彼女たちが手と腕をごしごし洗っているあいだに、ダグレスは縫い針と絹糸を煮沸した。

トートバッグの中にあるもので、鎮静作用のある薬といえば、ダグレスが服用している胃薬だけだった。精神安定剤のバリアムでもあればよかったのだが、あいにく持ちあわせていなかった。ニコラスに胃薬を二錠手渡し、彼が眠気をもよおすことを願った。

効果はてきめんだった。ものの数分で、彼は眠りに落ちた。

道具類をできる限り清潔にすると、ホノリアに傷口を縫わせることにした。ホノリアは顔面蒼白になったが、彼女が一番手先が器用で針運びが正確なのを知っていたので、ダグレスは有無を言わせなかった。

正確な縫合の仕方はダグレス自身も知らなかったが、二段階に分けて傷口を縫うようホノリアに指示した。内側の糸はそのまま体内に残り続けるだろうが、ダグレスの父が軍隊時代に負傷した脚に埋めこまれた金属のプレートは、今もそのままになっている。腕の中に少しぐらい絹糸が残っていても、命に別状はないだろう。ダグレスが傷口の皮膚を慎重に引っ張り寄せているあいだに、ホノリアが縫合した。

縫合が終わると、ダグレスは清潔なリネンで彼の腕をくるんだ。そしてメイドたちに、明日に交換するためのリネンを煮沸することと、リネンに触れるときは手をきれいに洗っておくことを指示した。ホノリアがきちんと指示を守らせると請けあった。

しばらくすると、ダグレスはホノリアとメイドたちを退出させ、暖炉の前の椅子に座った。そして待った。心配しながら。ニコラスが熱を出したとしても、ペニシリンも経口抗生物質もなく、アスピリンが何錠かあるだけだ。ニコラスの未来を知っているのだから、心配する必要はないと自分に言い聞かせる。しかし今日、ダグレスは歴史を変えてしまった。クリストファーが死ななかったとしても、ニコラスは死んでしまうかもしれない。二十世紀に戻ったら、クリストファーは長生きしたけれど、弟のほうは腕の傷の感染症により死亡したと知るはめになるのだろうか？　歴史は――もっとも、この場合は未来だけれど――これから変わっていくのだ。

数時間後、椅子に座ってまどろんでいると、ドアが開いてホノリアが入ってきた。彼女は美しいドレスを両手で抱えていた。濃い紫色のベルベットのドレスで、やわらかなオコジョの毛皮で縁取られた袖には、等間隔に黒い尻尾（オコジョの冬毛は真っ白で、尾の先端だけが黒くなる）

の小さな房飾りが縫いつけられている。

「レディ・マーガレットがこれをあなたにくださるそうよ」ホノリアはニコラスの眠りを妨げないように小声で言った。「寸法を直さなくちゃならないけど、早く見せてあげようと思って」

やわらかなベルベットに触れてみた。レーヨンのベルベットとも、厚手のコットンのベルベットともまるで違っていて、混じり気のないシルク特有の光沢がある。

「キットの様子はどう?」ダグレスは声をひそめて尋ねた。

「眠っていらっしゃるわ。誰かに命を狙われたそうよ。女性のいるところまで泳いでいこうとしたら、何者かに――おそらくふたり組に――両脚をつかまれて水中に引きずりこまれたって」

ダグレスは目をそらした。壁の中から見つかったレディ・マーガレットの手記にもそう書かれていた。クリストファーの溺死は事故ではなく、何者かに殺害されたに違いないと。

「もしあなたが死者を生き返らせる方法を知らなかったら……」ホノリアはささやいた。

「わたしは死者を生き返らせたわけじゃないわ」つい語気が荒くなった。「あれは魔法でも魔術でもなんでもないの」

ホノリアはダグレスをまじまじと見た。「あなたの腕はもう痛くないの？　よくなった？」

「ええ、もう大丈夫。少し鈍い痛みが残っているだけだから。これは――」ダグレスは言葉を途切れさせ、ホノリアの視線を避けた。たしかに魔法は関係している。時代を超えて二十世紀からやってきたことを思えば、ニコラスが腕を負傷したときに、彼の痛みを感じたことなど大した魔法ではないけれど。

「あなたもそろそろ休んだほうがいいわ」ホノリアは言った。「着替えて」

ニコラスにちらりと目をやると、彼はまだ眠っていた。「彼に付き添わないと。目を覚ましたとき、そばにいてあげたいの。熱を出す危険性があるから。わたしがずっとここにいたら、レディ・マーガレットは気を悪くなさるかしら？」

ホノリアは笑みを浮かべた。「今ならあなたがスタフォード家の財産の半分を要求したとしても、レディ・マーガレットは拒否なさらないと思うわ」

ダグレスはほほえみ返した。「わたしの願いはただひとつ、ニコラスが無事であることよ」

「ローブを持ってきてあげる」ホノリアはそう言うと、部屋を出ていった。

一時間後、ダグレスは破れた染みだらけのドレスと金属製のコルセットを脱ぎ、ルビー色のブロケードのローブに着替え、あたたかな暖炉の前に座った。数分おきにニコラスの額に手を当てたが、体温は平熱よりわずかに高い程度のようだった。

28

室内の影が長くなっても、ニコラスはまだ眠っていた。メイドがトレイにのせた食事をダグレスのために運んできたときも、目を覚まさなかった。日が暮れたのでろうそくに火をつけ、ベッドでぐっすり眠っている彼を見おろした。顔が青ざめているせいか、巻き毛がやけに黒々として見える。この数時間、ひたすら彼の様子を見守っていたが、発熱の兆候はないのでようやくほっとひと息つき、ダグレスは室内を見まわした。

ニコラスの部屋は、貴族の子息にふさわしく豪華な装飾がほどこされていた。マントルピースの上に金や銀の器やゴブレットが並んでいるのを見て、ダグレスはほほえんだ。自分の財産は屋敷の中にあると彼が言っていた意味がようやくわかった。この時代にはまだ銀行が存在しないので、スタフォード家のように莫大《ばくだい》な財産を持つ一族は、金や銀や宝石などの装飾品に変えて所有しているのだ。ダグレスは水差しに手を触れ、彼女の実家の株券や債券も金の器に変えたら、どんなに楽しいだろうと頰を緩めた。

暖炉のかたわらの壁には、楕円形の小さな肖像画がずらりと並んでいて、どれも美しく彩色されていた。大半は知らない人物だったが、一枚は若い頃のレディ・マーガレットの肖像画だとわかった。目元がどことなくニコラスに似ている。顎の形がニコラスとそっくりな年配の男性もいた。彼の父親だろうか？　クリストファーの細密画もある。そしてニコラスの肖像画は一番下にあった。

その絵を壁から外し、そっと撫でた。ここに並んでいる肖像画は、二十世紀にはどうなっているのだろう？　どこかの美術館に展示され、〝ある男の肖像〟という札でもついているのだろうか？

ニコラスの肖像画を持ったまま室内を歩きまわり、やがて窓辺に置かれているクッション付きの椅子に近づいた。それが蓋付きの箱になっているのを知っていた。ニコラスは何を入れているのだろう。彼のほうをちらりと見て、ぐっすり眠っているのを確認すると、肖像画を棚に置いてから座面を持ちあげた。木がきしむ音がしたが、それほど大きな音ではなかった。

椅子の中には糸で綴じた巻物がいくつか入っていた。ひとつを手に取り、紐を解いてテーブルの上に広げてみる。それは城館をスケッチしたもので、ソーンウィック城だとひと目見てわかった。

「のぞき見が趣味なのか?」ベッドからニコラスの声がして、ダグレスはぎくりとした。

彼のもとへ行き、額に手を当てた。「気分はどう?」

「女性がわたしの私物をこそこそ探っていなかったら、もっといいだろうな」

秘密の箱の中身を母親にのぞかれた少年のような口ぶりだった。ダグレスは設計図を手に取った。「これをわたし以外の誰かに見せたことはある?」

「きみにも見せた覚えはないぞ」ニコラスが設計図を取り返そうとさっと手を伸ばしたので、ダグレスは後ろにさがった。彼は力尽きたように枕にもたれかかった。

ダグレスは設計図を置いた。「おなかがすいたでしょう?」暖炉の上であたためておいたスープを鍋からすくって銀の深皿に入れると、ベッドの脇に座ってスープを口に運んでやった。最初のうちは自分でできると抵抗したものの、男性がみなそうであるように、ニコラスもすぐに甘やかされることを受け入れた。

「あの設計図をずっと見ていたのか?」彼はスープを飲みながら尋ねた。

「一枚広げてみただけよ。いつから建築に取りかかるの?」

「あんなものはくだらない妄想だ。おそらくキットが――」ニコラスは言葉を途切れさせ、ほほえんだ。

彼が何を考えているのかわかった。もう少しでクリストファーを失うところだったことを思いだしたのだ。

「兄上の様子は？」ニコラスは尋ねた。

「どこも異状はないわ。あなたよりずっと元気だそうよ。彼は川の水があふれるほど出血したわけじゃないから」ナプキンで口を拭いてやると、彼はダグレスの指先をつかんで口づけした。

「わたしがこのまま無事なら、きみはわれわれ兄弟の命の恩人だ。どうやって恩返しをすればいい？」

わたしを愛して。ダグレスは口に出して言いかけた言葉をのみこんだ。もう一度、わたしに夢中になって。以前のように。愛のまなざしでわたしを見て。あなたが愛してくれるなら、わたしは永遠に十六世紀にとどまる。もう一度愛してくれるなら、自動車も、歯医者も、ちゃんとしたバスルームもあきらめる。「何もいらないわ」ダグレスは答えた。「あなたたちふたりが無事で、歴史が正されれば、わたしはそれでいいの」空になった深皿をテーブルに置いた。「もう少し眠ったほうがいいわ。腕の傷を癒さないと」

「睡眠ならもう充分に取った。そばにいて、わたしを楽しませてくれ」

ダグレスは顔をしかめた。「実を言うと、お楽しみはもう品切れなの。ゲームも歌も、記憶にあるものはすべてほじくり返したわ。そろそろ幕引きよ」

ニコラスは笑顔を見せた。ダグレスが使う言葉を理解できないこともあるが、それでもだいたい察しがつくようだった。

「今度はあなたにわたしが楽しませてもらう番よ」ダグレスはスケッチを手に取った。

「これについて教えてくれない？」

「断る」彼はぴしゃりと言った。「そんなものはさっさと片づけろ！」ニコラスが起きあがろうとしたので、ダグレスは枕に押し戻した。

「ニコラス、お願いだから。せっかく縫った傷口が開いたらどうするの？　安静にしていなきゃ。それに、そんな怖い顔で見ないで！　建築にものすごく興味があることを、わたしはよく知っているの。わたしの時代に来たとき、あなたはもうソーンウィック城の建築を始めていたのよ」ニコラスの顔に浮かんだ表情を見て、ダグレスは思わず噴きだしそうになった。

「なぜわかった？　わたしがソーンウィック城の建築を計画していると」

「だから言ったでしょう。今から四年後に、わたしの時代にやってきたとき、あなたはもう着手していたからよ。建築はまだ始まったばかりだったし、実際には完成しなかったけど……あなたが……」

「処刑されたからか」ニコラスはこのときになって初めて、彼女の言っていることを真剣に考えてみた。「何もかも話してくれないか」

「最初から？」ダグレスは尋ねた。「話せば長くなるわ」

「キットの身の安全が守られたんだ。時間ならたっぷりある」

でもそのうち、あなたはレティスにつかまってしまうわ、とダグレスは思った。

「わたしはアシュバートンの教会で泣いていたの」ダグレスは話し始めた。「そうしたら——」

「なぜ泣いていた？　アシュバートンにいた理由は？　ともかく立ったままで長い話などできないだろう。いや、そっちではなく、ここに座れ」

ニコラスはベッドの空いている側をぽんと叩いた。

「ニコラス、あなたと一緒にベッドに入るわけにはいかないの」彼のそばに寄ると考えただけで、鼓動が速まった。

彼は目を見開き、にっこりほほえんだ。「夢を見たよ……きみの夢を。きみは白い箱らしきものの中にいて、頭上から降ってくる水を浴びていた。一糸まとわぬ姿で」

彼はダグレスを上から下まで眺めまわした。ゆったりしたローブの下が透けて見えるかのように。「いつもそんなに恥じらっているわけではないだろう」

「ええ」ニコラスと一緒にシャワー室に——彼が夢で見たという〝白い箱〟に——入ったときのことを思いだし、ダグレスはかすれた声で言った。「ある夜、わたしたちはお互いに恥じらいを忘れた。でもその翌朝、あなたはわたしの前からいなくなってしまった。今あなたに触れたら、今度はわたしが二十世紀に戻ってしまうのではないかと恐れているの。わたしはまだ戻るわけにはいかない。ほかにするべきことがあるから」

「ほかにもまだあるのか？」ニコラスは尋ねた。「別の誰かが死ぬとでも？　母上か？　それともキットはまだ安全ではないのか？」

ダグレスは微笑を浮かべた。それでこそ彼女の知るニコラスだった。自分のことよりほかの人たちのことを考える、愛しのニコラス。「危険にさらされているのは、あなたよ」

彼はほっとした様子でほほえんだ。「わたしは自分の面倒くらい自分で見られる」

「とんでもない！　わたしがここにいなかったら、あなたは片腕を失うか、傷がもとで命を落としていたかもしれないのよ。あなたたちが医者と呼ぶあのわからず屋は、ばい菌だらけの手で傷口に触り、その結果、あなたはあっという間にあの世行きよ」

もちろん彼が最初に腕を負傷したときも、そんな事態には至らなかったわけだが……。

ニコラスは目をぱちくりさせた。「まったくもって、きみはおかしな話し方をするな。さあ、ここに座って、すべてを話してくれ」ダグレスがじっと動かずにいると、彼はため息をついた。「きみには指一本触れないと、名誉にかけて誓う」

「わかったわ」本音を言えば、自分自身よりも、ニコラスのほうがよほど信用できるような気がした。ダグレスは高さが九十センチほどもあるベッドの片側によじのぼり、羽根のマットレスに身を沈めた。

「なぜ教会で泣いていた？」彼は優しく尋ねた。

ほかのことはさておき、ニコラスについて言えるのは、彼は聞き上手だということだった。それも単なる聞き上手ではなく、話したくないことまで引きだしてしまうのだ。結局、ダグレスはロバートのことまで洗いざらい打ち明けていた。

「結婚していないのに、その男と一緒に暮らしていたのか？　きみの父上は、娘を拉致されたと言って、その男を殺さなかったのか？」

「二十世紀では、そんなことはしないわ。女性も自由に選択する権利を持っていて、父親は娘にあれこれ指図しないの。わたしの時代では、男女はもっと平等なのよ」

ニコラスはふんと鼻を鳴らした。「それでも依然として男が支配しているようだな。その男は自分の望むものをきみからすべて手に入れておきながら、妻にめとらなかった。自分の財産を分けあおうとせず、きみに敬意を払うよう娘に命じるでもない。それで、きみは自由に選択したと言えるのか?」

「わたしは……つまり……そういうことじゃないのよ。たいていの場合、ロバートはわたしによくしてくれた。一緒に楽しい時間を過ごしていたの。関係がまずくなるのは、グロリアがかかわったときだけで」

「美しい女性がすべてを与えてくれて、その見返りとして与えるものが、きみの言う〝楽しい時間〟だけでいいのなら、わたしもありがたいと思うだろうな。きみの時代の女性たちは、そんなに自分を安売りするものなのか?」

「安売りなんかしないわ。あなたには理解できないだけよ。結婚前に同棲するのは普通のことで、うまくやっていけるかどうか確かめるためのお試し期間みたいなものなの。それに、ロバートはわたしに結婚を申しこむつもりだったはずよ。ただ、代わりに買ったのが——」ダグレスは口をつぐんだ。ニコラスの話を聞いているうちに、自分に自信が持てなくなってきた。「とにかくあなたには理解できないってこと。二十世紀の男女は、この時代の男女とは違うのよ」

「なるほど。つまり、きみの時代の女性は、男から尊重されることを望まず、〝楽しい時間〟とやらを望むわけだな」

「もちろん尊重してほしいと思っているわ。ただ……」ロバートとの生活について、十六世紀の時代の人にどう説明すればいいのかわからなかった。実のところ、エリザベス朝に暮らしている今、結婚前に男性と同棲したことで自分を安売りしたのだと理解できた。もっとも、結婚したからといって、相手が尊重してくれるようになるという保証もないけれど。でも、なぜロバートに面と向かって言わなかったのだろう――〝どうしてわたしにこんなひどい扱いをするの?〟〝いやよ、グロリアの飛行機代を半分払うなんて〟〝無理よ、わたしも忙しいから、あなたのクリーニング済みの服を取りに行けないわ〟と。なぜあんなふうにロバートにいいようにされるがままになっていたのか、今となっては思いだせなかった。

「わたしの話を聞きたいの? 聞きたくないの?」ダグレスは嚙みつくように言った。

ニコラスはにやりとして、枕にもたれかかった。「一部始終を聞かせてくれ」

ロバートとの関係について次々に浴びせられる質問をどうにか切り抜けたあと、ダグレスはようやく話を先に進めた。ニコラスの墓の前で泣いていたら、突然、ニコラスが現れたこと。彼が正体を明かしてもダグレスは信じなかったこと。そして、彼がバスの前へ飛びだしていったこと。

ニコラスがまた質問を始めたので、話はなかなか進まなかった。ダグレスが二輪の乗り物に乗っている幻影を見たらしく、それがどんなものなのか説明を求めた。バスがどんなものかも知りたがった。ダグレスが姉に電話をした話をすると、電話というものの使い方を教えてほしいと言った。

彼が知りたがることすべてをうまく説明できないので、ダグレスはベッドからおりて、自分のトートバッグを取ってくると、雑誌を三冊引っ張りだして写真を探し始めた。

雑誌を見せたとたん、もう話を続けられなくなった。ニコラスは〝無学に育つくらいなら、生まれないほうがましだ〟というエリザベス朝のことわざを地で行く人だ。彼の好奇心は尽きることがなく、ダグレスが答える間もないほど矢継ぎ早に質問を浴びせてきた。

彼に見せる写真が見つからなかったとき、らせん綴じのノートと色付きのフェルトペンを取りだし、図を描き始めた。ところがペンと紙がさらなる質問を引き起こすはめになった。

いっこうに話を進められないので、ダグレスはいらだちを覚えたが、ニコラスが話を信じてくれるようになった今、何もかも話して聞かせる時間はこの先もあるに違いない。「ねえ」ダグレスは問いかけた。「わたしがソーンウィック城を見たとき、左側の塔があなたの描いた設計図と違って見えたわ。それに湾曲した窓はどこにあるの？」

「湾曲した窓？」

「こんな感じの」ダグレスはスケッチし始めたが、うまく描けなかった。

ニコラスは横向きになってフェルトペンを受け取ると、見事な遠近法を用いていくつかの窓をスケッチした。「このような窓だったか？」

「ええ、そっくり同じよ。わたしたちはその窓がある部屋に泊まったの。窓から庭園が見おろせたわ。すぐ隣に教会があって、昔は教会とお城が木の通路でつながっていたってガイドブックに書いてあった」

ニコラスはふたたび枕にもたれ、スケッチを始めた。「この計画については誰にも話したことがないのに、城は建設されていたというわけか。しかも、完成を見届けることなくわたしは……わたしは……」

「ええ、そうよ。キットが亡くなったあと、あなたが伯爵位を受け継いで、自分のやりたいことを自由にできるようになったの。でもキットは事なきを得たわけだから、このお城を建てるのに、お兄さんの許可が必要かもしれないわね」

「わたしは建築家ではない」ニコラスはスケッチを見ながら言った。「新しい城が必要になれば、兄上は誰かを雇うだろう」

「誰かを雇うですって？　なぜ？　あなたならできるわ。こんなに見事な設計図があって、わたしが見たソーンウィック城も本当に見事だったんだから」

「わたしに職人になれというのか？」ニコラスは高飛車に片方の眉をつりあげた。

「ニコラス」ダグレスは厳しい口調で言った。「あなたの時代にはすばらしいものがたくさんあるけれど、階級制度と奢侈禁止令についてはどうかと思うわ。わたしの時代では、みんなが働いている。〝仕事もせずに遊んで暮らす金持ち〟は恥ずかしいことなのよ。王族でさえ仕事をしているんだから。ダイアナ妃は世界じゅうを飛びまわって慈善事業のための資金集めをしているし、プリンセス・ロイヤルの称号を持つアン王女は、見ただけでうんざりするほど多忙なスケジュールを抱えている。アンドルー王子は写真を撮るし、マイケル王子夫人は本を執筆している。チャールズ皇太子は、この国がテキサス州のダラスのオフィス街みたいになるのを防ごうと努力して――」

ニコラスは愉快そうに喉を鳴らして笑った。「王族が仕事をするのは、今の時代でも別に珍しいことではないぞ。われらの新女王が、何もせずにただ玉座に座っているとでも思っているのか？」

ダグレスは歴史の本で読んだことをはっと思いだした。ニコラスが処刑された理由のひとつは、宮廷に出入りするようになった彼が、若きエリザベス一世を誘惑するのではないかと恐れた者たちがいたからだと書いてあった。「ねえ、ニコラス、宮廷に出入りしようだなんて考えていないわよね？　まさか女王の取り巻き連中の仲間に入るつもりじゃないでしょうね？」

「女王の？」ニコラスは心底驚いたような顔をした。「女王になったあの若きご婦人について、きみは何を知っているのだ？　スコットランドのメアリーこそ正当な女王で、スタフォード家もほかの一族と力を合わせ、彼女を王位に就かせるべきだと主張している者たちもいるのだが」

「そんなことしちゃだめ！　間違ってもエリザベス以外の誰かに肩入れしないで」そう言いながらも、自分のせいで歴史が変わってしまうのではないかとダグレスは思った。スタフォード一族と彼らの財産をメアリーが思うままに使えていたら、彼女は王位に就いていただろうか？　エリザベスが女王でなかったら、イングランドが世界の強国に仲間入りした時代は訪れただろうか？　イングランドが強国となってアメリカ大陸に移民を送らなかったら、アメリカ人は今頃、英語を話していただろうか？

「なかなかヘビーね」ダグレスは年下のいとこの口癖を真似て、小さくつぶやいた。

「エリザベスは誰と結婚するんだ？」ニコラスは尋ねた。「玉座の隣に座るのは誰だ？」

「誰もいないわ。その話を蒸し返すのはやめて。前にも言い争いになったでしょう。エリザベスは誰とも結婚しないの。彼女は国をおさめ、世界の列強に肩を並べるまでに成長させるという偉業を成し遂げるのよ。さあ、話の続きを聞く気はあるの？　それとも、実際に起こったことを起こらなかったと否定し続けるつもり？」

ニコラスはにやりと笑った。「きみはある男に自らを捧げ、わたしはきみを救うために現れたんだったな。よし、先を続けてくれ」

「ちょっと話が違うけど……」言葉を途切れさせ、彼を見た。たしかにダグレスは彼に救われた。ニコラスは陽光に鎧をきらめかせながらあの教会に現れたかと思うと、ダグレスを愛していなかった男のもとから連れ去り、愛し愛されることを教えてくれた。ニコラスといると、ダグレスはありのままの自分でいられた。彼を喜ばせなければならないと考える必要もなかった。知らぬ間に彼を喜ばせているように思えた。子どもの頃から、姉たちのように完璧であろうと必死に努力してきた。けれども担任教師はみな、姉たちのクラスも受け持っていたので、彼女たちと比べてはダグレスに失望した。ダグレスは空想にふけるのが好きだったが、姉たちは決してそんなことはしなかった。運動も得意ではなかったが、姉たちはスポーツ万能だった。姉たちには数えきれないほど友達がいたが、ダグレスはどちらかというと人見知りで、いつもよそ者のように感じていた。

両親は決して姉たちとダグレスを比較しなかったけれど、テニスや乗馬や野球のトロフィー、スペリング大会のメダル、科学展の表彰リボンなどがどれも姉たちのものだと気づいてさえいないようだった。ダグレスも一度だけ、教会で開催されたアップルパイ作りのコンテストで三等賞になり、黄色いリボンをもらったことがある。父はそのリボンを、姉たちが獲得した一等賞の青いリボンや特別賞の紫のリボンのそばに誇らしげに飾ってくれた。だが、その黄色いリボンが場違いに思えて、ダグレスは恥ずかしくなって取り外してしまった。

昔からずっと人を喜ばせたいと思っていたのに、なぜかうまくいったためしがなかった。何をしてもかまわないと父はいつも言うけれど、姉たちのすばらしい成果を見るにつけ、自分も偉業を成し遂げなければならないという気持ちになった。だからこそロバートと結婚して、家族にいいところを見せたかった。著名な整形外科医であるロバートと結婚すれば、人生最大のトロフィーが手に入るような気がしたのだ。

でも、ニコラスが救ってくれた。彼の意図していない方法で。彼がロバートを追い返したから、救われたわけではない。尊重してくれたから救われたのだ。おかげで、ニコラスの目を通して自分自身を見られるようになった。考えてみれば、同じことが姉たちの身に起きていたら、ダグレスのように対処できなかったに違いない。彼女たちは常に冷静沈着で分別があるから、鎧を身にまとった男性が十六世紀の時代からやってきたと言ったら、警察に通報しただろう。三人とも、頭のおかしな哀れな男に同情を示すほど情に厚い人間ではない。

「なぜ笑っている?」ニコラスが静かに尋ねた。

「姉たちのことを考えていたのよ。三人とも完璧な人間なの。欠点なんかひとつもなくて。でも完璧でいるのって、ちょっぴり孤独なんじゃないかって今気づいたの。わたしはいつもみんなを喜ばせようとして、かえって事態を悪化させてしまうの。喜ばせるべき相手を見つけるべきだったのかもしれないわね」

ニコラスは大きな勘違いをしたらしく、ダグレスの手を取り、手のひらに口づけし始めた。「きみはわたしを大いに喜ばせてくれる」

ダグレスはさっと手を引っこめた。「だめよ……触れあったらだめなの」彼女はあわてて言った。

ニコラスはまつげの下からダグレスを見て、低い声で言った。「だがわれわれは以前、触れあったことがある。違うか？　わたしはきみに会ったことを覚えているし、なんとなくきみに触れた覚えがある」

「ええ」ダグレスはやっとの思いで言った。「たしかにわたしたちは触れあったことがあるわ」ろうそくの金色の光に包まれた薄暗い部屋でベッドをともにした。

「一度は触れあった仲なのだ、この時代でふたたび触れあってもかまわないだろう」

彼は手を伸ばしてダグレスに触れようとした。

「やめて」ダグレスは哀願するような目で言った。「だめなの。わたしは自分の時代に戻ってしまう」

ニコラスは彼女に近寄るのをやめた。なぜそうしたのか、自分でもわからなかった。ただ、彼女の様子に何かただならぬものを感じた。女性から〝やめて〟と言われて、思いとどまったことはこれまで一度もなかった。彼女たちが本気でやめてほしいと思っていないのは一目瞭然だったからだ。ところが今は、ひどくそそられる女性と同じベッドの上にいながら、気がつくと彼女の言葉を聞き入れていた。

ニコラスは枕にもたれかかり、ため息をついた。「こんなに弱っていては、目的を達するのは無理だろうな」重々しい口調で言った。

ダグレスは噴きだした。「さあ、どうだか。わたしがフロリダ州の大地主だって信じてくれたら、その言葉も信じてあげるわ」

ニコラスはダグレスの言葉の意味を理解して、にやりとした。「さあ、そばに来て、きみの時代の話をもっと聞かせてくれ。われわれがそこで何をしたのかも」ニコラスが怪我をしていないほうの腕をあげると、彼女は迷ったすえに身を寄せた。

ニコラスはダグレスを抱き寄せ、たくましい腕をその体にまわした。彼女は一瞬、ニコラスを押し戻そうとしたが、ため息をついて裸の胸に身をすり寄せた。「わたしたちはあなたの服を買ったわ」そのときのことを思いだしたのか、彼女がほほえんだ。「あなたは値段が高すぎると言って、店員を怒鳴りつけたのよ。本当に気の毒だったわ。それからお茶を飲みに行ったわ。あなたは紅茶がすごく気に入ったみたいだった。そのあと、あなたが泊まるB&Bを探したの」いったん言葉を切った。「その夜のことよ、あなたが雨の中、わたしを見つけに来てくれたのは」

ニコラスはうわの空で話を聞いていた。過去と未来を行き来したという話をまだ完全に信じたわけではないが、ニコラスの腕の中でダグレスがどう感じているのかが手に取るようにわかったし、彼女の体の感触をはっきりと覚えていた。

ニコラスには彼女の声が〝聞こえる〟らしいということを、ダグレスは説明していた。なぜそんな事態が起きるのかわからないが、彼女が十六世紀にやってきたその日に、その方法を使ったらしい。雨の中でニコラスを〝呼んだ〟ら、実際に現れたという。同じ日に、ニコラスがダグレスに無礼な態度をとったことや、彼女を馬の尻に乗せたことをとがめたあと、彼女はさらに言った。屋根裏部屋に入れられたときも、彼女はふたたびニコラスを〝呼んだ〟のだと。

それ以上の説明を聞く必要はなかった。どうやらニコラスには、ダグレスが感じていることがつぶさに感じられるようだった。現に今も、腕の中で、彼の胸に頭を預けているダグレスの心地よさを感じることができる。そして同時に、性的な興奮を覚えていることも。ニコラスもこれまで感じたことがないほどの欲望を覚えたが、何かが彼を思いとどまらせていた。

ふたりでベルウッドへ行き、ニコラスが隠し扉を見せたときのことをダグレスは話し始めた。

「それで、あなたの話を信じるようになったの」ダグレスは言った。「その隠し扉のことを知っていたからじゃなくて、世の中があなたの功績ではなく、不道徳な行いのほうばかり覚えていることに傷ついた顔をしていたから。あなたがソーンウィック城を設計したなんて、二十世紀の人々は誰も知らなかった。そのことを証明するものが何も残っていなかったから」

「わたしは職人ではない。この先もそんなことは――」

ダグレスはニコラスを見あげた。「だから言ったでしょう。わたしたちの時代ではそうじゃないって。才能は高く評価されるのよ」

見おろすと、彼女の顔が間近にあった。ニコラスは彼女の顎の下に指先を添え、ゆっくりと唇を近づけ、そっとキスした。

ニコラスははっとして顔を離した。ダグレスは目を閉じていた。やわらかな体がしなだれかかってくる。今なら彼女と関係を持てるだろう。だがやはり、何かが彼を押しとどめていた。彼女の顎から手を離すと、自分の手が震えていることにニコラスは気づいた。初めて恋人ができた若者になった気分だった。もっとも、彼が初めて女性とベッドをともにしたときは、欲望に駆られていて、今のように震えてはいなかったが。

「きみはわたしに何をした？」ニコラスはささやき声できいた。

「わからないわ」ダグレスの声もかすれている。「たぶん、わたしたちは一緒になる運命だったのよ。四百年の時を隔てても、こうなる運命だったの」

ニコラスは彼女の顔に、首筋に、肩に、腕に手を滑らせた。「それでもきみとひとつになれないのか？　着ているものをはぎ取り、その胸や脚に口づけを——」

「ニコラス、お願い」ダグレスはニコラスの手を押し戻した。「ただでさえわけのわからない状況なのよ。わかっているのは、二十世紀でわたしたちが結ばれたあと、あなたが消えてしまったってことだけ。わたしはあなたをしっかり抱きしめていたのに、腕の中からするりと抜けでてしまったの。こうしてまた会えたのに、もうあなたを失いたくない。わたしたちは一緒に過ごしたり、話したり、なんでもできるわ。体の関係以外なら」彼女はいったん言葉を切った。「もちろん、あなたもそれを望めばの話だけど」

ダグレスの表情を見て、ニコラスが消えたときに彼女が味わった苦しみを感じた。しかし今この瞬間、わからないことを理解したいと思う以上に、彼女と結ばれたかった。

ダグレスはニコラスの考えを読み取り、彼が覆いかぶさろうとしたとたんにベッドから転がりでた。「どちらかが理性を保っていなくちゃね。あなたは少し休んだほうがいいわ。話の続きはまた明日」

「話などしたくない」ニコラスはふてくされて言った。

以前、彼を誘惑するためにありとあらゆる手を使ったことを思いだし、ダグレスは笑いだした。もうハイヒールは必要ないのね！「また明日、そろそろ行かなくちゃ。もうじき夜が明けるし、ルーシーと会う約束が――」

「ルーシー？」

「レディ・ルシンダ・なんとか。キットの婚約者よ」

ニコラスはふんと鼻を鳴らした。「あのずんぐりむっくりの小娘か」

ダグレスはむっとした。「あなたが結婚することになっている女性のような美人ではないと言いたいわけ？」

ニコラスはにやにやした。「きみは嫉妬が似合うな」

「嫉妬なんかしていないわ。わたしはただ――」ダグレスは目を背けた。レティスに対する感情は、嫉妬という言葉ではとても言い表せない。しかし、ダグレスは何も言わなかった。ニコラスは結婚する予定の女性を愛していると明言していたのだ。ダグレスがレティスについて忠告しても、彼は聞く耳を持たないだろう。「そろそろ行かないと」ダグレスはやっとの思いで言った。「あなたは眠って」

「きみがそばにいてくれたら、よく眠れそうだが」

「嘘つき」ダグレスはほほえんだ。ふたたび彼に近寄るつもりはなかった。それに、昨日ははらはらしどおしだったうえに、ひと晩じゅう眠っていないせいで疲れきっていた。トートバッグを手に取り、ドアのほうへ行くと、去り際にもう一度振り返り、裸の胸と、白い枕に浮きあがって見える浅黒い肌に目を走らせた。そして気が変わらないうちに急いで部屋をあとにした。

ルーシーは噴水のそばで待っていた。ダグレスがシャワーを浴びたあと、ふたりはボードビルの練習をした。ルーシーが観客から笑いを取れるように、ダグレスは次々に質問をぶつける間抜けな突っこみ役を演じることになっていた。

夜が明けて屋敷に戻ると、ホノリアが紫色のベルベットのドレスを手に待っていた。

「少し寝ようかしら」ダグレスはあくびをして言った。

「レディ・マーガレットとクリストファーさまがお待ちよ。ご褒美をいただけるわ」

「ご褒美なんていらないわ。わたしは人助けをしたいだけだから」そう言いながらも、嘘だと思った。本心を言うなら、この先もずっとニコラスと一緒に生きていきたい。彼と一緒にいられるなら、十六世紀だろうと二十世紀だろうと、どちらでもかまわなかった。

「でも行かないと。なんでもほしいものを言っていいのよ。お屋敷でも、定期的な収入でも、夫でも――」

「ニコラスと結婚させてもらえると思う？」

「ニコラスさまにはすでに決まったお相手がいらっしゃるわ」ホノリアは小声で言った。

「百も承知よ。じゃあ、重たいドレスを着せてもらえる？」

着替えをすませ、ホノリアに案内されて謁見室へ行くと、レディ・マーガレットと長男がチェスをしていた。

「ああ」ダグレスが入ってきたのに気づき、クリストファーは彼女の手を取ってキスをした。「わたしの命を救ってくれた天使よ」

ダグレスは顔を赤らめ、ほほえんだ。

「さあ、こっちへ来て、おかけなさい」レディ・マーガレットが椅子を指さして言った。腰掛けではないということは、大きな栄誉にあずかっているようだ。

クリストファーが母親の後ろに立った。「わたしの命を救ってくれたことを感謝したい。何か贈り物をしたいが、きみの望むものがわからない。なんでもほしいものを言ってくれ。遠慮は無用だ」彼の目がいたずらっぽく輝いた。「わたしの命は、わたしにとってそれだけの価値がある」

「ほしいものなどありません」ダグレスは答えた。「すでに充分すぎるほど親切にしていただいていますから。豪華な食事とすばらしいドレスを与えてもらい、これ以上望むことなどできません」ニコラスを別にすれば、とダグレスは思った。彼をプレゼント用にラッピングして、メイン州のわたしのアパートに送ってもらえないだろうか?

「さあ」クリストファーは笑いながら言った。「ほしいものが何かあるだろう。箱いっぱいの宝石か?　わたしはウェールズに城館を——」

「城館」ダグレスは言った。「では、城館にします。ソーンウィックにお城を建てていただきたいです。そして、その設計をニコラスにまかせます」

「わたしの息子に?」レディ・マーガレットは信じられないという顔をした。

「はい、ニコラスにです。ご子息はすでにお城のスケッチを描いています。きっと見事なお城になるでしょう。でも、そのためにはキットの……いえ、クリストファーさまのお力添えをいただかなければなりません」

「きみはその城に住むわけか?」クリストファーは尋ねた。

「いいえ、わたしがそのお城を所有したいわけではありません。ただ、ニコラスが設計するお許しをいただきたいのです」

クリストファーとレディ・マーガレットは、ダグレスをまじまじと見た。ダグレスは同じ室内で刺繡台の前に座っている侍女たちに目をやった。彼女たちもあんぐりと口を開けている。

最初に気を取り直したのはクリストファーだった。「きみの望みをかなえてやろう。弟がその城の主《あるじ》となる」

「ありがとうございます。心から感謝します」

誰ひとり口を開こうとしないので、ダグレスは立ちあがった。「ジェスチャーゲームのお約束をしていましたね」ダグレスはレディ・マーガレットに向かって言った。

レディ・マーガレットは笑みを浮かべた。「あなたはもう食い扶持《ぶち》を稼ぐ必要はありません。息子の命を救ったのと引き換えに帳消しになりましたからね。好きなときに好きなことをして過ごせばよいでしょう」

何をすればいいかわからないと言葉を返そうとしたが、考えごとでもしていればいいと思い直した。「ありがとうございます、奥さま」ダグレスは膝を曲げてお辞儀をすると、部屋をあとにした。ようやく自由の身になったんだわ。ホノリアの寝室に引き返しながら、ダグレスは胸のうちでつぶやいた。もうみんなを楽しませる必要はなくなったのね。ああ、よかった。何しろ、知っている歌はもう、〈マクドナルド〉のコマーシャルソングぐらいしか残っていなかった。

ホノリアのメイドの手を借りて、新しいドレスと古いコルセット(金属が錆びかけているのがシルクの生地越しにわかる)を脱ぐと、にんまりしながらベッドに入った。ニコラスがアラベラを妊娠させるのを阻止し、クリストファーの命を助けた。あとはレティスを厄介払いするだけだ。それができたら、歴史は変わるだろう。ダグレスは笑みを浮かべたまま、眠りに落ちた。

29

それからの一週間は、ダグレスにとって人生で最高に幸せな日々だった。スタフォード家のみんなから気に入られ、何をしても許されそうな雰囲気だった。これほどの厚遇を受けるのもせいぜいあと数日だろうと思い、それが続くあいだは満喫するつもりだった。

ダグレスは可能な限りずっとニコラスと一緒に過ごした。彼は二十世紀の世界についてなんでも知りたがり、飽きもせずに質問を重ねた。自動車のことを話してもなかなか信じられないようだったし、飛行機に至っては頑なに信じようとしなかった。彼はダグレスのトートバッグの中身をくまなく探った。バッグの底のほうからアルミの袋に包まれたティーバッグが出てきたので、ダグレスはミルクティーをいれてやった。その味に感激したニコラスは、初めてアイスクリームを食べたときのように、ダグレスに熱烈なキスをした。

二十世紀の様子を教えたお返しに、彼は十六世紀の自分の生活について話してくれた。ダンスを教え、あるときは鷹狩りに連れていき、ダグレスが獲物を仕留めに行く鷹を腕に止まらせるのを拒むと、彼はおかしそうに笑った。囲いの中で飼われているノスリ（鷹の一種で、猛禽類に属する）も見せてもらった。何日か白パンだけしか与えず、胃袋の中の腐肉がすっかり消化されてから、絞めて食用にするとのことだった。

ふたりは〝下層階級〟の教育について議論し、それが〝平等〟についての口論に発展した。ニコラスに言わせればアメリカは暴力的でもの悲しい国に思えるという。詳しく語らなければよかったとダグレスは後悔した。

彼はイングランドの近い将来について、とりわけエリザベス女王について数えきれないほど質問した。父から教わった歴史の話をもっと覚えていたら、彼に話してあげられたのに、とダグレスは思った。

ニコラスが特に興味をそそられたのは、航海と新大陸探検の話だった。

「でもあなたはこの時代でレティスと結婚するのよ。それに処刑されてしまったら、どこへも行けないわ」

処刑の話を持ちだすと、ニコラスはやはり耳を貸そうとしなかった。彼には若者特有の根拠のない自信があり、自分は無敵で、何があろうと無傷で切り抜けられると信じこんでいた。「わたしはウェールズの領地を守るために軍を起こしたりしない。そもそも、あの領地はキットのものだ。兄上が生きているのなら、わたしの運命も以前とは変わったものになるだろう」

ダグレスは反論の根拠を示すことができなかった。クリストファーを殺そうとした人物に心当たりがあるか尋ねてみると、ニコラスはただ肩をすくめ、どこかのならず者のしわざだろうと言った。ダグレスは連邦政府も警察も存在しない場所という考えにまだ慣れることができなかった。貴族階級は富と権力を独占している。争いごとを裁き、独断で絞首刑を宣告し、女王の命令にのみ従う。善良な領主のもとで働ける農民は幸せだが、多くの農民がそんな幸運に恵まれているわけではなかった。

ある日、ダグレスは町を見てみたいとニコラスに頼んでみた。彼は眉をつりあげ、おそらく楽しめないだろうと言ったものの、最終的に同意した。

彼の言うとおりだった。スタフォード家の平穏でそれなりに清潔な環境にすでに慣れていたダグレスは、中世の町の不潔さに対する心の準備ができていなかった。ニコラスの家臣が八人、追いはぎからふたりを守るために同行した。轍のついた道を馬に乗って走りながら、ダグレスはあちこちの木陰に目を走らせた。ロマンス小説の中でハンサムな追いはぎに襲われるのとはわけが違い、実際の追いはぎは危険きわまりないからだ。

町は、ダグレスの想像を絶する不潔さだった。人々は生ごみも室内用便器の中身もすべて通りに捨てていた。生まれてから一度も入浴したことがないように見える大人も何人か見た。小さな川にかかる橋のたもとに、長い槍《やり》が立ち並んでいて、腐敗した人間の頭部が刺さっていた。

ダグレスはいいところを見つけるために、すべてを見ようとした。家々や通りの様子を記憶にとどめておこうとした。もし二十世紀に戻ったら、見たものすべてを父に話して聞かせたいと思ったからだ。しかしどんなに頑張っても、目に入ってくるのは悪いものばかりで、彼女はすっかり打ちのめされた。家々は隙間なく立ち並び、女たちが窓から物をやりとりしあっていた。人間は怒鳴り、動物はうなり、鍛冶屋はハンマーで鉄を打っている。薄汚い身なりをした不健康そうな子どもたちが駆け寄ってきて、ニコラスたち一行の脚にすがりついて物乞いをした。家臣たちは彼らを足蹴にして追い払った。ダグレスは子どもたちに同情するよりも、彼らに触られないようにあとずさりしたい気持ちになっていた。

ダグレスの顔が青ざめているのに気づき、ニコラスは家路につくよう家臣たちに命じた。ふたたび開けた場所に出ると、ダグレスはようやく息ができるようになった。

ニコラスが馬を止めるよう命じると、木陰にテーブルクロスが広げられ、食べ物が用意された。彼は強いワインをゴブレットになみなみと注ぎ、ダグレスに手渡した。ダグレスは震える両手でそれを受け取り、いっきに飲んだ。

「われわれの住む世界ときみの住む世界は、天と地ほどの開きがある」ニコラスは言った。この数日のあいだに、彼から二十世紀の社会のあらゆる面について質問を受けた。その中には入浴や下水設備に関する質問も含まれていた。

「そうね」ダグレスはさっき見た町の光景や悪臭を思いださないようにしながら言った。アメリカにもホームレスは大勢いるが、彼らでもあんなにひどい生活はしていない。もちろん、さっきの町にも身なりのいい人たちはいたけれど、彼らにも常にあの悪臭がつきまとっていた。「ええ、二十世紀の町とはまったく違うわね」

ワインを飲んでいるダグレスの隣で、彼は手足を伸ばして寝そべった。「それでもなお、わたしの時代にとどまりたいと思うか？」

ダグレスは彼を見つめた。さっき見た光景が目に浮かんだ。ニコラスとともにこの時代にとどまれば、あの町も生活の一部になる。安全なスタフォード家を一歩出れば、槍に突き刺された腐敗した人間の頭部や、室内便器の中身であふれた通りをいやでも目にするはめになるのだ。

「ええ」ダグレスはニコラスの目をまっすぐ見据えて言った。「それが可能なら、わたしはここにとどまるわ」

彼はダグレスの手を取ってキスした。

「ただし、助産師には手をきれいに洗ってもらうわ」

「助産師？　ああ、つまりきみはわたしの子を産むつもりなのか？」

まともな産科医も病院もない環境で出産すると考えただけでぞっとしたが、彼にそのことは言わなかった。「十人以上はほしいわね」

ドレスの袖がきつくてまくりあげられないため、ニコラスは袖の上から唇を這わせた。生地越しに熱い唇の感触が伝わってくる。「いつから作り始める？　わたしももっと子がほしい」

ダグレスは目を閉じ、頭をのけぞらせた。「もっと？」その瞬間、ニコラスが以前言っていた言葉が脳裏に浮かんだ。息子。たしか、以前は息子がひとりいたが、今はもういないと言っていたような気がする。正確にはなんと言っていただろう？

ダグレスは腕をさっと引っこめた。「ニコラス、あなたには息子さんがいるの？」

「ああ、まだ赤ん坊だ。しかし心配は無用だ。母親はずっと前に亡くなっている」

ダグレスは必死に思いだそうとした。息子。彼はなんと言っていたかしら？　そうだ、〝息子がひとりいたが、兄が溺死した一週間後に転落死した〟と言っていた。「急いで戻らなくちゃ」ダグレスは言った。

「だが、その前に食事をしよう」

「いいえ」ダグレスは立ちあがった。「あなたの息子さんの様子を見に帰らないと。キットが溺れた一週間後に息子さんが死んだって、あなたは言っていたの。明日でちょうど一週間になるわ。今すぐ息子さんのところに戻らないと」

ニコラスはためらわなかった。食べ物や食器を片づけるために家臣をひとり残し、残りの家臣たちとダグレスを連れてスタフォード家へと馬を駆り立てた。屋敷の表門まで来ると、みな馬から飛びおりた。ダグレスはスカートを持ちあげ、ニコラスのあとに続いて走った。

彼はダグレスがまだ一度も訪れたことのない棟へ行き、ドアを勢いよく押し開けた。次の瞬間にダグレスが目にしたものは、彼女が十六世紀に来てから見たどんなものより怖気《おじけ》をふるう光景だった。ようやく一歳を超えたくらいの小さな男の子が、首から足先までリネンできつくくるまれ、壁の掛け釘から吊されていたのだ。ミイラのように腕も脚もぐるぐる巻きにされ、リネンの下半分は排泄物《はいせつぶつ》で汚れているのに、そのまま放置されている。その下の床には〝したたり落ちたもの〟を受ける木桶が置いてあった。

子どもが薄目を開けたり閉じたりしているのに気づき、ダグレスは恐ろしさのあまり身動きもできなかった。

「子どもは無事だ」ニコラスは言った。「なんの害もない」

「害がないですって？」ダグレスは小さくつぶやいた。二十世紀に子どもがこんな扱いを受けていたら、両親から取りあげられるだろう。それなのにニコラスは、子どもは無事だと言っている。「その子をおろして」彼女は言った。

「おろせだと？　だがこの子は無事だ。おろす理由など――」

ダグレスは彼をにらみつけた。「おろして！」

ニコラスはあきらめの表情を浮かべると、息子の両肩をつかんで持ちあげ、排泄物が自分にかからないよう腕をいっぱいに伸ばしたままダグレスのほうを向いた。「この子をどうすればいい？」

「体をきれいに洗って、ちゃんとした服を着せてあげるのよ。その子は歩けるの？　もうおしゃべりできる？」

ニコラスは目を丸くした。「わたしがそんなことを知るわけないだろう？」

ダグレスは目をぱちくりさせた。どうやらふたつの時代を隔てているのは、時間だけではないようだ。ダグレスは大きな木桶を部屋に運ばせ、手間取りながらもそこに湯を張った。ニコラスは文句を言ったり悪態をついたりしたが、悪臭を放っている息子の体からリネンを外し、あたたかい湯の中にぽちゃんとおろした。かわいそうな子どもは、腰から下全体におむつかぶれができていた。ダグレスは貴重な自分の石鹸を使って、子どもの体を優しく洗ってやった。

途中で乳母がやってきて、ひどくうろたえた様子で、そんなことをしたら子どもが死んでしまうと言った。初めのうち、ニコラスはわれ関せずという態度だった。おそらく乳母と同意見だったのだろう。しかしダグレスがにらみつけると、彼は乳母をさがらせた。

あたたかい湯に浸かり、子どもはようやく元気を取り戻した。きつく体を締めつけられていたせいで、少し意識がもうろうとしていたのだろうとニコラスに告げた。

「おとなしくさせるためだ。巻いている布を緩めると、大声で泣きだす」

「あなたもぐるぐる巻きにされて壁に吊されたら、大声で泣きわめくか確かめてみたらどう？」

「子どもに感覚はない」彼はダグレスの行動と考え方がどうしても腑《ふ》に落ちないらしい。

「イェール大学に入れるほどの頭脳があるかもしれないでしょう」

「イェール？」

「なんでもないわ。安全ピンはもう発明されているのかしら？」

急ごしらえのおむつを作らなければならなかった。ダグレスがダイヤモンドとエメラルドのブローチをひとつずつ使ってリネン製のおむつの端をとめたとき、ニコラスは抗議の声をあげた。おむつかぶれに効く亜鉛華軟膏があればよかったのに。

ようやくきれいになった子どもの体を拭き、パウダーをはたいてから（ホテルの無料サンプルをトートバッグに入れておいたおかげだ）、子どもを父親に手渡した。ニコラスは恐れと当惑の入りまじった表情を浮かべたが、子どもを受け取ると、しまいにはほほえみかけさえした。子どももほほえみ返す。

「この子の名前は？」ダグレスは尋ねた。

「ジェームズだ」

ダグレスはニコラスの手から子どもを受け取った。すでに顔立ちが整っていて、黒い髪と青い目は父親譲りで、顎にも小さな割れ目ができている。「歩けるかどうか、試してみましょう」床におろすと、ジェームズは何度かよろめきながらも、両腕を伸ばしてダグレスのところまで歩いてきた。

それから一時間ほど、ダグレスは子どもと遊び、その様子をニコラスはそばで眺めていた。しばらくしてジェームズを寝かしつけるときになって、エリザベス朝の育児法について、ダグレスはさらなる事実を知った。ベビーベッドの真ん中に穴がひとつ開いていて、ちょうど穴の上に尻がのるように子どもを寝かせ、夜のあいだベッドに体を縛りつけておくのだという。そしてまたしても、ベッドの下に木桶が置かれた。

子どものベッドにちゃんとしたマットレスを敷いてやるべきだと主張すると、ニコラスは呆れた表情で目をぐるりとまわしただけだった。乳母が苦情を言い、その言い分には一理あるとダグレスも思った。ゴム製のおむつカバーがない限り、朝になるまでにマットレスが汚れてしまうし、中に詰めてあるガチョウの羽根をどうやってきれいにすればいいだろう？　ダグレスは雨具に使われている蠟引きの防水布をマットレスに敷くことで、その問題を解決した。乳母はダグレスの指示に従ったものの、ダグレスとニコラスが部屋をあとにするときも、まだぶつぶつ文句を言っていた。

部屋を出ると、ニコラスは愉快そうに喉を鳴らして笑った。「さあ、一緒に夕食をとろう」彼は言った。「息子の体がきれいになったお祝いだ」彼はダグレスの手を取り、自分の腕の下に抱えこんだ。

30

ニコラスはベンチにゆったりと座り、ダグレスが彼の息子と遊ぶ様子を眺めていた。太陽は明るく輝き、あたりにはバラの香りが立ちこめている。世界のすべてが完璧だった。息子を掛け釘からおろし、体に巻いていた布を外してから今日で三日目だ。この三日間、ニコラスはかなりの時間を息子とダグレスとともに過ごした。その一方で、ほかの大勢の人たちとも多くの時間を過ごしている。ダグレスが短期間のうちにスタフォード家にすっかり馴染んでいることを知り、ニコラスは驚嘆した。ダグレスは毎朝、ずんぐりむっくりの小娘と一緒に〝リハーサル〟なるものをやっていたが、昨日は滑稽きわまりない農民の服装をして、滑稽な寸劇を演じた。ふたりは〝ともに旅をしよう、歌いながら……〟と歌い、冒瀆的とも言える冗談を言った。

寸劇のあいだじゅう、ニコラスは頑として笑わなかった。ダグレスがクリストファーのために計画したのだと知っていたからだ。実際、彼女はニコラスにもはっきりとそう言った。家族はみんなげらげら笑っていたが、ニコラスだけは笑うのを拒んだ。

しばらくしてふたりきりになったとき、ダグレスは彼を笑い、嫉妬していると言った。〝このわたしが嫉妬だと？　望めばどんな女性でも手に入るのに、なぜ嫉妬なんかしなければならないのだ？〟そう言うと、彼女は心得顔でほほえんだ。その笑顔を消し去るために、ニコラスはダグレスを抱き寄せ、彼女が自分の名前を忘れるほど、ましてや別の男のことなど考えられなくなるほど激しく唇を奪った。

そして今はベンチに座って庭園の壁にもたれかかり、ダグレスが息子とボール遊びをしている様子を眺めながら、ニコラスは心が安らぐのを感じていた。これが愛なのか？　吟遊詩人が歌う愛というものなのか？　どうしてベッドに連れこんでもいない女性を愛することができるのだ？　かつて、ロマの血が混じった娘を愛していると思いこんだことがあったが、彼女はベッドであれこれ尽くしてくれた。しかしダグレスとしたことといえば、ふたりで語りあい、笑いあっただけだ。

城の設計図を勝手に見たダグレスに何度もせっつかれ、ニコラスは新たに別の設計図も描き始めた。春になったら、ソーンウィック城の建築に着手してもいいと兄から言われている。

ふたりはともに語りあい、歌い、馬に乗り、散歩をした。今まで誰にも話さなかったことまで、気がつくとダグレスには話していた。

二日前、肖像画家がスタフォード家にやってきた。ニコラスはその画家に、ダグレスの細密画の肖像を描くよう依頼した。もうじき仕上がるはずだ。

こうしてダグレスを見ていると、彼女なしで生きていけるだろうかと思う。それなのに、彼女はこの時代から去ることをしょっちゅう口にする。自分がいなくなったときに、ニコラスが何をするべきかをしつこく言い続けるのだ。くれぐれも清潔にするように、清潔が何よりも重要だと、うんざりするほど聞かされた。

ダグレスがいなくなったら――そう考えるだけでも耐えられなかった。ニコラスは一日に何度も、この件を彼女に話さなければ、と考えていることに気づいた。彼女の時代では、男女はパートナーとしてさまざまな考えや意見を分かちあうという。母が最後に結婚した夫はたびたびレディ・マーガレットの意見を求めたが、継父が〝今日はどうだった?〟とダグレスのように母に尋ねるのを聞いた記憶はない。

そして、子どもだ。子どもはうるさい存在には違いないが、息子の笑顔を見てうれしくなることもあった。息子は神を見るようなまなざしで、父親であるニコラスを見あげた。昨日は鞍の前に乗せてやったら、息子が喜んできゃっきゃっと笑ったので、ニコラスも思わず頬を緩めた。

そのとき、息子がしたことでダグレスが笑う声がして、ニコラスは物思いからわれに返った。降り注ぐ陽光が、ダグレスの髪をきらめかせているが、彼女がそばにいるときだけ太陽が光り輝くように思えた。彼女に触れ、この腕で抱き、愛を交わしたかった。しかし、彼女を失うかもしれないという恐れが、ベッドへ連れこむのをためらわせていた。いや、機会があるたびにキスをし、彼女の体のあらゆる部分に触れてはいる。夜になると、ひと気のない部屋の片隅で体を寄せあい、暖炉の火や、開け放した窓から星を眺めた。ニコラスは彼女に触れ、体を抱き寄せても、そこから先へは進まなかった。彼女がいなくなるかもしれない可能性が高いのに、そんな危険を冒すわけにはいかない。

使い走りの少年がやってきて、〝レディ・マーガレットがお呼びです〟と告げた。ニコラスはしぶしぶ庭園を離れ、屋敷の中に入った。

母は寝室ではなく、小さな私室で待っていた。

「モンゴメリーにはもう話したのですか?」レディ・マーガレットは厳しい表情で尋ねた。

なんの話をしているのか、きき返さなくてもニコラスにはわかった。「いいえ、まだです」

「ニコラス、今度ばかりは目に余ります。キットの命を救ってくれた女性なので、ずっと大目に見てきましたが、おまえのふるまいは……」レディ・マーガレットは、これ以上言う必要はないでしょうと言いたげに言葉を切った。

ニコラスは窓に近づき、扉を開けて庭園を見おろした。すぐ下にダグレスの姿が見えた。「わたしは彼女と一緒になりたいと思っています」静かな声で言った。

レディ・マーガレットがぴしゃりと窓を閉め、息子をにらみつけた。突き刺すような視線だった。「それは許しません。すでにレティス・カルピンの持参金を受け取り、その一部は羊を買うのに使いました。彼女は地所を所有していて、家柄も申し分ありません。王家との血縁をおまえの代で絶やしてはなりません。どこの馬の骨とも知れないあの女のために、すべてを棒に振るわけにはいきません」

「ダグレスのことしか考えられないのです」

レディ・マーガレットはふたたび彼をにらみつけた。「彼女にはなんの価値もありません。二日前、ランコニアから使者が戻ってきました。モンゴメリーなどという王はいないそうです。あの女は口から出まかせを――」

「それ以上は言わないでください」ニコラスは母の言葉をさえぎった。「ダグレスが王家の血を引くという話などはなから信じていません。しかし彼女はわたしにとって、血筋や財産よりも大切な存在なのです」

レディ・マーガレットは低くうめいた。「人を愛したことがあるのは自分だけだとでも思っているのですか？　わたしは若い頃、いとこを愛していると思いこみ、おまえの父親との結婚を拒みました。けれども母上から鞭で打たれ、しぶしぶ結婚を承諾したのです」彼女は目を細め、ニコラスを見た。「でも母上は正しかった。おまえの父はふたりの息子を授けてくれ、ふたりとも一人前に育ちました。その一方で、いとこは賭博で財産を失った」

「ダグレスは博打《ばくち》でわたしの財産をなくしたりしません」

「増やしもしないでしょうよ！」レディ・マーガレットは気を鎮めた。「何を悩んでいるのですか？　キットは丸々と太った子どもと結婚するというのに、おまえはイングランドでも指折りの美女を妻にめとるのですよ。レティスのほうが、あのモンゴメリーという女よりもはるかに美人ではありませんか」

「わたしが財産と美貌にしか関心がないとお思いですか？　レティスは冷酷な女です。彼女が次男のわたしと結婚するのは、わが一族が王家と血縁関係にあるからです。あの女には別の男を見つけてやるべきです。思いやりが欠如していることには見て見ぬふりをして、完璧な容姿しか目に入らない男を」

「おまえは約束を反故《ほご》にするつもりですか？　この婚約を破談にすると？」レディ・マーガレットは呆れた表情を浮かべた。

「ダグレスにすっかり心を奪われているのに、どうして別の女と結婚できるでしょう？」

レディ・マーガレットは小ばかにしたように鼻先で笑った。「おまえを愚鈍な人間に育てた覚えはありませんよ。レティスと結婚したあとも、あのモンゴメリーとかいう女を囲っておけばよいのです。妻の侍女にでもしておきなさい。おまえが毎晩ベッドをともにしないからといって、レティスが気を悪くするとは思えません。レティスに子を産ませたら、あとはモンゴメリーのところへ行けばよいのです。わたしの二番目の夫もそのようにしていましたが、わたしはまったく気にしませんでしたよ。もっとも、彼は愛人に三人の子を産ませておきながら、わたしにはひとりしか産ませず、その子も死んでしまいましたが」彼女は吐き捨てるように言った。

ニコラスは母から顔を背けた。「ダグレスがそんな取り決めに同意するとは思えません。彼女の国では、そのようなことは行われていないでしょうから」

「彼女の国？　その国とやらはどこにあるのです？　ランコニアでないのなら、あのようなゲームや余興をどこで覚えたのですか？　あの奇妙な道具の類いは、どこから持ってきたのです？　足し算をする機械。魔法のような効き目のある薬。あの女は悪魔の使いかもしれない。おまえは悪魔の使いとともに暮らしたいのですか？」

「ダグレスは魔女ではありません。彼女は――」ニコラスは言葉を途切れさせ、母を見た。ダグレスについて真実を話すわけにはいかなかった。クリストファーの命を救ったおかげで、今はみんなから気に入られているが、そんな状況は長く続かないだろうとダグレス自身が言っていた。

レディ・マーガレットは息子を怖い顔でにらんだ。「おまえは自分を売り渡すつもりなの？　彼女の言うことを、なんでも鵜呑みにするのですか？　あの女は嘘つきで……」レディ・マーガレットは言いよどんだ。「あれこれ首を突っこみすぎです。おまえに職人のように城の設計図を描かせ、キットの婚約者には農民のような格好をさせ、子どもたちを子ども部屋から連れだし、使用人の子どもたちに読み書きを教えている――まあそれは、必要なことではあるけれど。それから――」

「ですが、母上も賛成しておられたでしょう？」ニコラスは呆れて言った。「ダグレスがここへ来たとき、わたしは用心するように進言しました。母上は彼女から手渡された薬をのまれた」

「ええ、そのとおりです。初めのうちは、彼女のすることをおもしろがって見ていました。末の息子が彼女を愛しているなどと言いださなければ、今でもそう思っていたでしょうね」レディ・マーガレットは態度をやわらげ、ニコラスの腕に手を置いた。「誰かを愛したければ、神を愛しなさい。自分の子が大きくなったときに、子どもたちを愛しなさい。ただし、嘘つき女を愛してはいけません。彼女はおまえに何を望んでいるのですか？　わたしたちから何を得ようとしているのです？　よく聞きなさい、ニコラス。彼女には気をつけなさい。彼女のせいで、わたしたちはすっかり変えられてしまった。彼女には何か魂胆があるに違いありません」

「いいえ」ニコラスは穏やかに言った。「ダグレスは何も望んでいません。ただ人助けをしたいだけなのです。彼女が遣わされたのは――」

「遣わされた？　誰が彼女をここへ遣わしたのですか？　そんなことをして、彼女になんの得があるというの？」レディ・マーガレットは目を見開いた。「キットは溺れかけたとき、脚をつかまれて水中に引きずりこまれたと言いました。モンゴメリーがそうなるように仕組んで、自分がキットを助けたように見せかけたのでは？　そのような策略をめぐらせれば、彼女はわが一族から多くのものを得られます。さもなくば、本当にキットを死なせるつもりだったのかもしれません。キットの命を奪えば、おまえが伯爵になる。彼女はおまえを意のままに操っているのです」

「いいえ、断じてそんなことはありません」ニコラスは言った。「ダグレスはそんな人間ではありません。わたしがベルウッドの隠し扉のことで嘘をついたせいで、彼女は兄上が出かけたことさえ知らなかったのですから」

レディ・マーガレットの端整な顔に困惑の表情が浮かんだ。「おまえは彼女のことを何か知っているのですか？」

「いいえ、何も。ダグレスのことで、悪いことなどひとつも知りません。どうか信じてください、彼女はわれわれの役に立とうとしているだけなのです。悪意はこれっぽっちもありません」

「それなら、なぜおまえの結婚を邪魔立てしようとするのですか？」

「ダグレスはそんなことはしていません」そうは言ったものの、ニコラスは目をそらした。最初に会ったとき、彼女はレティスの名誉を傷つけるようなことを何やら言っていたが、最近は何も言わなくなった。母の言葉を聞いたとたん、疑念が脳裏をかすめた。

レディ・マーガレットは息子の前にやってきた。「あのモンゴメリーという女はおまえを愛しているのですか？」彼女はささやくように問いかけた。

「ええ」ニコラスは答えた。

「それなら、彼女はおまえにとって最善のことを望むはずです。そしてレティス・カルピンこそが最善の結婚相手です。モンゴメリーは自分に持参金がないことを理解しなければなりません。おじが国王だと嘘をついたくらいですから、身内にひとかどの人物がいるかどうかも疑わしい。彼女は何者なの？　職人の娘か何かですか？」

「ダグレスの父親は教師だそうです」

「やれやれ」レディ・マーガレットは言った。「ようやく正体がわかりましたね。彼女はスタフォード家に何を与えられるのですか？　何もないでしょう」彼女はニコラスの腕に手を置いた。「彼女をあきらめろとは言いません。この屋敷に置いてもいいし、おまえがレティスと結婚したら一緒に連れていってもいい。子を産ませるなり、愛情を注ぐなり、好きなようになさい」レディ・マーガレットの顔がまた険しくなった。「ただし、妻にすることは許しません。スタフォード家の人間は、一文なしの教師の娘とは結婚しないのです」

「よくわかりました、母上」ニコラスは怒りに満ちた目で言った。「誰よりもこの家名の重みをひしひしと感じています。わたしは自らの務めを果たし、美しく冷酷なレティスと結婚します」

「よろしい」レディ・マーガレットはそう言ったあと、声をひそめて続けた。

「わたしとしても、モンゴメリーの身にもしものことがあってほしくありません。彼女のことは気に入っていますからね」

ニコラスは一瞬、母をにらみつけてから、向きを変えて部屋をあとにした。足音荒く寝室へ行くと、ドアにもたれかかって目を閉じた。母の言わんとすることは明白だった――務めを果たしてレティス・カルピンと結婚せよ、さもなくば、ダグレスの身にもしものことがあるだろう。母の言葉を思い返しながらも、ニコラスがほかの女性と結婚すると知ったら、ダグレスがどう反応するかもわかっていた。ダグレスは彼の新しい家庭に住みこみ、彼の妻に仕えるような女性ではない。

ダグレスを失い、レティスを得る。ダグレスから愛情のこもったまなざしを向けられる代わりに、レティスから冷ややかで計算高い目で見られるようになるわけだ。初めてレティスに会ったとき、ニコラスは彼女の美しさに魅了された。黒い瞳、黒い髪、ふっくらした赤い唇。しかし、これまで数々の美女と浮き名を流してきたニコラスは、その美貌に隠された本性をすぐに見抜いた。レティスはスタフォード家の屋敷の中を歩きまわりながら、金の器に目をとめては、その価値を見積もっていた。頭の中の秤《はかり》を使い、スタフォード家にはどれだけの金と銀があるのか量っていた。

ニコラスはレティスを誘惑しようとしたが、失敗に終わった。彼女がその気になれなかったからではなく、まったく無関心だったからだ。レティスとのキスは、生ぬるい大理石に口づけしているようだった。

務め。ニコラスの務めは、多くの財産を持つ、高貴な血筋の女性と結婚することだ。

「ダグレス」彼はささやき、目を閉じた。

今夜、彼女に打ち明けなければならない。もうじき結婚することをダグレスに話さなければ。もうこれ以上先延ばしにするわけにはいかない。

31

「レティスと結婚してはだめ」ダグレスは無表情に言った。

「愛する人よ」ニコラスは彼女に近づき、両腕を広げた。

ニコラスは近くの迷路園にダグレスを連れだしていた。迷路の中は三メートル以上もある高い生け垣に囲まれ、出入り口がわかりにくくなっている。彼女は迷路から出る道順を知らないはずなので、伝えるべきことを伝えたとき、ニコラスのもとから逃げだす可能性は低いだろうと考えたのだ。

「レティスと結婚しなければならない」ニコラスは言った。「それが家族に対するわたしの務めだ」

ダグレスは落ち着くよう自分に言い聞かせた。今すべきことは、彼がレティスと結婚してはいけない理由を説明することだ。それなのに、愛する男性から別の女性と結婚すると告げられたとたん、分別がどこかに行ってしまった。

「務めですって？」ダグレスは歯を食いしばったまま言った。「レティスみたいな絶世の美女と結婚したら、何かと気苦労が多いでしょうね。さては怖気づいているのね。しかも、わたしのことも手放したくないと言うんでしょう？　妻がひとりに愛人がひとり？　でも、わたしは愛人にはなれないわ。なれるとでも思った？」ダグレスは彼をにらみつけた。「まあ、ひょっとしたらなれるかも。あなたとベッドをともにしたら、あの邪悪な女と結婚するのを阻止できるかもしれないもの」

ニコラスは彼女を抱きしめるために近寄ろうとしたが、ふと足を止めた。「邪悪？　レティスは欲深い女だとは思うが、邪悪とはどういうことだ？」

ダグレスは体の脇でこぶしを握りしめた。「あなたに邪悪の何がわかるというの？　あなたたち男性って、いつの時代に生まれてもみんな同じね。人を見た目でしか判断できないんだから。美人は内面がどんなに腐っていても、自分の望む男性を手に入れられる。不細工な女は、そのことしか問題にされないのに」

ニコラスは伸ばしていた両手をだらりと垂らした。目に怒りが燃えていた。「ああ、そうだとも。わたしは見た目の美しさにしか興味がない。務めも、家族も、愛する女性も、どうでもいい。レティスのすばらしい体からドレスをはぎ取ることで頭がいっぱいだ」

平手打ちを食らったような衝撃を受け、ダグレスはうめいた。早くこの場から立ち去りたいけれど、迷路から出る道順を知らない。彼女はニコラスのほうに向き直った。怒りを支えにしてどうにか立っていたが、その瞬間、怒りがふっと消えた。へなへなとベンチに座りこみ、両手で顔を覆う。「ああ、なんてこと」ダグレスはかすれ声で言った。

ニコラスが隣に腰をおろして抱きしめると、ダグレスは彼の胸に顔を埋めて泣きだした。「どうしても結婚しなければならない。ずっと前から決まっていたことだ。わたしはこの結婚を望んでいない。きみを愛しているからだ。しかし、そうするしかない。キットに万一のことがあれば、わたしが伯爵位を受け継ぐ。世継ぎを作らなければならない」

「レティスは子どもを産めないわ」ダグレスは彼の胸に顔を埋めたまま言った。

ニコラスはバルーン型の半ズボンからハンカチを取りだした。「なんだって？」

ダグレスははなをかんだ。「レティスは子どもを産めない体なのよ」

「どうしてそんなことを知っている？」

「あなたが処刑されるように策略をめぐらせたのはレティスなのよ。ああ、ニコラス、どうかお願いだから彼女とは結婚しないで。絶対にだめ。あなたが殺されてしまう」

ダグレスはいくぶん落ち着きを取り戻すと、彼に伝えるべきことを思いだした。

「ちゃんと話すつもりだったんだけど、まだ時間があると思っていた。あなたにもっと信用されてから打ち明けるつもりだったの。あなたがレティスを愛しているって知っていたから――」

「あの女を？　わたしがレティス・カルピンを愛しているだと？　誰がそんな話を？」

「あなた自身がそう言ったのよ。あなたが十六世紀に戻りたい理由のひとつは、妻をとても愛しているからだって」

彼はダグレスから体を離し、立ちあがった。「わたしはレティスを愛するようになるのか？」

ダグレスははなをすすりあげ、またかんだ。「あなたが二十世紀にやってきたとき、彼女と結婚して四年経っていたわ」

「たかが四年ぐらいで、あの女を愛せるようになるとは思えないが」ニコラスはつぶやいた。

「え？」

「わたしが妻に抱いていた愛情とやらについて、もっと聞かせてくれ」

ダグレスは声が喉につかえたようでうまく話せなかったが、彼が言っていたことをできる限りすべて説明した。ニコラスは途中で何度も質問し、ふたりが一緒に過ごした最後の日々について知りたがった。ダグレスは彼の大きな手を両手で握りしめたまま、質問にひとつずつ答えていった。

しばらくすると、ニコラスはダグレスの顎の下に手を添えて顔をあげさせた。「きみと一緒にいたとき、わたしは自分の時代に戻らなければならないことを知っていた。おそらく、わたしが去るときにきみが苦しまないようにしたかったのかもしれない。そばにとどまれない男を愛させてはいけないと思ったのだろう」

ダグレスが目を見開いた瞬間、涙がきらりと光った。「最後の夜、たしかにあなたはそう言っていたわ」やっとの思いで返した。「あなたがわたしに触れようとしなかったのは、わたしを悲しませたくなかったからだって」

彼はほほえみ、涙に濡れたほつれ毛をダグレスの顔から撫でるように払いのけた。「たとえ千年ともに暮らそうと、わたしはレティスを愛することはできないだろう」

「ああ、ニコラス」ダグレスは彼の首にしがみつき、唇を重ねた。「あなたは正しいことをしてくれると思っていたわ。彼女とは結婚しないって。これで何もかもうまくいくのね。あなたは処刑されない。だって、レティスにはあなたやキットを殺す理由がなくなるんだから。アラベラはあなたの子を妊娠していないから、レティスとロバート・シドニーが共謀することもない。ああ、ニコラス、あなたは彼女と結婚しないだろうと思っていたわ」

彼はダグレスの腕を引き離して両手を握ると、じっと視線を合わせた。「わたしはレティスと結婚の約束を交わしている。三日後にはこの屋敷を去り、彼女と結婚することになる」ダグレスは手を振りほどこうともがいたが、ニコラスは握りしめたまま放さなかった。「われわれは歩むべき道も、生きる時代も違う。わたしには、きみに与えられているような自由がない。自分が望む相手と結婚できるわけではないんだ」

彼は身を乗りだし、ダグレスの頬に口づけした。「わかってくれ。この縁組みは何年も前に決められたもので、良縁なんだ。わたしの妻となる女は、スタフォード家に財産と親戚をもたらしてくれる」

「処刑人に首を切り落とされるとき、その財産と親戚があなたを助けてくれるの？」

ダグレスは憤然として言った。「この結婚は良縁だったと思いながら死んでいくの？」

「すべてを話してくれ。きみから話を聞いておけば、反逆罪に問われずにすむかもしれない」

ダグレスは彼の手を振り払い、迷路の中心にある草地の向こう側へ行った。「キットが溺れ死なずにすんだのと同じように、あなたが処刑されずにすむようにね。でもわたしがこの時代に来なければ、お兄さんはすでに死んでいたはずよ。そして、あなたの愛しのレティスはめでたく伯爵と結婚するというわけ」

ニコラスの口元にかすかな笑みが浮かんだ。「わたしが伯爵だったら、レティスとは結婚しないだろう。母上はきみのお気に入りの、ずんぐりむっくりのルーシーと結婚させるはずだ」

「でも実際には、あなたは伯爵になったあとでレティスと結婚したのよ。たぶん、何か借りがあって、結婚せざるをえなかったのね」

「ああ、そうだ。羊だ」ニコラスはほほえんだ。

「笑いたければ笑えばいいわ。でも言っておくけど、わたしの時代に来たとき、あなたは笑ってはいなかったわよ。処刑人の斧が目の前に迫っていたら、愉快な気分ではいられなかったんでしょうね」

ニコラスは真顔になった。「当然だ。レティスのことを話してくれないか？　知っていることをすべて」

ダグレスは彼の手が届かないように、ベンチの反対側の端に腰をおろした。きれいに刈りこまれた生け垣の緑の壁をじっと見つめ、彼のほうを見ないようにした。

ダグレスは初めからゆっくりと話し始めた。レディ・マーガレットが書き残した手紙が壁の穴から発見されたこと。ニコラスがヘアウッド邸への招待をうまく取りつけたこと。そこでリーやアラベラに会ったこと。

「その週末はずっと、文書を読んだり質問したりしていたんだけど、大した収穫はなくて。しまいに業を煮やしたあなたがリーに剣を突きつけて、裏切り者の名前はロバート・シドニーだと聞きだしたの。その瞬間に、あなたは十六世紀に戻ってしまうと思ったんだけれど、そうはならなかった」ダグレスは一瞬目を閉じた。「そのあと、わたしたちはすばらしい時間を過ごしたわ。でも……」あの朝、教会でニコラスが消えてしまったときに味わった苦しみを、まだ生々しく覚えていた。「わたしたちが結ばれた翌朝、あなたは十六世紀に戻ってしまった。そのあとで知ったの。あなたが処刑されてしまったことを」

ダグレスは深く息を吸いこみ、さらに話を続けた。リーと再会し、新たに発見されたレディ・マーガレットの手紙について聞いたこと。その手記によって真相がわかり、ニコラスの死後に彼の無実が明らかになったこと。

レティスがスタフォード家の息子と結婚して世継ぎを産み、その子をイングランドの王位に就かせようともくろんだことも話した。レティスはただの次男ではなく伯爵と結婚したいがために、長男のクリストファーを殺したに違いないと、レディ・マーガレットが確信していたこともう一度説明した。

「結婚後、レティスは宮廷で力を得るようあなたを説得しようとしたらしいわ。できるだけ多くの人を味方につけておきたかったんでしょうね。でも、あなたは説得に応じなかった」

「宮廷は性に合わない」ニコラスは言った。「腹黒い人間が多すぎる」

ダグレスは彼のほうに顔を向けた。「あなたは宮廷に妻を連れていくのを拒んだ。だから彼女はあなたの命を狙うことにしたの。わたしの時代に来たとき、あなたのふくらはぎに長くて深い傷跡があったわ。結婚して一年ほど経った頃、馬から落ちたときにできた傷が。結婚後、あなたが〝不幸な出来事〟に何度も見舞われているとレディ・マーガレットも書き記していた」

ニコラスが黙っているので、ダグレスは先を続けた。レティスはニコラスを厄介払いするのに手を貸してくれる人間を探し始めた。そしてロバート・シドニーを見つけたのだと。「彼はあなたを憎んでいた。妻を寝取り、妊娠までさせた男を。レディ・マーガレットは、彼がアラベラと赤ん坊を殺したに違いないと考えていたみたい」

「しかし、今回はアラベラを妊娠させなかったぞ」ニコラスは低くつぶやいた。

「ええ」ダグレスはほほえみ、話を続けた。「あなたがウェールズで兵を集めたとき、レティスにしてみれば、ロバートを使って女王への反逆行為だと密告させるのは造作もないことだったでしょうね。何しろ、エリザベス女王は当時、スコットランドのメアリーの存在に脅威を感じていたし、スタフォード家がメアリーに加勢しようとしているという噂も耳に入っていたのかもしれない」

彼のハンサムな顔と青い目を見つめた。片手を伸ばし、手のひらでやわらかな黒いひげに触れた。「彼らのせいであなたは首を刎ねられてしまった」ダグレスはまばたきして涙をこらえながら、かすれた声で言った。

ニコラスは彼女の手のひらにキスした。

ダグレスはその手をおろし、目をそらした。「あなたが……死んだあと、ロバート・シドニーはレティスを脅して自分と結婚させたの。彼は自分の子を王位に就けたかったのね。ところが美しきレティスは——ひとりの男性の命を奪った女は——子どもを産まなかった。産めない体だったのよ」

ダグレスは顔をしかめた。「なんとも皮肉な話だってリーは言っていたわ。レティスは自分が産めもしない子どものために、スタフォード家を滅亡させてしまったわけだから」

ふたりのあいだに一瞬の沈黙が流れた。

「そのあと、母上はどうなった？」

ダグレスは彼に目を戻した。「女王がスタフォード家の財産を没収すると、ロバート・シドニーはレディ・マーガレットをディッキー・ヘアウッドと結婚させたの」

「ヘアウッドだと？」ニコラスは嫌悪感をあらわにした。

「そうするか、飢え死にするかのどちらかしか道はなかったのよ。女王がロバートにあなたの領地をいくつか与えると、それからまもなく、あなたのお母さまは何者かに階段から突き落とされて、首の骨を折って死んでしまった」

彼が息をのんだので、ダグレスは少し間を置いた。「こうしてスタフォード一族の人間は誰もいなくなったわ。レティスが水面下で動いて、皆殺しにしてしまったの」

ニコラスに視線を戻すと、顔が青ざめていた。

彼は立ちあがり、生け垣のほうへ歩いていった。無言で立ち尽くし、ダグレスから聞いた話についてしばらく考えていたが、やがてこちらに向き直った。「きみが話してくれたことは、かつて起こったことかもしれないが、今はもう起こらないだろう」

ニコラスが何を言おうとしているのかわかった。今はもう、レティスと結婚しても大丈夫だと言いたいのだ。ダグレスの全身を怒りが駆けめぐった。「わたしの話を聞いたあとでも、彼女と結婚するほど、あなたは愚かな人ではないでしょう?」

「しかし、きみが言ったような事態はもう起こりえない。アラベラはわたしの子を身ごもっていないのだから、ロバートにはわたしを憎む理由がない。キットは無事だったのだから、わたしが軍を起こす理由もない。万一、キットが軍を起こす必要に迫られたときは、わたしが必ず女王の許可を得ると約束する」

ダグレスも立ちあがった。「ねえ、ニコラス、未来のことは誰にもわからないのよ。あなたがわたしの時代に来たとき、あなたは処刑される日の三日前に死んだと歴史書には記されていたの。でもあなたが十六世紀に戻ったあとは、予定どおり処刑されたことになっていた。歴史はいとも簡単に変わってしまうの。レティスと結婚したら、わたしが二十世紀に戻ったときに、キットが別の方法で殺されたと書かれているかもしれないでしょう? レティスが別の方法を用いて、あなたが処刑されるように画策したら? 彼女は別の共謀者を見つけるかもしれない。美しい妻を持ち、あなたを憎んでいる男性はほかにもいるに違いないから」

ニコラスがようやく笑みを見せた。「ひとりかふたりはいるな」

「笑いごとじゃないでしょう! 生きるか死ぬかの話をしているのに、そんなところに突っ立ってちゃかすなんて」

ニコラスはダグレスのこわばった体を抱き寄せた。「愛しい人よ、そんなにも心配してくれるとは。危険を知らせてくれてありがとう。おかげでこれからは用心できる」

ダグレスは彼の体を押し戻した。声の調子と全身で怒りを表す。「いかにも男性らしい考え方ね」ダグレスは非難した。「しょせん相手は女だから、あなたに危害を加えることはできないと思っているんでしょう？　わたしは一部始終を話したのに、あなたはくすくす笑っている。いっそのこと、わたしにウインクして、頭でも撫でたらどう？　生きるか死ぬかの重大な問題は物事を理解できる男にまかせて、女は屋敷に戻って縫い物でもしてろって言ったらどうなの？」

「ダグレス、いい加減にしてくれ」ニコラスは両手を伸ばした。

「触らないで。女性に触れたければ、愛しのレティスに触れればいいでしょう。ねえ、彼女が次々と引き起こす悲劇を水に流せるほど、彼女は美しい女性なの？　あなたの死、キットの死、あなたのお母さんの死、高貴なるスタフォード一族の滅亡。そのすべてを水に流せるほど？」

ニコラスは両腕をだらりとおろした。「わたしには選択の余地がないことがわからないのか？　自分の家族とカルピン家の者たちに告げろというのか？　〝花嫁がスタフォード一族を皆殺しにするかもしれない〟と未来から来た女が言っているから婚約を破談にする、と。そんなことをすれば、頭がおかしくなったと思われるし、きみもひどい扱いを受ける」

「人にどう思われるかを気にして、すべてを危険にさらすつもり？」

ニコラスはどう説明すればダグレスに理解してもらえるだろうかと言葉を探した。

「きみの時代には、取引の契約というものはないのか？　法的な契約書を取り交わすことはないのか？」

「もちろんあるわよ。あらゆるものに契約があるわ。婚前契約を交わす場合もあるけれど、結婚はあくまでも愛のためにするもので――」

「わたしのような階級の人間は、愛のために結婚をするのではない。そんなことは許されない。まわりを見てみろ。この立派な屋敷を。これはわが一族が所有する数多くの屋敷のひとつにすぎない。わが一族がこれほどの富を築くことができたのは、先祖が愛のためではなく、財産のために結婚してきたおかげだ。わたしの祖父は気性の荒いじゃじゃ馬と結婚したが、彼女は三つの屋敷と大量の貴金属を所有していた」

「ニコラス、理屈はわかるけど、結婚っていうのはもっと……親密なものなのよ。誰かのもとで働くという契約書にサインするのとはわけが違うの。結婚は、愛とか子どもとか、家庭とか安全な場所とか、人生の伴侶とか、そういうものに結びついているのよ」

「とすると、きみは愛する者とともに貧しい暮らしをするわけか。その愛とやらで腹はいっぱいになるのか？　冬の寒さから体を守ってくれるのか？　きみが言うよりも大事なものが結婚にはある。きみは貧しい家に生まれたから、理解できないんだ」

ダグレスの目が怒りに燃えた。「参考までに言っておきますけど、わたしは貧しくありません。うちはとても裕福で、お金ならたっぷりあるのよ。でもだからといって、わたしは愛を求めないわけじゃないし、一番高く買ってくれる相手に自分を売ることもしない」

「きみの家族はどのようにして富を得た？」ニコラスは穏やかな声で尋ねた。

「さあ。先祖代々伝わる財産があると聞いているわ。父の話では、先祖が結婚した相手が――」ダグレスは言葉を途切れさせ、目を大きく見開いて彼を見た。

「きみの先祖が誰と結婚したって？」

「なんでもない。ただの冗談よ。父の話に、別に深い意味はなかったと思うわ」

「相手は誰だって？」ニコラスはもう一度きいた。

「裕福な女性たちよ」ダグレスはつっけんどんに言った。「うちの先祖はお金持ちの女性をつかまえるのがとても上手だったたって」

ニコラスは何も言わず、その場に立ったまま彼女を見つめた。

ダグレスは怒りが消えていくのを感じた。ニコラスに近寄り、彼の腰に両腕をまわしてきつく抱きしめた。「お金のために結婚するなら」彼女は言った。「世界一裕福な女性と結婚すればいいわ。でも、お願いだからレティスとは結婚しないで。彼女は悪い女なの。あなたに害を及ぼすわ、ニコラス。あなたたちみんなの身にまずいことが起こる」

ニコラスは彼女の体を押し戻し、目をのぞきこんだ。「レティス・カルピン以上の相手は望めない。わたしは次男で、ただのナイト爵にすぎないし、所有する財産はキットから与えられたものだけだ。ありがたいことに、寛大な兄上に養ってもらっている身だ。レティスと結婚すれば、彼女の地所がわが一族のものになる。惜しみなく与えてくれる兄のためにできることを、どうして拒める?」

「あなたなら、レティス以上の相手が見つかるわ。あなたを好きだという女性は大勢いるはずでしょう。別の女性を見つければいいじゃない。お金のために結婚しなければならないなら、わたしも一緒に探してあげる。裕福で、レティスと違って野心的でない女性を」

ニコラスはダグレスを見おろしてほほえんだ。「女性をベッドに誘うのと縁組みではわけが違う。信じてくれ。これほどの良縁はないのだ。いや、そんなに難しい顔をするな。わたしはこれからも無事だ。わからないのか？　今まではレティスが危険な女だと知らなかったが、今はそれがわかっている。これで家族も自分の身も救える」

「あなたは女王を倒すことはおろか、宮廷に行くことさえ興味がないと知ったら、彼女のほうから婚約を破談にしてくれるかもしれないわ」

「カルピン家も女王の遠縁に当たるし、財産もあるが、スタフォード家のような旧家ではない。彼女が実際にそんな野心を抱いているのなら、わたしとの婚約を破談にしたりしないだろう。まさか、わたしが彼女の意のままに操られるなんて思っていないだろう？」

「レティスはそのうち、あなたを殺そうとするわ」ダグレスは言った。「馬に乗るたびに、鞍帯が切られていないか調べるつもり？　食べ物に毒が盛られていたら？　階段に針金が張り渡してあったら？　彼女がならず者を雇ってあなたを襲わせたら？　池で溺れたら？　火事が起きたら？」

ニコラスは小ばかにしたような表情を浮かべ、くすくす笑った。「心配してくれるのはありがたい。いっそ、きみに見張り番を頼むとしよう」

「わたしに？」ダグレスは彼から体を離した。「わたしに？」

「ああ。わたしの屋敷に来ればよい」ニコラスは長いまつげ越しにダグレスを見た。

「わたしの妻に仕えるのだ」

一瞬、反応できなかった。「あなたの妻に仕える？」ダグレスは感情を抑えた声で言った。「たとえばレティスの着替えを手伝ったり、お風呂のお湯が熱すぎないか確かめたり、そういう仕事をしろってこと？」

ニコラスは彼女の冷静な口調にだまされなかった。「愛しのダグレス、わたしのかけがえのない人よ、まんざら悪い考えでもないと思うが。われわれは多くの時間をともに過ごせる」

「あなたの妻の許可のあるなしにかかわらず、一緒に過ごせるというわけ？」

「ダグレス」彼はなだめるように言った。

「わたしがロバートと同棲していたことをあんなふうに非難しておきながら、よくそんなことが言えるわね。少なくともロバートにとって、わたしはただひとりの恋人だったわ。それなのにあなたは、わたしに……あの人殺しに仕えろって言うのね！夜、あなたがレティスと世継ぎを作ろうとしているとき、わたしは何をしていればばいいの?」

ニコラスは身をこわばらせた。「わたしに禁欲生活を求めないでくれ。きみは自分の時代に戻るのを恐れて、わたしとベッドをともにできないと言うではないか」

「へえ、そうなの。でも、わたしは禁欲生活を送れるわ。全然平気よ。でもマッチョな絶倫男さん、あなたは毎晩、違う女性と寝ないと気がすまないわけね。レティスに断られた夜はどうするの? メイドをあずまやに連れこむつもり?」

「わたしにそんな口を利くな」彼の目が怒りに燃えた。

「あら、いけないの? 誰かさんに危険を知らせるために四百年もの時を旅してきたのに、その相手が自分の虚栄心にばかりとらわれていて話に耳を貸そうとしなかったら、好き勝手に言いたくもなるでしょう? もういいわ。どうぞ、レティスと結婚してちょうだい。知るもんですか。キットを死なせて、お母さまを死なせて、あなたが何より大事にしている財産を失えばいいわ。ついでにその首もよ!」

最後のほうは叫び声になった。ダグレスはニコラスを押しのけると、涙にかすむ目で迷路の中を駆けだした。

三分と経たないうちに道に迷い、立ちどまって泣きだした。もしかしたら、ひとりの人間が歴史を変えるなんて無理なのかもしれない。クリストファーは殺され、ニコラスは処刑されるように運命づけられているのかもしれない。スタフォード一族は生き延びられない運命なのかもしれない。これから起ころうとしていることは、誰にも変えられないのかもしれない。

ニコラスがそばにやってきたが、何も言わなかったのでダグレスはほっとした。単なる言葉だけで、それぞれが使命だと思っていることを変えるのは不可能だとダグレスは思い知らされた。だから黙ったまま、彼のあとについて迷路を出た。

32

その後の三日間は、ダグレスにとって地獄のようだった。屋敷じゅうの誰も彼もが、来るべきニコラスの結婚に色めき立ち、そのことばかり話題にのぼった――料理や衣装について。結婚式の出席者について。スタフォード家に仕える使用人の中で、誰がニコラスのお供をし、誰がレディ・マーガレットとともに屋敷に残るのかについて。

ニコラスとクリストファーが持っていく荷物が何台もの大きな荷車に積みこまれた。カルピン家に滞在する準備が進められるのを、ダグレスはこの世の終わりのような気分で眺めていた。ニコラスとクリストファーは衣類だけではなく家具も持ちこみ、さらに使用人まで連れていくようだった。

荷物が積みこまれるたびに、その重みが胸にのしかかってくるような気がした。ダグレスはニコラスを説得しようと試みた。何度も何度も試みた。しかし、ニコラスは耳を貸そうとしなかった。彼にとっては、務めを果たすことがほかの何よりも大事で、いかなる理由があっても家族に対する務めを放棄する気はないらしい。愛のためだろうと、命を落とす危険があろうと。

ニコラスが出発する前夜は、これ以上ないほど最悪の気分だった。ニコラスが十六世紀へ戻ってしまい、教会にひとり取り残されたときのように。

その夜、ダグレスはメイドの手を借りてドレスを脱ぐと、トートバッグから薄手のシルクのネグリジェを取りだして身につけた。その上から借りもののローブを着ると、ニコラスの寝室へ向かった。

部屋の前まで来ると、ドアに手を置いた。彼が眠っていないのがわかった。感じることができた。ノックもせずにドアを開けると、ニコラスは身を起こしてベッドに座っていた。目の粗いシーツで脚は覆われているが、たくましい胸と平らな腹はあらわになっている。彼は蓋付きの銀のジョッキで何かを飲んでいて、ダグレスが部屋に入ってきても目をあげなかった。

「どうしても話がしたいの」ダグレスは小声で言った。室内はひっそりしていて、暖炉の薪がはぜる音とろうそくの芯が燃える音しか聞こえない。

「いや、話すことはもう何もない」彼は答えた。「互いになすべきことをなさねばならないのだから」

「ニコラス」ささやきかけたが、彼はまだこちらを見ようとしなかった。ダグレスは身にまとっていたローブをそっと脱いだ。ローブの下から現れたネグリジェは、二十世紀の基準で言えば驚くに値しないが、エリザベス朝の衣服の基準からすると、肌の露出が多すぎた。細い紐と深く開いた襟元。肌に吸いつくような生地は、想像の余地がないほど体の線をあらわにしている。ダグレスは獲物に忍び寄る雌の虎のような動きでベッドに這いのぼり、ニコラスに近づいた。「ニコラス」彼女はささやいた。「レティスと結婚しないで」

彼がようやくダグレスを見た。その瞬間、ジョッキからワインがこぼれた。「どういうつもりだ?」彼はかすれた声で言った。驚きの目が、情熱的なまなざしに変わる。

「今夜は一緒に過ごしてほしいの」ダグレスは彼との距離をさらに詰めた。

ニコラスはネグリジェの胸元に視線を落とした。そして手を伸ばし、震える手で彼女の肩に触れた。

「今夜だけでいいから」ダグレスはささやき、彼に顔を近づけた。

ニコラスはすぐさま反応した。ダグレスを抱きしめて唇を重ねると、彼女の息を吸いこみ、奪うようなキスをした。ずっとこうしたくてたまらなかったというように。ネグリジェが引き裂かれたかと思うと、ニコラスは手と唇で彼女の乳房に触れ、その谷間に顔を埋めた。

「この一夜は約束のためよ」ダグレスは頭をのけぞらせながら言った。頭から思考が吹き飛ぶ前に、するべきことを必死に思いだそうとした。「誓って」彼女は言った。

「わたしのものはすべてきみのものだ。それがわからないのか？」彼の唇がおなかのほうへと滑りおりていく。両手でつかんだヒップに彼の指が食いこんでいた。

「それなら、明日行くのはやめて」ダグレスは言った。「この一夜は明日のためよ」

ニコラスの力強い手がヒップを持ちあげた拍子に、ネグリジェがさらに下へ滑り落ちた。「わたしのすべての明日はきみのものだ」

「ニコラス、お願い」言いたかったことを思いだそうとしたが、ニコラスに愛撫をされると、何も考えられなくなった。「お願い、わたしの愛しい人。今夜を最後にわたしはここからいなくなってしまう。だから誓って」

一瞬の間を置いて、ニコラスはダグレスの魅力的な体から頭をあげ、彼女の顔を見た。今では大切な存在となった女性の体に触れる興奮で頭がくらくらしていたが、彼女の言葉がようやく耳に届き始めた。「わたしに何を誓わせるつもりだ？」ニコラスが低い声で尋ねた。

ダグレスは頭をあげた。「わたしがいなくなったあとも、レティスとは結婚しないと誓ってくれたら、あなたと一夜をともにするわ」感情を抑えた声で言う。

しばらくのあいだ、ニコラスはベッドに手をついて裸の体を支えたまま、半裸になった彼女を見おろしていた。ダグレスは息を詰めた。この決断を下すのは簡単ではなかった。でも、たとえニコラスを永遠に失うことになろうと、レティスとの結婚をやめさせなければならない。

ニコラスはすばやく転がるようにしてベッドからおりると、ゆったりしたローブを羽織り、ダグレスに背中を向けて暖炉の前に立った。口を開いたとき、彼の声は低くかすれていた。「きみはわたしを見くびっているのか？　一夜の快楽のために、きみを失う危険をあえて冒すとでも？　約束を取りつけるために自分を安売りするとは、自分自身も見くびっているのか？」

彼の言葉を聞き、ダグレスは恥ずかしくなった。破れたネグリジェを肩まで引っ張りあげる。「これしか思いつかなかったの」彼女は弁解した。「あなたの結婚をやめさせるためなら、どんなことでもするわ」

ニコラスが振り返って彼女を見た。彼の目に感情があふれている。「きみは自分の国とその風習について話してくれたな。それが唯一の価値観だと思っているのか？　この結婚は、わたしにとってなんの意味もない。それなのにきみは大げさに考えすぎている」

「あなたの命を危険にさらすわけには——」

ニコラスの目が怒りに燃えた。「きみはわれわれふたりの人生を危険にさらしているんだぞ！」彼は怒りをあわらにした。「きみはわたしとベッドをともにすることはできないと何度も繰り返し言っていたのに、こうしてここにいる。しかもそんな格好で……それではまるで……」

まるで娼婦《しょうふ》になった気分だった。ダグレスはシーツを引きあげ、むき出しの肩を覆った。「わたしはただ、レティスと結婚しないと約束をしてほしかっただけなの」涙が出そうになった。

ニコラスはベッドに近づき、ダグレスを見おろした。「これがきみの愛の形なのか？　ベッドに忍びこみ、まるで娼婦のようにわたしを誘惑する。金《きん》はいらないと言うが、わたしに家名を汚すようなことをしろと言う。わたしにとって一番大事なものを捨てろと——」

ダグレスは両手で顔を覆った。「やめて、お願い。それ以上聞きたくないわ。わたしはそんなつもりじゃ——」

彼はベッドの端に腰をおろし、ダグレスの顔から手をどけさせた。「わたしがどれほど明日という日を恐れているかわかるか？　妻にしなければならない女を、どれほど恐れているか。わたしに自由があったなら、きみの時代に生きていたら、心のままに愛を選んだだろう。しかし、この時代ではそれはできない。きみと結婚しても、わたしはきみを養うことができない。兄上は何も与えてくれなくなるだろう。住む場所も、食べるものも、着るものも――」

「キットはそんな人じゃないわ。それに、わたしたちにも何か生活の手段があるはずよ。キットの地所の管理を手伝えば、あなたを放りだしたりしないはず。彼ならきっと――」

ニコラスはダグレスの手首をつかむ手に力をこめた。「聞こえないのか？　わたしの言うことがわからないのか？　わたしはこの結婚をどうしてもしなければならない」

「だめ」彼女は消え入りそうな声で言った。「だめ」

「もう決まったことだ。きみにできるのは、わたしを助けることだ」

「どうやって？　どうすればあなたを助けられるの？　あなたが首を刎ねられるのを、わたしに止められるの？」

「ああ」彼は言った。「できるとも。いつもそばにいてくれればな」

「いつも？　あなたが別の女性と暮らしているあいだも？　その女性と同じベッドで眠り、体を重ねているあいだも？」

ニコラスはダグレスの手首を放した。「それでこんな真似をするわけか」彼はシーツからのぞいている彼女のむき出しの肩を見た。「わたしがほかの女性と一緒になるのを見るくらいなら、むしろ永遠にわたしのもとを去ったほうがいいと思ったのか？」

「いいえ、そうじゃない。レティスが悪い女だからよ。彼女が何を企んでいるか話したでしょう。別の女性を選んで」

彼は少しもおかしくなさそうに笑った。「別の女性を妻にするのは許すのか？　きみには触れられないのに、別の女性に触れてもかまわないのか？　一生日陰の身でいるつもりか？」

ダグレスはごくりと唾をのんだ。ニコラスが別の女性と暮らしている屋敷に住みこみで働けるだろうか？　ニコラスの子どもたちから見れば、ダグレスは未婚のおばか何かになるのだろうか？　毎晩、彼がほかの女性のベッドに向かうのを見て、どう感じるだろう？　それに、触れることもできないのに彼はいつまでダグレスを愛してくれるだろう？　ふたりとも、プラトニックな愛を貫けるほど強い人間だろうか？

「わからない」ダグレスは小さな声で言った。「あなたがほかの女性と一緒にいるところを、指をくわえて見ていられるかどうか。ニコラス、ああ、ニコラス、どうすればいいのかわからないわ」

彼はベッドに腰をおろし、ダグレスを抱き寄せた。「たとえレティスのような悪女が百人現れようと、きみを失う危険を冒すつもりはない。きみはわたしにとって、かけがえのない女性だ。神がわたしのもとに遣わしたきみを、決して手放すものか」

ダグレスは彼の胸に頭を預け、ローブの前をはだけて素肌に頬を寄せた。思わず涙が込みあげた。「怖いのよ。レティスは――」

「ただの女だ。それ以上でもそれ以下でもない。充分な知恵があるわけでもなければ、魔力のあるお守りを身につけているわけでもない。きみがそばにいてくれたら、あの女はわたしや家族に危害を加えることはできないだろう」

「あなたのそばに？」ダグレスは彼のローブの下に手を差し入れ、じかに肌に触れた。「そばにいて、あなたに触れずにいられるかしら」

ニコラスは肌をさまよう彼女の手をローブの下から引きだした。「たしかなのか？二十世紀へ戻ってしまうというのは。もしわたしが……」

「ええ」ダグレスはきっぱりと答えた。「少なくともわたしはそう思っている」

彼はダグレスの手を取り、飢えた人間がごちそうを見るような目でじっと指を見つめた。「試してみるには、失うものが大きすぎる。そう思わないか？」

「ええ」ダグレスは沈んだ声で答えた。「大きすぎる。あまりに大きすぎるわ」

ニコラスはダグレスの手を放した。「もう行ったほうがいい。わたしは男だ。きみの誘惑にこれ以上は耐えられそうにない」

立ち去るべきだとわかっていたが、ダグレスは迷い、もう一度ニコラスの肌に触れた。

「さっさと行け！」彼は有無を言わさぬ口調で言った。

ダグレスはあわてて彼から離れ、走って部屋を出た。ホノリアの部屋に戻り、ベッドにもぐりこんだが、どうしても寝つけなかった。

明日、愛する男性が――時すらもふたりを引き離せなかったほどかけがえのない男性が――別の女性と結婚するために出発する。ニコラスが美しい妻をともなって戻ってきたとき、どうすればいいのだろう？（レティスについてほかのことは何も知らないけれど、その美貌についてすでにいやというほど聞かされていた）お辞儀をして、祝福の言葉を述べなければならないのだろうか？なんなら〝彼と楽しくやっている？わたしにとってはすばらしい恋人だったけど、あなたにとってもそうだといいわね〞とでも言ってやろうか。

ニコラスと美しい妻が、ふたりにしかわからない冗談を言って笑いあっている姿が目に浮かんだ。彼がレティスを抱きあげ、ふたりの寝室へ運んでいく情景も。食事のときは、料理の皿越しにほほえみあったりするのだろうか？

ダグレスがこぶしを枕に叩きつけると、ホノリアがもぞもぞと体を動かした。男って本当にばかね。美人しか目に入らないんだから。男性がある女性について誰かに尋ねるとき、知りたがるのは美人かどうかということだけだ。品行方正か、正直者か、思いやりがあるか、子どもが好きか。そういうことは誰も尋ねようとしない。美しいレティスがニコラスの目の前で子犬を痛めつけるところを想像してみたが、彼女がまつげをはためかせ、官能的なまなざしでニコラスを見つめているので、彼は子犬にはまったく気づいていない。

「まったく男って！」そうつぶやいたものの、本心ではなかった。今夜、ニコラスが誘惑に屈しなかったのは、ダグレスを失いたくなかったからだ。これを愛と呼ばずに、なんと呼ぶのだろう？

「もしかしたら、レティスのために精力を蓄えておきたかったのかもしれないわね」ダグレスは枕に顔を埋めたまま言い、泣きだした。

太陽が顔を出し始めても、ダグレスはまだ泣いていた。どうしても涙が止まらなかった。

ホノリアが元気づけようとあれこれ手を尽くしてくれたが、うまくいかなかった。ニコラスと彼の妻になる美しい女性のこと以外は何も目に入らず、何も聞こえず、何も考えられなかった。残された道は選択肢とも呼べないような恐ろしいものばかりで、ダグレスはますます涙が止まらなくなった。このまま十六世紀にとどまり、ニコラスと彼の妻が熱心に語りあったり、彼女がスタフォード家の子息の妻という名誉ある地位を与えられたりするのを指をくわえて見ているか。それとも、レティスとの結婚をやめなければ屋敷から出ていく、とニコラスに脅しをかけるか。でもスタフォード家を出たとして、何をすればいいだろう？　この十六世紀で、どうやって生計を立てればいい？　タクシーの運転手？　会社の重役の秘書？　どちらかというと、コンピューターを使う仕事のほうが得意なのだけれど。エリザベス朝で過ごすあいだに、独身の女がひとりでやっていくのがどんなに大変なことかがわかるようになっていた。屋敷を出て三キロと進まないうちに、追いはぎに襲われるだろう。

それにニコラスと別れるということは、狡猾なレティスのもとに彼を置いていくということだ。

去ることもとどまることもできないとすれば、どうしたらいいだろう？　ニコラスをもっと誘惑することもできる。そして情熱的な一夜を過ごしたあと、二十世紀に戻るというわけだ。ニコラスを残して。ひとりきりで。彼とはもう二度と会えなくなる。メイン州のアパートにひとりで座り、もう一度だけニコラスと会って言葉を交わせるなら、すべてをなげうってもいいと考えている自分を想像した。あまりにも孤独で、もう一度だけでも会えるなら、たとえ彼に百人の妻がいてもかまわないと思うに違いない。

「ウーマン・リブも想定外の展開ね」ダグレスは涙を流しながらつぶやいた。男女平等の理念では、女性は男性の浮気を決して許してはいけないという。だとしたら、別の女性との結婚を許すなどもってのほかだ。

ゼロか百か。ニコラスと一緒にいるためには、肉体的にも精神的にもあらゆる面で、レティスと彼を共有しなければならない。彼のもとを去れば、この先ずっと深い孤独を抱えて生きていかなければならないし、ニコラスと彼の家族はおそらく命を奪われるだろう。

考えれば考えるほど、号泣せずにはいられなかった。数日経っても、ダグレスはまだ泣き続けていた。ホノリアが毎日ダグレスを着替えさせ、何か食べさせようとしたが、何も喉を通らなかった。食べることも眠ることもできず、ただニコラスのことしか考えられなかった。

初めのうち、屋敷の人々はダグレスの涙に同情を寄せていた。ダグレスが泣いている理由をみな知っていた。ふたりが見つめあったり、触れあったりする様子を見ていたからだ。中には自分の初恋を思いだし、ため息をつく者さえいた。ニコラスが別の女性と結婚するために旅立ったとき、ダグレスが失恋の悲しみに泣きじゃくるのを見てみんなが同情した。しかし、彼女が来る日も来る日も涙に明け暮れていると、その同情も薄れ、彼らは次第にいらだちを覚えるようになった――この女はまだ何かの役に立つのだろうか？　レディ・マーガレットは彼女が望むものをなんでも与えたのに、今のダグレスは見返りに何かを差しだすわけでもない。彼女が紹介すべき新しいゲームや歌はどうしたのか？

四日目になり、とうとうレディ・マーガレットはダグレスを呼びつけた。

飲まず食わずで三日間泣き続けていたせいで、レディ・マーガレットの前に立ったとき、ダグレスは首を垂れ、頰を涙で濡らし、顔は赤く腫れていた。

レディ・マーガレットはしばらく何も言わず、ダグレスのうなだれた頭を見て、しくしく泣く声を聞いていた。「おやめなさい！」やがてレディ・マーガレットは命じた。「あなたの涙にはほとほとうんざりです」

「だめなんです」ダグレスはしゃくりあげながら言った。「どうしても涙が止まらないんです」

　レディ・マーガレットは顔をしかめた。「あなたには気骨というものがないのですか？　息子は愚かでした。あなたのような女性を愛していると思いこむとは」

「おっしゃるとおりです。わたしは彼にふさわしくありません」

　レディ・マーガレットは腰をおろし、うなだれたダグレスの頭を見つめた。彼女は次男の情にもろい性格をよく知っていたので、ダグレスの涙を見れば、息子は胸を締めつけられるだろう。何しろ彼は屋敷を発つ前に、カルピン家の娘と結婚する務めを果たせないと言っていたのだから。息子が戻ってきたとき、この赤毛の奇妙な女が彼の愛を求めて涙に暮れていたら、息子の結婚生活はどうなるだろう？　レディ・マーガレットは、クリストファーには道理をわからせることができた。しかしニコラスは父親に似て頑固な性格だ。息子がそんなことをするとは信じたくないが、彼が戻ってきて、赤く泣き腫らしたダグレスの目を見たとたん、やはり結婚を取りやめると言いだしたらどうなるだろう？

　レディ・マーガレットはなおもダグレスの垂れた頭を見つめ続けた。この女を屋敷から追いださなければならない。わかっているのに、なぜためらう必要がある？　それを言うなら、そもそもなぜこの女を屋敷の中へ入れたのだろう？　ニコラスは最初、母親が奇妙な服装と奇妙な話し方をする若い女を信用して、得体の知れない薬をもらってのんだことにひどく腹を立てた。しかしレディ・マーガレットは、この女は信用できるとひと目でわかった。彼女を信じて、自分の命を預けたのだ。

そのあと、ニコラスが激怒した。レディ・マーガレットは思いだしてほほえんだ。彼は汚い屋根裏部屋にダグレスを閉じこめ、彼女がその部屋でノミに刺されているあいだ、レディ・マーガレットと彼女の運命を決める話しあいをした。ニコラスはダグレスを外へ放りだすべきだと言い張った。内心では、レディ・マーガレットも息子の言い分が正しいとわかっていた。しかし彼女の心の中の何かがそれを阻み、どうしても放りだすことができなかった。

結局、ニコラスがダグレスを屋根裏部屋から出した。彼は母親を説得しようと試みていたのに（もっとも彼の言う〝説得〟とは、自分が正しいと頑固に主張していただけだが）、いきなり立ちあがって部屋を出ていき、彼女を連れてきたのだ。

自分は遠方の王国ランコニアの王女だとダグレスが主張したことを思いだし、レディ・マーガレットの顔にさらに笑みが広がった。そんなばかげた話は一瞬たりとも信じなかったが、ニコラスの猛烈な反対を押しきって、彼女をそばに置くいい口実になった。

最初の日々は、実にすばらしかった。ダグレスは明るい性格で、理屈抜きに楽しませてくれた。奇妙な話し方さえ愉快に感じられた。彼女の行動はいつも人を喜ばせたり、驚かせたり、魅了したりした。彼女はあらゆる面で——着るものから食べるものに至るまで——無知だったが、また別の面では利口だった。彼女はどんな医者よりも医術の知識が豊富だった。月も星もこの世界も丸いのだという興味深い話をした。座面に布を張り、中に羽毛を詰めた幅広の低い椅子を考案し、〝安楽椅子〟と名付けてレディ・マーガレットに贈った。さらに、本人は気づいていないようだったが、ダグレスが髪や体を驚くほど泡だらけにして噴水で水浴びするのを、屋敷の半数以上の人間が早起きして庭園の茂みの陰から見物していた。レディ・マーガレットは彼女のトートバッグをこっそり調べ、小さなブラシに練り歯磨き粉なるものをつけて歯を磨いてみたことさえあった。

ああ、まったく、なんて愉快な女なのだろう。いっときは、ダグレスにずっとこの屋敷にいてもらいたいと思っていたほどだったのだ。

ところが、ニコラスが彼女と恋に落ちた。初めのうちはまったく気にとめていなかった。若い男が恋に落ちるのは、別に珍しいことではない。クリストファーは十六歳のとき、侍女のひとりにのぼせあがった。その侍女がクリストファーをベッドに連れこみ、あれこれ手ほどきをしたことを知ると、レディ・マーガレットは長男を厨房へ行かせた。色気のある娘が働いているのを知っていたからだ。それから一週間と経たないうちに、クリストファーは今度はそのふしだらな娘と恋に落ちた。

その点ではニコラスは手がかからなかった。わざわざ女をあてがってやる必要などなかったからだ。彼は長年、多くの女たちと体の関係を結んできたが、心まで捧げたことは一度もなかった。

うかつだった。ニコラスがひとたび恋に落ちたら、心をすっかり捧げてしまい、色気のある使用人が百人でかかっても取り戻すことはできないと予測しておくべきだった。初めは、ニコラスがこのダグレス・モンゴメリーという女になみなみならぬ関心を示したことを喜んでいた。ニコラスが花嫁をともなって帰ってきてからも、この赤毛の女は彼を愛しているからこそ、スタフォード家を去ろうとしないだろうと高をくくっていた。ああ、この女がいなくなったら、彼女のユーモアや知識が恋しくなるだろう。

しかし日が経つにつれて、ニコラスがダグレスに夢中になっているのを見るのがいやになってきた。そして屋敷の中をよくよく見てみると、好ましくない状況が目に入ってきた。次男はすっかりダグレスに首ったけで、長男は彼女に莫大な財産を与えると言いだし、クリストファーの未来の妻は口を開けば、ダグレスがああ言った、ダグレスがこうした、などとばかり言っている。

屋敷のほかの者たちも同じだった。「赤ん坊を布でぐるぐる巻きにしてはいけないとダグレスが言っているわ」「ダグレスによれば、傷口はきれいに洗わなければならないそうよ」「夫にはわたしを殴る権利なんかないって、ダグレスが言うの」「ダグレスが言うには、女は自分のお金を自分で管理すべきなんですって」ダグレスがああ言った、ダグレスはこう言った、誰もがそればかり。このスタフォード家を切り盛りしているのは誰？　スタフォード一族か、それとも自分の親戚のことで嘘をついたあの女なのか？

そして今、ダグレスはレディ・マーガレットの前でむせび泣いている。ここ数日、ずっと泣き続けているという。レディ・マーガレットは歯を食いしばった。この女の涙が、みんなの心をかき乱すのだ。

しかしそれ以上に始末が悪いのは、この涙がニコラスの心を動かすということだ。ニコラスはダグレスを愛していると言った。財産も家柄もないこの女のために、婚約を破談にすると言ったのだ。レディ・マーガレットが多くのものを与えたにもかかわらず、今はこの女の存在がスタフォード家にとって大きな脅威となっている。もしニコラスがカルピン家との約束を反故にしたら……いいえ、そんな事態は考えたくもない。

この赤毛の女を追いださなければならない。

レディ・マーガレットは口をきっと引き結んだ。「ランコニアから使者が戻りました。あなたは王女などではありませんね。それどころか王族の親戚でもなかった。いったい何者なのですか?」

「わたしはただの……女です。それ以外の何者でもありません」ダグレスははなをすすりながら言った。

「必要なものはすべて与えてやったのに、わたしたちをだましていたのですね」

「はい、嘘をつきました」ダグレスはうなだれたまま、何もかも認めた。つらくて心苦しくて、たまらなかった。結婚式は今朝行われることになっている。今日、ニコラスは美しいレティスと結婚するのだ。

レディ・マーガレットは息を吸いこんだ。「明日、この屋敷から出ていってもらいます。最初に着ていた服を着ていくように。それ以外は何も持たせません。あなたをスタフォード家から永久に追放します」

　ダグレスは言われたことがすぐには理解できなかった。あふれる涙をまばたきで払いながら、レディ・マーガレットを見た。「出ていく？　でも、ニコラスはわたしがとどまることを望んでいます。戻ってきたときに、ここにいてほしいと」

「花嫁があなたの顔を見たがると思いますか？　わたしの愚かな息子は、あなたに夢中になりすぎました。あなたは息子に害を及ぼします」

「害だなんてとんでもない。わたしは彼を傷つけるためではなく、救うためにここに来たんです」

　レディ・マーガレットはダグレスをにらみつけた。「どこから来たというのですか？　ここへ来る前はどこにいたのです？」

　ダグレスは口を固く閉ざした。何も話せなかった。何ひとつ話すわけにはいかない。レディ・マーガレットに真実を告げたら、ダグレスの人生は価値のないものになってしまうだろう。もう二度とニコラスに会えなくなるだろうから。「わたしは……ええと、娯楽を提供いたします」ダグレスはすがる思いで言った。「歌もゲームもまだまだ知っていますし、アメリカのことも、もっとお教えいたします。飛行機や自動車についても――」

レディ・マーガレットは片手をあげ、ダグレスの言葉をさえぎった。「娯楽はもうたくさんです。もう着るものも食べるものも与えるつもりはありませんよ。あなたは何者なのですか？　農民の娘ですか？」

「父は教師で、わたしも教師です。レディ・マーガレット、どうか追いださないでください。わたしはどこにも行く当てがないですし、ニコラスにはわたしが必要です。キットの命を救ったように、彼も守らなければならないんです。わたしがキットの命を救ったことをお忘れですか？　彼はわたしに城を与えると言ってくれました。やっぱり受け取ることにします」

「褒美はすでに受け取ったはずです。あなたの求めによって、ニコラスは職人として仕事をするのですよ」

「ですが――」ダグレスは両手を差しだして懇願した。

「出ていきなさい。嘘つきはこの屋敷には置いておけません」

「皿洗いでもなんでもしますから」ダグレスはもう一度懇願した。「かかりつけの医者にもなります。ヒルよりもましなことができるはずです。わたしが――」

「あなたはここから出ていくのです！」レディ・マーガレットは声を荒らげた。目が宝石のように光っている。「もうこの屋敷に置いておくつもりはありません。息子はあなたのために、婚約を破談にしたいと頼んできたのですからね」

「本当ですか？」ダグレスは思わず頰を緩めた。「そんなこと、ニコラスはひと言も言いませんでした」

「あなたはわたしの屋敷の秩序を乱します。息子の心をとらえ、自らの務めを忘れさせる。鞭で打たれないだけ、よかったと思いなさい」

「こんな目にあわされているのに？　あんな物騒な町の中に放りだされるのに？　ニコラスから引き離されるのに？」

レディ・マーガレットは立ちあがり、ダグレスに背を向けた。「あなたと言いあうつもりはありません。今日じゅうに別れの挨拶をすませ、明日になったらこの屋敷から出ていきなさい。もうさがってよい。もう二度と顔も見たくありません」

ダグレスは茫然自失《ぼうぜんじしつ》の状態で部屋を出た。涙で視界がかすんでいたが、どうにかホノリアの部屋に戻った。ダグレスの顔をひと目見て、ホノリアは何かあったと悟ったようだった。

「レディ・マーガレットはあなたに出ていけとおっしゃったの？」ホノリアは小声で尋ねた。

ダグレスはうなずいた。

「行く当てはあるの？　面倒を見てくれる人は？」

ダグレスは首を横に振った。「ニコラスをあの悪い女のもとに残していかなければならないのね」

「レディ・レティスのこと？」ホノリアは怪訝な表情で尋ねた。「あの方は冷たい人かもしれないけど、悪い人ではないと思うわ」

「あなたは彼女を知らないからよ」

「あなたは知っているの？」

「ええ、いろいろとね。レティスが何を企んでいるか知っているの」

ホノリアはダグレスの奇妙な発言を聞き流すようになっていた。きっと、ダグレスのすべてを知らないほうがいいと思っているのだろう。「どこへ行くつもりなの？」

「わからないわ」

「親戚はいる？」

ダグレスは弱々しくほほえんだ。「たぶん。十六世紀のモンゴメリー一族がどこかにいるかもしれないわね」

「でも、その人たちのことを知らないのね？」

「ニコラスのことは知っているんだけど」そのニコラスはもう結婚してしまったに違

いない。自分には選択肢があると思っていた。ここにとどまるか、それとも去るか、自分の意思で選べると思っていた。しかしすでに運命は決まってしまったのだ。「ニコラスのことはわかるし、彼の身に何が起こるのかも知っているんだけど」ダグレスは疲れた声で言った。

「わたしの実家に行けばいいわ」ホノリアはきっぱりと言った。「うちの家族もあなたのゲームや歌が気に入ると思うの。あなたのことを好きになるはずよ」

ダグレスはどうにか微笑を浮かべた。「ご親切にありがとう。でもニコラスのそばにいられないなら、もうこっちの世界に未練はないわ」

ホノリアの顔から血の気が引いた。「自殺は神への冒瀆よ」

「神ね」ダグレスはかぼそい声で言った。またしても涙があふれてきた。「わたしは神のご意志でここに遣わされたんだけど、どうやら大失敗に終わりそう」彼女は目を閉じた。「お願いよ」ダグレスは小声で言った。「ニコラス、お願いだから彼女と結婚しないで。どうかお願い」

ホノリアは心配そうな顔でダグレスのそばに来て、額に手を当てた。「熱があるじゃない。今日は寝ていなければだめよ。体調が悪いんだから」

「もう平気よ」ダグレスはそう言いつつも、ホノリアにうながされるままにベッドに横たわった。そしてホノリアがドレスの前を緩めてくれたのにほとんど気づかないうちに目を閉じた。

数時間経って目を開けたとき、室内が薄暗くなっていた。ダグレスはリネンのネグリジェだけという格好で、ホノリアのベッドに寝ていた。髪もほどかれていた。涙で枕が濡れているのは、眠りながら泣いていたせいだろう。

「ニコラス」かすれ声で言った。もう結婚してしまったのね。彼を殺し、最後にはスタフォード家を皆殺しにする女と。ダグレスはふたたび目を閉じた。次に目を覚ましたときはすっかり夜が更け、室内は真っ暗になっていた。ホノリアは隣で眠っていた。

何かがおかしいと、ダグレスは思った。明らかに様子が変だ。屋敷から出ていくようレディ・マーガレットから命じられたことを思いだした。でも、ほかにも何かある。

「ニコラス」彼女はつぶやいた。「ニコラスがわたしを求めている」

ダグレスはベッドから出ると、廊下へ出た。ひっそりと静まり返っていた。裸足のまま階段をおりる。藁の敷物の上を歩き、本能と不思議な引力に導かれるままに、裏口を出て庭園へ向かった。

れんが敷きのテラスを横切り、階段をおり、一段高くなった通路を通って装飾庭園に入った。空に半月が出ているだけであたりはとても暗いが、見えなくても平気だった。心の目で見ていたから。

まもなく噴水の音が聞こえてきた。ニコラスが出発するまで、ダグレスが毎朝シャワー代わりにしていた噴水だ。彼が去ってからは一度も外へ出ていなかった。

噴水の中に、裸の体を泡だらけにしたニコラスが立っていた。

ダグレスは何も考えられなかった。理性を完全に忘れた。噴水の外に立っていたと思ったら、次の瞬間には彼の濡れた腕の中にいて、絶望と恐怖に襲われながら彼を抱きしめ、唇を重ねていた。

何もかもがあまりにも突然で、考える余裕さえなかった。彼の腕の中にいた——ふたりは地面に横たわっていた——ダグレスは生まれたままの姿だった。互いに抑えこんでいた欲望がぶつかりあい、ダグレスは小さな悲鳴をあげた。ニコラスは凶暴とも思えるほど荒々しかった。石のベンチの上にダグレスを押し倒し、いっきに彼女の中へ押し入った。ダグレスは彼の両肩をつかみ、素肌に爪を食いこませ、両脚を彼の腰に巻きつけて必死にしがみついた。ふたりは激しい怒りをぶつけるように、なりふりかまわず互いを求めあった。ふたりは汗まみれになって、体を重ねたまま立ちあがり、また倒れ、また起きあがっては倒れたりして情熱的に交わった。

いよいよ最後の瞬間が訪れ、ニコラスはたくましい腕でダグレスの体を引き寄せ、奥深くまで突き入れた。世界が闇に包まれ、ダグレスは叫び声をあげながら体をわななかせ、高みへとのぼりつめた。

しばらくすると、ダグレスはようやくわれに返り、ふたたびものを見たり考えたりできるようになった。ニコラスが白い歯を見せて笑っていた。暗がりの中でも、彼が幸せを感じているのがわかった。

その一方で、ダグレスの思考が働きだした。「わたしたち、今何をしたの？」かすれる声で言った。

ニコラスは自分の体から彼女の脚を外させ、ダグレスを地面に立たせた。「まだ始めたばかりだ」

ダグレスは目をしばたたいて彼を見た。必死に頭を働かせようとした。彼に触れられて体が震えていたし、触れあっている胸の先端がうずいていた。「なぜあなたがここにいるの？　ああ、ニコラス、わたしたち、なんてことをしてしまったの？」石のベンチに腰をおろそうとしたが、彼の腕の中へ引き戻された。

「話はあとでもできる」ニコラスは言った。「さあ、今までしたくてたまらなかったことをしよう」

「だめよ」ダグレスは彼の体を押し戻し、ネグリジェの残骸を手探りした。「今、話さなくちゃ。もう時間がないわ。ニコラス！」声を荒らげる。「本当にもう時間がないのよ！」

彼はふたたびダグレスを抱き寄せた。「まだ消えてしまうと言い張るのか？　ほら、見てみろ。われわれは互いを味わった——まだ味見をしたにすぎないが——しかし、きみはまだここにいる」

どうしたらわかってもらえるだろう？　ダグレスはベンチにへなへなとくずおれ、うなだれた。「あなたがここにいることがわかった。あなたを感じたの。あなたがわたしを求めているって。これがふたりで過ごす最後の夜になるってわかったの」

ニコラスは黙っていたが、やがてベンチに腰をおろした。彼女のすぐ隣だが、互いの裸の体は触れあわなかった。「わたしもずっときみを感じていた」彼はおだやかに言った。「今夜、きみはわたしが呼ぶ声を聞いたと言ったが、わたしはずっときみを呼んでいた。出発してからずっと……」彼は言葉を切った。「きみの涙を感じていた。きみの泣き声しか耳に入らなかった。レティスの顔は目に入らなかった。涙を流しているきみだけを見ていた」

ニコラスはダグレスの手を取った。「わたしはあの女を捨ててきた。キットにさえ何も言わずに。馬に乗ってな。結婚の誓いを立てるべきときに、きみのもとへと馬を走らせていた。だから今までかかったのだ」

それはまさしくダグレスが望んでいたことだった。ところが、その望みが現実になったとたん、その無鉄砲さが恐ろしく思えた。ダグレスは彼を見た。「これからどうなるの？」

「おそらく……厳しいお叱りを受けるだろうな」ニコラスは言った。「キットから……そしてもちろん母上からも……」彼は目をそらした。

ニコラスが自分の務めと愛の板挟みになっているのが手に取るようにわかった。でも今となってはもう、彼を助けることはできない。ダグレスは彼の手を握りしめた。

「わたしがいなくなったあとも、レティスとは結婚しないのね？」

彼は燃えるような目をダグレスに向けた。「わたしをひとりにして去ってしまうのか？」

またしても涙があふれ、ダグレスは彼の胸に飛びこんだ。「選択の余地があるなら、絶対にあなたのそばを離れないわ。でも選べないのよ。今はもう。どうしようもないの。わたしはじきにいなくなる。それがわかるの。感じるのよ」

ニコラスは彼女にキスして、髪を撫でた。「残された時間はどれくらいだ？」彼はささやいた。

「夜明けまで。それでお別れよ。ニコラス、わたしは――」

彼はキスでダグレスを黙らせた。「別の女と生涯をともにするくらいなら、たとえ数時間でもきみと過ごしたい。さあ、もう話は終わりだ。残された時間でふたたび愛しあおう」

ニコラスは立ちあがると、ダグレスの手を引いて立たせ、まだ水しぶきをあげている噴水へと連れていった。そして彼女のやわらかい石鹸の残りを泡立てて、ダグレスの体に塗り始めた。「これを置き忘れていただろう」彼は笑みを浮かべて言った。

これで終わりだということを忘れるのよ。ダグレスは祈った。今夜だけは時間が止まりますように。「ど、どうして知っているの？　わ、わたしがここでシャワーを浴びていたって」ダグレスは口ごもりながら尋ねた。

「わたしも見物していたからな」

ダグレスが石鹸を泡立てていた手を止めると、ニコラスも動きを止めた。「見物ですって？　誰が見ていたの？」

「みんなさ」ニコラスはにやにやしながら言った。「男たちがあくびをしているのに気づかなかったか？　茂みに隠れてきみを見物するために、みんな早起きしていたんだ」

「隠れてですって！」怒りが込みあげた。「あなたも一緒に見物していたの？　そんなことを許したの？　男性たちにのぞき見させていたの？」

「きみに水浴びをやめさせれば、わたしの楽しみも中断してしまう。わたしだってジレンマに苦しんだんだぞ」

「何がジレンマよ！　もう、あなたってどうして――」ダグレスは彼に向かって突進した。

ニコラスは身をかわし、ダグレスを自分のほうへ引き寄せると、彼女の体が泡だらけになっているのも忘れ、頭をさげて乳房に唇を這わせ始めた。ふたりの頭上から噴水の水が流れ落ちてくる。「この瞬間を夢見ていた」ニコラスは言った。「あの幻影を見てからずっと」

「シャワーね」ダグレスはつぶやいた。彼の髪に指を絡めると、ニコラスはさらに下へと唇を這わせ、ダグレスの前に膝をついた。「ニコラス、わたしのニコラス」

ふたりは前にもそうしたように、水を浴びながら愛を交わした。ニコラスにとっては、彼女の体を隅々まで探るのは初めてのことだった。しかしダグレスにとっては、何週間も待ちわびていた瞬間だった。ダグレスは彼の全身に手を這わせ、記憶にとどめたり思いだしたりしながら、まだ触れていないところや、味わっていないところを探した。

ふたりは何時間も愛しあった。すべてが終わったときには、噴水は止まっていた。誰だか知らないが、疲れ果てて水栓を開けておけなくなったのだろう。ふたりは抱きあったまま、やわらかな草の上に横たわった。

「話をしなければならないわ」ダグレスはようやく口を開いた。

「いや、やめておこう」

ダグレスはニコラスに身をすり寄せた。「話さなくちゃ。話をせずにすむならそうしたいと心の底から思うわ。でも、そういうわけにはいかないの」

「夜が明けて、朝日がきみの髪を照らす頃、きみは笑っているだろう。きみは未来からやってきた女などではない。こうして今、わたしと一緒にいるではないか。きみは永遠にわたしのもとにとどまるのだ」

「わたしだってそうしたいわ……」声がかすれだしたので、ダグレスは唾をのみこんだ。彼に触れ、全身に手をさまよわせた。これが最後だ。最後のときが来た。「ニコラス、お願い。わたしの話を聞いて」

「ああ、わかった。そのあとでまた愛しあおう」

「あなたが二十世紀から去ったとき、誰もあなたのことを覚えていなかったの。まるで初めからあなたは存在しなかったみたいに。そのことがとても恐ろしかった」ダグレスはニコラスの肩に顔を埋めた。「あなたはたしかにやってきて、そして去っていた。それなのに誰も覚えていなかった。まるで、わたしがあなたという人をでっちあげたみたいに」

「どうやらわたしは人々の記憶に残らない人間らしい」

ダグレスは肩肘をついて身を起こし、彼を見つめた。そして顎ひげと頬に触れ、眉毛を撫で、まぶたに口づけした。

「わたしは絶対に忘れないわ」ニコラスはわずかに頭をあげ、唇を重ねた。またしても欲望が高まってくると、彼女が体を離した。

「わたしがいなくなったあとも、同じことが起こるかもしれない。わたしのことを誰も覚えていなかったとしても、心の準備をしておいてほしいの。くれぐれも、みんなにわたしのことを思いださせようとして……ええと、なんて言えばいいかしら……頭がおかしくなったと思われないように」

「誰もきみを忘れはしないさ」

「いいえ、たぶん忘れるわ。わたしが教えた歌をみんながずっと覚えていたらどうなると思う？　二十世紀のブロードウェイのいくつかの名作は、この世に存在しなくなってしまうわ」ダグレスはなんとか笑みを作ろうとしたが、うまくいかなかった。

「あなたにいくつか約束してほしいことがあるの」

「レティスとは結婚しない。もっとも、向こうからふたたび求められることはないだろうが」ニコラスは皮肉っぽく言った。

「よかった。ああ、本当によかった。これであなたが処刑されたという記述を読まなくてすむのね」ダグレスは彼の首筋を指先でなぞった。「ジェームズの面倒をきちんと見ると約束して。もう布でぐるぐる巻きにしちゃだめよ。それからたまには一緒に遊んであげて」

ニコラスはダグレスの指先にキスをしてうなずいた。

「ホノリアのこともお願いね。彼女にはずいぶん親切にしてもらったの」

「最良の夫を見つけてやろう」

「お金持ちじゃなくて、一番いい夫よ。約束してくれる?」彼がうなずいたので、ダグレスは先を続けた。「それと、出産の手助けをする人は、男性だろうと女性だろうと必ず手をきれいに洗うこと。それから、あなたはソーンウィック城を建てて、自分が設計したという証拠をちゃんと残しておいてね。歴史に名を残すために」

ニコラスはほほえんだ。「まだあるのか? きみにずっとそばにいてもらって、思いださせてもらわなければならなそうだ」

「そうしたいわ」ダグレスはささやいた。「そうしたいけどできないの。ねえ、あなたの細密画の肖像をもらってもいい？」

「ああ。心でも、魂でも、命でもなんでもやろう」

ダグレスは彼の頭を抱きしめた。「ニコラス、こんなの耐えられないわ」

「耐えねばならないことなど何もないだろう」彼女の腕から肩へとキスしながら、ニコラスは言った。「おそらく、兄上はわたしに小さな地所を与えてくれるだろう。そこにふたりで――」

ダグレスは体を離して彼の顔を見た。「あの肖像画を四百年以上保存できるように、油を塗った布か何かで包んで、あの場所に……梁を支える石材のことをなんといったかしら？」

「持ち送り《コーベル》」

「あなたが建てるソーンウィック城には、キットの顔を彫刻したコーベルがあるはずなの。肖像画をきちんと包んだら、そのコーベルの中に隠しておいて。わたしが……二十世紀へ戻ったら取りに行くから」

彼はダグレスの乳房に唇を這わせた。

「聞いているの？」

「しっかり聞いている。ジェームズ。ホノリア。産婆。ソーンウィック城。キットの顔」ひと言発するたびに、ニコラスは優しく乳房を吸った。「さあ、愛しい人よ」彼はささやいた。「こっちへおいで」

ニコラスはダグレスの体を持ちあげ、自分の体の上におろした。ダグレスは何もかも忘れて、心から愛する男性の愛撫に身をゆだねた。ヒップと乳房を撫でられると、ダグレスもそれにならった。ふたりは互いの体を上から下へとまさぐりあった。最初はゆっくりと、次第に激しさを増して。

やがてニコラスは体を回転させ、彼女に覆いかぶさった。いよいよ情熱が高まり、彼が深く腰を沈めると同時に、ダグレスも体を持ちあげて迎え入れた。ふたりは体を弓なりにそらし、頭をのけぞらせ、やがてぐったりと倒れた。ニコラスは体を重ねたまま、彼女を強く抱きしめた。

「愛している」ニコラスはささやいた。「いつまでもきみを愛し続ける」

ダグレスも彼にぎゅっとしがみついた。「わたしを覚えていてくれる？　わたしを忘れないでいてくれる？」

「もちろんだ。決して忘れない。たとえ明日死ぬことになろうと、わたしの魂がきみを覚えている」

「死ぬなんて言わないで。生きる話をして。あなたといると、生きていることを実感するの。あなたといると、わたしは自分らしくいられる」

「わたしはきみと一緒にいる」ニコラスはくるりと横向きになり、ダグレスを抱き寄せた。「見ろ、日がのぼる」

「ニコラス、怖いわ」

彼はダグレスの濡れた髪を撫でた。「裸を人に見られるのがか？　見られるのは初めてでもあるまい」

「もう！」ダグレスは笑いながら言った。「ずっと黙っていたこと、一生許さないから」

「わたしの一生はまだ終わらない。そのうち許す気になるだろう」

「そうね」ダグレスはささやいた。「ええ、許すには一生かかるわ」

ニコラスは白み始めた空を見あげた。「そろそろ行かなくては。わたしがしでかしたことを母上に伝えなければならない。もうじき兄上も帰ってくるはずだ」

「ふたりともかんかんに怒るでしょうね。でもわたしがあいだに入ると、事態がかえってこじれそう」

「キットのところへは一緒に行ってもらう。きみに命を救われたことを臆面もなく持ちだして、ふたりで暮らせる城を与えてもらおう」

ダグレスは刻一刻と明るくなっていく空を見あげた。ニコラスとずっと一緒にいられると、もう少しで信じてしまいそうになる。「どこかの小さなお屋敷で暮らしましょう」ダグレスは次第に早口になった。「使用人も少なめがいいわ。せいぜい五十人ぐらい」彼女はほほえんだ。「子どもは十人以上ほしいわ。子どもが大好きなの。その子たちをきちんと教育して、手や体をきれいに洗うことを教えるの。もしかしたら水洗トイレをこしらえられるかも――」

ニコラスはくすくす笑った。「きみはいつも洗ってばかりだ。わたしの息子らには――」

「わ、わ、わたしたちの息子ら、でしょう。女性の平等について、またいちから説明しなければならないようね」

彼は立ちあがり、ダグレスを腕の中に抱き寄せた。「その説明は長くかかるか?」

「四百年くらいかしら」ダグレスはささやいた。

「時間はたっぷりあるな」

「ええ」ダグレスは笑みを浮かべた。「時間が……わたしたちには必要なだけ時間があるわ」

ニコラスは彼女にキスした。情熱的で長いキスだった。やがて彼は唇を離した。

「時を超えて永遠に――」ダグレスにささやきかける。「きみを愛し続ける」

たった今、ニコラスの腕の中で唇を重ねていたのに、次の瞬間、ダグレスはアシュバートンの教会にいた。窓の外の頭上をジェット機が飛んでいた。

33

ダグレスは泣かなかった。体の奥底から深い感情がわいてきて、泣くことさえできなかった。彼女はアシュバートンの小さな教会の床に座っていた。背後にニコラスの大理石の墓があることはわかっていたが、どうしても見ることができなかった。あたたかな彼の体が冷たい大理石に変わっているのを見る勇気がなかった。

ダグレスはしばらくそこに座ったまま、教会の中を眺めていた。とても古めかしく、かなり質素だった。梁にも壁にも彩色がほどこされておらず、藁が敷かれていない石の床は寒々としていた。信徒席の前列のほうに置かれている針編みレースのクッションは、今では粗末なものに見えた。レディ・マーガレットの侍女たちの手による見事な刺繍に見慣れてしまったからだ。

教会のドアが開いて牧師が入ってきたが、ダグレスは床に座ったままでいた。

「大丈夫ですか？」牧師は尋ねた。

彼の言葉をすぐには理解できなかった。アクセントも発音も、まるで外国語のように聞こえたからだ。「わたしはどれくらいここにいたんでしょうか?」ダグレスは問いかけた。

牧師は眉をひそめた。この若い女性はひどく奇妙だ。スピードをあげているバスの前へ出ていったり、ひとりきりでいたのに男性と一緒だったと言い張ったりしたかと思ったら、今度はついさっき教会へ入ったばかりなのに、自分はどれくらいここにいたのかときく。「ほんの数分ですよ」牧師は答えた。

ダグレスは弱々しい笑みを浮かべた。ほんの数分。十六世紀で数週間を過ごしたというのに、二十世紀をほんの数分間離れただけだったなんて。ダグレスは立ちあがろうとしたが、へなへなとその場に崩れた。牧師が手を貸して立たせてくれた。

「医者に診てもらったほうがいいかもしれませんよ」牧師は言った。

おそらくは精神科医にね。もう少しでそう答えるところだった。精神科医にすべてを話したら、医師はわたしの話を一冊の本にまとめるだろう。そしてその本が映画化され、テレビで放映されるかもしれない。「いいえ、大丈夫です。本当に」小さな声で言った。「すぐにB&Bへ戻って、それから――」それからどうするの?ニコラスがいないのに、B&Bに戻って何をすることがあるだろう。ダグレスは一歩前に進みでた。

「バッグをお忘れですよ」

振り返ると、使い古したトートバッグが墓のそばに置かれていた。エリザベス朝にいるあいだは、あのバッグの中身が何かと役立った。よく見ると、親近感がわいてきた。どこへ行くにもいつも持ち歩いていた。バッグに近寄り、衝動のおもむくままにファスナーを開けた。中をひとつひとつ調べてみなくても、何もなくなっていないのは一目瞭然だった。アスピリンの瓶は中身がぎっしり詰まっているし、人にのませたはずの錠剤もまったく減っていない。歯磨き粉のチューブも開封したばかりらしく、ぺしゃんこになっていない。風邪薬も減っていないし、ノートのページも破り取られていない。すべてがもとのままだった。

トートバッグを肩にかけ、向きを変えて歩きだしたが、ふと立ちどまった。くるりと振り返り、墓の台座に目をやる。何かが違う。最初は確信が持てなかったけれど、やはり明らかに何かが変わっている。

ニコラスの像を見ないように注意しながら、台座をじっと見た。

「どうかされましたか？」牧師が声をかけてきた。

墓碑銘を二回読んで、ようやくどこが違うのか気づいた。「日付だわ」ダグレスはつぶやいた。

「日付？　ああ、ええ。これはかなり古い墓なんです」

ニコラスの没年が一五九九年になっていた。一五六四年ではなく。見間違えでないことを確かめるようと、身をかがめて数字を指でなぞった。三十五年。彼は処刑されたはずの年から、三十五年も長生きしたのだ。

日付に触れてみて初めて、ダグレスは墓を見あげた。ニコラスの像には違いないが、今ではすっかり変わっていた。壮年期に命を奪われた若い男性の像ではなく、天寿をまっとうした年配の男性の像だった。体のほうに視線をおろすと、身につけているものも違っていた。一五九九年のニコラスは膝丈のブリーチズをはいていて、その三十年前のバルーン型の半ズボンではなかった。

ダグレスは彼のひんやりした頬を撫で、彫刻家が刻んだ目尻の皺を指でなぞった。「やったわ」彼女はささやきかけた。「ニコラス、わたしの愛しい人、わたしたちはやったんだわ」

「失礼、なんとおっしゃいましたか？」牧師は言った。

ダグレスはまばゆいばかりの笑顔で牧師を見た。「わたしたち、歴史を変えたんです」笑みを浮かべたまま教会を出て、日の光の中へと歩みでた。

自分がどこにいるのかわからなくなり、少しのあいだ墓地で足を止めた。墓石はとても古いのに、そこに刻まれているのは一時間前のダグレスにとって、つい最近の日付だったからだ。自動車をひと目見たときは、恐ろしさに息をのんだが、同時に肺が広がるのを感じた。金属のコルセットで締めつけられていないからだ。一瞬、何もかも間違っているという感覚に襲われた。地味な服を着ていると、裸のままでいるような気分だった。ダグレスは見栄えのしないブラウスとスカートに視線を落とし、嫌悪感を覚えた。コルセットをつけていないと、背中の支えがなくなってしまったようだし、革のブーツが足を締めつけていた。

車がもう一台通り過ぎ、そのスピードにめまいがした。ダグレスは門の前まで来ると、扉を開けて歩道へ出た。足の下にコンクリートがあるのは奇妙な感覚だった。歩きながら、畏怖の面持ちで周囲の建物に目をやった。巨大なガラスに店名が書かれていた。誰があの字を読めるのだろう？　ダグレスがさっきまでいた時代では、文字を読めるのはごく一部の人たちだけで、店の看板には商品の絵が描かれていた。

目に入るものすべてが清潔だった。ぬかるみもなければ、室内用便器の中身が路上に捨てられてもいない。生ごみもなければ、それを漁《あさ》っている豚もいない。通りを歩く人々もみな奇妙で、ダグレスと同じように見栄えのしない地味な服装をしていた。

とはいえ誰もが平等に見え、ぼろをまとった物乞いもいなければ、真珠をちりばめたスカートをはいた貴婦人もいなかった。

ダグレスは初めて二十世紀を訪れた人のように目を丸くしながら、ゆっくりと通りを歩いた。料理の匂いが漂ってきたので、角を曲がってパブに入ると、入り口で少し立ちどまり、店内を見まわした。どうやらこの店はエリザベス朝の酒場に似せたつもりのようだが、大きく狙いを外していた。清潔すぎるし、静かすぎるし、それから……さびしすぎるのだ。客たちが座っているテーブル同士が離れすぎていて、エリザベス朝のにぎやかな酒場とはまるで違っていた。

店の奥の黒板にメニューが書かれていた。料理を六品注文すると、ウエイトレスは眉をつりあげたが、ダグレスは気にもとめずにテーブルにつき、ビールで喉を潤した。分厚いガラスのジョッキは妙な感じで、ビールは水で薄めたような味だった。

カウンターに小さな本棚が備えつけてあり、イギリスの歴史的な邸宅のガイドブックが並んでいた。バーテンダーに十ポンド紙幣を一枚手渡して一冊を手に取ると、ボックス席に戻って読み始めた。ベルウッドの屋敷は以前と同じように一般公開されていた。ニコラスのほかの邸宅も探してみると、どれも廃墟にはなっていなかった。ニコラスがかつて所有していた十一の城館は、いまだに立っているのだ。しかもそのうちの三つは、スタフォード一族が所有しているという。

　ダグレスは目をしきりにしばたたきながら、その箇所を読み返した。スタフォード家はイギリスでもっとも古く、もっとも裕福な家柄のひとつで、十七世紀に王室に嫁ぎ、現在の公爵は女王の縁戚に当たると書かれていた。

「公爵ですって」ダグレスはつぶやいた。「ニコラス、あなたの子孫は公爵になったのよ」

　料理が運ばれてきたとき、ダグレスは少し驚いた。すべての料理がテーブルに無造作に置かれたからだ。

　ダグレスは食事をしながら、ガイドブックの続きを読んだ。ベルウッド以外のほかの邸宅はすべて個人の住居になっていて、一般公開はされていなかった。続いてソーンウィック城のページを開いた。こちらも個人の住居として使われているが、一部だけが毎週木曜日に一般公開されているらしい。〝現公爵は、きわめて優秀な学者だった先祖ニコラス・スタフォードによって設計されたソーンウィック城の魅力を、世界じゅうの人々と共有するべきだと考えている〟そうだ。

「きわめて優秀な学者」ダグレスはつぶやいた。かつて呼ばれていたプレイボーイではない。放蕩者でも浪費家でもなく、〝きわめて優秀な学者〟なのだ。

ダグレスはガイドブックを閉じて目をあげた。ウエイトレスが妙な顔つきでそばに立ち、ダグレスの様子をうかがっていた。

「そのフォーク、どうかされました？」ウエイトレスは尋ねた。

「フォーク？」なんの話をされているのかわからなかった。ウエイトレスがまだこちらをじっと見つめているので、ダグレスは空の皿に目を落とした。皿のそばに使われていないフォークが置いてあった。どうやらスプーンとナイフだけで食事をしていたらしい。「なんでもないわ。これはちょっと――」言うべき言葉が見つからなかったので、弱々しい笑みを浮かべてレシートに目をやった。そこには、中世の百回分の食事代に相当する金額が書かれていた。ダグレスは青ざめたが、支払いをすませた。

どうしても思いだせなかったので、店を出る前に、今日は何曜日かウエイトレスに尋ねた。幸いなことに水曜日だった。

外に出ると、ダグレスはすぐさま行動を起こした。じっとしていると、あれこれ考えてしまうことがわかっていた――ニコラスのこと、彼を失ったこと、もう二度と彼に会えないことを。

小走りで駅へ向かうと、ベルウッド行きの列車に飛び乗った。何が変わったのか確かめる必要があった。列車の中では、ガイドブックを読んで気をまぎらわせた。

駅からベルウッドの屋敷までの道のりはもう熟知していた。二十世紀の時間では、ダグレスがこの屋敷を訪れたのはつい昨日のことだ。そしてその日に、ニコラスが処刑された事実を聞かされたのだった。ツアーガイドはつんけんした態度だった。ドアを勝手に開け閉めして警報装置を鳴らして邪魔をした客を覚えていたらしい。チケットとツアーのガイドブックを買って列に加わると、先頭に立っていたのはやはりそのツアーガイドだった。

前に来たときに美しいと思った邸内は、今は殺風景でさびれた場所に見えた。暖炉の上に金や銀の器が飾られていないし、精巧な刺繍がほどこされたテーブルクロスもかかっていない。椅子にクッションも置かれていない。そして何よりも、きらびやかに着飾った人々が歩きまわっていなければ、人々の笑い声も音楽も聞こえてこない。殺風景な雰囲気を目の当たりにした落胆から立ち直る間もなく、一行はニコラスの部屋に着いた。ダグレスは部屋の片隅に立ち、ニコラスの肖像画を見あげながら、ツアーガイドの話に耳を傾けた。その説明は、以前とはまったく違うものになっていた。ニコラスという人物について説明するのに、最上級の賛辞の言葉を使っても、まだ言い足りないようだった。

「彼は真のルネサンス的教養人でした」ガイドは言った。「彼は、あの時代が成し遂げようとしたことの縮図とも言うべき人物です。彼が設計した城館は、百年も時代を先取りしたものでした。その一方で、医学の分野も大いに発展させました。病気の予防に関する書物を著し、その本に記されていることを忠実に守った幾千もの人々の命を救ったのです」

「その本にはどんなことが書いてあったんですか？」ダグレスは尋ねた。

ツアーガイドはダグレスに厳しい視線を向けた。やはり、ドアの警報装置を鳴らした人物を覚えていたようだ。「基本的には衛生に関することで、医師と助産師は患者と接する前に手を洗うべきだと書かれています。さて、次にご紹介したいのは――」

ダグレスはツアーの列から離れて外へ出ると、地元の図書館へ向かった。

午後じゅうずっと、歴史の本を読んで過ごした。今では本に書いてあるどんな小さな情報も、以前とはまったく違っていた。知りあって親しくなった人たちの名前も載っていた。ほかの人たちにとっては歴史の本に書かれた単なる名前にすぎないだろうが、ダグレスにとっては、彼らは血の通った生身の人間だった。

レディ・マーガレットは三度の結婚のあとはずっと独り身で、七十代まで生きたそうだ。

クリストファーは幼いルーシーと結婚した。ルーシーは偉大な女後援者となって音楽家や画家を庇護《ひご》した。クリストファーはスタフォード家の地所をうまく管理したが、胃の病にかかって四十二歳で亡くなった。彼らには子どもがいなかったので、伯爵位も地所もすべてニコラスが受け継いだ。

ダグレスは活字を指でなぞりながら、ニコラスについて書かれていることを読んだ。そのほうが彼を身近に感じられるような気がしたからだ。ニコラスが生涯独身を通したという記述を目にしたときは涙が込みあげたが、まばたきしてこらえた。

ニコラスは当時としては長寿の六十二歳まで生き、その生涯の中で多くの偉業を成し遂げた。どの本でも、彼が設計した建物の美しさと創造性について詳しく説明されていた。〝彼のガラスの使い方は、時代をはるかに先取りしていた〟という記述もあった。

ある本では、ニコラスの医学に関する考え方と、彼が手指衛生の重要性をいかに強く主張したかについて触れられていた。著者は〝彼の主張がもっと広く受け入れられていたら、現代医学の出発点は何百年か早まっただろう〟と記していた。

〝時代を先取り〟という言葉がどの本でも繰り返し述べられていた。

ダグレスは椅子の背にもたれかかった。〝テーブルの上でアラベラと――〟というエピソードもなければ、ニコラスが女たらしだったことを裏づける日記も見つかっていない。裏切りもない。妻と親友の共謀もない。そして何より重要なのは、彼が処刑されずにすんだことだ。

閉館時間になると、ダグレスは図書館を出て、歩いて駅まで行き、アシュバートンへ戻る列車に乗った。B&Bの部屋はそのままになっていて、ダグレスの衣類もそこにある。

部屋に入っても、文明の利器になかなか適応できなかった。とりわけバスルームでシャワーを浴びようとしたら、湯が熱すぎて、シャワーヘッドの水圧が強すぎた。つまみをまわし、ぬるい霧雨のようになったところで、ようやく気分が落ち着いた。

水洗トイレは水を無駄遣いしているように思えたし、大きな鏡を見たときは驚いて目を丸くした。

ルームサービスで夕食をとったあとで安手の薄っぺらいネグリジェを着ると、みだらな女になったような気がした。ベッドに入ると、隣にホノリアがいないのがさびしかった。

意外にも、ダグレスはすぐに眠りに落ちた。夢を見たとしても、見たことすら覚えていなかった。

朝食に牛肉とビールを注文したときはホテルの従業員ともめそうになったが、イギリス人は世界じゅうの誰よりも変人に対して寛容だった。

ダグレスは午前十時に門が開くのと同時に、ソーンウィック城に到着した。チケットを買い、ツアーに参加した。ツアーガイドは、今でもこの城館を所有しているスタフォード一族について詳細に語った。中でも輝かしい功績を残した祖先、ニコラス・スタフォードについて。

「彼は生涯独身でしたが」ツアーガイドは目を輝かせて言った。「ジェームズという息子がひとりいました。ニコラスの兄には子どもがいなかったため、兄が亡くなると、ニコラスが後継者となり、そのニコラスも亡くなると、スタフォード家の遺産はジェームズが受け継ぎました」

一緒に遊んだかわいらしい男の子を思いだし、ダグレスはほほえんだ。

ツアーガイドは話を続けた。「ジェームズは華々しい縁組みをして、スタフォード家の財産を三倍に増やしました。このジェームズの時代に、スタフォード家は莫大な富を築きあげたのです」

もしダグレスが介入しなかったら、ジェームズも幼くして死んでいただろう。

一行は隣の部屋に移り、ツアーガイドが次の世代の話を始めたので、ダグレスはこっそり抜けだした。ソーンウィック城を前に見たときは未完成のまま廃墟となっていたが、ニコラスがクリストファーの顔を彫刻したコーベルを見せてくれた。たしか、二階になるはずだった壁の高いところから突きでていた。残念ながら、二階は一般公開されていなかった。

しかし、幾多の苦難を乗り越えてきたダグレスを止められるものは何もなかった。〈立ち入り禁止〉と書かれたドアを開けると、そこはイギリス更紗で統一された小さな居間だった。スパイにでもなった気分だが、自分で撒《ま》いた種は自分で刈り取らなければならない。奥のドアに近づき、細く開けた隙間からのぞいてみた。廊下にはひと気がなかった。ダグレスは足音を忍ばせて廊下を進んだ。かさかさと乾いた音をたてる藁の敷物と違って、絨毯のほうが足音をたてないので歩きやすかった。

階段を見つけ、二階へあがった。途中で二度、足音が聞こえたので身を隠さなければならなかったが、誰にも見つからずにすんだ。十六世紀の時代では、多くの使用人が屋敷の中をせかせか動きまわっていたから、誰にも気づかれずに二階へ侵入するのは不可能だっただろう。しかし、そんな時代はとうの昔に過ぎ去った。

どうにか二階まで来たものの方向がわからなくなり、コーベルがどこにあるのか必死に思いだそうとした。三つの部屋の様子をうかがい、そのあとに入った寝室でようやく見つけた。クルミ材の立派な衣装だんすの上方の高いところにあった。

そのとき、隣のバスルームからメイドが出てきたので、ダグレスは衣装だんすと壁の隙間に身を潜めた。じっと息を殺していると、メイドはベッドカバーの皺を伸ばしてから部屋を出ていった。

ひとりになると、ダグレスは仕事にかかった。重たい椅子を引きずってくると、その椅子を踏み台にして四度目でどうにか衣装だんすの上によじのぼった。古い石のコーベルに手をかけたとき、またドアが開いた。ダグレスは壁にぴったりと身を寄せた。

メイドがふたたび部屋に入ってきたが、今度は腕いっぱいにタオルを抱えているせいで、ダグレスの姿が見えないようだ。メイドが出ていくまで、ダグレスは息を止めていた。

ドアが閉まると、壁のほうに向き直り、石に彫刻されたクリストファーの顔に手を触れた。石細工は頑丈そうだった。こうなることを予想して、ドライバーか小型のバールでも持ってくればよかった。顔の部分を何度か強く引っ張って、ほとんどあきらめかけたとき、手の中で石が動いた。

爪が折れ、指の関節がすりむけたが、ついに顔を引っ張りだすことができた。クリストファーの顔の裏側が細長く突きでていて、その突起がコーベルにぴったりはまるようになっていた。

爪先立ちになり、クリストファーの顔の彫刻がはまっていた空洞をのぞきこむと、中に布で包まれたものが入っていた。ダグレスは手早く包みを取りだしてポケットに滑りこませると、コーベルをもとどおりにはめこみ、衣装だんすからおりた。椅子をもとの場所に戻す余裕さえなく、急いで部屋をあとにした。

ダグレスは誰にも見られることなく、最後の部屋を見学していたツアーの一団にうまくまぎれこむことができた。

「そして、ここにはレースを展示しています」ツアーガイドが説明していた。「大部分はヴィクトリア時代のものですが、十六世紀から伝わるとても特別なレースが一枚だけあるんです」

ダグレスはツアーガイドの言葉に注意を向けた。

「ニコラス・スタフォード卿は生涯独身だったわけですが、過去には謎めいた女性がいたと言われています。臨終の間際に、彼はそのレースを一緒に埋葬してほしいと言い残したのですが、なんらかの手違いがあったらしく、そのレースは埋葬されずじまいでした。彼の息子のジェームズは、そのレースを家宝として守り伝えるよう命じたそうです。愛する父親がとても大切にしていたものだから、と」

ほかの観光客たちが移動するのを待ってから、ダグレスはようやく展示ケースをのぞきこんだ。ガラスの向こうに、すっかり黄ばんで古ぼけているが、ホノリアがダグレスのために編んでくれたレースの袖口が見え、〝ダグレス〟という名前が編みこまれていた。

「ダグレスだって？」観光客のひとりが笑いながら言った。「男の名前じゃないか。さてはニコラスが結婚しなかったのは、そっちの気が――」彼はそれ以上はまずいとばかりに手を振った。「わかるだろう」

ガイドが口を開く前に、ダグレスは言った。「ご参考までに申しあげますけど、十六世紀では、〝ダグレス〟というのは女性の名前だったんです。それとこれは断言できますが、ニコラス・スタフォード卿にそっちの気は――」ダグレスは男をにらみつけた。「おわかりでしょう」彼女は男の脇をすり抜け、すたすたと立ち去った。

ダグレスは庭園に足を踏み入れた。ほかの観光客たちは美しさに感嘆しているが、ダグレスの目には手入れされていない雑然とした庭園にしか見えなかった。彼女は静かな一角に行き、ベンチに腰をおろすと、ポケットから包みを取りだした。

ゆっくりと包みを開いた。遠い昔、この蠟引きの布に最後に触れたのがニコラスなのだと思うと、手が震えた。

ニコラスの細密画の肖像が現れた。描かれた当時と変わらずに色彩が鮮やかだった。「ニコラス」指先で絵に触れながらささやいた。「ああ、ニコラス、わたしは完全にあなたを失ってしまったの？　あなたは永遠にわたしのもとから去ってしまったの？」細密画をじっと見つめ、指で触れた。裏返してみると、裏面に何か文字のようなものが彫られていた。ダグレスは光にかざして読んだ。

時はなんの意味も持たない
愛は永遠に続く

〝N〟というサインの上に〝D〟と刻まれていた。

古い石壁にもたれかかり、まばたきして涙をせきとめた。「ニコラス、わたしのところに戻ってきて」かすれた声でつぶやいた。「お願い、戻ってきて」

ダグレスは長いあいだベンチに座っていたが、やがて立ちあがった。昼食をとりそこねてしまったので喫茶店へ行き、スコーンと濃い紅茶のポットを注文して席に着いた。食事をしながら、ベルウッドとソーンウィックで買っておいたガイドブックを読み始めた。

一語一語読むたびに、愛する男性を失う苦しみに耐えた甲斐があったのだと自分に言い聞かせた。愛をあきらめたことによって歴史が変わったんだもの。ふたりの愛なんてどうでもいいでしょう？　クリストファーは生き延びたし、レディ・マーガレットも、ジェームズも生き延びた——そしてニコラスも。彼らが生き延びたからこそ一族の名誉が守られ、その結果、今ではスタフォード家の子孫は公爵になり、王室と縁戚になったのだ。

そのことに比べれば、たかが恋愛でしょう？

喫茶店を出て、駅まで歩いた。これでようやく帰れる。アメリカへ、家族のもとへ。これからはもう、自分をよそ者のように感じることはないだろう。自分以外の誰かのふりをする必要はもはやない。

アシュバートンへ戻る列車の中で、これは喜ぶべきことなのだと自分に言い聞かせた。彼女とニコラスは大きなことを成し遂げた。歴史を変えるという幸運に恵まれた人間は、ふたりのほかに何人いるだろう？　ダグレスはまたとない機会を与えられたのだ。彼女が努力したおかげで、スタフォード家は今なお栄えている。美しい城館が今もあちこちに残っているのは、ニコラスに設計の才能を生かすよう彼女が勧めたからだ。ほかにもまだある……。

そこで思考がふっと途切れた。どう感じるべきかを自分に言い聞かせても無意味だ。なぜなら、本心はみじめな気持ちだからだ。

アシュバートンに到着すると、ダグレスはゆっくりとした足取りでB&Bに戻った。航空会社に電話をして予約を取らなければならない。

ロビーで、ロバートとグロリアが待っていた。今はこのふたりにうまく対処できるとは思えなかった。彼女はロバートの顔を見ないようにして言った。「ブレスレットを取ってくるわね」彼が口を開く前に、くるりと背を向ける。

ロバートが彼女の腕をつかんで引きとめた。「ダグレス、少し話せないか?」

罵られるのを覚悟して、ダグレスは身をこわばらせた。「ブレスレットを取ってくると言ったでしょう。すぐに返さなかったことは悪いと思っているわ」

「頼むから」彼は穏やかな目つきで言った。

グロリアのほうを見ると、彼女の顔から〝あなたをいじめてやる〟という生意気な表情は消えていた。ダグレスは父娘の向かいの椅子に腰をおろした。ルーシーとロバート・シドニーだわ、とダグレスは思った。グロリアはクリストファーの婚約者によく似ているし、ロバートは十六世紀のロバートの面影を宿していた。考えてみれば、ダグレスとニコラスは、ルーシーやロバート・シドニーの人生まで変えてしまったのだ。ロバート・シドニーにはニコラスを憎む理由がなくなった。アラベラがテーブルの上で妊娠させられるという事態は起こらなかったからだ。そしてダグレスのおかげで、ルーシーは自分に自信を持てるようになった。

ロバートは咳払いをしてから話を始めた。「グロリアと話しあったんだが、ぼくたちはきみに対してフェアじゃなかったかもしれないという結論に達したんだ」

ダグレスは大きく目を見開いてロバートを見た。どうやらダグレスは、目隠しをして彼を見ていた時期があったようだ。おそらく、見たいものしか見ていなかったのだろう。もともと備わっていない性質を、彼の性格だと思いこんでいたのだ。一緒にいたときのことを思い返してみると、彼はダグレスを少しも愛していなかったのだとわかった。「わたしになんの用なの?」ダグレスは疲れた声で言った。

「ただ謝りたいだけだ」ロバートは答えた。「それと、また一緒に旅を続けてほしいと思ってね」

「助手席に座っていいわ」グロリアが言った。

ダグレスはふたりの顔を交互に見た。ふたりの言葉にとまどったのではない。彼はこれまでにも自分が望むことをダグレスにさせるために謝罪の言葉を口にした。面食らったのは、彼らが真剣な表情をしていたからだ。まるで本心から言っているように。

「それはできないわ」ダグレスは穏やかな口調で言った。「明日、帰るから」

ロバートは手を伸ばしてダグレスの手を取った。「ぼくの家に帰るんだろう？」ロバートは目を輝かせた。「結婚したら、ぼくたちの家になるわけだからね」

「結婚？」ダグレスは低い声で言った。

「頼むよ、ダグレス。きみに結婚を申しこもうと思っているんだ。ぼくがばかだったよ。ぼくたちはお似合いのカップルだってことがわかっていなかった」

ダグレスは笑みらしきものを浮かべた。これこそ喉から手が出るほどほしかったものだ。まともな男性との安定した結婚。

ダグレスは深く息を吸いこみ、今度は満面の笑みを浮かべた。もう自分を安売りしたくないという気持ちがわき起こったからだ。ダグレスはもはや、出来の悪い末っ子ではない。今の彼女は別の時代にタイムスリップして、そこから無事に戻ってきただけでなく、歴史に残る偉業を成し遂げた女性だった。完璧すぎる家族のもとに将来有望な夫を連れて帰り、手柄を立てる必要はすでになくなった。何しろ、今ではダグレス自身が使命を達成したのだから。

ダグレスはロバートの手を取って彼の膝に戻した。「ありがとう。でも、お断りするわ」彼女はにこやかに言った。

「しかし、きみは結婚したがっていたはずだろう」ロバートは心底困惑しているようだった。

「わたしがあなたの花嫁付添人《ブライズメイド》をしてもいいって、パパが言っているわ」グロリアが言った。

「結婚するなら、わたしから奪うばかりでなく、与えてくれる相手を選ぶわ」ダグレスはそう言ったあと、グロリアに視線を移した。「それから、自分のブライズメイドも自分で選ぶわ」

グロリアは真っ赤になってうつむいた。

「きみは変わったね、ダグレス」ロバートはやわらかな口調で言った。

「ええ、そうなの」ダグレスは自分でも驚いた。「わたし、本当にすっかり変わったの」彼女は立ちあがった。「ブレスレットを取ってくるわ」

階段のほうへ向かうと、ロバートがグロリアをロビーに残して一緒についてきた。彼はダグレスがドアの鍵を開けるのを黙って見ていたが、彼女のあとに続いて部屋に入ってくると、ドアを閉めてからようやく口を開いた。

「ダグレス、ほかに誰かいるんだろう?」

ダグレスはスーツケースに隠しておいたダイヤモンドのブレスレットを取りだし、

彼に差しだした。「誰もいないわ」もう二度とニコラスに会えないという喪失感に襲われた。

「何かの調査を手伝ってもらうとか言っていた、あの男も？」

「調査は終わって、彼はもう……行ってしまった」

「永久に？」

「ええ、時間という概念では」彼女は一瞬目をそらし、またロバートに視線を戻した。「すごく疲れているのよ。明日は長時間、飛行機に乗らなければならないし。もうお別れしましょう。アメリカに帰ったら、あなたの家から荷物をすべて運びだすわ」

「ダグレス、頼むから考え直してくれ。些細な喧嘩をしたぐらいで、ふたりの関係を終わりにするわけにはいかないよ。ぼくたちは愛しあっているんだから」

この人を愛していると本気で思っていた時期もあったんだわ。そう思いながら彼を見た。でも、今ならわかる。あの頃のふたりの関係は一方的なもので、相手に懇願するのも、喜ばせようとするのも、ダグレスひとりだった。「なぜ気が変わったの？」ダグレスは尋ねた。「ほんの数日前に、わたしを一文なしのまま外国の町に置き去りにしたくせに、結婚を申しこむなんて、いったいどういうこと？」

ロバートは少し顔を赤らめ、決まり悪そうに目をそらした。「そのことについては本当に悪かったと思っているよ」彼がダグレスに目を戻したとき、誠実そうな表情とかすかなとまどいの色が浮かんでいた。「それがなんとも妙な話なんだ。実は、きみの実家が裕福だってことが、ぼくはいつもしゃくにさわっていた。ぼくは缶詰の豆を食べながらやっと医学部を卒業したっていうのに、きみは何から何まで恵まれている。ちやほやしてくれる家族がいて、資産家で、家柄もよくて。きみが教師の給料だけで生活しているのも憎らしかった。親に頼めば、いくらでもお金をもらえるのがわかっていたからね。あの教会にきみを置き去りにしたとき、グロリアがきみのハンドバッグを持っていることにも気づいていたし、いい気味だとも思った。一文なしで生きていくのがどんなものか、ぼくのように頼れるのは自分だけというのがどんなものか、きみに思い知らせてやりたいと思ったんだ」

ロバートは息をついた。表情がやわらいでいた。「ところが昨日、すべてが変わった。グロリアとレストランにいたとき、きみも一緒にここにいてくれたら、とふと思ったんだ。ぼくは……ぼくはもうきみに腹が立たなくなっていたんだ。わかってもらえるかな？　きみが恵まれた人間だっていうことで感じていた怒りがふっと消え、そんな感情は初めからなかったみたいに、跡形もなく消え去った」

彼はダグレスに近寄り、両肩に手を置いた。「きみのような女性を手放そうとするなんて、ぼくがばかだったよ。もしきみが許してくれるなら、これからの人生で、今までの埋めあわせをさせてもらいたい。きみが望まないなら、結婚はしなくていい。一緒に暮らさなくてもいい。きみが許してくれるなら、ぼくはきみに求愛するよ。花束とキャンディと……風船なんかを使ってね。どうかな、ぼくにもう一度チャンスをくれないか？」

ダグレスはロバートをじっと見た。昨日、〝怒りがふっと消えた〟と彼は言った。ダグレスが十六世紀で過ごした日々は、二十世紀ではほんの数分だったけれど、ニコラスと一緒に過ごしているあいだに、彼女はロバート・シドニーとグロリアによく似た女の子の怒りを発散させたのかもしれない。目の前にいるロバートが感じていた怒りは、十六世紀で起こったことへの怨念のようなものだったのではないだろうか？ロバートは初めてニコラスに会ったとき、憎悪のこもった目を向けた。なぜだろう？ニコラスが彼の妻を妊娠させたから？

そしてグロリアも、もうダグレスに腹を立てていないようだった。グロリアの化身をダグレスが助けたからではないだろうか？　自分の愛する男性がダグレスに好意を寄せているという、十六世紀のグロリアの誤解が解けたからではないだろうか？

ダグレスは首を横に振り、頭をはっきりさせようとした。〝たとえ明日死ぬことになろうと、わたしの魂がきみを覚えている〟ニコラスはそう言った。ロバートとグロリアも、かつて生きていた人たちの生まれ変わりなのだろうか？

「もう一度チャンスをくれないか？」ロバートは繰り返した。

ダグレスはほほえみ、彼の頰にキスした。「答えはノーよ」彼女は言った。「でも、あなたの申し出には心から感謝するわ」

ロバートから体を離すと、彼が怒っていなかったのでほっとした。「ほかに誰かいるんだろう？」彼はまた同じことをきいた。ほかに男性がいたほうが、ただ拒絶されるよりも自尊心を保てるのかもしれない。

「まあ、そんなところね」

ロバートは手に持ったブレスレットに目をやった。「これの代わりに婚約指輪を買っていたら……まあ、今さら考えてもしかたがないな」彼は振り向いてダグレスを見た。「誰だか知らないが、そいつは幸運な男だ。きみたちがうまくいくように祈っているよ」ロバートは部屋を出てドアを閉めた。

ダグレスは誰もいない部屋にしばらくたたずんでいたが、やがて電話に歩み寄り、実家に電話をかけた。両親の声を無性に聞きたくなったのだ。

電話に出たのは姉のエリザベスだった。

「お父さんとお母さんはまだ帰っていないの？」ダグレスは尋ねた。

「ええ、まだ山小屋にいるわ。ねえ、そっちはいったいどうなっているの？　例によってまた厄介な事態に陥っているなら、正直に言ったほうがいいわよ。わたしが助けてあげるから。まさか、今度はあなたが刑務所に入れられたなんて言わないでしょうね？」

完璧な姉からそんな言葉をかけられても、ちっとも腹が立たないばかりか、後ろめたさも感じないことにダグレスは驚いた。「姉さん」彼女はきっぱりと言った。「そんな言い方はやめてもらえないかしら。そっちへ帰ることを知らせるために電話したんだから」

「あら」エリザベスは言った。「別に悪気はなかったのよ。ただ、あなたはいつも面倒なことに巻きこまれてばかりいるから」

ダグレスは何も言わなかった。

「わかった、悪かったわ。あなたたちを空港まで迎えに行ったほうがいい？　それともロバートは車を持っているの？」

「ロバートは一緒じゃないわ」

「あら」エリザベスはもう一度言ったあと、ダグレスに説明する時間を与えた。ダグレスが無言のままでいると、エリザベスはまた口を開いた。「ダグレス、あなたに会えるのをみんな喜ぶわ」

「わたしもみんなに会うのが楽しみよ。迎えはいらないわ。レンタカーを借りるから。それと姉さん、会えなくてさびしかったわ」

一瞬の沈黙のあと、エリザベスは言った。「帰ってきたら、お祝いのごちそうを作ってあげる」

ダグレスはうめき声を発した。「お母さんはいつ帰ってくるの?」

「わかったわよ。たしかにわたしは世界一のコックってわけじゃないものね。料理はあなたが作って。後片づけはわたしがするから」

「決まりね。明後日にはそっちに着くから」

「ダグレス!」エリザベスが声を張りあげた。「わたしも会えなくてさびしかったわ」

ダグレスは受話器を置いてほほえんだ。変わったのは歴史だけでなく、どうやら現在も変わったらしい。これからは、家族の冗談の種にされることもないだろう。なぜなら今はもう、自分の人生にうまく対処できない無能な人間だとはダグレス自身が思っていないからだ。

ダグレスはヒースロー空港に電話をして飛行機の予約を取ると、荷造りを始めた。

34

ロンドン行きの列車に乗るために、ダグレスはかなり早起きしなければならなかった。そこからは長い時間と高い料金を費やして、タクシーで空港に向かった。十六世紀から戻ってきて以来続いていた達成感は消えかけていた。今感じているのは、猛烈な疲労感と深い孤独だった。彼女はニコラスに二度も心を奪われた。彼との思い出が次々とよみがえってくる。彼が二十世紀に来たとき、カラー写真集を手に取った瞬間に浮かべた驚愕の表情。タクシーの運転手がギアチェンジするのを見つめていた興味津々のまなざし。ヘアウッド邸の寝室のナイトテーブルの引き出しに入っていた『プレイボーイ』誌！

ダグレスが十六世紀へ行ったときは、ニコラスは彼女のことを覚えていなかった。それどころかひどく嫌っていた。彼は変わってしまったのだと初めは思ったけれど、そうではなかった。ニコラスは相変わらず自分より家族を優先する人で、彼がダグレスを家族の一員として認めるようになってからは、家族のみんなを愛するのと同じように深く愛してくれた。

搭乗のアナウンスが流れたが、ぎりぎりになるまで待っていた。もしかしたら、イギリスを離れるべきではないのかもしれない。イギリスにとどまれば、その分ニコラスのそばにいられる。アシュバートンに家を買って、毎日墓参りをするべきだろうか。そうやって祈り続けたら、ふたたび彼のもとへ戻れるか、彼がこっちに戻ってきてくれるかもしれない。

必死に自分を抑えても、どうしても涙があふれた。ニコラスは本当に、完全に消えてしまった。もう二度と顔を見ることも、声を聞くことも、この手で触れることもできないのだ。

涙で視界がかすんでいたせいで、機内の通路を歩いているとき、前にいた男性にぶつかってしまった。その拍子にトートバッグが肩からずり落ち、ファーストクラスの乗客の膝の上に落ちた。

「本当にすみません」謝りながら、ダグレスはとてもハンサムな男性の青い目をのぞきこんだ。その瞬間、心臓が激しく高鳴ったが、彼女は歩きだそうと向きを変えた。彼はニコラスじゃない。あの目はニコラスの目じゃない。

男性の膝からトートバッグを拾いあげたとき、彼は興味をそそられた様子でダグレスを見あげていた。しかし、ダグレスのほうは興味がなかった。興味を持ったたったひとりの男性は、大理石の墓の中に閉じこめられている。

自分の席に着くと、前の座席の下にトートバッグを押しこみ、窓の外を眺めた。飛行機が滑走路に向けて動きだしたとたん、いよいよイギリスを去るのだと思い、ぽろぽろと涙がこぼれた。隣の通路側の席に座るイギリス人は、新聞に顔を埋めている。

ダグレスはなんとか涙を止めようとした。ニコラスを失ったことを成し遂げたか、自分自身に激励の言葉をかけた。自分がどんなに大きなことなど小さな代償にすぎないと自分に言い聞かせた。けれど、考えれば考えるほど、ますます涙が止まらなくなった。

飛行機が上空に達し、〝シートベルトをお締めください〟というサインが消えてもダグレスはまだ泣きじゃくっていたので、隣の席で何が起こっているのか気づかなかった。例のファーストクラスの男性がシャンパンのボトルとグラスをふたつ手にして、ダグレスの隣の男性に席を替わってほしいと頼んでいた。

「これをどうぞ」彼が言った。

涙でかすんだ目で見ると、背の高いシャンパングラスが差しだされていた。

「さあ、受け取って。気分がよくなりますよ」

「あなたは……ア、アメリカ人ね」ダグレスは泣きながら言った。

「ええ、コロラドです。あなたは？」

「メ、メイン州」グラスを受け取り、勢いよく飲んでむせた。「コ、コロラドにはいとこたちが住んでいるわ」

「へえ、どこですか？」

「チャンドラー」とめどなくあふれていた涙が少しずつおさまってきた。

「まさかタガート一族ではないですよね？」

ダグレスは顔をあげて彼を見た。黒い髪と青い目。ニコラスと同じだ。またしても涙があふれだす。彼女はうなずいた。

「以前はときどき、父と一緒にチャンドラーに行っていたんです。そのときにタガート家の人たちに会ったことがあります。ああ、そうだった、ぼくはリード・スタンフォードです」彼は握手を求めて手を差しだした。ダグレスが動けずにいると、彼は彼女の手を持ちあげて握りしめた。「はじめまして」

彼はそれ以上何も言わずに、握りしめた彼女の手を見つめた。ダグレスは手をさっと引っこめた。

「失礼」リードが言った。

「もう一度お名前を……」

「スタンフォード」

「ミスター・スタンフォード」ダグレスはしゃくりあげながら言った。「簡単に誘いに乗る女だと思われたのかもしれませんが、あいにくわたしはそんな女ではありません。シャンパンを持って、自分の席へ戻ったほうがいいですよ」毅然とした態度をとろうとしたが、その努力は実を結ばなかった。何しろ鼻が真っ赤で、目も腫れ、涙が頬を伝っている。

リードはグラスを取ろうとしなかったし、席を立とうともしなかった。

ダグレスはだんだん腹が立ってきた。泣いている女に魅力を感じる変態か何かだろうか？　どんな子ども時代を過ごしたら、涙に興奮するようになるのだろう？「あなたが立ち去らないなら、客室乗務員を呼びます」

彼はダグレスのほうに顔を向けた。「それはやめてください」彼の目に浮かんだ表情を見て、ダグレスは呼びだしボタンに伸ばしかけた手を止めた。「信じてください。こんなことをするのは生まれて初めてなんです。つまり、飛行機の中で女性に近づいて声をかけるなんてことは。それどころかバーでだってしたことはありません。ただ、あなたを見ているとある人を思いだすものですから」

ダグレスはもう泣いていなかった。なぜなら、リードの首の動かし方に不気味なほど見覚えがあったからだ。「それは誰ですか？」彼女は尋ねた。

彼がちらりと笑顔を見せた。ダグレスは胸がどきどきした。ニコラスもときどきそんなふうに笑うことがあった。「話しても信じてもらえないだろうな。あまりに現実離れしているから」

「話してみて。想像力はたくましいほうなの」

「わかりました」リードは言った。「あなたを見ていると、ある肖像画に描かれた淑女《レディ》を思いだすんです」

ダグレスは話に耳を傾けていた。

「子どもの頃、たしか十一歳だったかな、両親と兄と一緒にイギリスで一年ほど暮らしたことがあるんです。父の仕事の都合でね。母はよく兄とわたしを連れて骨董品店を見てまわっていました。残念ながら、わたしはあまり乗り気ではなかった。ある土曜日の午後、その肖像画を見つけるまではね」

リードはいったん言葉を切り、空になったダグレスのグラスにシャンパンを注いだ。

「それは細密画の油絵で、十六世紀のいつ頃かに描かれたレディの肖像画でした」

彼はダグレスの顔を見た。泣き腫らした顔をしているにもかかわらず、まるで愛撫するようなまなざしで。

「わたしはその絵がほしくなりました。理由は説明できませんが、とにかくほしくてたまらなくなった。どうしても手に入れなければならないと思ったんです」彼はほほえんだ。「ほしいものをねだるとき、わたしはあまり遠慮しないほうでした。その肖像画はかなり高額だったので、母はわたしの願いを聞いてくれませんでしたが、わたしは言いだしたら聞かない子だったんです。次の土曜日、わたしは地下鉄に乗ってふたたびその骨董品店へ行き、ありったけの金を頭金として払いました。たしか五ポンドぐらいだったかな」

リードは当時を思いだしたのか、笑みを浮かべた。

「振り返ってみれば、年配の店主は、わたしが絵の収集家になりたがっていると思ったのでしょうね。でもわたしは収集家になりたいわけではなかった。ただ、その肖像画がどうしてもほしかっただけなんです」

「その絵は手に入ったの?」ダグレスは小声で尋ねた。

「ええ、手に入れました。両親はわたしがどうかしていると思ったらしく、エリザベス朝の細密画なんて子どもが持つものではないと言いました。しかしわたしが毎週毎週、小遣いをすべて絵の支払いに当てているのを見て、協力してくれるようになりました。しばらくしてイギリスを去ることになって、小遣いをかき集めてもその絵を自分のものにできそうにないと思い始めたとき、父が車でわたしを骨董品店へ連れていき、その肖像画をプレゼントしてくれたんです」

話を終え、リードは座席にもたれかかった。

「その絵はまだ持っているの？」ダグレスはささやき声で尋ねた。

「ええ、肌身離さず持っていますよ。ご覧になりますか？」

ダグレスはうなずくのがやっとだった。

リードは上着の内ポケットから小さな革のケースを取りだし、ダグレスに手渡した。ゆっくりとケースを開けると、黒いベルベットの上に、ニコラスが画家に描かせたダグレスの肖像画があった。銀の額縁には小粒の真珠がちりばめられている。

ダグレスは断りもせずに、その絵をケースから出し、裏返して光にかざした。

「〝わが魂がきみの魂を見つけるだろう〟」リードは言った。「裏面にはそう書いてあって、〝C〟とサインしてあります。この言葉にはどういう意味があるんだろう、Cとはどんな名前の頭文字なんだろうと、昔からずっと考え続けているんです」

「コリン」考えるより先に言葉が口をついて出た。

「なぜ知っているんですか?」

「知っているって、何を?」

「コリンは、わたしのミドルネームです。リード・コリン・スタンフォード」

ダグレスは彼を見た。このときになって初めてじっくり彼の顔を観察した。彼も肖像画とダグレスを交互に見つめた。ニコラスがよくそうしたように、長いまつげの下から。「お仕事は何を?」ダグレスはかすれる声で尋ねた。

「建築家です」

ダグレスははっと息をのんだ。「ご結婚は?」

「ずばりききますね。結婚は一度もしていません。ありのままを言うと、一度、結婚直前にある女性を捨てたことがあります。これまでの人生でしでかした最悪の行いです」

「その女性の名前は?」ダグレスはかろうじて聞き取れるくらいの小声できいた。

「レティシア」

そのとき、客室乗務員がふたりのそばで立ちどまった。「お夕食は、ローストビーフとキエフ風チキンカツレツをご用意しています。どちらになさいますか?」

リードはダグレスのほうを見た。「夕食をご一緒していただけますか?」

〝わが魂がきみの魂を見つけるだろう〟ニコラスはそう書き残した。魂。肉体ではなく魂が。

彼はほほえんだ。「ええ、ご一緒します」それはまさしくニコラスの微笑だった。

神さまありがとう、本当にありがとう。

著者あとがき

『時のかなたの恋人』の執筆に当たって

ジュード・デヴロー

『時のかなたの恋人』を執筆してから十四年になりますが、この作品についてこれまで多くの質問が寄せられました。中でも特に多かったのが、どのように着想を得たのかというものです。〝完璧なラブストーリー〟とこれまでに幾度となく言われてきましたが、わたしにとって――ええ、わたしは本当にこの作品を気に入っているんです――そして読者のみなさんにとっても、この作品の魅力は隠れたテーマにあると思います。

実は、『時のかなたの恋人』はアルコール依存症にまつわる物語なのです。

わたしは執筆に入る前、まず書きたいテーマを決めて、自分が関心を持っている事柄で空白の部分を埋めてから、プロットを組み立てます。一九八〇年代のある時期、わたしはほかの本を執筆するための調査をしていて、たまたまある情報を見つけて驚きました。それは、アルコール依存症は多くの場合、身体的な問題であるのと同時に精神的な問題である、というものです。飲酒をやめた人はもうアルコール依存症ではない、とそれまでは思っていました。

しかし読んだ本によれば——この分野に関しては門外漢なので、受け売りばかりになってしまうのをお許しください——〝アルコール依存症のパーソナリティ〟というものがあるそうです。それどころか飲酒をしていないのに、飲んでいるときのような人格変化を引き起こすことさえあるらしく、そのような人は〝ドライドランク〟と呼ばれています。

この〝パーソナリティ〟のどこに興味を持ったかというと、他者の気力をなんとしてもくじこうとするという人間が存在するということです。〝ドライドランク〟と呼ばれる人は、身近な人の中からもっとも有能で、もっとも道徳的で、もっとも寛大な人間を選びだし、その人をコントロールして別人のように変えてしまうことに人生を捧げます。最終的な目標は、〝わたしも捨てたもんじゃないな。たしかに悪いこともするけれど、それを言うならあいつを見てみろよ。彼女は（彼は）みんなから善人だと思われているが、悪い人間にだってなれる。これで証明されたじゃないか〞と言える状態を作りだすことです。

この考え方の一例が『危険な関係』（一九八八年公開のアメリカ映画）という映画で描写されています。グレン・クローズとジョン・マルコヴィッチが演じた登場人物たちは、ミシェル・ファイファーが演じた、もっとも強くて、きわめて道徳的な女性に目をつけ、彼女をめちゃくちゃにしようと試みます。

アルコール依存症のパーソナリティに関するさまざまな資料を読んでいるうちに、これをテーマにした本を書きたいと思っている自分に気づきました。それと同時にヒロインは、本当は強いのに、自分は弱い人間だと思いこんでいる女性にしたいと考えました。寛大で、自分が苦難に見舞われても人助けをするような人なのに、自分の寛容さを弱点だと思っている女性です。

着地点を書きだし、いよいよ創作に取りかかります。ただし、飲酒の問題を抱えたヒロインにするわけにはいきません。ヒロインがアルコールに深くかかわっていると、読者の共感を得られないからです。悲しいかな、アルコール依存症は〝放っておくしかない〞という人がとても多く――セラピストでさえも――悪い関係を断つのは簡単だと彼らは本気で信じています。それに加えて、わたしはこの問題を一文で表したくありませんでした。ヒロインの恋人に四杯目のウィスキーを飲ませさえすれば、アルコール依存症をテーマにした物語だと読者のみなさんはすぐに気づくでしょう。でもそれではだめで、わたしはもっと繊細に描きたかったのです。実際、アルコール依存症について書きたいけれど、作品の中ではその言葉をいっさい使うつもりはないと、その時点で編集者に伝えていました。

すでにお気づきの方もいらっしゃると思いますが、わたしが描く作品には、モンゴメリーという名の一族がよく登場します。モンゴメリー家の人間はみな優秀で、裕福で、恐れることは何もありません。彼らは正真正銘の英雄です。そこでわたしは考えました。そんな立派な家に生まれながら、自分だけが馴染めないと感じている人がいたら？　親戚も華々しい人たちばかりで肩身が狭く、自分だけが基準を満たしていないと感じていたら？

そういう疑問から生まれたのが、ダグレス・モンゴメリーという若い女性です。完璧すぎる姉が三人もいる彼女は、ずっと劣等感を抱えて生きてきました。

そんなダグレスがアルコール依存症のパーソナリティを持った男性に流されているという設定は、すぐに思いつきました。ロバート・ホイットリーは成功者で、一見すると、ダグレスが誇らしい気持ちで家族に紹介できそうな男性です。ダグレス自身は姉たちのように偉業を成し遂げられないとしても、次善の策をとって、ロバートのような成功者を家族に迎え入れればいいというわけです。

ダグレスの生い立ちが決まると、次は彼女を成長させる物語を考えなければなりません。まずは、劣等感を感じさせる家族からダグレスを遠ざける必要がありました。でも、どうやって？　モンゴメリー家は互いに助けあうのを信条としています。ヒロインは人格が変わってしまうほどの苦境に立っているのに、身内が彼女を救いだせないようにするには？

このように、ヒロインを〝どこかへ連れ去る〟という発想から、タイムトラベル小説を書こうと思いつきました。タイムトラベル小説を読むのは昔から好きだったので、書いてみるのもおもしろいだろうと思ったのです。このプロットはふたつの条件を必要とすることに早い段階で気づきました。ひとつは、ヒロインが自分の寛大さや親切心は美点であると気づくこと。もうひとつは、ダグレスが何かを成し遂げ、自分に自信が持てるようになること。そのためには、過去の失敗や、男運の悪さや、今までに陥った厄介な事態を忘れられるほどの偉業でなければなりません。

そのふたつを条件にして、中世から未来へやってきた男性をダグレスが助ける、というタイムトラベルの基本的なプロットを作りあげました。最初のうち、ダグレスは尻込みするものの、元来優しい性格なので彼を見捨てることができません。本当はとても強い女性なのだとダグレス本人に気づかせ、自信を持たせるために、彼女をエリザベス朝へ行かせることにしました。十六世紀の時代では、彼女は生き延びるためにさまざまな機転を利かせなければなりません。また、ダグレスが過去へ行っても、ヒーローの腕に守られていたのでは意味がないので、エリザベス朝では、ヒーローは彼女のことを覚えていないという設定にしました。

プロットが完成すると、調査に何カ月も費やしました。タイムトラベル小説を読むとき、長ったらしい政治史の説明にいつもうんざりしていました。わたしが読みたいのは、そしてもちろん書きたいのは、当時の人々がどんなものを着て、どんなものを食べていたかということです。彼らの考え方を知りたかったし、エリザベス朝の生活の一部始終を知りたかった。退屈な政治の話は抜きで！

調査はとても楽しく、興味を引かれることを発見するたびに、作品に盛りこむためにプロットに書き加えていきました。たとえば、まだ保育所がなかった時代、子どもたちがどんな扱いを受けていたのかなんてそれまで考えたこともありませんでした。農奴が休みなく働いているあいだ、まだ働けないけれど、あちこち動きまわって邪魔になる幼児の世話は誰がしていたのか？　子どもたちは意識がもうろうとするほど布できつく巻かれ、壁の掛け釘に吊されていたという事実を何かで読んだときは、正直言ってかなり衝撃を受けました。

何ページにもわたるプロットと、回転式卓上ファイル〈ローロデックス〉が満杯になるほどの大量の調査メモができあがると、ニューメキシコ州のペコス原生林にある山小屋へ行き、三カ月半ものあいだ引きこもって執筆を進めました。夜明けとともに起き、ボウル一杯のシリアルを食べ、昼まで手書きで原稿を書くという生活でした。昼食後は散歩に出て、翌日に書く予定の場面を頭の中で組み立てます。わたしの山小屋は標高約二千七百メートルの高地にあり、樹木が育たない高さまでのぼると標高三千六百メートルにもなります。その夏はしょっちゅう山道をのぼっていたので、夜ベッドに入ると、かかとがシーツに触れないほどふくらはぎに筋肉がつきました。

いよいよ完成すると、心血を注いで書きあげた作品を電子メールで送るのは忍びなかったので、飛行機でニューヨークへ行き、〈ポケット・ブックス〉社に直接届けました。

わたしがこの作品を気に入っているのには、いくつか理由があります。ひとつを挙げるとすれば、それは目標を達成できたことです——アルコール依存症という言葉を使わずに、そのことについて書いたこと。ヒロインが自分の強さに気づき、支配欲の強い恋人に立ち向かったこと。横柄な態度をとる姉に対しても同じで、ダグレスが失礼な口の利き方をしないでほしいと姉に告げる場面を書いた日は、勝利のダンスをしたほどでした。

『時のかなたの恋人』が初めて出版されてから何年も経ちますが、うれしいことに、筆者のわたしに負けないほど、読者のみなさんからも愛されているようです。しかしここ数年で思うようになったのは、作品を読み返して、執筆について長年かけて学んだことを生かしたいということです。そこで、二〇〇一年一月に少し手を加えました。プロットは変えず、新しい情報も加えず、なんとか五十ページほど加筆しました。最終的にはより読みやすくなり、そしておそらくは、ダグレスがロバートのようなつまらない男性と結婚したいと思った理由が少しはわかりやすくなったのではないでしょうか。

この作品について、あたたかい言葉をくださったみなさんに感謝申しあげます。その言葉はずっと大切に胸にしまってあります。これからもこの作品を楽しんでいただければ幸いです。

訳者あとがき

魂の片割れとも言える運命の恋人が四百年の時を隔てたところにいたら？　普通だったら絶対に出会えないはずのふたりが神さまのいたずらか、なんらかの大いなる意志のおかげか、出会って恋をするタイムスリップロマンスです。

一年前から同棲している恋人とイギリス旅行に来たダグレスは、一緒についてきた恋人の娘とうまくいかず、財布もパスポートもない状態で片田舎の教会に置き去りにされてしまいます。思春期以来、だめな男性とばかり不毛な関係を重ねてきたダグレスは医師である今度の恋人との結婚に懸けていたため、絶望に打ちひしがれて四百年前に死んだ伯爵の墓前で泣き崩れます。すると、そんな彼女の前に輝く鎧をまとった男性が。エリザベス一世の時代から来たと主張する頭のおかしな男からさっさと離れようとする彼女ですが、危なっかしい行動をとる彼を放っておけずに面倒を見ることになります。そして過去から来たという荒唐無稽な話を信じられないまま、女王への謀反を企てたかどで三日後に処刑されるという彼の無実を示す証拠を、彼と一緒に探し始めます……。

ヒーローとヒロインは、それぞれ一度ずつタイムスリップをします。まず初めにニコラスが現代のイギリスへ。ダグレスの泣き声に引き寄せられて現代に来た彼は、この時代に来たことには意味があるはずだと考え、ダグレスの助けを借りながら自分が陥れられた謎に迫っていきます。

そしてダグレスは、ニコラスがもとの時代に戻ってしまったあと、彼の時代へ。ただし彼が処刑される年の四年前でした。前に会ったときより四歳若い彼はダグレスのことをまったく覚えておらず、不信感をあらわに冷たく当たります。いつ魔女として糾弾されてもおかしくない世界でダグレスが安全に過ごせる場所を確保し、ニコラスの処刑という抗いがたい運命を修正していく様子が本書後半の見どころとなります。

コンプレックスの塊で、自分を求めてくれる男性にすぐになびいてしまうダグレスと、心は与えずとも女好きで常に女性とたわむれているニコラス。読んでいて歯がゆかったり呆れたりしつつも、リアルな人物造形に共感を覚え、ふたりを応援したくなります。傍観者の立場なら、ダメ男となんてさっさと別れればいいと思いますが、当事者となるとそう簡単にできることではありません。ダグレスがそんな関係を断ち切れるだけの強さを持つようになる過程を描きたかったと作者があとがきで言っているとおり、ヒロインが成長するさまこそが本書のテーマであり読みどころと言えるでしょう。

もちろんラブストーリーとしても極上の作品で、涙なくして読める方は少ないのではないでしょうか。結末は賛否両論だと思いますが、もろもろの事情を考えあわせるとこの結末以外はありえないという気も……。普通のハッピーエンドとは言えませんが、決して読後感は悪くありません。

本書のもうひとつの隠れた魅力ともいうべき点は、十六世紀の生活様式が細かく書きこまれていることです。田舎に住む普通の人々については衛生面など厳しい生活環境にぞっとして、ロマンティックな幻想など入りこむ余地がないことを思い知らされますし、大きな領主屋敷での貴族と使用人の生活については、その規模に圧倒されます。領地を統《す》べる貴族はそこで働く使用人や領民の生活を一手に担っていると考えれば、その発展の手段である結婚が愛情ではなく政略に基づいたものであってもしかたのない面があるのかなと、ロマンス小説好きにはあるまじきことですが、ちらりと思わされてしまったりもして……。とにかく当時と今の価値観には大きな隔たりがあり、ダグレスはニコラスとのあいだのその隔たりを埋めるために相当な苦労を強いられます。そして、だからこそそれを成し遂げられたとき、ダグレスは人間として大きく成長できたのでしょう。

この作品は原書の初版が一九八九年、邦訳は一九九六年に出版されていて、今回は再翻訳ということになります。この初版の『時のかなたの恋人』を読んだ方もいらっしゃると思いますが、作者は十四年後にオリジナルに手を入れており、今回はそちらの翻訳となります。といっても筋に変更があるわけではなく、作家としてのキャリアを重ねて増した技術を使って読みやすく推敲をしたということで、原書で五十ページほど分量が増しています。この長く読み継がれてきた心に残る作品を、新たな翻訳でぜひみなさまに楽しんでいただきたいと思います。

二〇二〇年九月

ザ・ミステリ・コレクション

時《とき》のかなたの恋人《こいびと》

著者　ジュード・デヴロー
訳者　久賀美緒《くがみお》

発行所　株式会社 二見書房
東京都千代田区神田三崎町2-18-11
電話　03(3515)2311［営業］
03(3515)2313［編集］
振替　00170-4-2639

印刷　株式会社 堀内印刷所
製本　株式会社 村上製本所

落丁・乱丁本はお取り替えいたします。
定価は、カバーに表示してあります。

ISBN978-4-576-20158-0
https://www.futami.co.jp/

＊の作品は電子書籍もあります。

この夏を忘れない
ジュード・デヴロー
阿尾正子［訳］

高級リゾートの邸宅で一年を過ごすことになったアリックス。憧れの有名建築家ジャレッドが同居人になると知るが、彼の態度はつれない。実は彼には秘密があり…

誘惑は夜明けまで
ジュード・デヴロー
阿尾正子［訳］

小国の皇太子グレイドンはいとこの結婚式で出会ったトビーに惹かれるが、自分の身分を明かせず…。『この夏を忘れない』につづく〈ナンタケットの花嫁〉第2弾！

世界の終わり、愛のはじまり
コリーン・フーヴァー
相山夏奏［訳］

リリーはセックスから始まる情熱的な恋に落ち結婚するが彼は実は心に闇を抱えていて…。NYタイムズベストラー作家が贈る、ホットでドラマチックな愛と再生の物語

秘めた情事が終わるとき
コリーン・フーヴァー
相山夏奏［訳］

無名作家ローウェンのもとに、ベストセラー作家ヴェリティの共著者として執筆してほしいとの依頼が舞い込むが…。愛と憎しみが交錯するジェットコースター・ロマンス！

霧の町から来た恋人
ジェイン・アン・クレンツ
久賀美緒［訳］

ともに探偵事務所を経営する友人のオリヴィアが何者かに連れ去られ、カタリーナはちょうどある殺人事件で彼女の力を借りにきたスレーターとともに行方を捜すが…

ときめきは永遠の謎 ＊
ジェイン・アン・クレンツ
安藤由紀子［訳］

五人の女性によって作られた投資クラブ。一人が殺害され他のメンバーも姿を消す。このクラブにはもう一つの顔があり、答えを探す男と女に「過去」が立ちはだかる──

あの日のときめきは今も ＊
ジェイン・アン・クレンツ
安藤由紀子［訳］

一枚の絵を送りつけて、死んでしまった女性アーティスト。彼女の死を巡って、画廊のオーナーのヴァージニアは私立探偵とともに事件に巻き込まれていく……

ときめきは心の奥に ＊
ジェイン・アン・クレンツ
安藤由紀子［訳］

犯罪心理学者のジャックは一目で惹かれた隣人のウィンターをストーカーから救う。だがそれは〃あの男〃の復活を示していた……。三部作、謎も恋もついに完結！

口づけは復讐の香り
L・J・シェン
藤堂知春［訳］

シカゴ・マフィアの一人娘フランチェスカは社交界デビューの仮面舞踏会で初めて会った男ウルフにキスを奪われ、婚約することになる。彼にはある企みがあり…

愛は闇のかなたに ＊
L・J・シェン
水野涼子［訳］

父の恩人の遺言で政略結婚をしたスパロウ。十も年上で裏社会にさえ顔がきくという男との結婚など青天の霹靂だったが、いつしか夫を愛してしまい…。全米ベストセラー！

あなたとめぐり逢う予感
ジュリー・ジェームズ
村岡 栞［訳］

殺人事件の容疑者を目撃したことから、FBI捜査官のジャックと再会したキャメロン。因縁ある相手だが、ボディガードとして彼がキャメロンの自宅に寝泊まりすることに…

愛することをやめないで
デヴニー・ペリー
滝川えつ子［訳］

ジャーナリストのブライスは危険な空気をまとう男ダッシュと出会い、彼の父親にかけられた殺人容疑の調査に乗り出す。二人の間にはいつしか特別な感情が芽生え…

愛しているが言えなくて
リンゼイ・サンズ
久賀美緒［訳］

美人だがふくよかな体つきのアヴェリン。許婚と結婚したものの、裸体を見られるのを避けるうちになかなか初夜を迎えることができず……。ホットなラブコメ！

気絶するほどキスをして ＊
リンゼイ・サンズ
水野涼子［訳］

国際秘密機関で変わった武器ばかり製作するジェーン。そんな彼女がスパイに変身して人捜しをすることに。素人スパイのジェーンが恋と仕事に奮闘するラブコメ！

＊の作品は電子書籍もあります。

恋の予感に身を焦がして ＊
クリスティン・アシュリー
高里ひろ［訳］〔ドリームマン シリーズ〕

グエンが出会った〃運命の男〃は謎に満ちていて…。読み出したら止まらないジェットコースターロマンス！ 超人気作家による〈ドリームマン〉シリーズ第1弾

愛の夜明けを二人で ＊
クリスティン・アシュリー
高里ひろ［訳］〔ドリームマン シリーズ〕

マーラは隣人のローソン刑事に片思いしている。でもマーラの自己評価が2.5なのに対して、彼は10点満点で…。〃アルファメールの女王〃によるシリーズ第2弾

ふたりの愛をたしかめて
クリスティン・アシュリー
高里ひろ［訳］〔ドリームマン シリーズ〕

心に傷を持つテスを優しく包む「元・麻取り官」のブロック。ストーカー、銃撃事件……二人の周りにはあまりにも問題が山積みで…。超人気〈ドリームマン〉第3弾

いつわりの夜をあなたと
カイリー・スコット
門呉茉莉［訳］

ベティはハンサムだが退屈な婚約者トムと別れようと決心したとたん、何者かに誘拐され…!? 2017年アウディ賞受賞作家が贈る映画のような洒落たロマンス！

危険な愛に煽られて
テッサ・ベイリー
高里ひろ［訳］

兄の仇をとるためマフィアの首領のクラブに潜入したNY市警のセラ。彼女を守る役目を押しつけられたのは最凶のアルファ・メール＝マフィアの二代目だった！

なにかが起こる夜に ＊
テッサ・ベイリー
高里ひろ［訳］

『危険な愛に煽られて』に登場した市警警部補デレクと一見奔放で実は奥手のジンジャーの熱いロマンス！ ダーティトーカー・ヒーローの女王の新シリーズ第一弾！

灼熱の瞬間《とき》 ＊
J・R・ウォード
久賀美緒［訳］

仕事中の事故で片腕を失った女性消防士アン。その判断をした同僚ダニーとは事故の前に一度だけ関係を持っていて…。数奇な運命に翻弄されるこの恋の行方は？